没有命运，只有选择

猫腻 / 著

择天记

第二卷

数寒星

图书在版编目(CIP)数据

择天记.第二卷,数寒星/猫腻著.—北京:人民文学出版社,2017
ISBN 978-7-02-012724-5

Ⅰ.①择… Ⅱ.①猫… Ⅲ.①长篇小说—中国—当代 Ⅳ.①I247.5

中国版本图书馆 CIP 数据核字(2017)第 068680 号

责任编辑　胡玉萍
　　　　　涂俊杰
装帧设计　刘　静
责任印制　苏文强

出版发行　人民文学出版社
社　　址　北京市朝内大街 166 号
邮政编码　100705
网　　址　http://www.rw-cn.com

印　　刷　三河市鑫金马印装有限公司
经　　销　全国新华书店等

字　　数　492 千字
开　　本　890 毫米×1290 毫米　1/32
印　　张　15.25 插页 3
印　　数　63001-68000
版　　次　2017 年 4 月北京第 1 版
印　　次　2017 年 10 月第 6 次印刷

书　　号　978-7-02-012724-5
定　　价　39.00 元

如有印装质量问题,请与本社图书销售中心调换。电话:010-65233595

目录

第一章 —— 001
唐三十六今天刻意收拾打扮了一番，青衫飘飘，玉带系腰，手执折扇，面无表情，说不出的冷傲。

第二章 —— 089
今天的天海胜雪很沉默，特别低调，给人的感觉特别古怪。因为他的家世背景决定了，他不可能低调。

第三章 —— 173
荀寒食一声清啸，啸声里充满了愤怒与一丝无奈，他手里的离山剑仿佛繁花散开！

第四章 —— 267
先前在草屋外的园里，借着星光，他看到了荀梅鬓间多了很多白发，同情之余，又多了很多担忧。

第五章 —— 405
河畔的森林一片幽静，这时候忽然显得有些阴森起来。这边发生的事情，终于惊动了对岸的那些人。

第一章

唐三十六今天刻意收拾打扮了一番,青衫飘飘,玉带系腰,手执折扇,面无表情,说不出的冷傲。

1·朝阳前的少年们

　　天书陵在京都,京都便是大周的中心,也是人类世界的中心,甚至可以说是大陆的中心——无论南方诸势力,还是与人类结盟的妖族,都不得不承认大周的中原王朝的正统地位,在诸多利益纠葛里做出很多让步。

　　只有通过大朝试的人以及极特殊的情况,才有进天书陵悟道的资格,所以大朝试是世间最重要的活动,比起三年或者五年才举办一次的煮石大会,更加重要。今年的大朝试依然在离宫举行。清晨时分,离宫石柱之前,已经聚集了成千上万的民众,有卖瓜子水果的,有卖炊饼肉食的,也有卖板凳的,仔细望去竟是卖水的摊贩最多。京都百姓每年都能看一次大朝试,熟知规矩,大部分人都还在家里。此时聚拢的民众大部分都是来自大陆各地的观光者,可以想象当大朝试正式开始,所有人都来到离宫外时,那场面该是怎样的热闹。

　　参加大朝试的学生们自然要比看热闹的民众来得更早。离宫石柱前被隔离开了一片横直千余丈的区域,里面已经停满了各式车辆,熹微的晨光里,各学院的老师对着学生做着最后的叮嘱,还有些学生闭着眼睛在养神。

　　把这片区域与来看热闹的民众隔开的,是一条很长的黄色布幔,按道理来说,这条布幔绝对无法隔挡民众的热情,更无法阻挡摊贩们抢夺地盘的欲望。但奇怪的是,无论民众还是摊贩,绝对没有一个人敢越过布幔一步。

　　因为有数百名官员和禁军神情严肃地站在布幔外围,更因为这条布幔的尽头,有一辆黑色犀牛拉着的车。大陆上所有人都知道,这个世界上只有一辆由黑犀拉着的车,那辆车里永远只会坐着一个人——清吏司的周通大人。

　　南方的学生们到得最早。长生宗所有山门都来了人,苟寒食等离山四子站在最前方,神情平静,晨光落在他们的脸上,晨风轻拂着他们的衣袂,说不出的从容淡定,不知道吸引了多少人的目光。

圣女峰下辖的诸多宗派也都有弟子前来,慈润寺那个被唐三十六骂哭的小师妹,站在人群里,看着晨光里的离宫殿群,稚嫩的小脸上写满了紧张与惘然,一位师姐摸了摸她的脑袋,微笑着说了几句什么。

一个穿着南溪斋外门服饰的少女微微皱眉,似乎承受着很大的压力,南溪斋分为内外两门,内门只有徐有容一人,外门的人数却不少,她被师门挑选来参加大朝试,自然要担起某些责任。

忘川之南,宗派之多难以计数,大多可以归在长生宗与圣女峰两系之下,这两系都属于南方教派,也可以算作同门。年轻的男女们站在一处,偶尔低声说些什么,身在异乡的新奇与大试将至的不安,被冲淡了很多。

唯独有数名穿着赭色长衫的年轻男子,站在相对远些的地方。这些年轻书生,来自传说中的槐院。

与南方学生相对,京都诸院以及通过大朝试预科考试的年轻学生们,都站在广场的东面,离朝阳略近,可以少承受些寒冷的西风。不仅位置要好很多,人数也要比对面多很多,看着黑压压的一片,根本数不清楚有多少人。

庄换羽神情漠然地站在天道院学生们的最前方,天道院的位置又在所有人的最前方,其后便是摘星学院、宗祀所等青藤诸院。一片安静里,青曜十三司里叽叽喳喳说个不停的少女们显得非常引人注目,其后则是那些通过预科考试的普通学生。

大朝试共取三甲,被看好的当然是那些学院及大宗派的弟子。比如天道院的庄换羽、离宫附院的苏墨虞、摘星学院的两名少年校尉、青曜十三司的一名师姐。这些年,南方宗派在年轻一代里独领风骚,自然更受关注,离山剑宗四子、槐院的那些年轻书生,被人们看作理所当然能够进入三甲。

人们更关心的是,谁能进入首榜。

就像人类修行历史一样,大朝试也分为大年和小年,今年很明显是个大年,竞争前所未有的激烈,要知道去年大朝试的首榜首名乃是神国七律的第三律,可如果他要来参加今年的大朝试,只怕连首榜都进不了。

今年,神国七律来了四人,槐院来了四人,圣女峰也派出了最有潜质的女弟子。京都方面,骄傲如庄换羽终于决定不再继续等下去,更有像天海胜雪这样的强者也决定不再等下去,要在今年的大朝试上展现光彩。只有妖族的年轻修行者们，不知道是不是因为落落殿下在京都的缘故，没有派人来参加今年的大朝试，当然，这里也没有国教学院的那个憨厚老实的少年。

天海胜雪以前之所以没参加大朝试，是因为他当时尚没有通幽，没有信心战胜传说中的秋山君，拿到首榜首名。

是的，秋山君不参加大朝试，他对大朝试没有任何兴趣。庄换羽也同样如此。槐院的那些书生或者也是因为同样的原因，直到今年才来到京都。

大陆所有骄傲的年轻天才，他们的目标一直都是秋山君。可惜，今年秋山君依然没有出现。但他们不想再等下去，天书陵在那里已经等了他们数年时间，再不进天书陵悟道，很有可能影响他们的修行生涯。

既然秋山君不参加今年的大朝试，在很多人看来，最有希望拿到大朝试首榜首名的人有两个：苟寒食和天海胜雪。大陆各大赌坊的赔率，也是这样认为，槐院的那几名年轻书生和庄换羽，则被看好能够冲击首榜。

那个最近传得沸沸扬扬的名字，被人们刻意遗忘，谈论大朝试的前景时，也很少提到那座学院的名字。

仿佛是为了证明人们的这种态度是正确的，各大赌坊为大朝试开出的赔率名单里，那个名字始终排在最后，赔率高得匪夷所思。只是不知道为什么，昨天夜里，大朝试首榜首名的赔率名单发生了剧烈的波动，那个名字的赔率不断下降，最后竟排到了第四位。

今年的大朝试强者云集，可以说是十年来竞争最激烈的一届，而且有无数谈资，比如那座学院和那个人。但依然有些遗憾，万众瞩目的秋山君和徐有容还是没有来参加。世人皆知他们绝对有资格破例随意进入天书陵悟道，可如果他们也来参加，那就太震撼了。

没有人知道，秋山君为什么不参加今年的大朝试，就连苟寒食这些与他最亲近的师弟都不知道。按道理来说，以他的实力境界，前几次的大朝试都应该参加，人们一直以为他是想等着与师妹徐有容一同入天书陵参详悟道。人们本以为徐有容会参加今年的大朝试，没想到她不来，所以秋山君也不来？

徐有容为什么不来？因为青藤宴上的提亲，还是因为祖父替她定下的那门婚约？

便在这时，一辆马车通过黄色布幔，来到场间。离宫前的人群里响起议论之声，有人认出了从车上下来的那些人的身份。

那个走在最后面的少年，就是最近让京都风雨不安的陈长生。那少年看着如此普通，居然就是徐有容的未婚夫？就是这个少年，要拿大朝试的首榜首名？

无数双目光落在陈长生的身上。他仿佛毫无察觉，按照辛教士提前告诉的那些规程，拿着名册与相关文书报名，然后站到划分给国教学院的位置上。

大朝试的事务工作，都是由教枢处负责处理，位置自然也是教枢处排的。国教学院的位置在最前面。比天道院还要前。迎着朝阳，无比显眼。

无论是看热闹的民众，还是对面的南方青年们，可以很方便地看到他们。万众瞩目，很是方便。

场间出现了片刻安静，所有人都望向国教学院的那三个少年。然后哄的一声，无数议论声起。

听说那少年连洗髓都没能成功，居然要拿首榜首名？这是在说笑话吗？那个年轻人就是汶水唐家的独孙？唐老太爷在他身上砸了多少钱？那个蛮里蛮气的家伙是谁？才十三岁？原来是个妖族的笨货啊。

国教学院的位置被安排在最前面，最恼怒的自然是天道院的学生们。自从十余年前国教学院破败之后，天道院便是青藤诸院里毫无疑问的领袖，谁承想往年的位置，今年居然被国教学院夺走。庄换羽没有说什么，一个天道院的学生斥道："今天居然也迟到？"

唐三十六今天刻意收拾打扮了一番，青衫飘飘，玉带系腰，手执纸扇，面无表情，说不出的冷傲。他理都没有理那个曾经的同窗，轻摇纸扇，正觉潇洒之时，忽然听到旁边传来打嗝声。

他有些恼火地转过身去，以扇掩鼻，望着轩辕破说道："让你别吃这么多，你偏不听，剩鹿肉有啥好吃的？"

轩辕破揉了揉胸口，有些不好意思地说道："听说大朝试有时候要考三天三夜，还不给东西吃，这多可怕。再说了，虽然最近天寒，但那些鹿肉已经放了两天，再放三天不得放坏了？浪费东西不大好。"

听着这番对话，近处的那些学生们脸色变得极其精彩。大朝试在即，国教学院的这两个家伙，居然还有心情讨论这些问题？

陈长生没有心情讨论这些。此时被无数人看着，他却觉得有些孤单。孤单中他突然发现有个人没有看自己。那是一个少年。那个少年站在摘星学院的队伍里，却没有穿摘星学院像极了军服的院服。

天气如此寒冷，那少年却只穿了件单衣，甚至还把袖子都卷了起来，小臂露在寒风里。

此时，离宫前所有人都在看陈长生，那少年却看着远方正要跃出地平线的朝阳。人海之中，那少年显得特别孤单。

2·文试开始

那个少年有些瘦，但绝对不瘦弱，单薄的衣裳下，仿佛隐藏着很多力量。他眯着眼睛，看着东方初升的朝阳，有些向往，又有些畏惧，不敢接近，所以有些刻意的冷淡，就像陈长生对繁华人间的态度一般。

朝阳渐渐上行，突破天边那层薄云，终于出现在所有人的眼前。所有人依然看着陈长生，议论纷纷——听说他洗髓都没有成功，凭什么拿大朝试的首榜首名？

苟寒食微微挑眉，觉得今日的陈长生比那天在神道上见着的时候有些不一样，却看不透发生了些什么变化。

茅秋雨自然不会与普通师生一般排队，坐在离宫里的观礼台上，他看着远处的陈长生，心里想着，居然洗髓成功了，但怎么感觉他有些奇怪？

陈长生正想问问唐三十六可否认得摘星学院队伍里那个孤独的少年，辛教士已经走了过来。

"一定要赢啊。"辛教士拍了拍他的肩膀，语重心长地说道。

陈长生有些不理解，前些天辛教士连着去了数次国教学院，都没有说这样的话，只想着替他消解压力，为何今日大试在前，他却如此说。

"我把全副身家都买了你赢。"辛教士看着他说道，"如果你今天拿不到首榜首名，明天记得去洛水替我收尸。"

在这种局面下，陈长生如果拿不到首榜首名，最受影响的并不是国教学院，而是为国教学院背后撑腰的教枢处。教枢处如果撑不下去，辛教士自然再无前途可言，既然如此，他用全部家产买陈长生赢，自然很有道理。

陈长生不知道该说些什么，唐三十六说道："难怪昨天夜里赔率的变化如此之大。"

金钱方面的活动，汶水唐家向来不甘人后，虽然说不在乎大朝试赌局这点小钱，但盯得还是相当紧。

辛教士说道："如果只是我这点身家，哪里能够影响到大盘的赔率？"

他们望向离宫里的观礼台，望向国教学院最大的靠山。在那里，主教大人梅里砂微微眯着眼睛，根本看不出来是睡着还是醒着，没有人知道，他把多少钱押在陈长生身上。同样没有人知道，坐在他身边的莫雨，在陈长生身上押了多少钱。

是的，莫雨姑娘认为陈长生能够拿到首榜首名，虽然没有特别把握，但她就觉得他能行。

大朝试分为文试、武试以及对战三场，没有先后顺序，每年临时决定。今年大朝试首先举行的是文试，五天前规程出来后，很多人都认为，这是教枢处对国教学院，准确来说，是对陈长生的照顾。

文试将在离宫昭文殿举行，在开始之前还有些时间，辛教士压低声音，抓紧时间给国教学院的三个少年介绍与他们同场竞技的那些对手，虽然前些天他便把相关资料送到国教学院，但只有这时才能把人与名字对应起来。

听着介绍，唐三十六的神情变得越来越冷峻，陈长生还是那样沉默。今年来参加大朝试的强敌太多，还有一些高手用别的身份报名，或者此时正隐藏在某些宗派里，这些人现在都把国教学院和陈长生当作目标，他们承受的压力可想而知。

便在这个时候，人群里隐隐传来骚动，很多人踮起脚向远处望去。陈长生等人回头，只见一座辇从离宫深处，沿着那条笔直的神道缓缓行来，十余位侍女在辇畔沉默跟随，李女史走在辇的最前方。

在无数人的注视下，那座辇经过石柱来到场间，停在国教学院的位置上。

落落从辇上走了下来，对着陈长生恭敬行礼："见过先生。"

人群一片哗然，准备参加大朝试的学生们更是一阵骚动，尤其是最近才来京都的，只听说过那个传闻，直到此时才知道那个传闻竟然是真的，落落殿下竟是真的拜那个叫陈长生的少年为师！

那少年既然是殿下的老师，想必是有真才实学的，很多人这样想。但要拿首榜首名，依然不可能。

槐院那几个年轻书生看着国教学院的方向，神情冷漠。庄换羽目视前方，仿无察觉，衣袖却在微微颤抖。国教学院对面的苟寒食等人，对落落行礼。陈长生提醒落落，落落转身，对着那边微微点头，便算是回了礼。

"你过来替我们助威？教宗大人同意了吗？"陈长生看着她关心地问道。

"先生，我是国教学院的学生，当然要代表国教学院参加大朝试。"落落想了想，补充道，"教宗大人已经同意了。"

二人对话的时候，没有刻意压低声量，落落清稚的声音在离宫前的广场飘着，传进每个人的耳中。场间一片哗然！

庄换羽再也忍不住，转身望去。槐院的那几名年轻书生微微皱眉，似乎有些不喜。准备参加大朝试的人们都被这个消息所震惊，哪里愿意接受。只有苟寒食等离山四子，神情平静如前，没有任何变化。

很多人都很困惑，或者不满，但最先敢于对此提出异议的，还是离宫附院那位最讲规矩、最木讷的苏墨虞："殿下如果要参加，这还怎么比？"

主教大人睁开眼睛，在寒风里紧了紧神袍，淡然说道："殿下只参加，不算名次。"

众人闻言怔住，此时才想明白，如果落落殿下坚持要以国教学院学生的身份参加大朝试，他们这些人以至他们的学院、宗派，本就没有任何理由阻拦，此时得知殿下不占据三甲的名额，还能有什么话说？

无话可说，时间继续流逝，随着离宫深处传来一声清脆的钟鸣，大朝试正式开始。

数百名年轻男女站在昭文殿前，晨风吹拂着他们的衣袂，朝阳照着他们青春的脸。各学院、宗派的长辈，都已经离开，只剩处于紧张中的考生。

国教学院方面，只有轩辕破很紧张，当初参加摘星学院的入院考核时，他就已经暴露出来了自己的短板。这几个月在国教学院里虽然被陈长生带着读了不少书，但想着马上要面对那些密密麻麻的墨字，他便觉得呼吸有些不畅。

"时间最重要，能答就答，不会答的不要想，直接过。"唐三十六对他说道，"三场考试是连着的，文试之后马上就是武试，文试成绩再好，过不了武试那关，就登不了对战场，最终没有任何成绩。"

轩辕破点点头，心想只能这么办了。陈长生知道唐三十六也是在提醒自己，不要在文试上耽搁太多时间——他能不能通过武试，是最值得担心的事情，至于文试的成绩，没有人会担心，看昭文殿前人们的目光就知道。

很多人此时依然在看着陈长生，只不过不像以前那样，眼光里已经没有了质疑或嘲笑，只有隐隐的嫉妒以及各种复杂心理的佩服。

经过青藤宴上国教学院与离山剑宗一战，又有青云榜换榜时天机阁的点评为证，再没有人质疑陈长生在学识方面的能力。人们震惊地发现，在苟寒食之后，年轻一代里终于再次出现了一个通读道藏的怪物。

没有人相信陈长生能够拿到首榜首名，但所有人都承认，在文试这个环节，他绝对有能力向苟寒食发起挑战，拿到最好的名次。大陆各大赌坊为文试单独开出的赔率也证明了这一点，他的赔率只排在苟寒食之后，高居第二。

第二道钟声响起，考生入场。昭文殿极大，数十道门同时开启，在国教教士与清吏司官员鹰隼般的目光注视下，数百名年轻人鱼贯而入，不知道稍后谁会化身为龙，谁会游进大周朝的鱼篓，又是谁会凄惨地被鹰隼从水里叼走。

静音阵开启，昭文殿自带的避风廊垂下帷幕，只有清光可以入殿，风雨与嘈杂的噪音都不能进来。

殿内地面极阔，摆着数百张席案，依然不显拥挤，很是清旷。每张桌案之间隔得极远，即便洗髓之后目力再好，也很难偷窥邻桌的答案，更不要说场间至少还有二十余名通幽境以上的教士不停巡视。

教士分发题卷，考生们开始翻阅，哗哗纸声响起，汇在一处，仿佛一场大雨落下。

有人没有翻阅题卷，而是开始磨墨静心，比如天海胜雪。有人则是百无聊赖地发呆，比如落落，反正她的成绩不算数，自然懒得费神做那些题目。不一时，有位教士走到她案前，恭恭谨谨行礼，低声说了几句话，然后她便起身，随那位教士离开，应该是去偏殿休息去了。有人则是闭着眼睛开始养神，比如陈长生一直暗中注意着的那个单衣少年。有人则是该做什么做什么，想翻卷子看两眼就看两眼，想磨墨就磨墨，想看看自己感兴趣的人就看看，想闭眼养神就闭眼，觉得有些渴便伸手向教习要茶水，觉得有些困就揉揉眼睛，这才是把今天当成寻常，比如陈长生和苟寒食。不刻意平静才是真正的平静，才代表着自信。

第三道钟声响起，考生开始动笔。陈长生提笔，未落卷，看着卷上那些墨字，沉默了一会儿。他落笔开始行卷。不远处，苟寒食也开始了答题。

3·最后交卷的两个人

笔在雪白的纸上行走,就像人在沙漠里行走,时而发出沙沙的声音,时而无声无息。

昭文殿里仿佛瞬间多了很多棵桑树,养了很多蚕。陈长生握着笔,认真地解答着卷上的题,一笔一画,认真到有些拘谨。

因为拘谨,看着便有些紧张,实际上他的心神很放松。自幼读过的无数文章,像风里的落叶,在他的脑海里不停掠过,看着题目,他便从落叶里轻轻摘下一片,照着抄写便是,哪里需要做长时间的思考——需要思考才能得出结论的题目,暂时还没有出现。已见的数张试卷里,还没有超出道藏范围的知识考核,出题目的教士,暂时也还没有展现出超过无数前贤的智慧。

不远处的苟寒食,搁下笔揉揉手腕,然后继续行卷,神情平静放松,仿佛是在离山书斋里温书做笔记一般。

昭文殿内一片安静,只能听到翻阅试卷和书写的声音,偶尔会听到一两声咳嗽,那代表着紧张。就在这个时候,谁都没有想到的事情发生了——有人提前交卷。

当然不是苟寒食,也不是陈长生,他们的笔刚刚落到纸上开始书写,作为文试最被看好的人,至少得把所有的题卷全部做完吧。

最先交卷的也不是轩辕破——文试不存在淘汰,如果真的不擅长,干脆直接放弃,唐三十六是这样对他说的,这也是很多学院老师或宗派长辈对弟子们说的话,这便是所谓经验——如果稍后武试和对战表现极好,哪怕完全没有文试的成绩,一样有希望进入三甲。

提前交卷在每年的大朝试里都很常见,但今年有人提前交卷,依然让人们感到非常吃惊,因为现在时间还太早。最先交卷的人,正是陈长生一直留意的那个单衣少年。那少年连卷子都没有看,更准确地说,当题卷刚刚发到他的桌子上,他便起身,拿着题卷向主考官走去。这和弃考有什么区别?这就是弃考。

往年大朝试里,即便有很多像轩辕破这样的人,秉持着前辈和师长们传授的经验,会直接放弃文试,但总会想着要给朝廷和国教留些颜面,至少会在考场上熬过半个时辰之后再交卷。那少年却是毫不犹豫,一开场便直接弃考,显得完全不懂人情世故。考生们看着他的背影，很是吃惊，也有人流露出幸灾乐祸的神情。想着考官对于这样的考生，就算不会当场发作，也不会留下任何好印象。

那少年走到主考官的座席前，将题卷放到桌上。那沓厚厚的题卷，自然是空白的。由朝廷和国教派出的数名主考官盯着这个少年，沉默不语，气氛有些怪异。

一名教士打破沉默，寒声说道："你确认要交卷？"

那少年容貌清秀，最大的特点便是一双眉毛很细，很平，看着就像是一条直线，偏偏并不难看，只是显得有些冷漠。听着教士的问话，他的脸上依然没有什么表情，问道："不行吗？"

说话的时候，他的细眉微微挑起，显得有些厌烦，似乎非常不喜欢和人做交谈。

那位教士微微皱眉，有些不悦地说道："按照大朝试的规矩，提前交卷自然是可以的，不过……"

没有等教士把话说完，那少年说道："我交卷。"语速依然很慢，语调依然很平，情绪依然很冷，表达的意思很清楚，意愿很坚定，那就是，没有什么"不过"。

教士看了眼空白的题卷，不再多说什么。另一名主考官厉声训斥道："你现在已经进不了二甲，但凡有些羞耻心，也应该感到惭愧，居然还表现得如此得意，真不知道你的师长是怎么教的你！"

那少年依然面无表情，没有回答这句话。他没有师长，他来参加大朝试，只是为了参加对战，他要打败所有人，尤其是那个白帝城的小姑娘。他再次告诉自己，自己才是最强的，至于大周朝廷和国教评选的首榜首名，他根本不在乎。

稍后，有人带着少年离开昭文殿，去武试的场地。殿内数百名考生看着少年渐行渐远，眼神有些复杂。苟寒食隐隐猜到少年是谁，神情变得有些凝重。庄换羽微微挑眉，神情依然平静，眼睛深处却有些不安。

半个时辰后，陆续有考生交卷。那些考生被官员带离昭文殿，沿着离宫里的神道走了很长一段时间，便来到了武试的场所——朝阳园。

朝阳园是离宫东面一大片园林，春和景明之时，无数片草地绿得如茵如海，无数树木带着幽幽森意，晨闻鸟鸣，暮观曲水，风景极为美丽。此时寒冬刚过，春意初至，草地微黄，但景致依然很是迷人。

大朝试的真正意图是什么？替国教和朝廷选拔人才，为天书陵悟道设置门槛？是的，这些都是，但大朝试最终的目的，是要挑选然后培养出越来越多、真正具有天赋的年轻人，为与魔族之间的战争储备后续力量。

　　魔族的单体战斗力太过强大，人类和妖族只能靠着数量的优势，才能苦苦抗衡。从千年之前开始，人们便意识到，只有培养出更多的真正意义上的绝世强者，才能在这场战争里，获得真正的、压倒性的优势。

　　在修行的漫漫道路里，通幽是最重要的那道门槛，只要过了这道门槛，便会成为人类世界关注的重点，但年龄也是非常重要的参考值。一个三十岁的坐照上境，对于人类世界的重要性，远远不如十三岁的坐照初境，这是谁都明白的道理，不然就算你八百岁的时候，终于进入了聚星境，却已然油尽灯枯，再也没有可能进入最高的那些境界，这对这场与魔族之间的战争有什么意义？

　　所以，就像天机阁颁布的天地人三榜一样，大朝试最看重考生的潜力与天赋，看的是将来。天赋与潜力其实在某种意义上来说，是一回事，只不过后者比前者要多一些主观能动性方面的因素，合在一起，表现出来的便是能力。

　　武试，便是大朝试实现自身目的的最直接的手段。

　　徐有容、落落这样的天才，她们拥有的血脉天赋是天生的，不需要也无从考查，但能力可以被考查。首先是神识强度，这决定了考生定命星的远近，决定单位时间内修行的效率。其次是真元数量，这关乎考生的勤奋程度以及对天地的感知效率。

　　考生们在官员的带领下，走过朝阳园，来到最东面也是最深处，他们没有看到最早交卷的那个少年，只看到了面前约两人高、被修剪得极为平整的冬青灌木丛。有些京都考生知道这片绿意盎然的树林的来历，才明白今年的武试竟然是这样的内容，不由在心里发出无声的哀叹。

　　不提准备参加武试的考生面临着怎样艰难的局面，昭文殿里的文试还在继续，有的学生咬着笔尾，脸色苍白，仿佛随时可能昏倒。有的学生在寒冷的初春天气里，竟然汗流满面，身上冒着淡淡的热气，场间气氛格外压抑。

　　——今年的文试题目太难，涉及的知识面太多而且太深，远远超过前些年。再如何绞尽脑汁，终究人力有时穷，不断有考生在与出题者的战斗里败下阵来，提前交卷，然后，昭文殿后不时会传来哭声。

主考官以及教士们的目光，越来越多地落在苟寒食和陈长生二人的身上，二人却仿佛无所察觉，继续做着题卷，手里的笔没有停顿过。

随着时间的流逝，昭文殿内只剩下了十余人，大部分席位已经被撤走，场间更加空旷冷清，就连剩下的人，也已经放弃了最后几页题卷的解答，开始认真地检查前面的答案，希望不要出现不应该的失误。苟寒食和陈长生还在答题。

初春的太阳从地平线挪到正中，还在参加文试的人越来越少，就连天海胜雪和槐院那四位年轻书生都已经结束了答题。苟寒食和陈长生还在继续沉默地答题，他们这时候已经答到了最后一页。

殿内的主考官和教士们再也无法安坐，纷纷离开桌椅，端着茶水来到场间，因为担心影响二人答题，所以没有太靠近，隔着一段距离，观看着这幕大朝试里极难出现的画面，没有人发出任何声音，脸上的神情越来越精彩。

——这些年的大朝试，从来没有人能够把文试的所有题目做完。因为文试出题的人，都是离宫里精研道典的老教士，那些老教士或许修行境界普通，也没有什么权势，但一生埋首于故纸堆，知识渊博至极，他们习惯在最后几页题卷里写些最难的问题，来证明自己的价值，那些题卷，让这些学识渊博的老教士自己一人单独来答都极为困难，更不要说那些来参加文试的学生。

苟寒食号称通读道藏，陈长生现在也有了相同的赞誉，或者正是因为如此，离宫里那些博学的老教士被激怒了，今年大朝试的题目要比往年难很多，尤其是最后几页题卷，更是精深偏门到了极点，就是想给苟寒食和陈长生难堪。

主考官和那些教士们很清楚今年文试的内幕，此时看着苟寒食和陈长生居然答到了最后一页，竟似乎能够把所有的题卷全部做完，自然震撼无比。

天海胜雪已经交卷，他站在殿门处，回首望向殿内依然在答题的苟寒食和和陈长生，皱眉不语，作为天海家最有前途的继承人，他从来没有放松过对自己的要求，但最后那几页题卷实在太难，他想不明白苟寒食和陈长生为什么还能继续答题，难道自己在学识方面的差距真的有这么大？

槐院书生将近最后才交卷，按道理应该足够骄傲，但看着场间依然在执笔静书的二人，他们无法生出这种情绪。对于学名在外的苟寒食能够坚持到现在，他们并不意外，可他们认为那个叫陈长生的少年肯定做不出最后几页题卷，定是虚荣心作祟，不肯离开，脸上不由露出嘲讽的神情。

不知道过了多长时间。安静的昭文殿里响起衣袂与桌椅摩擦的声音，议论声与隐隐的躁动，再也无法压抑，从偏东面的位置响起。

荀寒食结束了答题，站起身来。几乎同时，西面也传来桌椅挪动的声音，整理题卷的声音。人们向那边望去，只见陈长生把题卷抱在怀里，正准备交卷。

安静重新降临殿间。荀寒食和陈长生隔着十余丈的距离，静静对视，然后微微躬身行礼。从钟声响起，他们第一次看见彼此，当然，他们一直都知道彼此的存在。文试就此结束，昭文殿外的静音大阵撤去，如浪般的声音涌了进来。

来看大朝试的民众，被拦在很远的地方，即便如此，声音依然传到了场间，可以想象，此时那里该有多么热闹。

看热闹的民众，此时已经得知了文试的具体情况，知道荀寒食和陈长生竟然最后交卷，竟然把题卷所有题目都答完了，不由好生兴奋，纷纷喊将起来，两个通读道藏的年轻人，最后一起交卷，那画面想着便令人神往。

荀寒食名满天下，是文试首名大热，很受世人尊重，但毕竟是个来自南方的年轻人。陈长生虽然因为与徐有容的婚约以及那场"秋雨教院血案"，得罪了京都所有年轻男子，但他毕竟是周人，在这种时候，便成了京都百姓的代表、周人的骄傲，竟有大部分民众在给他喝彩。

荀寒食和陈长生听不清楚远方的民众在喊些什么，接过执事们递来的手巾，在清水盆里打湿，洗了洗脸与手，整理了一番，在官员的带领下走出了昭文殿。很明显，这些是他们二人独有的待遇。

走到神道前的青树下，荀寒食向他问道："周虽旧邦，其命唯故，这道题你怎么看？"

4·煮时林

陈长生微怔，无论道理还是情理，二人这时候谈话都不是太合适，但荀寒食就这样很随意地问了。他对荀寒食一直以来都没有什么恶感，此时对方表现出来的随意，更让他觉得很舒服。想了想，便把自己的答案说了出来。

"我也认为应该是宋先生在濂溪讲学时提过的那个思路，但我记得的先后顺序，与你记的有些不同。"荀寒食说出了自己答案。

二人对照了一番，发现就像青藤宴上一样，彼此所学内容的差异，还是在于国教于一五八一年前后进行的那次编修,陈长生学的道典是未经编修的旧版,荀寒食学的自然是编修之后的国教审定版。一者胜在原义不失,一者胜在意旨清晰,倒真说不准谁更准确。

哪怕还是初春,神道两畔已是绿树成荫,遮着阳光,很是清幽。陈长生和荀寒食在树荫下,一面行走一面交流着先前的文试,声音不大,更没有什么激烈的争执,只是平静的讨论。哪里像人们想象当中两强对峙的感觉,也没有那些矫情的惺惺相惜,只是两个寻常的求知者而已。

没走多远,在前方树后溪畔的凉亭里,出现了落落的身影。荀寒食对着她行礼。落落回礼,然后抱住陈长生的手臂,关心地问道:"先生,你累不累?"

她没有问陈长生考得好不好,因为荀寒食在旁边,不怎么方便,更因为她相信他一定能考好。

"不累。"陈长生揉了揉手腕,问道,"什么时候离开的昭文殿?一直没有看见你。"

落落拉着他的手,说道:"我没做题,在这里喝茶。"

她不需要成绩,自然不会耗费精神去考什么文试,一直在殿外凉亭里,等着陈长生交卷出来。陈长生有些不理解,心想既然如此,那为什么还要专门请教宗大人同意你来参加大朝试?

荀寒食明白这是为什么,看了落落一眼,有些感慨陈长生的造化机缘,拱手先行告辞。

走进朝阳园,草坪广阔,树林在远处,再没有阴凉可以遮太阳。落落不知从哪里摸出一把伞,撑开替陈长生挡太阳。

看着这一幕,站在冬青灌木丛前的那些考生们,脸色很有些不自然。

陈长生在国教学院里习惯了被落落服侍,本没觉得有什么不妥,直到看到那些考生的眼光,才醒过神来,把伞柄从落落手里接过来,带着她走到那片冬青灌木丛前,开始听宗祀所的教谕讲解武试的规矩。

文试里提前交卷的很多考生,此时已经进入那片广漫如海的冬青灌木林里,此时还留在外面的,只有二十余名考生,除了陈长生和落落、荀寒食、槐院的那四名年轻书生、天海胜雪,还有另外一些人。

听着教谕的讲解,陈长生才知道这片冬青灌木林原来是片迷宫,被修剪得极为整齐的青林，就像是无数道屏障，隔出了无数条道路。武试考核的前半段内容，是看谁能通过这片青林，如果不能在一个时辰之内通过，便会被淘汰。

看着那些考生们脸上流露出来的凝重甚至是畏难神色，陈长生有些不理解，心想京都很多园林里都有类似的迷宫，小孩子都能走出去，就算朝阳园里这片青林广阔，里面道路复杂些，难道还能比文试的题目更难？

"这片青林叫煮时林。"落落知道他虽然通读道藏，但对很多普通人都知道的常识却不甚了解，低声解释道，"据说刚开始的时候，是王之策在京都读书之余用来放松心神的游戏，当时他用的是笔与纸，后来图案被他做得越来越复杂，想要过关越来越难，又到很多年后，那时候的教宗大人觉得这个游戏很能磨砺年轻人的心志，考验神识强度，于是在朝阳园里，按照那个图案种植了一大片冬青灌木。"

"很难？"陈长生问道。

"王之策当年把这游戏叫作煮时，就是因为很难，可以把时间全部耗光。"落落说道。

能让王之策这样的传奇人物都觉得很难，自然是真的很难。

陈长生想了想，问道："王之策的解法，应该流传下来不少，为什么我在书里没有看见过？"

落落说道："王之策用的是笔和纸，靠的是计算能力，他认为这是游戏小道，不值得记在笔记里，所以现在没有人知道他的解法。"

陈长生望向一望无尽的树林，说道："用笔在纸上画图，可以在短时间内画无数次，现在这图变得这般大，人走得再快也比不上笔在纸上的速度，要在一个时辰之内，找到通过的方法，确实很难。"

"所以神识强度一定要够。"落落看着他仔细说道，"把神识当作笔，越强便能感知到越远的地方，等于笔能画到更远，便能算得更快。"

"原来考的是神识强度和感知能力，我想……没有问题。"

陈长生想着自己那颗遥远的命星，很有信心，忽然间想到一个问题："只有唯一正确的解法？"

如果只有一条正确的道路，那考生就算没办法用神识算出来，岂不是也可以跟着别人一起走？

"按照教宗大人年轻时做的统计与推算，这片冬青灌木林一共有四千多个入口，有七百多个出口，至少有三百九十二万七千四百种解法或者说走法，如果前面有考生按照某条路线成功地通过奈何天，而你很不幸地走上了相同的那条路线，那么很抱歉，你必须重新再走一次。"

宗祀所的教谕看着考生们说道："现在，各自挑选入口。"

这时，槐院一名年轻书生提问道："只要路线不同便可以，那我们是不是可以从同一个入口进去，中间再分开？"

宗祀所教谕微微挑眉，说道："不可以。"

按照今年武试的规程，只有通过朝阳园里这片冬青树林的考生，才有资格参加最后的对战，走不出去的考生，会被直接淘汰，而最先通过的学生，将会在最后的对战里，获得极大的好处。还有特别重要的一个规则就是，武试必须是个人战——大朝试本就是要打破学院及宗派之间的界限，把优秀的年轻修行者收为朝廷和国教所用，当然不会允许出现各学院、宗派的同窗考生一起进行，这一点与煮石大会形成极鲜明的对照。

槐院作为南方著名的学院，经常参加大朝试和煮石大会，怎么会不知道这些规矩。

那名年轻书生问的这句话，明显是针对某些人。他说话的时候，一直看着陈长生和落落，意思很清楚。

5·林海听涛（上）

那名槐院书生微胖，脸色有些病态的苍白，看来平日里很少晒太阳。他对宗祀所教谕说话的时候，却看着陈长生和落落，脸上没有什么表情，微微扬起的唇角里有着很多嘲弄与警告的意味。

陈长生心想这些人想得真多，摇头不予理会，拍了拍落落的手背，示意她去选入口。落落确实是想着要在武试环节里帮他做些事情，此时被人点破，不禁有些恼怒，冷冷看了那个槐院书生一眼。那个槐院书生想起落落殿下的身份，隐隐有些后悔，但话已出口，哪里还能收回，只好背着双手，刻意扮出一副敢为万民请命的清高模样。

宗祀所教谕讲完规则，二十余名考生散开，顺着冬青灌木林边缘石径，去寻找入口。这片林海真的像海一般广袤，站在林畔哪里看得到全貌，自然也无法分辨哪个入口更好，只能凭感觉或者说运气来挑选。

陈长生从来不相信感觉或者说运气这种事情，挑了最近的一个入口，落落则是毫不犹豫挑选了他旁边那个，他挑得很随意，落落完全随他的意。别的考生看到这一幕，难以抑止地再次心情复杂起来，生出很多嫉妒羡慕与怅惘。

没用多长时间，考生们便选好了各自的入口，这时候不知道从哪里冒出来数十位离宫的教士，拿着笔与本子开始记录这些考生的学籍与姓名，然后在姓名的边上记下时间，这代表武试正式开始，计时也从此刻开始。

没有一名考生贸贸然便往煮时林里冲——王之策设计的迷宫不可能凭运气就能闯过去。考生们在冬青灌木林外停了下来，有人坐在道畔的石头上，有人靠着树干，有人干脆坐到地上，不论姿势有什么区别，所有人都闭上了眼睛，开始冥想，然后散发自己的神识。

此时，只有两个人没有闭眼。苟寒食和天海胜雪站在林外，静静地看着林海，不知道在想些什么。

二十余道神识向着煮时林里飘去，或强或弱，隐隐间还有些气息上的细微差别，但神识之间的差别，只有聚星境以上的强者才能大概体味到，就连宗祀所教谕这样的人，都没有办法凭感知判断。

宗祀所教谕在看着陈长生，那些负责记录的离宫教士也有很多人看着陈长生，就像先前文试里的那些考官一样。

宣称要拿大朝试首榜首名的陈长生，在今天的考场上必然是所有目光的焦点。苟寒食和天海胜雪这样真正的大热门，反而没有太多人关注，因为所有人都知道，这两名已经越过通幽境的年轻修行者很强，却没有人知道陈长生现在的情况。

京都所有人都知道，至少在十余天前，陈长生还没有洗髓成功，那么他的神识强度呢？有没有定命星？如果定命星成功，为何迟迟不能洗髓？这是不是说明他的神识强度非常糟糕？

人们很好奇他究竟能在大朝试里走到哪一步。比如说，他能不能通过这片煮时林，至少不会在武试这个环节便被淘汰。

陈长生从来没有想过自己会被淘汰，尤其在知道今年武试的具体规程之后。他坐在冬青灌木林边缘的一棵垂云松下，闭眼盘膝，双掌微悬，神识已然离体而出，深入林海之中。

青树形成的屏障，屏障之间繁密的道路，通过神识的感知，变成他识海里模糊的图像，所有真实的风景在感知里都变了颜色、幻了光线，普通人看着肯定会觉得特别奇怪，但对修行者来说，把这些解构重组成真实的图景，并不是太困难。

陈长生的神识很强大很稳定，不然他的命星不会在那么遥远的地方，不然落落不会从百草园翻墙到国教学院来找他。

他闭着眼睛，用神识感知着煮时林里的道路，没有用多长时间，便把入口内数顷的林海查探完毕。

不得不说，大朝试的设计非常精妙，用神识感知这片林海的过程，和寻找命星以及坐照自观的过程非常相像，从出题者的角度倒推，或者说明，可能考生至少要修到坐照境，才有走出这片林海的可能。

陈长生忽然想到，王之策当年读书之余经常玩这个游戏，是不是想通过这种方法来训练自己的神识强度？大陆所有人都知道，王之策的神识并不强大，不然也不可能直到中年才开始修行。陈长生的神识飘荡在煮时林里，同时还有很多道神识也飘荡在林海之中。他隐约感受到了那些神识的存在，却无法与那些神识进行交流。随着神识不停深入林海，他甚至感知到了越来越多的人，原来有很多考生还被困在煮时林里。

槐院的书生们闭目静思，眉头紧锁，其余的考生也紧闭双眼，神情有些痛苦——只有用神识查探完煮时林的所有区域，把这幅朝阳园里的大图记在心中，才能开始推算，找到可行的道路——对修行年头有限的这些年轻人来说，这是很难的事情。

便在这时，苟寒食抬步，向林海里走去，天海胜雪只晚了片刻，也开始抬步，不多时，二人便消失在初春新生的嫩芽里。

通幽境，果然与众不同。

昭文殿很安静。文试结束之后，主教大人、莫雨以及陈留王，还有茅秋雨这样的大人物，都来到了殿内，不时有离宫教士前来通报武试的情况。苟寒食和天海胜雪走入林海的消息，没有引起任何波澜，通幽境本应如此。在他们看来，苟寒食和天海胜雪的表现还过于谨慎了些。

就在苟寒食和天海胜雪进入林海不久，有考生走出了煮时林，完成了武试的前半段。那个人是梁半湖,神国七律第五律。

对此,殿内的大人物们也不觉意外,他们对今年参加大朝试的考生水准,自有认识,除了苟寒食,离山剑宗余下的三名少年本就实力突出,无论谁先走出煮时林,都很正常,只有陈留王好奇地问了一句:"关飞白呢?"

接着走出煮时林的并不是关飞白,而是庄换羽。

这一次殿内的气氛终于有所变化,人们望向茅秋雨,陈留王笑着恭喜了数句。很明显,庄换羽当年胜了七间之后,并没有松懈修行,仅从神识强度方面来说,被天机阁降到青云榜第十一位的他,很明显有前十的实力。

"关飞白拿不到第一,便连第二也拿不到,不知道该气成什么模样。"离宫附院的院长微微讽道,对于那些南方宗派的弟子,周人们的观感向来很复杂。

武试前半段的考核,并不是以谁先走出煮时林为第一,而是以通过煮时林的时间长短来排序。此时昭文殿里的人们已经拿到时间起始记录,知道梁半湖、关飞白、庄换羽等人同时出发,此时庄换羽先走出煮时林,自然要排在关飞白的前面。

这时,文试主考官摇头说道:"梁半湖不是第一,庄换羽自然也不是第二,关飞白连前三都进不了。"

离宫附院院长微微皱眉,说道:"难道还要把苟寒食和天海公子算进去?"

文试主考官说道:"你们进殿之前,便已经有人走出了煮时林,他用的时间比梁半湖要少三分之一。"

听着这话,众人很是震撼,纷纷投以询问的目光,只有坐在最中间的主教大人,依然闭着眼睛,仿佛睡着一般。

有人居然比梁半湖还要快,而且快得如此之多,那他的神识该有多强?

"是谁?"离宫附院院长吃惊地问道。

"登记的名字叫张听涛,当然,大家都知道他是谁。"那名主考官望向摘星学院院长,打趣地说道,"就算用假名,这名字未免也太普通了些。"

摘星学院院长秉承着大周军人的一贯作风,毫不遮掩,说道:"他肯代表摘星出战,想叫什么都行。"

众人心想这也对。

"愤怒的折袖……"陈留王感叹道,"我真的很好奇,他究竟是怎么长大的?"

离宫附院院长说道:"我更好奇的是,陈长生现在怎么样了?"

听着这话,所有人的目光都望向了主教大人。

主考官说道:"陈长生的文试成绩定然是极好的,只是不知道与苟寒食谁是第一,谁是第二。"

众人心想这是理所当然的事情。

离宫附院院长看着仿佛睡着的主教大人,微讽着说道:"文试成绩再好,如果连煮时林都过不去,又有什么意义?到时候直接被淘汰,连三甲都进不了,还说什么首榜首名?不知道到时候,有人还能不能继续睡得这么香。"

昭文殿内一片安静,没有人说话。在京都以及国教内部,青藤六院的院长,地位很特殊,像茅秋雨以及离宫附院院长这样的大人物,不需要忌惮任何人。而殿内所有人都知道,离宫附院的院长属于国教里的新派,与宗祀所主教一样,与天海家向来关系亲近。

主教大人替陈长生做出的宣告,对他和离宫附院以及天道院等学院来说,毫无疑问是很严重的挑衅。很明显,离宫附院的院长大人,已经开始准备反击了。只要陈长生拿不到首榜首名,教枢处以及主教大人,必然会受到极大的质疑甚至是直接的攻击。正如先前说的那样,如果他连煮时林都过不去,还谈什么首榜首名?

时间缓慢地流逝,不知道多久之后,一位教士走进殿内,通报道:"国教学院陈长生,开始入林。"

众人闻言微惊,离宫附院院长的眉头挑得极高,仿佛要飞起来,眼里满是惊讶与质疑:"他怎么能比槐院的那几人还要快?!"

6·林海听涛(下)

煮时林占地面积极广,但对于洗髓成功的修行者来说,走过去要不了多长时间。通过这片冬青灌木林的关键在于用神识找到那条道路,所以只有拥有走出林海的信心,考生才会开始入林,反过来道理也一样,考生入林行走基本上也就意味着他能够走出这片林海,只看时间长短罢了。

武试现场传回来的消息让昭文殿里的人们有些吃惊,茅秋雨拿起记录册,发现陈长生从开始散发神识,到走进林海里的时间,竟比梁半湖用的还要短些。陈留王也在一旁看到,震惊说道:"难道陈长生有这样的神识强度?"

021

"神识如果真有如此强度，怎么会连洗髓都无法成功？"离宫附院院长面无表情说道，他根本不相信陈长生拥有如此强的神识。

陈留王沉吟片刻说道："先前看陈长生，似乎已经洗髓成功。"

离宫附院院长冷笑地说道："即便洗髓成功又如何？用这么长时间才能洗髓成功，神识想必也是平平。只怕那个少年根本看不明白煮时林里的道路，知道自己没有办法通过，干脆破罐子破摔，进去瞎闯。"

昭文殿内再次安静，因为附院院长说的有道理——此时煮时林里的数百名考生中，肯定有很多人就像他说的那样，根本没办法在林外用神识探清楚全部的地图，无奈之下只好进入林海，想凭运气闯出一条路来。陈长生也有可能是这种情况。

人们望向坐在正中的主教大人，主教大人依然闭着眼睛，仿佛睡着了，根本没有听到他们在说些什么。

接下来发生的事情，让离宫附院院长的脸色迅速变得难看起来。

煮时林处的消息不停回传到昭文殿内，有教士展开地图，标明当前情况——代表陈长生位置的红点，进入林海后便再也没有停止过，不停移动。虽然路线必然是曲折的，但方向始终是向前的，尤其是稳定的移动速度，代表着他胸有成竹，非常自信。

随着时间的推移，代表陈长生位置的红点不断地向着林海外围移动，走出了一条看似复杂、实际上已经算是最简洁的线条，昭文殿内变得越来越安静。人们盯着那个线条的前端，即便此时还看不分明，但大概都明白，应该不会有任何问题了。

一直站在殿外的辛教士不知道看到了什么，抹了抹额头的汗水，露出一丝笑容。

教士再次回报武试的最新情况，地图上那个醒目的红点再次向前移动，只不过这一次，直接移出了煮时林的范围。

昭文殿内依然安静，主教大人依然闭着眼睛，根本看不出来任何担心。离宫附院院长沉默不语。

这时，陈留王感慨说道："这家伙神识居然如此强大，事先谁能想到？"

确实没有人想到，洗髓都无法成功的陈长生，居然拥有如此强大的神识。

茅秋雨说道："大朝试结束后，去问下那孩子定命星的过程。"

人们纷纷点头，陈长生既然拥有如此强大的神识，定的命星也自然不凡，当然应该记录清楚，以此为大周朝的荣耀。

比昭文殿稍晚些，离宫外围那些看热闹的民众，也很快知道了武试的最新情况，响起一片欢呼。

隐隐听着远处传来的欢呼声，莫雨对陈留王说道："没有谁敢买陈长生能拿到首榜首名，你说他们为何欢呼？"

陈留王神情微怔，想明白了其中道理，刚刚生出的喜悦，顿时消失无踪。

莫雨微笑不语。没有民众买陈长生胜，却因为他通过武试而欢欣鼓舞，自然是因为，所有人都清楚，陈长生在对战环节里，不可能有任何机会，反正这个国教学院的少年不会让自己输钱，民众自然有足够宽容的心理替他喝彩。

走出林海，迎面而来的是微凉的清风，让有些疲惫的陈长生精神为之一振。至于那些错愕甚至可以说震惊的目光，则被他刻意无视，林海外负责记录武试成绩的离宫教士和那些考生们，哪里能想到，他居然能这么快走出来——陈长生只用了极少的时间，便通过了煮时林，甚至比梁半湖用的时间还要更短，只是现在还无法确认，他与那名用摘星学院学生身份参加大朝试的单衣少年，谁更快些。

回首望向林海，想着先前用神识行走其间时，隐约能听到的青叶涛声，他沉默了一会儿。

青藤宴以及青云榜，证明他不是一个废物，但所谓通读道藏、学识渊博，在这个讲究强者为尊的世界里，终究只是一道美丽而空洞的花边罢了，这个世界最看重的依然是力量，那些直接的、可以影响生死的力量。

今天，他第一次向这个世界证明，自己拥有这种力量。只不过这还不够，通过煮时林只是武试的前半段，他想要进入到对战阶段，还要做很多事情。

走出林海，越过一道草甸，便来到一条美丽的春江之前。

那条江名为曲江，流经离宫，最终汇入洛水，但在朝阳园这段，因为地势平缓以及历史上屡次清浚的缘故，曲江的江面要比京都城里的洛水更加宽阔，两岸之间最窄的地方，至少有数十丈的距离。

曲江的江面很平静，江水深绿，对那些文人墨客来说，这样的画面，或者会让他们生出很多诗情与画意，但对陈长生和大多数考生来说，拦在面前的这条江,就像是生满绿锈的铜镜,观感真的不是太好。

览物之情,取决于观景者自己的心情。今年大朝试的武试,真的很妙。前半段是让考生穿过林海。后半段是让考生越过青江。

只要考生通过这条平如明镜、宽约数十丈的曲江,抵达对岸,便算是通过了武试,拥有了参加大朝试对战的资格。

问题在于,这不是一件简单的事情。尤其是规则里写得很清楚,除了鞋底之外,考生身体的任何位置被江水打湿,就算是失败。

陈长生走到岸边,望向对岸那片青林,自然想起了国教学院里的那面湖。

辛教士说的彼岸,原来就在这里啊。

7 · 如履薄冰

穿林海,过青江,前者检验考生们的神识强度与感知能力,后者则是检验考生的真元数量以及运用技巧,看似简单甚至有些儿戏的考核,实际上指向清楚,标准清晰,大朝试果然就是大朝试。

走出煮时林,便来到离宫的东北区域,所谓彼岸,便是南岸,如何能够到江南?

陈长生看着曲江畔那些神情凝重的考生,听着身后林海里或远或近的脚步声,知道肯定有很多考生无法走出这片林海,还会有很多考生无法越过这条曲江,武试这个环节看来会淘汰很多人。

他没有理会那些落在自己身上的异样目光,静静地站在江畔的一块岩石上,看着南岸那片草甸,看着更远处林间亭中若隐若现的身影,不知道在想些什么。

梁半湖已经过江,庄换羽、关飞白、七间,这些人都已经过江,就在他走出林海的那一刻,刚好看见苟寒食和天海胜雪仿佛不分先后地落在江南的草地上,那名最先结束文试的单衣少年呢,是不是正在那片林中?

不借助法器,直接越过如此宽阔的江面,对于那些真元充沛,道法精妙的人来说,并不是太难,但对那些普通的考生们来说,却是难到了极点。有自信能够过江的考生们,走出林海便直接掠了过去,此时留在江这边的考生都在犹豫。

便在这时,一名青曜十三司的少女考生走出林海,听考官讲完规则后,她想也未想,直接便向曲江里走去。只见一阵初春微寒的风从上游拂来,少女的裙摆轻摇，如叶一般舞着，竟就这样寻寻常常地走了过去！

留在岸边的考生们，看着这一幕，发出羡慕的感叹声。青曜十三司除了圣法诀之外，最擅长轻身功法。但那些功法就像离山的剑法总诀一般，绝对不会外传，别的学院考生只能徒然羡慕，至于那些没有机会接触到这些高深功法的普通考生，更是无奈之极。

一名长生宗紫气崖的弟子有些恼火，说道："各自修行功法不同，这等考核方式太不公平。"

考官说道："只要能够过去，便算通过，最是公平。"

那名紫气崖弟子负气地说道："难道说我把本宗长老的坐骑带过来，骑着飞过去也算是通过？"

考官神情漠然说道："如果你带了，算你本事。"

紫气崖弟子语塞——有很多法器能够帮助修行者短距离内飞行，但是今日武试规则里言明禁止使用法器，至于那些能够载人的飞禽……极为罕见，除了军方的红鹰之外，大多数都是各宗派长老们的坐骑，哪里可能随便被一名弟子带着上路？最关键的是，大朝试的考试流程严格保密，今年与往年又有太多不同，哪有考生会想着，参加大朝试还需要带只飞禽在身边？

那名青曜十三司的少女轻松随意地过了江，她的功法令人羡慕，也给犹豫不决的考生们增添了很多信心与勇气。一名来自西北雪山宗的考生开始了自己的尝试，只见他的右脚向曲江里落下，脚底与江水刚刚接触，江面便凝结出了一片冰面。

"雪山宗冰寒气！果然不凡！"有考生赞叹道。

那名雪山宗考生神情凝重，小心翼翼地向江里走去，左脚落在江面上，脚底再次凝出一片冰面。他慢慢向曲江里走去，双脚之下，冰面渐结，仿佛生出朵朵雪莲，画面看着极美，却让人极为紧张，真真是如履薄冰——此时再也没有人开口说话，所有人都屏住了呼吸，紧张地看着，生怕打扰。

片刻后，这名雪山宗考生走到了十余丈外，便在这时，忽然有阵恼人的江风从上游吹来，他的身体开始摇晃，勉力撑了片刻，发现无法撑住。只听他清喝一声，提气一纵，便向对岸掠去，微起涟漪的水面上生出一道薄薄的冰屑。

遗憾的是，他的真元数量不足以支持太久，在离南岸还有约七丈的地方，终于落到了江水里。

"哎呀！"在岸边看到这幕画面的考生们大感惋惜，对自己通过武试的信心再次减弱不少。

哪怕稍后一名摘星学院的考生，直接驭剑过江，也没能让考生们的信心恢复，驭剑过江看似潇洒，实际上，对过江者的真元数量和功法有极高的要求。先前过江成功的那些考生中，只有离山四子和庄换羽用的这种方法。

曲江南岸，有摘星学院的考生还有与先前过江者相熟的京都考生在那里等着，纷纷上前祝贺。

随着时间流逝，不断有考生走出林海，听着考官讲述的过江规则，走出林海的喜悦顿时消失无踪。

便在这时，人群忽然散开，考生们纷纷行礼。原来是落落来了。

落落走到陈长生身前，说道："先生？"她的目光里带着询问的意思。

陈长生说道："等轩辕和唐三十六出来了再说。"

片刻后，唐三十六从林海里走了出来，只见他青衫飘飘，未沾落叶，羽扇轻摇，说不出的潇洒孤傲。陈长生却看得清楚，他的眉间隐隐有抹躁意，很明显在林海里，遇着了些什么事情。

说来也是，文试的时候，唐三十六是倒数第二批离开昭文殿的考生，按道理来说，早就应该出来了。

"怎么了？"陈长生问道。

唐三十六说道："在林子里遇着一个槐院的书生。"

陈长生有些吃惊，煮时林面积极大，有无数条道路，两名考生走上同一条道路的情况非常少见，像他在林子里就谁都没遇到。

"然后？不会因为争道打起来了吧？"

唐三十六面无表情说道："打是自然不会打的，一是有考官看着，二来我不见得打得过那人。但既然敢和本少爷争道，说不得要在言语上辩论一番，你放心，吵架这种事情，我从来不会输。"

想着青藤宴上他和落落两个人羞辱小松宫时的画面，陈长生哪里会担心他骂不过对方，反而有些同情那名槐院书生。只是想着唐三十六居然自承不见得打得过那名槐院书生，不免有些警惕。

便在这时，一名槐院书生从林海里走了出来。片刻后，其余的槐院书生也走了出来。四名槐院书生们凑在一起低声说了几句什么，然后望向国教学院。

一名槐院书生的脸上满是怒意。

很明显,这就是与唐三十六争道、然后被唐三十六言语教育了一番的那人。

8 · 握手

争道,本来就是最容易发生争执冲突的事情,更何况是在紧张的大朝试中,规则又禁止考生走同一条道路,那么必然要有人重新改道——煮时林面积极为广阔,很难发生两名考生走上同一条路线的事情,只能说唐三十六或者说那名槐院书生的运气不好。

以陈长生等人对唐三十六的了解,运气不好的那个人肯定不会是他,事实也是如此,最终还是那名槐院书生被迫主动改道。那名槐院书生看着国教学院方向,脸上满是怒意,想要上前理论一番,被同窗拦住,这才注意到落落殿下的存在,不由冷笑数声。

槐院诸生从国教学院数人的身畔走过,施展手段,潇洒至极地过了曲江,在离开之前,有些嘲讽地看了陈长生等人一眼。

便在这时,苏墨虞也从林海里走了出来,来到陈长生等人的身旁。不知道因为什么缘故,这位离宫附院的少年强者今天的状态有些不佳,走过煮时林所用的时间比人们想象的要多很多,唐三十六不喜欢这个木讷执拗的家伙,陈长生对他倒没有太多恶感,看着他微显苍白的脸色,问道:"没事吧?"

苏墨虞说道:"昨夜忽然有破境的征兆,强行压了回去,真气倒逆,识海有些震荡。"

青云榜前五十的少年强者,基本上都已经修到了坐照上境,只要愿意,随时可以尝试破境入通幽,只是那道门槛太高,破关之时太危险,所以没有完全准备好的时候,很少有人会贸然选择破境。苏墨虞修行勤勉,很早以前便已经看到了那道门槛,只是因为大朝试的缘故,始终控制着,但没有想到,眼看着大朝试即将开始,却出现了破境的征兆,好事反而变成了麻烦。

按道理来说,像这种涉及自己修行状态的紧要信息,绝对不应该透露给别人知道,更不要说国教学院和离宫附院是竞争的对手,但不知道为什么,看着陈长生诚挚的神情,苏墨虞没有多想,很自然地说了出来。

唐三十六脸色微变,对他的观感忽然变得好了很多——被人信任,是感觉很好的事情。他看着苏墨虞说道:"要多长时间才能恢复?"

强行镇压破境的征兆,稍有不妥便会对识海造成伤害,短时间内,神识会变得有些不稳,难怪苏墨虞根基如此深厚扎实,过煮时林却花了这么长时间。不过只要有足够的时间冥想静心,这种状态应该不会持续太长时间。

"如果能够进入对战第二轮,应该就恢复了。"苏墨虞对着国教学院数人揖手,又对陈长生说道,"我在江南等你。"

说完这句话,他走到江畔,身形微幻,施展离宫附院的踏波道法,飘飘摇摇向前掠去,不多时便抵达了对岸。他的神识有些不稳,真元数量却没有变少,道法更是精妙。

随着时间流逝,越来越多的考生走出林海,开始过江,有的考生艰难地到了南岸,有的考生落入江中,然后被离宫教士捞起,还站在岸边的考生越来越少,陈长生三人变得越来越显眼。相反,南岸草甸上的人变得越来越多,有些很早便结束了武试的人,比如苟寒食等离山四子,纷纷从林中的楼台亭榭里走出来,不知道他们准备看些什么,估计和国教学院有关。

约两人高的冬青灌木林里忽然飞出很多惊鸟,又有树枝折断的声音,地面微微颤抖,一时间岸边的曲江江曲生出波涛,烟尘起处,只见一个极为魁梧的身影从林海里狂奔而出,衣衫上到处都是被树枝撕开的裂口。

轩辕破终于走出了煮时林。妖族少年的神识强度很不错,不然也不会被部落挑选送来京都学习,只是他很少接受神识感知方面的训练,性情又过于憨直,空间思维的推演能力相对较弱,要他去莽莽群山里寻找猎物很简单,要他走出这种智者刻意设计的迷宫,却真的很难。

陈长生等人很担心这一点,此时看到他走出林海,虽然模样有些狼狈,却很是高兴。

轩辕破向他们跑了过来。昨夜陈长生才替他把胡子刮干净,露出了和年龄相符的稚嫩的脸。不知道是因为着急还是什么原因,短短半天时间,那脸上又生出了一层浅浅的胡楂,此时又因为奔跑而满头大汗,眉眼间满是焦虑的神情。

"我来晚了,我来晚了。"轩辕破走到陈长生身前,显得很是着急,因为他怕耽搁了正事,伸手便要去抓陈长生的手。

辛教士有意去国教学院泄题,便证明在他或者是主教大人看来,武试里的过江环节,对陈长生来说最为困难。对此陈长生没有说什么,但轩辕破和唐三十六私下已经做好了准备——牺牲自己的准备。

轩辕破准备抓住陈长生的手,直接把他扔到对岸。悄无声息间,唐三十六脚步轻移,站到了陈长生的身后。他和轩辕破清楚,陈长生肯定不会同意这种做法,稍后一定会反抗,他的任务就是在陈长生反抗的时候,直接把他制住,然后把他捆起来。

陈长生这时候才反应过来,猜到他们想做些什么,说道:"不要乱来。"

这时候,唐三十六的手距离他的后背只有一尺的距离,随时可以出手制服他。

轩辕破看着陈长生说道:"虽然不知道原因,但我们都知道,你有一定要拿首榜首名的原因,但我无所谓,可以等下次大朝试。"

说这句话的时候,妖族少年的神情依然像平日那样憨厚,却格外坚定。

陈长生很感动,但他不会接受这份沉甸甸的情意,说道:"我有办法。"

他没能把话说完,因为唐三十六的手落到了他的肩上,轩辕破闪电般伸手向前——这两个非常了解陈长生性情的同窗,决定不给他任何说服自己的机会,然而下一刻……他们发现自己的安排全盘落空,因为轩辕破没有握住陈长生的手。

一双小手从旁边伸来,握住了轩辕破的手。那是落落的手。

9 · 浅浅的江

今年的大朝试,武试这个环节就是用来淘汰考生的,煮时林和曲江对很多人来说,都是难以逾越的天堑。教枢处把这个环节,私下透露给国教学院。唐三十六和轩辕破为此早就做好准备,为了帮助陈长生进入最后的对战环节,哪怕明知道他要拿首榜首名近乎虚无缥缈,他们依然愿意做些什么,付出些什么。不过在做这些准备的时候,他们像别人一样,都以为落落殿下不会参加这次大朝试。所以他们没有预想到,落落殿下会横插一手,抓住了轩辕破的手。

"你们就没有想过我为什么要参加大朝试?我也是国教学院的学生,你们没有想到我可以做些事情,这让我有些失望。"落落看着轩辕破和唐三十六说道,说是失望,但小姑娘的眼睛如星辰般明亮,哪有失望的情绪。

说完这句话,她的袖子微颤,小手握着轩辕破的手,骤然发力。只听嗖的一声,轩辕破从原地消失,变成了空中的一道黑影。

由于事发突然,他根本没有任何心理准备,在空中慌乱地大叫起来,吸引了曲江两岸很多考生的视线。

在朝阳园里的曲江,江面最是宽阔,林海与对面的草甸疏林之间,至少隔着数十丈。在无数双目光的注视下,轩辕破呼啸破空而去,在空中手舞足蹈,画出一道长长的弧线,向着南岸的草地落下。

轰的一声。曲江南岸的草地震动了一瞬,无数烟尘溅起,初春微黄的草被尽数掀翻,黑色的泥土像水花般向四面喷洒。轩辕破像颗石头般,重重地落了下来。片刻后,烟尘渐落,轩辕破站了起来,拍了拍身上的灰尘与草屑,神情惘然地望向四周,看样子摔得有些糊涂,只是根本没有受伤。

看着这一幕,两岸的离宫教士和考生们震撼无语,心想这个妖族少年的身体究竟是用什么做的?居然结实到了这种程度。

苟寒食和庄换羽等人,则已经把目光投向对岸林畔,看着那个娇小的身影,神情异常复杂。

果然不愧是青云榜第二,落落殿下在这随意一掷里展现出来的力量,实在是太过神奇。

曲江北岸,落落望向唐三十六,细眉微挑,用眼神示意。

唐三十六赶紧离开陈长生,急忙说道:"我可不用帮忙。"他可不想像轩辕破一样被扔过河去,会被摔出问题是一回事,关键是那样太难看。

"那我先走了。"唐三十六对陈长生说道,他这时候才醒过神来,和轩辕破私下做的安排,忘记了落落殿下的存在。现在既然有落落殿下出手,哪里还需要自己担心什么。此时他只担心落落会不会扔人上瘾,不顾自己的反对也要来这么一手,于是像逃跑一般向着曲江里冲了过去。

虽然逃得有些狼狈,身影看着有些滑稽,但当他踏进曲江的那一瞬,便再次潇洒起来。

晚云收。

汶水剑依然在鞘中,在他的腰畔,他徒手施出了汶水三式。

一道炽热的气息,瞬间笼罩曲江北岸,明明天时尚早,却仿佛有晚霞出现。

他的身影在这片晚霞里,化为江面的一道金光,疾掠数十丈,瞬间便到了曲江南岸。

除了离山剑宗的四人,他是今天唯一一个直接用剑势过江的考生。

看着这幕画面,庄换羽的神色越发凝重,关飞白和梁半湖也有些意外。青藤宴最后一夜到现在，没有多少天，唐三十六的实力却再次提升，超出很多人的想象。想着青云榜换榜时，天机阁对这个汶水少年做的点评，站在南岸草甸间的考生们，心情有些复杂，默然想着，难道说他一旦勤奋修行，真有进入青云榜前十的实力？

"先生，失礼了。"落落走到陈长生的身前，行礼说道。

她不清楚陈长生洗髓成功之后的身体强度如何，想来远远不如轩辕破，但此时除了把他扔到对岸，再想不出别的方法，而且唐三十六已经提前过去，应该能够想些方法接住。不过作为学生却要把先生像孩子一样扔过去，真担心陈长生会不高兴。

陈长生没有来得及说什么，因为一位考官匆匆走来，阻止了落落的举动。那位离宫教士对落落紧张地说道："殿下，您这样做，违反了大朝试的规则，所以……"

落落注意到南岸草甸上，那几名槐院书生正在监考的身前说些什么，隐约明白了些什么，微微挑眉，有些不悦地说道："先前我听了武试规则，没有这一条，再说我已经扔了一个人过去，难道还不算数？"

今年大朝试在设计流程的时候，根本没有想到国教学院这种应对方法，考官们不敢得罪落落，却觉得这确实与大朝试历年来禁止同学院宗派互助的精神相抵触，这时有很多考生提出了质疑，不禁有些为难。

没有用多长时间，从昭文殿处传来了最后的决断，轩辕破既然已经被落落殿下扔过曲江，考官没有明示规则在前，那么只好承认。但接下来，严禁任何考生互相帮助，只能凭借自己的力量过江，特别重申，禁止使用任何法器。

很明显，昭文殿里像莫雨和离宫附院院长这样的人，都想到了落落殿下向来随身带着无数宝贝，万一她再给陈长生一颗千里钮，不要说过曲江，就算瞬间出现在忘川，也没有任何问题。

落落很生气，说道："我倒要看看，谁敢管我。"说完这句话，她便要去牵陈长生的手。

就在唐三十六一招"晚云收"潇洒渡江的时候，林海那头响起了一阵钟声，意味着时辰已到，此时还在林海里的考生被尽数淘汰。随后，还停留在北岸的考生们，进行了最后的尝试，却都落进了幽绿的江水里。

江畔只剩下了陈长生和落落两个人。除了他俩，还有数十名离宫教士。那些教士不敢强行阻止她,只好在旁苦苦相劝。

陈长生也对她劝说道:"我有办法过江,你不用担心。"

没有人察觉到,他在说这句话的时候悄悄把一颗千里钮收进了袖子里。不过他也没有撒谎,辛教士提前泄题,他怎么会没有准备?以他现在的境界实力,他至少有三种方法可以过江,只是有些底牌,他必须留到对战的时候再用。

落落睁大眼睛,看着他认真问道:"先生,你真的有信心吗?"

陈长生伸手揉了揉她的脑袋,说道:"你不是向来对我最有信心吗,如果连这条江都过不去,我还怎么拿首榜首名?"

那些离宫教士,看着他与落落殿下之间的亲密的模样,很是震撼,待听着他这句话,更是无语。见落落殿下似乎被说服,终于放下心来。他们离开江畔,回到各自的位置,等待着武试最后时刻的来临。

落落向来很听陈长生的话,既然他做了决定,她便不再多说什么,走到江畔的一块石头上,双膝微曲,然后用力。

只听得啪的一声脆响,那颗下半截满是青苔的石头,从中间裂成两半。

碧空里响起刺耳的呼啸破空声。

曲江南岸的草甸上,仿佛有座无形的钟被敲响,嗡的一声。

那是空间被撞破的声音。

裙摆轻扬,然后落下。落落出现在草甸上,裙下两朵烟尘微作,仿佛是花。离宫教士和考生们,看着这幕画面,微微张嘴,震撼得说不出话来,实在是太强了!

落落根本没有理会那些落在自己身上的震惊视线,第一时间转身望向对岸,眼睛里满是担心。她向来很信任陈长生的实力,甚至可以说崇拜,她总觉得先生隐藏着很多东西。但她还是很担心,因为她想不出来,先生要用什么方法过来。

唐三十六和轩辕破走到她身边,向对岸望去。苟寒食、天海胜雪、庄换羽、七间,所有已经通过武试的考生,都出现在江畔,望向北岸。

陈长生一个人孤零零站在那里。在场的人都知道,就算他已经洗髓成功,就算他神识强大,但他如果没有足够充沛的真元数量,便无法突破天地自然给予的限制。

有些考生的脸上流露出幸灾乐祸的神情。那四名槐院书生神情冷漠,目光里却尽是鄙夷与嘲弄。那个圣女峰慈润寺的小师妹,笑得很开心。

整个大陆都知道，陈长生要拿大朝试的首榜首名，如果他连这关都过不了，那真是一个笑话。

关飞白忽然说道："我希望他能过来。"

七间和梁半湖点点头。

苟寒食说道："我从来不担心他过不来。"

七间三人转身望向师兄，有些不解。

苟寒食说道："真正志存高远者，不会忽视任何细节，他要拿首榜首名，又怎么会过不了这条浅浅的江？"

就在这时，陈长生终于动了。在无数双目光的注视下，他没有向曲江里走去，而是抬头望向碧蓝的天空。

在初春的白云里，他仿佛在找什么。这时，远方传来一声鹤唳。

10 · 骑鹤下江南

一条青江分两岸，所有考生在江南，只有陈长生在对岸，看上去孤零零的。此情此景，与在整片大陆流传的那份宣告相比，更显悲壮，抑或悲凉。人们或同情或鄙夷或冷漠地看着他，等待着他结束自己的大朝试，谁也没想到，等来的却是一声清亮的鹤鸣。

初春京都的上空飘着白云，忽然间云层下方涌出一道线，在那道线的最前端，是一只白鹤。

无数人的目光随着这只白鹤移动，看着这只白鹤飞过天空，飞到朝阳园里，落在江畔陈长生的身前。

"不会吧？"苟寒食心中一惊。

关飞白向岸边走了数步，盯着对岸那只白鹤，惊道："不会吧？"

七间微微张嘴，很艰难地把"不会吧"这三个字咽了下去。

岸边的草甸上，很多考生看着这幕画面，都忍不住惊呼出声："不会吧？"

轩辕破低着头，觉得脸有些发烫，因为觉得有些丢人。唐三十六看似神情如常，实际上很是尴尬，心想至于这样吗？就是过个江而已，用得着连这种手段都用出来？

庄换羽冷笑数声，没有说话。

苏墨虞想事情最简单，惊讶说道："这样也行？"

白鹤自天而降，场间众人的反应都是惊讶与难以置信，唯有落落的反应与众不同。

她看着对岸，小手合在身前，脸上满是仰慕的神情，说道："先生真是智慧过人。"

这句话吸引了所有人的视线。

如果她不是白帝落落，如果她不是谁都不敢招惹的妖族公主殿下，她绝对会被所有人鄙视，甚至殴打一顿。

这叫智慧？这难道不是无耻吗？怎么可能就在大朝试的时候，这只白鹤从万里之外的南方飞来？

国教学院肯定事先便知道今日大朝试的题目！当然，没有证据的事情，无法指责。人们看着对岸，心想陈长生难道真的好意思这么做？

为了拿到大朝试的首榜首名，陈长生任何事情都愿意做。他走到白鹤前，伸手亲热地摸了摸它的颈，说了几句话，然后在曲江两岸无数双惊愕目光的注视下，翻身骑到了白鹤上。

白鹤轻轻摇动翅膀，飞了起来。有风起于江畔，吹得草屑轻飞，吹得绿油油的江水生出涟漪。

片刻后，陈长生便骑着鹤来到了空中，距离地面越来越远，曲江看上去就像是一条翡翠做成的腰带。

风落在他的脸上，有些微寒，也有些湿意。如果没有经验的人，骑着白鹤来到这么高的地方，难免会有些心慌和害怕，但他不会，因为他有经验。他唯一的高空飞行经验，就是小时候，曾经骑着一只白鹤去西宁镇后方那座云雾缭绕的山峰。

当年的那只白鹤，就是现在他身下的这只白鹤。十岁之前，白鹤每次去西宁镇送信或是礼物，他都会与白鹤去峰间玩耍或是寻找草药。

只不过他十一岁之后，白鹤再也没有去过西宁镇，直到前些天，才与他在京都重逢。

微寒的风吹拂在脸上，他眯着眼睛，没有看地面那条青江与那片山林，而是望向更远的地方。他很喜欢骑鹤飞翔的感觉，这种感觉久违了。

现在，陈长生的身体里有很多真元，虽然没办法用，但他觉得自己是有钱人，是有万贯家财而无法打开包裹的贵公子。而他要去的地方，是曲江的南岸，此时真有一种腰缠十万贯，骑鹤下江南的感觉。

有些可惜的是，曲江并不是忘川也不是红河，江面再宽阔也有限，只有数十丈的距离。而且毕竟这是在进行大朝试，虽然白鹤尽可能飞得慢些，也没有过多长时间，便落到了对岸的草甸上。

陈长生从白鹤身上下来，就像对一位长辈般，揖手致谢。

落落迎了上去，很是喜悦，看着白鹤又有些好奇。

她父王说白鹤有仙意，而且同为白姓，所以白帝城向来不以白鹤驭人。她自幼见过很多妖兽，却与白鹤很少打交道，上次在青藤宴上见到时，便有些想与之亲近的念头。她望向陈长生，用眼神询问能不能摸一下。

毕竟是妖族公主，白鹤对她身上的气息有些不适应，或者说忌惮，不待陈长生表态，发出一声清亮的鹤鸣，振翅而起，向高空飞去。

陈长生对着它挥手告别。落落好生遗憾，但感谢白鹤今日帮先生渡江，也是很认真地挥手表示谢意。

鹤声渐逝终不闻。曲江草甸上一片安静。

这算什么？这是大朝试还是儿戏？为了掠过宽达数十丈的江面，来自各宗派学院的考生们各施手段，用尽所能，然而陈长生……居然骑着鹤就过来了！

最关键的是，他居然骑的是这只白鹤！

是的，很多人都识得这只白鹤，尤其是来自南方的年轻人。这是徐有容的白鹤。

很多人都注意到，那只白鹤离开后，是向南飞的。圣女峰就在南方。

人们望向陈长生，神情异常复杂。尤其是圣女峰和长生宗的弟子们，脸色更是难看。没有人知道这只白鹤数天前便已经到了京都，被陈长生留了下来。

人们难免会猜想，难道是徐有容让白鹤从万里之外的南方赶到京都，专程来大朝试助自己的未婚夫一臂之力？

落落攥着陈长生的衣袖，小脸上满是高兴的神情，不停地称赞着他的智慧。

唐三十六拍了拍他的肩膀，轩辕破看着他摇了摇头，他俩什么话都没有说。

苏墨虞走了过来，看着他再次问道："这样也行？"

他问得很认真，绝对不是冷嘲热讽，而是真的在询问陈长生这么做有没有违反规则。

这个问题同样也是在场很多考生心中的疑问。一名槐院书生找到监考官，神情严肃地说着什么。考生们望着那处，等待着最后的结果。

过了段时间，监考官走到国教学院数人身前，看着陈长生叹道："这样不行啊。"

今日负责监考和相关事务的离宫教士，至少有一大半来自教枢处，对国教学院和陈长生自然处处照顾，只不过那些照顾都在细节处，比如茶水，比如笔墨和座席的位置，此时无数双眼睛看着陈长生骑鹤过江，想要照顾也没办法。

陈长生自然有把握，才会做这样的安排。

"规则里没有说不能这样过江。"他指着考生里一人说道，"先前他在对岸问过考官，说如果把本宗长老的坐骑带过来，骑着飞过去是不是也能算通过，考官没有反对。"

那名长生宗紫气崖的弟子怔住，心想难道自己那句问话反而帮了你？但被众人眼光看着，他却无法说没有这番对话。

监考官闻言微怔，然后笑着摇摇头，没有再说什么。

见着这场景，自然有考生言辞激烈地提出抗议，苟寒食等人、天海胜雪、庄换羽却都没有说话。

苏墨虞说道："虽然……这确实有些投机取巧，但总之没有违反规则，我没意见。"

作为离宫附院的代表学生，他的话至少在京都诸院的学生里有一定威信，加上庄换羽和摘星学院的两名学生没有说话，反对的声音渐低，只有来自南方的一些年轻修行者依然不依不饶地想要考官剥夺陈长生的资格。

"噫？那几个人呢？"忽然有人发现，在江边没有了陈长生等人的身影。

人们转身望去，只见不知何时，国教学院数人已经离开，已经快要走进草甸上方那片疏林之中。

一名槐院书生看着那几个身影，冷声说道："真是无耻至极。"

陈长生不觉得骑鹤过江是件多么无耻的事情，当然，他也不会觉得这值得自己骄傲，就像世人常说的小聪明一样，很难给以感情色彩明确的评价。大朝试对他来说太过重要，对手的实力太强大，他要把所有优势都利用起来。

他要拿大朝试的首榜首名，现在最大的优势便是没有人知道他的实力境界究竟如何，就连落落都不知道。同时，有教枢处的帮助，他对其余考生的实力境界了解得非常清楚。

然而当他看到亭子里那个少年时，心中生出很多不安。那个少年太神秘，显得有些深不可测。

在微寒的春风里，那少年穿着单衣，袖子卷起，露出手臂，似乎毫不畏寒。

在教枢处提供的资料里，这少年是摘星学院的考生，名叫张听涛。

陈长生相信那不是他的真名。这少年根本没有参加文试，他最快穿过林海，最早越过曲江，来到林间，走进亭子，便再也没有动过。

无论是苟寒食、天海胜雪过江，还是落落过江，又或是他骑鹤过江，江畔草甸上如何热闹，他都没有从亭子里出来。这个少年甚至没有向江边望上一眼。他孤独地站在亭间，于是亭子与这座山都孤独起来。这样孤独的人，不可能取名叫听涛。于岸边听涛，看似影单脱俗，实际上还是心向喧哗。

"如果我没有认错，他的真名应该叫折袖，愤怒的折袖。"唐三十六看着亭子里那名少年，神情非常严肃，"……一匹来自北方的狼。"

11 · 狼族少年

听到这句话，陈长生知道了亭子里那个少年是谁，从认识唐三十六开始，直到在国教学院里同窗的这段日子，他从唐三十六的嘴里，听到过太多次"狼崽子"这三个字，直到此时，他才知道原来那头小狼一直在北方。

唐三十六以及青云榜上的很多少年天才，都习惯用狼崽子来形容北方那个可怕的少年。

陈长生第一次听唐三十六提到狼崽子，是在天书陵前的客栈里，当时他就觉得唐三十六说出这三个字时的情绪有些复杂，带着忌惮甚至是某种尊敬，要知道像唐三十六这样骄傲的少年，即便秋山君和苟寒食这样的人物，也不可能让他发自内心地尊敬。

他没有问唐三十六那个狼崽子究竟是谁，也没有打听过那狼崽子的来历与师承，因为当时他的全部精力都用在修行学习方面。而且按照唐三十六提起时的语气，那个狼崽子仿佛在遥远的天边，那么他自然不会去理会。

直到今天在离宫前，对着那轮朝阳，他的视线落在这个只穿着单衣的少年身上，便再难以移开。直到此时，他终于知道，这个少年拥有一个与众不同的名字——折袖，想必此后他想要忘记这个名字，也会变得非常困难。

"愤怒的折袖……"落落站在他身边，看着亭下那个少年，轻声说道，"这也是我第一次看见他。"

陈长生听着她的声音有些发颤，低头望去，只见她看着那个少年的目光里充满了同情，不知为何，心里忽然有些不自在。

"我想，在场的所有人应该都是第一次看见他。"唐三十六看着那个少年，神情复杂地说道，"从出生到修行再到开始猎杀，他一直在北方那片寒冷的雪原里，从来没有离开过。连拥雪关的人都很少看到他的身影，更不要说我们这些活在太平盛世里的家伙。"

听着这番满怀感慨的言语，陈长生沉默了一会儿，然后问道："他究竟是个什么样的人？"

"他是个妖人。"唐三十六看了落落一眼，说道，"真正的妖人。"

妖族与人族之间是亲密的联盟关系，却极少通婚联姻，也没有什么凄美的爱情故事流传。因为两族之间的通婚，容易产生一些不好的结果。

妖人，正是妖族与人族通婚后生出来的后代，混合了两族血脉的妖人，天资聪颖，但在修行方面经常会遇到一些难以克服的障碍。

落落的父亲是白帝，母亲是大西洲的人类公主，准确地说，她也是一个妖人。名义上，她因为是女性，所以不能修行白帝暴烈的功法，实际上，只有与白帝皇族最亲近的寥寥数人才知晓，正是因为妖人的血脉原因，她无法把白帝的功法修行到精深处。

白帝夫妇感情极好，白帝根本不可能再娶妃子，夫妇对独女落落又是无比宠爱，不愿意再生孩子。落落无法把白帝一族的功法修到极致，便无法继承白帝的皇位，这便是现在万里妖域面临的最大的问题。之所以金玉律和李女史这样的妖族大人物，待陈长生如同族人，不仅仅因为落落拜他为师，更是因为他们看到落落殿下在陈长生的帮助下，有可能解决这个问题的前景。

那个叫折袖的少年和落落的情况很相似，父亲是狼族，母亲是人类。只是他父母的血脉不像落落的父母血脉那般强大高贵，父系一族的血脉占据了很大的优势，所以他的修行天赋保持得相对完整，遗憾的是，他遇到的问题比落落的问题严重无数倍。

两年前大周朝议军功的时候，圣后娘娘与教宗大人有过一番谈话，谈话的内容后来泄露出去，于是整个大陆的人都知道，这个狼族少年有问题，有很难解决的大问题。那是圣后娘娘和教宗大人都解决不了的问题，只是没有人知道那个问题是什么。

最后有些隐秘的消息，反而是从雪老城里传到了中原。通过几个侥幸从狼族少年手下逃脱的魔族的叙述，大概可以确认，这个狼族少年面临的问题，应该是在精神方面。这大概也是为什么在那片残酷的雪原上，他被魔族和人类军队称为愤怒的折袖。

听完这些话，陈长生再次望向亭下那个少年，忽然觉得他显得更加孤单。

轩辕破说道："他在我们那边的部落里也很有名。"

万里妖域里，大部分的部落依然以狩猎为生，最尊敬那些优秀的猎户。愤怒的折袖，便是最优秀的猎户。他不与人类世界打交道，也不与妖族打交道，他行走在雪原里，以猎杀魔族为生。这几年，死在他手里的魔族难以计数。

无论有意无意，他替大周北军解决过很多麻烦，所以大周朝议军功的时候，从来不会遗漏掉他的名字，当他想用摘星学院学生的名义参加大朝试的时候，大周军方从上到下都表示了最热烈的欢迎。

这时，苏墨虞走了过来，望向远处亭中，问道："你们也认出来了？"

陈长生点点头。

"先前文试里，苟寒食和天海胜雪看他的眼神有些不对，我才想到会不会可能是他。"苏墨虞对落落行了一礼，又道，"听闻白帝陛下和圣后娘娘一样，都想争取他效力，只是没有人能够找到他，没想到他居然会来参加大朝试。"

狼行千里吃肉。向来离群索居的狼族少年，为何会离开雪原，来到繁华的京都参加大朝试？

"他对天书感兴趣？"陈长生望向天书陵的方向。

唐三十六说道："谁都会对天书陵感兴趣，但如果把他杀死的魔族尽数折成军功，绝对够他进天书陵好多次。"

没有人知道这个狼族少年参加大朝试的原因。

此时，所有考生都知道了他的身份，但没有人靠近那座亭子，更没有人试图与那个少年对话。甚至包括考官在内，人们看着他的目光里，充满了敬畏，但不愿意靠近。即便是已经通幽，场间实力最强的苟寒食与天海胜雪，都没有走过去。

那少年站在那里，依然是孤单的，山与亭都因为他而孤单起来。

"他很强。"落落忽然说道。

狼族少年当然很强，一直在青云榜上排第二，直到今年临时换榜，才被落落超过。他过去两年里只在徐有容之下，很多人甚至认为，这是因为他很少现出踪迹的缘故，如果真的生死相搏，即便徐有容也不见得是他的对手。

因为这名少年最擅长的就是杀戮。曲江南岸所有人，包括考官和考生在内，将收割掉的生命加起来，肯定都没有他多。

远处昭文殿方向传来清悠的钟声，代表大朝试的文试以及武试全部结束。经过清点，到此时没有被淘汰的考生，还剩下一百一十三人。

大朝试取前三甲：首甲三人，二甲十人，三甲三十人，共取四十三人。每年皆是如此。因为天书陵登陵，一共只有四十三条道路。

进入三甲，获得进入天书陵的资格，是绝大部分考生参加大朝试的目标。

观天书悟道，是所有修行者梦寐以求的事情，而无数年来的事实早已证明，那也是成为真正强者的必由之路。

按照通过曲江的时间，考生们重新排序。那个狼族少年自然排在一号。

人们看着他的眼光有些复杂，自然知道，张听涛这个名字是假的。

在离宫教士的带领下，百余位考生离开曲江南岸的草甸疏林，向着朝阳园的深处走去。没有用多长时间，便来到了一棵青树之前。

初春时节，京都街巷旁的树丫里，只生出些嫩绿的细芽，这棵树却是青叶无数，在微寒的风里不停摇摆，就像是个得意的家伙。

这棵青树有很多可以得意的地方，除了森森绿意，还有高大。云雾微掩，遮着高处的树枝，竟是看不到树顶。树干极粗，至少需要十数人才能合围。

在青树的下方，有一个树洞，看着黑洞洞的，有些阴森。离宫教士们，竟是带着考生走进了树洞。树洞之后，别有洞天。那是一片瓷蓝的天空，竟比树外的天空更加完美。蓝天上飘着数层薄薄的云。远处隐隐可以看到几座宫殿。

陈长生觉得有些眼熟。

落落说道:"先生,你曾经来过。"

陈长生这才明白,原来大朝试对战的场所,竟是在小离宫或者说学宫里。

在修行界,这里拥有一个更出名的名字。教宗大人的青叶世界。那些第一次来到小世界的考生们,微微张嘴,脸上满是震撼的神情。就像陈长生和轩辕破当初第一次来到此间一样。现在陈长生自然不会再次流露出曾经被唐三十六嘲弄过的乡下少年神情。他很冷静,于是没有错过一些细节。

看着教宗大人的青叶世界,很多考生都在啧啧称奇。那个狼族少年没有看这个世界,他在看落落。陈长生的心中忽然生出强烈的危机感。

12 · 看不到的对战

下一刻,陈长生觉得自己是不是看错了,因为明明那个狼族少年没有回头,孤单地走在人群的最前方,没有转身,又怎么可能看着落落?没有人注意到他的情绪变化,即便身边的唐三十六和轩辕破都是如此,人们的注意力全部在这个完美的世界里,只有落落发现了他的异样,低声问了几句。

"我总觉得今天有些问题,稍后的对战里,你要小心些。"陈长生没有说自己先前看到的那幕画面,也没有隐瞒自己的不安,说道,"如果有危险,就马上离开,或者听我的安排。"

落落不算成绩也要参加大朝试,苟寒食等人已经隐约猜到她的目的,反而是当事人陈长生自己没有想到那处。此时听着陈长生慎重的提醒,落落当然不会反对,说道:"都听先生安排。"

考生们随着离宫教士向远处走去,经过一片树林,来到一座圆形的建筑前。这座圆形建筑占地约有数百丈,高约十余丈,极为宏伟。建筑是石制的,石阶之上门窗紧闭,看不到建筑里的构造,只能看到上方那道黑檐。

碧蓝的天空里忽然飘来一片云,那片云来到圆形建筑之上,落下一场清雨。雨点淅淅沥沥,并不如何浩大,却在很短的时间内,把檐上积着的灰尘尽数洗去,黑檐变得更加清亮,竟仿佛是玉石一般闪着光辉。

"洗尘楼,就是今年大朝试对战的场地。"离宫教士转身对考生们说道,然后开始讲解对战的规则。

就像穿林海过青江一样，大朝试最后也是最重要的对战环节，规则亦是相当简单而清晰，很容易理解：通过武试环节，有资格参加对战的考生共计一百一十三人，最先通过曲江的前十五名考生，在第一轮里轮空，余下的九十八人两两对战，胜者与前十五名考生进入下一轮，然后再次进入两两对战，直至最后。

至于如何判定胜负，那就更简单了，两名考生进行对战，最后谁还能站着，谁就是胜者。

败者自然被淘汰，所以到了对战环节，每一轮都很重要，没有任何补救的可能，但因为大多数考生的目标是进入三甲，获得入天书陵的资格，所以对第一轮对战最为重视，只要能够通过第一轮，进入大朝试三甲的可能便超过了一半。

至于如何选择哪名考生和哪名考生对战，更是简单至极。按照规则，他们竟然把这种选择权利，交给了考生自己——除了首轮轮空的前十五位考生，前四十九名考生可以随意在后四十九名考生中挑选对手，而被选中的考生不得拒绝，否则便视为弃考，对手则是自行晋级下一轮。

到现在还没有被淘汰的考生，自然没有愚蠢之辈，刚听完离宫教士介绍的对战规则，便完全明白了意思，人群里响起很多议论声。但考生来不及表示反对或者提出质疑，洗尘楼里便传来了一道清悠的钟声。

大朝试对战，正式开始。

钟声响起讯号，人群中排在第十六位的那名考生，顿时成为所有目光的焦点。那是来自摘星学院的一名学生，身材高大，神情肃然，气息敛而未露，给人一种低调却不怯懦的感觉，很有军人的味道。

如果是别的考生，或者会有些不适应这种局面，至少会觉得有些突然，但军人最讲究的便是令行禁止，以击鼓鸣金为命，所以那名年轻考生毫不犹豫走出人群，向着后半段那些考生望去。

他的视线在考生间缓慢而平静地移动。

面对着他的眼光，等待着被选择的后半段考生们神情各异，反应不同，有的神情平静，仿佛无所察觉；有的刻意无声冷笑，以为挑衅；有的考生则是低下头或是微微转身，避免与他对视；有的考生则是堆起勉强的笑容，看着有些令人心酸。

谁也没有想到，这名摘星学院的年轻考生挑选的对手，竟然是那名在曲江对岸曾经质疑过考生的紫气崖弟子。考生们抑制不住复杂的心情，纷纷议论起来，要知道紫气崖乃长生宗一属，这人肯定不是在场考生里最弱的，居然最先被选择，这是为什么？

那名紫气崖弟子怔了怔，才明白过来是自己被选中，他神情平静地走出人群，并没有什么受辱的感觉——按道理来说，最先被选择的，必然便是最弱的，但他认为神识强度和真元数量只是冰冷的数字或是层级，对战考较的事情更多，他有战胜对手的信心。

事实也是如此，此时场间除了首轮轮空的前十五名考生的境界实力确实高出众人一截，余下的近百名考生的实力境界相当接近，绝对不是说，序号排在前面的考生便一定能够战胜排在后面的考生。

首轮对战的考生已经确定，离宫教士没有给双方任何调息准备的时间，带着二人向洗尘楼走去。只见那座圆形建筑下方一扇木门缓缓开启，门后依然幽黑一片，仿佛是深渊一般令人心悸。教士示意二人走进去，然后马上把门关闭。

看着紧闭的木门，考生们很是意外，难道今年的大朝试竟然不允许观战？

那位离宫教士看着众人面无表情地说道："因为一些特殊情况，今年对战是关门试。"

听着这话，考生们议论纷纷，有些人直接望向国教学院数人，尤其是陈长生，大概是在怀疑，教枢处如此安排或者与他有关。如果是闭门试，无法知道对战的细节，不说做什么手脚，至少陈长生如果输了，教枢处在颜面上也会好看些。

陈长生当然知道与自己无关，他望着孤零零站在远处的那个狼族少年，默然想着，闭门试或者是此人的要求。

洗尘楼木门紧闭，黑檐边缘有残雨落下，滴答滴答。

看不到楼里的画面，不知道第一场对战打成什么情况，连声音都听不到，楼外的气氛变得有些压抑，或者正是因为看不到也听不到，只能想象，所以考生们越来越紧张。有些考生干脆盘膝坐到地上，闭眼静心，不再理会。

没有过多长时间，洗尘楼的门开了。考生们望了过去，那些盘膝坐在地上，仿佛万物不能扰怀的考生，也瞬间睁开眼睛。

走出来的是那名摘星学院的考生，只见他面色微白，院服前襟撕开了一道大口子，隐隐还可以看到血迹，但神情依然从容镇定。

来自青曜十三司的女考官，上前开始替这名考生治疗，只见石阶上清光隐

043

现，一道令所有人都感觉平静舒适的气息，笼罩全场。

如果是平时，能够看到像这位女教师般精妙的疗伤圣光，考生们必然会赞叹不已，但此时，他们的心神都放在这场对战的结果上。

那名紫气崖弟子迟迟没有出来。七间走到那名离宫教士身前，问道："请问老师，我们那位师弟呢？"

长生宗诸崖同气连声，分属同门，七间作为离山剑宗的弟子，代为询问紫气崖弟子的情况，在很多人看来是理所当然的事情。只有陈长生看着这一幕，生出一些不解，不明白出面的为何是年龄颇幼、明显不擅俗务的七间而不是苟寒食。

师兄们都没有说话，离山的小师弟为何会首先发声？

陈长生注意到，此时苟寒食神情平静如常，关飞白和梁半湖也没有什么反应，似乎觉得七间出面很正常。

离宫教士说道："败者不能留在场间，你问的那人已经被送出学宫，这时候应该在英华殿里接受治疗，不须担心。"

七间回头看了苟寒食一眼，见师兄没有什么表示，便退了回去。

离宫教士看了手里的名册两眼，然后望向考生里，说道："十七号考生霍光在何处？"

话音甫落，一名年轻书生从人群里缓缓走了出来。这名书生身着赭色长衫，眉眼之间仿佛蒙着层寒霜，神情漠然骄傲至极。他有足够骄傲的资格。

见是此人出场，排在后半段的考生们神情微变，比先前摘星学院那名学生挑选时，更加紧张。

因为这名年轻书生来自槐院。这名槐院书生，正是先前在煮时林里与唐三十六争道的那人。

场间的气氛变得更加紧张，很少有考生敢于直视他的目光，更多的考生在心里默默祈祷不要被他挑中。

依照离宫教士的安排，后半段考生都站在洗尘楼前石坪的西面。

这名槐院书生的目光在场间掠过，望向某个方向。

那是林畔，有茂密的青林，可以遮太阳，只是离洗尘楼有些远，所以没有考生站在那里。

落落不喜欢晒太阳，哪怕是教宗大人青叶世界里的假太阳。所以陈长生带着大家站在那里。国教学院数人,都站在林畔。那名槐院书生的目光,也落在林畔,落在国教学院数人的身上。

陈长生神情平静。轩辕破没有反应,看着脚下一只蚂蚁在发呆。落落拿着手绢在替陈长生扇风。

只有唐三十六有所反应。他微微挑眉,然后仰头,看着那名槐院书生,模样说不出的骄傲,仿佛在说,来选我啊,来选我啊。

13·林畔数人无人问

看着那名年轻的槐院书生,唐三十六的眉毛挑得很高,下巴抬得更高,给人一种骄傲嘚瑟到极点,异常欠抽的感觉。

所有考生顺着那名槐院书生的目光望过去,都看懂了唐三十六这模样的潜台词:你不选我,你就是我孙子。

那名槐院书生根本没有想过选他,不管怎么说,唐三十六也是青云榜第三十二的少年强者,因为意气之争便选他做对手?哪怕艰难胜出,也肯定会影响到随后数轮的对战,影响到他大朝试最终的成绩。如此行事为智者不取。槐院修的是心智,他当然不会这样做,目光刻意落在林畔国教学院数人的位置,只是想让对方紧张一下。哪想到唐三十六的反应竟是如此嚣张挑衅,他的脸色顿时变得异常难看。又想起先前在林海里争道时,唐三十六那些刻薄尖酸的言语,一时热血上涌,再也无法控制自己的情绪,抬起右臂便要指向唐三十六。

就在这时,一只手从旁伸来,把这名槐院书生的手压了下去。阻止他的是一个同窗,那个少年书生眉眼间略有稚意,在槐院来参加大朝试的四人里,年龄看起来最小,但地位却隐然最高。先前在曲江北岸,也是他阻止同窗去向国教学院讨要公道。

那个叫霍光的槐院书生看着唐三十六冷笑了两声,在后半段的考生里随意点了一人,便向洗尘楼里走去。

看着这一幕,陈长生有些讶异,心想南方果然与众不同,离山剑宗和槐院这种地方,居然都是年龄最小的弟子说话最有分量。

第二场对战比第一场结束得更快,没过多长时间,那个叫霍光的槐院书生,只是走进洗尘楼里看了看,便重新推门出来。他的那个对手没有出来,自然是

045

败了，然后被教士们送离了学宫。

先前武试过曲江的时候，四名槐院书生过江的时间基本一样，在霍光之后，接下来出场的自然是他的那三个同窗。没有任何意外发生，一场对战比一场对战结束得更快，他们便取得了首轮对战的胜利，进入到了下一轮。

"槐院……原来真的这么强。"苏墨虞走到林畔感慨道。

唐三十六看着那四名槐院书生，神情渐趋凝重，他不喜欢这些槐院书生，在他看来，槐院书生太看重规矩与智识，其实便是喜欢打小报告和耍小手段，但他不得不承认，这些槐院书生的实力真的很强。

"那名少年书生叫钟会，青云榜第九。"他知道苏墨虞很清楚这些，但陈长生这个家伙不见得有印象，又低声补充道，"那两名槐院书生也都是青云榜中人，都进了前百，那个叫霍光的家伙不在青云榜里，但实力比那两人更强，这些年可能一直都躲在槐院里读书，准备今朝来一鸣惊人。"

三位青云榜中人再加上一个隐藏的年轻强者，槐院的实力果然如人们猜想的那样深不可测，此时场间如果以学院宗派论，除了高高在上的离山剑宗，槐院、天道院以及国教学院，应该算是最强的三方。

只不过有些意思的是，国教学院四人现在都落在后半段，只能等着被人挑选。

文试需要思考需要书写，武试需要用神识探知还可以准备，对战只需要选择对手然后动手，而且战斗这种事情，输赢向来只在数招之间。哪怕对战的双方境界实力相当接近，也用不了太长时间便能分出胜负。

洗尘楼的木门开了又关，关了又开，门轴里的油似乎因为频繁的关闭而变少，渐渐发出吱吱的声音。就在这些声音里，第一轮对战快速地推进，很快便结束了数十场比试，有的是排名靠前的考生获胜，但后段考生取胜的次数也不少。

排名靠前的考生有主动选择权，可以尽可能地挑选他以为弱小的对手。但是为了大朝试，这片大陆上的年轻修行者们准备了整整一年时间，往常的资料或者说印象，早已不再准确，强弱很难判断，胜负自然难以预料。

前段时间青云榜临时换的新榜单，成为了最可靠的参考资料。首先是青云榜足够权威，天机阁的判断值得信任。其次是因为青云榜刚刚换榜，榜中人的实力变化应该不会太大，像徐有容和落落殿下这样的情况，终究很少出现。

所以没有考生选择苏墨虞作为挑战对象，青云榜三十三位，除了前十五名考生和桐院数人，在剩下的考生里他的实力完全可以排进前五，至于国教学院方面更是无人问津，只有发疯了，才会选择落落殿下，至于唐三十六……连槐院书生都没有选他，谁会白痴到让他下场？

就连轩辕破也没有人敢选为对手，虽然他只是青云榜的榜尾，但毕竟进了青云榜，而且妖族修行与人类截然不同，天赋难以预测。为了稳妥起见，有些前半段的考生宁肯选择在青云榜上排名更前的对手，也不愿意选他。

更为诡异的是，就连没有进入青云榜的陈长生，也始终无人选择。

所有考生都知道，在青云榜换榜的时候，陈长生还没有洗髓成功，就算其后有奇遇，运气极好地洗髓成功，短时间内的修行，绝对不足以让他的实力突飞猛进。他应该是场间实力最弱的那个人，可是就是没有人敢选他。

洗尘楼外很是热闹，林畔却很是冷清。落落抱着陈长生的手臂，靠在他的身上，快要睡着了。轩辕破打了个哈欠，嘴巴大得可以塞进一只鹿腿。唐三十六不知道在和苏墨虞说什么，苏墨虞满脸的惊愕。

国教学院的少年们真的很无聊。

好在按照规则，无聊的等待总有结束的那一刻。洗尘楼的木门吱呀一声再次开启，慈涧寺的那个稚龄少女走了出来，小脸上满是获胜后喜悦的泪水，她扑进师姐的怀里，正想撒撒娇，却发现四周的气氛有些怪异。她擦掉眼泪，向场间望去。

一名考生脚步沉重走到场间，望向洗尘楼前石坪的西面，望向林畔，脸色变得有些苍白。

那边只剩下五个人，现在，他要从这五个人里挑一个做自己的对手。

14·前进的拳头

那名考生忽然转身，望向那负责考试的离宫教士，指着自己身后的四名考生，问道："我能不能挑战他们？"

那四名考生正是前六十四名通过曲江考生里的最后四人，听着那人要挑战自己，非但不生气，反而露出喜色，连声说愿意。

那位离宫教士神情漠然地说道："你们以为大朝试是儿戏吗？我先前就说得清清楚楚，前四十九名考生可以随意在后四十九名考生中挑选对手，胜者晋级对战试的下一轮，难道你们没听明白？"

一片安静，那名考生沉默了很长时间后，忽然说道："这不公平！"他望向那些本来排在后段却在对战里获胜的考生，愤怒地大声说道，"武试的成绩我比他们好，我比他们先过江，凭什么现在却要挑战更强的对手？大朝试当然不是儿戏，但难道您不认为这种规则太没道理？"

离宫教士的脸上依然没有什么表情，淡然地说："这只能说明你的运气不好，谁让你刚好在六十名到六十四名之间过江？"

听着这话，场间一片哗然，心想运气这种事情，难道也是大朝试的考核内容，教士这话实在是毫无道理。

教士知道这些年轻的修行者们在想什么，看着众人冷淡地说道："世间哪有绝对的公平？战场上，要你负责殿后，去拦截最强的魔族高手，你觉得这不公平就可以拒绝命令？想要活下来，运气永远是最重要的。"

考生们沉默不语，依然不赞同这种论调，却不知道该如何反对。那名考生无可奈何，只好接受了这个悲哀的事实，聊以安慰的是，他比最后剩下的那四名考生至少多些选择的余地。

他转身再次望向林畔，目光在陈长生等人脸上移来移去，始终无法下决心选择谁。

洗尘楼前一片寂静，空气都仿佛变得寒冷起来，数十名考生紧张地等待着他最后的决定。

相反，本应最紧张的、只能被动等待挑选的林畔的那些家伙，表现得相当镇定。

那位离宫教士不知为何，没有像前面数次那般出言催促，或者他与别的考官也很好奇这名考生的选择。

最终，那名考生下定决心，指向轩辕破，说道："就是你。"

场间的安静被打破，响起嗡嗡的议论声，如果换作别的考生，也不知道该选择谁做对手。

轩辕破怔了怔，才醒过神来，对落落说道："老师，那我去了。"

唐三十六在旁挑眉说道："去了二字不吉利，换个。"

轩辕破不理他，对陈长生行礼说道："我去了。"

按道理来说，他应该称呼陈长生为师祖，只不过虽然他现在对陈长生非常佩服甚至尊敬，可还是没办法把这个称谓喊出来。

被无视的唐三十六也不生气，把手伸到高处，拍了拍妖族少年宽厚的肩膀，低声说道："昨天夜里说的话都还记得吧？"

轩辕破嗯了声，说道："不要给对方任何思考的机会，以最快的速度拉近彼此间的距离，然后直接击倒。"

说完这句话，他忽然发现唐三十六的表情有些不对，又发现落落和陈长生的表情也变了，就连苏墨虞都张着嘴，显得极为惊讶。

"怎么了？"他有些茫然地摸了摸后脑勺，问道，"我说错了吗？"

唐三十六叹息着再次拍了拍他的肩膀，说道："没有错，只是声音太大了些。"

轩辕破才注意到，洗尘楼前鸦雀无声，所有人都在看着自己，脸上的表情非常精彩。

他的声音很洪亮，回答唐三十六的问题时很自然，根本没有想到控制声量。于是，他把国教学院替他准备好的对战策略，告诉了所有人，包括他的对手。那，这个对战策略还能有效吗？

陈长生摇摇头，把两块晶石放进轩辕破的口袋，把水袋递到他的嘴边让他喝了两口。

唐三十六凑到轩辕破的身边，压低声音说着什么。

那位离宫教士看着国教学院数人，想笑却没有笑，说道："快些。"

被催促后轩辕破有些紧张，险些被水呛着，陈长生赶紧替他拍打后背，唐三十六更是加快了语速，提醒他注意对战时的事项。场间显得一片忙乱，苏墨虞看着这几位，忍不住摇头说道："刚才那么长时间你们只顾着无聊发呆，这时候着急会不会晚了？"

"你不懂，说得早了怕他会忘记，再说那时候又不知道谁和他打，怎么教他？"唐三十六头也不回地说道。

落落走到轩辕破身前，说道："既然赢定了，还紧张什么？"

轩辕破有些口吃，说道："没……没……没办法。"

陈长生盯着他的眼睛，说道："记着三十六的话，一定能赢。"

轩辕破用力地点点头。唐三十六此时终于结束了战前的临时指导，在他的胸前捶了一拳，叮嘱着："好好开场。"

轩辕破站在铺满黄沙的地面上，抬头望向围成一道圆的黑檐，还有那片被割成圆形的碧蓝的天空，忽然想起了百草园里盛菜的瓷盘。

一声吱呀在他身后响起，洗尘楼的大门再次关闭。他醒过神来，才发现刚才自己竟是走神了。但他没有因此而慌乱，反而记起唐三十六前几夜里的话，心想自己这应该算是不紧张了吧？

他望向对面，向对手揖手行礼。此时洗尘楼里的地面上，只有他与那名考生两人，看不到任何考官，也听不到楼外的任何声音，似乎是有某种隔绝声音的阵法在起作用。

便在这时，楼上传来一道毫无情绪波动的声音："如果准备好了，就开始吧。"

轩辕破向楼上望去，没有看到人，而且也没有看到什么窗口，不禁有些好奇那些考官藏在哪里。他忽然想起陈长生的提醒，赶紧问道："如……如果打死人了怎么办？"

洗尘楼内一片安静，他的对手脸色极其难看。考官的声音再次响起："打不死的。"

轩辕破哦了声，望向自己的对手，问道："你准备好了吗？"

这个对手是来自黄山谷的一名考生。黄山谷在南方。

不是所有南方宗派的弟子都能参加大朝试，就像京都会举办大朝试预科考试一样，南方也会举办类似的考试。这名黄山谷的考生能通过预试，已证明了他的实力，更不要说他通过武试的时间比大多数人都要短，这表示他的神识强度和真元数量都非常不错。

先前他选择对手时显得很困难，那是因为国教学院最近的名气实在太大，不代表他对自己没有任何信心。他最终选择轩辕破，更说明他对战胜轩辕破有一定的把握，或者说有一定对策。

从进入洗尘楼到此时，轩辕破先是看着天空发呆，然后问了那样的一句话，这个黄山谷弟子哪里知道他是天然憨厚老实，只觉得他是在刻意羞辱自己。情绪本就极为暴躁的他，顿时怒火大作，恨不得一剑便把这个家伙劈倒。

"听说你已经废了，那你准备好输了吗？"黄山谷弟子看着轩辕破冷笑说道。

说着这样的话，他却没有抢先出剑。因为在洗尘楼外，所有考生都听得清清楚楚，这个魁梧的妖族少年用打雷般的声音说自己要抢攻，要拉近与对手之间的距离。

——他不知道轩辕破是故意这样迷惑自己，还是真准备如此布局，但出于

050

谨慎稳妥考虑,他当然首先要考虑退守,拉开距离,然后凭借精妙的剑法,再来与这个妖族少年好生缠斗一番。

这个黄山谷弟子毫不犹豫飘然后退,一掠便是五丈。他的剑离鞘同时刺出,带着一道清风,缭绕于身前,守势骤成。

看着这个场面,轩辕破怔了怔,心想怎么都让唐三十六算到了?

先前在楼外,唐三十六对他说,对战之始,他的对手一定会退,一定会用守势,所以他什么都不要想,从一开始便往前进,燃烧所有真元也要往前进,不管对方的剑如何舞,真元如何散发,看着如何铜墙铁壁,总之就是要进!

轩辕破确实也是这样做的。当他问对方准备好了没,对方开始后退的那瞬间,他就开始前进。当他有些吃惊地想着唐三十六居然能算到一切,开始佩服那个家伙的时候,他已经进了十余丈。

唐三十六算得真的很正确,说的话近乎真理:后退,永远没有前进快。没人能想到,像轩辕破这样魁梧的大个子,速度能这么快。因为没有人知道,轩辕破从小便在陡峭难行的山崖间穿行,捕猎那些快如闪电的红貂。退守?缠斗?得到唐三十六指点的轩辕破,不会给对手这种机会。

黄山谷弟子退了五丈,他已经进了十余丈,来到黄山谷弟子的身前。他能清晰地看到,对手的脸色有些发白,甚至能够看清楚对方眼瞳里自己的倒影。

那个黄山谷弟子厉啸一声,剑如风起,向着他斩了下去,剑锋之前带出一道清丽的光芒!

轩辕破记着唐三十六的话,什么都没有想,只想着前进。他燃烧着所有真元前进。对手的剑织成了一片帘幕。他不看也不理,继续前进。他的拳头比身体前进得更快。嗡的一声。拳风带着无数闪烁的星辉,撕乱剑风,拂在黄山谷弟子的脸上。他的眼中,映出无数星辉,还有无数震惊与不可思议。

轩辕破不是摘星学院的新生吗?不是进国教学院没几天吗?不是青云榜的榜尾吗?他的右臂不是残废了吗?那他怎么能轰出这样一拳呢?那些星辉,不是坐照上境才能显现出来的迹象吗?

黄山谷弟子没有办法继续思考。因为轩辕破的拳直接轰开了他的剑,落在他的身上。轰!那个黄山谷弟子像块石头般,重重地砸向数十丈外的洗尘楼墙壁。

狂风大作,烟尘乱作。黄山谷弟子仿佛陷进了墙壁里,衣衫破裂,浑身是血。

轩辕破停下脚步,看了看自己的拳头,神情有些悯然,心想他怎么不挡呢?

洗尘楼里响起一阵急促的脚步声。十余个考官赶到场间，用最快的速度开始救治那个黄山谷弟子。

"你……"一名考官走到轩辕破身前，指着他想要说些什么，却不知道该说些什么。

轩辕破听出来这个考官便是先前说话的那人，望向正在被抢救的那个黄山谷弟子，有些不安，讷讷地问道："我没做错什么吧？您刚才说打不死人的，如果他……他出什么问题，可和我没什么关系。"

15·第一战

听着轩辕破的话，考官的脸色瞬间变了，不耐烦地挥挥手，示意他赶紧离开。轩辕破愣了愣，心想难道不用宣布我是胜利者？那么，这场对战到底算不算数呢？他看了眼墙壁下正在被抢救的对手，挠了挠头，有些糊涂地向洗尘楼外走去。

听着洗尘楼闭门的声音，考官摇头无语，心想这少年才十三岁，怎么就有这么大的力气？就算妖族体质特殊，也未免太夸张了些。

看着从石阶上走下来的轩辕破，众人没有觉得太过意外，毕竟他的名字在青云榜上，击败那个籍籍无名的黄山谷弟子是理所当然的事情。只是考生们没有想到这场对战结束得如此之快，竟比先前那四名槐院书生还要快些。还有那道如雷般的声音，又是怎么回事？

是的，洗尘楼的隔音阵法并不能隔绝所有的声音，当音量超过某种程度之后，声音便能传到楼外，先前轩辕破一拳击飞那个黄山谷弟子，恐怖的轰击声直接突破隔音阵法的限制，传进楼外考生们的耳中，引发无数猜想和议论。此时还留在场间的考生，绝大多数是在第一轮对战里的获胜者，稍后第二轮他们便可能遇到轩辕破，望向轩辕破的目光带着警惕。

"什么情况？"唐三十六看着走回林畔的轩辕破问道。

轩辕破到现在都还没有想明白，先前在洗尘楼里的对战究竟是怎么回事，思考了很长时间后，比画着说："他没有挡。"

老实憨厚的他弄不懂为什么唐三十六能算到对战里的所有细节，以为唐三十六与那个黄山谷弟子相识，提前商量好了让自己获胜。所以此时的情绪并不如何激动高昂，反而有些惘然。

唐三十六哪里想得到他在瞎想些什么，听着他的话便大概猜到了对战时的具体细节，冷笑着说："哪里是不挡，是来不及挡。战斗首重气势，他本来实力境界就不如你，还妄想遵守游斗，输是必然之事，只看快慢罢了。"

便在这时，洗尘楼前的议论声渐渐变小，因为一名考生走了出来，他排在第六十一位。这名考生来自天道院，庄换羽走到他身边低声说话。这名天道院的考生身后系着一个布袋，里面不知道是什么，神情淡漠，听着庄换羽说话，视线却一直盯着国教学院的方向。

庄换羽说完话后，便退了回去。那名天道院的考生看着林畔国教学院数人，沉默了很长时间，最终选择了陈长生。

是的，他选择了陈长生。洗尘楼前一片安静，所有人都望向了林畔。这个选择有些出人意料，但仔细分析，却是理所当然的事情。

苏墨虞和唐三十六分别在青云榜上排第三十三、三十二，落落更是高居第二，无论那名天道院考生如何努力，也不可能在对战里胜过这三人。陈长生名气虽然大，但相对来说肯定是最弱的一人，那名天道院考生选择他，至少可以保证自己有胜利的可能。

天道院考生看着陈长生说道："我就不信你能胜得过我。"

他说这句话的时候，语气刻意平静，神情刻意淡然，但谁都听出了一股狠劲儿。之所以有狠劲儿，自然是因为信心并不是太足的缘故，只有发狠才能不去想那些事情，比如青藤宴，比如青云榜，比如"名满京都"四个字。

林畔很安静。唐三十六看着陈长生，想要说些什么，却最终什么都没说。他没有像先前对轩辕破那样，不停地交代着对战里需要注意的细节，甚至提前把作战方案都做好，因为就连他也不知道陈长生现在到底是个什么情况。最终，他只问了一个最简单的问题："能行吗？"

陈长生看着那名天道院考生，与辛教士前些天偷偷送到国教学院的资料做对照，记起这名考生名叫刘重山，今年十七岁，是天道院院长茅秋雨的亲传学生，境界实力不错，至少是坐照中境，而且极有可能带着强大的法器。

"应该没问题。"他想了想后，对唐三十六说道。

听到这句话，唐三十六的神情顿时放松起来，不再担心，他知道陈长生是个怎样谨慎冷静的家伙，既然说没问题，那就肯定没问题。

"先生，用千里钮吧。"落落在旁边低声说道。

她有些担心，即便平时对陈长生再有信心，甚至近乎盲信——这场对战对陈长生来说实在是太重要了，以他文试的成绩，只要他能够胜了这名天道院考生，便极有可能进入大朝试的三甲，拥有入天书陵的资格。

唐三十六听到了她的话，心想这是什么人啊？千里钮可以称得上是传奇级别的法器，哪怕面对着聚星上境的强者，都有可能保命，珍贵程度可想而知，所有修行强者再怎么想要也很难获得。落落居然要陈长生用在一场普通的比试里，这也太浪费了吧？

陈长生看着落落说道："没事，我行的。"

说完这句话，他便向洗尘楼走去，在离宫教士的带领下，与那名天道院考生一道走进门中。

看着重新紧闭的门，楼前的考生们沉默不语，神情复杂，不知道在想些什么。

洗尘楼内，圆檐仿佛井口，碧空隔开得分外遥远。陈长生和那名叫刘重山的天道院学生隔得也很远，分别站在楼间平地的两端，遥遥相望。

"我承认在学识方面不如你，但战斗终究要靠真正的实力说话，我很想知道，你洗髓成功了吗？"刘重山看着他神情漠然地问道。听似没有起伏的声音，实际上却隐藏着淡淡的嘲弄。

就像先前他说话时隐藏极深的发狠一样，这也是他增强信心的方法。

陈长生没有像轩辕破那样看着碧空走神，也没有望向二楼寻找考官的身影，从走进洗尘楼开始，他便一直静静看着自己的对手，专注而冷静，神识缓缓释放，真元在经脉里流淌，无法贯通但能温暖胸腹。

他回答道："成功了。"

今天大朝试，很多人隐约猜到或者是看出他已经洗髓成功，而且洗髓成功只是修行入门，根本无法作为秘密武器，所以没有什么好隐瞒的。

刘重山说道："是吗？我记得很清楚，青藤宴的时候，你还不能修行，即便洗髓成功，也没几天吧？"

陈长生想了想，说道："是的，时间确实不长。"

"洗髓成功都没几天，定然连如何坐照自观都不懂，我很想知道，这样的你如何能战胜我，实力不够，名气再大又如何？"刘重山看着他带着些许讥讽道，右手伸到身后，解下那个布袋，从袋中取出一把伞，在身前撑开。

那把伞看上去是把普通的油纸伞，被撑开后，伞面却瞬间溢出无数光彩，看着就像是名贵的黄玉，其间隐隐有道极为强大的气息在流转，一看便知这不是普通法器。刘重山因为年龄太小的缘故，境界不足以发挥出这把伞的全部威力，但放到大朝试的环境里，却很少有考生能够凭借自己的实力破掉。这把伞本是他压箱底的手段，只是没有想到首轮对战便遇到了陈长生，为了稳妥起见，他毫不犹豫地施展了出来。

陈长生看了那把伞一眼，便不再关注，心神尽数收回自己的身体里。断续的经脉里流淌着数量不多的真元，强大的神识催动着精神越来越亢奋，又诡异地越来越冷静。同时，一道难以形容的力量，从他的身体最深处的骨骼腑脏里生出，来到他身体的每个地方。带来一种强大的感觉——这种感觉很玄妙，难以言说，并不是因为力量的强大而感觉强大，仿佛就算只是一缕微不足道的那种力量，也会给人带来无比强大的自信，更像是一种本能。

他对这种感觉并不陌生。那天在地底空间里强行坐照昏死过去，醒来之后，他便发现自己的身体里多了一道力量，一道气息，以及一种强大的自信感。因为再也没有见过那位黑龙前辈，所以直至今日，他都不知道那天究竟发生了什么。但他知道自己的身体发生了一些匪夷所思的变化，他的速度与力量得到了巨大的提升，即便是最完美的洗髓，也不过如此。最关键的是，没有任何人知道他的这种变化。

"来吧。"刘重山看着他神情漠然地说道，那把油纸伞在他的身前散发着强大的气息。他的来便是陈长生的去。

陈长生想了想应该怎么去，怎么去得更快些，然后他想起那天从楼上跳到雪地上，掠到湖畔。

他抬起右脚，踩向地面。只听着一道声音响起，那声音有些难以形容，仿佛是被火炉烧红的铁砧，忽然被淋上了一盆清水。

嘶嘶啦啦。陈长生的脚踩在了地面上。坚硬的皮靴，瞬间破裂。靴底的黄沙，像是逃命一般向四处飘散，露出下面真实的裸露的石质地面。

数道裂痕，以他的右脚为中心，向着洗尘楼四周散去。

这一切，都发生在来不及眨眼的一瞬间。

负责大朝试对战的有很多离宫教士，这些教士当中，有人负责流程，有人负责监考，有人负责救治受伤的考生，有人负责杂务。不见得都需要留在楼内，先前便有很多人一直在楼外。但此时此刻，他们全部都在洗尘楼里。

他们站在二楼，沉默地观看着对战，他们很好奇，被主教大人寄予厚望的那个国教学院的少年，究竟拥有怎样的境界实力，是像传闻里说的那样根本不会修行，还是像传说中的那些人物一样，会忽然爆发出来难以想象的实力。

看着陈长生一脚踩向铺满黄沙的地面，看着随后发生的画面，二楼所有的离宫教士都神情骤变，因为这个国教学院少年展现出来的实力，超过了他们所有人的想象——不是说他的真元数量有多么充沛，事实上，他们能够清晰地感知到，陈长生的真元数量很普通，甚至可以说有些少，但他居然能把教宗大人的小世界的地面踩裂！他究竟是怎么洗髓的？怎么可能拥有如此恐怖的力量？

无比恐怖的力量，从地面传回陈长生的身体，黄沙漫天而起！他的身影破沙而出，深色的国教学院院服，拖出一道清晰的残影，仿佛就是一条黑龙！

离宫教士们再也压抑不住，惊呼在二楼接连响起！然后很快被一道更加尖锐、更加凄厉的啸声压住！

那是因为陈长生的速度太快，身体与空气高速摩擦，仿佛要把空间都撕开，发出的声音似极了龙啸！

转瞬间，他便来到了刘重山的身前。刘重山根本没有反应过来，甚至连思考都来不及，因为心神震撼而要张嘴的动作都只做了一半。陈长生的拳头便落在了那把伞上。那把伞骤然间发出无数光线，生出一道强大的气息。然而下一刻，伞面的光线骤然敛没，重新变得黯淡无光。因为那道强大的气息，被一道更强大、更纯粹的力量生生压了下去！

那道强大的力量，来自陈长生的拳头。哗啦一声，那把伞随拳风而飘走。拳头继续前进，准确地落在刘重山的胸口。轰的一声，刘重山的身体像颗石头般弹起，急掠数十丈，重重地砸在洗尘楼坚固的石墙上！那面石墙上还留着些极细微的裂痕。先前轩辕破把那名黄山谷弟子一拳击飞，那人便砸在此处。

此时，刘重山再次砸在同样的位置。同样，只是一拳。

刘重山喷血昏死过去。开战之始，他对陈长生轻蔑说了两个字：来吧。于是陈长生来了，可他倒下了。从开始到结束，他只说了那两个字，连一招都来不及发。

洗尘楼，一片死寂。陈长生收拳，站直身体，然后望向二楼。那些被震撼得失神的教士们，接触到他的目光，才醒过神来，赶紧下楼救人。

那个负责对战环节的离宫教士，走到陈长生身前，想要说些什么，最终什么都没有说。

陈长生神情平静地向他揖手行礼，然后转身向楼外走去。看着他的背影，那个离宫教士情绪难宁，心想国教学院的学生们……怎么都这么简单粗暴呢？

16 · 你上辈子做过些什么？

一拳，又是一拳，又只是一拳。没有什么招式，不理什么法器，也看不到真元的体现，只有力量以及速度，这是什么路数？

要知道以前的国教学院可不是这样的。当年的国教学院，无论师生皆道法精深高妙，行事有出尘之意、道家风范。

今年国教学院重新招生，对国教很多老人来说，意味深长。他们本以为十余年时间，只是漫长岁月里的一粒微尘，很多事情都没有改变，只要国教学院复兴，便能重新看到当年的盛景。谁曾想，现在的国教学院已然不是他们想象中的国教学院，虽然轩辕破和陈长生连续获胜，国教学院曾经的风范却早已不再。一念及此，那位离宫教士和洗尘楼很多考官的心情难免都有些复杂。

昭文殿的半空里，悬浮着一面光镜，镜面的右下角绘着数枝青叶，镜上显现的正是洗尘楼里的画面。殿内的人们看着走出楼去的陈长生的背影，看着那扇缓缓关闭的门，不由生出相同的感受。

陈留王和莫雨、主教大人梅里砂、京都青藤诸院的院长主教、代表军方前来的薛醒川以及徐世绩、独自坐在角落里的周通大人，还有几位南方宗派的代表，此时的昭文殿里有很多大人物，他们正看着天道院院长茅秋雨，他的学生刚刚惨败在陈长生的手下。有些人还认得那把油纸伞，那是茅秋雨青年时期行走大陆的随身法器，心想他此时的心情一定非常糟糕。然而与人们想象的不同，茅秋雨的脸上没有什么怒容，神情平静如常。

人们没有在茅秋雨的脸上看到什么，就转头望向主教大人，却发现这位老大人依然闭着眼睛，仿佛沉睡。这自然是对陈长生和国教学院极有信心的表现。先前有人以为这种信心会是笑话，然而谁能想到，陈长生居然在第一场对战里获得如此干净利落的胜利，不免有些担心自己会不会变成笑话。

057

无论洗尘楼里的考官，还是昭文殿里通过光镜看着对战的大人物们，都被陈长生的表现震住了，人们很不理解，明明这名国教学院的少年才洗髓成功不久，真元数量很是一般，为什么却能拥有如此惊人的力量？

"他的力量与真元数量没有任何关系，应该是洗髓相当完美，或者是这些天有何奇遇，那是纯粹的、绝对的力量。"做为大陆排名第二的神将，薛醒川身经百战，对于力量的了解格外精深，看着众人不解的神情，淡然说道。

说这句话的时候，他看了主教大人一眼。完美程度的洗髓非常罕见，奇遇这种事情如果很多又怎能称奇？在他想来，陈长生无论是通过哪种方式获得如此纯粹绝对的力量，必然都是主教大人赐予的造化。

但陈长生能够接受并且很好地消化，也是非常不容易。薛醒川望向左手边神情漠然、沉默不语的徐世绩，心想这样一个女婿，虽然及不上秋山君，但也算不错了。作为圣后娘娘在军方最信任的两名神将，他心想，稍后待方便的时候，自己是不是应该劝劝徐世绩？

陈长生出人意料的力量展现，让昭文殿变得安静起来。薛醒川说完话后，很长时间都没有人再发声，直到莫雨冷漠的声音打破了场间的沉默。

"只凭力量终究没有办法走太远。"

昭文殿里再次沉默，众人知道她这句话没有错——没有境界的支撑、没有足够数量的真元，再强大的力量也只能在低级别的战斗里发挥威力，一旦遇到更高的境界，便会被直接碾压。陈长生如果没有别的手段，那么在对战里肯定没有办法走到最后，也极有可能在下一轮就会失败。

那声凄厉的啸声传出了洗尘楼。考生们神情骤变，不知道楼内发生了什么事情。苟寒食和天海胜雪的神情也变得凝重起来，显然，这两个已经通幽的青年强者，感知到的更加清晰。

没有过多长时间，洗尘楼的门再次打开，陈长生走了出来，只见他的右脚光着，靴子不知道去了何处，很是狼狈。但除此之外，在他身上再也看不到任何激烈战斗的痕迹，就像刚才只是进楼去逛了一圈。

洗尘楼外一片安静，没有一名考生说话，在场人的视线随着他而移动，看着他从石阶上走下来，一直走到林畔。

"可以啊你！"唐三十六伸手拍了拍他的肩膀，赞道。

轩辕破看着他没有说话，目光里满是佩服。

苏墨虞心想，虽然那名天道院的学生境界普通，实力不算强，如果对战的是自己，应该也能很轻松地获胜，但很难做到像陈长生这般快。看来大朝试前有些同窗私下的猜测是对的，他果然一直隐藏着实力。

落落开心笑着，咯咯的笑声像银铃一样清脆。小姑娘想替陈长生擦擦汗，却发现他根本没有流汗，于是更加得意骄傲，心想先生果然不是普通人，就像自己数月前想的那样。她很想知道陈长生是怎么击败对手的，陈长生简单地把先前的情形讲了一遍，没有解释太多。

轩辕破把那两块极品晶石递到陈长生身前，陈长生摇头表示不用，先前这场对试他根本没有消耗什么真元，哪里需要补充。

考生们的视线依然停留在陈长生的身上。不久前，陈长生还是一个洗髓都无法成功的修行初学者，今天却如此轻松地战胜了天道院院长的亲传弟子。按道理来说，他们应该表现得更加吃惊才对，只不过从青藤宴到青云榜换榜，再到主教大人替陈长生做出那份宣告，陈长生已经被推到一个很高的位置上。人们虽然没有证据，却总觉得他肯定有什么隐藏实力，有了某种心理准备或者说预期，所以此时他们确实很吃惊，但不至于太过失态。

人们现在更关心他真实的实力境界层次，以及他究竟用什么方法在这么短的时间内战胜了那名天道院的学生。其实像苟寒食这样有眼光的年轻修行者，早就看出来，那把伞是很强大的法器。

说到这里，陈长生很感谢今天的对战首轮是闭门试，败者会被直接送出学宫，无法向自己的同窗报知对战的细节。胜利者所用的手段始终无人知晓，这对他保守自己的秘密与手段有极大的好处。

大朝试继续进行，第六十二号考生很无奈地选择了苏墨虞，接下来那名考生选择了唐三十六。这两场对战进行得波澜不惊，没有任何出人意料的事情发生，苏墨虞和唐三十六便获得了最终的胜利。

楼外的考生们只隐隐听到第二名落败的考生愤怒地喊了几声不公平。明明在武试里表现不错，排进了前半段，却遇到像苏墨虞、唐三十六这样的少年天才，确实难言公平，只能说这两名考生的运气差到了何种程度。

首轮对战终于来到了最后的时刻，最后那名考生看着主持考试的离宫教士，问道："殿下的名次不计入成绩中，这怎么算？"

这名考生神情沮丧，看着便令人心生同情。

离宫教士面无表情说道："那不是你们要考虑的事情。"

那名考生无奈，转身望向落落，行礼说道："请殿下赐教。"

人群里响起数道掌声，在这种时候，面对落落殿下这样的对手，这名考生没有直接放弃，没有认输，确实值得喝彩。遗憾的是，无论是值得同情还是值得喝彩，都没有办法影响胜负。

洗尘楼内响起一道巨大的轰鸣声，仿佛一座山峰倒塌。下一刻，落落从洗尘楼里走了出来，走到陈长生身前，小脸上满是高兴的神情，说道："先生，我也只用了一拳。"

她不是在得意——青云榜第二，在年轻一代的修行者里，已经处于巅峰的位置，击败一名普通考生，确实没有什么好得意的地方。她如此高兴，是因为自己用了陈长生一样的方式结束了这场对战。

轩辕破、陈长生和落落，分别只出了一拳，便结束了各自的对战，洗尘楼外的考生们听到了三种声音：雷声、龙啸、大山倒。

唐三十六没有用拳头，他直接用了汶水三式里威力最大的那一式，当时洗尘楼外的考生听到里面传来的剑声，以为江水漫堤了。

"至于吗？"关飞白看着林畔那三个少年和那个少女，挑眉说道。

他和离山剑宗其余三位师兄弟，先前如果需要落场比试，自然能像国教学院数人一样，或许更快地结束战斗，弄出更大的动静。但就像他说的那样，只是场普通对战，需要弄出如此大的动静来吗？

无论观感如何，想法如何，总之国教学院四人全部通过了大朝试对战首轮，至此进入对战次轮的六十四名考生全部选了出来。

有的考生对自己的文试成绩很有自信，综合考量，应该能够进入前四十三名，大朝试三甲的目标完成，自然放松下来，脸上露出开心的笑容。有的考生自忖文试成绩一般，愈发沉默紧张，甚至有些焦虑，他们如果想要进入大朝试三甲，需要在对战里取得更好的成绩，至少还要再胜一轮才有希望。然而对战就像修行一样，越往后对手越强，每前进一步都很困难。

首轮对战结束后，有短暂的休息时间，考生们在洗尘楼外席地而坐，吃起随身带的干粮，有的考生则是抓紧时间静思冥想恢复真元。

李女史带着数名婢女来到洗尘楼前，铺好餐布，摆上各式美食，她们本就随落落居住在学宫里，或者因为如此，没有教士阻止她们。

这是大朝试还是野炊？看着林畔那些画面，考生们觉得嘴里的干粮味道越来越淡，生出很多羡慕。尤其是当他们看到落落殿下半跪在陈长生身边，拿着乌木箸喂他吃烤肉时，这种羡慕很快变成了嫉妒。

关飞白看着那边，感慨万分地说道："陈长生这个家伙上辈子肯定拯救了整个人类世界。"

苟寒食笑着说道："那他应该最先拯救了白帝城。"

17·抽 签

陈长生没有注意到那些落在自己身上的视线。落落来离宫后，他已经有很长时间没有享受过这种待遇，但一朝回到过去的那些辰光，就很快适应而且很习惯。

文试的成绩他有自信至少排进前三，问题在于苟寒食应该也能进前三，就连天海胜雪的文试成绩也不会太差，如此算来，他要拿大朝试的首榜首名，至少要在对战里进入最后一轮，如此就还需要连续胜五轮。当然，如果苟寒食和天海胜雪以及文试最后交卷的那四名槐院书生很快被淘汰，那么他面临的压力就小很多，问题在于，无论怎么看，这都是不可能的事情。

庄飞白、梁半湖、七间也是潜在的强敌，还有今天显得特别沉默的庄换羽，最令陈长生感到不安或者说警惕的，还是那名离群而立的单衣少年。

这名狼族少年没有文试成绩，那么无论对战成绩如何，都不可能拿到首榜首名，不会与他有直接的竞争关系。可万一他在前面数轮的对战里遇到这名少年那该怎么办？没有人想提前遇到这名少年，相信苟寒食和天海胜雪也是这样想的。

短暂的休息很快便结束了，李女史带着婢女收拾食盒，离开了场间。大朝试对战第二轮即将开始，洗尘楼外渐渐变得安静下来，与首轮对战之前的气氛相比，更加紧张压抑，因为前十五名考生也将加入到对战的行列里来。

武试里最先通过曲江的十五名考生都很强，有离山剑宗四人，摘星学院两人，圣女峰一位师姐，天海胜雪神情冷漠地站在最前方，庄换羽平静地与一位同窗站在一处，那个名叫折袖的狼族少年依然孤单地站在外围，谁都不认识。

大朝试对战第二轮与首轮相比，基本规则相同，只有两点比较大的差别：首先是对战双方不再由序号靠前者指定，也与考官无关，而是采用抽签的方法，而且随后的数轮对战，每轮都会再重新进行一次抽签，考生会遇到怎样的对手，完全交给命运安排。其次，从第二轮开始，对战的败方不会再被直接送出学宫，而是会留在场间，因为已经到了前六十四位，为了确定最后大朝试的名次与三甲人选，考官评分无法保证绝对的公平，败者极有可能需要进行加赛。

对战开始前，首先要进行抽签。从某种意义上来说，抽签甚至比对战本身更加重要。如果能抽到一个相对较弱的对手，等于说提前通过一轮，可如果运气不好抽到了苟寒食这样的对手，又该怎么办？

数十双目光，随着主持抽签仪式的那位离宫教士的手离开签箱，落在那张写着考生姓名的纸条上。

"国教学院轩辕破，"那位离宫教士接着抽出第二张纸条，看了一眼后说道，"对阵离山剑宗苟寒食。"

洗尘楼前一片死寂，过了很长时间，考生们才反应过来，发出无数声惊呼。

在所有人看来，既然秋山君出乎意料地没来参加大朝试，那么今年大朝试的最强者毫无疑问便是苟寒食，很自然地以为他的名字会很晚才会出现。谁能想到，第一轮抽签，考官便抽出了苟寒食。

那些惊呼里的情绪很复杂，除了震惊之外，还有很多喜悦，少数惊呼声里，还掺杂着幸灾乐祸。

就像没有人想对阵那名狼族少年，更没有人想对阵苟寒食。现在人们不必担心了，因为对阵苟寒食的是轩辕破，国教学院的轩辕破。

林畔很安静，陈长生和唐三十六看着轩辕破，眼神里没有同情，只有询问的意思。

这种时候，同情没有任何意义。

轩辕破神情茫然地问道："怎么办？"

唐三十六说道："你没看见我们都在等着你做决定。"

轩辕破望向落落，说道："先生，我听您的。"

落落望向陈长生，说道："先生，你怎么看？"

陈长生望向唐三十六，说道："要不你拿个主意？"

唐三十六想都没想，直接举起手，对着负责抽签的那位离宫教士喊道："我们弃权！"

场间一片哗然，谁也没有想到，国教学院方面竟在签表刚出的时候，就直接选择了弃权，这未免也太干脆利落，或者说厚颜无耻了吧？人群里传出嘲笑的声音，轩辕破低着头，模样有些沮丧。

陈长生安慰说道："保留些实力，稍后加赛里也能占些便宜。"

唐三十六负责对外，看着那些嘲笑不止的考生，说道："弃权就是投降？真有本事，我们把这个签让给你们，你们去和苟寒食打？"

让签这种事情自然不可能发生，但他的话提醒了在场的很多考生，如果目标是进入大朝试三甲，那么在第二轮里遇到像苟寒食这样无法战胜的强者，弃权或者才是最好的选择。想着稍后可能自己也会弃权，考生们自然安静了下来。

抽签继续进行，平静的场面，在离宫教士抽出唐三十六和梁半湖这两个名字后，再次被打破。

考生们望向林畔，没有人嘲笑国教学院，而是开始同情国教学院。

唐三十六神情平静如常，情绪却极为糟糕，用只有身边的人才能听到的声音说道："你妈的这叫什么运气？"

轩辕破遇上苟寒食，那是运气差到了极点。他对上梁半湖，运气也好不到哪里去。抽签才刚刚进行不久，国教学院的两个人，便对上了公认最强的神国七律里的两个人，无论怎么看，国教学院今天明显是在走背字。

国教学院的坏运气没有就此结束。写着陈长生名字的纸条，被离宫教士抽了出来，紧接着，教士抽出了他的对手——槐院霍光。

场间一片哗然，此时哪怕是对国教学院观感再差的考生，也没有心情去幸灾乐祸。最震撼的事情，发生在最后。落落的对手是——天海胜雪。

洗尘楼前一片安静，教士抽取签纸的声音是那样地清晰。

人们看着林畔国教学院数人，震惊无语。国教学院数人，自己也是震惊无语。

至此时，人们可以确信，这样的抽签结果绝对与运气无关，而是对国教学院刻意打压，因为这种概率太小了。

轩辕破遇着苟寒食，只能弃权认输。唐三十六盛名在外，号称"少年天才"，但实力境界与梁半湖还有相当大的差距，应该也没有什么胜利的可能。至于第三场，那名叫霍光的槐院书生虽然没有入青云榜，但按照他在武试里表现出来的水准，应该是槐院四生里第二强，比两名已经进入青云榜的同窗更强，只在青云第九的钟会之下，陈长生就算再有奇遇，也不可能战胜对方。

最明显的证据是落落的抽签结果，青云榜第二的她，在今年的大朝试里唯一忌惮的便是已经通幽的苟寒食与天海胜雪,她偏偏就抽中了天海胜雪,而且更重要的是,在场所有考生里,只有天海胜雪的家世背景与她相仿,至少可以在对战里相对自如地发挥自己的实力。

与洗尘楼前相同,昭文殿里也是鸦雀无声。主教大人终于缓缓睁开眼睛,有些浑浊的目光,落在光镜上显现的签表上,渐渐变得寒冷起来。

莫雨眼帘微垂,不知道在想什么。陈留王微微挑眉,面有怒意。薛醒川有些意外,转身看了徐世绩一眼。徐世绩面无表情,保持着沉默。殿内其余的大人物,也都保持着沉默。

昭文殿内的大人物们,没有愚笨之辈,哪里会看不出来,这次抽签是人为的结果!很明显,教枢处对国教学院的偏爱,最终引发了国教新派的不满,在隐忍多时后,终于在大朝试最后的对战环节,开始进行反击,只是不知道这种做法有没有得到圣后娘娘或教宗大人的亲自授意。

"用南人来打国教学院,这模样真不好看啊。"天道院院长茅秋雨叹道,起身向昭文殿外走去。

听着这句话,殿内有些人,比如离宫附院的院长还有两位国教主教的神情变得有些尴尬。

茅秋雨身份超然,他说便说了,走便走了,却也无法改变抽签的结果。

大朝试必须继续,抽签也在继续,最受关注的自然是与国教学院有关的那四场。关飞白、庄换羽等名声在外的青年高手,抽到的对手相对偏弱,只有苏墨虞的运气,竟比陈长生等人还要更加糟糕,因为他的对手是——那名叫折袖的少年。

听着那位离宫教士的唱名声,在场的考生才第一次知道那个狼族少年的全名——斡夫折袖。

斡夫这种姓氏极为少见,一听便不是中原人,应该是塞外的小部落。

唐三十六拍了拍苏墨虞的肩,说道:"认输吧,谁让你刚才和我们站在一起,坏运气是会传染的。"

真的是运气吗?当然不是,洗尘楼前的所有人都知道这一点,然而就像首轮一样,找不到被操作的证据,你便没有办法反对。你只能认输,或者尝试获得一场不可思议的胜利。

唐三十六建议苏墨虞选择前者，自己却准备选择后者。落落和陈长生也是这么想的。

18·论 剑

不管唐三十六怎么说，苏墨虞自然有自己的判断和选择。作为离宫附院学生的代表，他不可能直接认输，而且他执拗而木讷的性情决定了，哪怕对手是那个神秘而强大的狼族少年，他也不会失去信心。他对着主持对战的考官行礼，然后走到了洗尘楼外的石阶上。

人群渐分，折袖走了过来，他的脚步没有停顿，直接走进了洗尘楼。

考生们看着这个少年略显瘦削的背影，神情各异，从清晨到现在，除了对考官说过一句话，再没有人听过此人的声音。人们很好奇，这个以神秘冷血著称的狼族少年实力究竟到了哪一步，他是个什么样的人？至于这场对战的结果，反而没有太多人关心，因为在很多人看来，这场对战结局已经注定，青云榜三十三的苏墨虞当然并不弱小，然而他的对手实在是太强了。

陈长生回头看了一眼若有所思的落落，想着先前进入学宫时，狼族少年回头那一瞬间给自己带来的精神冲击，他想，落落稍后败给天海胜雪，或者还是件好事，至少不需要对阵这个少年，不会有什么危险。

洗尘楼的木门缓缓关闭。没有过多长时间，然后再次开启。考生们有些愕然，虽然知道这场对战应该不会有任何意外，只是结束得如此之快，依然令人震撼。

先走出洗尘楼的，应该便是胜利者，是狼族少年折袖。他站在石阶上，看着林畔国教学院的方向。

大朝试的过程里，这个少年始终站在人群之外，或者走在最前，留给人们的是他的背影，此时此刻，竟是很多人第一次看到他的正面。

他穿着件单薄的布衣，腰间系着根布带，双脚赤裸，裤脚在踝上三寸，简练到了极致。

他的身上没有武器，但给人的感觉却极其危险，就像是一把开了锋的刀，他就是刀的锋芒。是的，他的危险不在于实质的形状，而在于那种感觉，仿佛看他的时间稍久些，眼睛都会觉得刺痛。

很多考生收回了视线，或者望向别处。过了片刻后，洗尘楼的木门缓缓关闭，苏墨虞没有出来。

考生们有些意外，有人忍不住问道："不是说败者可以留下来？"

那位离宫教士看了一眼折袖，微微皱眉，然后对考生们说道："苏墨虞伤得太重，送出学宫救治去了。"

听着这话，洗尘楼外陷入一片死寂，考生们难以抑制复杂的情绪，再次把目光望向那个狼族少年。

考生们的目光里有震撼，更多的是畏惧。

苏墨虞是离宫附院最优秀的学生，是青云榜排名三十三位的天才少年，就算不是此人的对手，这场对战的时间如此之短，此人便让苏墨虞受了如此重的伤，这说明他强到什么样的程度！

昭文殿内，离宫附院院长盯着光镜上的画面，脸色阴沉到极点。此时洗尘楼里的对战早已经结束，光镜上只有一片黄沙，那是地面，在下缘有几片青叶图案，还有几处血渍。苏墨虞受了极重的伤，在离宫里生命应该无虞，然而不知道会不会影响将来的修行。他是离宫附院院长，有足够多的理由愤怒，却不知道该如何发泄愤怒。

折袖与苏墨虞的对战，开始得太快，结束得更快，不要说在二楼控制局面的那个离宫教士，就算他本人亲自在场，也没有办法阻止那幕惨状发生。

国教学院的四名考生在抽签中遇着的都是最强大的对手，那是人为的结果，他很清楚其中缘由。而苏墨虞作为离宫附院寄予厚望的学生，对战第二轮便遇到了折袖这样的"怪物"，只能说签运太差。

苏墨虞重伤退赛，即便他文试成绩再出色，最多也只能进入三甲，想要更进一步，再无可能。

大朝试至此，离宫附院的学生已经全部被淘汰，不要说和离山剑宗、槐院相比，摘星学院现在就剩下四人，这让他情何以堪？

离宫附院院长脸色铁青站起身来，拂袖离开了昭文殿，再无兴趣关注大朝试随后的进程。

天道院院长茅秋雨，因为对某些大人物暗中影响抽签，把国教学院逼进绝境不满，已然离开。

此时昭文殿里，青藤六院便只剩下三家的院长。

大朝试对战第二轮继续进行，拳风剑雨不停，真元激荡不安，不过那些都是洗尘楼内发生的事情，很少会有动静传到楼外。接下来的数场对战，庄换羽很轻松地战胜了自己的对手，离山剑宗的七间和关飞白，也没用多长时间便进入到对战的第三轮，接下来出场的是那个槐院少年书生——今年参加大朝试的槐院四人里年龄最小的，也是实力最强的钟会。

站在洗尘楼前的石阶上，看着场间的景况，钟会的脸色有些难看。他以往在槐院里自然是焦点人物，即便大朝试里强者云集，按道理来说，轮到他出战，也应该吸引很多考生的目光，然而现在却没有人看他，这让他感觉非常不舒服。

考生们不是不重视他，青云榜第九的少年强者，有足够资格令人重视，只不过钟会的对手没有什么名气，恰好下一场对战又是所有人关注的焦点，所以此时人们的视线没有落在他的身上，而是落在两个地方：国教学院数人所在的林畔，离山四子所在的溪边。

下一场对战便要轮到唐三十六登场，陈长生这时候蹲在地上，不停地与他说着什么，手里还拿着一根树枝，在地上写写画画。落落蹲在一旁，用手撑着下颌认真地听着；轩辕破站在上方，用自己魁梧的身躯挡住人群投来的视线。

陈长生正在讲解离山剑法总诀里的一些精要之处，这与临阵磨枪没有什么关系，而是针对性极强的指点。他是在拿离山剑法总诀里的精要与梁半湖的几个著名战例做比较讲解，树枝在地面上画出来的那些线条，都是剑势。

梁半湖便是唐三十六马上要面对的对手。

"你的真元数量和精纯程度肯定不如对方。"陈长生放下树枝，看着唐三十六那一脸的不以为意，认真地说道："就算来京都后你不像在汶水时那样懒，但离山弟子练剑有多苦你是知道的，所以这方面不用争论，你就是不如对方。"

唐三十六摊开双手，表示自己没有什么别的意思。

陈长生向溪边望了一眼，继续说道："你和他的境界差不多，只要没通过那道门槛，坐照上境之间的差别对于战斗来说，影响不会太大，所以如果你想战胜他，便只能在招式上下功夫，做文章。"

唐三十六的神情变得认真起来，问道："如何落笔？"

陈长生说道："抢攻。"

唐三十六微微挑眉，说道："那不是和首轮你与轩辕破的做法一样？"

陈长生说道："不一样，因为所有抢攻都是佯攻，你至少要准备二十记剑招以为连贯手段，不给梁半湖任何思考的机会，争取让他的判断出现错误，然后当剑势将成之时，他一定以为你会用汶水三式，这时候便是我们的机会。"

说到此处，他重新拿起树枝，在林畔的地面上写了几个字。

"唐棠与师弟你的修为境界差不多，在国教学院跟着陈长生一道学习了这么长时间，想来在剑法精妙程度上也有所提升，不会比你我弱。但他的真元数量和精纯程度肯定不如你，意志也不如你。"苟寒食伸手在溪里捧了些清水，洗了把脸，向林畔国教学院数人方向看了一眼，然后继续说道，"唐棠最出色的地方其实是性情，他喜欢不走寻常路，而且发起狠来确实有些意思，如果我是陈长生，肯定会把唯一的胜机放在招式上。"

七间在一旁听着，有些不解地问道："师兄，既然剑法差不多，如何凭招式获胜？"

"剑招的顺序，时机，选择，以及以剑招成势。"苟寒食对他耐心地讲解道。

听着这句话，关飞白想起青藤宴上自己与落落殿下那次试剑，默默点头。

梁半湖望向林畔，带着些许稚嫩的脸上满是自信，说道："陈长生这时候肯定在给他出主意。"

"不错。"苟寒食看着他说道，"陈长生一定会想办法让唐棠凭剑招凝势，最后再用出其不意的方法，强行寻找胜机。先前说过，唐棠最了不起的地方便是那股疯狂的狠劲，所以我想，他凝势之后的那记剑招应该不会是汶水三式，因为那三招虽然强大，但不够狠。"

梁半湖若有所思，开始回忆在离山剑堂里看过的那些剑卷。

关飞白想了想，发现如果真如师兄猜想的这般，还真没有什么太好的方法应对。如果换作自己登场与唐棠战，大概只能凭借真元硬打。

"硬打吧。"苟寒食看着梁半湖说道。

梁半湖有些不解，关飞白更是吃惊，心想难道这不是最笨的法子吗？

19·万万没想到

关飞白万万没想到师兄居然会建议硬打，这种自己都能想出来的对战策略好在何处？

苟寒食没有理他，看着梁半湖说道："不要管他用的是真招还是假招，因为我们不需要见招破招，你和他直接换招。"

关飞白精于剑道，很明确所谓以招换招，最终便是以伤换伤，心想梁师弟明明比唐三十六那个家伙强，何至于要用这种两败俱伤的方法？

苟寒食看梁半湖低头不语，知道师弟们都有些不解，于是平静地解释道："唐棠不如你，所以陈长生要帮助他以奇制胜。而你比唐棠强，就不能走奇诡之道，应该用最简单甚至最愚笨的方法，去获得一场最寻常的胜利。"他站起身来，接过七间递过来的手帕把脸擦干净，望向林畔剑眉将飞的唐三十六，说道，"为什么要硬打？因为这个家伙发起狠来真的有些过分，以招换招肯定会付出受伤的代价，但这应该是战胜他代价最小的一种方法。"

梁半湖想了想，说道："师兄，我明白了。"

洗尘楼的门缓缓开启，槐院少年书生钟会轻而易举地战胜了自己的对手，走了出来。令他有些不愉快的是，楼外考生们的视线依然没有转向自己，还是看着那两个地方，甚至比先前更热切，因为梁半湖和唐三十六都已经站起身来。

没有过多程序，梁半湖和唐三十六向那位离宫教士行礼后，便一前一后走进洗尘楼里。

看着紧闭的木门，考生们的神情非常专注，场间一片寂静。

大朝试对战第二轮至此已经举行了十余场，除了狼族少年折袖与苏墨虞那场，便是这场对战双方的实力最强。这场甚至比折袖与苏墨虞那场更加受人关注，因为所有人都明白，参加这场对战的除了梁半湖和唐三十六，还有另外两个人。

那两个人不会登场，发挥的作用却不弱于亲自上场，就像青藤宴最后那夜一样。

世间有些人，可以通过学识以及思考能力，通过指导直接改变一场战斗的结局，这种人在与魔族对抗的前线就是军师，在绝大多数学院宗派里是那些德高望重的教授或是长老，只有离山剑宗和国教学院这两个地方，扮演这种角色的是两名学生。

今日大朝试，各宗派山门的师长都不能进入考场，很多人非常羡慕离山剑宗和国教学院的考生。因为他们有苟寒食和陈长生这两个有能力的人做现场指导。

时间缓慢地流逝，洗尘楼内依然一片安静。

陈长生神情不变，双手却握得越来越紧，感觉越来越不好，因为太安静了。

忽然间，碧蓝的天空里出现一道红火的颜色，这抹颜色来自于洗尘楼内剑光的投影，看着非常温暖，温暖的背后却又隐藏着炽烈的凶险。

红霞满天，美不胜收。

汶水三式，晚云收！

楼外响起一片惊呼，唐三十六的剑势，竟然突破了学宫的禁制，出现在洗尘楼的上空，落入所有人的眼帘！

苟寒食抬头看着那片晚霞，沉默不语，发现唐三十六在国教学院这些天的进步，竟比所有人想象的更要大。

陈长生的神情却变得凝重起来，因为按照事前的规划，今日不应该有红霞满天。

或者，是唐三十六发狠了，但这说明什么？此时依然沉默无声的梁半湖，竟能逼着他提前发狠，意味着梁半湖犹有余力，而且不知如何，竟让唐三十六没能把前面的十余记剑招连贯成剑势！

楼外再次响起一片惊呼与赞叹之声。

满天的红霞骤然变得明亮无比，小溪被照亮，水畔仿佛生出无数株红枫。

夕阳挂！紧接着，一川枫！

唐三十六的剑意，竟然播撒得如此之远，能够影响到楼外的环境，作为尚未通幽的少年郎，已经足够他骄傲。

然而，陈长生的神情越来越凝重。因为直至此时，他还没有看到梁半湖的剑，在场所有人都没有看到。

忽然间，晚霞骤敛，红枫虚化，一道极淡极柔，平和至极的剑意，在洗尘楼上空拂过。

剑意如水，就像清水，无数顷清澈的湖水，把天空洗了一遍。无论晚霞还是落日或是红枫，尽数被洗得干干净净，提醒人们，先前那些颜色都不是真实的，是被人执剑为笔画上去。既然是画的，便用了颜料，只要是颜料，便能被水洗去，只要那些水足够多，足够清。

半湖清水，可以濯足，更可以濯缨，还能把这片天洗得干干净净，露出原本碧蓝的颜色。

洗尘楼外，无数考生仰首望天，没有惊呼，沉默不语。

无论晚霞还是洗天的湖水，都是楼内那两名少年的剑意在小世界里的反射。真的好强。陈长生沉默了一会儿，回复平静，望向远处溪边的苟寒食，点头致意。

苟寒食点头回礼。

洗尘楼的大门开启，梁半湖走了出来，在他身后一步，唐三十六也随之走了出来。大概就是这一步的差距。

二人的身上都带着伤，衣衫上剑痕清晰。考官赞赏地看了两人一眼，说道："离山剑宗，梁半湖胜。"

梁半湖与唐三十六对揖行礼，然后走下石阶，向林畔和溪边各自走去。

唐三十六很疲惫，可能是这个原因，所以他不想说话。他走回林畔，坐到地面上，靠着一株白扬树，闭上了眼睛。陈长生给他喂药的时候，他只是张了张嘴，依然不肯睁开眼睛。

轩辕破走到他身边，蹲下看着他，满是淡青胡楂却又很稚嫩的脸上写满了担忧，说道："你说说话啊。"

唐三十六闭着眼睛，不肯理他。

轩辕破有些着急，望向陈长生说道："他没事儿吧？"

陈长生说道："可能被梁半湖伤得有些重，需要休息，我们不要打扰他了。"

世间很多事情都是这样，尤其是对于少年阶段的男人们来说，当很多人想关心你的时候，你会很抗拒这种关心，不想理会对方。而当那些关心你的人准备离开的时候，你便会感到孤单，有些不安。

唐三十六睁开眼睛，看着陈长生恼火地说道："什么叫伤得有些重？我哪儿伤了我？"

落落指着他院服上那些被剑撕开的裂口，又指了指他脸上那道浅浅的血线。

"这就叫重吗？你没看梁半湖那家伙，腿都险些被我砍断了！"唐三十六羞恼地说道，"我就是有些困！我就是想靠着树躺会儿！你们别来烦我好不好！"说完这句话，他再次闭上眼睛。

陈长生知道这个家伙向来心高气傲，结果大朝试对战第二轮就输了，肯定非常不好受。

但他不能看着这个家伙沉浸在这种情绪里，他一直认为这样是在浪费生命，没有任何意义。

所有负面情绪，都应该被瞬间抛弃。

"你差钱吗？"他看着唐三十六问道。

唐三十六闭着眼睛，冷笑应道："你见过比我更有钱的人？"

陈长生又问道："文试成绩应该还行吧？综合起来能进三甲吗？"

唐三十六睁眼看着他，问道："进三甲问题应该不大，问题是你问这个干吗？"

陈长生看着他认真地说道："能进三甲，就能观天书，而且你又不差钱，青曜十三司和圣女峰的那些师妹们都喜欢你，那你还想要什么呢？"

唐三十六觉得这个问题似乎隐有所指，认真地思考了一会儿，然后有些不确定地试探问道："首榜首名？"

陈长生没好气说道："那是我的。"

唐三十六笑骂道："你可真不要脸。"

这时候他才确信，陈长生不是准备给自己上人生这堂大课，只是想开解一下自己，而且确实有效，至少他不想闭着眼睛装睡了。

"讲讲。"落落在旁边说道。

唐三十六沉默了很长时间，说道："我万万没想到，梁半湖居然会打得这么蠢。"

落落和轩辕破没有听明白，陈长生却明白了。

梁半湖的实力本就在唐三十六之上，唐三十六和陈长生只能走出奇制胜的路数，试图用对方万万想不到的方法，给大朝试一个惊喜。然而他们却没有想到，梁半湖竟是用了最简单的一种方法来应对。想不到？不，他根本什么都不想。

"我从来没见过这么难看蠢笨的打法。"唐三十六沉默片刻后继续说道，"你替我想的那些剑招，他根本没想着破，一个劲儿地对攻，傻不拉叽的，毫无美感……但我不得不承认，这很有用，前面的十几招用倒是用的，但完全连贯不起来，断断续续，弄得我非常不舒服，最后根本没机会用你想的那三记怪招，我只能用汶水三式搏一把。"

"他撑住了，所以我输了。"

陈长生能想到的，参加大朝试的所有人都能想到，梁半湖的对战策略里肯定有苟寒食的很多智慧。如果说青藤宴上陈长生与苟寒食可以算是平分秋色，

072

那么在今天唐三十六与梁半湖的对战中，他败得很彻底。

他对唐三十六说道："抱歉。"

唐三十六沉默了一会儿，说道："这和你没任何关系，你不用道歉，如果我比梁半湖强，那就该苟寒食头疼，你可以更从容地去破他。终究还是因为我实力不济的缘故，我才应该是道歉的那个人。"

轩辕破在一旁诚实地说道："你们说的话我都听不懂。"

"那就说些你能懂的。"唐三十六笑了笑，然后看着陈长生平静地说："输了两场了，不能再输了。"

他们对话的时候，对战还在继续进行，又结束了两场。马上就要轮到陈长生登场比试。

陈长生想了想，说道："这场我能赢。"

说完这句话，他站起身来，向洗尘楼走去。

20 · 崖　畔

大朝试对战第二轮已经进入到后半段，在最引人注目的离山剑宗与国教学院的两场对决中，国教学院一场弃权，一场败，离山剑宗可以说把在青藤宴上丢的颜面尽数找了回来，国教学院则是被逼到了悬崖边上。

虽然说对战不是团队战，大朝试最终只会按照个人成绩排名，但年轻的考生们终究不是石头缝里蹦出来的，无论是在世人的眼光还是自我的认知中，他们的成绩便代表着他们所属学院或宗派的荣誉。

国教学院第三个出场的是陈长生。因为国教学院公认最强的落落殿下，遇到了已经通幽的天海胜雪，被绝大多数人认为毫无胜算，那么国教学院如果不想在对战第二轮里全军覆没，便要看陈长生能不能过这一关。

虽然他在对战第一轮里胜了那个黄山谷弟子，但依然没有人看好他。所有人都知道，他是国教学院四名学生当中实力最弱的那个，现在连唐三十六都输了，他又如何能够避免失败？奇迹？如果经常发生，那就不再是奇迹，而是有问题。

没有人看好陈长生的第二原因便是今天大朝试对战第二轮的抽签有问题。所有人都知道，肯定有人在抽签里做了手脚。

陈长生这一轮的对手是槐院书生霍光。无论从哪个角度看，这都是最好的选择，不是陈长生最好的选择，而是那些想让陈长生失败的人的最好的选择。

从圣后娘娘到贩夫走卒，从远在妖域的白帝夫妇到京都里的说书艺人，中土大陆所有人都关注着京都举行的大朝试。随着青藤宴上与徐有容的婚约昭告天下，又随着主教大人替他发出要拿首榜首名的宣告，无数双目光都注视着陈长生。

在这种情况下，想要打压国教学院和陈长生的那些人，便必须做得更加谨慎小心，至少不能让人一眼就看出问题。如果第二轮就让陈长生抽签遇到苟寒食，谁都会知道有鬼，不说教枢处会不会把桌子掀翻，京都里的那些说书艺人桌上的响板，肯定会多响很多次。

槐院书生霍光，是最好的对象。

这名年轻书生一直在槐院里安心读书，没有出院历练，所以始终没有上青云榜，在不知内情的人看来似乎很弱。

事实上，槐院无弱者，霍光更是槐院的重点培养对象，准备在大朝试上一鸣惊人，陈长生又如何能是他的对手？

林畔的气氛有些低沉。唐三十六靠着白杨树，看着陈长生的背影，忽然说道："打不赢就撤吧，别出事。"

先前他对陈长生说不能再输了，是因为他知道陈长生因为某种原因，一定要拿到大朝试的首榜首名，既然如此，当然不能输。然而此时想着即便他再次莫名其妙地胜了那名槐院书生，最终也不可能是天海胜雪、苟寒食这些人的对手，便想收回刚说的话。

在他看来，陈长生还很年轻，还有很多岁月，以他的天赋与学识，不知道将来能发展到什么地步，如果现在拼命都拿不到首榜首名，何必拼命？为什么不把眼光放在以后，留待将来，何必对自己如此冷酷？

陈长生摆了摆手，没有回头，因为他没有办法解释，自己虽然还很年轻，但已经没有太多岁月可以虚耗。

他对离宫教士行了一礼，然后走到石阶上。

第一轮对战时，他右脚的靴子碎了，这时候换了双新的靴子。

这双靴子是李女史从她的寝宫里拿来的，很新，但穿着很舒服，大小刚刚合适,应该是落落私下记着了他的尺码。穿着这双靴子,他觉得脚踏实地,非常有信心。

林畔,轩辕破对唐三十六说道:"要不要歇会儿?"

唐三十六看着远处石阶上的陈长生,沉默片刻后说道:"不用,把晶石给我。"

正如天机老人在青云榜换榜时的点评,他被陈长生影响了很多。比如此时此刻,看着陈长生的身影,他很快便从先前的沮丧情绪里摆脱出来,准备开始冥想恢复真元。因为可能有加赛,他至少要进三甲,不然他真会觉得在陈长生的面前矮了一截。

与境界成绩无关,与心志有关。

洗尘楼开启,陈长生和那名叫霍光的槐院书生走了进去。二人隔着十余丈,站在铺满黄沙的地面上,静静对视。

如果仔细看,或者能够看到他们脚边的黄沙下面,隐隐有些血迹,应该便是先前对战的考生留下的。

"我听说过你。"霍光打破沉默,看着他说道,"在来京都之前。"

这名槐院书生约摸十八九岁,神情冷漠,和他的那几位同窗就像一个模子刻出来的一般。事实上,他们的容貌长得并不像,之所以会给人这种感觉,是因为槐院出来的年轻书生,都有一种很难形容的味道。

陈长生没有接话,他觉得没有必要。

"我知道在大朝试上会遇到你。"霍光看着他平静地说道,"在来京都之前。"

陈长生这才知道今天大朝试里对国教学院的打压,原来不仅仅是大周朝或者说国教内部有人出手,甚至牵扯到了遥远的南方。

但他依然没有说话,平静地调整着呼吸以及真元的运行。

"为了抵抗魔族入侵,人类世界需要团结,滔滔大势,无人可以阻止,任何人妄图阻挡,都只会被冲进历史的臭水沟中,而你……已经影响了南北合流的进程,所以,你不能拿大朝试的首榜首名,更不能和徐有容结婚。"霍光看着他面无表情地说。

陈长生终于明白了那种难以形容的味道是什么。就像青藤宴最后一夜,那个乡下书生说出的话给他的感觉一样。

"这个世界上一直有些人,有些读书人,相信某些很奇怪的道理。为天地立心,为生民立命,为往圣继绝学,为万世开太平,所以请你去死。铁肩担道义,你死后,家人我来照顾,这个世界也由我来照顾。"

陈长生摇了摇头,如果只有前半段,那很值得尊敬,如果加上后面半句,那便不好。

他不喜欢这种味道。

比徐世绩身上散发出来的血腥味道,更让他不喜欢。

"放心,我不会用言语羞辱你,因为那没有意义,而且很无趣。"霍光看着他神情漠然地说道,说话间眉梢微微挑动了一下。

或者在这一刻,他想起先前武试在煮时林里争道时,唐三十六那些尖酸刻薄的话语。

"我会很简单地战胜你。"他看着陈长生,居高临下地说道,"抽出你的剑,迎接你的失败吧。"

陈长生依然沉默不语,没有接话,也没有抽出自己的剑。

于是霍光做的这些事情,显得很可笑,就像是对墙壁出剑,对星空诵读长篇抒情诗。

黄沙静铺于地。

霍光的脸色变得有些寒冷,看着他说道:"如果你不拔剑,你今天便再也没有拔剑的机会。"

随着这句话,一道清晰而强大的气息,从他的身体里散发出来。

陈长生静静看着他,缓缓抬起右手,离腰间短剑的剑柄很近,伸手便能握住。

最终,他没有握住剑柄。他收回右手,五指合拢,便成了拳头。

"很好。"霍光看着他的动作,觉得受到了很大的羞辱,双眉缓缓挑起,深深地吸了口气。一道极精纯的真元外溢,穿过赭色的文士衫,在洗尘楼内带起一道风。那道风围绕着霍光的身体,如同一道屏障。

他背着把大剑,但没有拔剑,而是像陈长生一样,握紧了拳头,然后一拳击出。

嗡的一声暴鸣。围绕着他的那道风屏,瞬间出现一个空洞,一个泛着淡青色光泽、由真元凝成的拳头,从那个空洞里狂暴而出,瞬间穿过十余丈的距离,来到陈长生的身前。更令人震惊的是,那道风屏里又有拳意先后凝结,连接袭至陈长生身前!

数十道真元拳意，就像是真正的拳头一般，四面八方，如风雨而来！

昭文殿里那面十余丈方圆的巨型光镜，把洗尘楼里的对战画面，清晰地传到殿内大人物们的眼前。

从陈长生和霍光走进洗尘楼开始，大殿便变得异常安静。

主教大人没有继续睡觉，平静地看着镜中的陈长生，表情看不出是不是还像先前那样有信心。

光镜里忽然出现了数十道青光。虽然不在现场，但只看画面，仿佛也能感受到其间蕴藏的威势。

薛醒川身体微微前倾，惊异道："破军拳？"

对于昭文殿里的这些大人物来说，那名叫霍光的槐院书生，不过坐照境界，施展出来的手段，自然不会令他们震撼，但想着霍光的年龄，居然能把最难练的破军拳修到这种境界，还是有些吃惊。

将要迎接这数十记破军拳的，是陈长生。昭文殿里很多人，在心里默默宣布了他被淘汰。

主教大人的眼睛微眯，浑浊的眼光再次变得锋利起来。

莫雨神情淡然，搁在座椅扶手上的手，指节却有些微白。陈留王看了她一眼，生出很多疑惑。

21 · 笨拙向前

破军拳的拳意隔空而去，凝而不散，直至接触到对手或是别的障碍物才会散发力量，这种拳法的破防能力极为恐怖，就算是完美洗髓的修行者，也不可能用身体来硬扛，必须要想办法避开，或者以更强大的真元强行镇压。

这种拳法还有一个特点，拳出如风，风凝如拳，自始处始，去如狂风暴雨，笼罩所有方位，一拳可敌数十人甚至更多，修至巅峰甚至有以一拳破千军的传说，所以被称为破军拳。

第一场对战里，陈长生展现出来了难以想象的速度，但破军拳没有给他留下发挥速度的空间，而且谁都看得出来，他的真元数量非常普通，和参加大朝试对战的这些天才们相比，更是少得可怜，如果他没有别的手段，则必败无疑。

昭文殿里很安静。人们看着光镜上的画面，看着那数十个泛着青光色的拳头，从四面八方轰向陈长生。

在教枢处主教大人梅里砂身旁，多出了两张座椅，里面坐着两位显得还有些年轻的主教大人，然而从他们的衣饰可以看出来，竟是与梅里砂相同级别的大人物，不知道是国教哪座圣掌的统驭者。

这两位圣堂主教不知道什么原因，很晚才来到昭文殿，给人的感觉，似乎专门就是要来看陈长生的这场对战。

昭文殿里的人们神情各异，两位主教大人却很平静，淡定自若。因为他们很清楚槐院书生霍光的修为境界，更准确地说，霍光本来就是他们刻意替陈长生挑选的对手。

大朝试对战抽签，是他们暗中安排的，陈长生在第一场对战里表现出来的能力以及所有细节，在先前，也已经通过他们麾下的某些教士，私下透露给了槐院，所以霍光才会一上来便施出消耗真元极剧的破军拳，要的就是不给陈长生任何机会。

所有一切，只为确定一件事情——陈长生必须败。

莫雨看着已经被推到悬崖边的陈长生，细眉微蹙，握着座椅扶手的双手更加紧了。

陈留王在旁用余光注意着她，心里的疑惑越来越深。他想不明白，做为要打压国教学院一派势力的代表人物，此时眼看着陈长生即将要失败，她为何反而会如此紧张，关心场间局势？难道她会担心陈长生？这没有任何道理。下一刻，他忽然想到此前的对战，以为自己猜到了莫雨的想法。

在青藤宴上，落落殿下与关飞白对战的时候，曾经施展过简化版的耶识步，当时被苟寒食认了出来，惊艳全场。陈长生为何会魔族绝密的耶识步，这始终是个未解的谜团。虽然在青藤宴上，落落殿下用的步法并不是完整的耶识步，但在青藤宴以及大朝试这种层级的对战中，那种简化版或者说变形的耶识步足以发挥很重要的作用，比如面对如暴雨而至的破军拳时……陈留王想到，莫雨应该是想起了青藤宴上的场面，她并不是担心陈长生会失败受伤，而是紧张于陈长生会不会施展那种简化版的耶识步，直接脱离破军拳的笼罩范围，给这场对战带来出其不意的变化。

他能想起陈长生的简化版耶识步，昭文殿里的其余人自然也能想起来，徐世绩的神情有些冷峻，薛醒川身体重新坐回椅中，场间更加静默无声，众人清楚，陈长生至少不会马上就失败，这场对战应该会持续一段时间。

那两位圣堂的主教大人依然面无表情，作为国教新派的代表人物，他们知道的事情更多一些。既然要打压国教学院，既然要借槐院之后直接让陈长生在第二轮便遭淘汰，又怎么会错过这些情报？

陈长生能够掌握的所有手段，他的对手事先都知道。

或者，霍光这时候正等待着陈长生用那种简化版的耶识步，从破军拳化成的暴风骤雨里突破出来。

霍光一定隐藏着更强硬的手段，等待着他出来的那一瞬。

下一刻，昭文殿里响起一阵惊讶的轻噫声。那两位圣堂主教微微皱眉，看着光镜里的画面，吃惊不解。

陈长生没有用那种简化版的耶识步，没有试图从正在形成包围的破军拳里突破出去。更准确地说，他什么事情都没有做。他的两只脚踩在铺着黄沙的地面上，稳定得仿佛钉在那里一般，动都没有动一下。他隔着那数十个恐怖的青色的真元拳意，看着对面的霍光，沉默不语。

时间快速地前行，他没有等待多长时间，昭文殿里的大人物以及二楼沉默观战的那些离宫教士们没有看多长时间，挟着巨大威力的破军拳，终于来到了他的身前，像真正的暴风雨一般，充斥着他周围空间里的所有角落。

看到这种场面的很多人，无论是徐世绩还是莫雨，或是洗尘楼二楼里那些心向国教学院的教士，都非常不解，不知道他究竟要做什么。这是大朝试的对战，没有生命的危险，按道理来说，不会出现束手就擒的阵势，而且即便他自认不敌，为何要站在原地承受暴雨般的破军拳的打击？

到了这时候，陈长生必输无疑。霍光的破军拳已然成势，在陈长生的身体四周形成一道约两丈方圆的淡青色的风雨线，里面有无数风与雨，尽是惊恐的拳意。

陈长生这时候就算施展那种简化版的耶识步，也无法突破这道破军拳组成的风雨线。除非他能够施展出来真正的、完整的耶识步。但那是不可能的事情。

春天来到京都，成为国教学院十余年来的第一名学生，带起无数风雨，要成为大朝试首榜首名，所有一切，都会在这一刻结束吗？

下一刻，陈长生动了。所有人都以为他会动的时候，他安静地站在原地，一动不动。所有人都以为他不可能再动的时候，他忽然动了。他没有用耶识步，直接向着面前那道由破军拳组成的狂风暴雨里冲去。

他的动作看起来有些生硬，感觉有些笨拙，但很坚定。

洗尘楼二楼里响起一片低呼声，观战的离宫教士们有些人很吃惊，有些人很担心。

此时在他周围的空气里，至少有数十道拳意，像飓风一样流转，每道拳意的最前端，都有一个泛着青光的拳头。那些拳头并不是实质的存在，可以说是假的。但那些拳头里蕴藏着无比巨大的威力，真得不能再真。

那些破军拳组成的风雨很密，仿佛没有一丝空隙，除非完整版的耶识步借自然之势跃趋，别的步法身法再如何精妙，都会触碰到那些拳头，然后引发那些拳头里蕴藏的恐怖威力，更何况他没有用任何步法，只是简单地向前冲去。

啪的一声轻响，他右脚上的新靴像雪片一样碎裂。黄沙骤散，露出石质地面，蛛网般的裂痕再次显现。

身体与空气碰撞，带着凄厉的啸声，他的人化作一道残影，黑龙再现。极短的时间后，残影微微停滞。因为一道强大的拳意击中他的右肩。

深色的院服如花绽开，嘶嘶响声里，布料随风而散，拳意入体，肩部的皮肤骤红，似将裂开。

此时，他只向前掠出两步。似乎，便要就此停下。然后被暴风雨般的破军拳轰倒在地。

二楼骤然安静。昭文殿里却响起一声轻笑，带着淡淡的嘲弄意味。

莫雨没有笑，她看着光镜上的画面，心情有些复杂。她仿佛看到下一刻，陈长生的右肩皮开肉绽，骨断血流，然后被更多的破军拳击中，喷血倒下，就此失败被淘汰出大朝试。她甚至看到了更久以后，这个少年离开国教学院落寞的背影。

那个小楼的房间里，被褥冰冷，就算放再多的安神香，也不会再有以前的味道。

她想起娘娘对自己说过的那句话，忽然觉得有些后悔，有些感伤。

很多人都是像莫雨这般想的。

是的，陈长生在第一场对战里展现出了惊人的防御能力。但破军拳是破军拳，就算完美的洗髓，也不可能硬挡。

陈留王沉默不语，有些微怒于陈长生一开始的时候为什么不拔剑。

徐世绩依然面无表情，他现在的身份有些尴尬，看着陈长生惨败，他不便流露出任何情绪。

所有人都以为，陈长生会被破军拳破防重伤。

然而就在下一刻，洗尘楼内出现了一幅神奇的画面。破军拳落在陈长生的右肩上，院服骤碎，血色隐现。然而，只是隐隐一现，便迅速回复寻常。一声轻微的闷响，在他肩部响起。那记破军拳……消散如烟，随风而散！如此恐怖的拳头，竟没能让他流血！

这哪里是崖石破空而落，可以破大地，惊林鸟？这就是清风拂山冈！这记破军拳，就是在给陈长生挠痒！

霍光神情剧变。洗尘楼二楼惊呼不断。昭文殿里鸦雀无声。就在这时，陈长生的左脚落到地面。他继续向前，向着对面的霍光掠去。他的动作看着还是那么笨拙。却……那么可怕。

22 · 拔剑、纵云、落须

一道清风落在崖石上，自然散了。这便是那记破军拳落在陈长生肩头给人的感觉。

当然，不可能真的是一阵清风，所以他的院服破散，已然化作一道残影的身体，被迫滞了那么一瞬。只是一瞬。他左脚踏向地面，崭新的靴子毫无意外地碎裂成丝，坚硬的地面再次出现缝隙。

几乎同时，数记破军拳难分先后地接连落在他的身上，院服破损严重，在空中飘舞，他的身体表面出现几道清晰的拳印，却未能深入。

从这一刻看，根本不像是破军拳落在他的身上，反而是他用身体主动撞上那些强劲的拳意。

啸声再起，陈长生再次化作一道残影，伴着令人耳震的撞击声，生生撞破由数十道破军拳组成的那片风雨，消失无踪。

只有一只碎靴留在裂开的地面，像石中生出的花，院服的残片，缓缓飘落，像空中飘下的絮。

昭文殿内再也无法保持安静，响起座椅挪动的声音。莫雨站起，看着光镜上的画面，美丽的眼中满是震惊。摘星学院的院长震撼无语，他身边的宗祀所主教难以控制情绪，惊呼出声。徐世绩神情依然漠然如石，看不出来他在想什么。刚刚来到昭文殿的那两位主教大人，微微动容。薛醒川身体再次前倾，盯着光镜，神情变得异常凝重。

再完美的洗髓，都不能让修行者的身体达到这种强度，哪怕是魔族也不行。

为什么陈长生的防御能力如此恐怖？就算他再有奇遇，就算他把百草园里所有的珍稀药草全部炼化成丹药吃了，也做不到这样。

昭文殿里的人们都见多识广，那两位主教大人更是与梅里砂一样，都是国教六巨头中人，但他们却从未见过这样的情景。

陈长生的身体实在是强得难以想象，根本无法理解。所以他们很吃惊。

是的，陈长生的防御当然不完美，相信无法抵挡住法器或是锋利兵器的攻击，但这种基础能力实在让人匪夷所思。

薛醒川想得更多些，所以他的神情更凝重。因为他想起了一个很长时间没有听到的名字——周独夫。千年以来，大陆公认的最强者。

无论是曾经发誓要统治整片大陆的魔君，还是如太阳般耀眼的太宗皇帝陛下，在个人武力方面，都无法与这个人相提并论。即便从天书降世开始看，周独夫也至少能够排进前三。

很多年前，周独夫还是个少年的时候，远没有举世无敌的实力，但那时候，他便在大陆上非常有名气，因为他拥有比完美洗髓更强大的防御能力。所有人都知道，那是因为他婴儿时期，因为某次大机缘，曾经以龙血浴身。

然而大陆承平多年，龙族已然消失，数百年来，连龙都看不到，陈长生又到哪里去取龙的精血？

薛醒川没有继续想下去，因为那种推想比陈长生展现出来的身体强度更加不可思议，也因为光镜上的画面，再次吸引了他所有的注意力——看着陈长生如一道残影般直扑霍光，他明白了陈长生为什么最开始的时候一直没有动。

防御能力再强，也不可能承受破军拳无休无止的轰击，就算他能承受住，也肯定会受伤，甚至可能会受很重的伤。那样，即便他战胜霍光，也无法在接下来必然更艰难的对战里继续获胜。

所以陈长生等，等着对手让破军拳成势，等着那片风雨从覆盖整座洗尘楼地面的范围，缩小到自己周身丈许。成势后的破军拳，必然威力更大，但他只需要突破一层，便能突破所有。他要用单位时间内承受破军拳的数量，来争取时间，从而在整场战斗里，少受几拳。

薛醒川神情再变，心想这是何等样自信的战法。

陈长生是大朝试的焦点人物，包括那两位圣堂主人在内的很多大人物，都对他投注了很多目光，很多人比如莫雨，都以为已经掌握了他所有的手段或者说底牌，但事实上，没有人知道他究竟拥有什么，就连主教大人，甚至是落落都不知道。

槐院书生霍光的破军拳确实很厉害，使用的时机也非常完美。

如果是人们印象里，哪怕是以最大期待来预测实力的他，面对这样强大而有准备的对手，想来也是必败无疑。但谁都想不到，他现在的实力，他所经历的奇遇，要比最瑰奇的想象更加夸张。甚至就连他自己，此时都不清楚究竟经历了些什么。不知道自己曾浴龙血，只能从身体的异变猜想一二，但他知道自己很强。

现在的他，至少有四种方法可以突破如狂风暴雨般的破军拳。

他选择了看起来最直接，也是最笨的一种方法。因为没有人会想到这种方法。

就像唐三十六和梁半湖那一战，他怎么也没有想到，苟寒食居然会让梁半湖打得那么蠢，唐三十六无论如何也都想不到，梁半湖竟然真的打得那样笨。

他可以用耶识步避开对手的破军拳，是的，哪怕破军拳已然成势，他依然可以避开。因为他掌握的耶识步谈不上完整，但也不是人们印象里，青藤宴上落落用过的耶识步，他的战法要比人们想象的更加难测高明。但他没有用。

他也可以抽出腰畔的短剑，用钟山风雨剑的第一式起苍黄，直接与漫天的拳意正面交战。但他也没有。

因为这才是大朝试对战的第二轮，他还没有遇到那些真正的强敌，他不能把自己最强的那些手段和底牌，露出来。

对面那名叫霍光的槐院书生，还不够资格让他用那些手段。

转眼之间，破军拳被破，局势逆转。陈长生如一道残影，瞬间掠至霍光身前。霍光很震惊，但他的境界要远在那个黄山谷弟子之上，加上槐院弟子最重守心静意，骤然遇到这种突变，竟是毫不慌张，一拳击出。

他没有拔剑，因为陈长生来得太快，这一拳是他先前施出破军拳的后续，连贯之间最是自然，所以最快。

他的这拳没有击向陈长生，而是击向地面，而且拳意极为空明。只听得嗡的一声轻鸣，他脚前的黄沙飘舞而起，拳意幽然于其间。借着拳意反震，他疾速后掠，赭色的文士衫，竟也拖出了数道袂影，可以想见他退得有多快，多么坚决。

在后掠的同时，他右手伸到肩后，准备抽剑。他一直背着把剑。那把剑很大，形状有些怪异，中间竟是弯的。这把剑叫作正意，乃是槐院七把弟子规剑之一，极为锋利，内有乾坤，虽然无法排进神兵榜，但亦非凡物。

他坚信，只要自己执剑在手，陈长生的防御能力再如何强大，也不可能是自己的对手。

他略有悔意，先前如果进洗尘楼后，他第一时间拔出正意剑，不理会那位教士的建议，何至于像现在这样退得如此狼狈。

正意剑前，群鬼辟易，只要一招，他便能把陈长生斩败。想到这里，他的右手已经握住了剑柄，只需要极短的时间，便能把剑从鞘中抽出来。

抽剑的动作很简单，他练过无数遍，所需要的时间短到甚至可以认为，那段时间不存在。

可是，时间终究是无法毁灭的永恒存在。再短，终究需要一段时间。霍光的眼瞳骤然缩小。陈长生没有给他这段时间。

霍光在洗尘楼外，便接到离宫教士的信息，知道陈长生在第一场对战里表现出了极惊人的速度，对此，他有心理准备，对这场战斗进行设计时也做了充分的考虑。然而他没有想到，陈长生所谓惊人的速度，竟是……这样地惊人！

陈长生太快了，快到他的手刚刚落在剑柄上，人到了他的身前。正意剑出鞘半尺，陈长生的拳头离他的胸口也只剩下半尺。霍光知道来不及了，脸色骤然发白，真元狂暴而出，化作一声厉啸，从唇间迸出！

同时，他的右脚向地面轻轻踩落。是的，不是重重踏下，而是轻轻踩落。哪怕是如此紧张的时刻，他的脚步依然轻柔，仿佛踩在一团云上。先前他一拳空幽击向地面，身前地面飘起的黄沙，看着就像是一团云。他的右脚，便轻轻踩在这团黄沙蕴成的云上。

很轻柔，很曼妙，很神奇。他仿佛也变成了流云，向上方飘去。

"好一个纵云！"昭文殿里响起赞叹声。

不知道是宗祀所的主教大人还是谁，竟开始替南方槐院的学生喝彩，可以想象陈长生参加大朝试还有那份宣告，给这些人带来了多大的压力。至于那三位坐在客座上的南方宗派师长代表更是神情满足，捋须不语。

霍光的表现确实值得赞美。一个还没有通幽的年轻修行者，居然能够把槐院身法纵云施展得如此完美，在这样紧张的时刻，依然展现出风清云淡的气息，不得不说，槐院对弟子的培养，确实非常了不起。

更重要的是，这一式纵云身法，对这场战斗来说，可能带来极大的转折。

陈长生很快，所以不能停，他的拳头很强，所以不能弯。直行的事物，想要陡然改变方向，速度越快，需要越大的力量，或者是极高级的驭使真元的法门。

那种法门很少见，览遍大陆各宗派学院，也不超过三数。

京都里，没有哪家学院有这种法门，白帝城一脉，也没有这种招数。

陈长生就算想学都不知道到哪里学去。所以他的拳头只能落空。而霍光已然纵云而起。二人之间将成高低之势，霍光将执正意剑在手。这场对战的胜负，或者，将会就此改变。

然而下一刻，那几句南方宗派师长代表的手陡然僵硬。其中一位长老甚至把白须揪落了数根。

昭文殿内，惊呼之声大作。

23·天 空

陈长生的速度确实很快，拳头确实很直。按理来说，他的拳头肯定会落空，无法击中以曼妙纵云身法飘起的霍光。

他的拳头确实也落空了，落在了空中，发出一声嗡鸣，仿佛一座古钟被调响。毫不承力的空气，似乎都被这一拳击破。然而他的拳没有就此停下，而是继续前行。

被击破的空气里，仿佛出现了一条通道，那条通道无法用肉眼看见，给人的感觉却是真实存在。

昭文殿里的大人物们，看着光镜上的画面，也感觉到了那条通道的存在。那条通道是陈长生用拳头击穿的，却不是直的，而是一条弧线，前端微微上翘。这根无形的线，很平滑，很好看，有一种自然天成之美。

笔直的拳头，如何能够在空中击出一条弯曲的通道？只能有一种解释，那就是他的拳意，在最后散发的那一刻，改变了方向。

世间有哪种拳法可以做到这一点？

霍光向天空飘掠。陈长生的拳头沿着那根无形的曲线，向着天空而去。

"燎天一剑！"昭文殿里响起薛醒川的惊呼声。

确实没有拳法可以做到在最后时刻改变拳意的走向。昭文殿里的大人物们都是见多识广之辈，非常肯定绝对没有。

但有剑法可以做到，在剑招的最后改变剑意的走向。

先前昭文殿里的大人物们在心中默默数过，世间大概只有三种法门可以做到这一点，其中便有这种剑法。

离山剑法里的燎天剑！昭文殿里接连响起座椅与地面的摩擦声。大人物们震惊起身，看着光镜上那个正在握拳轰天的少年，惊骇莫名。国教学院的学生，怎么可能学会离山剑诀里的不传秘剑？

传闻里，离山剑法里的燎天剑，是那位传奇的离山小师叔自创的秘剑，向不示人。直到数百年前，他云游四海回到离山，才在当代掌门的苦苦请求下，把这记剑招记录进了离山剑法总诀里。

这记剑招很出名，却极少有人学习，因为这剑招学起来太难，对神识的凝练程度要求太高。

这一代的离山剑宗弟子，据说只有秋山君和苟寒食学会了这一招。

现在，这一记剑招出现在陈长生的手中。他没有用剑，用的是拳头。燎天的一剑，自然变成了轰天的一拳。在他的拳头与碧蓝的天空之间，是霍光。于是他的拳头在轰破碧蓝天空之前，首先要落在霍光的身上。

轰的一声闷响。那是拳头与身体接触发出的声音。陈长生的拳头，轰在了霍光的胸腹之间。简洁，准确，有力。

轰的第二声闷响。那是身体与空气撞击发出的声音。霍光的身体，骤然间离地而起，向着天空飞去，片刻后，就变成了一个小小的黑影。

洗尘楼外，考生们聚在石阶前，等待着这场对战的结果。便在这时，他们听到了连接两声轰鸣。

因为洗尘楼里的隔音阵法，他们先前一直没有听到任何声音，更不像唐三十六和梁半湖战时那样，能在碧蓝的天空里看到剑意的投影，对参加这场对战的霍光以及陈长生，不免有些看低。

直到这两记雷声般的轰鸣陡然响起，仿佛在他们的耳边炸开。考生们震惊无比，随着轰鸣之声的嗖嗖破空声，视线上移，看到了那个向天空飞去的人影。

场间一片死寂，很多考生张着嘴，却没有人说话。他们眼睁睁看着那个人影飞到极高的地方，然后重新落下。片刻后，地面传来轻微的震动。

考生们低头望向脚下，然后抬头望向洗尘楼，震撼得无法言语，觉得心都随之震动起来。那声震动，应该便是那个人落到地面了吧？

大多数考生都没有看清楚，那个被击飞到天空里的人影是谁，但不知道为什么，但所有人的心里都认为，不会是陈长生。

洗尘楼内。陈长生右脚在前，左脚在后，像把弓。他右臂微弯，举拳向天，像火把。霍光被击飞。他收拳，然后收回右脚，站直身体，向天空望去。他的视线上移，然后下落，随着那道人影回到楼内。一声闷响，烟尘微作，地面微微颤动。烟尘渐敛，霍光倒在地上，不停喷着血，不知道骨头断了多少根。

从他离开地面那刻开始，二楼的考官们便冲了下来，做好了抢救的准备。青曜十三司的女教士，不停地挥洒着清光，替他止血，确保生命无虞，然后才会把他转移到离宫。

躺在覆着黄沙的地面上，看着碧蓝的天空，霍光的神情很痛苦，眼神里满是不甘与愤怒，最多却还是惘然。

他不明白，为什么自己会输掉这场对战。要知道在进入京都之前，他就已经提前知道了自己的对手是谁。

如果陈长生连武试都过不了，自然不能参加对战；如果他连对战首轮都无法通过，自然也不会遇到他。他所知道的就是，只要陈长生进入了第二轮，那么自己便会是他的对手，自己将会成为他无法逾越的一座大山，从而历史在这一刻得到纠正，南北合流再次回到正轨……

然而，现在他躺在地上，受伤太重，无法动弹，便是连转颈这么简单的动作都做不出来。

他想对陈长生说些什么，但他无法看陈长生，也说不出话来，只能看着那片碧蓝的天空。学宫里的天空比外面的天空要低很多，刚才他甚至以为自己会摸到那片天空。

就像他进入洗尘楼前以为自己能很轻松地战胜陈长生一样。可事实上，天空是无法触及的。

他也没能战胜陈长生。为什么？

陈长生能想到霍光以及霍光身后那些大人物此时的心情是多么复杂，有多少感想，但他没有想。因为别人的感想与他无关，他人的砒霜不管是不是他的蜜糖，都和他没关系。他从来不会把时间消耗在这些无谓的事情上。

他没有看躺在地上的霍光，向着那位主持对战的离宫教士行礼，然后向洗尘楼外走去。

那位离宫教士来自教枢处，看着少年的背影，赞赏地点了点头。

从进入洗尘楼到离开，陈长生一句话都没有说。在对战开始前，霍光居高临下地对他说，如果不拔剑，就再也没有拔剑的机会。

陈长生用事实证明，真正需要拔剑的人，其实是霍光自己。

昭文殿内，再次回复安静。人们用了很长时间，才压制住心头的震惊。

莫雨看着光镜里空荡荡的黄沙地面，唇角微微牵动，似乎想要笑，但终究还是保持住了冷漠的模样。

薛醒川望向主教大人梅里砂，对于陈长生展现出来的水准，他有很多困惑。

人们这时候才发现，主教大人不知道什么时候重新闭上了眼睛，仿佛再次开始入睡。只是他脸上的皱纹，变得舒展了很多。本有些刺眼的老人斑，也变得淡了很多。他的脸上，有淡淡的笑意。

第二章

今天的天海胜雪很沉默,特别低调,给人的感觉特别古怪。因为他的家世背景决定了,他不可能低调。

24·赤足的少年，坚决的少女

燎天剑是秘剑，即便是长生宗诸崖的长老都不会，只有离山的弟子们能够接触到。陈长生这辈子都没有去过离山，他怎么会这一剑？对普通人来说，这很难解释，甚至可能成为困扰他们终生的谜题，但此时在昭文殿里的大人物们，比普通人知道更多更久远的故事，没有用多长时间，便想起来了数百年前，对抗魔族的战争里曾经发生过的一件事情。那件事情在波澜壮阔的战场上并不起眼，却有影响极为深远的后续发展。

那件事情之后，离山剑宗的剑法总诀，被送到了白帝城。

"按照当年的约定，离山剑诀只能由白帝一族保存，严禁外传，陈长生凭什么能学？"

"因为陈长生是落落殿下的老师。"

"这样也行？那般推展开来，岂不是国教学院以后的学生都能学离山剑法？"

"殿下觉得行，那便行。如果离山剑宗不同意，去和白帝陛下讲道理好了。"

"不说剑法……陈长生究竟是怎么洗髓的？身体强度怎么到了这种程度？不用法器和兵器，竟难破其防，他有何奇遇？"

昭文殿里很多目光落在了主教大人的身上，充满了探询之意，心想难道是教枢处动用了某种秘法。

主教大人没有说话，现在世间可能知道陈长生奇遇真相的人只有三位，他便是其中之一。

莫雨也在思考这件事情，就像先前她曾经想过的那样，她知道落落一直住在百草园里，陈长生肯定对园中的珍稀药草非常熟。她知道陈长生的老师计道人是大陆首屈一指的医者，擅于炼药，但这些都不足以让陈长生的身体变到如此之强。

薛醒川再次想起周独夫，但下一刻他便摇了摇头，自我否决了这种猜想，因为这种猜想实在是太过荒唐，太不现实。

大朝试是大陆最重要的活动之一，但对大人物们来说，大朝试的主要目的是选拔人才，真正的意义是在将来，所以他们很平静，不用近观，可以安安稳稳地坐在昭文殿里。那两位圣堂大主教更是姗姗来迟。

然而今年的大朝试给他们带来了太多震撼与意外。苟寒食和天海胜雪还没有出手，落落殿下首轮也没有机会发挥自己的实力，折袖还潜伏在他自己的草原里，他们便已经没有办法稳稳地坐在椅间。

莫雨起身说道："我要进去看看。"

薛醒川、徐世绩还有殿内很多大人物，都随之站起，离开昭文殿，向清贤殿走去，准备进入青叶世界近距离观看接下来的大朝试。

人去殿空，只剩下梅里砂一个人。这位教枢处的主教大人、国教旧派的领袖人物，缓缓抬头，看着光镜里的满地黄沙，仿佛还在看着先前那名少年，沉默不语，面无表情，不知悲喜，也不知道在想些什么，给人一种特别沧桑的感觉。

数月前青藤宴最后一夜，陈长生被莫雨囚进废园，然后他自行进入黑龙潭底，这些事情他都知道，他甚至知道娘娘那夜也在看着，他只是不知道那夜在地底陈长生遇着那条黑龙后，又发生了什么。

现在看来，这应该是不久前发生的。浴龙血而新生吗？主教大人的脸上露出一丝意味难明的笑容。那条黑龙居然愿意为你付出如此大的代价？她想从你身上得到什么？

对陈长生拿首榜首名，他其实从来没有抱有任何希望，那份震惊整个大陆的宣告，只是他给陈长生再次施加的压力。

只有压力，才能让陈长生尽快成熟起来。现在，他从陈长生的表现里，竟看到了希望，虽然只有极淡渺的一丝，可能性依然极小，但终究是有希望的。

如何能不欣慰？

洗尘楼开启，陈长生走了出来。首轮对战他走出来的时候，右脚的靴子尽碎，这一次，他两只脚上的靴子都碎了。他赤着双足，站在石阶上，院服破烂，看上去就像是个小乞儿。

但没有人把他当成小乞儿,这一次,人们是真的震惊了,尤其是随后离宫教士宣布霍光身受重伤,像苏墨虞一样,被送出学宫救治之后,震惊的程度无以言表。先前只有折袖在离宫教士前辈的注视下,直接重伤对手,没有想到,陈长生居然也做到了。

然而,他是怎么做到的?

关飞白很是不解:"青藤宴的时候这家伙还只是个普通人,这才多少天,就变得这么强了?"

苟寒食说道:"我说过,他不是个普通人。"

人们震惊的视线,随着他来到林畔。轩辕破憨笑着迎上前去。

陈长生看着他勉强地笑了笑,说道:"麻烦扶一下。"

落落在旁闻言神情一变,这才知道他表面看起来无事,原来还是受了不轻的伤,竟连行走都有些吃力,赶紧上前扶着。

来到那棵白杨树下,他坐了下来,坐在了唐三十六的身边,微微蹙眉,显得有些痛苦。在洗尘楼里,他突破那些拳头凝成的风雨时,瞬间承受了七记破军拳。

纵使他的身体再强,也撑得有些辛苦,尤其是右胸受的那拳极重,肋骨没有折断,但应该已经有了裂痕。

如果他用耶识步,或者直接拔剑,或者会胜得更轻松些,不至于如此受苦。就像在场间他做决定的瞬间想的一样,他的目标不是通过对战次轮,他的目标是大朝试的首榜首名,那么他就必须走到最后决战的时刻,就必须有所保留。

槐院确实在培养年轻弟子上很有一套,霍光至少有青云榜前五十的实力,但他太骄傲,没有经验,或者会轻敌。为了最终的目标,冒些风险也是值得的。

"完了,这下在你面前真抬不起头来了。"唐三十六与梁半湖对战时受了不轻的伤,一直靠着白杨树调息,看着身边的陈长生,想到这个家伙居然进了对战第三轮,比自己走得更远些,不免有些恼火。随后把手里握着的一颗晶石塞到陈长生的手里,说道:"你也就是运气好些。"

这话倒也确实,霍光如何能与梁半湖相提并论?陈长生笑了笑,没有理他,看着小脸上满是担心神情的落落,说道:"我没事,你放心吧。"

落落看着他满是泥土的双脚,赶紧转身取出一双新靴子,搁到了旁边,然后从袖中取出手帕。

看她那意思,竟是准备替陈长生把脚擦干净。

陈长生哪里敢让她这样做，这可不是在国教学院的藏书馆里，这是在教宗大人的青叶世界中，数十名考生还有更多的离宫教士前辈正看着这边，他可不想被众人的怒火烧成灰烬，赶紧把手帕接了过来。

"殿下，按他这种打法，您可能需要多准备些靴子。到最后还有四轮，您至少要再准备三双新靴子。"

唐三十六的这话本来是想嘲弄陈长生和落落这对师徒，没想到落落却开心地笑了起来，说道："承你吉言。"

"不用准备靴子了，接下来这几轮，我争取不打光脚。"没等唐三十六解释什么，陈长生回道，然后望向落落，说道："这一轮弃权吧。"

师长有命，弟子从之，落落向来很听他的话，但这一次她没有听。

"不要。"她的回答很干脆，很坚决。

"你打不过他。"陈长生望向远处的天海胜雪，沉默片刻后又说，"而且他今天给我的感觉也很危险。"

林畔的三人没有注意到陈长生说的那个"也"字。

今天的天海胜雪很沉默，特别低调，给人的感觉特别古怪。因为他的家世背景决定了，他不可能低调。今年参加大朝试的考生里，除了落落，便是他的背景最深厚。而且他的性情也从来与低调沉默无关。一个低调的人，绝对不会从拥雪关回到京都之后，做的第一件事情就是去把国教学院的院门给砸了。

可是他今天真的很低调，从大朝试开始到现在，始终沉默不语，如一个寻常考生般站在人群里，便是连表情都没有什么变化。

很多人都注意到了他的沉默，陈长生也一样，他觉得这很危险。

如果说那个狼族少年折袖对落落的注视给他最危险的感觉，天海胜雪便在其次。

因为这两个人都有战胜落落的实力。尤其是天海胜雪。

作为圣后娘娘最看重的侄孙，他没有停留在繁华的京都里过纨绔生活，而是远赴拥雪关与魔族战斗，因为他向往强大。然后他真的在拥雪关外的战场上破了生死境，通幽成功。今年大朝试，他和荀寒食是最强的两个人。

落落知道自己不是天海胜雪的对手，但她依然坚持要打这一场。陈长生站起身来，目送她走到洗尘楼前，神情凝重，很是担心。

唐三十六从白杨树上抠下一块硬硬的树皮，准确地砸中他的脑袋，说道："你真不明白殿下为什么要参加大朝试吗？"

25 · 不 战

　　落落可以直接进入天书陵观碑，但她依然在教宗大人座前恳请了一夜，还是要参加大朝试，哪怕不计名次。为什么？因为她要替自己的老师陈长生扫清障碍。在对战环节里，她每战胜一个对手，陈长生便会少一个对手。因此，她对战遇到的对手越强，越符合她的心意。尤其是公认最强的苟寒食和天海胜雪二人，就算打不赢他们，她也要让对方消耗剧烈，至少要受不轻的伤，如此陈长生在与他们对战的时候，才能多一个取胜的机会。

　　所以当第二轮对战她抽到天海胜雪时，全场震惊，只有她自己很平静，甚至有些高兴。

　　陈长生没有想过落落为什么要参加大朝试，这时候被唐三十六提醒，想了想便明白了其中的原因。他低下头看着脚上那双崭新的靴子，沉默了很长时间，然后抬起头来，对唐三十六说道："我一定会赢的。"

　　唐三十六看着他说道："这句话你不应该对我说，而要告诉她。"

　　陈长生说道："我不用对她说，她也知道。"

　　就在他们说话的时候，洗尘楼门再次关闭。

　　今日大朝试对战在洗尘楼举行，注定了这座楼的门会关闭很多次，稍后还会关闭很多次。门枢处的吱呀声变得越来越刺耳，但没有哪一次关门比这一次关门更吸引人们的注意力。

　　这是今年大朝试开始以来最强的一战。一位是白帝城的公主，血脉天赋强大至极，能够让青云榜临时改榜的落落殿下。一位是圣后娘娘最看重的侄孙，在拥雪关前与魔族强者的血腥战斗中成功通幽的天海胜雪。

　　这样的对战自然万众瞩目。

　　一直站在人群外，背对着整个世界的孤单少年，转身望向了洗尘楼。

　　斡夫折袖像冰一样的眼睛深处，隐隐有火焰正在升腾。

　　洗尘楼内很安静。天海胜雪与落落相对而立，平静行礼，然后直起身体。没有人出手。

青叶世界里的阳光，洒落在天海胜雪的脸上，肤色白皙胜雪。

落落安安静静地站着，如画的眉眼在这如画的世界里依然美丽如画。

天海胜雪静静听着楼间传来的声音，忽然笑了起来。不得不承认，他的笑容有些迷人。

落落自然不会被迷住，但有些迷惑，为什么在楼外的时候，天海胜雪从来不笑，偏偏这时候笑了？

"很多人想让我和殿下您打，因为大朝试对战里，能够胜过您的人，便只有我和苟寒食。和苟寒食相比，我似乎更适合与您战斗，因为毕竟就算我真的伤了您，白帝夫妇看在娘娘的面子上，也不会对我太生气。"天海胜雪看着她微笑道，"是的，很多人想借我的手把殿下您这个国教学院的最强战力淘汰，至于您的用意我也非常清楚，不过是想替陈长生保驾护航罢了。只是我有些不解，就算您能胜过所有人，又怎么保证他能不停地胜利呢？"

落落说道："作为弟子，我必须做到自己能做到的所有事情，无论先生他能走多远。"

"有些意思，不，是很有意思。"天海胜雪脸上的笑容渐渐敛去，平静甚至有些淡漠地说道，"可惜的是，这场对战是国教里两位主教大人的意思，是我家里的意思，是宫里某些人的意思，还有很多人的意思，他们唯独没有考虑过我的意思。"

洗尘楼一个幽静的房间里，排着十余张座椅。两位尊贵的国教圣堂主教大人分别坐在东西两头，莫雨与陈留王坐在正中，薛醒川、徐世绩、宗祀所主教和摘星学院的院长以及三位南方宗派代表，还有其余的一些大人物，都分别坐在椅中。

今年大朝试，那些年轻的修行者带来了太多震惊与意外，这些大人物们想要在更近的地方观察，确保不出问题。所以从昭文殿来到了洗尘楼内，他们将要看到的第一场对战，便是最强的一场对战，这也正是他们的目的之一。

落落殿下与天海胜雪的对战可以进行，可以分出胜负，但绝对不能像先前折袖对苏墨虞，或是陈长生对霍光那样，负责控场的考官措手不及、来不及反应让对战的考生身受重伤，这是他们分别向教宗大人和天海家的承诺。

然而他们没有想到，这场吸引了无数视线的对战，一开始便进入了出人意料的节奏。就像天海胜雪今天在大朝试上如此沉默低调一样出人意料。没有鞭落风雨,也没有雪拥北关,只有天海胜雪平静的声音在楼间不停地响着。

是的,没有人考虑过天海胜雪的意思,这是天海家集体的意志。

听着天海胜雪的这句话,那两名圣堂大主教还有些大人物的神情起了变化。

"什么是意思?意思就是追求。我当然有我自己的人生追求,或者说目标。"天海胜雪往二楼方向看了一眼,然后收回视线,望向落落继续平静地说道,"这些年来京都一直都在说我嫉妒陈留王,因为从小他可以留在皇宫,可以和平国莫雨一起学习。其实人们都说错了,我真正嫉妒的是莫雨。世人只看到娘娘对她的宠信,赐给她的权势与荣耀,却被那些光辉遮住了眼睛,看不到她这么年轻,就已经是聚星境了。聚星境啊……这些年所有人都在说徐有容、秋山君,前些年,所有人都在说王破,说肖张,却很少有人想到她究竟有多强。"

二楼那间幽暗的房间里,很多视线落在莫雨的身上,她神情淡漠,仿佛天海胜雪提到的根本不是她。

"不错,我是天海家在武道方面最有前途的人,所有人都以为,我从拥雪关万里归京参加大朝试,就是要拿首榜首名,然而……秋山君不来,我就算拿了这个首榜首名又有什么意义?难道就能证明我比莫雨强?"天海胜雪忽然停住话语,沉默了很长时间,才再次开口继续说道,"好吧,就算我战胜了秋山君,依然不能证明自己比她强,而且如果是以往的我,我大概真的会愿意为了大朝试的首榜首名而努力,因为那毕竟是荣耀。"

落落看着他不解地问道:"难道现在你不这样认为?"

"修行的目的是什么?是强大。强大的目的是什么?是活着,然后拥有更大的权势,获得更多。"天海胜雪看着落落平静地说,"以前的我会认为大朝试首榜首名很重要,那至少可以帮助我在面对莫雨的时候,增加一些自信。但现在大朝试对我来说,最重要的意义在于,我会遇到殿下您,而您需要我的失败。"

说完这些话,他再次望向二楼,略带傲意地说:"接下来我要说的话,建议你们最好不要听到,不然对你们来说,也会是麻烦。"

26·而 胜

天海胜雪和落落站在洗尘楼下的黄沙间,二人的家世背景加起来,足以震慑住二楼里所有人。当然,二楼里的人也都是些大人物,但他的警告非常清楚,而且那些大人物各有阵营,分属不同势力,都在一个房间里,互相看着尽管心里想听却只能不听。

房间里很安静,很幽静,窗外透来的天光并不明亮,坐在正中间座椅上的莫雨,沉默了片刻,神情漠然地闭上了眼睛,仿佛准备小歇片刻,实际上是用这个动作表达了自己的态度:她不准备听天海胜雪接下来的话。

薛醒川微微皱眉,两位圣堂主教也缓缓闭上了眼睛,随着数道轻微的声响,窗外的木栅翻动,天空骤淡,隔音阵法发动,再也无法听到楼下的声音。至于在别处的那些离宫教士,想必更没有胆量偷听,自想办法把自己变成一个聋人。

过了一会儿,天海胜雪没去确认有没有人偷听,望着落落继续说道:"用大朝试首榜首名来证明我的强大,对我没有意义,所以我可以放弃。"

落落说道:"首榜首名是难得的荣耀,可以加重你在娘娘心里的地位。"

"然后呢?"天海胜雪面无表情地说,"天海家第三代的年轻人里,我本来就是最出色的那个,变得更出色,对我有什么好处?决定这个家族最终结局的人,还是我的父亲以及他的那些兄弟。"

落落看着他,问道:"所以你准备用首榜首名来换取你所需要的东西?"

天海胜雪说道:"不错,这便是我先前为什么说,大朝试对我而言,最重要的意义在于我会遇到殿下,殿下需我的失败。"

落落想了想,问道:"你想要些什么?"

天海胜雪静静地看着她,说道:"我希望能够换取殿下您的友谊。"

落落想都没有想,直接说道:"不可以。"

天海胜雪自嘲地说:"看来天海这个姓氏果然已经天怒人怨。"

落落说道:"不,我只是认为友谊这种事情不能交换,只能培养。"

"有道理。"天海胜雪的神情变得认真起来,"那我能不能有机会与殿下培养友谊?"

落落说道:"这件事情我不能做主,得听先生的。"

天海胜雪想了想,陈长生应该不会对自己有什么好印象,又问道:"或者,殿下您有没有堂姐或者表姐?"

落落聪慧过人,哪里听不懂他的意思,不解地说道:"我表姐都在大西洲,但……如果我没记错,你明年就要娶平国了吧?"

天海胜雪说道："您应该很清楚，平国喜欢秋山，我娶她有什么意思，再说了，娶她只能让我死得更快些。"

落落明白他的意思，想了想后说道："这件事情我不能做主，得听父母的。"

"那么，我能从殿下这里换取些什么呢？"天海胜雪眉头微挑，问道。

落落也有些苦恼，说道："我真的不知道。"

天海胜雪望向二楼紧闭的窗户，忽然说道："一个承诺？"

落落神情一凛，说道："到那时，我不见得有履行承诺的能力。"

天海胜雪平静地说道："我相信殿下的品德，只要到时候您真的尝试履行承诺，我便会承认。"

落落说道："你这样太吃亏了。"

天海胜雪说道："用未拥有去换最值得的追求，哪怕是只存在于未来的可能，也是值得的。"

落落忽然有些同情他，问道："何至于此？"

天海胜雪笑了笑，显得有些落寞，说道："或者，这便是成熟的代价。"

说完这句话，他转身向洗尘楼外走去。落落看着他的背影，有些感慨。生在帝王家的人，不是谁都像她一样幸运。当然，她也有她的不幸或者说艰难，只不过尚未到来。

天海胜雪毫无疑问是聪明人。他用大朝试的一场对战，换取了将来的某种保障。

正如他和落落最后说的那样。何至于此。必须如此。

木栅翻动，天光重入，声音也重新进入幽静的房间，那是天海胜雪离去的脚步声。

此后一片沉默。

没有人知道天海胜雪与落落殿下说了些什么，实际上就算听到了那番对话，也无法确定天海胜雪与落落之间达成了什么协议。在场的都是大人物，都有足够的智慧，只是除了陈留王之外，其余的人没有落落和天海胜雪这样的家世背景，所以很难明白他们最大的恐惧。

人们只看到天海胜雪直接离开，放弃了这场对战。

莫雨看了一眼那两位神情凝重的圣堂主教大人，心想天海胜雪毕竟姓天海，如何能被你们利用？即便是他的父亲也不行。

天海胜雪直接离开了学宫，没有继续参加大朝试，反正他的文试成绩至少前五，谁也不敢把他挤出三甲。

离宫教士站在石阶上，宣读道："国教学院，落落殿下，不战胜。"

不战胜？这场备受瞩目的强者对战，居然没有进行？天海胜雪居然直接退赛？洗尘楼外的考生们很吃惊，不知道先前楼里究竟发生了什么。

落落走回林畔。陈长生看着她，不解地问道："怎么回事？"

落落小脸上的神情露出悯然——不是那种未知的悯然，而是有所感触的悯然。

她看着陈长生说道："先生，我答应他不告诉任何人，包括你和父皇母后，抱歉。"

陈长生怔了怔，说道："那便不说。"

大朝试对战第二轮正式结束，接着便是第三轮进入前十六的比试。第三轮对战依然是抽签。但与第二轮不同，这一轮的抽签反而不那么紧张，进入第三轮的考生，基本上可以确认在大朝试里排进前三甲，只看最终的具体名次。能够进入三甲便心满意足的考生，自然不在乎接下来会抽到谁，其余的考生志向远大，想要进入首甲终究会遇到强敌，那么接下来会抽到谁也很无所谓。

输了第二轮对战的考生，除了苏墨虞、霍光身受重伤无力再战，还有天海胜雪诡异认输之外，洗尘楼外六十一名考生，都还留在场间准备稍后的加赛。考生们的目光大多数时候都落在林畔国教学院数人处。

国教里那些大人物会不会还在抽签里动手脚，给落落殿下和陈长生安排难以战胜的对手，是现在场间所有人唯一好奇的。天海胜雪离开之后，场间唯一有把握战胜落落殿下的，便只剩下苟寒食一人。

还有令考生们紧张的，就是谁会抽到那个狼族少年折袖，虽说到了第三轮，真的是抽到谁都无所谓，但绝对没有人想面对折袖。被难堪地击败倒还好说，关键是这个少年太过冷血暴戾，受重伤那便不好了。

离宫教士很快便把写着"张听涛"这个假名的纸条抽了出来，折袖的对手是关飞白。

折袖的脸上依然没有什么表情，显得格外冷漠，但从他平静的眼神里可以看出来，他对这个对手很满意。

关飞白没有说话，很是沉默，看不出来他此时的心情如何。

青云榜第三与第五战。来自雪原的嗜血狼族少年与离山剑宗的神国四律战，无论是哪个名头，都足以让这场对战变得刺激起来。这让那些本来以为不再关心抽签的考生们，都发出了阵阵惊呼。

惊呼之声没有停歇，下一刻陡然更响。因为梁半湖遇到了七间。这是什么节奏？苟寒食的神情变得有些凝重。下一刻，他抽到了摘星学院的一个少年强者。

考生们议论纷纷。大朝试对战第二轮打压国教学院，第三轮便是要对离山剑宗动手了？

这一轮陈长生和落落的对手都相对较弱。但在以大朝试首榜首名为目标的那些人里，他们的运气并不是最好的。

天道院庄换羽连续三轮遇到的对手，都相对偏弱。与之相似的还有槐院的钟会。

苟寒食走进了洗尘楼。这是大朝试对战开始以来，他第一次落场。

天海胜雪离开之后，在考生当中，他的实力境界最强。这场对战自然也很吸引眼光。然而这场对战却进行得很平静，很平常，甚至可以说有些过于平淡。没过多长时间，洗尘楼的门开启。

苟寒食和那名摘星学院的少年考生，从楼内先后走了出来。无论是他的身上，还是那名摘星学院少年的身上，都看不到任何血渍，似乎都没有受伤，甚至连灰尘都没有，仿佛二人之间根本没有发生一场战斗。胜者自然是苟寒食。

"我不是他的对手，差得太远。"落落看着向溪畔走去的苟寒食，有些佩服，有些不安，说道，"就算我这时候通幽，机会也不大。"

"瞎想些什么呢？"陈长生说道，"他是我的对手，不是你的。"

苟寒食的第一次出场，出人意料地平淡。

七间与梁半湖，这对离山剑宗弟子之间的同室操戈，却更加出人意料。

这场对战出人意料地激烈，洗尘楼的隔音阵法，根本没有办法遮掩住那些凄厉恐怖的剑鸣，碧蓝的天空上，出现无数道纵横相交的剑意，即便站在楼外，都能感觉到那两把剑的威力与危险。

最出人意料的是，最终的胜利者竟然不是梁半湖，而是七间。

27 · 日 常

洗尘楼开启，梁半湖与七间走了出来，离宫教士宣布七间是胜者，引来场间一片哗然，他们二人却没有什么反应，低声说着什么，似乎根本不在意衣服上到处都是裂口，到处都是血迹，衣袂间还残留着圣光治疗后的残余。

他们走下石阶，向溪边走去，一路继续低声说着话。

有些考生离得近些，才听见原来这对师兄弟竟是在互相参讨先前的对战，这一招你用得不对，那一招师兄你出得太缓……

这些年，神国七律是很多年轻一代修行者的偶像或者说目标，这七位离山剑宗弟子的战例，在世间流传，是很多人津津乐道的话题。比如当年七间输给庄换羽一招那场试剑，因为是神国七律罕见的败迹，更是被翻来覆去地研究评论。

但很少有人看见过他们师兄弟之间的战斗。

直到今天，人们才知道离山剑宗年轻一代为何如此强大，神国七律的光芒为何如此耀眼。

同门相战，竟是毫不留力，却不记恨负气，因为在他们看来，这些只是寻常事。

日日行此寻常事，便是非同寻常，离山如何不强？

唐三十六看着溪畔那四名离山剑宗弟子，有些失落地说道："原来我输给梁半湖是理所当然的事情，七间也远比我强。"

这里的输与强指的不是境界实力，而是其他。

陈长生说道："我们可以向他们学习。"

唐三十六看了他一眼，说道："怎么学？你难道没有发现，梁半湖输了也很高兴，而且是真的高兴。"

"嗯？"

"大朝试上，他们可以尽情出剑，而不用担心残废或者死亡，这让他们很高兴。"

"所以？"

"我不是这种怪物，我学不了，我认输。"

101

从清晨进入离宫到随后进入青叶世界里的学宫,从昭文殿到洗尘楼,出现在考生们眼前的离宫教士并不多,但实际上,整座离宫,更准确地说是整个国教系统都在为大朝试服务,有很多考生看不到的教士为各种各样的事情在忙碌,在大朝试上想死是件很难的事情。

再次走进洗尘楼时,陈长生特意看了眼楼上,没有看到任何人,然后他看到了自己的对手。

对战第三轮,他的对手是个小姑娘,正是当日在神道侧对他嘲讽羞辱、最终被唐三十六骂哭的那个圣女峰小师妹——叶小涟。

圣女峰和长生宗一样,都是南方国教体系里的两大宗系,下辖很多山门,叶小涟来自慈涧寺。在教枢处为国教学院提供的资料里,非常清晰地注明,这个小姑娘修行资质不错,待年龄到后,可能会直接进入南溪斋。当然,她只能进外门修行。

修行资质再好,可叶小涟的年龄太小,作为大朝试年龄最小的参赛者之一,她的境界很不稳定。按道理来说,很难进入到对战的第三轮,但她的签运极好,第一轮便胜得极为顺利,第二轮的对手是一名通过预科考试才能参加大朝试的民间学子,她的境界与对手相仿,真元不及对手深厚,最后是依靠随身携带的山门法器,才侥幸赢下这场。她出了洗尘楼后便扑进师姐怀里哭了一场,惊喜难抑。

第三轮抽签,她听到了陈长生的名字,她知道自己的好运终于结束了。

叶小涟看着陈长生,稚嫩的小脸上满是紧张不安的神情,微微发白。

那日在神道上,她骂过陈长生是想吃凤凰肉的癞蛤蟆,她一直认为陈长生就是个没用的废物,然而谁能想到,陈长生竟是接连过了两轮,在上一轮更是战胜了槐院的霍光,和她签运极好的情形不同,他靠的当然是自己的实力。

叶小涟知道自己不是陈长生的对手,想着曾经得罪过此人,心情更加紧张。

便在这时,二楼传来考官的声音:"准备好了,便开始吧。"

陈长生望向叶小涟,点头示意。被他看了一眼,叶小涟竟是难以抑止地害怕起来,眼圈微红,衣裙微颤。陈长生一怔,心想这是怎么了?

叶小涟真的很害怕,身体不停地颤抖,手腕上那串铃铛也随之颤抖起来,发出清脆的撞击声。

清脆的铃铛声,让她清醒了些,她鼓起勇气,把手腕上的铃铛掷向了陈长生。

她与陈长生隔着十余丈的距离，那串铃铛竟是瞬间到了陈长生的面前。

这串铃铛是慈润寺的山门法器梵音铃，与千里钮之类的传说级别法器完全不能相提并论，但也有极强的威力，比落落在首轮对战里遇到的天道院的那把伞弱不了太多，不然她也不可能在第二轮里凭借这个法器直接战胜对手。

这串铃铛不知道是由什么金属制成，系线里隐隐带着道凌厉的剑意，清脆的声音里隐藏着某种气息，可以干扰到修行者的真元运行。只是叶小涟的运气似乎真的在前几轮用完了，此时的对手陈长生最弱的便是真元数量，他也最不需要真元来战斗。

他右手化拳向前击出，手指随后在空中散开，就像朵花般绽放，准确至极地抓住了这串梵音铃。

梵音铃在他的手掌里不停地颤抖，看上去就像在挣扎，向四周传递着巨大的力量，同时那道干扰真元运行的气息也越来越凌厉。

陈长生体内的真元运行确实受到了极大的影响，其实，就算梵音铃什么都不做，他的真元运行本来就难以通畅，他的经脉本来就是断的。

他不用真元，只凭身体的力量，便把这串梵音铃紧紧地握在了手里。

当！当！当！梵音铃剧烈地颤抖，挣扎，想要跳出他的掌握，却始终不能。

数息时间过后，梵音铃终于安静下来，停在了他的手掌里。叶小涟看着这一幕，完全忘记了自己是在对战，用手掩住嘴巴，惊讶至极。

梵音铃是慈润寺的师长交给她的，她很清楚，这串梵音铃飞舞时带着多大的力量，很难被控制。她想过陈长生能有很多方法，很轻松地让梵音铃失去功效，然而却怎么也没有想到，陈长生竟直接用手掌把梵音铃握住了。

清脆的铃声消失，洗尘楼里一片安静。叶小涟震惊无语，完全没有下一步的动作。

陈长生也没有继续出手，握着那串铃铛，望向二楼。二楼那个房间里依然幽静，不知道是震撼于陈长生非人的力量，还是因为别的什么原因，没有人说话。

莫雨神情漠然地说道："难道你们真以为他会羞辱一个小姑娘？他又不是唐棠。"

这句话揭破了某些隐秘的用意，也做了定断。一位离宫教士出现在二楼栏畔，望向叶小涟问道："认输？"

叶小涟点了点头，眼圈微红。陈长生把梵音铃搁到脚边的黄沙上，转身向

103

洗尘楼外走去。他没有对这个曾经羞辱自己的小姑娘口出恶言,也没有理她。

叶小涟怔怔望着他的脚步,忽然觉得有些无助。先前她已经做好了被陈长生击败,然后遭羞辱的准备,却没想到他没有这样做。

出了洗尘楼,陈长生走回林畔。叶小涟走回师姐身边。

接下来出场的是落落。参加大朝试的四名槐院书生,现在还剩下两人,她这场的对手便是除了钟会的另外那人。

她和那名槐院书生走进洗尘楼。

二楼里响起脚步声。有些大人物走到窗边来观看这场对战。他们真的很好奇,落落殿下现在究竟到了什么程度,竟能让天机阁专门换了一次青云榜的榜单。第一轮的时候,落落遇到的对手太弱,第二轮天海胜雪直接弃权,那么这一轮总要打了吧?

落落从身畔解下落雨鞭,看着那名槐院书生说道:"你先出剑。"

她在国教学院里对陈长生恭谨有礼,乖巧有加,偶尔会撒撒娇,对别人时的气势则完全不同。当初在青藤宴上,无论是天道院教谕还是离山的小松宫长老,她都完全不放在眼里,更何况这名槐院书生。

她并没有刻意居高临下,盛气凌人,只是雍容平静,言语淡然,便自有一种贵气与威势。

那名槐院书生神情微变,缓缓自鞘中抽出长剑。他的动作很缓慢,但长剑离鞘的声音却极干脆。噌的一声!一道明亮的剑光,瞬间掠过十余丈的距离,来到落落的眼前!

落落的眼睛都没有眨一下,睫毛都没有颤抖一丝。

起苍黄!她手里的落雨鞭狂舞而起。钟山风雨剑挟着无比磅礴的真元,轻而易举地湮灭那道剑光,然后向着对面的那名槐院书生袭去。

学宫是个小世界,天地感应更加敏感,随着她施出钟山风雨剑,碧蓝的天空里异象出现。

不知何处飘来了一片乌云,笼罩住了整座洗尘楼。然后开始下雨。

就像对战开始之前一样,洗尘楼的黑檐再次被洗了一遍。

她用的是落雨鞭,雨点便是鞭头。雨点落在檐间,落在黄沙上,发出啪啪的声音。就像是鞭子抽打在人身上的声音。雨势渐骤,暴雨倾盆,洗尘楼内雨帘密集,再也无法视物。其间偶尔一道剑光闪起,瞬间便被暴雨吞噬。

片刻后，楼内响起一道极其清脆的声音，啪！暴雨骤停。

那名槐院书生无力地倒在墙角，浑身伤痕，血水与雨水混作一处。他脸色苍白，发青的嘴唇微微颤抖，眼睛里满是绝望。那是被绝对的强大碾压后的绝望。

28·两名少年的连胜

暴雨骤停，清光重临，洗尘楼下的满地黄沙，被雨水冲出道道沟壑，看上去就像是西北临海处那片著名的高原。

那名槐院书生倒在墙角，长衫被雨水与血水打湿。落落收鞭，静静站在原地，仿佛没有出手一般，贵气自显，霸气无双。

"殿下……今年才十四岁吧？"摘星学院院长站在窗边，看着楼下这幕画面，感慨地说，"这也太夸张了些。"

确实很夸张，不是说落落在这场对战里表现出来的手段有多么精妙，相反，她的出手毫不精妙，直接就是一场狂风暴雨。凭借绝对强大的实力碾压对手，简单至极，所谓王图霸业风雨中，便是如此。

如果落落遇到境界最高的对手，比如像苟寒食这样已经通幽的人，自然不能如此霸道地压制，但在同境界的修行者里，无论是真元数量还是精纯程度，以及狂暴地输出能力方面的绝对优势，都让她近乎无敌。

白帝一氏的血脉天赋果然霸道到了极点——楼上观战的大人物们震撼无语，心想天机阁的点评确实没有错，年轻一代里，除了徐有容和秋山君能够与落落殿下相提并论，再没有谁的血脉天赋有资格与殿下做比较了。

大朝试对战至此，终于开始渐渐进入高潮，好戏接连上演。

落落击败那名槐院书生之后，紧接着便是狼族少年折袖与关飞白之间的战斗。这场战斗吸引了所有人的视线，陈长生也不例外。他甚至比别的考生更加关注——天海胜雪已经退赛，令他感到警惕不安，可能对落落造成威胁带来伤害的人便只剩下折袖一人。

洗尘楼的门再次关闭，对战开始。

折袖与关飞白的这场战斗从一开始便进入了最激烈的阶段，洗尘楼的隔音阵法瞬间告破，楼外的考生们还没来得及做好心理准备，便听到了一声比一声响亮的声音，有些神识稍弱的考生，脸色瞬间变白，竟是险些被那些声音震伤识海。

那些响亮的声音不是拍打的声音，也不是撞击声，带着某种凌厉的意味，应该是剑锋切割开空气的声音。

南方使团在京都停留日久，离山剑宗四人又很受关注，现在，很多人都知道七间用的是传闻里的离山戒律堂法剑，关飞白用的却是一把很普通的、只值五两银子的剑，此时听到那些凄厉的剑声，楼外的人们很是震撼。能够用一把只值五两银子的普通长剑，便能发出如此响亮的剑啸，关飞白的真元何其雄浑！更令人们感到震撼的还是狼族少年折袖，没有兵器的他是在用什么方法对抗那把恐怖的剑？

剑啸之声愈发凄厉，学宫世界里的天地生出感应，碧空之上的云层开始缓慢移动，不停变幻着形状，一时如山崖嶙峋，一时如浊浪拍岸，其间剑意纵横，肃杀至极，然而那些云朵的形状始终无法持久，仿佛原野间有风在啸，又似是狼群在咆哮。

洗尘楼外一片死寂，很多考生被看到的画面与听到的声音震撼得脸色苍白，他们无法想象，如果此时是自己在楼间，无论面对那些纵横入云的剑势还是那般恐怖凄厉的风啸，除了即刻认输投降，还能做些什么？

陈长生脸上的神情也越来越凝重。在青藤宴上，关飞白曾经和落落试过剑招，虽然当时没有动用真元，但他看得清楚，此人天赋极高，修行极苦，在剑道上的水准非常出色。传闻里说他在神国七律里，剑道水准仅次于秋山君，很有道理。然而很明显，他始终没有办法压制住现在的对手。那个叫折袖的狼族少年究竟强成了什么样子？

不知道过了多长时间，剑啸之声渐渐消失，也不再有风啸，随之而起的是一声吱呀。洗尘楼的门开了。

折袖从楼里走了出来，脸色泛白，神情依旧漠然如前，冰冷的眼眸里没有任何情绪，看着根本不像人类。他走下石阶，速度有些慢，每次抬膝似乎都有些问题。人们这才注意到，他的左膝处隐隐有抹血渍。片刻后，一道血水顺着他的裤管流到了脚踝处。

他没有穿鞋，始终赤着足，所以这道血水看得非常清楚。

随后，关飞白也走出了洗尘楼，他的身姿依然挺拔，洗得微微发白的衣衫上没有裂口，更看不到血痕，竟似是没有受伤。

人们看着他向溪边走去,有些吃惊,心想难道关飞白就这样简单地胜了?

折袖走到人群外围的草地上,坐下开始调息,闭上眼睛,不理四周传来的议论声。

他的坐姿有些奇怪,不是盘膝而坐,而是坐在自己的脚踝上,看上去更像是蹲。

这时候关飞白走到了溪畔,他看着苟寒食,准备说些什么。

苟寒食摇头,示意他不要说话,抬起右手,指出如风,闪电般在他胸口连点三下,输进一道真气。关飞白脸色微微变红,然后变白,如是重复三次,然后噗的一声,喷出一口鲜血。这口血洒落在溪畔的数株野草上,刺啦声响里,那几株野草以肉眼可见的速度枯萎,然后断落。

一片哗然,考生们这才知道,原来他竟受了如此重的伤,只不过一直忍到此时,伤势才爆发出来。

他喷出的那口鲜血里没有毒,只是残留着折袖凌厉的真元劲意。如果不是苟寒食及时出手,那道劲意在关飞白体内隐藏下去,只怕会严重影响到他的修行。饶是如此,此时他也是脸色苍白,憔悴至极,仿佛生了一场大病。

想着那个狼族少年下手如此阴毒,梁半湖望了过去,目光微寒,七间更是气得小脸涨红。

关飞白擦掉唇角的血水,说道:"技不如人,怪不得人。"

苟寒食拍了拍他的肩,以示安慰与赞赏。

这时,那位离宫教士出现在石阶上,宣布道:"摘星学院,张听涛胜。"

至此,对战第三轮结束。

洗尘楼外一片安静,没有人喝彩,连议论声都没有。因为人们已经预见到,对战将会变得越来越激烈,自然也会越来越血腥残酷。

就在这种压抑与不安的气氛里,大朝试对战的十六强产生,紧接着举行的便是第四轮对战。

令所有人都想不到的是,折袖马上再次登场,而他的对手,是离山剑宗的另一个少年强者七间。

连接遇到两个强敌,而且两场对战之间,没有什么休息的时间,虽然说这是抽签的结果,终究有些不公平,如果换作普通的考生,或者会请求考官再给自己一些调息的时间,但折袖依然没有说话,神情漠然地走进了洗尘楼。

楼内很安静，战斗已止，折袖看着身前满地黄沙，仿佛回到了夏时的故乡，过了鹿鸣坡后有条江，那里种着大豆和高粱，可以不用狩猎，也能填饱肚子，只是高粱烤得再如何焦香，终究不如肉香。

我是一匹来自北方的狼。狼行千里吃肉，这是天经地义的事情。虽然你还是个小孩子，但既然是对手，当然要毫不留情，为何你如此生气？

他看着对面，漠然的脸上第一次有情绪显现，那种情绪很难形容，非常怪异。

七间站在对面，黑发在战斗中散开，披在肩上，显得更加瘦弱。

慈润寺的叶小涟，国教学院的轩辕破，还有他，是参加今年大朝试年龄最小的三个人。他的脸蛋很稚嫩，此时满是愤怒。

折袖很不理解七间的愤怒，想着先前自己近身战时用的那几招虽然有些阴险，但……战斗便是生死，阴险些又算什么？难道你离山剑宗的长辈没有教过你如何战斗？先前你师兄表现得可要比你潇洒多了。

先前他用了那几记阴险的招数后，七间不知为何勃然大怒，再不像从前那般谨慎，真元暴发，连着数十记剑招狂飙而出，像个疯子一般与折袖缠斗在一起。如果不是折袖在生死间行走多年，还真的险些被他生生拿剑劈死了。

如果让苟寒食知道小师弟有这样的表现，他一定会非常欣慰。

即便是折袖这样的怪物，想起先前七间如火爆发一般的剑招狂飙，也有些余悸。

愤怒有时候确实是种力量。

遗憾的是，愤怒这种力量很难持久，七间那轮剑招狂飙没有把折袖砍死，折袖还是获得了最终的胜利。

走出洗尘楼，七间走到苟寒食的身前，嘴唇微瘪，眼圈微红，显得极为委屈。

"出什么事了？"苟寒食微微挑眉，很明显他第一次动了真怒。

七间擦掉眼泪，说道："没什么，师兄，你要帮我报仇。"

苟寒食看了一眼远处的折袖，说道："好。"

狼族少年折袖连胜两场，连续淘汰了神国七律里的两人，这震惊了很多人。但真正令所有人震惊的是陈长生又赢了。

前三轮陈长生的对手当中，第一轮和第三轮都太弱，第二轮他遇到了槐院霍光。霍光虽然强，但毕竟没有进入青云榜，很多人并不能准确地判断出陈长生的水准，而这一轮，他的对手是来自霜城的一个青年高手。这个霜城青年高手，在青云榜上高居二十余位。

就在所有人以为陈长生参加大朝试的故事将会就此结束的时候，他再一次震惊全场，战胜了自己的对手。人们难以理解，他究竟是怎么胜的？

29·就到这里吧

因为与徐有容的婚约，青藤宴后，陈长生很自然地成为了京都的焦点。主教大人替他作出的那份宣告，就像是火上浇油，无数人在打听关于他的一切，他的年龄籍贯，与东御神将府的恩怨，以及他的实力境界都不再是秘密。所以人们很震惊，很想知道这些天在他的身上究竟发生了什么，让他的实力突飞猛进，竟能在大朝试对战里连胜四轮，进入到最后的名单里。

轩辕破看着陈长生，张大着嘴，就像看到了一个怪物。唐三十六盯着他的眼睛，问道："你究竟吃什么了？我们天天在国教学院里一起吃饭，难道你偷偷开了小灶？还是说你在百草园里偷了些好东西，没告诉我俩？"

洗尘楼内那间安静的房间里，大人物们也在讨论着陈长生今日的表现。

"难道他刚才用的是完整版的耶识步？"有人看着徐世绩问道。

如果费典或者说金玉律这样的老人在场，经历过与魔族那场大战的他们，可以很清楚地辨认出陈长生先前那种变幻莫测的身法是什么。此时房间里则只有薛醒川和徐世绩上过北方战场。

徐世绩神情漠然，说道："我在前线没有遇到过耶识族人。"

根据情报，这数百年来雪老城里的耶识族人大部分都被那位神秘的黑袍大人征召进了情报机构，很少出现。

薛醒川的部队曾经捉到过两个耶识族的间谍，春天时那个试图暗杀落落殿下的耶识族人现在都被关押在禁军的大狱里。他想着先前陈长生的步法，摇头说道："不是完整版的耶识步，但已经有了几分意思。"

人们明白了他的意思，完整版耶识步的几分意思，在大朝试这种年轻人层级的战斗里，足以发挥很重要的作用，薛醒川想了想，又道："速度与身法做到了极致，加上签运不错，能进前八，也可以理解，但我不认为他还能继续前进。"

大朝试对战的八强已经产生，有像苟寒食和庄换羽、钟会、折袖这样早已声名远播的年轻强者，也有些令人意外的人选，比如圣女峰一个不显山不露水的少女，还有一个连教枢处都没有给予太多关注的摘星学院的学生。

最出乎意料的，还是陈长生。直到现在，他还没有被淘汰。

"这太没道理了！怎么可能！他凭什么还没被淘汰！"

大朝试对战最后八强的名单，被送到了学宫外，写到了昭文殿的光镜外，也传到了离宫外的人群里，此时离宫外至少围着数千人。

此时天色已然将暮，夕阳微暖的光线，照耀在那些石柱上，也照在看热闹的京都民众以及自外地赶来的游客身上。

京都民众不喜欢陈长生，但和南方来的那些考生相比，他们也不会更讨厌陈长生。之所以对陈长生连胜四场震惊之余还如此愤怒，纯粹是因为陈长生的表现让他们输了很多钱，甚至有些人已经输红了眼。

是的，除了首榜首名，关于大朝试还有很多种赌法，参加大朝试的考生们每轮都有胜利者，也会有失败者。同样，每轮过后，都会有很多民众变成胜利者或者失败者，因为陈长生，今年绝大多数民众都是失败者。

大朝试每轮对战，外界开出的赔率都不相同，以方便民众临时下注，每轮里陈长生的赔率都极高，到现在，他的赔率依然最高——他今天让某些人狂喜，让更多人亏钱，但始终没有人相信他还能继续赢下去。

天海胜雪在离宫南面一座茶楼里，静静看着离宫前人头攒动的景象，忽然说道："如果四大坊还愿意接，五千金押陈长生最终胜。"

站在他身旁的老管事怔住了，有些犹豫地说道："少爷，他不可能还赢吧？"

天海胜雪说道："第一轮的时候，所有人都认为他不能赢，结果他赢了。第二轮依然没有人认为他能赢，他还是赢了。第三轮如此，第四轮同样，大朝试之前，谁想到他能进前八？既然如此，我为什么不能押他？"

那位老管事连声称是。

天海胜雪忽然想起一件事情，说道："如果他最后真拿了首榜首名，赢的钱拿去将国教学院的门修好。"

老管事心想国教学院的院门不就是少爷您砸破的？而且国教学院一直没有修院门，全京都的人都知道这是什么意思，您替国教学院修门，岂不是等于认输?他很是吃惊,但想着少爷行事必有深意,不敢多言,只是对细节有些疑惑。

"如果……我是说如果陈长生真的赢了,那会是一大笔钱,就算替国教学院修院门,也花不了这么多钱。"天海胜雪望着暮色下的离宫,淡然说道,"如果他真的能赢,我便送他一座白玉院门又何妨?"

老管事愈发不解,心想就算陈长生拿了首榜首名,但那少年是国教学院的招牌,是国教旧派势力用来挑战娘娘的符号人物,无论如何,天海家也不可能把他收到门下。您如此行事,究竟为的哪般?

天海胜雪没有解释,拿着茶杯喝了口,忽然觉得有些淡而无味。

秋山君没有来,莫雨依然在前,大朝试对他来说确实意义不大,但就此放弃,他的心情难免还会有些复杂。

东御神将府,安静的花厅里,徐夫人看着身前的中年妇人,眉头微蹙问道:"花婆婆,你没有听错,他真的进了前八?"

花婆婆低声说道:"应该不会错,四大坊把下一轮的赔率已经挂了出来,上面确实有陈家少爷的名字。"

徐夫人震惊无语,觉得好生头痛,如果那个小子真拿了大朝试首榜首名,那该如何办?

她看着花厅里的椅子和空无一物的茶几,想起去年初春的时候,第一次看到陈长生时的情景……

皇宫深处有座并不大的偏殿,非常冷清,仿佛冷宫一般。黑羊盯着石阶畔树上结着的青果,犹豫了很长时间,要不要吃?它记得很清楚,上次在百草园里,那个少年喂自己的果子味道不错,只是它现在无法确认,那是果子本身的味道,还是因为果皮上有他的味道。

宁婆婆从它身边悄无声息走过,低声说道:"胜雪少爷弃权了。"

圣后娘娘拈着一块香木,香木边缘正在燃烧,缕缕香烟之上悬着颗丹药。她的手指缓缓拈动香木,香木燃烧生出的烟轻转,催动着那颗丹药缓缓旋转。

听到这句话,她手指一顿,于是那颗丹药也静止悬停在了空中。片刻后她明白过来,感慨地说道:"天海家的子弟,终究还是有出息的。"

这是好事情,也不是好事情。天海家的子弟越有出息,她便越无法完全放手,那么大周朝便无法摆脱那个大问题。但她终究还是有些欣慰。

宁婆婆犹豫片刻后继续说道："国教学院的陈长生，进了前八。"

圣后娘娘的眉缓缓挑起。

宁婆婆有些紧张，她很喜欢陈长生那孩子，很担心娘娘不高兴。

圣后娘娘没有说什么。下一刻，她出现在漆黑的地底。她轻轻拂袖，穹顶数千颗夜明珠便亮了起来。偏寒的白色光线，落在满是冰霜的地面上，照亮了周围。

一个黑衣雪面的小姑娘，虚弱地俯卧着。圣后娘娘轻弹手指，那颗丹药落到了那个小姑娘的身前。

"陈长生还没有被淘汰，你的血还算是有些用处。"那个黑衣小姑娘，艰难地抬起头来，盯着圣后娘娘，毫无畏惧，只有厌烦，说道，"这又是什么鬼药？"

圣后娘娘神情平静说道："益母草膏。"

黑衣小姑娘知道像圣后这样可怕的人类，如果想整治自己，有无数方法，断不会在一颗药上做手脚，毫不犹豫把药咽了下去。

"陈长生……他……能拿首榜首名吗？"她看着圣后娘娘，有些好奇地问道。

"就到这里吧。"圣后娘娘淡然说道。

下一刻，她来到了北新桥那口废井旁，背着双手，看着夜空里的繁星，沉默了很长时间，不知道在想些什么。

30 · 天煞孤星

学宫是教宗大人的青叶世界。这个世界里也应该有日夜，然而在大朝试的时候却看不到日夜，考生们只能凭借感觉来猜测真实的世界现在是什么时辰。他们不知道现在外面已经是深夜，但疲惫与困倦还是如期袭来。

大朝试对战第五轮之前首先是加赛，从第三十三名到第六十四名，除了天海胜雪和重伤无法继续参赛的数名考生，其余的二十余名考生还要为自己大朝试的最终名次做最后的努力，不过在这之前是一段休息时间。

离宫教士们向考生们分发食物清水以及丹药，国教学院有落落安排，自然更加丰盛。四人坐在林畔，一面吃着饭菜，一面低声讨论着稍后的对战，唐三十六和轩辕破的加赛没什么好说的，主要是在为陈长生分析对手。

苟寒食表现得风轻云淡，给人一种强大到无法战胜的感觉。除了他，狼族少年折袖毫无疑问是最危险的对手，虽然他先后与关飞白和七间激战两场，损耗极大，还受了不轻的伤，依然不可轻视。

陈长生想要拿大朝试的首榜首名，这两个人便是他必须要越过的两座高峰。

想到这里，唐三十六对这忽然没了兴趣，因为怎么看，陈长生都不可能打赢这两个人。他望向溪畔，忽然说道："你们不觉得离山那四个人和我们四个人很像吗？"

离山剑宗四人在溪畔吃饭闲聊，气氛似乎不错。

在离人群很远的地方，折袖也在吃饭。他吃饭的时候很沉默，动作很缓慢，显得特别认真，仿佛离宫提供的普通食物是世间最美味的佳肴。

唐三十六看着那处，微嘲说道："我还以为这个狼崽子不会吃饭。"

轩辕破不解，说道："怎么能不吃饭呢？"

唐三十六说道："我以为他只吃冰雪，嚼肉干，或者喝鲜血什么的。"

陈长生说道："那是怪物。"

唐三十六很认真地问道："难道你们不觉得他就是个怪物？"他转头问道，"陈长生，你打不过他吧？"

陈长生想了想，说道："也许吧。"

唐三十六望向远处的折袖，忽然说道："我忽然有种冲动。"

陈长生好奇问道："什么冲动？"

唐三十六说道："和这个狼崽子交朋友的冲动。"

陈长生盯着他看了很长时间，确认他是认真的，不由很是吃惊，想了想后说道："你看他像是个需要朋友的人？"

"你们难道不觉得他很孤？"唐三十六看着陈长生三人问道。他这里说的是孤，不是孤单也不是孤独，而是孤零零的孤。

陈长生怔了怔，说道："我不认为他需要朋友。"

唐三十六摇了摇手指，说道："我与你的看法完全相反，我认为像他这样孤的人，最需要的就是朋友。"

轩辕破在旁好奇问道："你想和折袖做朋友？"

"不行吗？"唐三十六反问道，"如果他成了我们的朋友，还好意思对你和落落殿下太狠？"

轩辕破忍不住叹道："部落里的长辈们说的没错，人类……果然都是坏人。"

"不是人类。"陈长生纠正道，"是一个叫唐棠的人类。"

唐三十六懒得与他争辩，站起身来，拍拍屁股上的草屑，说道："试试总没错，他总不能当着这么多人的面把我给杀了。"

落落一直没有说话，直到此时才轻声说道："先生说的没错，孤单的人不见得需要朋友，至少……斡夫折袖不会是这样的人。"

陈长生看了她一眼，没有说什么。

唐三十六从席上捡起还没有怎么吃的半只烧鸡，又拿了两张油纸胡乱包了包，便向人群外围走了过去。他的这一举动，顿时吸引了所有人的目光，考生们很是吃惊，不知道他要做什么，青曜十三司和圣女峰的少女们脸上更是流露出担忧的神情。

正在溪畔吃饭闲聊的离山剑宗四人也有些吃惊。关飞白看着唐三十六问道："这个家伙又准备发什么疯？"

青藤宴上，唐三十六对离山骂得太狠，他对此人特没好感。七间望向人群外围那个狼族少年，鼻翼微微翕动，呼吸变粗，显得很是生气。苟寒食有些不解，心想先前小师弟与折袖那一战里究竟发生了什么事情，竟让他如此生气？

洗尘楼前石坪面积极大，有林木幽然，亦有小溪淙淙，折袖坐着的地方，则只有一块平滑的岩石。

唐三十六走到那块岩石前，看着以那种怪异姿势跪在，或者说蹲在地面的折袖，忽然间有些犹豫。

折袖没有理他，沉默地进食。

唐三十六沉默地看着他，过了一会儿，忽然说道："如果别的人注意到你进食时的细节，一定会认为你很可怕。"

折袖饮了口离宫提供的果汁，然后抬起头来，望向他。

从大朝试开始到现在，唐三十六是第一个主动与他交谈的人。

唐三十六看着他说道："你进食的速度很慢，很不大气，更像个闺房里的小姐，你咀嚼的时候很认真，嚼米饭时十二下，嚼牛肉时则是三十下……这并不有趣，只能证明你太自律，换句话说，你对待自己非常严苛。"

折袖静静看着他，眼睛里没有任何表情。

"或者是因为雪原上的食物太少，或者是因为那里缺医少药，更没有青曜十三司的女教士随时替你治疗伤势,所以你活得很辛苦,你珍惜能够获得的所有食物,却绝对不会暴食暴饮,以避免身体出现问题。在那种鬼地方,或者普通的胃疼,都能让人生不如死。"唐三十六继续说道,"但我不觉得这样的你很可怕,因为我见过和你很像的人,那个家伙也很注意生活里的所有细节。我时常在想,像你们这样的人、像你们这样怕死的人,真的很应该互相认识一下。"

他说的自然是陈长生。

折袖顺着他的手指望向林畔,沉默片刻后继续低头进食,不再理他。

唐三十六把油纸包里的烧鸡搁到他身前,问道:"你需要朋友吗?"

看到这只烧鸡后,折袖居然开口说话了。大朝试开始以来,他只说过两句话,而且绝大多数人都没有听到,没有人知道他的声音是什么样的。直到此时,唐三十六才知道他的声音并不沙哑难听,与传说中的狼嗥没有任何相似之处。

折袖的声音很清冷,语速很缓慢。他看着唐三十六面无表情,一字一字地说道:"我命犯天煞孤星,注定孤独终生,所以,我没有朋友。"

天上有无数颗星星,或者有颗星辰远离星海,在极容易被忽略的角落里,孤单至极。

或者那颗星真的名为天煞。或者折袖点亮的命星,真的就是那颗天煞孤星。但不管这些是不是真的,他言语里的冷漠意味非常清楚,他不需要朋友,他要拒所有人于千里之外。

如果是一般人,或者在此时便会知难而退。但唐棠不是一般人,他是个话痨。在和陈长生结识,尤其是正式进入国教学院之后,他这个隐藏属性得到了充分释放。

"没有朋友,不代表不需要朋友,你看我怎么样?"他看着折袖情真意切地说道。

31·那就这样吧

即便是折袖这样命犯天煞孤星的人,都被唐三十六情真意切的态度打动了。他看着唐三十六,想要说些什么,终究什么都没有说。但他的眼神让唐三十六觉得有些受伤,因为他往常看庄换羽或者天道院里别的同窗的时候,眼神大概也是这样——他非常清楚,这是用来看白痴的眼神。

"如果你觉得我不行,陈长生怎么样?先前我对你说过,这个家伙和你很像,同样怕死,吃东西也都特别挑剔,你米饭嚼十二下,嘿,他可是要嚼二十下的怪物。茫茫人海之中,能够找到与自己如此相似的人,何其不易,难道不应该珍惜。"唐三十六挥舞着手臂,兴奋地说道。

折袖依然没有什么反应,继续吃着离宫提供的饭菜。他有些无奈,指着林畔那个如小山般魁梧的妖族少年说道:"如果你觉得人类不可信任,那我强烈推荐轩辕破,老实诚恳,世间第一等!"

折袖依然不理他。

"你这是逼着我要使出最强大的法器啊?"唐三十六有些着急,"好!你名头也不算小,让落落殿下和你做朋友也算值当!怎么样?我想你再也挑不出更好的朋友对象了,你和她都是人妖,不,妖人。身世和遇到的问题相似,做朋友之后,不说从殿下那里能得到多少好处,至少遇着困难时也能互相探讨。"

折袖在听到落落殿下的名字后,终于再次抬起头来,望向林畔,目光里的情绪有些复杂,不知道在想些什么。

就在唐三十六觉得事有可为之时,折袖用缓慢的语速说道:"我不需要朋友,孤独者才能强大。"

听到这句话,唐三十六没有恼怒,反而敛神静气,变得严肃起来。他盯着折袖的眼睛,说道:"狼,从来不像人们想象中那样,是孤独的。"

折袖回视着他,目光微显锐利。

唐三十六继续平静说道:"你之所以是孤独的,那是因为你不为族人所容。"

折袖的目光骤然寒冷,仿佛一把染了霜的刀。

唐三十六视若不见,说道:"狼族向来集体作战,不是吗?知道是你后,很多考生都在猜测你为什么会离开雪原,不远万里来京都参加大朝试。陈长生认为你是不甘心在青云榜上被落落殿下挤到第二,所以要在大朝试上战胜殿下为自己正名。"

听到这句话,折袖皱了皱眉,似乎有些意外国教学院对自己的警惕。

唐三十六继续说道:"苏墨虞在被你重伤之前也说过,他认为你就是单纯喜欢战斗,大朝试对战给你提供了这种机会。"

折袖看着他问道:"你……是怎么想的?"

唐三十六说道："陈长生的担心有一定道理，但那不足够，不然这两年里你早就杀到圣女峰去找徐有容的麻烦了。"

折袖摇头说道："我打不过她。"

唐三十六怔了怔，没有纠缠这个问题，继续说道："我也不认为苏墨虞的猜测正确。你就算喜欢战斗，想在战斗中提升自己，也必然是要分出生死的那种战斗，大朝试对战在你眼中，应该和一场游戏没什么区别，对你能有多少吸引力？"

折袖用沉默表示同意。

"那么你究竟想要什么？你来参加大朝试究竟为了什么？"唐三十六看着他不停顿地说道，"说出来，或者我能满足你。"

"我……不要朋友。"折袖的语速依然极其缓慢，听上去让人有些痛苦。他看着唐三十六的眼睛，一字一句地说道，"我要……钱。"

一片安静，微风吹拂着油纸的边缘，发出簌簌的声音。唐三十六很长时间都没有说话，因为他很震惊。

他离开林畔来与折袖说话，自然做了充分的思想准备，无论折袖想要什么，哪怕是再古怪的东西，他都不会觉得意外，并且愿意替他去弄。陈长生要拿大朝试的首榜首名，需要折袖做事，为此国教学院付出再大的代价都值得。但他怎么也想不到，折袖要钱。

大陆年轻一代里，折袖毫无疑问是最冷傲孤绝的那个少年，要的却是这个世界上最俗气的东西。

唐三十六用很长时间才确认折袖不是在说笑话，说的是真心话，于是更加震惊。

"钱？"

"是的，我要钱，很多的钱。"

"为什么？"

折袖没有回答。

微风轻拂油纸，烧鸡渐冷。唐三十六也冷静下来，看着他说道："我很有钱。"

折袖说道："我知道。"

唐三十六问道："数目？"

折袖说道："看具体情况。"

唐三十六沉默片刻后说道："成交。"

折袖望向他，神情淡然说道："我还要一些东西，希望你们能给我。"

唐三十六微微皱眉，问道："我们有那些东西？"

折袖说道："有。"

唐三十六盯着他的眼睛，说道："原来……你参加大朝试的目的，从开始到现在，就是国教学院？"

折袖说道："是的。"

唐三十六问道："是殿下还是谁？"

折袖说道："不是你。"

唐三十六明白了，折袖是冲着陈长生来的。他想了想然后说道："他很想拿首榜首名，所以我想，只要你不是要他的命，那么什么都可以给你。"

折袖说道："我不要他的命。"

唐三十六点点头，说道："那就这样吧。抽签结果出来后，我们再商量怎么办。"

回到林畔，看着陈长生三人投来的目光，唐三十六顾不得说什么，先拿起茶壶连灌了三杯温茶。陈长生这才注意到，他的后背全部被汗打湿了，额上也满是汗珠，赶紧从袖子里取出手帕递了过去，问道："怎么回事？"

折袖出了名的冷血暴戾，但唐三十六是什么性情的人物，自然不可能被吓成这样。

"被吓的。"唐三十六用手帕把脸上的汗水擦掉，看着他们面带余悸地说道。

陈长生有些无语，心想折袖做了什么事情，竟把你也吓着了。

"我从来没有想过，这个狼崽子居然是个……死要钱的。"唐三十六看着他们，在"死"字上面加重了语气。

"怎么可能！"落落和轩辕破异口同声说道，他们来自妖域，那里关于折袖的传闻更多，怎么也不能相信唐三十六的说法。

"他真的就要钱！"唐三十六有些恼火地说道："不信等会儿你们看。"

陈长生想了想，问道："除了钱他还要别的吗？"

"嗯，他还想要你的一个东西。"唐三十六说道。

"你答应他了？"陈长生不知道为什么，有些紧张。

唐三十六理所当然说道："又不是要你的命，我凭什么不答应？这种机会我可不认为还有第二次。"

陈长生有些无奈，说道："你连他要什么都不知道，怎么能替我答应？"

唐三十六反问道："你想不想拿大朝试的首榜首名？"

陈长生想都不想，说道："不是想拿，而是一定要拿。"

唐三十六说道："如果那个狼崽子不帮忙，你觉得自己有多少机会？"

陈长生向溪畔看了眼，苟寒食这时候正在与他的师弟们说着些什么，可能是在讨论先前关飞白、七间与折袖之间那两场对战，看苟寒食的神情，应该是在对关飞白和七间做指导，而不是想从战情回顾里获得些什么。

他望向唐三十六，有些不确信地答道："三成？"

唐三十六看着他冷笑说道："你能再不要脸些吗？"

"对我家先生尊重些。"落落不悦道，然后转身望向陈长生，有些不安地说道，"三成……是不是太多了些？"

唐三十六哈哈大笑起来，惹得很多考生纷纷侧目。

陈长生摊手说道："好吧，如果现在对上苟寒食，我看不到自己的机会在哪里。"

落落说道："如果我下轮能抽中他，或者先生的机会能大些。"

唐三十六摇头说道："必须让折袖和他再战一场，这样才能说有些机会。"

陈长生问道："可是抽签不见得会按照我们的想法进行。"

"折袖抽中别的人也无所谓，现在他就像殿下一样，要负责替你扫清对手。"唐三十六又补充了一句，"他和殿下，就是你拿首榜首名的两尊门神。"

听到"门神"二字，陈长生想起地底那片漆黑的空间，想起石壁上那两位传奇的神将，想起被铁链束缚的那条黑龙，忽然生出很多担心。

"这种时候走神是不是不大合适？"唐三十六有些恼火。

陈长生说道："你继续。"

唐三十六说道："我想说的是，能够让折袖从最危险的敌人变成最强大的帮手，付出什么代价都值得。"

陈长生想了想，说道："有理。"

唐三十六又道："所以你要感谢我。不是谁都能说服那个狼崽子，和他说话很费劲，更费神。"

陈长生说道："谢谢。"

"你们是不是想得太多了？"轩辕破看着他说道，"首先你得打败自己的对手，可能是庄换羽，可能是钟会，甚至下一轮你就可能遇到苟寒食，如果打不赢，就算折袖真的肯帮忙，和咱们也没啥关系了。"

林畔一片死寂。唐三十六有些恼火，说道："太诚实的孩子，说的话总是容易令人生气。"

轩辕破不服气地说道："那是因为诚实孩子说的都是真话。"

陈长生望向人群外的远处，折袖正在岩石上沉默地吃鸡。

"那就这样吧，等抽签结果出来再说……另外，下次给他弄只整鸡吃吧，看着怪可怜的。"

32 · 简单一剑

折袖究竟要什么，这是陈长生现在最想知道的——经过认真回想，他确认没有看错，进入学宫的时候，折袖确实回头看了落落一眼。正是因为那一眼，让他觉得这个狼族少年非常危险。谁能想到，唐三十六提着一只烧鸡过去，便把对方收买成了国教学院的帮手。

这听起来确实太过荒谬，但真的发生了。

落落也在看着折袖，情绪有些复杂。

对绝大多数年轻修行者来说，大朝试可以说是生命中最重要的选择，但对某些人来说，大朝试只是一个机会，一个用来换取理想的机会。换句话说，看似神圣庄严的大朝试其实就是一场拍卖会。

天海胜雪退赛，折袖答应了国教学院的交易，都是因为这个原因。那么陈长生呢？她很清楚他对名声没有任何追求，那他为什么一定要拿大朝试的首榜首名？她曾经问过他，唐三十六也问过，但他始终没有给出过答案。

对战加赛进行得波澜不惊，唐三十六轻松地战胜了自己的对手。轩辕破的签运不错，没有遇着青云榜上的强者，也很顺利地获得了胜利。与之前的文试成绩综合考虑，轩辕破能不能进三甲还不确定，唐三十六自然没什么问题。

接下来的八强战依然是抽签，只不过现在人数已经不多，所以直接分成了上下两区，一次抽签便决定了稍后所有对战的顺序。

抽签的结果是落落对上了那名槐院少年钟会，苟寒食的对手是那个圣女峰的少女，折袖的对手是摘星学院那名考生，陈长生的对手则是庄换羽——四场对战里有两场内战，离山剑宗与圣女峰分属同门，折袖是以摘星学院考生的名义参赛。

这并不符合唐三十六的设计。在他看来，最好的抽签结果应该是折袖对苟寒食、落落殿下对庄换羽，下半区则是钟会对摘星学院的考生，陈长生对上圣女峰那个少女。这样苟寒食就算战胜折袖，接着还要与落落殿下硬拼，连续两场硬仗，苟寒食再强也得腿软。而陈长生皮糙肉厚，相对而言，赢圣女峰那个少女的可能性最大。如果他接下来能越过钟会这一关，说不定还真能拿个首榜首名。

而现在，苟寒食只需要胜了折袖那一场，便能进最后的决战——很明显，那个圣女峰的少女不可能是他的对手。当然，这样的抽签结果也有好处，那就是陈长生只需战胜庄换羽，便能进入决赛，因为落落应该能战胜钟会，而当下一轮面对陈长生的时候，她肯定会弃权。

最先开始的，是陈长生对庄换羽这场对战。

今天大朝试，庄换羽像天海胜雪一样沉默低调，只不过天海胜雪的沉默低调是因为他早就已经做好了退赛的准备，庄换羽的沉默低调却是为了走得更远些，而且他在前面几轮里没有遇到需要他展露锋芒的对手。

庄换羽在大陆年轻一代强者里名声极响，在青云榜上排名十一，是京都青藤诸院排名最高的那个人，是天道院的骄傲——除了前三之外，青云榜前半段的这些人的实力都相差极小，他肯定是陈长生在对战里遇到的真正意义上的最强对手。

洗尘楼里很安静。庄换羽看着陈长生面无表情说道："你今天的运气不错。"

从对战第一轮到现在，陈长生遇到的最强大的对手便是霍光以及上轮那个来自霜城的青云榜排名二十余位的青年。听起来已经够强，然而今天参加大朝试的强者不知凡几，他没有遇到离山剑宗的人，也没有遇到折袖等人，从概率上来说，确实运气不错。

"你的运气也很好。"陈长生看着他说道。

这也是实话，对战开始至今，庄换羽连同等级别的对手都没有遇到过，如果要说签运，无论陈长生还是谁都无法与他相提并论。这已经不再是运气的问题，而肯定是国教内部有人在抽签的环节做了手脚。

天道院作为国教下辖学院的领袖，无论茅秋雨和庄副院长如何想，国教都必然会推出一个代表性的学生出来，尤其是最近大半年国教学院隐隐已经有了复兴的征兆，国教自然不会允许天道院的风采被完全抢走。

"两个运气都很好的人相遇，我想，应该不能继续依靠运气了。"庄换羽看着他说道。

不能再依靠运气，自然只能依靠实力。

这时候，主持对战的离宫教士在楼上问道："准备好了吗？"

庄换羽点了点头。陈长生却摇了摇头，然后他做了一件所有人都意想不到的事情。

他走回洗尘楼檐下，把脚下那双崭新的皮靴脱了下来，然后放到了石阶下，摆放得非常整齐，就像是去别人家做客一般。

二楼那间幽暗的房间里，响起几声轻噫。莫雨的秀眉微微挑起，脸上没有什么表情，眼睛深处却有一抹极淡的笑意。陈留王一直暗中注意着她的表情，尤其是每次陈长生出场的时候，此时见她有此反应，不禁更感疑惑。

陈长生赤着脚重新走回场间，脚掌的边缘带上了些许黄沙。他抬起右手，握住腰畔短剑的剑柄。

随着这个动作，洗尘楼内变得更加安静，二楼那个房间里的大人物们没有说话，目光却变得明亮起来，神情显得凝重。

先前战胜那个霜城青年强者的时候，陈长生依然没有拔剑，靠的是诡异难测的耶识步，最终凭借的是速度与力量。但看起来，这一场他已经做好了拔剑的准备，面对庄换羽这种级别的强敌，他不能再有任何保留。

依然没有人相信他能战胜庄换羽，虽然他在前几场的对战里，展现出了难以想象的力量与速度，更有那套奇诡的耶识步，但他洗髓成功的时间太短，真元数量与真正的强者比较起来太少，完全看不到胜机在何处。

最根本的问题在于，庄换羽真的很强。

"穿鞋的怕光脚的吗？"庄换羽的视线落在陈长生沾着沙粒的赤脚上，沉默片刻后说道，"或者你不清楚，当初在乡下的时候，我也很少有机会穿鞋，更不要说新鞋了。"

陈长生没有说话，但他很清楚庄换羽想说什么。庄换羽是庄副院长的儿子，但在乡间守着病母，熬了很多年才艰难出头，成为如今天道院的骄傲。即便现在，他的脚上穿的也是一双普通的布鞋。

陈长生只是有些不理解，为什么他看着自己时的眼神也是那般冷漠，隐有敌意，他想不明白自己什么时候得罪过此人。

庄换羽是国教新派重点培养的将来，与国教学院敌对是理所当然的事情，至于他与唐三十六之间的旧怨，其实和关飞白对唐三十六的态度一样，大概都是贫寒出身的穷小子对不珍惜生活的富家公子哥的天然厌憎，那么他为什么不喜欢自己？

"开始吧？"庄换羽问道。他的语气很寻常，就像平时在天道院修课时，对同窗们发问，可以开始上课了吧？

陈长生的回应也很寻常，点了点头。

庄换羽平举剑鞘，左手执鞘，右手执柄，静静地看着他，说道："请。"

陈长生右手握着腰畔短剑的剑柄，左手平伸向前，应道："请。"

这场对战就这样寻常地开始了。然而一开始就极不寻常。

噌的一声响，庄换羽抽剑出鞘，看似随意地向身前的空中挥出。只是看似随意，实际上这一剑极为专注，剑锋割裂空气，留下一道笔直的线条，与地面绝对平行，没有任何偏差！

不是所有的剑，都能斩出如此平直的线。庄换羽的剑，斩出一条直线。十余丈外，却生出了一道弧线。那是一道微圆的弧光，非常明亮。这道明亮的弧光，没有出现在空中，也没有出现在沙地上，而是出现在陈长生的眼睛里。

陈长生的眼睛很透亮，眼瞳很黑，不似夜色深沉的那种黑，而是更干净的一种黑。

一抹微弧的剑光，出现在他的黑瞳里，非常清晰。那是因为，庄换羽手中的剑，在空中挥出的那道直线，瞬间破空而至，无视十余丈的距离，来到了他的身前。这道剑光距离他的眼睛，只有三尺不到。

那道剑光来得太快，以至于两端有些迟滞，起剑时平直的线条，来到陈长生身体的前后，竟变成了一条弧线！

这是一道完美的弧线，无论陈长生如何应，都很难将其击破。因为弧线最为坚固，同时，他也很难防御，无论他击中这道剑弧的哪一处，这道剑弧线条

123

其余的部分，便会依循着高速，变成一个圆圈，将他的身体包裹进来。

这场战斗很寻常地开始，开始得极不寻常。庄换羽一出手便是天道院威力最大的剑招，临光剑。

二楼房间里响起微不可闻的赞叹声。很简单的一剑，却能看出庄换羽的修为非常不简单。

即便放在整个大朝试里来看，他的这一剑，也可以排进前三。

陈长生如何破这一剑？

33·闭眼不见，百剑生

黄沙离地而起，仿佛沙暴，陈长生骤然消失不见。只听得啪的一声碎响，洗尘楼的石壁上出现一道清晰的剑痕。陈长生的身影再次出现，离原先站的位置，已有两丈之远。竟无法看清，他是如何到了此处。他用余光看了眼，只见石壁上那道剑痕深约寸许，隐现白色的石质。

这里是教宗大人的青叶世界，在虚实之间，建筑异常坚固，而且洗尘楼里本来就有防御阵法，庄换羽看似随意挥动的一剑，竟能在石壁上留下如此深刻的剑痕，可以想象如果先前落在他的身上，会造成怎样的伤害。即便他现在身体的防御能力强得难以想象，也不可能直接硬接这一剑。

幸运的是，他没有想过破庄换羽的这一剑，也没有想过挡，从一开始的时候，他想的就是先避开这一剑。就在庄换羽抽剑的那一瞬间，他便动了，当那抹凛厉的剑光在他的眼中亮起的时候，他的右脚已经踩进了地面铺着的黄沙里，然后倏然而动。

如果满地黄沙可以映射真实的夜空，他最先站的位置便是参星所在的位置，此时在的位置，是亢星的位置。他把黄沙拟作风雪，借的是风雪意，走的是星宿位，身法诡异难测，正是耶识步。

"这就是耶识步？"庄换羽看着陈长生平静说道，没有因为他避开自己的剑光而动容，很明显，陈长生在前几轮的表现，他已经完全知晓。

陈长生没有说话，右手依然紧握着剑柄，视线微低，落在庄换羽握剑的右手上。

庄换羽向前走了一步，平伸长剑，意态极为从容。

陈长生看得清楚，他握剑的右手一紧，指节发白，这便是发力的征兆。数道剑光，无声无息越过十余丈的距离，来到他的身前。

陈长生依然动在剑光来临之先，神识凝为一线，身形陡然加速，看似向西踏了两步，变幻之间却来到了后方。

依然是耶识步，这一次他踏的是东方七宿之间的线路。铮铮铮铮！数声极为清晰的切割声，在他右后方的石壁上响起。石屑簌簌落地，四道清晰的剑痕显现出来，凌厉至极。庄换羽神情平静，向前再行一步，与陈长生的距离再近一步。陈长生盯着他握剑的右手，神情凝重。庄换羽的剑太快，太凌厉，对战刚刚开始，只不过两次挥剑，他便感到了极大的压力。

二楼上隐隐传来一声赞叹。那是对庄换羽的赞叹。

大朝试对战前数轮，庄换羽没有遇到任何强敌，表现得很寻常，完全没有京都诸院年轻一代领袖的气质，竟有些被人忽视。

但他曾经胜过七间，随后一直在天道院里静修，所以青云榜的排名才始终在十位左右，那是因为他的目标是秋山君。而秋山君已经不在青云榜，事实上他认为自己有进入青云榜前三的实力，即便遇到折袖，他也毫无畏惧。

天道院的骄傲，自然有资格骄傲。这样一个骄傲的青年强者，面对陈长生，一上来便施展天道院的绝学，说明他很看重陈长生，也说明他不想给陈长生任何机会。

陈长生的身法太快，太诡异莫测，如果他有与身法相配的攻击能力，那么说不定真的可以威胁到他。所以庄换羽不给他任何攻击的机会，直接凭借凌厉的剑意把他压制在靠着石壁的范围内。

这便是境界与实力都处于绝对优势的强者的碾压，就像落落先前碾压那名槐院书生一样。

再次挥剑，又有数道剑光破空而去。凄厉的破空声不停响起。洗尘楼内黄沙渐起。

剑光在其间不停疾掠，有如闪电一般。石壁上不停有剑痕出现，清晰、深刻，仿佛是匠人正在上面镌刻一幅书法。

地面的黄沙上出现很多足迹，有些在西面，有些在东面，其间毫无规律。

嗤的一声轻响。陈长生出现在靠近石壁的某处，他的右肩上出现一道很浅的伤口。

数十道剑光连接而至，他险之又险地避开了大多数，却最终在由柳井位转娄宿的过程里，真元运转出现了滞碍，慢了刹那，被剑光追及。

庄换羽执剑斜指地面，显得格外潇洒。与他相比，陈长生的衣衫上到处都是沙粒，再浅的伤口也是伤口，所以有些狼狈。但他的神情依然平静，看着庄换羽执剑的右手，非常专心。

临光剑是天道院绝学，极耗真元，耶识步这等层级的身法，对真元的损耗自然也极大。庄换羽之所以如此自信，直接凭剑法压制陈长生，便是因为他修行勤勉，天赋又高，命星极远，真元数量在同龄人当中堪称巅峰。即便是这般耗下去，也能把陈长生直接耗废，而陈长生根本没有任何破解这种局面的方法。

"就是这种水平吗？"他看着陈长生问道，神情很认真，没有嘲讽的意味，略显疲惫的双眉间有失望的情绪。为了准备大朝试，从青藤宴开始，他日夜修行不辍，就是为了今天这场对战，然而陈长生的表现虽然已经算是非常不错，却依然让他很不满意。

陈长生的呼吸有些急促，连续使用耶识步以及把速度催至极致，他体内本就不多的真元消耗殆尽，因为神识要用来计算星位与步法也变得极为疲惫。最麻烦的是，庄换羽的剑太过凌厉，他勉强闪避，却无法攻击到对方，那么终究是个败局。

他不想失败，他必须展开攻击。就在庄换羽问出这句话的同时，他的右脚再次踏向身前的黄沙，但这一次，他没有用耶识步，而是把力量尽数传输到脚底。那夜见黑龙之后奇异获得的奇异力量，瞬间让地面裂开数道缝隙，他的身体拖出一道残影呼啸而去！

刺啦一声，庄换羽剑出无声，剑光破空的声音却极清晰。

陈长生此时的速度快到难以想象，眼看着便要与那道剑光相遇，却忽然间消失不见！他竟是把耶识步的身法隐藏在了冲锋之中！

黄沙里身影微闪，倏乎间，陈长生便来到了庄换羽的身前！这是他第一次离庄换羽如此之近，近到终于可以攻击到对方。他左手握着剑鞘，右手握着剑柄，便要抽剑。便在这时，庄换羽剑眉微挑，眼里流露出怜悯的神情，一拳便袭了过去。

他右手执剑，左手一直垂在身侧，竟是一直慢慢积蕴着真元。看似随意的一拳，实际上蓄势了很长时间。嗡的一声闷响，仿佛钟声。一道雄浑的力量，随着他的拳头击向空中，气浪向着四面八方播散。

陈长生直接被震飞，在空中翻了很多圈，就像个石头般，向远处的地面落下。啪的一声，他重重地落在地上，但不是摔落，因为他的赤足先落在了黄沙上，膝盖半蹲，竟稳稳地站住了。

短剑横在他的眼前，应该便是这把短剑，挡住了庄换羽隐忍已久的那一记拳。他握着短剑两端的手，有些微微颤抖，即便他的力量再大，对上蕴着如此数量真元的暴击，也有些吃亏。

"就是这种水平吗？"庄换羽向他走来，重复了一遍这句话，然后说道，"这真令我有些失望。"

看看陈长生的水准，是他参加大朝试最重要的原因之一。当他在离宫外、在昭文殿里、在曲江畔、在洗尘楼外的林畔，看到落落与陈长生在一起的情景时，他便愤怒，然后平静，越愤怒越平静。

陈长生站起来，看着他说道："击倒我再说。"说完这句话，他的身形再次消失。

洗尘楼内黄沙大作，仿佛风雪。他把最后的真元尽数挤压出来，神识以难以想象的速度计算着方位。

在风雪般的黄沙里，他的身影时隐时现，一时在东，一时在西。只是瞬间，地面上便出现了无数个脚印，密密麻麻，仿佛夜空里的繁星。他按照星宿的方位行走，步法诡异至极，极难捉摸，似乎下一刻，便会出现在庄换羽的身前，施出致命的一击。

临光剑再快，再凌厉，也无法追缀上这种状态下的陈长生。他没有看庄换羽的剑，也没有理会周遭的环境，只是自顾自地走着耶识步。耶识步踏星而行，借风雪掩形，总有那么一刻，会走到庄换羽的身前。

看起来，这似乎真的是很精妙的应对。弧形的剑光，每每将要斩中他的身体的时候，却往往会擦肩而过。

庄换羽神情微凛，却不显紧张。他看不清楚陈长生的方位，算不到下一刻陈长生会出现在哪里。于是，他闭上了眼睛。他不是在用神识感知陈长生的位置，因为就算能感知到，他的剑也无法及时落下。

临光剑，从他的手里落下，插进地面的黄沙，微微颤抖。他摊开双手，黑发狂飘，真元暴发。临光剑的颤抖瞬间变得极为剧烈！

嗤嗤嗤嗤！数百道剑影，脱离剑身而去，瞬间充斥洗尘楼内全部的空间！下一刻，数道剑影在楼内偏西北的方位，出现了一丝凝滞。

陈长生被那数道剑影斩了出来，他的身体重重地撞到石壁上，沿着石壁落到地上，激起数道烟尘。他的身上出现三道伤口，鲜血渐溢。

"现在，我击倒你了。"庄换羽睁开眼睛，看着他平静地说道。

34·燃烧

临光剑是一套剑法，也是一把剑，是天道院的道剑，更准确地说，一直是庄副院长的佩剑。这把剑没有排进百器榜，但威力与榜上后段的那些武器也相差不远，如果一般人被临光剑连斩三记，哪怕洗髓再如何完美，也会身首分离，至少是身受重伤，不能再起。陈长生却用手扶着石壁站了起来。

终究还是受了不轻的伤，血水从他胸前的三道剑痕里溢出，看着有些恐怖。

"就是这种水平吗？"

庄换羽面无表情地看着他，停顿片刻后加重语气说道："就这种水平又怎么有资格做殿下的老师？"他这话里的殿下，自然不是平国公主，也不是陈留王，是落落殿下。"如果你真的完全掌握了耶识步，或者能让我有所忌惮。但你的耶识步终究是假的，或者说只是模仿品，似是而非，又如何能够用来战斗？不过是幻术罢了，只要闭上眼睛，你的身法便不能欺骗这个世界。"

庄换羽看着他继续说道："就像你教殿下的那些真元运行法门一样，看似精妙，实际上走的是不能登堂入室的邪路，耍的是小聪明。如果你真的愿意殿下有更美好的将来，你就应该让她继续留在天道院，通过研习玄派正宗功法来破解那个问题。"

是的，这便是他对陈长生怨念的由来，这便是为什么他对陈长生不满意。他希望陈长生能够更强些，证明给自己和世界有资格做殿下的老师，而不是像现在这样，被他轻松击败，原来不过是欺世盗名之辈。

"那是我们国教学院的事情，谢谢你的建议，但我不见得会接受。"陈长生抬起右臂，用袖子擦掉下颌上沾着的血珠，看着庄换羽说道。

庄换羽剑眉微挑，看着他不悦地喝道："难道你还想执迷不悔？事实已经证明，就算你洗髓再完美，防御能力再强，终究不可能是真正强者的对手。因为你的真元数量太过稀薄，境界太糟糕。"

陈长生沉默不语，低头望向自己紧握的剑柄。

庄换羽见他没有反应，不知为何更加生气，寒声说道："修行是大学问，战斗最终还是要靠真元打人。自古以来，修行以洗髓为先，其后方是坐照、通幽，每道关隘自有其道理，洗髓是坐照的前提，却不是战斗的手段。你真元如此稀薄，坐照不过初境，却想凭借着洗髓的能力战胜对手，何其狂妄无知！我说你走上了邪路难道有错？你自己走便罢了，难道还想把殿下带到这条不归路？"

洗尘楼里一片安静，只有这名天道院年轻强者的声音寒冷而强悍地回荡着。

"境界太低，徒呼奈何，果然，陈长生只能走到这里了。"二楼那间幽暗的房间里，响起摘星学院院长的声音，有些感慨，有些遗憾，也有些解脱。

这间房间很大，人们坐在各自的座椅上，沉默不语，听着窗外传来的庄换羽的声音，对于这场对战做出了相同的判断。

在前一轮的对战里，陈长生能够胜过霜城那名青云榜排名二十余位的青年强者，是因为他把身法速度发挥到了极致，而且忽然施展出的耶识步，让那个霜城高手有些措手不及，最终败在了他近身战时能够充分发挥的力量层面上。

但这一轮他的对手是庄换羽。庄换羽是天道院最出色的学生，修行的是玄派正宗功法，修行的每一步都走得极为扎实稳定，从不冒进，又有学院师长的教诲提点，经验极为丰富，出手便凭借真元以及招式方面的绝对优势，直接碾压了陈长生。在整个对战中根本不给对手任何近身的机会，也自然杜绝了任何意外的发生。

"茅秋雨院长高足，果然不凡。"宗祀所主教大人感叹道。

房间里的大人物们观战已久，见过折袖与苟寒食出手，知道庄换羽并不是境界修为最强的那个人，但却是最稳的那个人。换句话说，他或者很难暴发越境击败像苟寒食这样的强者，但只要比他修为弱的对手，也绝对没有办法战胜他。

尤其是在看过这场对战之后，人们甚至隐约觉得，庄换羽比传闻里的水准还要更高些，即便与落落殿下或者是折袖对上，只怕也有一战之力，胜负难以提前断定，他这场的对手陈长生，又如何能是他的对手。

是的，观战的大人物们包括在其余房间里的离宫教士们，都已经宣判了陈长生的失败。

经过几场对战下来，人们已经确认，这名数月前还不能修行的国教学院学生确实已经洗髓成功，但不过是坐照初境，无论真元数量还是精纯程度，又或是别的方面，与参加大朝试的真正强者，还有很大的一段差距。

陈长生能够走到现在，进入了大朝试对战八强，除了运气，完全依靠他难以想象的速度与力量。而到了现在，他的运气失去了意义，因为所有对手都是真正的强者，速度和力量再如何不可思议也没有意义。因为那些强者可以在境界与真元数量上直接碾压他，只要不像上轮那个霜城青年高手，在战术方面犯下大错，他便没有胜利的可能——境界方面的差距，不是靠努力或者勇气便能弥补的。

"果然还是真元数量最为重要吗？"陈长生看着手里紧握着的那柄短剑自言自语道。

庄换羽看着他微微皱眉，不知道他此时说这样的话是什么意思。

陈长生的脸上没有任何表情，显得有些木讷，没有人能看出来，他此时的内心正在挣扎，犹豫不决，究竟要不要冒险。

修行者的真元来自于夜空里的星辰，引星光洗髓的同时，那些蕴藏着奇异能量的星辉，也会进入修行者的身体，只待坐照之时，被修行者的神识触发或者说点燃，变成修行者可以驭用自如的真元。

陈长生的真元数量确实很少，而且很不精纯，他的经脉都是断的，又如何能让真元运行如自？但他的身体里还藏着很多星辉，换句话说，只要他愿意，就可以让自己拥有更多的真元数量，只是那会冒极大的风险。

在北新桥废井下的地底空间里，在那条黑龙之前，他不知为何，竟是跳过了洗髓那道关隘，直接坐照成功。他现在的身体强度比当时要强很多，但他依然很难下决心再次坐照，因为一旦失败极有可能就会死去。

坐照经附注上的那个医案以及他自身的遭遇，都证明了这一点。

顶着死亡的阴影进行第一次冒险，需要的只是勇气；第二次冒险，则需要更多的勇气。

好在青藤宴那夜、强行坐照那天，他在地底空间里，在那条黑龙之前，已经经历了两次生死，对于他已经思考了很多年的死亡进行了两次真正的思考。他想通了很多事情——面对死亡，他依然不会投降，但不再像以前那样恐惧。就像此时，面对着庄换羽这样的强敌，他不会投降，更不会恐惧。他抬起头来，望向庄换羽，说道："既然如此，那我试试。"

试什么？除了他，洗尘楼里没有人知道，猜都猜不到。陈长生闭上眼睛，深深地吸了口气，然后尽数吐了出来。仿佛有气泡汩汩自泉底冒出。呼吸之间，他的肺里便几乎没有空气，骤然一空，连空气都没有的空。

他的识海醒了过来，海面上微澜轻漾。

一道凝练至极的神识，从他的识海里生成，飘摇而上，不知去往了碧蓝天空里的何处，仿佛将要离开这片天地。

又一瞬间，那道神识从碧空回到地面，自反而缩，自外而内，进入他的身体，来到那片小天地里。

他的神识化作一道清风，在那片天地里自由来回。清风是他，他是清风。他看到了那九道横断的山脉，看到了无边无垠的荒原，看到了那片悬在空中的湖水。最后，他看到了那片雪原。

雪原被极深的裂缝，切割成了数十块。比前些天他坐照内观的时候，这片雪原要厚了很多，即便此时，还有些雪花在不停飘落。这些天他一直都没有停止引星光入体。

那些雪花都是极纯净的星辉，只要被神识触及点燃，便会变成滋润这方天地的清水，那些清水便是真元。用庄换羽的话说，用很多人的话说，用道藏上的无数句话来说，对修行者来说，最重要的真元。

陈长生犹豫了很短的一瞬。他现在真的不怎么怕死，但他不想再次承受那种痛苦，因为那种痛苦极有可能让他当场昏死过去，一旦出现那种情况，这场对战自然输了。

但终究是要做的事情。犹豫归犹豫，那道清风并未静止，飘飘然向东南角的一块雪原落了下去。仿佛一把野火，落在堆满枯叶的山间。轰的一声，那片雪原猛烈地燃烧起来。

二楼的房间里很幽静，大人物们坐在各自的座椅上沉默不语，等待着陈长生认输，等待着这场对战结束，等待着今年的大朝试终于写下结局，国教旧派势力的企图或者说尝试，遭受到最沉重的打击。

然而就在这个时候，洗尘楼内忽然生出一道气息。那道气息有些狂暴，非常炽烈，就像是有人在楼下点燃了篝火，而且火势极大。

莫雨神情微凛，长身而起，宫裙在昏暗的房间里拖出一道残影，瞬间掠至窗前。她的目光穿过窗上的纸花，望向楼下，脸上没有任何表情，眼中却有异彩出现。

在场的大人物们都是境界高深的强者，哪里会感知不出那道气息代表着什么，根本无人去理会莫雨在先前那瞬展现出来的实力境界，纷纷来到窗前，向楼下望去，随着视线所及，神情骤变，一时竟有些无语。

楼下石壁前方，陈长生闭着眼睛站在黄沙里，赤裸的双脚旁边，是被他身上淌下的血水打湿的沙砾。那道狂暴的、炽烈的气息，便是来自他的身体。

人们清晰地感觉到，他的境界正在提升，他体内的真元正在变多，他的气息正在变强。

在神识感知中，他变得越来越明亮。就像是一堆真正的篝火。

"这怎么可能？""这怎么可能！"

人们站在窗边，看着这幕画面，脸上的神情变得极其古怪，震撼异常。

陈长生这时候竟开始坐照自观，是在将星辉转成真元！

问题在于，除了最开始，由洗髓境转入坐照境之时，修行者将以前积累的所有星辉尽数燃烧成真元，会有如此强烈的气息外溢之外，其后修行者引星辉养真元都是涓滴之事，怎么可能有这么大的动静？

陈长生这是第一次坐照自观？不可能，通过前几轮的战斗，人们非常清楚，他现在已经完成了从洗髓到坐照的修行，不然身体里不可能有真元流动。

那么现在这是怎么回事？难道说，这个世界上有人能够进行两次初坐照？

洗尘楼内一片死寂。所有人都震撼无语。无论是窗边那些见多识广的大人物，还是那些离宫教士。庄换羽更是吃惊得说不出话来。

楼间的温度瞬间变高。陈长生闭着眼睛，脚边的黄沙却飘了起来，那些被血水凝作一团的沙砾，经过无形高温的炙烤，纷纷干燥散裂。那些血水，都尽数被化作青烟。飘舞的黄沙里，陈长生的脸越来越红，可以感觉到他的身体变得越来越滚烫。

看着这一幕，一位圣堂大主教微微敛眉，平静了些。他不知道陈长生为什么能够二次初照，但他看得出来，这个少年没有办法控制住体内星辉的燃烧。

"这样下去，他就算不被烧死，神智也会被烧出问题。"陈留王担忧地说道。

只要洗髓成功，修行者的身体，便能承受住初照时，星辉转换成真元所带来的高温与力量。但陈长生此时的坐照明显有些诡异,他体内燃烧的星辉数量,似乎太多了些,身体的温度难以抑制不断升高。洗尘楼变得越来越热,楼外忽然传来蝉声,仿佛夏天提前来临。

离宫深处有座宫殿。宫殿的角落里有只灰色的陶盆。盆中有株植物,青茎数枝,却只生着一片青叶。青叶的片缘有些微萎,微微卷曲。

"老了记性果然变差了很多,居然又忘记浇水了。"教宗大人走到陶盆旁,看着那片青叶叹道。然后他拿起木瓢,伸向盆旁的水池。

35 · 一场新雨洗旧尘

清水从瓢中缓缓泻出,落入灰色的陶盆里,青叶被水流击打,不停弹动。浇完水后,教宗大人把木瓢扔回水池里,背着手向殿外走去,就像做了件极寻常的事情。

陶盆里的土壤变得湿润起来,先前微萎的青叶回复如初,边缘不再卷曲,叶脉愈发清晰,一颗水珠如露珠般在水面轻轻滚动。

多日前,教宗大人和主教大人在这里曾经有过一番谈话,当时主教大人说,成熟需要雨水滋润,有时候更需要压力。现在,那片青叶已经承受了太多的压力,或者正是需要雨水滋润的时候。洗尘楼在青叶世界里。

陈长生的身体无比滚烫,脸色通红,衣服上的血水早已被蒸干。他的气息越来越强,同时,楼里的那股燥意也越来越浓。

莫雨站在窗边,看着正在忍受着痛苦煎熬的少年,神情依旧漠然,袖中的双手却已经握在了一起。

"能不能让他停下?"陈留王不易察觉地看了她一眼,然后问道。

莫雨沉默不语。陈长生此时正处于初照的关键时刻,不要说他闭着眼睛,不知身外事,即便能与外界交流,他也无法停止体内星辉的燃烧。如果他可以做到,又何至于现在进入如此危险的境地?

能打断这个过程,把他从死亡边缘拯救回来的,只能是外界的力量,而且必须是非常强大甚至必须是传奇级别的力量。

在京都,只有两个人拥有这种力量:教宗大人以及圣后娘娘。

然而，陈长生和国教学院正是忠于陈氏皇族的国教老人和那些旧派势力推出来挑战现有秩序的符号，圣后娘娘和教宗大人怎么可能出手？

洗尘楼里的温度变得越来越高，楼外的蝉声越来越响亮，这是青叶世界做出的反应。

陈长生终究还是低估了燃烧星辉的危险程度，因为他的身体情况与众不同，自天书降世以来，这片大陆便未曾出现过他这样的情况。哪怕三千道藏里也没有类似的记载，他真的有可能就此死去，或者被烧成一个傻子。

谁能改变这一切？谁能熄灭他体内无形的火，让青叶世界的温度降下来？

就在这个时候，碧蓝的天空里，忽然落下了一滴雨。然后，便是千滴雨，万滴雨，一场暴雨。

哗哗哗哗！磅礴的大雨，自天而降，落在洗尘楼的黑檐下，落在黄沙上，也落在了陈长生的身上。

除了雨声，什么声音都没有。人们望向天空，看着那道雨柱，震撼无语，充满敬畏。

莫雨的眼中，忽然生出一抹悚意，还有些许惘然。

没有云，却下了一场雨。这雨自然是从世界外来的。

一位圣堂主教看着这场自天而降的雨，脸上的神情不停变化。作为国教六巨头之一，自然清楚这场雨来自何处。但作为教宗大人的亲信，他很不理解，为何会有这场雨。

圣人为什么要出手帮助那个国教学院的少年？

雨水能洗掉世界的尘埃，也能带走温度。

雨水落在陈长生的身上，与他滚烫的肌肤接触，瞬间便蒸发成水汽，与此同时，他的体温也在急剧降低。

洗尘楼里的温度，也正在急速下降，先前仿佛还是盛夏，酷暑难当，一场雨后，便到了深秋，寒意渐起。庄换羽忽然觉得有些冷。

就在先前那刻，他听到了二楼传来的一声咳。他不知道是谁在咳，但知道，那个人在提醒自己，必须在这场秋雨结束之前，抢先出手。

虽然不清楚陈长生的身上究竟在发生什么，但不要给任何意外发生的机会。

但他没有动。

因为这场秋雨太过磅礴,在黄沙上冲出道道沟壑,让他生出敬畏之心,不敢逾越。

不过,那也无所谓。因为他是天道院的骄傲,他很骄傲。他本就是想证明给整个大陆和落落殿下看,陈长生不如自己,那么在陈长生最强的时候战胜他,是最好的证明。

一场秋雨一场凉。楼内渐渐变得清冷起来。暴雨渐疏,变得淅淅沥沥。

陈长生睁开了眼睛。他的眼睛很透亮,就像是雨珠,可以看清楚这个世界隐藏着的画面。身周飘着的黄沙已经落下,外溢的真元尽数敛入体内。再次初照,从而成功越境的他,此时正处于最巅峰的时刻。他举起手中的短剑。

一道剑意如秋雨般笼罩整座洗尘楼,瞬间来到庄换羽的面前。

钟山风雨剑第一式,起苍黄!

庄换羽的脸色瞬间苍白。他没有想到,只过去如此短暂的一段时间,仿佛只是落了场暴雨,陈长生闭上眼睛,又睁开眼睛,他便变得如此之强!

那道如秋雨般的剑意,凝练到了极点,所蕴藏的真元亦是强大到了极点。他心神微凛之下,竟没有做出应对,便处于了绝对的劣势。那道凝而未发的剑意,就像是将落未落的秋雨,离他的眉心,只有一尺不到的距离。

滴答滴答,黑檐上的雨水缓缓落下,击打在地面上。黄沙已被雨水冲走,露出下面的青石板。雨水敲打着青石板,单调的声音,令场间的气氛异常紧张。

陈长生没有继续出剑。他这一剑是破境后的第一剑,精神剑势正在巅峰状态,庄换羽一时失神,极有可能被一剑击败。但他没有。他等着庄换羽醒过神来。因为先前他坐照闭眼的时候,庄换羽给了他时间。

无论是因为那场秋雨在黄沙间冲出的沟壑,让庄换羽不敢上前,还是因为骄傲,总之,他给了陈长生机会。所以,现在陈长生要把这个机会还给他。

洗尘楼里一片安静。

"少年的战斗,果然不一样。"二楼有人感慨地说道。

如果是成年人,在大朝试这样重要的比试中,绝对不会给自己的对手任何机会。只有年轻人,才会这样做。

可能是因为他们经历的事情比较少,身上没有染太多尘埃,又或者是因为这场秋雨洗去了他们身上的尘埃，总之，和成年人相比，他们依然相信公平这种规则，也许这很天真幼稚，但也代表着某种朝气和自信。

"现在，你打不过我了。"陈长生看着庄换羽说道，"认输吧。"

36 · 倒山

陈长生这时候衣衫破烂，胸前有伤，看着要多惨有多惨，如果被唐三十六看到，绝对会嘲笑他被人打得像条狗似的。然而就是在这样的情况下，他居然要庄换羽认输——看他的神情，不是在说笑话。

他的态度很认真，语气很诚挚，所以庄换羽很生气，觉得这是极大的轻蔑与侮辱。

陈长生没有嘲弄他的意图，只是在做冷静的判断。

不管是因为那场秋雨，还是身体强度提升的缘故，既然燃烧星辉没有把他烧死，那么这便意味着那片雪原可以为他源源不绝提供真元。事实上，他现在的真元是前所未有的充沛——与庄换羽之间最大的差距，现在不复存在，他凭什么不能自信？

"他凭什么这么自信？"二楼窗畔，摘星学院院长皱着眉头问道。

就算陈长生离奇地进行了二次初照，但京都所有大人物现在都知道，他确定命星，开始引星光洗髓，至今日尚不足一年时间，而庄换羽已经修行了十余年，他凭什么认为自己的真元层级已经追上了对方？

陈长生用事实向所有人证明，他的自信是有道理的，虽然说不清道理在何处。

庄换羽盯着他，插在青石板里的临光剑微微颤抖，数百道剑影再次生成，四面八方向他袭了过去，洗尘楼里仿佛再次生起一场风雨。

陈长生右手握着短剑，位置却稍稍上移，虎口移到了鞘沿之前，等若用手掌把剑柄与剑鞘同时握住，自然无法抽剑。

他没有抽剑，也没有闪避，抑或也没有用身体硬抗，而是连鞘带剑，横打而出。楼内响起呼呼的声音，自然生风。

数道强横的剑风，与四面八方袭来的临光剑影相接，发出数声闷响，然后那些剑影纷纷碎裂散去。

以真元战真元，不相上下，以剑破剑影，自然轻松。

二楼窗畔的大人物们神情微变，终于确认陈长生的修为境界与先前已经截然不同。无论是真元的精纯程度还是数量，他至少已经不弱于庄换羽。

莫雨袖中握着的双手已经散开，她抚着窗棂，依然面无表情，心情却不像表现的这般轻松。

她不愿意让人看出自己并不想让陈长生出事，此时也不需要担心陈长生不敌庄换羽，但陈长生的表现，以及他没有道理的真元暴发，让她想起了很多天前那个夜晚，那夜她与圣后娘娘在甘露台上观星。

那夜，圣后娘娘感知到了有人在京都里定命星，那颗星辰极为遥远，那个人的神识极为宁静强大。

那个人……就是陈长生吗？

大人物们在二楼窗畔想着事情，楼下场间的战斗已然激烈起来。陈长生连剑带鞘，凭着真元强硬地破掉那些风雨般的剑影，身形微虚，下一刻便来到了庄换羽的身前。

十余丈的距离，转瞬即逝，他没有借用钟山风雨剑的剑势，而是用的耶识步。

庄换羽此时已经完全冷静下来，陈长生轻易地破掉他的剑影，让他有些意外，却不能让他再次走神，他的脸上更没有任何惧意，只见他伸出右手，临光剑颤抖加剧，噌的一声从地面飞起，落回掌间！

嚓嚓嚓嚓，十数声连绵不绝的剑声响起。

临光剑在他的手中仿佛活了过来，锋利的剑刃刺刺破空，向着陈长生的身体刺去。

被那场秋雨冲洗过的地面，残留着些许湿漉的黄沙，那些黄沙被庄换羽的剑带起，变成数十道极细的沙线。

那些沙线便是剑法，是可以看见的剑的走向。

陈长生可以凭借真元破掉那些剑影，但要挡住这些闪电般的剑招，则需要更精妙的剑招。

楼上观战的人们神情变得极其专注，他们都见过或者听说过陈长生在青藤宴上与苟寒食对招的过程，知道这个不起眼的国教少年和通读道藏的苟寒食一样，知晓无数山门宗派的剑法，不由好奇他会如何应对。

数十道细细的沙线，从各种角度向着陈长生的身体袭去沙线之后，是寒冷的剑锋。陈长生依然没有拔剑。他的手掌握着鞘沿与剑柄，想拔剑亦不能。他握着短剑，就这样打了下去。打得异常干脆利落，简洁有力。根本不像是剑法，也看不出有任何精妙之处，就像是妇人在河边洗衣服，拿着木槌不停地敲击着石头。

看似是平常无奇的一击，然而当他举起短剑打落下去的时候，楼上窗边至少有三位大人物惊呼出声！

"倒山棍！"

是的，陈长生用的不是剑法，而是棍法。他自幼通读道藏，博览众书，进入国教学院后也是日夜读书不辍，与藏书馆里的修行书籍比较对照，前十四年读的那些道藏尽数转换为修行需要的知识，论起对世间各宗派山门学院修行法门的认识，除了苟寒食再没有人能比他更强。

他修行也极勤勉，短短半年时间，便掌握了很多剑法与别的修行法门。在青藤宴上，他指导落落和唐三十六战胜了关飞白和七间，凭的便是这个本事。然而很多人却忘了，他对那些剑法和修行法门的掌握，更多是纸面上的掌握。

他知道汶水三式应该如何使，连山七剑的顺序与角度，这不代表他就能施出汶水三式，随意一挥便是连山七剑。更不要提他当时洗髓尚未成功，不能修行，便是想要练剑都没有那种可能性。

他再如何勤奋刻苦，哪怕天赋再如何了得，也不可能在短短数月时间内，掌握那么多种法门。

想要在剑道上有所成就，至少需要下十数年苦功。

无论是秋山君，还是在青藤宴上证明自己至少会用百余套剑法的关飞白，都是如此。

别的人会忘记这件事情，陈长生自己不会忘记，他很清楚，自己不可能在剑法上胜过庄换羽或者离山剑宗四子里的任何一人，就算他能想出克制对方剑招的招式，也没有办法在如此紧张激烈的对战中使出来。

不同阶段的修行者，需要不同程度的对战方式。他现在需要一种相对更简单更有效的方法，他没有想到哪门剑法可以克制天道院的道剑，而又是现在的自己能够熟练掌握的，所以他把握着剑的右手下移，同时握住鞘沿和剑柄。

这个握剑的手式便表明，他没有想过抽剑。如此一握，短剑便变成了短棍。他用的是棍法——倒山棍。

三声惊呼几乎同时在二楼响起。发出惊呼的是那两位圣堂大主教以及宗祀所主教。因为他们识得这种棍法，因为他们已经很多年没有看到这种棍法。

倒山棍，是国教学院的棍法，相传创立之初，是国教学院监院用来处罚违纪学生的刑棍。

国教学院已经衰败了十余年，这种棍法自然也已经十余年没有在大陆上再次出现。

那两位圣堂大主教是国教新派的大人物，与代表旧派势力的国教学院天然对立，然而即便是他们，隔了十余年时间，忽然再次看到在国教内部赫赫有名的倒山棍，依然忍不住惊叹出声，情绪瞬间变得极为复杂。

薛醒川和徐世绩，也是曾经见过国教学院当年风光的人物，只比三位主教稍迟些，也认出了陈长生所用的棍法，神情微变。

倒山棍是国教学院的刑棍，走的就是粗暴直接的路数，简单明了，目的便是要把学生打倒，打痛。这种棍法看上去没有什么道理可言，但实际上隐藏着很多道理，就像国教学院的院规一样，你根本没有办法避开，只能承受。

庄换羽的神情凝重无比，手里的剑却没有慢上分毫。

陈长生的短剑打落之势太过直接，直接到似乎谈不上什么招数。

看起来，他手里的剑完全有足够的余地抢先刺中陈长生的身体，但陈长生手里的短剑却给他一种感觉，如果他这样做，那么下一刻无论陈长生受多重的伤，他的剑依然会连鞘而落，打在他的身上。

抢攻，似乎没有意义。避？似乎避不开了，那便只能硬挡。庄换羽真元源源不绝而出，剑锋破空而起，迎向了陈长生的剑。

倒山棍对上临光剑，仿佛是国教学院对上了天道院。新生的国教学院，想要重新获得在国教内部的地位，似乎总要过这一关。

两把剑在空中相遇，然后分开，然后再次相遇。无论陈长生的剑落在何处，都会被庄换羽的剑挡住。无论庄换羽的剑招如何精妙，却没办法破开陈长生的剑。在极短的时间里，两把剑相遇十余次。

洗尘楼内响起震耳欲聋的撞击声。十余个白色的气团，在他们二人的身周不停生成，然后瞬间炸开。那些气团，便是两把剑相遇时震荡出来的气息。

啪啪啪啪啪！两道身影骤分。庄换羽闷哼一声，面色微白，握着剑的右手微微颤抖。他没有能够完全封住陈长生的剑。最后那一刻，陈长生的剑连鞘落下，打在了他的手腕上。

如果不是当时庄换羽剑意直指，正在斜刺之际，只让陈长生的鞘尖擦到，或者他的腕骨已然碎裂。正面对战，以剑对剑，最后竟是自己落了下风。

庄换羽无法接受这个事实，脸色苍白。下一刻，他把剑鞘扔到地上，再次上前。

37·提靴

剑无鞘，便锋芒毕露。庄换羽的剑破风而起，再无任何保留，挟着雄浑的真元，刺向陈长生的身体，剑首喷着青光，刺刺作响。

地面残沙再起，飞舞于场间。陈长生使出耶识步，身影骤虚，带着道道残影，围着庄换羽，手里的短剑如棍般不停击落。

依然是快打。

庄换羽丝毫不惧，剑招精妙，因为愤怒而格外狂放的攻击，在防御方面却也做得极为完美，可以看出他的心神根本没有乱一丝。

陈长生的步法再快，短剑落得再直接强硬，也无法找到他的漏洞，更没有办法破出漏洞。相反，庄换羽的剑意却变得越来越平静。无数剑光就像是无形的网，让陈长生的步法变得越来越凝重，就算想要脱离，也不再那么容易。

陈长生算到了他的意图——庄换羽想用这种剑法抹掉他在身法速度上的优势，最终进入纯粹招式和真元的较量——他毫不犹豫做出了决定，身法骤变，速度快到不可思议，向右侧连踏三步，却最终出现在庄换羽的另一面。

庄换羽翻腕斜刺，一记妙不可言的道剑，直接荡开他手里的短剑，然后趁势刺向他的咽喉。

陈长生陡然遇险，却神情不变，因为他已经来到了庄换羽的剑光里面。

现在，谁都别想再避开了。

他侧身任由临光剑刺破自己的肩头，手里的短剑直接拍向庄换羽的面门。

庄换羽倒提临光剑，以剑柄相迎，同时错步，横着剑锋再次割向他的咽喉。

转瞬之间，战局便发生了极大的变化。

洗尘楼里再次响起密集的撞击声，那是两剑相遇的声音，只是与第一轮相比，这次的剑鸣声连绵不绝，仿佛永远不会停歇，白色的气团不断生出，然后炸开，然后再次湮灭，无论陈长生还是庄换羽，都决定立即决出胜负。

嚓嚓嚓，三道裂开的声音响起！

嘣嘣，两记砸实的声音响起！

细雨已歇，湿沙落于地，陈长生和庄换羽骤然分开，向后掠出十余丈外，然后站定。

陈长生被刺了三剑，加上先前的剑伤，六道剑伤纵横相交于胸前，鲜血淋漓，不忍直视。

庄换羽被他的短剑砸中两次，右肩微微塌陷，血水溢流而出，脸色异常苍白。

剑锋无匹，棍乃钝器，三剑换两棍，无论从哪个角度来看，最后的这轮对剑，也应该是庄换羽占了大便宜。

换作任何人是庄换羽的对手，在这三剑之下，都必将身受重伤，无力再战。

陈长生没有倒下。

庄换羽要和他以招对招，以剑对剑，以真元对真元。他的应对更加强硬，直接以招换招，以剑换剑，以伤换伤。

这是梁半湖打唐三十六的办法，是苟寒食拟定的策略。被他用在了与庄换羽的这场关键对战里。

陈长生向来是个愿意学习、擅长学习的人，而且他敢用这种办法，说明他对自己的真元与防御能力有绝对的自信，至少要比庄换羽更强。

庄换羽也没有倒下，虽然脸色已经极为苍白。

他们的身上都是血，隔着十余丈的距离，沉默对视。

洗尘楼内一片安静。二楼窗边的大人物们也保持着沉默，这场战斗对他们来说自然算不得什么，但陈长生和庄换羽在这场战斗里所展现出来的远超年龄的冷静与勇气，却让他们动容，此时的沉默，或者代表着一份尊重。

沉默，也代表着紧张。

究竟谁胜了？

洗尘楼外也是一片安静。楼外的考生们甚至比楼内的人更加紧张，更想知道谁获得了这场对战的胜利。

从陈长生和庄换羽进楼之后，所有人的目光便落在那扇紧闭的门上。

就像之前那么多场对战一样，考生们看不到楼内的场面，只能通过楼内的声音猜测到底发生了什么。

洗尘楼的隔音阵法，在第二轮之后，便经常失效，因为参加对战的考生越来越强，战斗越来越激烈。

这场对战也是如此，楼门关闭不久后，考生们便听到了一道凄厉的破空声，他们知道那是剑声，只是不知道是庄换羽的剑还是陈长生的剑。然后他们听到了一声闷响，仿佛有谁在楼里敲钟，有人猜到那应该是拳挟真元击出的声音。

接下来的事情变得有些诡异。因为洗尘楼里忽然安静下来，楼外却响起了阵阵蝉鸣，甚至就连温度都升了许多，仿佛来到夏天。然后万里无云的碧空里忽然下了一场雨，那场雨没有打湿楼外一寸土地，只是落在楼内，看上去就像是一道瀑布。

剑鸣再作，再未停歇，直至最后，一切安静下来。这场对战应该结束了，谁胜谁负？

国教学院三人最紧张，林畔的气氛一片压抑。轩辕破瞪圆了眼睛，看着紧闭的楼门，不停地搓着手，额头上满是汗珠。落落闭着眼睛，小手在身前抱成拳头，默默地替陈长生祈祷着。

唐三十六背着双手不停地踱着步，嘴唇微动，念念有辞。他没有问陈长生的底牌究竟是什么，信心来自何处，他知道陈长生对这场对战肯定有所准备。但他更知道庄换羽有多强——庄换羽是他在天道院的师兄，也是他一直想要超越的对象。隔得近些，才能听清楚他在低声自言自语些什么："太乐观了……太乐观了，我们太相信他了，这怎么可能赢呢？这怎么可能赢呢？你这个家伙可一定要赢啊，但是，怎么可能赢呢？"

便在这时，洗尘楼的门被推开了。所有考生同时望了过去。

落落睁开了眼睛，满是希冀与担心。唐三十六不再踱步，也停止了自言自语，却没有望过去，因为他不敢看。

先走出洗尘楼的人是陈长生。他浑身是血，光着双脚，衣衫破烂，满身风沙，比起前几轮来，更像一个乞儿。

石坪四周依然一片安静，因为现在还不能确定这场对战的胜利者是谁。关飞白在与折袖那场同样惨烈的战斗后，先走出了洗尘楼，但他是失败者。

就在这样紧张的时刻，陈长生忽然转身走进楼内。对战已经结束，他已经出楼，为何又要转去？所有人都怔住了，不明白这是怎么回事。

没过多长时间，他再次走了出来，这一次他的手里多了一双靴子。一双崭新的靴子。

场间忽然响起一声怪叫，那是唐三十六的怪叫。他表面上没有看，实际上余光一直看着那处。他怪叫着，向陈长生冲了过去。

落落长长地出了口气，轻轻拍了拍胸脯，脸上满是后怕与高兴。

轩辕破不明白，挠着头问道："怎么了？"

落落说道："先生赢了。"

38 · 这样也行

这种时候，还没有忘记自己先前掉的靴子，自然说明陈长生赢了。

果然，随后庄换羽没有出现，出现的是离宫教士，宣布了这场对战的结果。

在考生们震惊的目光注视下，陈长生提着靴子、光着脚，从石阶上慢慢地走了下来。唐三十六此时已经跑到了他的身前，扶住了他，同时伸手把他手里的那双新靴子接了过来。

陈长生有些不好意思，说道："太客气了。"

说着不好意思，他却没有拒绝唐三十六的搀扶，因为他受了不轻的伤，虽然在洗尘楼里，接受了圣光治疗，依然还是很虚弱。

唐三十六叹道："从今天开始，我大概只有给你提鞋的资格了，还不得赶紧巴结着？"

这是大周著名的谚语。

唐三十六叹息着，感伤着，眼睛里却满是喜意。轩辕破和落落这时候也迎了过来。

洗尘楼里。庄换羽躺在担架上，右肩微塌，半身皆血，闭着眼睛，灰白的双唇微微颤抖，拳头紧紧地握着。

二楼那个房间也很安静，大人物们沉默不语，不知该如何评价这场对战。

大朝试已经结束了很多场对战，陈长生和庄换羽不是最强的，他们之间也不是最激烈的，如果要说激烈甚至惨烈，还是折袖与关飞白的那场沉默之战。同样，这场对战也不是最精彩的，七间与梁半湖的那场离山对战才至为精彩。

　　但这场对战一波三折，陈长生竟然再次初照，当场破境，同时破了庄换羽无比稳定的发挥，非常值得回味。

　　洗尘楼外，所有人的视线都落在林畔，寂静一片。人们不知道陈长生怎么赢的，生出很多猜测，于是更加震撼。

　　庄换羽是天道院的骄傲、京都诸院的最强者，连他都无法让陈长生的脚步停下，难道主教大人那日在离宫做的宣告，真的会变成现实？难道陈长生真的有可能拿到大朝试的首榜首名？

　　流水淙淙，溪畔的离山剑宗弟子们安静了很长时间。关飞白看着被落落扶到白杨树处坐下的陈长生，感慨说道："盛名之下，果然不虚。"

　　"在修行与战斗方面，陈长生并无盛名，更无侥幸之名，所以，这才显得他更加了不起。"

　　苟寒食看着靠在白杨树上闭目休息的陈长生，默然想着。一个不会修行不会战斗的少年，只用了数月时间，便成长到如此程度，他为此付出了多少时间与精力，说是燃烧生命想来也不为过。只是为了大朝试的首榜首名，这样值得吗？

　　洗尘楼外的静寂，被林畔传来的咳嗽声打破。

　　陈长生靠在白杨树上，不停地咳嗽着，显得极为痛苦，随着每声咳嗽，胸前的剑伤便会再次迸裂，溢出血来。

　　凭着对死亡的漠然，他艰难地战胜了庄换羽，但也付出了极大的代价，很明显，在大朝试结束之前，他的伤不可能好。

　　落落有些手忙脚乱地替他进行着包扎，唐三十六依着他的指点，在包裹里寻找着药物。

　　轩辕破端来一大碗清水，唐三十六也找到了陈长生需要的药丸。

　　陈长生借着清水，把一大把药丸吞了下去，然后疲惫地闭上了眼睛，继续调息。

　　落落看着他苍白的脸色，有些不忍，想要说些什么，最终却是什么都没有说。

　　以陈长生现在的伤势与状态，不要说随后可能会遇到的苟寒食，就算是随便一名参加大朝试的考生，都可以随意击败他。但她没有办法让自己说出劝他不要继续对战的话。唐三十六和轩辕破也说不出来。

就连先前在洗尘楼里，那些离宫教士看着他身上的伤，也不忍劝他退赛。

是的，这里的不忍，是不忍看到他身受重伤还要继续战斗，而是不忍看着他坚持到了这种时候，却要停止战斗。

陈长生不会停止战斗，大朝试对战也不会因为他的伤势而暂停。

对战进行继续，苟寒食进入洗尘楼，如前几轮一般，平静如春雨润物一般战胜了这一轮的对手，那位圣女峰的少女。

令国教学院数人越发觉得不安的是，即便到了最后阶段，苟寒食的对手依然没有受伤。

这种完美的控制代表着绝对的强势，天海胜雪退赛之后，苟寒食与别的考生之间的实力差距，大得令人失望。

国教学院只能把希望寄托在随后出场的折袖身上。

青云榜第三的狼族少年，按照先前的抽签，如果战胜这一轮的对手，便会遇到苟寒食。事实上，在场的考生当中，大概也只有他和落落能够对苟寒食造成一定威胁，落落无法与苟寒食相遇，他便是唯一的选择。

折袖这一轮的对手，是摘星学院的一位青年军官。他没有直接走进洗尘楼，而是向林畔走去。

看到这一幕的考生们有些吃惊，联想到先前唐三十六曾经去找过折袖，不由很是好奇，这究竟是怎么回事？

折袖走到林畔，看着唐三十六面无表情地说道："给钱。"

听着这两个字，落落和轩辕破的神情微变，这才确信唐三十六刚才说的话是真的。

就连陈长生都睁开了眼睛。

原来，以冷血孤独著称的狼族少年，居然真是个死要钱的？唐三十六对此感受格外强烈，压低声音愤怒地说道："这种对手你也要钱？"

折袖依然面无表情，看着甚至有些呆滞，问道："为什么不能要？"

"你稳胜好不好？"唐三十六恼火地说，"我不给你钱，难道你就赢不了那个家伙？"

折袖想了想，说道："但你要我打苟寒食。"

唐三十六说道："下场我们再谈价。"

折袖摇头说道："要打苟寒食，我先要赢这场，所以这场你也要给钱。"

唐三十六像看着怪物一样看着他，发现他没有改变主意的意思，只好认输，从袖子里取出一张银票递了过去。

折袖看了看银票，上面的数字让他非常满意，于是他很难得地点了点头，说道："我会好好打的。"

说完这句话，他离开林畔，向洗尘楼走去。

落落睁着大大的眼睛，看着唐三十六问道："这样也行？"

轩辕破看着折袖有些孤单的背影，倒吸一口冷气，重复道："这样也行？"

39·两场漫长的战斗

有人看见唐三十六递了张纸给折袖，但没有人联想到，那会是一张银票，因为狼族少年留给世人的印象，怎么都无法与金钱联系起来。就连落落和轩辕破，哪怕亲眼目睹这一幕的发生，依然难以相信。

折袖走进了洗尘楼，折袖又走出了洗尘楼，他的对手没有走出洗尘楼，和苟寒食一样，他再次迎来一场毫无争议的胜利。但除了结果之外，过程却比苟寒食多了很多争议，因为他的对手再次重伤难起，被直接送出了学宫。

考生们的目光随着他走下石阶，来到林畔国教学院数人前。

唐三十六有些无语，说道："你是用摘星学院的学生身份报名，现在还顶着张听涛的假名字，那位仁兄算是你的同窗，你至于下这么重的手？"

折袖沉默了一会儿，似乎不怎么理解他为什么关心这种结果，然后说道："我说过会好好打。"

唐三十六的银票让他很满意，所以他先前难得地对人点头示意，并且承诺会好好地打。对不怎么理解也懒得理解所谓人情世故的狼族少年来说，好好打便是用尽全力去打，那么他的对手的下场便可想而知了。

"那你现在来做什么？"考生们的目光集中在林畔，这让唐三十六感觉到了一些压力，他不想让国教学院与折袖之间的交易被人知晓。这倒与荣誉之类的无关，纯粹是他想保守这个秘密，折袖是可以用金钱收买的秘密。

折袖现在等于是国教学院的雇佣兵，如此强大的雇佣兵，当然最好没有人知道。

"来谈价。"折袖说道。

唐三十六明白他指的是下一场。

没有任何意外,折袖对上了苟寒食。

落落和轩辕破低头看着地上的草枝,不说话,以此掩饰自己的尴尬。

陈长生没有,因为这是他的事情,如果事后会被人耻笑,他认为被耻笑的对象也应该是自己,而不是唐三十六。

"你要的东西,我不能保证……我有没有,但我会尽量争取给你。"他看着折袖说道。

折袖盯着他的眼睛,神情漠然地说道:"你一定要有。"

陈长生说道:"如果有,就给你。"

折袖沉默了很长时间,说道:"可以。"

然后他望向唐三十六,又沉默了很长时间,说道:"三倍?"

唐三十六怔了怔,然后才醒过神来,强行压抑住狂喜,平静说道:"没问题。"

折袖再次对他点头示意,转身向人群外走去。

"看来这个家伙只会杀人,完全不会谈价啊。"唐三十六看着他的背影,感慨地说道。

打苟寒食,比打那名摘星学院考生的价钱只翻了三倍,折袖的开价,让他实在有些意外。

这时他忽然想起个问题,回头望向陈长生,皱着眉问道:"你知道他想要什么?"

很明显,狼族少年非常缺钱,只是他愿意帮助国教学院的一部分理由,最重要的原因是,他想从陈长生这里得到些什么。

陈长生看了落落一眼,说道:"我大概能猜到他想要什么,只是不确定能不能帮到他。"

八强战最后一场对战,发生在落落与那名槐院少年书生钟会之间。不愧是青云榜排名第九的少年天才,在洗尘楼里,钟会表现出了极强大的真元修为和剑法,成功地……坚持了半炷香的时间。

离宫教士宣布结果后,钟会沉默地离开了洗尘楼。

看着这名槐院少年书生略显落寞的背影,落落没有什么感觉,静静看着门口,等待着下一位对手的到来。

她没有离开洗尘楼,她要求打四强战的第一场,二楼里的那些大人物总要给她这点面子。

洗尘楼的门关闭,过了一些时间后,再次开启。

听着那声吱呀,落落走了过去,然后小心翼翼地把对手搀了进来。

她这轮的对手是陈长生。

被那场雨水洗过的地面,残留些微湿的沙,靠着圆楼四壁的石阶,还算干净,也比较干燥。

落落扶着陈长生坐到石阶上,递过清水,喂他喝了口,说道:"药力还要多长时间才能发散?"

陈长生看着左手无名指上缠着的那圈金线,说道:"已经好些了,你不用担心,如果稍后还不行,我再想办法。"

落落说道:"先生,那你就先多歇会儿。"

陈长生望向二楼,心想这样合适吗?

洗尘楼是大朝试对战的场所,考生进楼之后,心神都在战斗之上,很少有机会打量这座楼的模样。

他这时候倒可以好好看看。只是,终究有些不安。

"会被人说吧?"他看着落落问道。

落落本想说,自己可不怕别人说闲话,但想着他谨慎的性格,眼珠微转,说道:"那我们聊聊天也好。"

聊些什么呢?国教学院里的大榕树有没有变得更粗?站在树臂上还能不能看到百花巷口那家杂货铺?去年冬天国教学院里的雪积得厚不厚?

"先生,你是怎么打赢庄换羽的?"落落问了一个所有人都很关心的问题。

陈长生想了想,把先前那场对战仔细讲了一遍,绝大部分细节都没有遗漏。

落落自然很吃惊,犹有余悸地说道:"幸亏有那场雨……"

陈长生点了点头,此时回想起来,如果没有那场寒冷的雨自天而降,他就算不被星辉烧死,也会因为高温而身受重伤。

那场雨,是从哪里来的?

"学宫在教宗大人的青叶世界里,能够让这里下雨,只有教宗大人。"落落不知道想到了什么,沉默了很长时间,然后说道,"先生,这件事情好像越来越复杂了。"

陈长生沉默不语，如果落下那场秋雨的人真的是教宗，该如何解释？

他和国教学院是国教旧派势力重点培养的对象。谁都知道，国教旧派势力，或者说那些忠于陈氏皇族的大人物们，针对的目标，便是圣后娘娘与教宗大人。

教宗大人为什么要帮助自己？更准确地说，拯救自己？

整个大陆都知道，国教学院的新生，主教大人的那份宣告，都隐藏着很多问题。陈长生作为当事人，当然更清楚，只不过以前他从来没有往这方面想。

一是因为他不愿意去想，他的目标始终是大朝试的首榜首名，京都的大人物们要做什么事情，和他无关。二是他想不明白，那些大人物们的心思，不是像他这样的少年能够猜透的。

"至少，现在看起来，对我是有好处的。"陈长生看着神情凝重的落落，宽慰道。

落落说道："我想，或者可以借势。"

陈长生有些不解，问道："怎么借势？"

落落的目光落在他胸腹上的那几道剑伤上，说道："稍后决战的时候，尽量行险。"

陈长生明白了她的意思。如果按照落落的本意，绝对不会建议他那样做，但既然陈长生一定要拿首榜首名，那么便不得不做。她和陈长生都不知道那些大人物们在想些什么，但知道那些大人物们已经做过什么。有很多大人物想陈长生失败，也有很多大人物不想陈长生死。教宗大人能让学宫下一场雨，便能下更多场雨。

那么陈长生就应该行险，向死里求生，如此，才能借到那些大人物的势，或者再借教宗大人几场雨。所谓借势，便是顺势。

落落有些不安地说道："但你一定要注意安全。"

陈长生伸手摸了摸她的头发，说道："放心吧，我不会有事。"

落落神情有些低落，说道："抱歉，今天没能帮到先生什么忙。"

她在教宗大人前恳请一夜，才能参加大朝试，名次对于她来说，没有任何意义。她要做的事情，就是给陈长生保驾护航，比如她前一轮战胜了钟会，这时候陈长生才能坐在石阶上休息，而不需要以重伤的身体，面对槐院的绝学。

只是在她看来，这根本算不得什么。她的目标是天海胜雪和苟寒食。天海

149

胜雪因为她退赛了，可还剩下一个苟寒食。

洗尘楼里很安静。洗尘楼外却很热闹，因为没有人关心楼内那场对战的胜负，所有人都知道，落落殿下会做什么。考生们三两成群，讨论着先前的对战，说着可能的排名，猜测着陈长生的实力究竟有多强，能在苟寒食手中撑过几招。

只是随着时间流逝，洗尘楼依然安静，那扇门始终没有打开，考生们等得有些无聊起来，有些人甚至开始犯困。

关飞白望向洗尘楼紧闭的大门，生气地说道："哪有这样的道理？"

梁半湖望向林畔，摇头叹道："连唐棠这样的人都觉得丢脸，殿下她……怎么好意思？"

苟寒食沉默不语，想着国教学院为了让陈长生拿首榜首名，无所不用其极，最后那战，只怕不会太简单。

林畔，轩辕破蹲在地上，不知道在看些什么，先前与他一道蹲着的落落，这时候已经换成了唐三十六，无数道视线落在他们的身上，让他们倍感压力，不好意思抬头，连话都不好意思说，只能哼哼唧唧地唱着歌。

"这算什么？"洗尘楼内，二楼窗畔，圣堂大主教看着台阶上那对少年男女，脸色难看到了极点。

陈长生和落落在聊天，师徒二人凑在一起，窃窃私语，画面其实很好看，青涩动人。问题在于，这里是洗尘楼，是大朝试对战的庄严会场，不是国教学院的池塘边，也不是百草园的瓜架下。

薛醒川微微皱眉，说道："这……不合适吧？"

陈留王很想笑，但为了场间这些人的心情着想，忍着没有笑出来。

莫雨面无表情，静静地看着陈长生和落落殿下，眉间却隐有躁意。

所有人都知道落落殿下的意图是什么，她是想把这场对战变成陈长生的休息养伤的时间，自然时间越长越好。然而现在整个大陆都紧张地等待着大朝试的最终排名，难道她和陈长生想休息多长时间，这个世界便要等多长时间？

最麻烦的问题在于，大朝试里并没有这方面的规则约束。谁说对战双方就必须一上来便生死相向？谁说对手之间不能惺惺相惜聊两句？落落与陈长生有无数种理由或者说借口，来拖延时间，把对战变成聊天。

那位圣堂大主教恼火地说道:"请殿下快些,如果再不动手,就判二人消极,直接出局。"

离宫教士将大主教的意思准确地转达给了石阶上聊天的那对少年男女。

落落很生气,说道:"没看到我们在蓄势?谁敢判我们出局?"

那位离宫教士很想撇嘴,很想说殿下您当全世界都是瞎子吗?有蓄势一蓄就是半个时辰,两个人蓄到肩靠着肩?但他什么都不敢说。

吱呀一声轻响,二楼那间房间的窗终于第一次被推开了。薛醒川来到场间,走到落落身前,微笑着低声说了几句什么。落落依然不肯起身离开。

陈长生说道:"歇的差不多了,一起出去吧,不要让大人难办。"

落落最听他的话,而且也知道不可能长时间的霸占洗尘楼,扶着他站起身来,向楼外走去。

薛醒川看着这对少年男女的背影,忍不住摇了摇头,显得很是无奈。

就这样,大朝试四强战的第一场结束了。

落落殿下如所有人想象的那样,直接弃权,同时为陈长生争取到极珍贵的休息与养伤时间。

陈长生进入了大朝试决战。他距离那个曾经被全大陆耻笑的目标又近了一步。只是这个过程显得有些荒唐。不过,他不在乎。落落也不在乎。

大朝试对战越到后面,进行得越快。因为对战双方的实力越来越强,哪怕差距只在一线之间,分出胜负也只在数招之间。过了第二轮后,每场对战所需要的时间极短,不然也不可能这么快便走到最后的时刻。

陈长生与落落这场对战,足足耗去了半个时辰,比前面十场对战加起来的时间都长,当然,所有人都清楚,这是特殊情况,也只有落落殿下这种身份特殊的人,才能如此做。

然而就在所有人都以为,这大概便是今年大朝试耗时最长的一场对战的时候,苟寒食和折袖之间进行的第二场四强战,再次给所有人带来了无穷的震惊,因为这场对战持续了很长时间,而且看情形,似乎还将继续持续下去,极有可能超过半个时辰。

听着洗尘楼里不时响起的恐怖声音,唐三十六的神情越来越凝重,眼神里的敬意越来越浓。

151

他转身望向陈长生，严肃地说道："除了命，那个狼崽子找你要什么，你都给吧。"

40·打出自己的价钱

时间不断流逝，楼外的考生们神情越来越凝重，眼睛里的惊色越来越浓，不知道这场对战究竟什么时候才能分出胜负——天海胜雪离开之后，苟寒食和折袖毫无疑问便是在场考生里最强的两个人，无论怎么看，这场对战都不应该持续这么长时间。

这场对战耗时如此之长，和陈长生与落落的那场对战不是一回事。洗尘楼里传出的声音始终没有停止，有时如雷，有时如巨浪拍空，碧蓝的天空里不时出现艳丽的云絮，那是小世界被真元对冲干扰的画面。这些声音和画面，都证明了此时楼内的战斗进行得如何激烈。

洗尘楼外一片安静，所有人看着紧闭的大门，听着里面传出的声音，心情非常紧张，不知道里面究竟是什么样的情况。当时间终于超过半个时辰后，就连离山剑宗三子的脸上也都开始流露出担忧的神色。

唐三十六对陈长生说过那句话后，便再也没有开口，神情越来越凝重，眼神越来越认真，站得越来越直，似乎要以此来表示对某人的尊重。

半个时辰过去了，战斗依然在继续，轩辕破望向唐三十六，问道："你知道些什么？不会有事吧？"

唐三十六沉默片刻后说道："那个狼崽子在拼命。"

前一轮对战，折袖拿了银票，满意地点头，表示自己会好好打，于是他便把那名摘星学院名义上的同窗打出了学宫，这一轮对战前他什么都没有说，但事实证明了他在拼命。

战斗有很多种方式，好好打是一种，拼命打是另一种。折袖再强大，终究与已经通幽的苟寒食在境界修为上有难以逾越的一段差距，如果不尽全力去战，如何能够坚持这么长时间？

陈长生一直没有说话。他很明白唐三十六为什么忽然对自己这样说。

折袖表现出来的战斗意志以及付出的代价，当然不是那张轻飘飘的银票就能买到的，雇佣兵开始拼命，证明他真的很想要那个东西。

"狼是世间最有毅力也最能忍的一种动物。"落落听着洗尘楼里不时响起的声音，小脸上露出不忍之色，说道，"折袖当年第一次猎杀魔族战士的时候才十一岁，那一次他在寒冬的雪原上追上了那个魔族战士用了三个月时间，直到最后那个魔族战士筋疲力尽、虚弱不堪的时候，他才成功地完成猎杀。"

陈长生心想狼族的耐心与耐力果然强悍至极。

但他没有想到的是，这只是那个故事最表面的光彩部分。

片刻沉默后，落落继续说道："但没有谁知道，那时候他身体里的隐疾忽然暴发，加上十余天没有进食，只喝过些雪水，真可以说离死亡只差一步，如果不是那个魔族战士崩溃放弃，或者先死的人是他。"

林畔一片安静。唐三十六看着洗尘楼紧闭的大门，情绪复杂地说道："狼崽子的字典里就没有'放弃'和'仁慈'这两个词，如果不是洗尘楼空间有限，对战形式受限制，让他和苟寒食在真实世界里生死相搏一场，还真不知谁能坚持到最后。"

陈长生望向洗尘楼，沉默不语。在那座圆楼的上方，碧蓝的天空里云层被撕成碎絮，不时有凄厉的鸣啸声响起，不知道是风在哮，还是狼在嗥，声声惊心。

视线落在门上，他却仿佛看到了楼里，看到面无表情的折袖与苟寒食沉默地战斗着，手指上的血水缓缓流淌到地上。

站在大朝试的现场，他却仿佛看到了从前，一名瘦弱的少年沉默地潜行在风雪里，因为重病而虚弱至极的身体摇摇欲坠。

但在少年稚嫩的脸上看不到任何畏惧与退缩的意思，他盯着前方那个魁梧的魔族战士的背影，等待着对方比自己更早倒下。他眼睛里满是仇恨与坚忍，看着就像是一匹狼，因为他就是狼族的少年。

正如唐三十六说的那样，如果让折袖和苟寒食在真实世界里生死相搏，真不知谁能坚持到最后，然而，学宫是小世界，不是真实的世界，所以坚持到最后的依然还是苟寒食，这位出身贫寒却通读道藏的离山弟子。

嘎吱一声有些刺耳，洗尘楼紧闭的门缓缓开启，苟寒食从楼里缓缓走了出来，来到石阶上，他痛苦地咳了两声，脸色苍白，脚步缓慢。关飞白和梁半湖迎了上去，七间则是在行囊里紧张地寻找着药物。

折袖也出了洗尘楼。但他不是自己走出来的，而是被人抬出来的，血水顺着担架的边缘不停地往下滴，令人触目惊心。他苍白的脸上没有任何表情，看着很平静，双眼紧闭，也无法知道他此时在想些什么。

他像只狼一样，缀着苟寒食沉默而坚毅地缠斗了大半个时辰，让苟寒食受了不轻的伤，但他也为之付出了很大代价。以他现在的伤势，断无可能再继续对战，甚至还有生命危险。本应被送出学宫接受治疗，然而先前在洗尘楼里，主持对战的离宫教士正想做出如此安排的时候，便被少年眼中漠然的情绪与坚持逼了回来，只好把他抬出洗尘楼外。

能够把苟寒食逼至如此境地，折袖赢得了场间所有考生的敬畏。但"敬畏"二字最终要落在"畏"字上，人们看着淌血的担架以及担架里的他，沉默不语，更没有人上前表示关切以及安慰，他是以摘星学院学生的身份参赛，前一轮却把摘星学院的同窗直接废掉，现在摘星学院当然也顾不得他。离宫教士们提着担架，看着洗尘楼外的考生们，不知道应该把他送到何处。

便在这个时候，陈长生扶着白杨树艰难地站了起来。

落落明白了他的意思，拍了拍轩辕破的后背，示意他上前把那个担架接回来。轩辕破不敢有任何反对意见，依言上前，单手接过了担架。

担架来到林畔，折袖静静地躺在上面，脸色苍白，浑身是血，不能动亦不能言，但他睁开了眼睛，显得很平静。

嘶啦声起，轩辕破开始替他包扎。陈长生替他喂药。落落看着他情绪有些复杂。唐三十六叹道："何至于打得如此苦？"

折袖看着他面无表情地说道："加钱。"

41·文试榜单以及登山的杖

青叶世界里的学宫，不知日夜，里面的人们也很难感受到时间的流逝，不知道外面的真实世界已经来到第二天。

时近正午，摊贩们抓紧机会拼命地吆喝，以那些石柱为线，线外热闹到了极点，桂花糕的香味传得最远。

来看大朝试的民众围在离宫的外围，议论着不时从宫里传出的最新消息，人们无法看到大朝试现场那些激动人心的画面，情绪却没有受到影响，气氛依然很热烈，必须要说，这也有那些说书先生的功劳。

离宫外的街道上，隔着数十丈距离，便会有个茶铺，铺子前总会摆着张普通的桌子，穿着长衫或夹棉袄的说书先生站在各自的桌前，唾沫四溅，手舞足蹈，不停讲述着此时学宫里发生的事情。也不知道这些说书先生以及他们背后的老板与离宫里的谁有关系，前一刻大朝试现场才发生的事情，下一刻便成为了说书的内容，而且竟没有太多偏差。

西南角有幢相对清静的茶楼，装饰颇为清雅，但今日这茶楼也不能脱俗，专门请了位说书先生在堂里坐着，而且还花了大价钱从离宫买了最新的消息。只见那位容貌清癯的中年说书先生一拍响木，说道："话说曲江幽幽清能照人，诸位考生施展各自本事，或踏水渡江，或身化流云，便将那位国教学院的少年落在了最后。一时间两岸鸦雀无声，都想看看那少年如何过江，谁曾想，只闻天边传来一声鹤唳，白鹤归来！"

说到此节，这位说书人又是一拍惊木，将那些凝神贯注的茶客惊了一遭，才缓缓叙道："当时曲江两岸近百考生，皆如诸位一般目瞪口呆，诸位是被小老儿惊着，那些考生却是被那只白鹤惊着了。为甚？因为下一刻，那位国教学院的少年竟是二话不说，一掀前襟，便坐上白鹤后背，腾云而上，向着对岸而去。真真是骑鹤下江南，此景何其奇也！"

茶楼里响起一片喧哗的议论声。

那位说书人笑道："诸位不须议论，要知道参加大朝试的那些考生，无论是在宗派里还是在学院中，想必都见过仙禽异兽，但他们为何如此惊讶？因为没有人想到，居然可以用这种法子过江，更令他们震惊的是，那只白鹤可不是普通的白鹤，是我大周京都东御神将府的白鹤！"

楼间议论之声更盛，很多京都民众都知道，东御神将府里养着白鹤，只是这些年见的次数少了，又有人想起了那个传得沸沸扬扬的婚约，不由很是好奇，为何那只白鹤会愿意驮了那位国教学院少年过去？

"诸位若还没有忘记，便该知晓，那只白鹤已然随着徐小姐远赴南方圣女峰，为何会忽然出现在万里之外的京都？莫非徐小姐真的认了那位国教学院少年做未婚夫？那在场的离山剑宗四位高足又会有何等反应？"

说到此处，这位说书先生轻咳两声，端起茶杯饮了口温茶。楼中茶客明白这是何意，虽然有一两位茶官恼火地说，这已是昨日的故事，怎好今日还说来骗钱，但大多数人还是老老实实地随了茶钱。

说书先生见着茶盘里的铜钱数量，很是满意，清了清嗓子，便开始继续讲述大朝试的故事。茶客们专心致志地听着，没有人注意到，一位戴着笠帽的中年人将杯中残茶饮尽后，走出了茶楼。这位中年人的笠帽压得极低，看不清楚眉眼，出楼后混进街巷里的人群，不一时便消失不见。

过了段时间，这位中年人出现在离宫南四里外的一间客栈。他从怀里掏出两颗殷红色的药丸服下，痛苦地咳嗽了好一阵子，终于压制住体内的伤势，走到床上躺下，笠帽被推到一旁，黑发里隐隐有两处突起。

正午过后，所有茶楼茶铺的生意都变得更好，只是说书先生讲的故事则显得不再那么吸引人，因为大朝试文试的成绩正式颁布了出来，各茶楼茶铺的掌柜或伙计去离宫前抄了回来，开始对茶客们进行讲解。

文试榜的最后一名是摘星学院叫张听涛的考生，民众们对这个名字毫无印象，自然也没有太多议论，只是嘲笑了数句，又对摘星学院的办学宗旨攻击了一番便告罢了。轩辕破的名次很靠后，唐三十六排在第七，庄换羽在第六，槐院四名书生的成绩极好，竟是全部进了前十，当然，人们最关注的还是最前面那两个名字——荀寒食和陈长生分别排在首位和第二名，而且两个人的名字旁都有备注：优异。

看着大朝试文试的最终榜单，看客们议论纷纷，啧啧称奇，对着荀寒食和陈长生的名字指指点点，赞叹不已。有外郡专程来京都看大朝试的游客对此很是不解，心想即便排在前位，何至于被如此盛赞？

有京都民众对这些人解释，大朝试文试向来只排位次，只有极为优秀的考卷才会特意注明优异，这里所说的极为优秀一般指的就是全对。荀寒食和陈长生的名字旁都注有优异，那么说明他们的答卷堪称完美。要知道这是非常罕见的情况，已经有好些年，大朝试没有评出这种成绩了。

那些外郡来的游客这才明白其中道理，却又有些想不明白，既然两名考生的文试成绩都如此优异，应该是全部正确，那么又是如何分出的高低？为什么荀寒食便要排在首位，陈长生却只得到了第二名？

这个问题没有人能解释，那些见多识广的京都民众，对此也很是好奇。同样不解的，还有离宫里负责复核的那些考官。

文试主考官看着那个神情微寒、明显是来找麻烦的教士，心想教枢处就算不愤陈长生没拿到第一，又何至于表现得如此明显？

但教枢处在梅里砂主教大人的统驭之下，一年来强势异常，即便文试主考官的位置要高过对方，依然不得不谨慎解释。

"用语规范问题。"他看着那几名教枢处负责文试成绩复核的教士，神情严肃地说道，"别的方面都分不出来高低，但苟寒食的用语非常严谨规范，尤其是典籍相关的专用词汇，就连避讳的叠笔都没有错误。陈长生虽然答的没有任何问题，但他的用词过于古旧，按照大编修之后的标准来看，当然应该扣分。"

文试的成绩已然送出离宫，公告天下，自然没有再更改。得到优异评价的苟寒食和陈长生二人，成为所有人赞叹的对象。当稍后一些时间，进行对战最后一轮的人选确认后，人们更是震撼异常，议论连连，因为那两个人依然还是苟寒食与陈长生，这也就意味着，今年大朝试的首榜首名，必然要从这两个人当中产生。

一位是举世闻名的神国七律第二律，离山剑宗的少年智者，通读道藏的苟寒食。一位是国教学院多年来的第一位新生，国教旧派重点培养的对象，徐有容的未婚夫陈长生。从名声来说二人不相上下，能走到这步也证明他们各自的学识与实力，只是看好陈长生的人依然不多。

四大坊开出了最新的赔率，苟寒食是一又三分之一，陈长生则是七，相差非常巨大，甚至可以说是苟寒食稳胜的局面。

听着楼下传来的喧闹声，天海胜雪的脸上流露出若有所思的神情，虽然先前他买了陈长生很多银子，却没有想到那个国教学院的少年真能走到这一步。不过即便是他，也无法看好陈长生能够继续获胜。

之所以到了最后也没有人看好陈长生，是因为人们包括天海胜雪在内都知道，在苟寒食和陈长生之间横亘着一道门槛。

那道门槛很高。那道门槛与生死相关，更高于生死。

昭文殿里，主教大人梅里砂缓缓睁开眼睛，看着光镜上显示的文试成绩榜单，静静地沉默了很长时间，然后他笑了起来。在辛教士的搀扶下艰难地站直身体，出殿向着清贤殿而去。他本来只是想着借大朝试让陈长生尽快成熟，却没有想到陈长生真的有可能摘下这颗丰满多汁的果实。没有希望便罢了，既然希望在前，他自然不会允许任何人破坏，谁都不行。

离宫深处，神冕在桌上承受着殿上落下的天空，泛耀着夺目的光辉。神杖在台上反映着水池的倒影，仿佛是在深海之中。和这两样神器相比较，瓦盆里的那株青叶未免显得有些寒酸。但教宗大人没有看神冕，也没有看神杖，而是

157

静静看着那片青叶，沉默不语，有些出神。

他背着双手，就像个年迈的花农。不远处便是那片清水池，木瓢在水里轻轻起伏，仿佛扁舟，随时可以盛水。那些水可以用来浇青叶，也可以用来落一场雨。

在离京都最遥远的地方，有片莽荒的山岭，岭间森林绵延不绝，白雾缭绕，山路湿滑难行，而且异常安静，如果不是山道间不时响起的笃笃声，或者会显得更加阴森可怕。

那些笃笃的声音是木杖落在山道湿石上的声音。余人撑着拐杖，艰难地向山道上行走。他和陈长生的师父——那位神秘的计道人正负着双手行走在前方，似乎根本不担心他跟不上来。

笃笃的声音持续了很长时间，幽静森林里的云雾越来越浓，里面隐隐传出很多细碎的声音，仿佛有很多生物被杖声吸引到了此间。

42·准备回京都

来到雾前，计道人停下脚步。余人一只腿有些瘸，但如果不是攀爬陡峭的山道，平时他很少用杖。他有些不习惯地用左腋夹着拐杖，双手在身前比画着问道："大朝试应该有结果了吧？不知道师弟现在怎么样了。"

计道人神情清逸脱尘，眉眼一如当年那般，看不到苍老的痕迹。看着余人眉间隐约可见的担心神情，他笑着摸了摸他的头，没有说什么。

余人比画问道："师父，我们什么时候去京都？"

计道人说道："需要你回京都的时候，自然就去。"

余人没有留意到他说去京都的时候用的是"回"字。

这里是东土大陆最偏僻的蛮荒山岭，妖兽横行，人迹罕至，比西宁镇后那座大山更要荒凉，云雾湿重，行于其间不知何处，甚至仿佛已经离开人间，莫雨派出的人，哪里可能找到这对师徒？

雾里那些细碎的声音响起的频率越来越高，隐隐更有异动，接着便是十余道威势十足的气息出现，应该是些极强大的妖兽。

计道人不愿与那些腌臜的丑物照面，微微皱眉说道："开道。"

余人依言上前，对着山道尽头的那片浓雾喊了一声。他的舌头断了半截，所以无法像正常人那样说话，但这不代表他不能发出声音，只听得一声凄厉的啸声从他的唇间迸将出来。

似啸，实际上那是一个字，一个蕴藏着无穷信息的单音节的字，也正是陈长生在地底空间与黑龙交流时用的那种字：龙语。

余人一声清啸，啸声破空而去，入云雾而无踪，没有掀起半点涟漪。然而下一刻，啸声里蕴藏着的碾压性的威压，顺着云雾传向山岭的四面八方，那些隐藏在云雾深处的妖兽，发出恐惧不安的低鸣，表示自己的臣服以及请罪，伴着摩擦声，以最快的速度消失，云中恢复了安静。

在离京都更加遥远的地方，有一片白色的荒漠，在荒漠的正中央，有座由石头砌成的城市，城墙方圆数十公里，看着非常壮观。

数万人跪在石头城外的荒漠里，他们的膝头、额头与被九个太阳晒到滚烫的白色沙砾长时间的接触，发出淡淡的焦煳味，但在他们的脸上看不到任何痛苦的神情。只有绝对的平静，也听不到他们发出任何声音；只有绝对的沉默，便像是一片宁静而恐怖的海洋，人海。

在人群的最前方有座木头搭成的高台，木台的边缘竟还有无数青色的树叶，与四周荒凉炽热单调的景象形成了鲜明的对比。

木台正中间竖着一个正字形的、带着浓烈宗教意味的符号，随着数百万信徒的沉默祈祷，正在散发着淡淡的圣光。

一位中年男子站在那个宗教符号前，静静看着跪在身前的数百万人，看他的衣着应该是位宗教僧侣。年已中旬的他，眼角有淡淡几道纹路，却难损其完美的容颜，最为迷人的是他的眼睛，那双宁静湛然的眼睛里有无穷的悲悯与爱，仿佛能够看到无限远的地方，仿佛能够看见所有。

他举起了手中的法杖，以微笑面对这个险恶的世界。

白色荒漠上的数百万人站起身来，山呼道："莫不为家园！"

京都是初春，还很寒冷。雪老城的初春，更是酷寒无比，风雪如泣如诉在城中的街巷里刮拂着，就像是风沙一般，让人无法睁开眼睛。

魔族喜欢夜色，喜欢宁静，喜欢鲜血，喜欢杀戮；后者是内心，所以魔族的艺术家以及那些王族的隐秘寓所里，总能看到大色块的绘画或是奇怪扭曲的线条。而整座雪老城的色调则是灰暗的、令人宁静甚至麻木的，行走在城市里的人们也都喜欢穿黑袍，远远看着很难分辨是谁。

一个魔族穿着黑袍行走在风雪里。他身上的那件黑袍很普通，有些旧了，下摆边缘甚至已经出现了破口，但至少这是不一样的黑袍。

黑袍在狂暴的风雪里时隐时现，哪怕用眼睛盯着，也很难一直确定其位置，直到他走出雪老城，站在了南面的冰川上。

寒风大作，掀起檐帽一角，露出那个魔族的侧脸。那张脸异常苍白，仿佛多年没有照过阳光，仿佛刚刚重病一场，仿佛没有温度，更像是没有生命，带着一种令人心悸的死亡意味。

那个魔族看着南方京都的方向，沉默了很长时间，唇角微微咧起，冷漠的声音里有隐之不住的快意：“你终究不能继续无视他的存在。”

落落搬去离宫后，百草园便再没有人居住。国教学院的少年们都去参加大朝试，此间也没有人，墙上那扇新门被推开，自然无人发现。

黑羊从门内走了出来，向着湖畔走去，湖畔的草地上还有残雪，草枝黄败。它有些疑惑，想着半年前那少年喂自己吃的草并不是这种味道。

圣后娘娘也来到了国教学院。这是十余年来，她第一次来国教学院。

先前在百草园里，她想起太宗陛下在那里对皇族的屠杀，此时站在国教学院里，她想起了自己对国教旧派的屠杀。

太宗陛下归天后，她杀了很多人，因为有很多人反对她。从她开始代陛下批阅奏章开始，那些人就反对她，一直到十几年前，陛下在病榻之上痛苦不堪的时候，那些人还是什么都不管不顾，只想着反对她。

敢反对她的人，最终都会被她杀死。她杀了几百年，直到十几年前在国教学院里杀了那么多人，终于没有人再敢站出来反对她了。

她知道自己的双手染满鲜血，但她不在乎。只是事隔多年来到国教学院，看着不再荒败的旧园，她很自然地想着不停杀人的那些日子。这种回忆不会令她感到不快，但也没有什么快乐。

尤其是那些被她杀死的人当中，有很多是她很欣赏的人，那些人勇敢、廉洁、能干、出色、优秀、坚毅、高洁。她曾经给过那些人很多机会，然而那些人却不给她机会，甚至逼着她杀死自己。因为那些人要证明给这个世界看，她是个残暴的统治者。

圣后娘娘望向离宫方向，想着先前发生的事情，觉得有些冷寒，心寒。

一场秋雨一场寒。教宗居然出手了。

她曾经以为陈长生就到这里了，此时才明白，并不是如此。那么她很想问问那些人，你们想走到哪里呢？又要开始逼我杀人了吗？

大人物有大人物的考虑，小人物不需要去考虑大人物的考虑。陈长生不在乎有多少人在关注着大朝试，关注着自己，就像他和落落说过的那样，他只关心自己能不能拿到首榜首名，能不能进凌烟阁。

在这件事情面前，魔族入侵都是小事，何况其他。所以他非常耐心地准备着最后一场战斗，沉默而专心地听着唐三十六替自己布置的战术。

唐三十六看着他以前所未有的认真态度说道："先以情动人，然后以理服人，之后以势压人，最后才是打人。三句话，三个手段，顺序很重要，希望能够起到一定作用。当然，如果那个穷书生始终油盐不进，我还是建议你要考虑一下，用什么样的方式认输会显得比较光彩。"

落落在一边低声说道："先生，试着收买他。"

唐三十六冷笑说道："那是苟寒食，以道德君子自居的书生，怎么可能被收买？他又不是折袖这种没见过钱的穷小子。"

折袖在白杨树旁的担架上，身上的血渐渐止了，精神也稍微振作了些。听到唐三十六这句话，他面无表情，没有说话。

落落凑到陈长生耳边低声说了几句什么，陈长生有些吃惊，不想接受，却没办法阻止她把东西塞了过来。

唐三十六看着落落塞进他怀里的那个物件，唇角忍不住轻轻抽搐了一下。然后他看了看自己的身上，发现竟找不到同等档次的东西，想了想，解下自己腰间的汶水剑递了过去。

"我自己有剑，要你的做什么？"陈长生不解说道。

唐三十六看着他的眼睛，说道："我唐家的宗剑，就像七间拿那把戒律堂法剑一样，不合适上百器榜，但不代表就弱了。你拿在身边，关键时刻可以替你挡一记，就算用不着，又没多重，难道还会累着你了？"

陈长生知道他的意思，心意难拒，想了想便接了过来。

"有道理。"落落被唐三十六提醒，毫不犹豫解下腰间缠着的落雨鞭，递到了陈长生的手里。

轩辕破用宽厚的手掌摸遍全身，也没找出什么好玩意儿来，就连代表平安的符都没一个，不由有些沮丧。

陈长生拍了拍他的上臂，笑着说道："晚上你做饭。"

轩辕破憨憨一笑，说道："如果你胜了，格外多加两勺盐。"

陈长生想了想，如果真拿到了大朝试的首榜首名，就算一顿多吃些油盐，再喝两三盅小酒，似乎倒也无妨。

他准备离开林畔，忽然想到一件事，回头望向担架上的折袖说道："不管胜负，我尽量把那个东西给你。"

折袖面无表情看着他，说道："你要胜。"

陈长生走进了洗尘楼。

苟寒食已经在场间静静站着，身上的布衫被水洗得有些发白，腰畔的剑看不出名贵与否，就像他的人一样。

43 · 渔歌三剑

二人相对行礼。

即将开始的战斗，将是最后一场对战，也是决定大朝试首榜首名的战斗。与之前的对战相比，气氛自然有些不一样。

二楼的窗开着，那些大人物们来到了窗畔，那些负责考试的离宫教士也来到了栏边，不是要看热闹，而是对参加这场对战的两名考生表示尊重。

陈长生和苟寒食对二楼的人们再次行礼。便在这时，楼间传来吱呀一声轻响，然后便见着那些离宫教士纷纷行礼避让。那些大人物们神情微变，向声音响处迎了过去。

国教旧派的领袖人物——教枢处主教梅里砂亲自到场。

因为年龄与资历，更因为这半年来与教宗之间的对峙，主教大人在国教内部地位愈隆。陈留王和薛醒川先行请安，徐世绩行礼，便是那两位与他分属不同派别的圣堂大主教也欠身问礼。

主教大人看着莫雨点了点头。莫雨知道这位老人家亲自到场的意思，脸色变得越发寒冷，却没有说话。

二楼有些热闹,大人物们纷纷见礼,然后重新安排座次,又要泡茶拿果子。一时间,苟寒食和陈长生这两个主角都有些被遗忘的感觉。

一时不会开战,他们两个人也说起话来。

苟寒食说道:"你给了很多人意外。"

陈长生说道:"我的签运不错。"

这是老实话,不是谦虚,更不是以谦虚为掩饰的嘚瑟。

苟寒食静静地看着他,说道:"以你的能力,你在京都这大半年时间实在是太过安静,你不应该这么沉默,你有资格活得更自在一些。"

陈长生说道:"我没想到是你劝我。"

苟寒食微笑说道:"都是喜欢读书的人,确实不怎么爱出门,只不过这句话是师兄当年劝我的,我觉得很有道理,所以转送给你。"

他的师兄自然是秋山君。

陈长生想了想,没有接话,而是回答苟寒食最开始的那个建议,说道:"我必须谨小慎微地活着,所以习惯了谨小慎微地活着。"

苟寒食不赞同地说道:"严谨与谨小慎微是两个词。"

陈长生摇头,对此很坚持,说道:"就是谨小慎微。"

苟寒食沉默片刻,有些不解地问道:"为什么呢?"

"这是人们所不了解的事,也是我无法解释的事。"陈长生说道。

苟寒食说道:"谨小慎微地活着,绝对不包括拿大朝试的首榜首名。"

陈长生看了一眼二楼,说道:"当日你也在场,知道这句话不是我说的。"

苟寒食盯着他的眼睛说道:"不是你说的,那是不是你要做的?"

陈长生沉默不语,承认了这一点。

苟寒食说道:"所以我才会觉得这很矛盾。"

陈长生说道:"我说过,这是人们所不了解的事,也是我无法解释的事,但这并不矛盾,因为没有人喜欢谨小慎微地活着。"

便在这时,二楼传来离宫教士的问话声。还是那句在今天已经重复了无数次的话。

"你们……准备好了吗?"

在对战开始之前，陈长生向苟寒食说了声抱歉。

"我一定要拿首榜首名，为了这个目的，我愿意做任何事情，折袖……收了国教学院的钱，我和他做了一场交易，他答应我尽可能地战胜你，至少是消耗你，如果遇到我，他则会直接弃权。"

苟寒食有些吃惊，沉默了一会儿，说道："难怪他那么拼命。"说完这句话，他咳了起来，眉头微皱，显得有些痛苦，然后他看着陈长生问道，"你不是一个在意虚名的人，为什么对大朝试如此看重？"

陈长生说道："我说过，很多事情不能解释。"

苟寒食没有再说什么。陈长生的话却没有说完，他看着苟寒食腰畔那把剑，有些犹豫地说道："剑法总诀，能换取些什么吗？"

离山剑法总诀，能换取很多东西。尤其对于离山剑宗的弟子们来说，不要说大朝试首榜首名，就算是更重要的东西，他们也愿意舍弃。

苟寒食知道离山剑法总诀以前在白帝城，现在在国教学院，怎么也没有想到，陈长生居然会有这样的提议。他沉默了很长时间，摇头说道："我是离山弟子，所以不能接受，既然是我离山的剑法，将来我们这些做弟子的一定会凭借自己的力量请回离山，而不是用来做交易。"

听到他拒绝了这个提议，陈长生没有失望，反而放松了些。

"那就来吧。"陈长生右手拿起落雨鞭，真元微运，鞭首微起，于风中轻摆。

这是今年大朝试最后也是最重要的一场战斗。

开始得很平静，也很突然。苟寒食抽剑出鞘，随意振臂，剑在空中轻轻战抖，发出嗡鸣。他向陈长生走去，脚步平稳而缓慢，却有一种无法避开的感觉。

苟寒食出剑，剑意宁和而去。洗尘楼里，没有响起剑啸，楼外远处的碧空下方却响起一道极清亮的声音，仿佛有人在那里引吭高歌。

渔歌互答，声入耳时曲已至。

剑来得太快，而且太过平和，甚至隐隐带着一抹剑遇对手的喜悦。面对着这看似寻常的一剑，陈长生竟生出避无可避的感觉，无论耶识步还是速度，都已经没有办法在这么短的时间内生效。

他将真元数尽灌注到落雨鞭里，以鞭为剑，横挡在身前。一声清脆的撞击声，落雨鞭剧烈地战抖起来。

落雨鞭上显现出一道金色的光泽，生出一道雄浑的力量，强硬地把苟寒食的剑意挡住，然而却无法阻止他的剑意顺着鞭柄侵入陈长生的手腕。

他的手随之战抖，接着便是小臂，清晰的痛楚顺势而上，直至肩部。他再也无法握住鞭柄，伴着破空声起，落雨鞭呜呜脱手而去。

便在这时，苟寒食的第二剑随之而至。随着这一剑的现世，洗尘楼外的远处天空下再次响起歌声，晚霞骤然漫天。

落雨鞭飞走了，陈长生还有汶水剑。他握着剑柄，向外一拉，只听得铮的一声鸣啸，汶水剑离鞘而出，明亮的剑身反耀着楼外的晚霞，同时生出更多的晚霞，把洗尘楼的所有窗户与门都涂成了红暖的颜色。

汶水三式里的晚云收。

两抹晚霞在洗尘楼间相遇，黑色的檐片变成了黄金。

一道精纯至极的气息，顺着晚霞里的那道剑意，破开了陈长生的防守，袭向他的胸腹。如果不是最后那一瞬间，汶水剑骤然鸣啸，凭借剑身本身的强大气息，替他挡住了绝大部分攻势，他必然身受重伤。

汶水剑拯救了他，却也被苟寒食的剑震向了高空，呼啸盘旋着，远远地飞出了洗尘楼，不知落到了何处。

陈长生毫不犹豫向后急掠，想要动用耶识步，同时右手已经握住了短剑的剑柄，左手握住了袖中落下的一个小东西。

果不其然，苟寒食的第三剑再次到来。

连续三剑，中间竟是没有任何间隔，没给陈长生留下任何喘息的机会。歌声自天边来，晚霞自空中生，然后有渔舟自晚霞里出。

渔歌三唱，便是三剑。

这便是苟寒食用的剑法，也是他最强大的剑法。

他第一剑便击落了陈长生的落雨鞭，第二剑击飞了汶水剑，第三剑如夕阳的光辉一般耀目而至，陈长生能如何应对？

三剑之间连贯自如，完美至极，他连动用耶识步的可能都没有。

洗尘楼内响起啪的一声轻响。苟寒食的剑前，已经没有陈长生的身影。

陈长生出现在他身后二十余丈外的墙边，因为这看似欢娱安宁、实则惊心动魄的渔歌三剑而身体苍白，甚至身体都有些微微战抖。

一道白烟从他紧握成拳的左手指缝里缓缓溢出。

苟寒食收剑静立，看着他问道："千里钮？"

是的，陈长生用来避开渔歌三剑最后一剑的方法，正是千里钮。也只有千里钮，才能帮助他避开荀寒食蓄势已久、志在必得的这三剑。

他和落落等人在林畔思考如何打这一场的时候，荀寒食又怎么可能不想？

洗尘楼内一片死寂，片刻后，二楼里响起压抑不住的惊叹声。

为了避开一剑，陈长生居然舍得动用无比珍贵、对修道者而言有若性命的千里钮，这让所有人都感到了震惊。同时再次确认落落殿下对这位少年老师是何等样的尊敬爱护。但最让楼内众人震惊的，还是荀寒食的那三剑。

那三剑看似普通，没有风雨相伴，晚霞也自宁静，然而不愧是荀寒食最强的三道剑，竟给人一种不想抵抗的感觉。

如果陈长生不是有落雨鞭、汶水剑以及千里钮，他必然已经输了。

荀寒食真的很强。

人们有些惊讶，就算是上一轮打折袖，荀寒食也没有一上来便动用这样的秘剑，为何此时对上陈长生，他却是毫不留手？

陈长生看着落在地面上的落雨鞭，想着不知落到何处的汶水剑，想着在掌心化为虚无的千里钮，沉默不语。知道自己距离荀寒食还有很远的一段距离，要比折袖和对方的差距大很多很多。

如果荀寒食还有第四剑，他怎么挡？

44 · 再燃雪原

渔歌三剑，没有第四剑。莫雨站在窗畔，沉默不语。很多离宫教士只看到了荀寒食这渔歌三剑的潇洒与强大，却没有像她一样看出，荀寒食正是因为在上场与折袖的对战里消耗太大，所以决战时才会上来便是最强的三剑，他求的便是速胜。

当然，虽然荀寒食的渔歌三剑被陈长生运气极好地避了过去，她依然不认为这个少年有任何获胜的机会，因为境界的差距不是法器所能弥补的，更与勇气那些廉价的东西无关，那道门槛既然在，便不可能跨过去。

那道门槛叫作通幽。荀寒食已经通幽，陈长生离通幽还有无比遥远的距离，这便注定了这场对战的结局，无论荀寒食受了多重的伤，多么疲惫。

什么是通幽？通幽就是以幽府通天地，只要能够修到这个境界，体内经脉便完全贯通，真元运行其间生生不息，而且到了那时，天地与修者同理，举手投足之间自生感应，真元更加凝纯和强劲。如果说坐照境修行者的真元像是一块石头，那么通幽境的真元就像是一把铁钎，要强大无数倍。

修行越往后越难越危险，通幽这个关隘更是特殊，死亡率非常高，所以这道关隘往往会被年轻的修行者们带着畏怯又向往的心情称为生死关。之所以通幽时的死亡率会如此之高，是因为幽府……就是心脏。

心脏太过脆弱，一旦受伤，便很难抢救，所以通幽必须徐徐图之，待修至坐照上境后，以极纤微的自观法门控制神识，引星光入体轻叩幽府之门，直至最终心意与天地至理相通，幽府之门方始缓缓开启。所以也有一种说法，通幽就是修心意，极为困难，最少也需要百夜星辉叩门，稍有不慎，修行者便会幽府破损，轻则重伤瘫痪，最常见的就是立即死亡。

自天书降世，人类开始修行以来，不知道多少修行者就倒在了这道门槛前，不知多少天赋聪颖的少年天才令人扼腕地陨落于此。所以大陆也一直有种说法。只有通幽了的天才，才是真正的天才。

苟寒食未满二十便已通幽，当然是天才，更是奇才。陈长生如何能是他的对手？

渔歌三剑，看似自然恬淡，实际上消耗真元极剧。即便以苟寒食之能，在连施三剑之后，也要暂缓片刻，而且他对某些事情产生了疑惑。

陈长生用落雨鞭和汶水剑接了前两剑，主要是靠这两样神兵本身的强大。但接触的时候，苟寒食清晰地感觉到他的真元有些问题，不像或者说不应该像他表现出来的这般强大，应该更加普通一些。

"你的经脉……"他看着陈长生微微挑眉，最终还是什么都没有说。

陈长生靠着墙壁，握着短剑，警惕地盯着他，神情异常凝重专注。待确认没有第四剑后，他才稍微轻松了些，用最快的速度反掌弹指。

他轻弹左手无名指，那根缠在手指末端的金线铮的一声崩直，变成一根金针，前端锋利至极，闪着幽寒的光芒。

他把这根金针闪电般扎进颈部，深入得只剩一个末端。

随着这个动作，金针入窍，不停微颤，帮助他以最快的速度重新稳定神识，同时刺激得上半身那三条断裂的经脉扭曲起来，隔着一段距离无形地摩擦。这自然不可能让经脉贯通，却给真元的运行留出了更宽阔的通道。

落落和轩辕破的身体与他不同，但通过给他们指导以及治病，陈长生对经脉方面的研究越发深刻，虽不可治好自己的病，但可以做些补救。

苟寒食不知道他在做什么，以为这是一种激发潜力的方法。对于离山剑宗这等玄门正派来说，这种方法毫无疑问是邪门功法，他不由皱起了眉头。

陈长生不知道他在想什么，也顾不得他会想什么，用短剑在上衣切下一道布条，把右手与剑柄紧紧地绑在一处，用牙咬死。

苟寒食眉头微蹙，握剑的手紧了三分，因为感觉到了一些不一样的东西。

就在他指间微紧的时候，陈长生动了，由角宿而至牛宿，于东方变天，于瞬息之间，身影消失。再次出现时，已到了苟寒食的身前。

短剑破空而落，然而，却遇上了苟寒食的剑。

苟寒食不知道耶识步那繁密莫名的所有方位，却知道耶识步，不然也不会在青藤宴上一言道破落落的步法。他不能做到料敌于先机，却能做好迎接陈长生手中剑的准备，身周所有方位，无一遗漏。

两剑交锋，并未相交，隔着极细微的距离，以剑上附着的真元相遇，气漩生而复生，然后湮灭不见，被迫分离。

当的一声脆响，陈长生飘掠向后。他本想用胜庄换羽的方法，也正是苟寒食指导梁半湖如何胜唐三十六的方法，以剑换剑，以伤换伤，凭自己强大的身躯谋求胜机，哪里想到，两剑尚未真的相遇，便被苟寒食轻描淡写的一剑逼退。

最可怕的是，两剑已然分离，他却能清晰地感觉到，一道如丝如缕的凝练真元顺着剑身，再过脉门，直袭自己的幽府！

一声闷哼，陈长生心神被剑意所伤，唇角溢血，脚步落于地面，无法站稳，一退再退，直至退至石壁之前，才勉强站稳。

剑锋破空，他横剑于身前，以为守势，脸色微白，血水从唇角淌落。看着有些惨淡，更惨淡的是他此时的心境。

苟寒食真的很强，比庄换羽强太多，他想以伤换伤，竟然都做不到。

洗尘楼里的空气中再次响起凄厉的声音，苟寒食的剑再次到来，这一次他用的是倒星十三剑，剑出如星，看似恒定，却难以捉摸。

啪啪啪啪十余声脆响连绵响起。陈长生无法守住脚下这片区域，被迫向左转身，一退再退连退，脚步错乱，蹭起微湿的沙粒，连退十余丈。当他终于站稳脚步的时候，再也无法抑住胸口的烦恶意，噗的一声，吐出一口鲜血。

苟寒食执剑，静立场间，看着陈长生的眼神没有任何嘲弄轻蔑或奚落，反而却有淡淡的欣赏与佩服。

从渔歌三剑到倒星十三剑，他用的都是自己最熟、威力最大的剑招，凭着十余年来的苦修，这些剑招连绵不断，急若闪电，式式相应，无论换作任何对手，在这一连串攻势下，都必然手忙脚乱，败象呈现。

陈长生挡不住这些剑，退的很是狼狈，被真元所震，不断吐血，但他的脚步却依然站得很稳，心神平静如常。

因为他知道应该怎样应对这些剑。

陈长生在剑道方面的修行，囿于时间的原因，无法修至巅峰，知其道而不能尽施，但他在剑道方面的学识很广博，尤其是对离山剑宗的剑法非常熟稔。别人的根本不知道怎么破苟寒食的剑招，他却能找到最合适的剑招相应，如果不是双方之间的境界相差太远，或者他会接得更加轻松。

遗憾的是，境界之间依然有难以逾越的差距。

陈长生看着苟寒食，没有说话，握着剑的右手微微战抖，真切地体会到了通幽境的强大，感受着依然在经脉里穿行攻击着的那缕真元，非常确信，如果不是用布条把剑柄与手掌系在一处，剑或许已经再次脱手。

这种境界之间的差距，最明显的表现便是真元凝练程度或者说强度之间的差距。他很清楚，这种差距没有办法在短时间内拉近，那么他只能想别的办法，尝试在数量上把这种差距拉近一些。

我有的都是白银，你拥有的是黄金，白银贱而黄金贵，那么想要在家产上压倒你，只能指望我拥有超过你多少倍的白银，是的，就是这么简单。

心意即定，陈长生毫不犹豫开始坐照内观，神识自外而内，瞬间万里，来到那片洁白一片的雪原，神识如一道清风，落到了东南角的一片雪原上。

在那一刻，他仿佛听到了某个声音，那个声音是枯积数年的落叶被点燃，是有人往篝火上泼了一盆油，是最烈的酒与最美的姑娘之间的相遇。

哔的一声，簌簌作响，然后是一阵欢呼。清风如火，向下落去，东南角那片雪原瞬间被点燃，平静了数月时间的那些星辉，变成狂暴的火焰，灼烧着四周的一切。

陈长生的身体瞬间变得无比滚烫，身周的空气都变热了。

恐怖的高温占据了他的心神与肉体，水分化作汗珠急剧地流失，不知道是不是因为这个原因，他的肌肉脱水，生出类似撕裂的痛楚。

更大的痛楚来自感觉，他本能地伸出舌头，贪婪地舔着唇角，抵抗着唇舌之间那道难以忍受的干渴感觉。他真的很渴，很想喝水，很想冲进冰冷的雨里。

观战的人们一直沉默，直到此时看着陈长生横剑于前，洗尘楼内的空气瞬间变得异常炽热，他们才反应过来什么事情正在发生。

"他又在初照？"

"这怎么可能？"

"他体内究竟有多少星辉？"

"那些星辉藏在哪里？"

洗尘楼二楼里，响起无数震惊的询问声。

45·暴雨前的宁静

洗尘楼里的温度明显上升，楼外的蝉声再起，已经有过经验的人们，很快便想到，这是陈长生再次燃烧星辉导致的异象，不由得很是吃惊。仔细算来，这已经是人们看到他的第三次初照，这完全违背了修行典籍上的那些说法。至于第一次看到这一幕的苟寒食，更是震撼无语，他完全无法理解，明明已经进入坐照境的陈长生为什么能够再次初照。

当然初照是件很危险的事情，虽然不像通幽那样动辄生死，然而陈长生的经脉与众不同，命星与众不同，吸收的星辉数量与能级也有很多特殊的地方，一朝燃烧起来，火势燎天，即便是他被龙血洗后无比强大的身躯，都依然会难荷其热，迅速地陷入危险的局面里。

因为已经有过经验，而且这场对战的对手太强，陈长生强行振奋神识，竟是在再次坐照的过程里也没有闭上眼睛。他盯着对面的苟寒食，浑然不觉自己的脸色通红，身体滚烫一片，衣衫里的汗水瞬间被蒸发殆尽，只留下一道道的盐渍在上面残留着，看着很是凄惨。

如果没有任何事情发生，就像前两次初照一样，他就算不被恐怖奇高的体温烧死，也会被烧成白痴。但他既然敢这样做，自然是因为他期待着某些事情的发生，就像在与庄换羽那场对战里想过的那样，有些已经发生的事情按道理来说便应该继续发生，比如落雨。

淅淅沥沥形容的是声音，雨丝穿过空气的声音。洗尘楼外雾空一片，楼的正上方却落下一场雨来，雨声轻柔，令人直欲眠去。

雨落到陈长生手中紧握的短剑上，水珠与剑身甫一接触，便被蒸发一空，消失无踪，看上去就像是渗进了坚硬的剑身里。更多的雨落在了陈长生的身上，渗进衣服，触着肌肤便被蒸发，似乎也渗进了他的身体里。

伴着这场突兀到来的雨，洗尘楼里的闷热被一洗而空，温度显著下降。陈长生的身体在湿漉与干燥之间交替，无数热量随着水雾散走，体温渐渐降低，只觉风来清凉，拂面如美人的手，好生舒服喜悦。

舒服是生理上的感受，喜悦是精神上的认知。

这场雨便是他的期待，这场雨证明了确实有很多人不想他死去，就像先前与落落讨论的那样，教宗大人正在看着这场对战。

雪原燃烧，化作涓流，变成真元滋润着他的身体，为他提供更强大的力量。他握着短剑，向苟寒食走了过去，行走的过程里，无数白烟从他的身上冒出，画面显得极为诡异。

向前踏出不过三步，便换作了耶识步，他身周那些白色的水雾骤然一凝，然后渐散，雾中已经没有了他的身影。

一道狂暴的剑风，从苟寒食身后的石壁处生起，里面蕴藏着极为磅礴、澎湃的真元气息，陈长生握着的剑也再次出现，沉默而坚定地刺向苟寒食的后背，然后在途中变成千万把剑。

落雨仍在持续，陈长生的剑尖幻成无数，竟似比雨点还要更加密集。他用的剑招，正是钟山风雨剑里最强大的一式：天翻地覆。

这记剑招首重气势，如暴雨一般，直欲令天地翻覆。

此时洗尘楼里正下着雨。陈长生要借这场雨的势，首先借到的便是气势。

无数狂风从洗尘楼外涌入楼里，二楼开着的那些门窗被吹拂得不停拍打，发出令人烦躁的声音，又像是多年无人居住的幽宅。

风雨骤且狂，陈长生的剑亦如此，从四面八方亮起，刺向苟寒食。

钟山风雨剑威力最大的一式，加上陈长生三次初照所收获的丰沛真元，即便是苟寒食也很难应对，便是想避开也极困难。

苟寒食没有闪避，沉默地站在真实的风雨以及陈长生的剑风剑雨里，平静握着剑柄，横剑于胸前，眉间没有任何畏惧，只有平静所代表的自信。

他的剑就像是离山剑宗登山前最后那步石阶。他的人就像是离山剑宗山门前那棵不知名的青树。

那棵青树在离山已经存活了数百年时间。在很多人的眼中，这青树之所以能够活着，是因为它的运气特别好，却很少有人注意到，这棵青树不言不语，不动不摇，遮蔽了多少离山弟子不受风雨之困。

苟寒食就是这棵青树。他举剑迎向陈长生的风雨剑，神情宁静平和。他用的是致远剑。

二楼里响起圣堂主教大人的感叹声："通幽境便能把这套剑法施展到如此程度，离山了不起，苟寒食更了不起。"

能够得到圣堂主教赞赏的剑法，自然极不普通。

陈长生如风雨般的剑影，尽数落空，没有一剑刺中苟寒食的身体。

不知道是对他手中那把短剑有种天然的忌惮，还是对陈长生的剑法有所防范，苟寒食并没有用剑直接相格，则是用的推挡拍击的法子，剑声如松涛围着他的身体向远处传播，把陈长生的剑意尽数挡在了外围。

松涛不是离山剑宗剑法，而是长生宗某崖的掌法。苟寒食把这套掌法的掌意用在剑法里，剑势浑厚，无锋自强，陈长生的剑，根本无法威胁到他。

啪的一声闷响。陈长生的胸口被苟寒食一剑击中，喷血倒掠，重重地砸在石壁上，然后如摊烂泥般滑下，一时无法站起。

下一刻，他艰难地扶着墙站起身来，看着对面的苟寒食，沉默不语，脸色苍白，前一刻才重新拥有的信心，迅速地消失。

他没有想到苟寒食的剑如他的人一样，宁静以致远，淡泊而清旷，看似没有什么力量，却又令人难以抵挡。

燃烧了一片雪原，依然没有什么胜机，那该怎么办？他伸出左手，把脸上的雨水抹掉，提着剑再次上前。

就在他的右脚落在水泊里的那一刻，他的神识同时点燃了十片雪原，那些落在他身上的雨水瞬间蒸发，变成烟雾。

自天而降的雨水仿佛感应到了什么，忽然间变得更加暴烈。

第三章

苟寒食一声清啸,啸声里充满了愤怒与一丝无奈,他手里的离山剑仿佛繁花散开!

46·闭眼之际见湖山

雪原很厚实,不知深几许,每朵雪花或者雪屑,都是一缕星辉,蕴藏着很多能量。一片雪原,方圆数百丈,不知有多少万朵雪花与雪屑,不知藏着多少能量,一朝被神识点燃,瞬间迸射出无数光与热。当初在地底空间黑龙的身前,陈长生跳过洗髓,直接坐照,险些瞬间被那些光与热点燃,如果不是龙血浇注,或者他早就已经死了。在此前与庄换羽的战斗里,他再次点燃了一片雪原,虽然浴过龙血的身体较之以前要强韧无数倍,但依然难以承受,如果不是那场突如其来的秋雨,或许他也死了。

一片雪原迸发出来的光与热便是如此恐怖,令他无法承受,更何况是同时点燃十片雪原,他根本承受不住,完全是拼命的做法。

他必须要战胜苟寒食拿到首榜首名,如此才能进入凌烟阁去发现逆天改命的秘密,正如他说过的那样,他必须拼命才能保住自己的命。

瞬息之间,他的身体变得无比滚烫,体温高得难以想象,落在身上的雨水迅速被蒸发,淅淅沥沥的雨,竟无法让他的身体有丝毫湿意。相反,他开始不停地出汗,汗出如浆,在涌出身体表面后又迅速被蒸发。

他整个人都被包裹在白色的蒸汽里,有雨也有汗,味道很是怪异,同时,隔着雾汽看到的他的脸有些变形,也很怪异。

只是片刻功法,他的衣裳便湿了十余遍,又干了十余道,衣裳的布料再如何结实,也无法承受这种来回的折腾。当洗尘楼上空落下的雨丝骤然变粗,雨势变大之后,衣裳顿时被冲裂,变成十余道布条挂在他赤裸的上半身上。样子有些滑稽,但在二层楼上的那些人们看来,却格外触目惊心。

是的,洗尘楼上空落下的雨变得非常暴烈,仿佛是知道他正处于生死边缘,

174

雨水拼命地落下，哗哗声响里，仿佛有人戳开了天湖的底部。而且那些雨水非常冰冷，仿佛是秋末雪前的最后一场雨。

纵然如此，寒冷的暴雨淋在他的身上，也无法阻止他的体温上升，道道白色的蒸汽里，他的眉眼间满是痛苦的神情。

洗尘楼外的蝉声越来越响，越来越凄厉。楼内楼外仿佛两个世界，两个季节。

陈长生的肌肉无比酸痛，仿佛撕裂一般，皮肤变得极为敏感，每滴雨珠，都让他有被剥皮的痛感，他的人竟似真的燃烧起来一般。虽然看不到有形的火焰，身周的空气已经有轻微的变形，感觉很是诡异。

如此恐怖数量的星辉燃烧，如此难以承受的痛苦，却不能让他闭上双眼，他紧紧盯着苟寒食的眼睛，被布带系在剑柄上的右手苍白无比，脚步开始缓慢而坚定地移动，试图继续寻找胜利的可能。

他不知道自己什么时候会痛昏过去，又什么时候被烧死，他必须忍着痛楚，趁着真元前所未有的强大的时候，战胜对手。

苟寒食看着他带着白雾缓缓而来，眼中的神情无比地凝重，轻振右臂，长剑破空而起，宁柔却格外坚定地斩向陈长生。

暴雨之中身影骤疾，陈长生用恐怖的速度与耶识步，躲避着那道中正平和却强大的剑意，手里的短剑借雨势而出，向苟寒食落下。

极短暂的时间里，两个人便对了十六记剑招。

苟寒食的离山剑法自然精妙强大，陈长生的应对却也是无比精彩，时而将落山棍化作剑法，又有无数各宗派学院的剑法被他信手拈来，加上他对离山剑法本就极为熟悉，竟是险之又险地挡住了这番攻势。

战局紧张，二楼观战的人们沉默不语，内心却已经掀起无数波澜，尤其是对陈长生再多赞叹，看着这轮对剑，纷纷想着庄换羽输的着实不冤。

在这场对战里，陈长生表现出自己堪称可怕的战斗意志，也展现了无比优秀的学习能力。要知道在最开始的时候，面对庄换羽他在剑道方面也殊无信心，此时与剑法公认极强的苟寒食战了这段时间，他的剑法竟越来越犀利，真正地把修行书籍上的知识转换成了战斗力。

可惜的是，国教学院有门槛，离宫有门槛，洗尘楼也有门槛，这个世界上到处都是门槛，拦住了无数人。苟寒食的身前也有一道门槛，陈长生再如何优秀，意志再如何坚强，也不可能迈过去，毕竟他正式开始修行不到一年时间，如果

175

以洗髓成功开始算起,更是不足数月。

一声清响,洗尘楼内暴雨骤停。暴雨之所以停止,是因为陈长生的体温已经回复如初。很幸运的是,他没有死去,造成这种幸运的却是一种不幸运——他体内的真元已经在战斗中消耗殆尽。

洗尘楼内一片死寂。苟寒食静立原地,右袖微垂,面色微白。

陈长生站在对面,破烂的衣裳如丝如缕,赤裸的身上不停地淌着血。

这场战斗终于到了最后,他失去所有胜利的可能,然而出乎很多人意料,甚至就连他自己都没有想到,他没有生出太多的沮丧,更没有什么悲愤不甘痛苦的想法。他非常平静,因为他已经尽了力。

为了活下去,他已经拼了命。如果这样还不能成功,只能说明天道或者说命运就是这样安排的。他没有接受,尝试挑战,然后失败,如此而已。

十片雪原之后,他又连续点燃了两次雪原,最后那次把所有的雪原都点燃了,他真的是不要命地在努力,只是没有成功。

他有资格平静,甚至可以骄傲。他低头看了一眼右手,短剑被布条绑在手里。

这场对战从始至终,他与苟寒食的剑一直没有真正相遇过,一方面是苟寒食有所忌惮,另一方面也说明他的实力确实还差很多。

应该可以平静的,为什么还是有些不甘心?陈长生看着手里的剑,默默地想着。然后他抬起头来,举剑向苟寒食走去。他知道,这会是最后一次举剑了。

确实如此。苟寒食振臂,他倒掠而回,向石壁而去。

在空中飘行,他觉得有些疲惫,有些安乐,因为终于可以不用想了,终于可以不用不甘心了,然后他觉得碧蓝的天空有些刺眼。

他闭上了眼睛。却没有天黑。他看到了那些燃烧殆尽、仿佛焦土的雪原。看到了原野间残留的涓涓细水。看到了更远的地方。那里的天空里,悬着一座湖。今天他才看清楚,那座湖里,竟然有座山峰。

47 · 一眼通幽

在陈长生的身体里有座湖。是的,一定要说是有座湖,而不是一面湖,因为这湖是悬在空中的,并没有吝啬地只给观者一个平面欣赏。

陈长生初次坐照的时候,曾经见过这座湖,只是当时他的绝大部分心思都放在雪原上。观湖那瞬，被震撼无语，暂时未理，结果下一刻，他便因为燃烧的雪原直接昏死过去，没有仔细观望那座湖的机会。

此时他的神识如一道清风瞬间万里，掠过那片雪原，来到这座湖前，终于看清楚了这座湖的模样。这座湖仿佛是颗无比巨大的琉璃，透明剔透，表面却有水波荡漾，又像是一滴被放大了无数倍的水珠，却能悬停在天地之间，给人异常神奇的感受。

无数光线从这座悬湖的四面八方射入，然后在透明清亮的湖水深处相遇。紧接着，那些光线彼此相融，或者互相折射，散发出更多、颜色更丰富的光线，画面格外瑰奇雄丽。初初观之，仿佛神话里描写过的神国，细细辨之，却能看到那些光线或直或屈，在湖水里构筑成了一座山。

那座山没有峰，也没有山顶，因为每个方向都有一座山峰，无论你从哪个方向开始攀登，你面对的地方便可以被认为是山顶。

没有峰顶，但这座山同样有崖有涧，有嶙峋的怪石。山间生着无数仿佛珊瑚的树木，其长不知多少丈，无比高大，树木与石崖间隐约可以看到道路，那些道路繁复莫名，极为狭窄陡峭。

陈长生的神识化作的清风，进入湖水之后，速度变得稍微慢了些，围绕着这座奇怪的山峰，有些惘然地观看着。他看到山道最深处，隐隐有座门。门后不知是洞府还是如学宫这样的小世界。

至此时，他依然无法准确判断出自己面临着什么，但已经能够确定某些事情，那些湖水和已经燃烧殆尽的雪原来自相同的地方，拥有着相同的属性——是的，这数万顷的湖水都来自真实世界的夜空，它们叫作星辉。

那座被湖水包裹着的山峰，便是他的心脏。

清水循湖水的流势自然而入，他的神识到达那座山峰里，在崖石与璀璨夺目的树木间无声地缭绕。下意识里，他明白一切的关键都在于山道尽头那扇门，他想要找到那扇门，然而崖石遮蔽，又没有上下左右的方向可言，那扇门时隐时现，他连位置都确认不了，更不要说接近。

湖水轻荡，清风破水而去，带着一串如同珍珠般的气泡，落在了山峰间一块岩石上。啪的一声轻响，他低头望去，只见自己的脚踩弯了一株野草。

没有任何犹豫，陈长生顺着山间那条狭窄陡峭的山道，开始向前行走。他此时进入了一种很玄妙的精神状态，无感无识，甚至忘了自己来自何处，要去何地,只知道不停前行,想要找到那扇门。

山路弯弯,随意一眼便能看到十八个弯;山路漫漫,无论他走多长时间,却依然还在此山中,没有云也看不到尽头。他开始感到疲惫,但不曾停下歇息;他的脚被磨破,但不曾理会。他在山道上奔跑、行走、观察、折回、奔跑、再次折回,如此往复,上下而求索。

时间不停地流逝,他不知道自己在这座山峰里行走、寻找了多长时间,也忘了自己用了多长时间,终于在某一刻,找到了那条道路。

山是被湖包围的,没有峰顶,没有上下,也没有方位。山道就像是蛛网一般,根本无法算清,但山峰里面有水,有很多水。

山峰里的水并不像四周的湖水那样是静止的,而是在不停地流动,遇着某些陡崖,便会摔落,水砸进湖水里,溅起很多浪与白沫。

水的走势,原来才是真正的道路。陈长生寻着一道细细的瀑布,没有理会沿途所见那些水与水相撞的奇诡画面,无比专注地攀登,逆流而上三千里,终于来到了山间所有瀑布的尽头。那个尽头更准确地说应该是源头。

山穷水尽处,水落而石出。满山满谷的纯白石块里,有一扇门。正是他苦苦寻觅的那扇门。

他走到门前,第一次真正意义上地停下了脚步。此时他已经衣衫褴褛,满脸水锈,鞋破踝伤,看着极其狼狈,不知走了多长时间。

那不是一扇门,而是一座门。就像,这不是一面湖,而是一座湖。后者,是因为湖是立体的,前者,则是因为这门实在是太大。

这座门高数十丈,材质似金似玉,但细细观之,又像是最常见的石头,只是有些发白,与四周随意堆砌的山石很像。

石门的表面散发着淡而柔和的光泽,给人一种温润安全的感觉,吸引着看到它的所有人,都想在第一时间内把手掌落在门上,然后用力推开。

陈长生却有些犹豫,因为他感觉到了危险。他此时已经知道了这座山是什么,自然猜到了这座门是什么。

更奇怪的是,明明他从来没有来过这里,这一点他非常确认——但不知为何,这座门却给他一种异常熟悉的感觉,仿佛他已经看了这座门很长时间。换个说法是,这座门仿佛已经等待了他很长时间。

他的犹豫其实只花了极短的一会儿时间。

危险无法令他驻足，为了能够活下去，他已经拼了好几次命，那么又有什么事情能够阻止他再拼一次命呢？

他的手掌落在了那座门上，微微用力向前一推。这座石门高数十丈，从外表看厚度也应该很夸张，按道理来说，肯定沉重得仿佛一座地城一般，然而奇怪的是，随着他轻轻一推，这座石门便被推开了。

陈长生收回手，警惕地准备着。石门缓缓开启，无数光线从里面散发出来，落在他的脸上与身上，他的眉眼被照耀得都有些模糊了，破烂的衣服无比明亮，仿佛要燃烧起来。

出乎他的意料，这些光线里没有什么危险，反而充满了正面的能量，让他瞬间觉得伤势好了很多，疲惫消失不见，舒泰难言，感觉自己很是强大。对于很多事物的控制都变得自如起来，甚至有了一种叫作自由的感觉。

这种感觉很好，这种诱惑很强烈，再如何未知的将来与危险，都压抑不住那种渴望，陈长生向石门里走了进去。

门后是一片光明的世界，无数道光线，占据着天地，充盈他的眼眶，让他无法视物，更无法分辨方向，他只能惘然而紧张地向前行走着。

这一次，他没有走多长时间。

光线渐渐散开，变得宁和起来，浓淡之间分作黑白，然后有了更多的颜色，比如代表着生命与热情的红，以及广阔与神秘的蓝。

这片蓝色应该是代表广阔的。陈长生看着这片蓝色，在心里默默想着。然后他看到了几缕白云，和正上方缓缓收敛的乌云。他这才明白，原来自己看到的蓝是什么蓝，那是天空的蓝。接下来，他看到了黑色的屋檐、二楼的窗阁，还有一个站在窗边看着自己的宫装丽人。他认识她，他不明白为何她的眉间写着担忧，但他至少确认了一个事实，自己的神识回到了学宫里。

他回到了洗尘楼。他的身体依然在半空里倒掠。

他的神识在身体里苦苦求索，寻觅了无比漫长的时间，对于身体所处的真实世界来说，却只是极短的一瞬。

然而在别人看来，他只是闭了闭眼睛，再重新睁开眼睛。谁能想到，在这么短的时间里，他便经历了这么多事情，再回到原来的地方。谁能想到，他已经不再是先前的他，他已经来到了一片崭新的世界里。

他的神识推开了那扇石门，却回到了洗尘楼，这证明他的小天地与真实世界的大天地已然相通,他的幽府之门已然开启。虽然他的经脉依然断裂难行,但现在他的真元不再会落入深渊不见,雪原残留下来的涓涓溪流和那些湖水,不停地灌注进他的幽府里,帮助他与天地不停地感应。

暴雨已然停歇,变成如帘的雨丝,陈长生的身体在雨中穿行,他闭着的眼睛睁开,眼眸如漆般明亮,神情无比平静。

他重新握紧手中的短剑,以重新丰沛的真元找回身体的控制权。他两膝微收,腰腹骤紧,调整姿势落在地面上。脚掌骤松然后微紧,如一块落在水里的石头,伴着声轻响便站稳在地面上。

紧接着,他毫不犹豫掏出一大把用百草园药草炼成的丹药,塞进嘴里,用最快的速度咀嚼吞下,然后望向对面的苟寒食。

苟寒食不会低估任何对手,尤其是在青藤宴上见识过其水准的陈长生,更不要提陈长生能够杀进大朝试对战的最后决战,已经能够说明太多。但战斗开始之后,他才发现自己竟然还是没有对陈长生做出正确的判断。

陈长生燃烧了一片雪原、十片雪原以及最后燃烧了所有雪原,如果不是经脉有问题,会表现得更加强大,即便是现在的水准,也已经让苟寒食感到了震撼——十五岁的年龄,只修行了一年不到的时间,引星光洗髓的时间更短,居然便能拥有如此丰厚的真元。苟寒食这辈子只见过师兄秋山君有如此神奇,没想到陈长生竟然也做到了。

但正如在离山客院里,他曾经对七间等三位师弟说过的那样,他坚信陈长生不可能胜过自己和天海胜雪,因为陈长生无法通幽。

通幽,需要至少百夜时间,夜夜引星光诚心叩府。哪怕是当年的周独夫,也不能例外。

陈长生洗髓成功都不足百夜,谈何通幽?然而,此时却似乎有什么事情正在发生。

苟寒食看着陈长生,觉得自己被世人赞叹的通读道藏忽然变得没有任何意义,因为翻遍三千道藏,也没有这样的事啊。

48 · 他一直在通幽

苟寒食一剑破雨而去,打得陈长生倒掠疾飞。所有人都以为,他会再次重重摔倒在雨水中,这一次没有办法再次站起。谁能想到……他确实没有再次站起,因为他根本没有摔倒。他的衣衫破烂,脸色苍白,看着很狼狈,但他落地很不狼狈,脚步稳定至极,仿佛还有无穷的力量。

激烈紧张的战局,不可能留下太多感慨震惊的时间,陈长生身体前倾,靴底踏破水泊,由狼突而转西天一线,耶识步出,瞬间来到苟寒食的侧后方,剑挟钟山风雨狂暴而至。

苟寒食剑在身周,如松涛万顷,根本没有留下任何空当,仿佛雨中松涛轻漾,他的剑准确地拍打在了陈长生的短剑横面上。嗡的一声清鸣,从两把剑剑身相遇的地方迸发出来,仿佛一道悠远的钟声。

恐怖的真元冲撞让二人身体间的那些雨帘骤然拱起,变成一道中空的雨圈,数百滴雨珠像利箭般往四周散射。

陈长生如箭般被倒震而飞,身体撞破无数层雨帘,双脚在青石地板上的积水里拖出两道极直的水花,直至来到石壁前才停下。

但这一次他也没有摔倒,没有砸到石壁上,按照自己的意志平稳地停了下来。他握着剑的手很稳定,就算腕间没有系着布带,想必短剑也不会离手而去,与最开始接苟寒食渔歌三剑的惨淡情形已经完全不同。

现在,他很平静,甚至显得有些从容。

苟寒食握着剑柄的手越来越紧,看着对面的陈长生,神情越来越凝重,眼中充满不解与震惊。通过这一次对剑,他终于确认先前的猜想是真的,那个不可能发生的情景真的发生了。

他的手握得那样紧,指节发白,悬在腿侧的剑尖,却有些微微战抖。陈长生在这一次对剑里展现出了完全不一样的力量层次,更令他震惊的是——这是三千道藏里没有记载的,这是人类世界漫长的修行历史里前所未有的奇迹,他是怎么做到的?

这一次对剑看似平淡无奇,实际上却是一种宣告。陈长生告诉所有人,他还没有输,他在继续提升。

洗尘楼外的蝉声早已经停歇,随着他的这一剑,忽然重新出现,仿佛市井里的、离宫外的民众在放声高噪,无比鼓噪,令人心烦意乱。

学宫上方那片碧蓝的天空里,有白云数抹,还有一片未完全褪色的雨云。本来刚刚有放晴的征兆,谁曾想随着陈长生施出这一剑,雨云深处隐隐有雷声响起，远处天边忽然生出一道美丽的晚霞。

洗尘楼内一片死寂。包括苟寒食在内的人们，有人震惊地望着陈长生，有人神怀微惘地看着天空，甚至有人显得有些失魂落魄，心想这怎么可能？陈长生，居然就这么通幽了？

是的，陈长生已经通幽成功。所有人只知道他在青藤宴的时候还没有洗髓成功，那么他洗髓以至坐照的时间必然极短，最多便是坐照初境，连通幽的门槛肯定都无法看到，更不用说通幽成功，在参加今年大朝试的考生里很普通。但没有人知道，陈长生只用了一夜的时间便成功定了命星，然后便开始引星光洗髓，距今已有近三百个日夜。他引星光洗髓一直没有成功，那些星辉却没有逸散，而是穿过他的肌肤毛发以及肌肉，直接沉积在了他的身体最深处。他当初在地底空间里初次坐照时，曾经以为那片厚厚的雪原，便是这数百个日夜引到体内的星辉，却没有注意到那片湖水。

那座湖里的无数清水才是他引星光洗髓的真正成果。

在地底空间里，他在洗髓没有成功的前提下，冒险强行初次坐照，身体绽裂，血液燃烧，即便是黑龙都以为他必死无疑。但无论那些星辉之火再如何可怕，那片血泊里他的心脏却始终晶莹如初，未曾崩坏，为什么？因为这数百个夜晚里，他引来的星光根本没有洗髓，而是每夜轻触他的幽府，浸润不离而成碧湖，洗髓？他一直练的就是通幽！

在他不自知的情况下，那颗源自遥远的红色星辰的星辉，不停地进入他的身体，夜夜于那座山峰里觅道前行，于那座石门前对望——何止如苟寒食强调过的那般百夜叩门，而是专注坚定地敲了数百个夜晚！

所以先前他在幽府门前根本没有发力，只是轻轻一推，便把幽府的门给推开了。因为他天才？是的，他确实很有修行的天赋，但更重要的是，那座石门他已经推了太多夜，就只差最后带着自主意识地轻轻一推！

他用了无数时间与精力挑土堆山，做了一个和甘露台等高的土丘，只需要再往上面倒最后一筐土，便可以站到京都的最高处。最后那筐土不重，倒下去很轻松，可能看着很从容，与京都最高这四个字相比，肯定会显得太过轻描淡写，但谁还记得在那之前他付出了多少？是的，这就是陈长生的修行。

因为经脉截断的缘故，因为体质特殊无法洗髓的缘故，他凭借自己的奇异想象与运气，误打误撞走了一个与别人完全不同的道路。

　　洗髓，坐照，然后通幽？不，他在洗髓之前，便开始坐照。他在坐照之前，便已经开始通幽。如果说这个世界水往低处流是真理。在陈长生的世界里，水真的一直在往高处流淌。

　　没有人知道他的具体情况，知道他遇到过些什么，付出了些什么，所以没有人能想到他现在的情况，自然也想不明白他为什么能够通幽。而且要知道，通幽向来被视为漫漫修行路里第一个真正的高门槛，是与生死攸关的生死关。无数被宗派学院重点培养的少年天才，都倒在了这道门槛之前，无数不甘顺命的普通修行者纷纷陨命，以至于现在大陆上的人类修行者至少有一半根本不敢尝试通幽，即便那些成功的人——比如苟寒食、比如当年的莫雨姑娘，他们在通幽的时候何其谨慎小意，在正式破境之前，必然要经历很长时间的准备。宗派学院会提供非常多的丹药与经验助其静神培念，破境之时，更是至少会由三位神通强大的长辈师长在旁看护，稍有不慎便要出手解救，而陈长生……他在大朝试的决战时刻通幽。他闭上眼睛，然后睁开眼睛，便通幽。

　　世界上怎么可能有这样的事？怎么可能有这样的人？如果这一切都是真实的，那么自己当年受的那些煎熬，那些苦苦等待的岁月又算什么？苟寒食没有想这些。但二楼窗畔震撼无语的那些大人物们，却忍不住这样想着。

　　暴雨变成了细雨，淅淅沥沥，但看起来，一时不会便停。

　　陈长生站在石壁前，略带稚意的脸上神情平静，仔细去看或许能看出与之前的某些细微差别，拘谨少了些，眼睛变得明亮了些。以往的他过于沉稳安静，给人一种早熟的感觉，仿佛要比真实年龄大上四五岁，而此时此刻的他，就像雨洗过的天空里初生的朝阳。清新，明丽，充满了一种在他身上很少见到的生命力。

　　苟寒食没有注意到这些细节，他只觉得此时的陈长生有些可怕，甚至已经超过了上一轮折袖带给他的危险感觉。

　　莫雨看着楼下雨中的陈长生，漠然的眉眼间生出几抹复杂的情绪，握着窗楼的手指节微微发白，不知在想着什么。因为某些原因，她不想陈长生输掉大朝试，但她很清楚，娘娘不想陈长生赢这场大朝试，虽然娘娘从来没有明确地表明过这一点，可还是有很多人默默地行动起来，确保陈长生不会走到最后。

但还有很多人站在了娘娘的对面。教枢处不用说，天海胜雪明显也有与家族完全不同的看法，折袖替国教学院拼命，最关键的则是不时会落到洗尘楼里的那些秋雨。那些秋雨，代表的是教宗大人的态度。她以为陈长生依然不可能走到最后，因为他实力不够。可是就在她这样想的时候，就在她以为陈长生已经给场间众人带来太多震惊的时候，他再一次震惊了她以及场间所有人。

莫雨再次想起那个夜晚，抬头望向碧空边缘那抹晚霞，心想难道世间真有命运这种事情？难道真有天赐的福缘？

其实就连陈长生自己，现在都还不完全明白到底发生了什么事情，为什么自己忽然就晋入了通幽境。他握着短剑，迎着细雨，再次向苟寒食走过去的时候，根本没有想这会不会是天赐的福缘，因为天只赐给过他苦难，从来无福。他也没有想到命运，因为命运对他向来不公。他从不敬畏，相反，他一直在做的事情就是向命运挑战，然后胜之。

他只记得自己这已经是第四十六次握着短剑向苟寒食走去。前四十五次，他都输得很惨，摔得很重，浑身雨水与血水，但他倒了，却不曾倒下。

他每次都会爬起来，继续战斗，认真而严肃地向往着胜利。终于，他还没有胜利，但最后两次，他不曾摔倒。

那么，如果一定要说命运的话，这也不可能是上天的恩赐，而是冥冥之中的天意，对他前四十五次的奖赏。

49·秘之一剑

如果不是上天的恩赐，也不是命运的突然转折，而是对自己的奖励，那么自然会有信心，只是这种信心只属于陈长生自己。莫雨不会这样认为，对他依然没有任何信心。

陈长生已经给了她太多惊奇，在今年的大朝试里创造了太多奇迹，甚至在如此激烈的战斗里、睁眼闭眼间便通幽，但她依然不认为陈长生能胜过苟寒食。这二十几年来看过太多，比如奇迹般崛起的周通，比如当年不顾皇族及大臣们激烈反对也要坚持尝试通幽的陈留王。她很清楚，奇迹能解决一些问题，但绝对解决不了所有的问题。修行时间长短有差距，功法有差别，就算现在陈长生已经追上了苟寒食的境界，却同样没办法追上这方面的差距。

来自南方宗派的那三个代表，从大朝试开始到现在一直都表现得比较沉默，这种沉默可能是一种礼貌，也代表着他们对南方考生的信心，尤其是对荀寒食的信心。陈长生出人意料地忽然通幽，让他们的神情变得紧张起来，但下一刻便回复了平静。因为他们和莫雨一样，依然不认为陈长生有太多机会，他们对荀寒食的信心没有丝毫减退。

忽然通幽的陈长生，可以说在大陆的同龄人里堪称最强，甚至有可能超越排在青云榜榜首的徐有容，但他没办法与荀寒食及秋山君二人相提并论。同样是通幽，即便双方剑道造诣和修行知识在纸面上彼此相当，离山弟子练剑何其辛苦，陈长生如何在这方面越过他们？

二位圣堂大主教也很沉默，因为震撼，更因为早些时间落下的那场秋雨。自从那场秋雨之后，这两位国教巨头便很少说话，即便是教枢处主教大人梅里砂亲自到场，也没能让他们的神情多些变化。

秋雨来自青叶世界之外，代表着教宗大人的意志。他们是教宗大人的亲信，是所有信徒和朝廷大臣们眼中国教新派的代表人物，所以他们才会不遗余力地压制陈长生。谁曾想到，教宗大人却用那数场秋雨表明了对陈长生的态度，他们如何能不震惊？至于此时楼下陈长生与荀寒食的这场对战，他们不知该持何等立场，只觉得陈长生既然已经创造出了如此多的奇迹，或者，他真可能有希望做些什么。

二楼窗畔的大人物们情绪各异，沉默不语，唯有刚刚来到场间不久的教枢处主教大人梅里砂，神情依旧平静——老人家也因为陈长生的突然通幽而震撼，但他没有动容，因为一切都还没有结束。

薛醒川的眉挑得越来越高，似乎发现了什么有趣的事情。徐世绩的眉头皱得越来越紧，似乎看到了特别突然而无趣的事情。

无论楼上的人们怎么想，战斗终究还在继续。

陈长生第三次向荀寒食冲了过去，脚步变幻难测，耶识步破雨帘而入细微，自星域而印实地，悄无声息间便来到了荀寒食的身前。他一剑斩落，短剑上附着的真元极其雄浑。洗尘楼外的蝉声骤然提高，碧空雨云之间的那道隐雷轰隆而落，威力无穷。通幽之后，他的实力果然得到了极大幅度的提升。

面对这一剑，荀寒食依然平静，先前陈长生通幽带给他的震撼，此时在他朴实寻常的脸庞上再也找不到丝毫的痕迹。他握着那柄不知多少两银子打铸成的剑，翻腕轻撩，破空而去，只见剑首瞬间升起一轮太阳，光照楼间四壁！剑锋之前，仿佛真的升起一轮太阳。那不是带着残血味道的夕阳，也不是清新无比的朝阳，而是正午最烈、最炽白、最明亮、根本无法直视的烈阳！苟寒食最强的便是渔歌三剑？不，作为离山剑宗弟子，怎么可能在浩瀚如海的剑道里只有一舟可栖？这一剑才是他真正最强的一剑！

看着这轮剑首的太阳，陈长生神情凝重，步法却没有任何凝滞。反而是二楼窗畔响起数声惊呼，那些呼喊声里充满了震惊与疑惑。

"金乌！这怎么可能！"

"金乌归离山，难道那人回来了！"

苟寒食的这一剑，便是离山剑宗已经断了数百年传承的金乌秘剑，据闻只有那位传奇般的离山小师叔才会这种剑法。谁曾想到，这种威力强大、能燃尽四野的剑法，竟在今年的大朝试里重现于世！

随着苟寒食剑首那轮太阳出现，天地顿时变色，洗尘楼内亮若白昼，自天而降的雨丝变成了玉线。楼外远处碧空下的晚霞瞬间尽散，那轮斜挂在天空里的太阳仿佛回到了中天，散发出无数炽烈的光线。整座洗尘楼，包括楼外的树与楼内的雨仿佛都同时燃烧起来，如镀了层黄金。毫无疑问，这一剑是离山剑宗的绝学，最强大的手段。

同样境界里，哪里能找到方法破之？即便是国教学院全盛时期，那些学识渊博、境界高深的院长与教师，也找不到任何办法破掉那位离山小师叔的这套秘剑，更何况现在的陈长生！

没有人认为陈长生能破掉苟寒食这一剑。但他依然执剑而进，沉默而专注，仿佛根本没看到天空里那轮明日、苟寒食剑首那轮太阳，也没有看到洗尘楼已然镀了一层金色。他略带稚气的脸上，有不容置疑的坚决与肯定。看到他神情的那些大人物们，莫名生出一种感觉，似乎他真的有办法破掉这一剑。苟寒食也看到了他的神情，他眉眼之间的坚定。如果平时，他会非常欣赏陈长生的强大意志与精神力。但此时此刻，他很愤怒。因为陈长生不可能破掉这一剑。

50 · 靠着楼墙，继了过往

陈长生会怎么破金乌秘剑？为什么他表现得如此有信心？就因为离山剑法

总诀现在在国教学院里,他对离山剑法了若指掌?不,金乌秘剑属于那位传奇小师叔的传承,以那人与离山剑宗以至整个长生宗复杂的关系,这套剑法根本没有录入离山剑法总诀,陈长生肯定没有看过。苟寒食一怒之余,也想到了这一点,所以他更加不解,二楼窗畔观战的那些大人物也同样不解,神情莫名。

陈长生确实破不了这记威力强大的金乌秘剑,他自己很清楚这一点,但这不代表他就要认输,因为除了破剑之外,还有很多的应对方法。只见他手腕如落叶婉转一翻,短剑破雨帘而去,化作一道细细的雨线,从右下方向上斜斜割向苟寒食的身体。

他没有想过要破苟寒食的这一剑,也没有想过如何去挡、去格,更没有想着去避,他理都不理这一剑,沉默着自顾自地挥剑。

烈日当空,洗尘楼内的残雨变成无数道密密的金线。有数道金线落在陈长生的脸上,却没能让他的眼睛眯一眯。他盯着苟寒食的脸,继续前行,速度骤然再升,如闪电一般来到苟寒食的身前。他用的是钟山风雨剑,不是威力最大的那招天翻地覆,而是最绝然、最义无反顾的第七式——慷慨一剑。如果苟寒食不变招,毫无疑问,下一刻,陈长生便会被金乌秘剑直接斩成两截,而同时,他的剑也会切开苟寒食的胸腹。钟山风雨剑第七式有慷慨气魄,威力上却不及金乌秘剑,苟寒食中了这一剑,可能会死,也有可能身受重伤。可谁都不知道结果会是什么。

二楼窗畔的大人物们看出了陈长生的用意,惊呼出声。苟寒食更是感觉得异常清楚,转瞬之间生出无数念头——陈长生要和他同生共死。拼生死之间的运气,他自然不会接受,因为他更强,本就处于胜势。

离山剑横摆而出,金乌剑势瞬间转作守势。两柄剑依然没有相遇,松涛再起,周密无比。陈长生的慷慨一剑,根本没有办法靠近苟寒食的要害。只听得洗尘楼里响起嗡的一声鸣响,劲意四溅,陈长生倒掠而退,在空中翻了一个圈,落回地面,靴底踏出数道水花。

楼内一片安静。二楼的人们看着陈长生,神情很是复杂,如此强大恐怖的金乌秘剑,居然被陈长生用这么简单的方法给破了!当然,这实际上非常不简单。如果不是陈长生信手拈来,便是钟山风雨剑最凌厉、最不讲后路的一招,给苟寒食一种强大的压迫感,而且没有流露出任何软弱的情绪,如何能够逼得苟寒食放弃如此大好的局面?

陈长生再次疾掠向前，短剑带着嗤的一声厉响，隔空刺向苟寒食。他的脸上没有任何表情，先前曾经出现的那些朝气鲜活感觉，仿佛只是错觉，重新变得沉默而木讷，却依然坚定。这是什么剑？观战的人们不停地猜着。

苟寒食举剑破空而起，带着恐怖的真元劲意，直接拂散了楼内缓缓落着的无数层雨帘，剑意自四面八方而至，袭向陈长生。陈长生神情不变，就像先前那样，看都不看，理都不理，全部心神都在自己的剑上，一剑刺了过去。洗尘楼里顿时响起一道凄厉的剑啸。他的剑法不及苟寒食的剑法精妙，但他的剑更简单，想法也更简单，看似先发，实则后起，最终却是两剑同至，呼啸相交。

两剑依然没有相遇的机会。依然是同生共死、同归于尽的局面。苟寒食一声清啸，啸声里充满了愤怒与一丝无奈。他手里的离山剑仿佛繁花散开！"繁花似锦！"二楼传来惊呼。

在最后时刻，苟寒食临时变剑，却是顺势而行，将雨花尽数转换成繁花，一招开放，瞬间便在陈长生的肩上留下数道剑伤。

这式变剑无比精妙，可以说完美地展现了离山剑宗的底蕴与水准，只是毕竟是临时变剑，终究要稍微欠缺些精神气魄。他这招繁花似锦虽然伤了陈长生，却没有办法击败陈长生，同时，他的左上臂也被陈长生的剑割出了一道血口。

陈长生晋入通幽境后，与苟寒食两次对剑，最终都是这般结束，他用的都是同归于尽的凌厉剑招，似乎根本没有想过能战胜对方。

此时有二人站在洗尘楼两头，平静无视，沉默不语，之间有无数层雨帘，仿佛遮住了很多事情，也模糊了彼此的容颜。

苟寒食神情冷峻，因为他已经确定陈长生想做什么。陈长生握着手中的短剑，向远处的他点头致意，表示抱歉。是的，他不如苟寒食，修行再如何刻苦，天赋再如何高，看过再多道藏，他依然不如苟寒食，因为苟寒食的修行也很刻苦，天赋也很高，同样通读道藏。再者苟寒食比他年龄大，比他修行时间长，就算他苦苦求索，在大朝试里凭借对战不停提升，直至先前以震撼世间的姿态成功通幽，依然不可能是苟寒食的对手。

洗髓，不成功，然后继续洗髓；冒着生命危险初照，然后继续不停初照，直至最后莫名通幽，却依然没有办法在修行境界上胜过强大的对手，这感觉似乎有些辛酸。但陈长生不这样想。他没有失望，更没有绝望，相反，他对自己获得这场对战的胜利，充满了绝对的信心，因为他现在获得了与苟寒食同生共死的资格。在获得这些提升之前，在通幽之前，他和苟寒食差距更大，想要和对方一起去死都做不到，他现在至少获得了这种资格。这就够了。因为没有人在面对死亡时比他更有经验。

苟寒食不能理解陈长生在这方面的强大，但他能感觉到这种强大，那么他想要战胜陈长生，必须拿出自己最强大的一面。

"你试试我的这一剑。"他对陈长生说道，然后平静地向前走去，脚步稳定而缓慢，眼神变得越来越明亮，仿佛回到还是乡塾孩童的那几年。

苟寒食的这一剑很简单，从上至下，便斩了下来。但这一剑非常不简单，上仿佛可以至碧空，下仿佛可以至黄泉，天地之间便是这道剑，这道剑属于真实而细碎的人间。

不过，这一剑是真的很寒酸。看到这道剑，感知到这道剑意的人，都有些心酸。每个人都看到了自己曾经艰难的过去。苟寒食看见得更多，因为这本就是他自创的剑。他看到了幼年时家中一贫如洗，母亲替族中亲戚洗衣为生，自己没有钱入乡塾，在那个有三角胡的先生门前跪了整整一夜时间。进乡塾后可以读书，但没有钱置暖炉，窗外的寒风很刺骨，这便是寒窗。他没有饭吃，只能每天清晨煮锅稀饭，冻凝后用刀切成两块，一顿一块，这便是寒食。寒窗十年，寒食又是几年？挥动这一剑的时候，苟寒食真的想了很多。

贫寒，真是人世间最可怕的事情。他为什么能够坚持到进入离山剑宗？坚持到现在？不就是为了这场对战吗？是的，他的这一剑就是当年切冷粥时的那一刀。

苟寒食起剑的那一瞬，陈长生的神情变了。还没看到这一剑的时候，他就感受到了这一剑的浑然天成。不，更准确地说，这一剑是避无可避的人间事。

苟寒食已经用了两道非常精妙强大的剑招，他用了两次死亡冲锋来化解，而现在面对这一剑，他竟生出难以冲破的念头。因为这一剑越不过去，想要同归于尽，首先要两剑相遇。陈长生不想手里的短剑与苟寒食的离山剑相遇，因为一朝相遇，就会有变化，这种剑道方面的考较，他无法做到比苟寒食更准确。开始的时候，是苟寒食不想与他两剑相遇，现在则倒转了过来。怎么办？

二楼窗畔观战的人们，正自震惊于苟寒食孤苦一剑的绝妙，紧接着，便被陈长生的剑招震慑住了心神，惊呼连连响起！

陈长生侧踏，踏破青石上的积水，曲肘带起一道雨水，依然直刺，短剑的剑锋带着淡淡的金光，向着苟寒食刺了过去。

一道淡淡的血腥味出现在洗尘楼里。这味道来自他与苟寒食身上的伤口，也来自先前那些参加对战的考生们流的血，但更多则是来自他的这招剑法。

"这是国教真剑吗……"一名圣堂大主教神情骤凛，喃喃说道。

徐世绩再也无法保持沉默，厉声喝道："这招不是已经被禁了？"

摘星学院院长说道："应该还留在国教学院的藏书馆里。"

陈长生正在用的这招国教真剑，还有个更出名的名字，叫作杀戮之剑，乃是国教学院某位前任院长的秘剑。据说多年前那位堕入杀戮之道的院长被教宗大人强行镇压的时候，竟用这式剑法重伤了教宗大人。

如果说苟寒食的那一剑在于孤寒，在于坚持。那么陈长生用的这一剑，则在于杀戮，在于疯狂。如此两剑相遇，谁会占得上风？

洗尘楼里的残雨骤然消散，湿漉地面残着的些微黄沙却跃离而起。两道剑风缭绕不绝，劲意四处逸散，黑色的楼檐被风吹得不停轻响。苟寒食和陈长生已经分开，流了更多的血，受了更多的伤。没有人看清楚先前究竟发生了什么事情，但那两剑应该还是没有相遇。

莫雨的视线下移，落在苟寒食身前的脚印上，确认竟是他先退了，不由有些震惊，细眉微挑，眼中生出复杂的意味，唇角却扬了起来。楼内一片死寂，人们震惊不断。

秋山君和徐有容没有来参加今年的大朝试，很多人都已认为大朝试难免会有些失色，然而谁能想到，这场大朝试的决战竟打到了这种程度？

从开始到现在，陈长生和苟寒食对剑已近半百次，然而他们的剑却始终未曾真的相遇过。再然而，他们已经受了无数剑伤，甚至好几次距离死亡只有瞬间，这等心志手段，这等剑道修为，实在是令人赞叹无语。

这两个人究竟是怎么修行的？他们怎么能掌握如此多近乎失传的秘剑？苟寒食甚至自创出如此完美的剑法！当然，他们可以凭借境界和修为方面的优势，无视苟寒食和陈长生的这些剑招，直接凭实力碾压，然而如果是境界相同的情况呢？要知道苟寒食和陈长生都不足二十岁，便能知道如此多的剑法，知道何时该选何招，做出近乎完美的选择，这种能力实在令人瞠目结舌。

陈长生更是掌握了那么强势惨烈、只为同归于尽而生的剑招，连接不断地施展出来，更可怕的是，所有人都从他的选择和剑意里看得清清楚楚，这个少年就是想要拿大朝试的首榜首名，为此他连死都不怕！

"这样下去是会死人的。"陈留王看着场间诸人说道。

人们知道他说的是实话，也有些担心。他们当然可以阻止这场疯狂的战斗继续进行，但是大朝试的首名还没有决出，苟寒食和陈长生怎么可能同意。如果要评定胜负，陈长生一直在靠死亡寻觅胜机，如何判他负？

好强大的一剑。陈长生想着先前苟寒食由天而地的那道寒酸剑，默然想着。如果最后关头苟寒食没有收招，自己真的就败了。

"为什么你最后退了？"他看着苟寒食认真问道。

苟寒食想了想，说道："我这一剑是用来切冷粥的。"

陈长生沉默了会儿，问道："然后？"

"当年的冷粥都是我母亲熬的。"

"然后？"

苟寒食说道："她还活着，所以我必须活着。"

陈长生沉默了很长时间，说道："抱歉。"

"你呢？你又是为什么？"苟寒食看着他问道，"大朝试首榜首名，对你来说真的有这么重要吗？比生死更重要？"

陈长生反问道："你呢？对你来说重要吗？"

苟寒食说道："对每个修行者来说，这种荣耀都是重要的，而且我离山剑宗已经连拿了两届首榜首名，总不能在我这个二师兄处断了。"

"原来如此。"陈长生想了想后说道，"抱歉，大朝试首榜首名对我来说更重要，我不能退，我也没有退路。可你有退路，所以这对你来说不公平。"

苟寒食说道："我不是很懂你的意思，但不知道为什么，隐约能感觉出来。"

陈长生举起手里的短剑，斜指向地，说道："前面对战里，庄换羽曾经对我说，光脚的不怕穿鞋的，现在想来，他说对了。"

黄沙轻飞，楼外蝉鸣更噪，天空里流云不安。看着他的姿势，感受着他的剑意，苟寒食隐约猜到了些什么，神情微变。

陈长生看着他很认真地说道："我真的没有退路，也没有任何可以失去的，所以我哪怕穿着鞋，始终还是个打赤脚的小子。"

苟寒食说道："鞋对于我们这种人来说，本来就很奢侈。"

"所以我要向你说抱歉。"陈长生说道。

在洗尘楼外，唐三十六给他交代过很清晰的战略，先动之以情，晓之以理，再胜之以力，首重攻心，然后才是试剑。陈长生没有这样做，直到此时才开始认真地与苟寒食交流，因为这代表着尊重，之所以这时候开始说，是因为他能感觉到胜负便在下一剑里。

苟寒食问道："下一剑，我准备用夫子剑，你呢？"

陈长生说道："离山法剑的最后一式。"

苟寒食知道原来自己没有猜错。他沉默了很长时间，望向楼外的碧空，觉得有些饿，想吃些稀饭。过了很长时间后，他摇了摇头，把剑收回鞘中，转身离开了洗尘楼。

楼里只剩下陈长生一人。他看着空无一人的场间，看着对面灰白的石壁，微微偏头，似乎有些悯然。非常安静，什么声音都没有。他看了很长时间，才醒过神来，觉得有些累，想要休息一会儿。他向后退了几步，靠着墙壁，慢慢地把短剑插进鞘中，然后坐了下来，擦了擦额头，却分不清袖子上的是血还是汗。

51·晚霞，却是初升

洗尘楼一片安静，无论楼下还是楼上。没有人知道该对这样一场战斗进行怎样的评价，直至很久以后，主教大人梅里砂才叹息说了三个字："了不起。"

这三个字是对陈长生说的，也是对苟寒食说的——陈长生的了不起，在于面对生死间的大恐惧时，他能表现得如此平静，以至木讷，所以可怕；苟寒食的了不起，在于面对修行生涯最重要的时刻时，他能平心静气，用理智把年轻人的热血转换成另一种力量——放弃的力量。

今年大朝试对战的最后一场就这样结束了，以苟寒食的退出而告终，大朝试决出了首榜首名，大人物们的心情却依然复杂，复杂难言。

细雨渐止，学宫里的天空残着几缕云，天光渐盛，从窗户处透进来，落在人们的脸上，梅里砂面无表情，仿佛无所思。莫雨面无表情，不知道她在想些什么。徐世绩面无表情，很多人都知道他在想些什么。那两位圣堂大主教面无表情，是因为他们自己都不知道该想些什么。

苟寒食走出洗尘楼，站在石阶上，没有理会那些望向自己的目光，也没有与快步赶至身前的师弟们说话，而是望向了头顶的天空。

真实世界里的离宫深处，教宗大人看着青叶面上那些水珠，摇了摇头，从袖子里取出手帕，很仔细地把那些水珠擦掉。随着教宗大人的手缓缓移动，学宫里的天空也发生着变化。

苟寒食看着那些雨云被擦去，天空重新回复湛蓝，心胸也随之重新宽广起来，在洗尘楼里最后那数剑引发的负面情绪，渐渐消散。

洗尘楼外，所有考生都盯着石阶上的那扇门。他们看到苟寒食走了出来。片刻后，陈长生也走了出来……更准确地说，他被离宫教士们用担架抬了出来，然后离宫教士宣布了最终的结果。

陈长生胜了？这个国教学院的少年，真的拿了大朝试的首榜首名？

洗尘楼外一片死寂，然后轰的一声炸开。还留在场间的考生，很多人的脸色变得极其难看，尤其是前些天在神道上对陈长生嘲讽不止的那些宗祀所和离宫附院的学生。那位圣女峰的小师妹叶小涟，更是震惊得不知如何言语。

林畔忽然响起哇哇乱叫的声音。唐三十六和落落及轩辕破，向着洗尘楼前跑去。待到了楼前，确认了这场对战的结果，唐三十六安静了片刻，然后放声大笑起来。他笑的时候，刻意扶着腰，望着石阶下那些曾经对陈长生不屑一顾的考生们，笑得格外嚣张，因为他真的很得意，很骄傲。

轩辕破也很激动，兴奋得说不出话来，脸涨得通红，青青的胡楂子仿佛要刺破皮肤生出来，举起沙钵大的拳头向担架里的陈长生胸上擂去。

陈长生这时候身受重伤，如果被他再打这么一拳，那会是什么结果？好在轩辕破的拳头被一只小手挡住了——落落蹲在担架旁，收回左手，看着脸色苍白、浑身是血的陈长生，小脸上写满了担忧。

"我答应过自己，也答应过你们，一定会赢。"陈长生握着她的右手，看着她说道，"我赢了。"说这句话的时候，他的唇角咧得很开，笑得很傻。

唐三十六转身看着他的模样，担心地说道："不会是被打傻了吧？"

便在这时，洗尘楼前忽然响起关飞白的声音："这是怎么回事？"他的声音很寒冷，很愤怒。他怎么都不可能接受二师兄会输给陈长生。

先前他们在洗尘楼外，已经看到了诸多异象，但无论如何，他都找不到师兄输给陈长生的理由……更何况，现在荀寒食并没有受太重的伤，还能静立在石阶上，陈长生却浑身是血躺在担架里！这种情况，怎么可能是陈长生胜了？

楼外石坪瞬间变得极其安静。无数道目光落在荀寒食和陈长生的身上。

像关飞白这样想的人还有很多。除非荀寒食承认自己输了，或者有人能给出说服所有人的理由，不然谁都会怀疑这场对战有黑幕。荀寒食抬起右手，示意师弟们不要再说什么。

陈长生在落落的搀扶下，坐起身来，看着他认真地说道："多谢。"

荀寒食沉默了很长时间，在脑海里把先前在楼里的那场战斗从头到尾复盘了一遍，确实没有什么遗漏，才说道："理当你胜，何用谢？"

陈长生说道："我不及你，只是占了些便宜。"

荀寒食明白他的意思，摇头说道："战斗之事，考较的是所有方面，哪怕一百处里你有九十九处不如我，只要有一处胜过我，依然是胜。"

洗尘楼外一片安静，关飞白和七间、梁半湖满脸不解，不明白这是什么说法，凭什么九十九处不胜，只胜一处便足够。

"因为那是最重要的一处。"荀寒食看着陈长生说道，同时也向三位师弟解释道，"就像一个木桶，最重要的永远是最短的那块木板，我在那处不及你，便万事不及。"

最重要的那处是什么？只有荀寒食自己和陈长生知道，那是生死观。陈长生听完这段话，沉默片刻后说道："还是要说声抱歉。"

荀寒食笑了笑，没有接话，望向关飞白说道："我……有些饿了。"

关飞白依然不明白这场决战究竟发生了些什么，但既然师兄已经认输，以他骄傲的性格自然不会再纠缠，只是有些担心师兄现在的心情，尽可能地让声音柔和平静些，问道："师兄，您想吃些什么？"

荀寒食想了想，说道："稀饭吧。"

梁半湖说道："外面天应该快黑了，也不知道好不好找？"

七间轻声说道："白天剩的，担心凉了。"

荀寒食说道："冷粥尤佳。"

极寻常的几句对话里，离山剑宗四子，便接受了这场大朝试的结果，向着学宫外走去，他们是强大而骄傲的年轻人，所以才会如此骄傲。神国七律，就是神国七律。

"我们也走吧。"落落说道。

唐三十六和轩辕破从离宫教士的手里接过担架。便在这时,莫雨从洗尘楼里走了出来,到国教学院数人前,先对落落行礼,然后望向陈长生,说道:"恭喜。"

陈长生说道:"谢谢。"

莫雨纤眉微挑,若有深意地说道:"只希望这真的会是一件喜事。"

此时楼外的考生们已经知道这位宫装丽人的身份,纷纷行礼,然而还来不及上前请安,莫雨便飘然离去。陈长生等人想着她留下的那句话,本来极好的心情,忽然间蒙了一层阴霾,却来不及往更深处去想,因为紧接着又有人来了。

薛醒川和陈留王从洗尘楼里走了出来,向国教学院这四名学生表示了祝贺。陈留王表达善意很好理解,薛醒川身为圣后娘娘最器重的神将,却没有任何道理做这些事情,不禁让陈长生等人更添愕然。

当主教大人梅里砂走出洗尘楼,来到他们身前时,所有人都知道,应该不会再有别的大人物出现了。老人家如此说道:"一起出宫吧。"

不是询问句,算是邀请,不容拒绝,也没有道理拒绝。

如今整个大陆都知道,陈长生和国教学院,是国教旧派势力推出的代表,而且必须承认,如果没有这位老人家以及他统领的教枢处暗中照拂,陈长生没有任何可能拿到大朝试的首榜首名。所以无论承不承认,陈长生、国教学院与这位苍老的大人物之间,已经无法切割开来,那么他们现在能做的事情,只能是接受。

落落的情况比较特殊,在这样敏感的时刻,她不可能和梅里砂主教一起出现在离宫外的人群面前。因为她代表着妖族的态度,在人类世界内部的倾轧争斗上,她必须非常谨慎,甚至不能流露出任何态度。

陈长生看着她安慰道:"没事,你先回吧,我们学院再见。"

落落的难过情绪稍微缓减了些,牵着他的手说道:"先生,好好养伤。"

陈长生用过药后,又接受了一番治疗,也不需要再躲在担架上,被唐三十六和轩辕破搀扶着,跟随着主教大人向学宫外走去。

落落就住在学宫里,不需要离开,只需要送别。没有多长时间,一老三少四人便走出了清贤殿。

放眼望去,只见晚霞染红了天,夜色正在那头,原来已是第二天的傍晚。

他们这才知道，大朝试竟然已经进行了两天一夜。一念及此，他们不禁觉得好生疲惫，倦意骤生。

离宫外到处都是人，黑压压的一片。看热闹的民众不肯离去，很多民众拿着手里的赌单紧张地等待着最后的结果，石柱四周，有很多学院宗派的老师以及长辈，等待着考生们出来。大朝试终于结束了，最后的结果也已经公布。那些老师长辈们，吃惊之余终究还是最关心自家考生的情况。

考生们陆续从清贤殿里出来，顺着神道向离宫外走去，与等待着的家人师长相见，生出各种情状。有的考生连声呼喊，家人惊喜而泣；有的考生脸色阴沉，亲人不停安慰；有的考生神情惘然，学院师长严厉训斥……随着越来越多的考生出宫，离宫外渐渐变得安静起来。离山剑宗四子出清贤殿后直接进入了客院，再未出现，人们却还在等着什么。

斜阳西下，如梦晚霞，神道之上，石阶漫漫。陈长生被唐三十六和轩辕破扶着，慢慢地从石阶上走了下来。主教大人在侧后方。离宫内外，一片安静。晚霞落在阶上，一片红暖，与清晨无甚分别。

52·榜首慢走

照耀世间，带来生命需要的光与热，又不刺眼炽热，晚霞与朝霞真的没有什么差别，后者出现的时间要晚些，但一样灿烂。陈长生从西宁镇来到京都后才开始修行，眼看着日落西山还未踏上山径，最终却超越了很多前行者，甚至是像荀寒食这样的人，最先登上山顶。

"他就是今年大朝试的首榜首名？"

"真的是那个叫陈长生的？"

"会不会哪里弄错了？"

离宫外的人们看着神道余晖里缓缓走来的国教学院少年们，议论纷纷，脸上满是不可思议的神情，更多人则是震惊到说不出话来。

青藤宴后，因为与徐有容的婚约，陈长生成为了京都的名人，那时候的他是被京都民众敌视嘲弄的对象——癞蛤蟆想吃凤凰肉，异想天开。青云榜换榜那日，主教大人替陈长生发出要拿大朝试首榜首名的宣告，没有人把这当成一回事，反而生出更多嘲笑与不耻，没有人相信他真能做到这一点，只等着看大朝试结束后，陈长生一无所获时的表情。

今年的大朝试很热闹，民众最关心的却是结束之后，怎样向异想天开、痴心妄想的陈长生，尽情地宣泄自己的嘲弄。然而谁能想到，痴心妄想居然变成了现实，那个数月前还不会修行的国教学院少年，居然真的拿了大朝试的首榜首名！

是的，今年大朝试的首榜首名不是苟寒食，不是神国七律里的任意一人，不是天海胜雪，不是折袖，不是庄换羽，也不是槐院少年书生。而是，陈长生。没有人愿意相信这个结果，但这是事实。很多人尤其是那些大朝试前不停耻笑陈长生的人，都觉得自己的脸有些滚烫，甚至有些疼痛。哪怕是事实，人们依然无法接受，想不通，离宫内外的寂静被议论声打破，大朝试对战的具体过程快速地流传开来。

下一刻，神道两侧及离宫内外瞬间变得更加寂静，然后轰的一声炸开。陈长生居然在大朝试对战的过程里通幽？而且还是在与苟寒食的决战当中？这怎么可能！以陈长生之前表现出来的水准，今天能够拿到大朝试的首榜首名，已经有太多传奇色彩，他居然在大朝试里通幽，则是让这抹色彩浓到极致！

夕阳斜斜地照在神道上，把陈长生的影子拖得很长。

在神道的两边，有离宫直属的数家学院，在更前方的石柱外，有数不清的民众，在树荫下，还隐藏着很多大人物。无论是谁，看着神道上那个少年，都难掩面上的震惊神色。苏墨虞坐在轮椅上，被离宫附院的同窗推着，正在道畔的林下。他看着陈长生，想着前些日子在这里自己说的那番话，情绪有些复杂。

陈长生望向他，点头致意，万众瞩目时，不便谈话，用眼神询问他的伤情如何。苏墨虞表示没有太大问题，然后认真行礼。陈长生停下脚步，平静还礼。

很多结束了大朝试的考生，还没有离去，也在看着陈长生。但不是所有人都有苏墨虞这样的风度，他们的脸色有些难看。庄换羽坐在天道院的马车里，掀起窗帘一角，望向那个在无数道目光注视下缓缓向离宫外走去的少年身影，苍白的脸上露出不甘的情绪。以钟会为首的四名槐院书生，站在离宫西北角的碑堂处，看着远处的陈长生，脸上流露出愤怒而惘然的情绪。是的，无论他们看着陈长生如何愤怒和不甘，终究只能归于惘然，因为从今天开始，这些曾经在青云榜上熠熠生辉的名字，在陈长生的面前都将变得黯淡无光，而且他们甚至失去了和陈长生比较的资格。他们的名字，都曾刻在青云榜的高处，今后想必也会继续留在那里。而陈长生的名字，从来没在青云榜上出现过，以后也不会再出现。

落落从青云榜第九到第二，徐有容入青云榜便夺了首位，秋山君同样如此，直接让青云榜三次临时换榜，震惊整个大陆。陈长生做到的事情，却更令人震惊。他没有进过青云榜，今年也不需要再进青云榜，因为他已经通幽，就算要进榜，也只能进点金榜，就像如今的秋山君和苟寒食那样。换句话来说，他的修行直接跳过了青云榜这个阶段。

从不会修行的普通人，开始修行，从来没有进过青云榜，一朝出现在世人眼前，便直接上了点金榜，世间可曾有过这样的人？

离宫内外的人们，震惊地想着，不停地议论着。有人隐约想起来，很多年前，王之策似乎也做过相似的事情。

陈长生三人走出离宫，人群如潮水般涌了过来。一道强大的气息凭空而生，将那些人挡在了外面。金玉律牵着缰绳，面无表情看着那些不停呼喊着陈长生名字的民众，态度非常明确，谁敢再靠近些，那便是个死。

晚霞下的离宫，因为陈长生而变得异常嘈杂，金玉律的威名，能够震慑住那些民众不敢靠近，却无法挡住那些视线与声音。数千双震惊、好奇、探究的眼光，汇在一处，比阳光还要炽烈，陈长生甚至觉得自己的衣服都燃烧了起来，脸颊一阵刺痛。

"陈榜首！陈榜首！"

"请陈榜首在我家茶楼稍歇片刻。"

"陈榜首，大好时刻，当须饮酒，我家主人有黄州醉奉上！"

"唐少爷，你好久都没去看我家女儿了，值此良夜，怎能虚度……"

无数声音在人群里响起，不停传进陈长生三人的耳中。随着场面越来越热闹，甚至有些人顾不得金玉律冷若寒霜的眼神，便要凑近前来，有些胆大些的姑娘，则是不停伸手摸向唐三十六的身上，一片混乱。

陈长生拿到大朝试首榜首名，当然谈不上是什么喜闻乐见的事，更不知多少京都民众因为他输了钱，只是那些情绪早就被看到奇迹发生的震撼所取代。而且与魔族战争千年，人类世界向来只承认强者，追捧天才，来看大朝试的民众哪里会错过这样的机会。

幸亏此时离宫教士尤其是负责维持秩序的清吏司官员们赶了过来,在周通大人的威名之下,人群终于安静了一些。

陈长生走到马车前,和唐三十六、轩辕破,对金玉律认真行礼。金玉律轻捋疏须,微笑不语,很是满足。

缰绳轻摆,车轮缓动,围在四周的人群自行分开一条道路,就如先前涌过来时一样,都是潮水,都代表了某种态度。当然,人群里热切的喊声始终都没有停止过。

陈长生在车厢后面,掀起后窗的帘布,回首望向来时路,只见最后的余晖下,神道尽头、长阶上方的清贤殿仿佛正在燃烧,楼上栏杆处隐约有个人影,他猜到应该是落落,笑了起来。然后他又看见神道旁一棵老树下,主教大人站在那处,微微佝偻,老态毕现,无人靠近,很是孤单,于是刚刚扬起的唇角松开,笑意也渐渐敛没。

车轮碾压着青石板,四周的声音未曾减弱,京都民众似准备把这辆马车直接送回国教学院,车里的人自然不敢再掀开窗帘。

"那……谁家的女儿是怎么回事?"陈长生看着唐三十六问道。

唐三十六有些恼火,喝道:"谁知道是怎么回事!"

陈长生见他这模样,自然不会再问,想着先前在离宫外的阵势,感叹道:"今日才明白,为何周独夫的弟弟会被人看杀……这么多人盯着看,合在一处竟似比苟寒食的金乌秘剑还要可怕些。"

唐三十六嘲笑说道:"你这算是运气好的,放在前些年,你刚出离宫只怕就要被京都里的贵人绑走,我们也能跟着占些便宜。"

陈长生不解,问道:"这是为何?"

唐三十六说道:"大朝试的首榜首名,当然是佳婿人选,那些贵人怎么可能错过这种机会?那些发春的少女又怎会放过你?"

陈长生这才明白是怎么回事,想着先前人潮涌动时那些悄悄伸向唐三十六的充满爱慕占有欲望的纤纤玉手,笑着说道:"要抢也应该是抢你。"

唐三十六恼火道:"就不爱和你聊天。"

陈长生问道:"你也说是前些年,为何今年不同?"

唐三十六盯着他的眼睛,没好气说道:"你是真不懂还是装不懂?你现在和徐有容有婚约，谁敢从她手里抢人？"

徐世绩从离宫回到了东御神将府，脸上的表情始终没有任何变化，就像是被初春的寒风冻凝一般，让人看不出他真实的心情。

在花厅里被暖风围裹了片刻，他的心情与身体一般，稍微松泛了些。然则想到先前在离宫偏殿里大臣与主教们的话，他的脸色变得更加寒冷。

大朝试已经列出榜单，但正式放榜要在后天，所以朝廷官员和国教大人物们不需要出面，只是在偏殿里茶叙闲聊等待。对战结束后，他也去坐了一会儿，却不料竟听到了不下十余声恭喜。

恭喜、恭喜……恭喜什么？自然是恭喜陈长生拿到了大朝试的首榜首名，东御神将府得此佳婿，有什么道理不开心？

徐世绩当然不喜，那些恭喜自然是嘲讽，那么他的脸色怎么可能好看？他坐在椅中，闭着眼睛，很长时间都没有说话。

时已入夜，厅内烛火轻摇，忽然间，院子里落下一场微雨，初春的微雨往往比冬雪还要凄寒，他的神情却变得温和起来。因为这场雨，他想起了洗尘楼里的那数场雨，望向夫人说道："放榜那日，准备一桌席，不需要太丰盛，家常便好。"

徐夫人隐约猜到了他的意思，微惊无语。家常之宴，自然便是家宴。

53 · 重修院门

陈长生拿到大朝试的首榜首名，让东御神将府开始准备家宴，却让很多人家里的宴席消失，就算还保留也降了规制，因为很多人都输了钱。根据事后的统计，与大朝试相关的赌局，四大坊一共开出了三百多场，其中投注数额最大的一百多场，基本上都是与大朝试的排名有关。因为陈长生的出现，也因为天海胜雪退赛等意外状况的发生，冷门迭出，很少有人能够在今年的赌局里获胜。

按道理来说，赌客输了，庄家也该赢便是，然而今年四大坊没有从大朝试里挣得什么银钱，因为就在大朝试开始之前的那几个夜晚，连续有几笔数目极大的资金，砸在了国教学院和陈长生的身上。第一笔自然是国教学院那几个家伙自己的行为，陈长生基于大朝试便是人生最后一搏的态度，直接把全部身家都押在了自己的身上。轩辕破没什么钱，也把积攒下来的十七两银子随之投了进来。真正让这笔钱数目变大的是唐三十六和落落两个人，他们虽然只拿了身边的银钱投了进去，但身家豪富，就那些银钱的数目便已经不小，更何况那时赔率还极高。第二笔押陈长生的银子，来自教枢处，出面的是辛教士，代表的却是那位苍老而令人心生畏意的主教大人。这笔银子数量很大，听闻除了主教大人之外，教枢处很多教士为了表示自己的忠诚，也往里面扔了不少。第三笔银子的数量更大，甚至可以说有些惊人，这笔银子来自汶水。

四大坊因为这三笔押中冷门的银子，赔得非常惨，尤其是第三笔银子，直接让四大坊里资本稍弱的天香坊感到了极大的压力。

能主持这等赌局，四大坊自然极有背景，虽说赌局生意做的就是信誉，但如果真到了生死存亡的那一刻，说不得也要赖赖账，至少拖延一段时间。但这一次他们不敢做任何手脚，连请人说情的勇气都没有，因为他们再有背景，也不敢得罪有落落殿下的国教学院，不敢得罪敢和教宗大人对着干的教枢处，他们更不敢得罪第三笔银子的主人。那笔银子来自汶水，自然是唐家出的。汶水只有一个唐家，大陆也只有一个唐家，世间只有那个唐家才有钱到可以随便拿出这么大一笔钱去买陈长生胜只为哄自家少爷开心……任何事情到极致处都会变得非常可怕，像汶水唐家这种太过有钱的家族，那就不是普通的可怕，而是非常可怕。只不过唐家老太爷大概也没有想到，纯粹是为了给自己的乖孙在京都张张声势，同时对那些京都人翻翻白眼，竟有了笔不小的收获，甚至可以说，今年大朝试的最大赢家，除了陈长生和国教学院，就是唐家。

再过些天便是春明节，教枢处的节礼相必会非常丰厚，那些教士府上的宴席一定会加不少菜，国教学院里的有钱人会变得更有钱，唯一没钱的轩辕破大概也不需要担心没钱。而大陆著名的赌坊天香坊，在随后的一段时间内清盘，卖给了一家经营珠宝生意的南商。

这些都是大朝试带来的影响。当然，这些影响只在表面，真正的影响还潜伏在水底，等待着发挥威力的时刻到来，或者大朝试正式放榜的时候，会显现出一二。陈长生不知道这些事情，不知道自己的钱已经翻了数倍，足够自己在京都再舒服地活上十年，当然，首先他要能再活上十年。

唐三十六也不知道这些事情，或者说不关心。他下注的银钱数量在外人看来已经算是极大，实际上只是他数月的零花，这种程度的赌局实在很难让他一直记在心上，至于汶水那边做了些什么，他更是完全不清楚。

马车回到国教学院。无数民众也随之来到百花巷深处，场面一片热闹，不时听到有人在喊恭喜陈榜首之类的话，又有很多惊奇的议论声。那些议论声不是针对陈长生，而是针对此时的国教学院院门。陈长生等人走下马车，看着院门，有些怔然，心想这是怎么了？

去年那场落着秋雨的清晨里，天海家一匹血统优良的战马，倒在水泊里奄奄一息，不停喷着血沫，国教学院的院门被撞得残破不堪，如同废墟。从那天开始，国教学院的院门便一直保持着这个模样，没有修理，就连最基本的清理都没有做，愈发荒败。如果不是金玉律每天抱着茶壶，躺在竹椅上，谁都看不出来，这里原来竟有一座院门。

这是主教大人看重的国教学院与以教宗大人为首的国教新派势力的较量，也是忠于陈氏皇族的旧人们与天海家之间的较量。这种较量的层次很高，最终落于地面，却是一场带着孩子气的争斗。

大概是因为国教学院里的三个少年都还很小，而且他们没有把这件事想得太复杂，他们只知道院门是被天海家撞破的，那么就该你们修。天海家自然不会修，那代表着认输与低头。国教学院也没有修，就让这座破烂的院门杵在全京都人的眼前，直至让破院门变成了京都著名的新风景——争的便是这口气，自然谁都不会先咽下去。然而此时，原本破烂的院门处围着十余名穿着朝廷常服的匠师，还有很多名贵的梁木与看着便知不凡的玉石材料被堆放在门侧的空地上。看情形竟似有人准备修院门，难怪民众们议论纷纷，很是吃惊。

负责主持修理院门工作的那位老管事，没有与陈长生等人朝面，而是按照吩咐，对围观的民众大声说着自己这些人要做些什么。

"天海家要替国教学院修院门？""还是一座白玉院门！""难道天海家真的认输了？这怎么可能？"

在无数民众的目光相送下，陈长生等人走进了国教学院。

池塘边的榕树下，草坪才被初春染绿了一点点，陈长生三人向藏书馆方向走去。藏书馆的灯被点亮了，有些昏黄，非常温暖，国教学院一如往常，有些单调，非常平静。陈长生望向唐三十六，说出回到国教学院后的第一句话："折袖到哪里去了？汶水剑你有没有捡回来？"

"你不问我还险些忘了，你和苟寒食这场是怎么打的？怎么把我的剑给弄飞到了那么远的地方？不要老盯着我的腰看好吗？这么清楚，就是没有……辛教士说落到一处禁制里了，过两天给我送回来。"唐三十六说到这里，皱了皱眉头，说道，"折袖伤好了些就爬了起来，不顾我和落落殿下的劝说，直接离开了学宫，我不知道他去了哪里，不过……按他的性格，肯定会来找你，只是不知道何时。"他接着问道，"你和苟寒食究竟是怎么打的？你真的通幽了？就算通幽了，你也没道理能赢啊！"

唐三十六盯着陈长生，眼睛亮得像是星星一样，通幽这件事情对他来说，要比陈长生拿了大朝试首榜首名，更令他震撼和羡慕。不止是他，但凡在青云榜前列的那些少年天才，最想做的事情，便是尽早而且平安地迈过那道门槛。陈长生想说自己也没弄明白这究竟是怎么回事，忽听着藏书馆外的院门方向传来响声，有些纳闷。

轩辕破推门而出，去看情况，过了一会儿回到藏书馆，摸着脑袋，有些不解地说道："他们开始修门了。"

"这么着急？"唐三十六挑眉说道，"天海家那家伙究竟想做什么？"

被这么一打岔，陈长生也忘了要说些什么，想着在学宫里，天海胜雪对上落落时主动认输，觉得这件事情应该有自己不知道的原因。

窗外忽然落下一场雨。淅淅沥沥的初春寒雨，落在窗户上，没有声音，只有湿意。陈长生想起今日洗尘楼落的那数场秋雨，更加沉默。那些秋雨，是教宗大人的手段。

只是，教宗大人为什么会救自己？不要说自己只是个小人物，就算不是，教宗大人当年亲手覆灭国教学院，为何现在却要为国教学院出手？他的心情变得有些复杂，因为发现情况越来越复杂。

54·一夜之间，万人之前

"后天？因为那天放榜？我可不认为那有多么重要，谁还能把你的首榜首名夺了不成？"唐三十六看着他嘲笑地说道。

离开藏书馆，回到小楼——唐三十六和轩辕破应该在喝米酒，陈长生躺在木桶里，一面享受着热水的滚烫，一面想着那边的热闹。落落和她的族人搬离百草园后，这扇新修的木门很长时间都没有再开启过，他把洗澡用的木桶重新搬了回来。无论初春还是寒冬落雪，在露天的环境下泡澡，总是很美的享受，也是他在西宁镇旧庙外的温泉里养成的生活习惯。他双手搁在桶沿，视线越过小楼的楼顶，落在夜穹上，看着那片浩瀚的星海，感知着那颗遥远的小红星，觉得非常宁静愉悦。

天上有无数颗星星，知道其中有一颗完全地、平静地、沉默而肯定地属于自己，和自己是唯一的彼此，这让他感觉很好。在绝望的深渊里沉默地前行，没有同伴，没有手杖，看不到阳光，却不曾停下脚步，终于走出迷雾，看到了希望，这让他感觉更好。在星光下，陈长生犹有稚意的脸上，露出真挚的微笑。

同样在星光下，在国教学院院墙的那边，在树林的梢头，在皇城的深处，有座孤远清旷的楼阁，仿佛离世而存，正是凌烟阁。

看着遥远的凌烟阁，陈长生脸上的笑容渐渐敛去，回复平静，在心里默默说道，马上就要见到你了，希望能够相见愉快。

至此时，洗尘楼里那数场秋雨背后隐藏的意味，国教新旧两派势力的对峙与国教学院的关系，苍老的主教大人究竟在想什么，对于他来说，都变成了非常不重要的事情。他不再考虑那些，甚至没有再想那些事。生死之外皆是寻常事，或者是小事。

第二天清晨，陈长生依然五时准点醒来，按照既定的生活规律作息，起床后不顾宿醉的唐三十六连呼头疼，也不理轩辕破鼾声如雷，把两个人从床上拖起来拉到餐桌上，从锅里盛出小米粥和咸菜，搁到两人身前的碗里。

唐三十六和轩辕破因昨夜饮乐，此时很是困顿不堪，然则闻到咸菜的香味，看着橙黄的小米粥，食欲忽然回来了，埋头呼噜噜地吃着。

没多时，金玉律走了进来。陈长生三人有些吃惊，要知道这几个月里，金长史向来自己在门房处吃香的喝辣的，极少参加国教学院的三餐。

"不要误会，我对没肉的吃食依然不感兴趣。"金玉律笑呵呵地说道。轩辕破闻言连连点头，同为妖族，他对长史大人这句话极有同感，只是对着陈长生敢怒而不敢言。

陈长生起身，盛了碗小米粥送到金玉律手里，问道："出什么事了？"

金玉律把手里的一沓东西递给他，端起小米粥一气饮尽，然后说道："打清早开始,就没消停过,你自己看看该怎么处理。"说完这句话,他转身向院门处走去。

陈长生接过那沓东西,随意翻了翻,看着上面那些字迹与人名,神情变得有些凝重,接着又生出很多疑惑不解。那厚厚一沓全部是名帖和礼单——有陈留王送来的礼单,有教枢处几位红衣教士的礼物,辛教士甚至私人送了份厚重的礼物过来,有数位朝中大臣送来了名帖,其中一份名帖竟然是薛醒川的。当陈长生翻到最下面的时候,甚至还看到除了教枢处之外其余几座圣堂的礼单!

这到底是怎么回事?陈长生很是不解,唐三十六在看过那沓名帖与礼单后,也觉得很不可思议。三人走到院门处,想要请教一下金玉律,却只见院门处人声鼎沸,无数工匠不停忙碌,不过短短一夜时间,一座玉石为质的院门,便已经初见雏形,不由无语。

陈长生拿到大朝试的首榜首名,远不足以带来这些变化,一夜之间,京都对国教学院的态度便截然不同,必然有些问题。

想不明白,便不再去想,陈长生三人没有离开国教学院,像以往一样,坐在藏书馆里读书修行,讨论回顾了一番大朝试里的细节——尤其是最后与苟寒食对战的细节。

如何通幽?陈长生不知所以然,但还是想把自己的经验告诉唐三十六和轩辕破,希望为他们将来破境入通幽提供一些帮助。

除此之外,这一天的生活没有任何特殊,只是陈长生偶尔会望向院门或者池塘那边安静的院墙,以为下一刻折袖会出现,但始终没有。

一天过去,再过一夜,便到了大朝试正式放榜的时候。大朝试放榜不在离宫,而是在大明宫前的广场上。今日碧空万里无云,阳光不停洒落,将初春的寒意尽数驱数,气温就如场间的气氛一般热烈。

外围卖板凳与瓜子茶水的摊贩,自然还是最忙碌的人;维持秩序的军士与衙役,依然还是最辛苦的人;只有嗑着瓜子,不时还与相熟的军士聊两句的民众是最幸福的人,能看热闹而不用操心什么,当然是幸福的事。

大明宫前人山人海,成千上万的京都民众和自外郡赶来的游客们,黑压压的到处都是,脸上写满了兴奋的神情。一个穿着朱红色朝服的礼官,站在广场北面的石阶上,手里捧着一卷帛书,高声宣读着今年大朝试三甲的名单。在他的身前身后,共有十六位黑衣力士,拿着响鞭随侍。每当这个礼官报出一个名

205

字,十六位力士便会整齐划一地挥动皮鞭,让脆亮的破空声响彻整座广场,压倒人群的议论声。趁着那片刻的安静,石阶上方廊后的宫廷乐师会演奏一段乐曲,以为庆贺。

很简单甚至有些单调的程序,但因为大朝试的特殊地位以及场间气氛使然而显得特别热闹。宣榜一人后是鞭声,鞭声之后是乐声,最终响彻大明宫前广场的,依然还是如雷般的喝彩声。

礼官报一人名,便有喝彩声冲天而起,在殿侧待着的考生,整理衣衫,依足礼数,来到殿前,接受民众的祝贺与大周朝廷的嘉奖。

大朝试共取四十三人,那些考生依次来到殿前,神情各异。大部分考生喜不自胜,有的考生神情傲然,一脸的理所当然,有的考生平静如常,有的考生紧张不安,有的考生则显得有些落寞,对自己的名次大为不满。苏墨虞虽然在对战里早早便被折袖淘汰,但他的文试成绩非常好,最后是险之又险地进入了大朝试三甲,极幸运地排在了三甲的榜尾。对此他有些感慨,但没有表现出什么,很平静地接受了这一切。

像他这样声名在外的考生,绝大多数都进入了三甲,很少有意外发生。除了折袖文试没有成绩,所以未入三甲。随着那个红衣礼官不停唱名,人们陆续听到了槐院三名少年书生的名字,摘星学院有三人,圣女峰有两人,天道院有一人,宗祀所有两人,离山剑宗那三名少年强者自然在内。

民众们听着算着,发现今年如同前几年一样,还是南人占着上风,喝彩的声音渐渐变得有气无力起来,却也愈发期待首榜的颁布。不知道是不是因为这个原因,还是因为唐三十六太受京都女子欢迎的缘故,礼官报出他名字的时候,大明宫前的喝彩声竟最是响亮。

终于到了大朝试首榜颁布的时刻,虽然座次早已排定,人们依然翘首期待,显得特别兴奋,议论声也渐渐大了起来。

今年大朝试首榜第三名是槐院书生钟会。钟会是著名的少年天才,在青云榜上排第九位,但按道理来说,他要进入首榜,应该是非常困难的事情。只是此次大朝试,落落的成绩不计入排名,天海胜雪提前退赛,梁半湖输给了自家小师弟七间,七间和关飞白却又先后输给了折袖,庄换羽又出乎意料地败了,综合文试成绩,他竟极幸运地进了首榜。

钟会很清楚自己能够在大朝试里进入首榜,主要是运气的原因,脸上殊无喜色。但接过代表第三名的那柄绘金如意的时候，却不敢流露出丝毫不在意的情绪。因为进入首榜后，负责颁奖的人不再是那位礼官，而是真正的大人物——大周宰相大人宇文静。

接着，苟寒食从殿旁走到了殿前，未满二十岁的他，一身朴素的布衣，神情平静从容。任由宰相大人替自己在腰上围好玉带，礼貌致谢，便退到一旁。只有在京都民众不吝惜地送上掌声与喝彩声时，才笑了笑。

下一刻，大明宫前变得异常安静，那些执鞭力士的喘息声，甚至就连人群里衣衫的摩擦声，都显得有些刺耳。一名少年顺着石阶向殿前走去。无数视线落在他的身上。

55·低头，方能承其冠

万众瞩目下，那少年沉默前行，看姿态似乎有些拘谨，但控制得不错，没有显得太紧张。只见他脚步稳定，国教学院院服在风里轻摆，不如何光彩夺目，但很干净，就像他给人们的感觉一样。

"这就是陈长生吗？"大明宫前广场上的人群里，响起很多议论声与问询声。

陈长生早已是京都名人，很多人都听说过他的名字，知道他的来历与那份婚约，今日却是很多人第一次看见他。

直到此时，很多京都民众才对他有了真正的印象，发现他不是唐三十六那样的翩翩佳公子，更不是美少年，却给人一种可亲近的感觉。

陈长生走上石阶，来到殿前，转身望向广场上的人海。在他的身边有方乌木案，案上搁着一个荆棘花环，阳光从云层的边缘漏下来，落在花环上，散射出淡淡的光线。

荆棘花环里没有金也没有玉，看着很不起眼，但代表着修道路上的艰辛与荣耀，在国教传统里极有意义，亦是大朝试首榜首名的象征。

大明宫前渐渐变得安静下来，人们等待着那一刻。站在殿前的考生与朝臣、主教们，看着站在最前方的陈长生的背影，情绪各异，有的欣慰，有的平静，有的嫉妒，有的冷漠。但无论是何种情绪，此时此刻他们只能等着陈长生收获这份沉甸甸的荣誉。

有些出人意料的是，负责为大朝试首榜三人授赏的宰相大人，不知何时已经退到了人群里,并不在殿前,那么谁来颁奖?便在这时,从天空里落到荆棘花环上的阳光,骤然散开,变成无数丝缕,在殿前凝成一团光,那是圣洁的白色的光团。大明宫前响起惊呼声。

圣光渐敛,一道高大的身影缓缓出现。那是一位穿着神袍的老者,头戴神冕,手持法杖。圣乐齐奏,一道神圣庄严的气息,笼罩全场。惊呼声不停响起,然后极迅速地回复成寂静。无数人对着那位老人拜倒行礼,广场上人潮如浪,尽皆低伏。拜见教宗大人。

近几年很少出现在世人眼前的教宗大人,居然亲自到场,这让所有人都意想不到,震撼难言,这是为什么?陈长生不是国教学院的学生吗?国教学院不正是教宗大人当年亲手覆灭的吗?国教最近不正处于新旧两派对峙抗争的紧张时刻吗?

出现在大明宫前的,除了教宗大人还有一位老人——教枢处主教大人梅里砂神情平静地接过教宗大人递过来的法杖,退到一旁。教宗大人用双手从乌木案上取起荆棘花环,走到陈长生身前。陈长生这时候很茫然,不知道自己应该怎么做,下意识里向旁边的主教大人望去,主教大人笑着点了点头。

教宗大人看着陈长生笑着说道:"你若不肯低头,谁能为你戴上桂冠?"

这句话似乎只是在说明当前的情况,又似乎极有深意。只是陈长生哪里还有时间想这些事情,赶紧微微屈膝,把头低了下来。

教宗大人把荆棘花环戴到他的头顶,又仔细地调整了一下方向,才觉得满意,说道:"我一直都觉得这根树枝不怎么好看,也不知道以前的人是怎么想的,不过戴在你头上,倒觉得很是精神,不错。"

陈长生此时依然处于震惊的状态中,无法体会到教宗大人这句话里隐藏的意思,但至少听到了教宗大人对自己的表扬。不错?能被教宗大人评价不错的年轻人有几个?他只知道莫雨和陈留王曾经得到过这种评价,现在轮到自己了吗?

"起来吧。"教宗大人说道。

陈长生依言站起身来,下意识里抬起手摸了摸头顶的荆棘花环,凭着硬锐的触感确认这一切是真实的,这才稍微冷静了些。

看着他的动作,教宗大人笑了起来。陈长生这时候才看清楚了教宗大人的脸。教宗是位老人,有一张苍老的脸。这张脸很寻常,最特殊的地方,便是他的眼窝极深，仿佛深渊，却不可怖，因为里面有碧海蓝天，还有阳光。

教宗眼里的海洋在阳光的照耀下平静如镜，碧蓝无垠，不知其深几许，其阔几许，如果阳光敛没，飓风骤起，自然是惊涛骇浪，雷霆无限。但现在只有阳光，没有风雨，所以只有慈祥包容以及平和。

陈长生第一次看见这样的目光，只是瞬间，便觉得身体变得暖洋洋的，下意识里，便想跃进那片温暖的海水里，或者畅游或者休憩。不知道过了多长时间，他醒了过来。醒过来后，通过手指传来的荆棘花环的触感，他才知道，只过去了极短暂的片刻，自己连手都还没有放下来。如此庄严神圣广博的精神世界，真是令人赞叹敬畏。

陈长生这时候才真正地清醒过来，意识到站在自己面前的这位老人，是人类世界最巅峰的存在，已然进入神圣领域，是真正的圣人。他不知该如何反应，忽然间想起洗尘楼里那几场秋雨，虽然不知道教宗大人到底是因为什么才会帮助自己，但他毕竟接受了这份帮助。

"谢谢您。"陈长生对着教宗大人认真行礼。

教宗大人用怜爱的眼神看着他，伸手轻轻抚了抚他的头顶，说道："可怜的孩子……好孩子……过些天来见我。"

说完这句话，他示意陈长生转过身去。陈长生有些茫然，依言转身，面对着大明宫前成千上万的民众。教宗大人握住他的右手，缓缓举向天空。场间骤然安静，然后如雷般的喝彩声炸响，仿佛要把天空掀开。

教宗大人离开了，主教大人也离开了。殿前的朝臣与红衣主教们纷纷来到陈长生的身边，看着他满是怜爱，说着恭喜与提醒，又有人言若国教学院有什么问题，只管去找他，仿佛真是他的长辈，甚至就连宰相大人宇文静都过来与他说了三句话。

昨日国教学院收了很多名帖与礼单，便是因为这些大人物们得知了大朝试里的某些细节，比如那几场秋雨——他们看不清楚局势，但要提前做些布置——今日教宗大人居然亲自到场，而且与陈长生表现得如此亲近，他们哪里还不明白，至少明面上要示好一番。

其余的考生自然没有陈长生这种待遇，他们在外面看着被大人物们围在中间的陈长生，有的人面露羡慕的神情，有的人则很同情，唐三十六对关飞白说道：

"如果首榜首名就必须得这样,我宁肯不拿。"

"我也宁肯不要……"关飞白说道,忽然醒过神来,说道,"不过,我们很熟吗?再说了,就凭你也能拿到首榜首名?"

"都已经打完了,至于还这么势不两立,你难道不觉得我们这时候应该多同情一下陈长生那个可怜人?"

唐三十六说是这么说,却没有上前替陈长生解围的意思,那些都是真正的大人物,他爷爷来还差不多,他的身份地位可差得远了。

陈长生很不适应这种场面,尤其不适应这些大人物身上的熏香味道,但他心境保持得极好,礼数方面挑不出来任何问题。

便在这时,殿前忽然安静下来,围在他身边的那些人纷纷散开,让开一条道路,只见徐世绩从人群外走了过来。徐世绩是深受圣后娘娘信任的东御神将,加上有个好女儿,在朝中的地位向来不一般,但此时朝中同僚与那些主教大人给他让路,却不是基于这些原因,而是因为知道他与陈长生之间复杂的关系。

这些大人物先前像长辈一样与陈长生说着话,但真要说长辈,京都里也只有徐世绩夫妇能算他的长辈。最重要的是,那场婚约闹得沸沸扬扬,人们很想知道徐世绩这时候和陈长生见面会说些什么,有很多人已经做好看徐世绩笑话的心理准备。

殿前变得有些安静。徐世绩从人群外缓步走来,站到陈长生的身前,神情淡漠,居高临下。陈长生行礼,却没有说话。

"大朝试上的表现……不错。"徐世绩看着他的眼睛说道,明显的长辈口吻,落在众人耳中,却有些生硬。

陈长生想了想,没有接话。徐世绩的眉头微微挑起,忽然说道:"晚上来家里吃饭。"

听着这话,场间一片哗然。没有人说什么,但很多人都忍不住腹诽连连,尤其是那些旧派大臣,更是不停暗骂此人脸皮竟似比宫墙还要厚,怎生如此无耻?

出乎所有人意料,陈长生想了一会儿说道:"好的。"

徐世绩盯着他的眼睛,确认他是真的听懂了自己的邀请并且同意,神情微和,不再多说什么,向他点点头便转身离开。

大朝试放榜之后,是例行的游街。以陈长生为首,考生们登上特制的辇车,在民众的包围中,顺着京都城洛水边的官道行走。绕行一圈,至少需要两个时辰的时间。

整座都城都陷入了狂欢的气氛里。不时有鲜花与瓜果被民众掷到车辇上。陈长生、苟寒食、关飞白、唐三十六四人的车辇上,被扔的鲜花瓜果最多。如果不是朝廷早有经验,派了很多军士不停往外取,只怕他们这几人真要被花果活埋了。

绕到皇城西南角,陈长生觉着有些渴了,没有想太多,从身边摸了个香瓜咬了口,只觉入口香甜脆生,很是舒服,却没想到自己这个动作,竟惹来了一阵香瓜雨,打得他抱头无语。

视线从香瓜雨里落到皇宫,看到了凌烟阁,也看到了甘露台。他总觉得看到甘露台边有个小黑点,他认为那是黑羊。他向那边挥了挥手,在人群里看到神情复杂的霜儿姑娘,想起今晚那顿饭,挥动的手变得有些沉重。

56·曾经的事情

无数鲜花从空中落到车里,陈长生收回视线,摘掉衣襟上的花瓣,向四周的人群点头示意,感谢他们的慷慨与热情。

皇宫深处某片废园里,亦有花落下,那些耐寒的倒春梅被风轻拂,落下粉色细小的花蕊,在潭畔的地面浅浅铺了一层,看着很是美丽。教宗大人和圣后娘娘站在这片碎梅间,看着面前的黑龙潭。

"前天他在学宫里参加大朝试,应该是进了前十六吧?我当时说就到这里了……结果没有想到,这孩子居然没有停下脚步。"圣后娘娘看着潭畔那些花树,静静感知着桐宫的历史味道,缓声说着话。她不想让陈长生拿大朝试首榜首名,有无数种方法,比如其时在对战现场的莫雨按道理应该做些什么,但最终她什么都没有做。

她望向教宗微微挑眉说道:"现在想来,青藤宴那夜,莫雨把那孩子带到这里,意图用桐宫囚他,也应该是你的意思?"

教宗平静地说道:"在莫雨那孩子看来,我与娘娘你无甚差别,她敬我便如敬娘娘一样,事后即便察觉些不妥,也无法说。"

"梅里砂已经安静了两百多年,从去年陈长生入京开始,忽然如变了个人般,我当时便觉得有些不对。"圣后娘娘负着双手走到潭畔,看着潭水里倒映的宫檐碧空流云,淡然说道,"我当然知道陈长生和国教学院是某些老人不甘心的具体表现,对此有所安排,只是未曾太过在意。便如某夜我对莫雨说过的那样,我的胸怀可以容纳整个天下,又如何容不下区区一座国教学院和一个少年?"

说到此处,她转过身来,静静地看着教宗的眼睛,说道:"但你却忽然表了态,而且是连续两次表态,这就不得不让我有所警惕了。"

教宗大人没有说话。

大周两百余年来,以至整个世界两百余年来的平静与强大,主要归功于五圣人之间的信任与友谊,其中最关键的自然是圣后娘娘与教宗大人之间的友谊。自很多年前先帝不视政事,圣后代批奏折、代理国事,直至垂帘听政,不知引来多少愤怒的反对与攻击。那些圣后的反对者之所以始终无法成功,最重要的原因便在于,每当斗争激烈的时刻,教宗大人总会坚定地站到圣后娘娘的身旁。

十余年前,先帝病重,国教里很多大人物以及陈氏皇族,为了避免大周真的被一个女人所统治,极其决然,也可以说有些仓促地发动了叛变,国教学院就是在那一天被血洗,院长被教宗大人亲手打死。所有人都认为,国教学院的覆灭,是教宗大人与圣后娘娘之间友谊的见证以及力量的展现,那些在国教内部胆敢反对教宗的、那些旧皇族里胆敢造反的,都在国教学院里死了,死得干干净净。

那么,为什么教宗大人现在改变了态度?

"陈长生……是我的师侄。"教宗看着圣后平静地说道。

废园里更加寂静,黑龙潭寒意扑面,粉梅如雪屑一般。

圣后娘娘沉默了很长时间,说道:"计道人?"

教宗大人说道:"既然他就是计道人,那夜自然没死。"

"原来如此,果然如此……但那又如何?难道你还想和你师兄论同门之谊?不要忘了,当年我们决意杀他的原因是什么。"

圣后指向潭边某处,一只黑色的乌鸦栖在寒枝上。

"这十余年里,黑袍活动的痕迹一直都在雪老城周遭,不在西宁镇,前些天秋山家那孩子做的事情,也已经证明了这一点。"

教宗看着她叹息说道:"或者,那一年我们真的杀错了。"

圣后面无表情,说道:"即便你师兄不是黑袍,难道就不该死?"

教宗没有接这句话,说道:"无论如何,上一辈的事情与下一代没有关系,陈长生终究是我师侄,而且那孩子根本不知道以前的事情。另外,现在再没有人敢反对你,你又何必还要记着以前的事情?"

听着这话,圣后娘娘安静了一会儿,忽然朗声而笑,说道:"如此也好。"

教宗大人没有因为她的大笑而有丝毫动容,脸上看不出来真实的情绪,说道:"周园之事,你怎么看?"

圣后娘娘沿着黑龙潭的潭边向对岸走去,说道:"聚星以下,通幽以上,仲夏之时,十年之期,又无甚变化。"

教宗大人随之而行,说道:"还是要看天书陵悟道的结果,今年是大年,谁能知道有多少考生能够通幽。"

圣后停下脚步,说道:"这件事情就要劳您费心了。"

当夜,皇宫里那位苍老的太监首领,按照圣后娘娘私下的旨意,开始调查一件旧案,低调而沉默地开始调动卷宗旧档。这件事情圣后娘娘没有交给莫雨去办,与信任没有关系,主要是这件事情太过久远,那时候莫雨年龄还小,而且此事太惨烈,莫雨既然不知道,那便一直不要知道为好。

这件旧案便是十余年前国教学院被血洗一事的引发源头。当年先帝缠绵病榻,圣后娘娘心急如焚,又忙于政务,一时间心力交瘁、憔悴不堪,便在这时,有旧皇族意图绑架当时她唯一的皇子。

这是非常可怕的事情,更可怕的是,那些旧皇族的意图居然成功了。那位皇子就此消失,再也没有人知道他是死是活。

因为此事,圣后娘娘直接失控,暴怒之下,将牵涉此案的一干人等,包括两位郡王都直接处死,国教学院更是满院抄斩。现在,教宗大人确认国教学院的院长还活着,他就是计道人。那么,那个皇子还活着吗?

如果不是陈长生年龄不对,圣后或许会想得更多。

傍晚时分,陈长生结束了大朝试放榜的所有活动,回到国教学院换了身干净衣裳,离开百花巷,走过京都街巷里隐藏着的座座小桥,越过三次洛水和更多次不知名的水渠,来到了东御神将府前。

去年春天他来过一次东御神将府,那也是唯一的一次,距离那时,时间已经过去了将近一年。很多事情已经改变,也有很多事情依然未变,比如那座神将府的肃穆幽静，还有那座石桥下流水的淙淙声。收回望向水渠尽头的视线，陈长生走下石桥，来到东御神将府前，向府外的亲兵报明自己的身份，马上被迎了进去。

57·家　宴

东御神将府里很安静。厅内厅外，除了轻微的脚步声与衣物的摩擦声，再听不到任何声音，便是咳声也没有，这大概便是所谓的家风。

铺在道上的石块如此，院里的树也如此，粗长且直，相隔甚远，枝桠间却没有太多绿色的叶子，沉默不语，肃杀冷漠。

陈长生坐在桌旁，看着面前颇有年月味道的瓷质餐具，不知该说些什么——从入府到现在，暂时还没有什么有意义的对话发生。

徐世绩与夫人坐在上首，他坐在客位，花婆婆在旁敛声静气地伺候，布菜的竟是霜儿这个傲娇到极点的丫头。

厅内就这五人，厅外服侍的人却不少，数名管事妇人脸色冷峻盯着四周，丫鬟们端着案盘不停进出，石榴裙越过高高的门槛时，是那样的轻松。那些丫鬟端的案盘上有青橘水，有冷热二种的湿毛巾，有象牙箸与盛箸的红木雕小虎蹲，相较而言，盛菜的案盘要少得多。

今夜东御神将府的晚宴相对简单，有熏的四方肉，有葱姜蒸的河鲜鱼，有上汤焯的青豆苗。菜色美味，却极寻常，没有京都权贵府邸宴客常见的珍稀海鱼，更没有什么妖兽髓汁熬成的羹，就连盘数都很少。说是家宴便真是寻常家宴。

陈长生大致明白徐府摆出这种姿态的用意是什么，只能以沉默待之。低头吃菜，却注意到，徐府的宴席除了没有珍禽，就连最寻常的鸡肉都没有，就连十余味调味酱里，也没有最常见的鸭胗酱。他有些好奇，但没有问。

菜上齐后，徐夫人开始与他说话，就像这场家宴一样，说的都是不咸不淡的话，谈也未谈曾经的油盐不进。一顿饭无滋无味地进行到了尾声，东御神将府里依然安静如先。徐夫人看了徐世绩一眼，拎起酒壶，给陈长生把杯中的酒斟满。这是陈长生今夜的第二杯酒。他道了声谢。

徐世绩举起酒杯，看了看他，然后饮尽。陈长生饮尽。徐夫人倒酒。徐世绩再饮。陈长生陪饮。徐夫人再倒酒。

徐世绩端着酒杯，看着他面无表情说道："我承认，从始至终，对你都没有任何善意。"

陈长生沉默不语。

徐世绩漠然说道："但谁都必须承认，我对你也没有恶意，不然，你根本不可能在京都里活到现在，还能坐在我的对面。"

陈长生还是没有说话，他站起身来，从怀里取出一个纸封，搁到桌上。那个纸封有些厚，明显是新的，虽然看不到里面是什么，但所有人都知道，那里面的东西必然是旧的。

徐夫人神情骤变，花婆婆亦是微显焦虑，只有霜儿的眼睛亮了起来。

"你……这是什么意思？"徐世绩眯着眼睛看着他，脸色渐寒，手里的酒杯缓缓落下，速度虽慢，杯底与桌面接触的瞬间，却发出一声极沉闷的撞击声。

"我没有别的意思，只是想做完这件事情。本来这件事情一年前就应该做完了，因为一些误会，所以一直没有成事……"陈长生望向徐夫人和花婆婆，还有霜儿，认真说道，"当初我没有说谎，我进京就是来退婚的，只不过你们一直都不相信。"

听着这句话，看着桌上那个沉甸甸的纸封，徐夫人的脸色骤然变得异常难看，花婆婆眉间的焦虑越来越重，霜儿则很明显非常震撼。

"误会？"徐世绩盯着陈长生的眼睛，面色如霜说道，"整整一年时间，京都满城风雨，大陆扰攘不断，难道就是因为一个误会？"

陈长生没有回答他的问题，而是望向徐夫人，先行一礼再说道："夫人，您曾经说过一些话，我并不是一年之后专程来证明您的那些话是错的。我只是想，现在您大概不会认为我是一个通过攀附神将军而改变人生的乡下少年道士了，那么，也就是我做完这件事情的时候。"

厅里一片安静，青橘水反射着灯光，像烈酒一样，就如此时的气氛，没有人说话，槛外夜风轻拂，却是那般的紧张。不知过了多长时间，徐世绩看着陈长生微带嘲弄之意说道："你做了这么些事，甚至不惮于一头投入你根本没有资格触及的狂澜里，原来竟只是为了我夫人的一番话，因为那可怜而可笑的自尊心？"

陈长生用了些时间很仔细地想了想，确认自己做的事情没有太多问题，回答道："自尊心确实是原因，但我不认为可笑，更不可怜。"

徐世绩缓缓站起身来，负起双手，魁梧如山的身躯微微前倾，带着一道极难承受的压力，盯着陈长生的眼睛，一字一句说道："拿了大朝试首榜首名，入了教宗大人的眼，你觉得……这样就能证明自己比秋山君更优秀？可以以一个胜利者的姿态故作潇洒地退出？"

陈长生微怔，心想自己从来没有这样想过，想要解释两句，却发现这种太过私人的事情不知该如何解说。正想着，徐世绩转身离开酒席，片刻后拿着道卷宗回来，直接扔在了他的面前。

"自己看看吧。"徐世绩看着他面无表情说道，"这已经不是秘密，明天整个大陆都将知道秋山君为什么没有参加今年的大朝试。"

花婆婆和霜儿已然悄悄退下。陈长生想了想，从桌上拾起那份卷宗打开。随着阅读，他的脸色渐渐变化，变得有些复杂，明白了徐世绩为何会那样说。

今年大朝试是近十年来最热闹的一次，是毫无争议的大年，如果说有什么遗憾，大概便是秋山君和徐有容没有出现。以秋山君和徐有容的血脉天赋及潜质，当然可以不通过大朝试便直接获得天书陵的观看资格，只是人们总想在大朝试里看到他们。很多人都以为秋山君今年会参加大朝试，之所以没有出现，或许是因为徐有容不参加，更大的可能却是徐有容与陈长生的婚约。现在看了这封刚刚整理出来的卷宗，陈长生才知秋山君没有参加大朝试的真正原因，默默想来，竟不得不说声佩服。

58·开园人

秋山君没有参加今年的大朝试，不是因为陈长生搁到桌上的那份婚约，不是因为青藤宴上徐有容的那封信，不是因为世人们的议论，他的原因里没有任何小儿女情绪，只是因为他要去做一件大事情。

秋山君不在世人眼前出现，已有数月时间，就连荀寒食等离山剑宗的弟子，都不知道自家的大师兄去了哪里。因为那件大事需要绝对保密，世人不知道他去了哪里，他也不知道世间正在发生什么——南北联姻、秋山家与离山剑宗随南方使团来京都向东御神将府提亲——徐有容不知道这件事情是被圣女峰有意无意地瞒着，他却是真的不知道。

看着卷宗，陈长生越来越沉默。

秋山君去了一个叫作周园的地方。陈长生不知道周园是什么地方，只能通过卷宗上的叙述猜测，周园应该是一处小世界，或者说遗址。就像教宗大人青叶世界里的那座宫殿一样，周园对进入者的境界也有严格的限制，必须在聚星境以下。

因为某些原因，周园非常重要，是人类世界与魔族必争的要地，但除了前代拥有者之外，周园从来没有被第二个人真正控制过。好在周园的前代拥有者很多年前消失后，周园并没有就此封死，而是按照设定好的节奏，每隔十年开启一次。

周园正式开启之前，天地间会有异象产生，最外围的那道石壁会虚化，在这段时间里，无论人类还是魔族，只要能够找到前代拥有者留下的大门，并且把那道大门的钥匙带出来，便能控制周园十年时间。当然，如果人类和魔族都做不到这一点，周园便会再次关闭，消失在永远无法探清的空间乱流里，静静等待下一个十年的到来。

周园已经有很多年，没有被人类或者魔族所控制。上一次周园被打开，已经是数十年前的事情。今年便是周园再开之期，五圣人一直关注着这件事情，他们和雪老城里的那数位恐怖魔王，最先察觉到了天地的异象，迅速派出了开园者。

数百年来，周园的定期开启，没有对世界的格局造成任何影响，但真正了解周园来历以及里面有什么的大人物们，绝对不敢有所轻视，谁也不敢确信，万一真有人在周园里找到了那几样东西，会给世界带来些什么。因为这些原因，周园开启以及大概方位的消息，自然要绝对保密，除了五圣人、长生宗掌门这等级别的大人物，便只有当事人知道。

生活在这片大陆上的亿万人则根本不知道这件事情，当时的京都还在等待着青藤宴的召开，当时的陈长生还在头痛院墙上忽然出现了一扇新门。

周园既然重要，大陆敌对的两方势力派去的开园者自然不凡，魔族派去了很多少年强者，而五圣人一番商议之后，却只派出了一个人。那个人便是人类世界与妖域公认的聚星境以下第一人，秋山君。

五圣人算无遗策，秋山君也果然再一次没有令人失望，他成功地抢在魔族之前找到了周园的大门，带出了钥匙，确保了今后十年周园都属于人类。

这就是秋山君没能参加大朝试的原因。

徐世绩给陈长生看的卷宗上，对周园的描述自然没有这么详尽仔细，但陈长生能很清晰地认识到周园的重要性。只是现在他并不知道，人类世界能够抢在魔族之前找到周园取回钥匙，除了秋山君实在太过优秀强大之外，还有一个重要原因，而那个原因竟也与他有关。

数月时间前，有个魔族高手在国教学院刺杀落落，被陈长生挡住。那个魔族被薛醒川生擒之后，承受不住周通大人的酷刑折磨，透露了一些消息，让大周朝挖出了一个黑袍魔下的谍报组织，同时找到了一条关于周园的线索。秋山君正是顺着这条线索，最终抢在了雪老城那些人的前面。

陈长生不知道这些，也不知道秋山君经历了怎样的艰险与考验，他只能通过卷宗字里行间那些简单的信息，凭空想象着秋山君做过些什么。越想越沉默，对这个素未谋面却一直远远望着的家伙心生佩服。

"放弃了大朝试，为的是给整个人类谋福祉。当明天这个消息传遍大陆，你觉得你的大朝试首榜首名，在他的面前，还能有几分光彩？"徐世绩冷漠的声音打破了场间的沉默。

陈长生把卷宗放回桌上，默然想着，既然如此，为何又会有这场家宴。

"我从来不认为自己比秋山君更优秀，而且无论是或不是，我都不会因为自己比他更优秀，才会来退婚。"他看着徐世绩和徐夫人说道，"我退婚，真的就只是想退婚，只不过一开始就没有人相信，现在依然不相信。"

无论相不相信，事情总是要做的。陈长生对徐世绩夫妇行礼，然后转身向外走去。被新纸封住的旧婚书，静静地躺在桌面上。

前园石门畔，霜儿站在竹下，看着他的背影，伸手想要把他喊住问些什么，但最终没有出声，手慢慢落下。

令陈长生感到震惊的是，当他回到国教学院的时候，赫然发现那份婚书正躺在藏书馆的桌子上，竟比他回来得还要快些。

"这……是怎么回事？"他接过唐三十六递过来的婚书，有些茫然。

唐三十六说道："难道不应该是你向我们解释一下这是怎么回事？为什么是东御神将府把婚书送了回来？难道你还真想退婚？"

陈长生沉默片刻后说道："我今晚就是去退婚的。"

唐三十六惊讶道："为什么要退婚？难道徐有容还配不上你？"

陈长生没有回答这个问题，拿着婚书转身向外走去。他准备去一趟离宫。

既然东御神将府不肯解除婚约，那么便只好去麻烦教宗大人了。解婚人，终须系婚人。

59·徐氏佳人，周郎故园

唐三十六直接伸手，把他拉了回来，摇头说道："不用去了。"

陈长生看了他一眼，问道："为何？"

唐三十六拍了拍他的肩膀，说道："那个叫霜儿的丫头把婚书送回来时，还替徐世绩带了一番话给你。我相信你听完这番话后，应该不会再想着退婚，就算要退婚，也不会去找教宗大人。"

"什么话？"陈长生问道。

唐三十六说道："徐世绩说，听闻你当初曾经对神将府里的人说过，除非徐有容当面来见你表示退婚的意思，你才会同意。那么从今夜开始，你与徐有容之间的婚约，他这个做父亲的不再插手，不再理会，但你如果想要退婚，也要当面见到徐有容，亲口对她说不要这门婚事。"

陈长生闻言一怔。他只是个少年，哪里及得上徐世绩这种大人物老辣油滑或者说不要脸，全然未想到事情会这样发展。他不喜欢徐有容，没有任何好感，经过这么多事情之后，更是连当年那抹好奇与向往都全然无存，可是她在青藤宴上送来了那封信，就因为这封信，无论她的真实用意是什么，他都很感谢她，不愿意再做什么可能有损于她的事情。

"难道徐世绩就是这样想的？"他把自己的想法毫无保留地告诉了唐三十六，然后皱着眉，忧心忡忡地问道。

唐三十六冷笑道："别和徐世绩这种人比城府，你今年才十五，眉头再皱也不会显得深沉，只有故作深沉的可笑。"

陈长生问道："那他究竟是什么意思？"

唐三十六像看白痴一样看着他，说道："徐世绩的意思这么清楚，你居然就看不出来？他现在既然不想退婚，找借口推回你这边，要你当着徐有容的面退婚才算数，很明显，他就是断定了你一旦和徐有容见面，看到他那个宝贝女儿后，绝对说不出退婚的话来！"

陈长生不解，问道："为什么？"

唐三十六盯着他的眼睛，确认他真是到现在还不明白，不由叹了口气，说道："因为没有人见到徐有容真人后，还不想和她在一起。"

陈长生依然不解，继续问道："为什么？"

唐三十六气极，却不知该如何解释这个所有人都能想明白的道理，半晌后憋出了几个字："因为她漂亮！"

当天夜里，国教学院的少年们还认真讨论了一番，东御神将府为什么会忽然改变主意，同意与陈长生的婚约。陈长生以为，或者是因为自己在大朝试里表现得太过惊艳，被唐三十六冷笑着否定了。唐三十六认为徐世绩态度的转变应该与时局以及此人对时局的判断有关。如今大周朝的局势与数年前已经有很多不同，无论圣后娘娘愿不愿意，她终究要开始考虑把皇位传给谁的问题，眼下看来，散布天下诸郡的那些王爷们都有机会，陈留王也有可能，天海家却没有任何希望。还是那句话，大周臣民能够接受娘娘的统治，却绝对不愿意接受她那些亲人继续统治下去，很多人都在等待着"陈"这个姓氏的回归。尤其是陈长生在大朝试里拿到首榜首名的过程里，教宗大人已经表现出来了某种态度。

徐世绩是圣后娘娘的亲信，但他也必须替神将府考虑将来——陈长生和国教学院明显已经得到了教宗大人的认可，可以通过这门亲事，来获得更长远的支持，即便不成，他也不希望陈长生对自己保留太多敌意。

听完唐三十六的分析，陈长生觉得很有道理，心想世家子弟果然与自己不同，又转头准备问些轩辕破的意见，却见妖族少年已如大山般睡去。

第二天清晨五时，陈长生准时醒来，叫醒唐三十六和轩辕破，来到门房里开始烤肉，这是前天说好的，与金玉律一起的庆祝。

礼单和名帖都在学院的库房里，暂时没有人来打扰国教学院的安静，直至春日渐悬高空，那个在长安城里流传半日的消息才来到此间。

一整只云雾獠猪被吃得只剩下了骨架和两只长长的獠牙，挂在篝火堆上，模样显得极为难看，油滴顺着残着的肉丝下滴，落入将熄的炭火里，发出滋滋的响声，把震撼无语的唐三十六惊醒过来。

"秋山君……做的那件事情究竟是什么？居然国教南北两坛、大周朝廷和白帝城同颁诏书以示嘉奖？你的首榜首名还没拿热，这可就被比下去了。"他望向陈长生同情说道，却发现陈长生沉默不语，神情表示已经早知此事，不由微异,"你知道这件事?"

陈长生说道:"昨夜在东御神将府便知道了。"

"那你昨夜为何不对我们说?"

"忘了。"

国教学院的门房里一片安静,只有油滴灰下火的声音。

"销声匿迹半年,原来竟是隐姓埋名,顺着黑袍在人间留下的组织,反追到周园的下落,这等本事功绩,确实了不起。"金玉律回到房间里,他把刚刚从离宫那边收到的消息说了说,其中的内幕自然要比京都流传的内容多很多,很有些感慨。

唐三十六站在陈长生一边,听着这话当然有些不舒服,却无法反驳——秋山君在没有外援的情况下,与那些残暴强悍至极的魔族年轻强者们周旋多日,最终成功抢先打开周园,可以想象经历过怎样的凶险战斗甚至是生死的考验。大朝试看似激烈、实则被严格监控着的对战根本无法与之相比。

"那个组织?"陈长生向金玉律看了一眼。

金玉律点头,至此他才明白原来此事竟与落落被刺一事有关,那个被薛醒川擒获的魔族刺客,应该便是那个组织里的一员。

"周园到底是什么?"这是国教学院三个少年此时最大的疑问。

陈长生和轩辕破自幼生长在乡野山林里,道藏里也没有这方面的记载,而唐三十六这个世家子,竟也从来没有听过周园,在他的回忆中,小时候老太爷把自己抱在膝上喝酒追忆往昔时,也没有说过这两个字。

"学宫或者说青叶世界是教宗大人的小世界。"金玉律想到那个人的名字,脸上的神情下意识里变得凝重起来,甚至有些敬畏,"周园,就是周独夫的小世界。"

周独夫,这一千年里,整个大陆最强者。无论人族、魔族还是妖族,或是那些生存在禁地险林里的神秘部落,全部加在一起,他都是最强者。很多年前,他飘然远去,再无消息,很多人认为他死了,很多人认为他去了别的世界,总之他离开了,便再也没有回来过,只留下了一个小世界——那个小世界,便是周园。

"周园里有什么?宝藏?"

"应该会有当年被周独夫战胜的绝世强者的兵器或者功法秘笈,当然,最重要的是,他自己的传承也可能留在周园里。"

"进入周园后找到的东西都归自己?不用交给朝廷?"

"按功行赏是基本原则,当然,周园虽好,想要深入其中却是很危险的事情,更何况还会有那么多相同境界的对手。所以周园更重要的意义在于,这是对年轻修行者们最合适的试炼之地。"

"那些前辈强者难道不会进周园抢宝?"

"那些散人或者是那些老怪物们的亲传弟子会行险入园,但他们也要顾忌五位圣人的态度,想来不会做得太过分。"

很多年前,在洛阳传世一战中,周独夫战胜了大周太宗皇帝,太宗皇帝肯定输给了他些什么。在更早的时候,他在雪老城外,战胜了曾经号称最强的那位魔君,魔君手里那把无比强大的天罗被严重损伤,在百器榜上的位置不断跌落,最终只能用来在国教学院里掩盖一场刺杀。

从这一点便可以看出,周独夫对这个大陆的影响究竟有多大、多深远以及多具体,他这一生,不知道战胜过多少绝世强者,如果那些绝世强者的兵器或者功法,都在周园之中,那便是最大的宝藏。

更何况,正如金玉律所说,周独夫已经数百年不显踪迹,或者死了,或者破碎虚空,无论哪种情况,他的传承都有可能留在周园里。大陆第一强者的传承……只想一想便令人心神摇晃,无法自安。

听完金玉律的讲述,陈长生三人终于对这件事情有了真切的感知,门房里变得更加安静,獠牙尖端上积着的油滴越来越大。

如此周园,谁不想进?

过去的很多年里,周园依时开启,震动大陆,却不是每次都能被发现它的具体位置,今年周园的位置终于再次被确认,那么这也就意味着,大周朝一定会派出很多人进入周园探索,试图寻找到那些真正的宝藏。

秋山君做的事情,只是找到了周园的大门,拿到了周园的钥匙,周园之外的那场大雾渐渐散去,里面的世界依然神秘。但这个十年开启一次的小世界,对想要进入这个世界的修行者境界,有非常严苛并难以理解及运作的标准——只有通幽境才能在其间生存。

唐三十六和轩辕破下意识里望向陈长生。在大朝试的最后决战里,陈长生难以解释地成功通幽，那么，他自然有资格进入周园。

陈长生摇了摇头，他很肯定日后能进入周园的年轻修行者的数量，绝对要比现在多，因为明天就是天书陵悟道之期。

"明天把药与晶石都备好，争取能够在天书陵里悟道破境。"他看着唐三十六和轩辕破说道，"到时候我们一起进周园。"

金玉律说道："殿下明日也会进天书陵。"

陈长生说道："那就四个人一起去。"

陈长生并不是很关心周园的事情，因为那太遥远……其实以时间来算，那并不是太远，只是他的心思都在眼前，就在今夜。今夜他要入宫去做自己必须做，并且必须做好的那件事情，只有这样，世间别的事物比如宝藏与传奇，对他来说才有意义。

傍晚时分，暮色正浓，一辆马车缓缓停在皇宫前。唐三十六率先跳下，接着是轩辕破让地面微微震动，然后陈长生从车里走了下来。

皇宫之前到处都是人。近处是各学院及宗派的年轻弟子，远处是看热闹的民众，京都人对热闹的追求向来不受天时与天气的影响。

看着国教学院三人尤其是陈长生，民众的议论声顿时大了起来，那些年轻考生们的神情也有些变动。

今夜，大朝试三榜共计四十二名学生，都将参加圣后娘娘在明堂举办的盛筵，歌舞畅饮以为庆贺，然后于宫中留宿，第二夜直接前往天书陵。然而唯有拿到首榜首名的陈长生不能参加这场盛筵，而要独自在凌烟阁里静思一夜。因为这是规矩。

民众的议论和考生们的神情变化，便是来自于此。凌烟阁乃是神圣之阁，亦是森严禁地，大祭或国朝有大事时，陛下才会入阁，除此之外，便只有每年的大朝试首榜首名，能够在里面静思一夜，表面上看起来，这自然是难得的殊荣，但事实上，没有人认为这是好事。

凌烟阁里肯定没有寝具，静思一夜只怕要盘膝而坐，别说睡觉，便是想要小憩片刻都极困难，如此一夜折腾，清晨时必然极疲惫困倦，进入天书陵观碑悟道，肯定也会受到极大的影响。

没有人理解，为什么当年太宗皇帝会定下这个规矩，只能将之归结为那位雄主想要通过这种手段,加强每届大朝试首榜首名对国朝的忠诚。

只不过随着年月流逝,这种规矩已经变得只是个规矩,被很多人淡忘直至视若无睹,只有对陈长生来说,这个规矩不是规矩这般简单,而是最重要的事情,是他离开西宁、来到京都,进入国教学院,参加大朝试,经历这么多风雨,冒了那么多危险⋯⋯的唯一原因。

在无数双目光相送下,他走进了昏暗幽冷的宫门。接着又在一名太监首领的指引下,向着重重深宫的最深处走去,经过含光殿,经过废园,那都是他曾经去过的地方。然后他看到了西面那堵高高的宫墙以及墙上攀着的青藤,知道那边便是国教学院和百草园。

越往皇宫深处去越是安静,甚至可以说冷清,先前偶尔还能看到的宫女太监再也看不到一人,远处明堂处的礼乐声也变得越来越淡渺,仿佛变成了别的世界的声音,直到最后完全消失,一片静寂。

那个太监首领不知何时悄然离去,只剩下陈长生一个人和一座楼。那座高楼孤零零在前,这就是凌烟阁。

不需要指引,他也不会迷路,因为通往凌烟阁的路只有一条。凌烟阁很高,那条路很直,由无数道石阶组成。夜色已然笼罩京都,繁星重临人间。星光洒落在石阶上,为其镀上了一层淡淡的光辉,由下往上看,石阶仿佛没有尽头,直似要通往夜空的最高处。

陈长生未作犹豫,顺着石阶,向夜空里的凌烟阁走去。他的脚步很稳定,却不慢,落在身侧的双手微握成拳,代表着他的紧张与期待。一阵夜风袭来,他的衣衫飘起,猎猎作响。

61 · 凌烟阁里的第八幅画像

石阶平宽,上面刻着细密的纹路,不是图案,只是为了防滑。虽然石阶漫漫,两侧无栏无索,如临深渊,走在上面却极踏实,仿佛永远不会行差踏错,或者,这正是当年修建这条石阶的人给后来者的庇护。

看着无尽的石阶,终究有走完的那一刻,陈长生沉默平静地行走着,不知道过了多长时间,终于来到了夜空之上。石阶尽头是平地,中间是座由木梁石砖筑成的楼阁,这座楼占地极广,亦极高大,只是因为远离地面与人世,所以显得非常孤单。

往远处的夜色里望去，平行的视野里只有甘露台的身影，那些传说中的夜明珠散发着淡淡的光辉，看着就像是一盏灯。

整个皇宫甚至是整座京都里，除了甘露台，便是他所在的位置最高，可以看到京都所有的街巷，如果天气好的时候，甚至可以看到远处的灞柳。但陈长生没有远眺四野赏景，因为现在夜色深沉，看不清楚地面的风景，更因为他现在没有看风景的心情。他的视线从甘露台处收回后，便落在那座孤零零的楼阁上，再也没有移开过。神情不变，心里的情绪却已然微起波澜。

从西宁来到京都，千万里风雨。他终于到了凌烟阁前。凌烟阁没有匾，没有悬着灯笼，没有任何华丽的装饰，只有带着天然庄严气息的梁木与青石墙，没有一丝光线，显得格外沉默。大门也没有锁，似乎只要伸手便能推开。

陈长生站在门前，沉默片刻，调整心情，直至呼吸变得绝对平缓，才举起双手落到门上，微微用力向前推出。没有吱呀的声音，柔滑仿佛树叶落水，凌烟阁的大门缓缓开启，一道光线从门缝里溢了出来。随着门缝的扩宽，光线溢出的更多，落在他的身上，把他脸上的微惊的神情照得清清楚楚。

凌烟阁里溢出的光线是白色的，把他带有稚意的脸照得有如玉石。他的双眉因为对比而显得更加黑，像极了笔直墨线。陈长生不理解，为什么门内会如此明亮，有如此多的光线？为何先前在外面看不到丝毫，难道那些窗都是假的？想着这些事情，他的动作没有变慢，门被推开约一尺，他举步迈过那道门槛走了进去，走进了凌烟阁里。

当在他的左脚刚刚落地，那扇门便在他的身后重新关闭。他不禁回头望去，看着那扇紧闭的门沉默片刻，隐约猜到，自己和楼内的这些炽白光线一样，都再也无法被楼外的人看到，换个角度去想，从推开这扇门，走进凌烟阁的这一瞬间开始，他便与真实的世界隔离了。

思考只是片刻，他回过头来，向前方望去，只见一片光明。凌烟阁里没有灯，也没有牛油烛，没有夜明珠。如果那些门窗上附着某种阵法，可以完全屏蔽太阳、风与声音，那么此时本应是漆黑一片，那么先前溢出门外的那些光线来自何处？

他眯着眼睛，迎着那片炽白的光线走过去，因为光线太过刺眼，他根本看不清楚楼内有些什么，更看不到传说中的那些功臣画像，他就像是只投奔灯火的飞蛾，只能依循着最本能或最简单的感知，向前行走。

然而，他只向前走了一步，便被迫停下。因为他感到了一道极为恐怖的气息，那道气息来自楼里的所有地方，来自光线里的每一丝，那道气息肃杀、神圣、血腥、暴虐，有着无数种味道，却有着同一种本质，那就是强大，难以想象的强大。那道强大的气息落在他的衣衫上，落在他的眉眼上，钻进他的肌肤，流淌过他的血管，直入他的腑脏深处，但只是瞬间便走了一遭。

陈长生根本无法抵抗这道气息，在这道气息面前他就像是最卑小的蚂蚁，连抵抗的勇气都提不起来。

那道气息在他的身体内外流转数周，并没有给他带来任何伤害，但只是这种接触，便让他的神识开始剧烈地不稳定起来。如果时间持续得再长些，他的识海便会崩溃，会被这道气息直接碾成粉末。

好在这道气息并没有停留太长时间，将倾的巨厦在快要接触地面的时候，忽然变成了一缕清风，轻轻柔柔地离开他的身体，消失不见。

只是瞬间，陈长生的衣衫已然全部被汗水打湿。他定了定神，继续抬步行走，好在第二步落下时，再没有什么奇怪的事情发生，不像先前那样，仿佛置身于惨烈的战场之中。

光线依然炽烈，他眯着眼睛往最明亮处、最热烈处走去，隐约在视野里看到一束如花般怒放的光线，明白这大概便是源头。

他伸手向那束怒火的光花伸去，指尖触及，却并不热烫，而是冰凉一片，很是舒服，手指顺之而上，最终用手紧紧握住。一握之下，光线骤敛，白炽一片的楼阁渐渐变暗，他眯着眼睛，勉强能够看清楚一些画面，直到最后，一切变得正常。他这才发现自己手里握着一支火把。火把的材质非金非玉，更像是琉璃，却不透明，乳白色的表面里有无数晶晶亮的微粒，那些微粒里仿佛蕴藏着很多能量。

这支火把便是先前那束怒放的光花，被他握住之后，光线渐敛渐集，变成了现在的模样，只剩下顶端还有一道白色火焰。那道火焰不旺盛，却很美丽，就像白日里的焰火，不容易看清楚，却能给灰暗的天空多出一道干脆又凛厉的击破感。

陈长生看着火把，隐约想起自己曾经在道藏里看过一些记载，很久以前的百器榜里，魔族有件神器就叫作白日焰火。难道这支火把，就是那件传说中的神器？当年战争的时候，被太宗皇帝的将领们取回了京都？

一念及此，他觉得手里的火把变得非常沉重，才想起自己现在已经站在了凌烟阁里，站在了人类最荣耀的历史之中。他向四周望去，只见阁内空无一物，无桌无椅，只是最中间有个蒲团，显得格外空旷，甚至有些冷清。

这座楼不像是给人来居住的。事实上，凌烟阁也不是用来给人住的，而是用来供奉画像的——灰白色墙壁上的那数十幅画像。陈长生举着火把向墙边走去，站到第一幅画像的前面。那幅画像是位中年贵族，三绺浓须，眉眼间满是笑意，眉眼相距却有些稍远，给人一种淡漠的感觉，正是英冠人杰赵国公。看着这声名赫赫的太宗皇帝的妻兄，陈长生沉默片刻，行了一礼，却没有停留太长时间，继续向下看去。

第二幅画像是河间王陈恭，第三幅画像是莱国公杜如雨，第四幅画像是大名鼎鼎的魏国公，第五幅画像是夫人更出名的郑国公……在这些画像前，陈长生分别尊敬行礼，却没有停下脚步，直到他来到第八幅画像之前，他脸上的神情终于发生了些变化。

62 · 历史里的那抹光亮

凌烟阁第八幅画像是王之策。王之策是真正的传奇，他出身贫寒，全无修行资质，却能成功地进入天道院学习。在太祖年间一直在朝中担任普通书吏，直至四十余岁忽然一夜悟道，星光投影落在整座长安城上，直接由洗髓而通幽，继而成为一代强者。

更令人赞叹的是，王之策学贯南北，犹擅军事筹谋布阵之学，跟随太宗陛下数次北征，最终成为联军的副统帅，率领大军连破魔族主力，甚至带着一支精骑突破雪原，杀到了距离雪老城不足八百里的贺兰山下！

如果只计算军功，或者只考虑对当年那场战争的重要性，王之策是那些璀璨群星里最耀眼的一颗，是唯一能够与太宗皇帝陛下并列的那个人。以他的赫赫功勋，当然有资格排在凌烟阁功臣画像第八，甚至按照民间的看法，他应该排得更前，至少也要进入前三才是。

他在凌烟阁里排在第八，原因很简单，就是因为战功和在民间的地位太高，甚至已经到了功高震主的地步，更关键的是，在太祖陛下晚年的那场百草园之变里，他并没有像赵国公、陈恭、秦重、雨宫等这些人一样及时表明自己的态度，坚定地站到太宗陛下一方。因此，他哪怕立下再多的功勋，依然无法得到太宗陛下的绝对信任，他的忠诚始终被有所猜疑，为此大战结束之后，他便告老归府，从此不问政事。

站在画像前，看着那个手执玉尺、神情宁静的中年男子，陈长生沉默了很长时间，然后继续向下面的画像看去。接下来，他看到了秦重和雨宫的画像，这两位当年太宗陛下身旁随侍的神将，拥有不世之威，现如今也拥有不世之名，因为现在无论宫中还是民间的大门上都会贴着他们的画像，那画像与凌烟阁里的画像一模一样。这两位神将就像凌烟阁里这些前贤一般，依然是人，已经成神。

陈长生的脚步缓缓移动，视线缓缓移动，玉般的火把在手中紧紧握着，灰色的墙壁上光暗微变，画像里的人仿佛多了很多情感。这些画像里的人就像王之策一样，都是当年的传奇，各有各的传奇——凌烟阁里的气氛肃穆庄严，画像里的人却并不如此，各自不同，有的人显得很轻佻，比如神将程明节；有的人异常严肃冷峻，比如郑国公。

没用多长时间，陈长生便把东面墙上的二十四幅画像看完了，这些便是当年太宗皇帝立凌烟阁时，最先受此嘉赏的功臣们。随后还有数十幅画像，那些分别是先帝与圣后娘娘执政期间，陆续进入凌烟阁的功臣。陈长生越来越沉默。从太祖逆前朝到太宗定江山再到圣后娘娘登基，漫漫千年的历史里发生了很多大事，凌烟阁里的这些人都是当事者，他们是真正的存在于历史里的大人物，换句话来说，他们就是历史。

把凌烟阁里的所有画像看完，大约用了半个时辰，陈长生走回楼中那个蒲团前，站在原地，开始思考一些事情。

片刻后，有钟声响起，那钟声来自地面，有些遥远，所以显得格外清幽，却只让他从沉思中醒来，无法静心。随着这道钟声，他一直握在手里的火把瞬间熄灭，凌烟阁里顿时变得漆黑一片，那些门窗的缝隙里，没有一丝光线渗进来。

陈长生望向黑暗的四周，明白了些什么。大朝试首榜首名在凌烟阁里静思一夜，首先要做到的是静字。凌烟阁里无外物扰怀，钟声清幽，此时更是难以视物，除了静坐蒲团思悟，再没有别的事情好做。大周朝希望凌烟阁里的这些画像与最开始那道气息能与入阁静坐的人气息亲近直至同调，坚定为朝廷皇族、为圣后娘娘效命的精神理念。

前几年的大朝试首榜首名，不是离山剑宗的弟子也是南人，对大周朝本就没有太多归属感，而且入得阁来，对那道强大的气息自生抵触，自然很难如最早设计这个规矩的那人所想，固化自己的精神。

陈长生是周人，倒真有可能完成大朝试制度设计者的初衷，只是他入得凌烟阁来，根本无法静心，他的想法无法落在国族的前途、人类世界的统一上，而只能落在更细微或者说更私人的地方。

时间缓慢地流逝，悄然无声，依然没有一丝光线出现。陈长生没有像以往那些首榜首名一样，坐到蒲团上静静度过这一夜。他从腰畔解下短剑，左手握着剑鞘，伸到面前的空中。漆黑如夜的凌烟阁里，伸手不见五指，短剑也看不见，但自离开西宁镇后，这柄短剑很少离开他的身边，他非常熟悉，抬起右手，准确地握住了剑柄。

两只手缓缓分离，短剑却没有与剑鞘分离，他抽出来的不是剑，而是一团光明，就如朝阳初升一般，凌烟阁里被瞬间照亮。一颗浑圆的夜明珠，出现在他的右手掌心里。柔和的光线照亮灰色的墙，也透过砖缝照亮了地板，在他的身后，拖出一道长长的影子，随着夜明珠变亮，影子渐渐淡去。他确认凌烟阁的门窗缝不会透出光线，所以并不担心。他举着夜明珠，向那些画像走去。

行走在寂静无声的凌烟阁里，夜色被他掌心的那抹光亮驱散，渐要露出真相。他看着画像上的那些人，又觉得画像里的人们在看着自己。他压制住这种怪异的感觉，再次来到王之策的画像前。他握着短剑，把锋利的剑尖刺进画像旁的青砖缝里，缓慢而小心地向前递进，握着剑柄的双手微微颤抖，指间发白。

63 · 命运的盒子

夜明珠搁在他的脚前，靠着墙边，光线由下而上，刺在墙里的短剑被映出一道极长的影子，直至屋顶，仿佛黑梁。一寸一寸，短剑缓慢地向墙壁里刺入，渐渐被吞噬，陈长生握着剑柄，盯着剑与墙壁接触的地方，呼吸越来越急促，神情越来越紧张。他的心神附在剑上，仿佛在没有灯光的夜路上前行，不知前方将会遇到什么，这种完全未知的感觉，期待之余更多的是不安。终于，短剑传回来清晰的感觉，锋尖深入墙壁约半尺后，抵到了某种硬物。陈长生盯着面前的墙壁，安静片刻再次用力，确认短剑很难再往里面刺入，不禁惊异，不知那里面的事物是什么材质做的，竟然连自己的剑都很难刺破。同时，他也确定了这就是自己寻找的东西。

他松开左手，抬起手臂用袖子擦了擦额头上的汗水，然后重新握住剑柄。这一次不再试图继续深入，而是开始在平面上移动，纯粹依靠手感，短剑慢慢地切割着坚硬的青石墙，除了微微飘舞的石屑，竟没有一丝声音。

短剑悄无声息地切割着，在青石墙里行走着，游走不停，终于回到最开始的地方，在墙壁上割出一个完整的图案。陈长生看着这个图案，觉得有些眼熟，然后才想起，煮时林的外廓似乎就是这个模样。他抽出短剑，与青石墙靠得更近一些，用锋利的剑首探进稍宽些的横缝里，小心翼翼地开始向外拨弄，不停地撬着。

此处是王之策画像右侧方的墙壁，随着他的动作，一整块青石以每次数根发丝的距离，慢慢地向外移动，直至肉眼可见的突起。不知道过了多长时间，这块被切割出来的青石与青石墙之间已经有了半掌的距离，陈长生把剑收回鞘中，双手扶住青石平滑整齐的两端，深深吸了口气，真元缓缓散布至身躯各处，把力量传至臂间。极低沉细微的摩擦声响起，在夜明珠柔和的光线里，石屑飞舞更急，一块模样极不规整的青石块，被他从墙里缓慢地取了出来。青石墙被切割开一个口子，里面深处隐约可以看到一个盒子，这个盒子镶嵌在石墙里，看着便知道难以分离，但盒盖应该可以打开。

凌烟阁这种地方的墙里，居然有这样的机关，居然藏着一个神秘的盒子，当年修建的时候，是谁做的手脚？谁能做这样的手脚？如果这幕画面被人看到，一定会引发大周朝的大地震，甚至可能要追溯到数百年之前，有些名门望族只怕要迎来灭顶之灾。

陈长生不知道这盒子是谁放在凌烟阁里的，当年建造凌烟阁，白天夜里都有无数工匠官员盯着，那人又是如何瞒过无数人的眼睛以及太宗陛下的神目——他只知道凌烟阁的墙里有个他需要的盒子。藏在墙里的盒子颜色颇深，最外一层盒盖很轻易就能取下，露出里面真正的盒盖。只见那盖子上面有很多铜线，线之间又有许多精致的铜按钮，看着复杂至极，最中间才是开启盒子的机关。

京都里的孩童看着这些铜钮与铜线，都能猜到是什么，正是大周最为流行的九连环，只不过要复杂无数倍，竟似是十七套连环。九连环和煮时林里的迷宫一样，都是王之策当年苦读之余用来打发时间消散精神的游戏，虽然只是游戏，但对锻炼神识强度和算学能力极有好处，只是九连环常见，十七套连环则非常少见，破解的难度更是相差极大。

陈长生没有任何犹豫，盯着那些复杂至极的铜线开始计算，目光不时落在某个小铜钮上，然后便开始动手搭线，手指在铜线间不停拨弹，仿佛操琴一般，把铜线与铜钮不停联在一处。

这个过程用了他很长时间，直到很久以后，他看着盒盖西南角的一处空白，深深吸了口气，左手无名指离开铜线，只听得喀的一声轻响，被他编织好的铜线开始自行移动，图案不停解开重组，向着最中间而去。这就是解环的过程，要过很长时间，才能知道最终能不能解开，也有可能到最后，才发现解错了，那便只能重新开始。

除了等待，没有别的事情好做，陈长生这才注意到头上已经冒出了很多汗，待抬臂去擦，看着袖上先前留下的那些汗渍，不由怔了怔，苦笑摇头，从袖中取出手帕，仔细地将脸上的汗水擦拭干净。

看着那些不停变化的图案，那些铜线与铜钮，他沉默不语。他不知道这是谁做的机关，王之策还是别的什么人，就像知道青石墙里有个盒子一样，他只知道这些的存在，却不知道为什么它们会存在。

这些事情，都是计道人告诉他的。在来京都之前，陈长生一直以为自己的师父计道人就是个普通的道人，最多也就是医术精湛罢了，如今经历了这么多事情，他自然知道，师父肯定不是一般人，甚至应该另有身份。

西宁旧庙里的那些道卷典籍，都是大编修之前的古籍，要论藏书之丰富，甚至可以与离宫相提并论，一般人怎么可能收藏如此多的道藏？他握着短剑，望向墙上那些前贤功臣的画像，摇了摇头。一般人怎么可能知道凌烟阁里藏着这么多秘密？便是这把短剑也极不普通。也正是计道人对他说过，想要逆天改命，便要进入凌烟阁，找到与之相关的秘密。所以从西宁到京都，他的目标就是要进凌烟阁。

他的命不好，想要活过二十岁，只有两个方法——修到神隐境界，或者逆天改命。这两个方法听上去都很不靠谱，因为基本不可能，但相对而言，后者还有那么点可行性，因为民间一直都有逆天改命的传说。

如何才能逆天改命？首先，要知道什么是命运。他看着正在解开的铜连环图案，默然想着，难道自己的命运就藏在这里面？

64·曾经的三个人（上）

什么是命运？这个词语有无数种解释：贫富、遭遇、生命的历程，那些缥缈不定的轨迹、难以捉摸的起伏，还是玄妙不可知的天意？

无限的星空里可以容纳无数的人生，可以容纳无数的寄托与希望，哪怕对于个人来说再如何玄妙的命运，也一定能够在其间找到相对应的描述。

可以说，在一个人出生之后，他的命运轨迹会在星空里找到相应的描述，也可以说，在一个人出生之前，他的命运便已经存在于那片星空之中，或者是一条短短的线条，或者是一幅气势恢宏的星图。

修行者想要改变自己的命运，便要改变那些描述自己命运的线条或者图案，首先便要改变自己命星的位置或者亮度。而如果真的能够让命星位置与亮度发生符合自己意愿的改变，那么与周遭别的星辰之间的连线自然也要随之发生变化，换而言之，会有很多人的命运随之而改变。

那么，究竟有没有人逆天改命成功过？按照道藏里的记载或者官方的说法，从天书降世以来，大陆上从来没有出现过这样的事情，就算真的发生过，因为没有证据，也因为影响太大，根本没有人敢公开议论。事实上，民间一直流传着某种说法，或者说猜测，在过去的一千年时间里，应该发生过三次逆天改命。唯有那三次被怀疑逆天改命的当事者，才有能力把钦天监与诸多观星阁里的所有纪录完全抹除，才有威权让整个人类世界都不敢讨论这件事情，因为那三次逆天改命的当事者，都是大陆的帝王。

那三个人分别是大周的太祖皇帝、太宗皇帝以及圣后娘娘。

千年之前，前国朝吏治腐坏，民不聊生，北有魔族虎视眈眈，南有诸世家离心背德，无数义军起兵，征战连连，江山已要崩坏。

在这连绵的战火里，大陆上涌现出无数强者，甚至连续出现了数位从圣境的大强者，这也正是修行界的第一次爆发期。

一时间，洛阳城头变换王旗，今日某位大将军带着废帝杀入东丘，明日南方萧家的二公子摇身一变，便自封司马，拿着圣女峰的诰书，带着诸宗派的强者，便要去清君侧，谁也不知道最后究竟谁来收拾这片残破山河。

太祖当年是天凉郡郡守，因为与废帝某宠妃有亲，故而颇受信任，奉命守城，可以说他低调，也可以说他很平庸。总之，占着天凉郡这样的地方，竟连着数年不敢出岐山一步，在世人眼中庸碌无为至极，与当时那些光彩照人的雄主相比，何其黯淡无光，根本没有人认为他有可能夺得天下，指点江山的时候，往往都不会提到他的名字。人们只是认为天凉郡的地理位置不错，而且太祖生了几名英慧的儿子，应该能够在这风云际会的年代里凭"隐忍"二字自保，最终看天下大势再择明主而投。

谁曾想到，数年时间过去，大陆风云突变，群雄交战不休，各势力损失惨重。太祖在天凉郡休养生息，渐趋强大，某一日，率着三万大军东出岐山，竟一举连克十七城，与南方诸世家联盟，又得到道门信徒的全力支持，竟在洛阳城外大胜以悍勇著称的虎丘义军，成功杀进洛阳城。第二年又直取京都，在天书陵前正式登基，真的一统江山！

事后再来看大周立国这段历史，有诸多无法解释的地方，有很多按道理来说不可能发生的事情，比如当初那些雄主，稍微往天凉郡看一眼，只怕便会抢先捻死还很弱小的太祖；太祖出岐山之后的前三场血战，每次眼看局势危殆之时，却总能逢凶化吉；洛阳城外连着数十场惨烈战斗，太祖早就应该死了，偏偏却没有死，似乎冥冥中有种力量一直在保佑他。如果说是运气，这等大运气、持续这么长时间的运气，那便是气运。

太祖于京都登基后，诸子带着无数名将四处征讨，南方诸世家宗派名义称臣，那些不服的各方雄主纷纷被清剿，一时间，天下英雄人物或死或被俘，纷纷送往京都，那些强者哪里甘心服气，在刑场上呵天骂地不休。

有种说法便是从那时起开始流传。太祖皇帝之所以能够一洗庸碌之气，于举世强者环峙之中杀将出来，因为他在十余年前便与道门之主、亦即是那一代的教宗结盟，用了某种秘法逆天改命，将他的命星变成了帝星！

65·曾经的三个人（下）

第二个疑似逆天改命成功的人，是太宗皇帝陛下。太宗皇帝有很多称号，比如千古明君，一代雄主。往前面的历史里望去，很少有君王像他这般出色，而在他一生的功绩里，最突出、最被万民传颂的，自然是率领人类与妖族联军，

233

战胜了强大的魔族。

　　随着时间的流逝，以及大周朝廷的刻意操作，人们只记得在太宗皇帝陛下的率领下，两族联军数次北征，打得魔族大兵四处逃散，除了那些立心学史的人们，很少还有人记得大周立国之初，在魔族兵锋之前屈辱求和、苟延残喘的模样。人们记忆中那份著名的落柳之盟，也早已与当初盟约的真实内容完全不同。

　　太祖皇帝在天书陵前登基后的第三年，魔族大军悍然南侵，其时中原战火方歇，民生凋蔽，国力衰弱，根本无法抵挡。太祖皇帝只得被迫称臣，称臣纳贡，其后大周国力渐复，试图真正将南疆纳入疆土之内。太祖三子领兵在南征战，只留下当时还是齐王的太宗皇帝镇守京都，魔族趁此时机，再次南侵，一举拿下天水郡，前锋将抵洛阳，威胁到整个人类世界。太宗皇帝被迫设疑兵之计，亲率齐王府诸将与谋士赴洛阳北方的落柳原与魔君会面，据说魔君见周军军容整齐威武，又据说是周独夫悄然现身于五棵柳下，总之大战未起，太宗皇帝奉上大量财物，再次表示臣服，双方以纯白色的独角兽为祭，缔结盟约，魔族大军方始北归。

　　落柳之盟，是屈辱的城下之盟。在史书上，太宗皇帝堪称完人，任人唯贤，虚心纳谏，然而注定是一代雄主的他当然有自己的骄傲，怎能忘记这段屈辱的历史！百草园之变后三年，太宗皇帝与那些传奇的名臣神将，终于开始准备向魔族取回自己的荣耀与人类的尊严，一场波澜壮阔的战争就此开始。

　　大周在两代明君的治理下，奋发图强，国力已然强盛，恰好又逢着千年来修行界的第二次爆发，无数像王之策一样的传奇人物不停涌现，再加上太宗皇帝与妖族结盟，得此强援，联军第一次北伐便取得了可喜的战果。

　　随后的数十年里，北方草原上的战火一直没有真正熄灭过，太宗皇帝陛下与他麾下那些了不起的传奇强者们，不停向魔族发起攻击。到第三次北征之后，双方终于分出胜负，魔族惨败，退回雪老城，再不敢南下一步！

　　人类战胜魔族，可以找到无数理由，比如前面提到过的君明国强，强者辈出，但如果仔细看这段历史，再多的理由，也很难解释，为什么在短短的数十年时间里，曾经雄霸大陆北方、不可一世的魔族，就这样被击败了？为什么双方的强弱之势倒转得如此决然？就像冥冥中有种力量保佑着太祖皇帝一样，当时似乎冥冥中也有一种力量护持着大周的国运，不停消减着魔族的士气。

　　冥冥之中的那种力量，究竟是什么？那就是命运的力量吗？太宗皇帝改变了自己的命运，也改变了人类世界的命运？

第三个疑似逆天改命成功的人还活着。她就是当今人类世界的主人，圣后娘娘。

或者正是因为还活着，所以关于圣后娘娘逆天改命成功的传闻最少，没有多少人敢说这件事情。但很多人都在这样猜测。以女子之身统治世界、成为皇椅上的一代君王，圣后娘娘非逆天改命，如何能成此千古未有之大变局？

太祖、太宗以及圣后娘娘，便是传闻里，疑似逆天改命成功的三个人，也是这片大陆千年以来，最成功的三个人。在陈长生的判断里，甚至没有疑似这两个字，因为离开西宁镇旧庙之前，师父计道人曾经很明确地说过，只有三个人改命成功过。

想要改变自己的命运，就要改变自己的命星在夜空里的位置，陈长生来京都，参加大朝试，进入凌烟阁，便是要找到改变命星位置的方法。那个方法应该就是传闻中，第一代国教教宗与太祖皇帝暗中动用的秘法，太宗皇帝和圣后娘娘也应该用的是那种方法。

陈长生有些不解的是，既然是国教的秘法，为什么师父没有让自己想办法进入离宫打听，而是让自己想尽办法进入凌烟阁，来到王之策的画像前，王之策再如何传奇，也不见得知道逆天改命这种事情。

便在这时，青石墙里响起喀的一声轻响。他醒过神来，向墙里望去，只见盒子表面那些复杂难言的铜线，已经变成了和最开始完全不一样的图案。那些精致的小铜钮的位置也发生了改变，最中间的机簧向两边退去，盒子竟是被打开了。

十七套连环的解法非常复杂，不到最后根本不知道是不是对的，他只用了一次便解开，不得不说这是很幸运的事情。他从袖中取出手帕把额头上的汗水擦干，伸舌舔了舔有些发干的双唇，把手伸到盒上，却忽然发现，那些铜柱与铜线……其实和夜空里星星还有那些星星之间看不到的线条，是一回事，只不过要简单些。

只是偶尔动念，他没有继续思考，伸手把盒子里的那本书拿了出来。凌烟阁隔绝声音阳光，这本书又是深藏在青石墙里，数百年后，只是边缘有些微微发脆，书页本身还是雪白如新，墨字亦像是刚写上去的一般。这本书的封面上没有字，陈长生最先看到的字写在第一页上，那字迹毫无锋芒，却圆劲古拙，仿佛山中老石，自有风味。

"位置是相对的。"看着这六个字，陈长生怔住，完全不明白这是什么意思，认真地想了想发现没有什么头绪，便继续向下翻阅。第二页上面密密麻麻写满了字，笔迹清俊飘逸却绝不轻佻，亦未刻意追求灵动，看到这一页，他才最终确认这本书果然是王之策的笔记。

66 · 进京赶考的书生

"我自幼家境贫寒，性情木讷沉默，无友无朋亦无亲，食粥食菜并无肉，只喜欢读书。除了读书，还是读书，平生无大志，只想进京都后能考进天道院读书。后来识得尘儿后，便只想与她一道读书，虽然她对读书着实没有兴趣。"这是王之策笔记开篇的第一段话。看着这段话，陈长生油然而生一种亲近的感觉。就像当初青藤宴前知道苟寒食的经历后，虽然明知是对手，他依然对其生出一种亲近的感觉，因为他也是个只喜欢读书的人。

"进京途中在天凉郡王府，我遇着当时的太守后来的太祖，再然后，我遇着了齐王，再再然后，在洛阳我又遇着了他一次，还有大兄。是的，也是在洛阳那条淌着污水的巷子里，我遇到了尘儿，于是便留了下来。

"洛阳纸贵，什么都贵，便是烧饼都卖得比别处贵些，更何况那时天天打仗，银钱用完后她想重操旧业，我觉得杀人总是不好的，她问我如何持家。我思来想去，还是要进京都，即便考不进天道院，也可以去天书陵外卖些假拓本。我一直以为自己百无一用是书生，不过字写得还不错。

"她随我来了京都，便再也没有离开过，想离开也不行。因为太祖皇帝的大军把京都围了起来，也正是那时候我才知道，原来大兄离开洛阳后，便再也不准备回来了。最后城破的那天，我和尘儿坐在船上，隔着奈何桥看着骑着白色独角兽微笑过来的齐王，知道日子应该会好过了。

"陛下在天书陵前登基，魔族大军却来了。然后过了两年，魔族又来了，齐王偶尔会来客栈找我们闲聊几句，能看得出来，他的心情越来越不好，不知道是因为他最喜欢的那头独角兽在落柳原上死了，还是因为陛下始终不肯明确太子是谁的缘故。有一天酒喝的有些多，他盯着我的眼睛说，从洛阳城开始，就一直想我去帮他，我有些不明白，我只是手无缚鸡之力的书生，又能帮得了他什么，而且……我来京都，只是想进天道院看书。

"我考进了天道院，开始读书，过上了自己向往的生活，然而她却不喜欢这种平淡的生活，我带着她去离宫看青藤，去国教学院看榕树，她都不喜欢，说朝阳园的林子太密，大榕树太高，最关键的是，曲江和国教学院里的那片湖都太平。有天夜里，我看着洛阳杂记发笑，她冷笑了起来，说文似看山不喜平，也就我这样的人可以忍受这样枯燥无聊的日子，我懂她的意思，却不想接话，只好沉默。

"后来，她终于还是离开了京都，不知道是去雪老城还是去寻找大哥的踪迹，总之她离开了我，我认真地思考了三天三夜时间，确认自己不能改变什么，便继续读书，只是在读书的闲暇时间，开始思考修行的事情。我一直以为、朋友们也一直以为我没有修行的潜质，更谈不上什么天赋，然而不知道因为什么，年过四十才开始修行的我，并没有遇到传闻里的那些障碍，我用了一夜时间，便大致明白了什么叫修行。那天夜里弄出的动静有些大，惊动了很多人，于是很莫名其妙地，我便变成了京都里的名人，齐王拿着太祖皇帝的圣旨，硬生生逼着我进朝开始做官。很多人以为我会骄傲于那夜弄出的动静，因为修行方面的才能而得意，事实上，我真正得意的事情是自己做的那些小游戏在京都以至整个大陆都流传开来。总之，我变成了名人，开始出入那些达官名流的府邸，包括齐王在内的几位王爷都与我交好，日子似乎再次变得愉悦起来，除了她再也没有回来过。

"平静幸福的日子终究是不能持久的，我明白这个道理，只是没有想到这段美好日子的结束，竟来得如此突然。某天深夜，京都忽然戒严，我的家里来了两位客人，他们都是齐王府的客卿，他们要我做些事情，我想了想后，没有答应，但也没有想过去阻拦齐王，我知道以他的性情，任何人都不可能拦住他前进的脚步。第二天清晨，马车开始向城外运尸体，我站在楼上看着百草园的方向，看着那些缓缓升起的白烟，默默祈祷不要死太多人，至少那些我熟悉的王爷不要都死掉，可惜事不如人愿，那几位王爷终究还是死了，包括他们的妻子与儿女。

"我在家里枯坐了三天时间，没有出门，没有打听，与齐王府派来的两位客卿看着彼此，沉默不语，终于，齐王处理完了外面的事情，亲自到来。在这样紧张的时刻，他居然专门抽出时间来见我，我不知道是应该觉得荣幸还是应该觉得警惕。齐王说不介意我这些天的沉默，但需要我现在向京都的民众表明自己的态度，我只能沉默，他盯着我的眼睛问我到底是什么态度。我想了想后说道，我没有态度，于是换成他开始沉默，然后他转身离开，那是我和他最后一次以朋友的身份交谈，因为后来我才知道，就在那天清晨，他已经正式继位，成为了大周的皇帝陛下。"

"我没有被夺官，也没有被软禁，更没有被下大狱，我只是被朝廷和曾经熟悉的那些人刻意遗忘在苦水巷的这个家中。像我一样被刻意遗忘的人还有一个，那就是太祖皇帝，齐王……不，应该说是陛下，或者因为想尽孝，担心太祖皇帝在深宫里太无聊弄出事来，或者是因为还记得我们之间的友情，担心我在家里太无聊弄出事来，所以下旨征我为秘书官，让我进皇宫去陪太祖。

"必须要说，那段深宫里的生活其实很有意思。短短数月时间，太祖仿佛老了数百年，变成了真正的老人，不像当初那般易怒与轻佻，反而变得慈祥很多，不再关心国事。当然他也没有办法关心，也没有人允许他再关心，于是他开始关心牌桌上的胜负以及宫里那些漂亮的侍女。关于后者，我劝谏过数次，他不怎么爱听。关于前者，在牌桌上他很难胜我，反而越来越有兴趣。在那座满是青藤的深宫里，在瓜果架下的牌桌旁，我和老人家打了很多场牌，打牌的闲暇总会聊天，于是我听到了很多故事，然后一直记在心里……"

陈长生看着笔记上的那些字迹，心情难以平静。这些都是王之策的自述，是一代传奇人物的回忆。他说得很杂乱，也很简约，却清楚地讲述了他自己的生命历程。而这段历程恰好是在大陆最风起云涌的那段岁月里，于是这些叙述便自然拥有了某种强烈的冲击力。

看着笔记上的这些话，他仿佛看到了当年的王之策。那是一个进京赶考却不求得官的年轻书生，行万里路来到京都只为读万卷书。谁曾想在路途上、在洛阳城里看到了一位姑娘的倒影，于是那书生的眼中便多了很多风景，停下了脚步。

年轻的书生最终再次开始行走，抵达了自己的目的地京都，不曾忘记当年最初的目的，却无法按照当年的想法去生活。眼中的风景变了很多，姑娘的倒影破碎成虚空。他开始当官，变成了京都的名人，然后被迫进入他不想进入也不曾喜欢过的那些世界。

看到这里，陈长生的情绪渐渐变得紧张起来，王之策的游记或者说自述，到了笔记这里，便要进入最关键也是他最想知道的环节，太祖被软禁在深宫里的那段岁月，究竟对王之策说过些什么，或者，接下来可能会看到逆天改命者自己的说法。他继续阅读笔记。

"关于太祖皇帝有很多传闻，其中最出名的传闻自然就是逆天改命。大陆上一直流传着某种说法，很多年前，太祖便结识了当代道门之主，也就是离宫里上一任教宗，用了某种秘法向星空献祭，从而逆天改命成功。那颗帝星在夜空里永恒地照耀着大地，而在百草园之变后，传闻里又多了很多星空献祭的具体内容。都说太祖为了逆天改命，愿意只留下一个儿子以传血脉，其余诸子尽数献于星空为祭……然而当太祖成功登基后，却不想兑现当年的承诺，事实上，他的那些儿子都是如此的优秀，能让谁去死？而且谁愿意去死？

"我不知道齐王和那些王爷有没有听过这个传闻，就算听到后，有没有相信这个传闻，但这个传闻无论真假，只要出现，只要被听到，在他们的心里都会从枯干的树枝变成可怕的毒蛇，不停地噬咬着他们的心脏。从破洛阳到京都，太祖那些出色的儿子们，一直无法保持良好的关系，这与皇椅的归属有关，现在想来，与这个传闻也有很大的关系。必须要承认，太祖的儿子都很优秀，但陛下才是当中最强大的那个人，当那些王爷还在试图影响太祖的选择，等待命运的安排的时候，陛下毫不犹豫地抢先动手了，杀光了自己所有的兄弟……

"我问过太祖皇帝，究竟有没有逆天改命这件事情，那天他喝醉了，脸上的老人斑特别的明亮，他笑得像个孩子一样，又像个狐狸，他没有正面回答我的问题，只是一边打着酒嗝，一面唱着天凉郡里的地方戏，不停地点着头，仿佛马上就要睡着一般。"

67 · 没有命运这回事

"现在想起来，陛下真的是很了不起的一个人，他以冷血且强大的姿态，走到了命运的前面，他没有接受命运的安排，而是开始决定他人的命运。他没有等被太祖选择，而是代替太祖做出了选择，他杀光了所有的人，只给太祖留下自己这么一个儿子，那么无论是皇椅还是那个逆天改命的血腥传闻，都不需要再讨论。如果单从效果来说，无论大周还是整个人类世界，都需要这种极富效率的决断。当年在天凉郡，他的骑兵曾经多次被魔族的狼骑收拾得极惨，后来在洛阳城里，他惨败于大兄的手底。但综合起来看，无论是魔君还是大兄，都不如他，他确实是这个年代最强大的男人，所以这个天下最终落在了他的手中。当然，在这个过程里发生了太多的事情，实在也没办法让我替他高兴起来。

"接下来陛下开始勤勉执政，精心治国，大陆渐渐平静，大周的国力日渐兴盛。太祖陛下终于不耐烦再与牌桌以及美貌的侍女打交道，双眼一闭便归了星空，或者是因为时间已经过去了太久，陛下也没有让我继续在深宫里待着，让我去了摘星学院教书。教书的同时可以读书，对此我没有任何意见，很是感激，而且我也很清楚陛下让我去摘星学院的真实用意，北征魔族的日子看来应该不远了。

"百草园那夜之后，我与陛下便不再是朋友，而是君臣，虽然有很多事情我不愿意做，但对魔族作战我愿意参与。陛下要一洗落柳之盟的耻辱，君臣军民皆用心，没有用几年时间，便做好了北征的准备。陛下直接点我做了副帅，惹来了朝堂上很多议论，程胖子最是愤怒，大家都是熟人，都觉得我只会在纸上谈兵，从来没有真正领过兵，我何德何能能够担当如此重要的角色？

"对此我没有做任何解释，我很清楚，陛下要我做副帅，除了要用我在摘星学院里这几年的准备，也是想我自己决定日后的出路，或者死在与魔族的战场上，或者在战场飘然远离，去找她或者去找大兄……但我没有，因为与魔族的战争不是一年两年的事情，既然我决定了要做这件事情，那么无论死或者走，都需要在人类世界摆脱魔族的威胁之后再去做。很幸运的，我们胜利了。"

看到此处，陈长生深深吸了口气，虽然他关心的是逆天改命的秘密，但看着当年与魔族那场大战的名将自述，依然难免心潮澎湃。王之策轻描淡写的一句话里，不知有多少血雨腥风，艰难困苦。

幸运的是，人类终究胜利了。

"胜利之后便是论功，陛下决定要修一座凌烟阁，把那些有功家伙的画像都挂在上面。我知道自己的画像肯定也会被挂在上面，感觉有些怪异，因为我总觉得，挂画像这种事情，很像是祭堂，应该是死之后再做的事情。"

陈长生看到王之策的这句话，下意识里望向四周，借着夜明珠的光辉，看着那数十幅功臣名将的画像，心里生出相同的感觉。柔和的光线里，画像里的那些人静静地看着他，让他觉得有些寒冷。

"凌烟阁修成之后，吴道子开始替我们画像，没有过太长时间，长孙便死了，郑国公死了，魏国公也死了……挂在凌烟阁里的这些画像里的家伙们，慢慢地死去，也就是在这时候，有个说法开始在我们这些老家伙之间流传。据说陛下当初为了战胜魔族，像他的父亲一样，与教宗联手献祭于星空，最终逆天改命成功，而陛下献给星空的祭品，便是凌烟阁里的二十四位大臣将领的灵魂。

"杜如雨下葬后的第六天，那是一个秋雨绵绵的日子，吴道子从宫里出来，暗中来见我。当初在洛阳城里意气风发的画圣，现在已经是满头白发，眼睛里满是惊恐。他对我说，等把你们二十四个人画完之后，他也就会死了。我知道他也听到了陛下逆天改命的传言，猜到了些什么，我什么都没有说，想办法把他暗中送出了京都，据说后来他去了伽蓝寺。之所以我没有说话，是因为我根本不相信逆天改命这种事情，包括太祖皇帝当初在深宫里酒醉后点头，还有临死前说的那些话。我以为这都是老人家不甘寂寞的妄语，试图重新找回属于自己的权威与力量，从而想给自己的生命历程加持很多神秘的气息。

"我真正开始直面命运二字，开始思考太祖皇帝和陛下是不是真的用了某种秘法献祭星空从而逆天改命，那是数月之后的事情。那时候秦重因为旧年的伤患卧病在床，我难得出门去看他，恰好计道人领旨替他治病。看着计道人的神情，我才最终确认这件事情有问题。"

看到这段话，陈长生拿着笔记的手微微颤抖起来。王之策的叙述到此时，终于开始触及这件事情的核心。让他反应如此强烈的却不是此事，这本笔记里提到过太多传奇的名字，比如那位大兄，应该便是在洛阳一战里胜了太宗皇帝陛下的周独夫，此时竟又出现了他师父的姓名。

"我在纸上写下这些文字的时候，凌烟阁里的所谓二十四功臣已经死了十七人，或者很快便会轮到我。这些年，我按照陛下的意愿，一直没有在朝中任职，只在摘星学院里教书，想要查些东西有些困难，只好在秦重死之前，直接问他。我相信，就算陛下真的用这些忠诚的部属的生命献祭于星空，他也不会隐瞒秦重。果不其然，不止秦重，还有雨宫等人都知道这件事情。

"那天夜里，我看着比真实年龄要苍老无数倍的秦重，沉默了很长时间，我不理解他们既然知道，既然陛下事先便对他们明言，为什么他们还能如此坦然地接受。秦重对我说，陛下以国士待我，救我数次，他把这条命还给陛下，这是理所当然。"

"像秦重、雨宫这样心甘情愿为了陛下的王图霸业牺牲的人有很多，但不包括我，我不愿意。

"君要臣死，臣不想死。陛下猜忌我多年，我对陛下亦难言忠诚。

"秦重临死前那夜说得对，我从来没有摆正过自己的位置，我从来没有把陛下当成自己的君主，我还是当年洛阳城里那个贪看花色、忘了旅途目的地的年轻书生。我始终以为陛下还是当年那个潇洒的年轻公子，以为他还是我的友人。

"最关键的是，我可以为很多事情去死，甚至就在陛下的生命受到威胁的时候，我也愿意为他牺牲。为了战胜魔族，为了国族能够太平万年，我也愿意去死，事实上当初在雪原里，我很多次都已经快要死了，但我不愿意这样死去。因为我不相信这种事情。我不相信逆天改命。

"大周能够立国，太祖能连破洛阳、京都，最终在天书陵前登基，不是因为他真的拿诸子的生命献祭于星空，从而点亮自己的帝星，而是因为他极其幸运地拥有这些优秀的儿子，在某种难言的压力下，这些优秀的儿子彼此竞争，在偏僻的天凉郡以及随后的大陆舞台上，都迸发出了耀眼的光辉。齐王更是其中的佼佼者，隐忍狠厉，大局观极强，堪称完美，没有这些儿子，天凉郡陈氏如何能够有今日的风光？

"至于所谓气运，更是不知内情的民众们的胡乱猜测。太祖带三万大军东出岐山，连克十七城，最开始的三场战斗最为惨烈，也最为危险，但他能于绝处逢生，从来靠的都不是什么气运，而是楚王与齐王从魔族借的三千狼骑。至于最后解洛阳之围，用了些什么手段，瞒得过敌人，瞒得过天下众生，又如何瞒得过亲近的臣属？大兄当夜在洛阳城里大开杀戒，别人不知道，我又如何不知？

"人类之所以能够战胜魔族，在于国势，在于明君，在于准备，在于群策群力，在于与妖域结盟，在于万民用命。亦在于连续六年，北方暴雪，又在于魔族内乱，魔君为了镇压叛乱部落，狼骑损伤惨重，这和逆天改命又有什么关系？凌烟阁上二十四功臣献祭星空？他们的死因确实有问题，但在我看来，不过是陛下的帝王手段，与君休戚，一同去死罢了……"

在这本笔记的最后一页，王之策是这样写的：

"人间本没有路，路只是在我们的脚下，看你怎么走，怎么选择自己的位置。

"位置是相对的，我视君为君，我便是臣，我眼中无君，我便不是臣。

"所以，没有命运，只有选择。"

68·八方风雨，起于黑石

没有的，自然无法改变。没有命运这种东西，那么自然也就没有逆天改命这种事情。

陈长生看着笔记上最后这段话，沉默了很长时间，心情难以言说，有些欣慰，更多的却是惘然。王之策的话语，就像是一道雷，在他的识海里炸响，然而遗憾的是，那并不是春雷，没法带来滋润大地的春雨，相反，更像是一记钟声，让他从虚妄的希望里清醒过来。

这段话确实很有力量，对他来说，却没有任何意义——不，不会只有这本笔记——凭借着这几年来与生死对抗而养成的强大意志力，陈长生没有用多长时间便平静下来，确认这并不是凌烟阁一夜的全部。当初修建凌烟阁的时候，他的师父计道人便已经是京都里的重要人物，那些功臣重病将死的时候，都是师父替他们看病，那么必然知道更多的秘密。让他历经千辛万苦进入凌烟阁，绝对不仅是看看王之策的这些话语。

他把看完的笔记塞进短剑的剑柄里，望向青石墙上的那个盒盖，看着那些繁复莫名的铜线与密密麻麻的铜柱，越发觉得这画面与夜空里浩瀚的星海非常相似。但他没有沉醉于此，伸手拿起盒盖，也塞进了剑柄里。笔记与盒盖不小，怎么看都不能塞进剑柄里，但就这么被他硬塞了进去，就像是一株大树被不足一尺方圆的流沙吞噬，又像是一座大山被一个小小的黑洞吸进了别的世界，在夜明珠柔和的光线照耀下，画面有些诡异。

做完这两件事情后，他把手伸进青石墙里，在盒中仔细地摸索，果不其然，片刻后，他在里面找到了一块黑色的石头。这块黑石约摸半指长短，微显细长，只凭肉眼望去，便能感觉到它的坚硬，从他指尖传回的触觉也证明了这一点。

陈长生坐到墙角下，把这块黑石举到夜明珠前，仔细地观察——这块黑石能与那本笔记一道，被王之策藏进凌烟阁里，肯定不是凡物。黑石表面光滑，带着如雾般的水色，上面没有任何裂纹，通体黝黑，看着就像是墨一般，但更像是没有星星的夜里的海，黑石表面明明什么都没有，看得久了，却仿佛有如墨般的海浪起伏，生出无数种浓浅不一的黑来。

陈长生的目光落在黑石上，如落黑色的海洋。黑色的海洋，就是夜空。他的意识来到了夜空里。

本来漆黑一片的夜空里,忽然亮起了无数颗星辰。他此时就像是定命星的那夜一样,进入了某种无物无我的状态,任由意识在夜空里飘浮,在那些星辰之间自由穿行。不知道过了多长时间,他看到了极遥远的夜空某处,出现了一颗红色的小星星。陈长生平静地看着那颗星星,觉得很舒服,因为那是他的命星。那颗星辰平静健康,生机盎然,向夜空里不停散播着明亮而纯净的光线,根本不像是将要熄灭的样子。

他忽然意识到了些什么。就算五年后自己真的死了,这颗星星却会依然亮着。这个事实让他有些安慰,接下来,却生出更多怅然和酸楚。

在这颗红色星辰的四周空间里,还有无数颗星星。他望向那些星辰,发现那些悬在夜空里的星辰也正平静冷漠地看着自己,或者说,看着属于自己的那颗红色小星星。他忽然不安起来,生起强烈的恐惧情绪。就像在凌烟阁里一样,他望向那些画像的时候,总觉得画像里的那些人正在看着自己。那些人已经死了,却仿佛还活着。这些星辰无言,却仿佛要诉说些什么。他的意识并不知道,他的身体这时候还在凌烟阁里,靠着青石墙壁坐着,无比僵硬,就像是一座雕像。被他两根手指捏着的那颗黑石,忽然间变得明亮无比,生出无限光热,那些光无法穿透凌烟阁的门窗,那些热也只有他的身体能够感知到。

凌烟阁里的陈长生,开始不停地出汗,那些汗水瞬间便被再次蒸发,最终变成一团白雾,围绕在他的身边。一道难以形容的奇异香味,也在那团白雾之中,幸运地被雾的边缘封锁,没有传出去一丝。一道难以言说的奇妙气息,从黑石的深处生出,顺着他的手指,进入他的身体,穿过他的幽府,最终落在了他的识海里。

陈长生的脑海里响起轰的一声巨响!与先前读王之策笔记最后一段时的感觉不同,这记雷声更像是真实的雷声!他的识海里掀起无数惊涛骇浪,仿佛要把穹顶都掀开!

靠着青石墙壁的他,眼帘不停颤动,越来越快,汗水也流得越来越多,身旁的白雾越来越浓,直至掩去了他的容颜。

在这团白雾的深处,他紧紧闭着眼睛,眼帘还在高速地颤抖,那道响彻识海的春雷过后,无数画面出现。那是一座宏伟的教殿里,到处都是光明,无数教士跪倒在地,教殿两侧的数百座雕像,在光明里仿佛也显得谦卑起来。

如潮的光明深处，一位穿着神袍、戴着神冕的老人手里紧紧握着神杖，对着教殿上方的满天繁星，大声地说着祷文。在神座的前面，跪着一位身形微胖的中年男子，随着献祭仪式的进行，星光的投影落在他的身上，同时一道异常磅礴的气息，从他的身体回到星空里面。

在星空的最深处，有变化发生，那些变化是如此的细微，有的星辰变得稍暗了些，却只是飞蛾伸出翅膀挡了挡太阳。有的星辰稍微偏离了些位置，却只是洛水涨了一根头发丝的距离，哪怕是人间历史最悠久的观星台，也很难观察到这种变化，就算是天机阁也不能。

在那片夜空里，星辰微移，或暗或淡，无数细微的变化合在一处，其间无形的力量结构也在发生着变化，最中间有颗淡紫色的星辰渐渐变浓，浓至艳丽，紫到了极处，然后骤然间爆发出极大光明！

紫微帝星，就这样出现，而在人间，天凉郡兵马东出岐山，连克十七城，解洛阳之围，夺京都之陵，太祖皇帝正式登基。

若干年后，京都百草园内响起惨烈的厮杀声，寂静的夜被打破，夜空被撕破，那些曾经改变过位置与亮度的星辰渐渐黯淡，血流成河，兄弟相残，太祖皇帝那么多优秀出色的儿子，最终只活下来了一人。

数年后，一场牌局结束，与数名美貌的侍女胡混结束，太祖皇帝来到结满青藤的棚下，看着夜空里的那些星星，脸上露出惨痛的笑容。夜空里的那颗紫微星依然耀眼夺目，只是已经不再属于他，而属于他的儿子，那位以仁孝著称的齐王，也就是如今的太宗陛下。

星河继续发生着变化，占据中野之地的二十四星宿，依次闪耀，似乎要将千古以来蕴集的能量，在这短短的数十年时间里全部释放出来。二十四星宿的光明是那样的夺目，以至于没有人注意到，被这些星宿围拱在正中间的紫微帝星，已然悄然改变了身姿，在地面望去只是稍移一丝，实际上已然北趋，直侵那片黑暗的夜空之中。

魔族大军惨败归北，人类世界一片太平，京都修建了一座凌烟阁，一个枯瘦的画师，伏在地面上不停地作画，脸上的神情显得有些癫狂。

太宗皇帝陛下最疼爱敬重的皇后娘娘病死了，娘娘的兄长、那位在凌烟阁功臣画像里排名第一的赵国公被赐死，但在史书上，他的死因与他的妹妹一样，都是因为洛溪川最常见的那种病。紧接着，世间唯一敢与太宗陛下对骂的郑国公病死了，对太宗陛下最忠诚的秦重和雨宫不知因何原因而死，但他们死得很平静，甚至可以说很高兴，没有任何怨言。

大周正在盛世，那些名臣神将们却在逐渐凋零。

某个深秋，王之策参加完一位同僚的葬礼，默然走进皇宫，来到凌烟阁里，看着墙上那些画像，最后走到自己的画像前，他静静地看着画像中的自己，仿佛在提前参加自己的葬礼，还笑着说了"音容宛在"四个字。他把一个盒子藏在了画像旁边的青石墙里，然后转身离去。画像上的王之策，看着走出凌烟阁的王之策，微笑不语。

陈长生睁开眼睛，醒了过来。就在这一瞬间，一直包围着他的那团浓雾骤然收敛，就像是塌陷一般，以肉眼无法看清的速度，落在他的身上，穿过院服，经由皮肤上的那些毛孔，进入他的身体。那些雾气本就是他流出的汗，此时回到他的身体里，也变成了水般的物体，化作无数条小溪，开始滋润那些在大朝试里干涸的河谷，然后向着断裂的山脉尽头的深渊坠下，没有回声响起。

与苟寒食一战燃烧殆尽的雪原上空又落下雪来，纷纷扬扬，飘飘洒洒，鹅毛般的雪片，看似缓慢却极迅速地让整片荒原重新变成白茫茫一片。

然后有八方风雨，自四面而来，或横或竖，或起于碧空，或起于地面，簌簌作响，淅淅沥沥，向着空中那片湖水袭去，画面无比壮丽。

69 · 了无生趣

不知过了多长时间，陈长生醒了过来，只觉神清气爽，坐照内观，才发现大朝试时留下的那些伤势，已然痊愈。但他看着掌心那块黑色的石头，沉默了很长时间，情绪并不如何高昂。他隐隐明白这块黑色石头才是自己寻找的东西。计道人让他进凌烟阁，王之策的笔记之外，黑石才是关键。按照王之策的说法，这块黑石有可能是太祖皇帝临死之前交给他的，说不定与逆天改命的秘密有极大关系。

黑石很重要，但他依然只想着王之策的笔记。那道春雷过后，识海掀起无数风雨，他看到了无数画面，与王之策的记录相对照，让他懂了很多，虽然还是无法给出结论。

逆天改命，就是要改变命星在夜空里的位置或者亮度，从而改变人在世界里的位置和扮演的角色，而……位置是相对的。如果无法改变自己的位置或者亮度，那么改变四周夜空里那些星星的位置与亮度，同样可以造成相同的效果。相同的道理，如果你想要改变自己的命运，你首先应该去改变那些在你的生命里的那些人的命运，那些人与你的关系越紧密，他们的命运改变越能影响到你自己的命运改变。

比如父子。比如兄弟。比如君臣。这个事实很冰冷。

陈长生不能确定自己看到的那些画面是真实的过去还是想象，整整一夜时间，他的身体被汗水打湿然后再变干，醒来后觉得很是冰冷。

如果那些血腥而阴冷的画面才是历史的真相，大周两代雄主，难道全部都是这样冷血的人？为了逆天改命付出如此大的代价，做出如此可怕的事情，值得吗？紧接着他又想到，如果圣后娘娘是第三个逆天改命成功的人，那么她为之付出过怎样沉重的代价？

民间那些流传已久的血腥而残忍的传闻是真的吗？当年她的第一个儿子究竟是被前皇后派人毒死还是如传闻中说的那样是被圣后娘娘亲手捂死的？她生下来的那些孩子绝大多数都没有能够活过六岁，究竟是当年皇宫里的环境太险恶，还是说这有可能是某种献祭？对星空的献祭？

陈长生的身体越来越寒冷，他不想再想下去了，因为他不敢再想下去了，面对死亡的阴影，他都可以平静，但对于那些隐藏在阳光背后的世界的真实，十五岁的他依然不敢太过靠近，他想要离开这里了。

凌烟阁里依然漆黑一片，门窗处看不到丝毫天光，无法确定时间，但他很清楚，这时候已经五时，正是他每天起床的时间。他起身把青石墙弄好，凌烟阁乃是深宫禁地，一年最多也就开启两三次，想来短时间内，青石墙上那条短剑割出来的缝隙不会被人发现，而且此时的他实在没有任何精神去理会这件事情。

凌烟阁按道理能够完全隔绝光线，那么更应该隔绝所有声音，然而下一刻，就像昨天夜里一样，一道清远的钟声从地面传来，仿佛一个使者从遥远的地方匆匆赶来，想要唤醒阁里静思的人儿。

一道清风随钟声而至，凌烟阁的大门缓缓开启，淡泊的晨光洒落在青石板上，也落在墙上那数十幅画像上。画像上的人们为大周立下无数功勋，然而如今一年也只有数次时间能够看眼天日。

陈长生迎着晨光与风走出了凌烟阁，走进了钟声里，心却无法静下来，清风入怀，也没能让他清醒，反而更添寒意。站在凌烟阁前的高台上，他看了一眼远处地平线上刚刚探出头的朝阳，然后望向渐被晨光唤醒的京都，无数条街巷像棋盘上的线条，洛水与无数条河渠，就像是散落在棋盘上的丝线，无数坊市无数格，无数民宅府邸都被困在那些格子里，而无数人就生活在里面。

通过改变他人的命运来改变自己的命运？这种事情真的可以做吗？哪怕那些街巷尽数变成颓垣？哪怕那些民宅尽数变成废墟？哪怕千万人流离失所？哪怕战火连连，洪水滔天？还是要这样做吗？他再次想起王之策在笔记里最后的那句话——没有命运，只有选择。

是的，这个世界的强者分成两种，一种通过改变他人的命运来完美自己的命运，还有一种人则是根本无视命运，坚信自己能够掌握与自己有关的一切，哪怕最后命运证明了它的强大，他依然要高昂着头。

太祖皇帝和太宗皇帝父子是前者，王之策是后者，那么他呢？他现在还很弱小，可如果将来他强大到面临这道选择题的时候，他会怎样决断？

看着晨光下的京都街巷与无数宅院，陈长生对自己发问：我应该做个什么样的人？完整的生命和完整的生命究竟哪个更重要？这句话里的两个完整与两个生命，是完全不同的两种意思。

想着这个问题，他离开了凌烟阁，顺着那条极其漫长的石阶走了下去，直到走到皇宫的地面上，依然没有得出答案。

京都里绝大多数人还在沉睡，皇宫里的绝大多数人已经醒来，有些考生的精神很是困顿，眼圈有些发黑，很明显没有睡好，有些考生因为紧张甚至一夜未睡，但大多数考生休息得都不错。

对于这些来自各学院宗派的年轻考生们来说，参加大朝试的最重要目的就是入前三甲，获得进入天书陵观碑的资格，自然要做好准备，务必不能让任何情况，比如精神不足影响到稍后在天书陵里的参悟。

数十辆马车组成的车队在宫门外待命，神骏的马不耐烦地蹬着蹄，考生们站在车旁等待着出发。看着慢慢向宫外走来的陈长生，有人也觉得有些不耐烦，比如槐院的那几名年轻书生。

考生们注意到陈长生的头发有些乱，神情疲惫，很是困顿，甚至显得有些憔悴。知道他昨夜在凌烟阁里肯定没有休息好，甚至可能根本没有睡，不禁有些不解，心想即便静坐一夜，也不至于弄得如此辛苦。

唐三十六看出的东西更多，有些担心，低声问道："出了什么事？"

"没事。"陈长生摇头说道。他不会把昨夜经历的事情告诉任何人——哪怕是唐三十六，或者是落落——他走进了一段残酷的历史真相里，虽然距离发现那个秘密还很远，但他已经看到了那扇门，甚至可能已经拿到了钥匙。

无论考生还是官员的注意力，都在陈长生的身上。

周园被发现的消息已经正式公布，或者更准确地说，在朝廷上层以及各学院宗派内部公布，昨夜的大朝试庆功宴上，莫雨姑娘代表圣后娘娘正式宣布，周园将在一个月之后开启。

谁不想进周园？谁不想看看有没有机会接触到大陆最强者的传承？然而只有通幽境的修行者，才能够进入周园。

天书陵观碑悟道，对修行来说本就最为重要，如今更成为了考生们进入周园的最后机会，他们必须在这一个月里获得突破，进入通幽。双重压力下，考生们自然很紧张，知道自己必须非常努力，甚至在天书陵里拼命才行，想到这一点，看着陈长生的目光自然有些复杂。

陈长生今年才十五岁，除了七间、叶小涟等寥寥数人，他要比大朝试三甲的大多数人都要小，但他现在和苟寒食、天海胜雪一样，已经通幽。换句话说，哪怕他在天书陵里再无寸进，一个月后也可以轻松地进入周园。

如此年纪便通幽，甚至直接越过了青云榜，仔细想想，他在某种程度上甚至已经超越了徐有容，如何能不令人羡慕？如果不是秋山君在周园一事上表现得太过耀眼，或者人们会觉得他的表现更加震撼。

现在的陈长生，毫无疑问是整座京都的焦点，但他没有这种自觉，坐在车窗旁，看着晨光下的街巷，有些沉默，似乎在走神。

唐三十六看着他心不在焉的模样，挑眉说道："我不知道你遇到了什么事情，是的，你现在不需要在天书陵里再得造化，便已经能够直接进周园。但你要清楚一点，对我们这些修道者来说，天书陵本身便是最重要的事情，比大朝试重要，比周园重要，比任何事情都重要。"

陈长生没有说话，依然看着窗外。

唐三十六继续说道："在天书陵得到的确实不见得能马上看到，但最终我们能走多远，能走到哪一步，还是要看我们在天书陵里参悟到多少，无数年来无数人，早就已经证明了这一点，没有任何例外。"

陈长生明白唐三十六的意思，他当然清楚天书陵对修道者的重要性，问题在于，他现在的精神状态有极大的问题。修道当然是很重要的事情，如果修到神隐，他便可以重续经脉，再不用担心死亡的阴影，如果修到大自由境界，伸手便可摘星，可以主宰自己的命运，甚至有可能长生不老，更不需要担心任何事情。问题在于，神隐这种传说中的境界，当年周独夫都不见得触及到，更何况他？现在他已经拿到了大朝试的首榜首名，开始接触逆天改命的秘密，既然修不到神隐境，修行对他来说，还有什么意思？向来自律勤奋的他莫名地懈怠下来，甚至觉得生活也没有了什么意思。

晨光渐盛，十五岁的陈长生忽然间失去了对修行的所有兴趣，就在这时，他来到了修行者心目中唯一的圣地：天书陵。

70·天书陵

在京都城南有条河，河北是一条直道，站在道畔向南望去，能看到郁郁葱葱一大片园林，在园林深处隐隐有座青丘，那座青丘便是传说中的天书陵——车队在道上停下，考生们掀起窗帘，望向那座青丘，脸上流露出向往的神色。

陈长生来到京都后的最开始那些天，一直就住在天书陵外的李子园客栈，现在在客栈里还留着一个房间，曾经很多次远观过天书陵，所以没有像那些考生尤其是南方来的同龄人一样那般激动。

离宫的青藤、奈何桥、天书陵都是京都名胜，天书陵更是所有游客都想来的地方。与离宫一样，这里也很热闹，河畔的官道两旁到处都是商铺，摊贩不停地吆喝着。虽然还是清晨，却已经人流如织，在稍北些的正街上，还能看到很多朝廷的官衙，以及很多学院宗派的驻事所。

车队没有在官道上停留太长时间，便在官员教士们的带领下，通过河上那道宽阔的木桥，来到天书陵外的青园，在这里也未作停留，而是直接穿过苍翠古柏之间的神道，在一百零八座前贤雕像的注视下，向着那座青丘继续驶去。

天书陵的外园里已经有很多游客，还有很多遛鸟散步的京都民众，此时看着这列车队直接向天书陵而去，人们很快便猜到了车队里那些人的身份，知道肯定是今年大朝试名列三甲的考生，脸上不由流露出羡慕的神情。

古树成荫，遮着朝阳，显得非常清幽，愈往深处去，越是安静，只能听见车轮碾压神道青石的声音，考生们透过车窗，看着两侧的风景，望着远处明明越来越近，却依然无法看清真容的那座青丘，心情变得越来越紧张。

幽暗的神道尽头是一道石门，车队在石门前停了下来，负责今年天书陵观碑具体事宜的官员与教士，拿着相关的文书走到门前，与天书陵的禁卫官兵进行交接，考生们纷纷从车里下来，排队等待进入。

没过多长时间，那道石门缓缓开启，考生们觉察到地面传来的微微颤抖，不由很是震惊，心想这道看似不起眼的石门究竟有多沉重，居然能让地面为之震动，如此沉重的石门又是用什么阵法才能开启随意？

伴着一声低沉的响声，沉重的石门停止移动，那座青丘完整地出现在所有人的视野里。天书陵，就这样出现在人们的眼前。

陵，一般指的就是墓，皇帝或者那些圣人的墓，才有资格被称为陵。天书陵真的很像一座墓，陵基无比方正，只是陵上生着无数棵青树，所以看上去就像是一座青山。因为那些青树的遮掩，考生们看不到传说中的那些石碑，不知道天书藏在何处，但他们知道，天书便在其间，一时间，神道上变得异常安静，所有人的脸上都流露出虔诚的情绪。

陈长生现在的心境有些问题，思绪杂乱难宁，自然不可能像初入京都，在客栈里第一次远眺到这座青丘时那般激动。但真正来到天书陵前，依然生出一种莫名的敬畏情绪，看着天书陵上的那些青树，非常安静。京都，一直都是大陆的中心。无论朝代更迭，战火连绵还是太平盛世，这里都是中心，南方那些宗派世家也这样认为，即便是白帝城里的妖族甚至是远在大西州的人类，都承认这一点。因为国教总坛离宫就在这里，而离宫之所以在这里，是因为天书陵在这里。

无数万年前，无数流火自域外而来，天书降世，那是上苍赐给这片大陆的福祉，从那一天开始，人类的智慧被天书开启，学会了用火，学会了制作和使用工具，学会了结绳记事，发明了文字，然后才有了文明，直至人们开始探寻自然的秘密，开始追问自身与天地之间的关系，开始仰望星空，开始引星光洗髓，正式踏上了修行的道路，所有的一切的源头，都是这座青丘。

什么是天书陵？这里的陵不是陵墓的意思，而是平的意思。天书出，四方平。有天书的地方便是天书陵。天书陵在的地方，就是世界的中心，人类王朝必须在京都建国，才能称得上正统，南方教派与北人相争多年，实际上自行其政，但依然要奉大周为主，也是因为这个道理。

等待的过程里，清幽的园林渐渐变得嘈杂起来，很多游客和京都民众跟着车队来到了这里，如果是平日，他们根本无法靠近天书陵便会被军士拦住，今天情况特殊，他们才有机会靠近天书陵的正门，看着那些准备进陵的年轻人，他们的脸上满是羡慕与向往。

游客以及京都民众可以自由进出天书陵的外园，但却没有办法进入天书陵里面。据说无数年前，天书陵是开放的，任何人都可以进入天书陵参观，在那些石碑前驻足，每日里天书陵都是人满为患，青山被人海覆盖，根本难承其荷。数千年前曾经有位皇帝陛下，想通过进出天书陵的资格发放而令天下，颁布诏书，只有服从他的人才能进入天书陵。此举得罪了大陆所有宗派学院，那位皇帝陛下很快便被天下人的怒火所推翻。就此，大陆达成了一个共识，天书乃是天人的共物，谁都不能独占。

虽然没有听说过天书石碑损坏，但基于某些方面的考虑，大陆上的强者们决定，为天书陵的进出设置一些规矩，在前朝时期，只有经过特别允许的修行者才能有机会进入天书陵，只是条件非常含糊。大周立国之后，入天书陵的规则得到了简化，也可以说得到了强化，只有能过大朝试的考生以及有功勋在身的人，才被允许进入，而随着与白帝城结盟对抗魔族，妖族以及大西州的人们也获得了相同的资格——所谓规矩，其实也就是妥协，当然，因为天书陵就在大周京都，生活在这里的人们自然会占些便宜，南方那些宗派世家，每每提起此事，总会有很多怨言。

教士和官员把年轻的考生们送到石门外，便留在了原地，因为他们也没有资格进入天书陵。禁卫官兵检查完考生的身份后，让考生们依次进入，地面再次传来清晰的震动声，有人回首望去，只见石门缓缓合拢。一声沉闷的轻响，天书陵与外面的世界再次隔绝开来。

四十余名年轻学子看着眼前的天书陵，神情各异，有的紧张，有的期待，有的沉默，有的人跃跃欲试，所有人的眼睛都睁得极大——此时他们到了天书陵前，却依然无法看清天书陵的真容，因为青树实在太多，这道风景遮住了太多风景。

便在这时，数名身着白袍的男子出现在他们的身前，这数人神情淡然，眉眼之间看不到太多情绪，说话的声音也很平静，语速很是缓慢，就像平时缺少说话的机会一样，看着他们，陈长生很自然地想起了那个叫折袖的狼族少年。

唐三十六说道："这些人就是传说中的碑侍。"

陈长生问道："碑侍？"

唐三十六说道："就像南方圣女峰的那几名解碑者一样，一辈子都在试图破解天书的秘密，而且他们发过血誓，终生不出天书陵一步。"

陈长生有些吃惊，心想就在天书陵里度过自己漫长的一生，这未免也太孤寂清苦了些，再望向那些白袍男子的目光里，自然多了些怜悯。

唐三十六看着他脸上的神情，微微嘲讽说道："他们心甘情愿把生命奉献给天书陵，哪里需要你的同情。再说了，世间不知多少修道者恨不得像他们一样能有机会随时看到天书，羡慕都来不及。"

陈长生依然无法理解，他很喜欢读书，很喜欢探究道典真义，但生命难道不应该是自由而喜悦的吗？怎么能尽数放在这片青山中？

那数名碑侍，或者是因为常年在天书陵里研究学问的缘故，不怎么擅长和人交流，留下寥寥数句交待，给年轻学子们讲明天书陵四周的一些设施。此时，一名碑侍说道："周园一个月后开启，不要忘记。"说完这句话，数名碑侍便飘然离去。

场间一片安静，年轻的考生们对视无语，都觉得有些茫然，不知所措。这样就完了？接下来该做些什么？

"一个月后周园开启，不要忘了这件事情就行。"关飞白对南方那些宗派弟子们面无表情地说道，然后加快脚步，跟着苟寒食向青山里走去。

离山剑宗的四名弟子最先离开，以他们为榜样，考生们渐渐散去，在人前的时候，这些考生的脚步还算沉稳，偶尔有些人脚步匆匆，也属正常。但当他们进入山林之后，顿时有无数破空声响起，竟是动用起了身法。

听着青山里响起的这些声音，陈长生不解，问道："为何大家都这么着急？"

"没听见关飞白刚才说的，周园一个月后开启，如果想要去周园，便要破境通幽。一步慢则步步慢，晚一刻看到石碑，便有可能在未来的修行路上比同行者慢上数十年，自然人人奋勇争先。"

唐三十六看着他说道："奇怪的反而是你，你怎么这么不着急？"

71 · 守陵人

陈长生不知道该怎样回答，难道要告诉他，自己忽然对修行失去了所有兴趣？想了想后说道："我已经通幽，自然不用太着急。"

唐三十六盯着他，问道："很得意？"

陈长生微怔，说道："这个真没有。"

唐三十六指着林子里说道："路上就和你说过，对我们这些修道者而言，天书陵本身就是最重要的事情，比周园要重要无数倍。只有那些视力不好，只能看到身前数尺之地的家伙，才会把在天书陵观碑问道当作破境通幽的条件。你看看人苟寒食早已通幽，可没浪费半点时间。"

陈长生顺着他的手指望去，只见青林里的山道上人影闪动，破空之声持续，离山剑宗四人的身影已经快要消失不见。

他转身望着唐三十六说道："你不也还站在这里？"

"我觉得你今天有些问题，所以决定跟着你。"唐三十六盯着他的眼睛说道。

陈长生看着他认真说道："机会难得，不要耽搁了时间。"

唐三十六说道："反正至少还有一个月时间，不着急。"

便在这时，一道声音在二人身后响起："确实不应该着急。"

来人是苏墨虞。这位离宫附院的少年教士，在今年大朝试里的运气实在有些糟糕，对战第一轮便遇着了折袖这等强大的对手。好在他的文试成绩非常优秀，最后综合评判，险之又险地进入了三甲的行列。

看着他，唐三十六不解问道："陈长生不着急是因为他今天脑子有问题，而我是要盯着他，你这又是为哪般？"

苏墨虞说道："民间有俗话，心急吃不了热豆腐，天书碑哪里这般好解，心态本就是最重要的事情，越急越容易出问题。"

唐三十六提醒道："周园一个月后就要开启，时间可不会等人。"

苏墨虞平静说道："我不准备去周园。"

唐三十六神情微异，陈长生也觉得有些奇怪，谁能对周独夫的传承不动心？

苏墨虞说道："经过大朝试，我才知道自己的底子有些薄弱，当初的那些骄狂现在想来何其可笑，所以准备在天书陵里多留些时间。"

陈长生问道:"我们可以在天书陵里随便留多长时间?"

苏墨虞微异道:"刚才碑侍说的话你都没听?"

陈长生有些不好意思,应道:"嗯,我先前在想别的事情。"

唐三十六觉得他这样的表现有些丢脸,抢着说道:"天书陵观碑的规矩这些年来从来没有变过,你只要能进来便随便停留多长时间,但如果你要离开,之后想再次进天书陵就不是那么简单的事情了。"

陈长生看着苏墨虞问道:"你决定为了天书陵放弃周园?"

苏墨虞说道:"周园虽好非吾乡。"

青翠的山林里不时响起惊鸟扑扇翅膀的声音。

唐三十六说道:"很明显,别的那些家伙都不这么想。"

"周园如何能与天书陵相提并论?就算那里真有周独夫的传承,也不可能比山间的这些石碑更重要,前者乃是捷径,后者才是正道。"苏墨虞看着沉默的青丘,感慨说道。

陈长生沉默着,没有说话。

唐三十六嘲笑着说:"哪里来这么多似是而非的道理?两点之间直线最近,所以最正的正道,本身就是最快捷的途径。"

正道便是捷径?陈长生和苏墨虞闻言微怔,发现竟无法反驳。

"你可以啊。"陈长生看着他赞叹道。

"我说不过你,我先走了。"苏墨虞摇摇头,背着手向天书陵里走去。

"我很担心苏墨虞的将来。"唐三十六看着渐要消失在青林里的少年教士的背影,微微挑眉,说道,"以前曾经有很多例子,包括现在也还有很多人被困在天书陵里,无法离开,希望他不会。"

陈长生有些吃惊,问道:"被困在天书陵里?"

"从不愿意离开到最后根本不敢离开,那些人在天书陵里观碑,一坐便是数十年,和囚徒有甚区别?"

唐三十六说道:"那些人舍不得外面的繁华世界,不愿意发血誓成为碑侍,又舍不得天书石碑带来的感悟造化,离开,或者留下,都是极大的诱惑。面对这些诱惑,如何选择,什么时候才能做出选择,本身就是天书陵对所有人的考验。"

陈长生说道:"我不认为这种选择有多么困难。"

"那是因为我们现在还没有看到天书。"

唐三十六看着他说道:"当然,就算看到,我相信你也有能力清醒地认识到自己最想要什么,就像苟寒食一样,他肯定已经提前想好了,如果连这一道关隘都过不去,哪有资格在修道路上继续前行。"

陈长生忽然想到一件事,问道:"如果可以在天书陵里一直看下去,那么,有饭吃吗?"

听着这话,唐三十六很有些无语,心想你又不是轩辕那个吃货,没好气地说道:"当然有饭吃,你要看到死,就能吃到死。"

陈长生有些不好意思,说道:"不要生气,我只是觉得这件事情比较重要。"

唐三十六懒得理他,指着满是青树的山丘说道:"天书陵里只有一条路,那些石碑都在道旁,看完下一层,才能去看上一层。"

陈长生问道:"天书陵有几层?"

这个问题是他一直以来的困惑,按道理来说,道藏三千卷里有不少对天书陵的描述,但他却从来没有看到过天书陵究竟有几层。

"我不知道……嗯,准确来说,没有人知道天书陵有几层。"唐三十六说道。

陈长生闻言很是不解,说道:"据我所知,虽然天书陵登顶极难,但还是有些人曾经做到过,怎么会不知道层数?"

唐三十六说道:"老太爷曾经对我说过,真进天书陵的那一天,我便能知道为什么天书陵没有层数。"

"为什么?"陈长生依然不解。

唐三十六盯着他的眼睛,沉声说道:"第一,我不是碑侍;第二,我不是导游,所以你可不可以不要问我这么多为什么?反正你只需要知道,那些石碑只能一座座看过去,最终能看懂多少块碑,就看你自己的悟性了。"

陈长生能感受到他的心情有些糟糕,本想控制住不再继续发问,但实在压抑不住好奇,试探着说道:"最后一个问题?"

唐三十六深吸一口气,说道:"说。"

陈长生说道:"按照道典里的说法,祭天的时候,圣后娘娘和教宗大人都会从传说中的神道登临天书陵顶,就是你说的那条道路?"

"不是。"唐三十六说道,"神道是另外的一条道路。"

"可你才说过,天书陵只有一条路。"

"那是对进天书陵观碑悟道的人来说。"

"如果要登顶,哪条道路更近些?我觉着应该是神道吧。"

"神道乃是南麓正道,并不是登陵的捷径,你不是那等畏难怕险的人,应该很清楚,书山无捷径,只能努力登攀。"

"可你才对苏墨虞说过,正道就是捷径。"

唐三十六沉默了很长时间,说道:"首先,那是我在和他斗嘴,其次,不管那是正道还是捷径,反正你不可能从那条道路直接登临天书陵顶。你不用问我为什么,我直接告诉你,因为那条神道上有人看守,从来没有人能从那里强行登陵成功。"

"你不要生气。"陈长生有些不好意思,伸手拍了拍他的肩膀。

唐三十六盯着他的眼睛,说道:"这是第二遍,不要有第三次。"

陈长生知道他这时候情绪已经到了爆发的边缘,心想还是不要继续烦他,说道:"我随便去逛逛。"

此时,进入大朝试三甲的年轻考生们都已经进入了天书陵,身影消失在青林之中,只有他们两个人还留在外面。

唐三十六的音调微高,问道:"你真要随便去逛逛?"

陈长生点点头,理所当然地说道:"陵园里的风景不错,我想四处走走看看。"

唐三十六像看白痴一样看着他,心想历尽千辛万苦,大家才成功进入大朝试三甲,得到进入天书陵观碑悟道的机会,你不想着去那些石碑前静思求学,居然只想随便看看风景?你真当自己是游客吗?游客可进不了天书陵!

不管唐三十六如何吃惊恼火,陈长生把他留在原地,围着天书陵开始散步。初春的天书陵绿意喜人,陵下的园子里花树繁多,风景确实不错。他在其间停停走走,负着双手到处赏看,真像极了一名乡下来的游客。

因为繁茂青树的遮掩,天书陵外的人很难看清楚陵里的画面。而陵上的人却能清晰地看到外面,那些行走在山道上的考生们,很多人注意到了他的存在,发现他竟然没有登陵,而是在外面游览,不由好生震惊。

陈长生居然没有登陵,众人震惊是理所当然的事情,接着生出的情绪则是各自不同。有的考生觉得他故作淡然,真真令人不齿到了极点,比如槐院的书生以及圣女峰那个叫叶小涟的小师妹,有的人则觉得以他现在的境界以及在大朝试里表现出来的水准,明明天书陵在前却不入,实在是太过不自爱,比如关飞白和梁半湖都如此想。苟寒食接过七间递过来的清水饮了口,看着山下坐在池畔石上发呆的陈长生,却生出与大多数人不一样的想法。

他觉得今天的陈长生有些问题,应该是精神层面出了问题,却想不明白为什么会这样,距离大朝试对战不过数日时间,在他看来,陈长生的意志坚毅甚至有些可怕,怎么也不应该在短短数日之内,发生太大的变化才是。

天书陵是一座青山,面积很大,想要沿着陵下的道路完整地走一圈,不是很轻松的事情,尤其是像陈长生这样停停走走,看着花树便停停,看着池塘便去发发呆,一路走着一路想着那些有的没的事情,硬是走了两个时辰,才来到了陵南。

陈长生正在看道路上的那些五色石子拼成的图案,忽听着有轰轰水声从空中传来,他悄悄抬头望去,只见一道银色的瀑布,从青山崖壁一处倾泻而出,化作一道白练,落在数十丈高的崖壁间,四散流溢,变成数十道更细小的水线,穿行于嶙峋山石之间,最终落到地面。

看着这美丽的画面,他的第一反应是天书陵南崖真的很陡,没有太多树木,怎么也看不到一座石碑?然后他的视线顺着那数十道流水,向下移动,只见道前有片极为宽大的黑色石坪,坪间有人工挖凿而成的浅渠,天书陵上流泻下来的清水,顺着那些渠向前方流去。他沿渠而行,只见渠中的水无比清澈,渠底那些白色的石头仿佛珍珠一般闪耀着光芒。不多时,他来到了天书陵的正南处,瀑布的声音渐隐,石坪上的水渠则更加密集,他不禁想到,如果从天书陵的顶处往下看,这些浅渠会构成一幅怎样的图案?然后,他看到了传说中的神道。

那是一条笔直的道路,从石坪直接通向天书陵顶。正如唐三十六所说,想要登上天书陵,这条神道是最近的道路。但这条神道禁止任何人通行,只有祭天大典的时候,圣后娘娘和教宗大人才能行走于其上。

神道上没有任何事物,两侧连树也没有,只有崖石。任何人,想着这条神道尽头的天书陵顶,大概都会生出走上去的强烈欲望。但没有人成功过。因为在神道起始处,在无数条浅渠清水之间,有座凉亭。亭子里坐着一个人。那个人穿着一身破旧的盔甲,胸甲上到处是锈迹,盔甲遮住了全身,从头脸到手,没有一处露在外面。

那个人的手里握着一把破旧的剑,剑锋上有很多缺口,剑抵在地面。从远处望过去,这个全身盔甲的人,就像是一座雕像。甚至有时候,会让人怀疑盔甲里究竟有没有人。但陈长生知道那是一个人。整个大陆都知道这个人。这个人在这座凉亭里，已经坐了数百年。很多人都在说，如果不是在天书陵前枯坐了数百年，这个人或者早就已经进入了八方风雨。因为数百年前，他就已经是大陆第一神将。他就是天书陵这一代的守陵人，汗青。

72·游 客

一身旧盔，满身灰尘，坐守书陵数百载。陈长生远远看着那座凉亭，看着亭下那位传奇神将，沉默不语。偶尔有山风起，带来瀑布里的水星，飘进凉亭里，落在那身破旧的盔甲上，没有办法洗去甲上的灰尘，大概反而会让那身盔甲锈蚀得更快些，盔甲里的人没有动，坐在石上，低着头、拄着剑，似乎睡着了一般。

数百年来，大陆第一神将汗青一直担任着天书陵的守陵人，毫无疑问，这是一种极大的荣耀，然而无论风雨还是飘雪，日夜枯守陵前，直至把自己也守成了天书陵的一部分，这又是何等样孤寂的人生？

看着这幕画面，陈长生很自然地想起金玉律。国教学院的院门破后，金玉律在竹椅上一坐，便是院门，只不过与凉亭下的这位传奇神将相比，坐姿大不相同，然后他想起数百年前那场大战，心想金玉律或者与此人还真的认识。他没有离开，也没有上前，隔着十余道浅浅的水渠，静静看着凉亭下，沉默了很长时间，毕竟只是个十五岁的少年，偶生感慨、心头飘过复杂的情绪，也不会持续太长时间，更多的还是敬畏与震撼。

不知道过了多长时间，他对着凉亭恭敬行了一礼，便转身离开，继续在天书陵四周的风景里行走。

学宫里的风景，其实要比天书陵的风景更加美丽，只是那种美丽总有一种与世隔绝的虚假感，或者是因为那些湛蓝的天空与洁白的云层太过完美的关系，看的时间稍长些，就很容易心烦，让人有种想要远离的冲动。

落落站在大殿最上方的栏畔，看着远处那些如丝如绸的云絮，漂亮的小脸上神情微厌，说道："我为什么不能去天书陵？"

陈长生和唐三十六去了天书陵，金玉律离开皇宫后便来到学宫里看她，听着这话，苦恼地说道："殿下，您当然可以进天书陵，只要您愿意，随时都可以进天书陵，但不是现在，因为您……大朝试不是没成绩吗？"

"那折袖为什么能进？"落落转过身来问道。

"斡夫折袖只是一只孤魂野鬼。"金玉律看着她，神情严肃说道，"周朝首重军功，所以从娘娘到摘星学院，所有人都对他不错，但他毕竟……是只孤魂野鬼，人类不会对他太过警惕，也不会太过重视。"

"希望先生能帮到这个可怜的孩子。"落落微怜说道。她比折袖的年龄更小些，但她是妖族的公主殿下，在她眼里，所有妖族的少年少女都是孩子，而且折袖的身世血脉很让她同情，她是真的希望陈长生能够帮助折袖。

金玉律叹息说道："斡夫折袖的问题比殿下您的问题棘手太多，如果不是不好解决，您的母亲或者早就已经派人把他带回白帝城，怎么会让他在雪原里流浪这么多年，靠着猎杀那些落单的魔族生活。"

落落知道金玉律说的是实情，轻轻叹了口气，转而问道："天书陵不便进，那周园呢？"

只有通幽境才能进入周园，但她相信自己能够在一个月之内破境，哪怕不去天书陵观碑。

"就算殿下您真的破境成功，陛下也不会同意您进周园的。"金玉律说道，"甚至就算陛下默许，京都里的这两位圣人也不会让您去冒险。"

教枢处前的石阶上，教士和官员们不停地忙碌着，或上或下，看上去就像是四处觅食的蚂蚁。此时天色微暗，斜阳的光辉照耀在石阶上，把他们的影子拉得极长，石阶上又像是燃起了火，人们在其间穿行着。

建筑最深处那个到处都是梅花的房间里，主教大人梅里砂睁开眼睛，有些疲惫地问道："那孩子在做什么？"

辛教士在一旁欲言又止，憋了半天才说道："他在到处逛，似乎在看风景。"

"看风景？"梅里砂大人望向窗外燃烧的晚霞，浑浊的眼神被艳光洗得清澈了些许，神情微异问道，"难道从清晨到现在，他就做了这么一件事？"

"是的。"辛教士有些紧张，低声应道，"他已经绕着天书陵逛了整整一圈。"

梅里砂微微皱眉，房间里无比安静，气氛瞬间变得格外压抑。就在辛教士以为会迎来一场怒火的时候，却听到了笑声。老人家的笑声有些沙哑，但听得出来，是真正愉悦开心地笑，没有别的什么情绪。

"在天书陵里，不看天书只看风景？"梅里砂扶着椅扶手，缓慢地站起身来,然后在辛教士的搀扶下,走到窗边,望向南方那座仿佛在暮色里燃烧的青丘,笑着摇了摇头,又沉默了很久,缓声说道:"我很好奇,他究竟想做些什么呢?"

大明宫偏殿里,莫雨搁下刚刚批完的奏章,有些疲惫地揉了揉眉心,看着殿前将要落下的太阳,想起今天是大朝试考生进天书陵观碑的第一天,望向身旁的女官问道:"情况如何?"

女官将那些年轻考生们从离开皇宫到进入天书陵的过程汇报了一遍,详略得宜,重要的事情没有任何遗漏。

莫雨却觉得似乎有什么事情被遗漏了,微微蹙眉问道:"陈长生做了些什么?看到第几座碑了?"

那个女官没有想到莫雨姑娘居然会单独关心一名考生,微怔之后,赶紧去找到记录呈了上去。

莫雨翻开记录随便扫了一眼,神情骤变,细眉微挑,霜意上面,说道:"这个家伙,他究竟想做什么!在这等紧要关头,居然还要浪费时间!"

相同的情报,在正午的时候,已经被送进了天海家。国教六巨头里,留在京都的三位圣堂大主教,坐在离宫正殿里,看着天书陵处传回来的消息,完全不知道该说些什么。

今天,整座京都城都关注着陈长生在天书陵里的动静,因为他是今年大朝试的首榜首名,因为他如此年轻便已经通幽,更因为教宗大人已经两次通过某种方法表达了对这名少年的善意与爱护,人们很想知道他在天书陵观碑悟道,会不会再次带来什么震惊。

陈长生做到了,他再次震惊了京都。整整一天时间,他什么都没有做。观碑悟道?他一座石碑都没有看,他甚至都没有真正走进天书陵里,他只是围着天书陵逛了一圈,看了很多风景,发了很多呆,就像是一个真正的游客,还是最有闲的那种游客。

73 · 篱笆墙畔两小儿

进了天书陵却不看天书只看风景,没有人知道陈长生在想些什么,为什么这样做？其实就连他自己都不明白为什么不肯向天书陵里踏进一步，不肯去看那些石碑，只肯在陵下的园林里到处行走观望。看着远处将要落山的夕阳，他的手落在短剑的剑柄上，神识轻轻拂过那颗黑色的石头，感受着那股温润的气息，才清醒了些。明白原来观望代表着犹豫，而他之所以犹豫是因为下意识里不想继续修行。

修行使人成长、使人强大，只有变成真正的强者，他才有可能按照凌烟阁告诉他的那些方法改变自己的命运，只是……他还没有真正上路，却已经看到了长路尽头那些血腥的画面，以至于脚步无比沉重，难以迈动。

以前他不会思考这些问题，在生死的面前，一切都非常简单，只有活下来才有资格去思考，现在他离解决问题还远，却开始想这些，不得不说这显得有些矫情。当然换个角度，也可以说这是一种幸福。

暮色渐浓，青丘仿佛在晚霞里燃烧，他已经绕着天书陵走了一圈多，来到了西南角一片林园里，看到了一间草舍。草舍修建得很简陋，梁木上甚至还看得到树皮，显得极为粗糙，檐上铺着的草不知道多少年没有换过，黑黑灰灰很是难看。在天书陵里或者要停留很长时间，那么便需要寻找住宿休息的地方，陈长生不打算和那些考生们一道接受安排，不想太靠近青丘里那些至今没有见到的石碑，准备看看这里能不能留宿。

他对着草舍礼貌地唤了两声，却无人相应，想了想后走上石阶，推门而入，发现草舍里只有一些简单的陈设，桌面蒙着层浅浅的灰，摆在侧门后的水缸快要干涸，米桶里的米倒还很多。

应该有人在这里居住，只是那人住得极其不用心。陈长生有些洁癖，看着屋里的模样，忍不住摇了摇头，却没有离开，想了想后，竟是在房间角落里找到水桶与抹布，开始打扫起来。

从西宁镇到京都，从旧庙到国教学院，他最擅长的事情不是读书，而是打扫庭院，洗衣净面，没用多长时间，草舍内外便被打扫得干净无比，水缸里清水荡漾，檐下蛛网没有踪迹，虽不敢说与先前完全换了模样，但至少算是达到他的标准，可以住人了。

把米饭在锅里焖好，把房梁上系着的那根咸鱼切了三分之一蒸在上面，去园子里拔了些小白菜洗净待炒，做完这些事情后，他认真地洗了遍手，用手帕擦得干干净净，然后坐到石阶上再次看着风景发呆。暮色渐退，天书陵渐渐变暗，风景不似先前那般美丽，却给人一种更加神秘的感觉，山上那些青树变成墨团，仿佛是些文字。

数千年前，曾经有位魔君在天书陵里学道十年，周独夫当年，只用了三天三夜时间便悟透所有石碑，登上天书陵峰顶。像这样的故事，在天书陵的历史上比比皆是，数不胜数，因为这里本来就是传奇的圣地。想着那些故事或者传闻，想着神道前那位枯坐亭下数百载的大陆第一神将，陈长生的心神微荡，眼瞳因为夜色变得越来越黑。

"向往，或者敬畏，都很正常，但……你只是这么看着，什么都不做，在我看来，是非常愚蠢的……浪费生命。"一道声音在草舍破烂的篱笆外响起，那人的语速很慢，语调没有什么明显的起伏，听上去就像是一首无趣的曲子。

陈长生回头望去，只见一个少年站在篱笆墙外，那少年很瘦，脸上没有任何情绪，看着很是漠然，就像他那双淡眉一样。正是狼族少年斡夫折袖。

陈长生知道以折袖在北疆立下的军功，可以很轻易地获取进入天书陵的资格，只是他在国教学院等了对方数日对方都没有出现，此时却和大朝试三甲的考生们一道来到天书陵，不免还是有些意外。他对着篱笆墙外的少年揖手，想了想后说道："听曲子看戏看小说，其实很多人不都在浪费生命？我也很想尝试这种感觉。"

"但你……不是这种人。"折袖隔着篱笆墙看着他说道，声音依然有些干涩别扭，却非常肯定，不容置疑。

陈长生默然，过了一会儿说道："有些事情始终想不明白，在那之前我暂时不想做什么，至少今天不想做什么。"他和折袖只是在大朝试里见过，并不熟悉，而且他对这个狼族少年的第一印象便是此人极其危险，非常警惕，但不知道为什么，今日在夜色笼罩天书陵的时刻，他忽然觉得这个狼族少年或者能理解自己的困惑，或者是因为漫天风雪的残酷，或者是与这名少年相关的传闻。

"活着，是最重要的事情吗？"他看着折袖认真地问道。

一个十五岁的少年，向同龄人询问有关生死，似乎显得很哲学的问题，在京都那些学院里，他绝对会被人嘲笑一番。折袖不是普通少年，所以他没有嘲笑陈长生，而是沉默了很长时间，经过一番非常认真的思考之后，才做出了自己的回答："活着，不是最重要的事情。"

在风雪漫天的北疆，活着是很艰难的事情，一个自幼便被逐出部落的杂血狼崽子，想要活下去更是困难，折袖拼命地活了下来，为了生存做了无数冷血的事情，但他却不认为活着是最重要的事情。这个答案有些令人吃惊。

陈长生认真地想了想，说道："谢谢。"

折袖在篱笆墙外说道："不客气。"

陈长生问道："那对你来说，什么才是最重要的事情呢？"

折袖说道："清醒地活着，或者清醒地死去。"

便在这时，草舍前方响起一声吱呀，篱笆墙被推开一道口子，一名男人走了进来，那男人蓬头垢面，衣衫破旧，竟看不出多大年龄，垂落的头发里隐约能够看到一双明亮而干净的眼睛。那男人看着站在篱笆墙两边的这两个少年，似乎想要问些什么，但最终却不知道因为什么原因没有问出口。篱笆墙内外一片安静，安静得有些诡异。

74·心血来潮

那男人转身进了草屋，看着被打扫干净的地面与桌椅，沉默了片刻，然后闻着香味，找到了刚刚蒸熟的米饭和咸鱼，然后看到了摆在灶台上的那盆青菜，他用手撩起眼前的乱发，回头望向陈长生，却没有说话。陈长生猜到这个蓬头垢面的男子应该便是这间草屋的主人，走上前去，拿起先前已经准备好的一块猪皮，在烧热的铁锅上抹了抹，便把青菜倒了进去，挥动锅铲，随着滋啦啦的一阵碎响，不多时菜便炒熟了。

青菜盛进盘里，因为没有什么油，闻着不如何香，不过陈长生吃饭向来讲究少油少盐，在西宁镇的时候经常白水煮菜，所以并不觉得不妥。接着，他把蒸熟的咸鱼切成段，撒了些葱丝，又开始盛饭。冒着热气的白米饭搁到桌上，那个男子毫不客气拿起筷子便开始吃饭，陈长生又给自己盛了碗饭，回头却发现桌边又多了一个人。折袖不知道什么时候从篱笆那边走了过来，面无表情地坐在凳子上，表达的意思非常清楚。

陈长生有些无奈地摇摇头，把碗搁到他的身前，又开始去盛第三碗米饭。青菜不多，三两筷子便挑完了，咸鱼真的很咸，非常下饭，只不过就像唐三十六在大朝试时对折袖说过的那样，陈长生和折袖吃饭的速度都很缓慢，他们还在吃第一碗饭的时候，那名男子已经吃完了四碗米饭，搁了筷子。

陈长生泡了杯茶，递给此人。折袖看了他一眼，没有说什么。那个男子喝了口茶，满意地揉了揉肚子，发出一声很不雅的饱嗝。三个人始终没有说话，这顿饭吃得很是安静，气氛很是诡异。

陈长生和折袖几乎同时吃完，折袖站起身来，开始收拾碗筷、烧水洗碗，陈长生看着这幕画面，想了想，没有与他去争，又去倒了两碗茶。

折袖洗完碗后，把湿了的手在衣服前襟上随意擦了擦，坐回桌边，端起自己的茶碗，将里面的茶一饮而尽，然后望着陈长生说道："你还欠我东西。"

说这句话的时候，他没有看那个正在闭目养神的男人一眼，仿佛那个人根本不存在。

陈长生说道："我知道，这几天一直在国教学院等着你过来拿。"

"钱已经够了，唐棠出的价很大方。"

折袖看着碗里的最后那点残茶，沉默片刻后，说道："我需要你帮我一个忙。"

陈长生说道："你说，如果能帮我肯定帮。"

大朝试对战的时候，唐三十六代表国教学院与这个狼族少年有一个合作协议，在其后的对战过程中，折袖很坚定地执行了那个协议，尤其是与苟寒食的那一场战斗打得快要天荒地老，陈长生能够拿到首榜首名，有他的很大贡献。

折袖抬起头来，盯着他的眼睛，面无表情地说道："我的经脉有些问题。"

陈长生其实已经猜到折袖要自己帮他做些什么，闻言并不吃惊，问道："你确认我可以帮你？"

"你能帮落落殿下，便有可能帮到我，虽然只是可能。"折袖说道。

妖族与人类联姻生出的后代，血脉融合往往会出现问题，有可能会生出一个天才，也有很大机率会生出废物，而即便是那些血脉天赋不错的后代，身体里往往也隐藏着一些很凶险的问题，落落因为父母两系的血脉太强大，所以问题比较好解决，而折袖却没有这么幸运。他的经脉问题不仅会影响到修行，最可怕的是，会影响到他的心志，甚至威胁到生命。

"发病的时候，会很痛苦，最严重的时候，会让我失去理智，准确来说，就是会发疯。我不知道自己发疯后会做什么，可能会到处乱杀人，不然部落也不会在我那么小的时候，便把我赶走。"折袖神情漠然说着，仿佛是在说别人的事情，脸上看不到任何情绪波动。

陈长生这才明白，为什么先前在篱笆那头折袖会说，清醒地活着或者死去才是最重要的事情。他想了很长时间,说道:"最大的可能应该是与识海相连的经脉出了问题,有些畸形。"

因为自身经脉断裂的缘故,他一直在道藏典籍里寻找相关的知识,对此进行了很长时间的研究。说起经脉相关的问题,很少有人比他这方面的学识广泛,后来在国教学院里对落落和轩辕破进行指导,实际经验也变得非常丰富。此时听折袖说完自己的情况,他很快就找到症结。

折袖没有看到希望后的激动,面无表情地说道:"天机阁也是这么说的。"

陈长生看着他,想了想问道:"你想治成什么样?"

"能活得久些,当然最好,如果不能,至少也要保证自己一直清醒。清醒地活着或者死去,只要清醒就行。"

折袖盯着他的眼睛,说道:"我不想糊里糊涂、浑浑噩噩地活着。"

"我不能保证什么,但我会努力想些办法。"陈长生说道,然后伸手开始替折袖把脉。

他的食指与中指并列,如两把长短不一的剑,轻轻地搁在折袖的脉关上,就像搁在陈列兵器的架子上,似乎很随意,实际上很稳定。

嘭嘭嘭嘭,清楚的脉象从指腹处传回,陈长生发现这个狼族少年就像落落一样,心跳的频率非常快,就像是战鼓不停地被敲响,而且脉搏异常强劲有力,皮肤表面就像紧绷的鼓皮不停地轻轻颤动,让他的手指有些发麻。

忽然间,一道力量从折袖的脉关处迸发,那道力量并不如何犀利,雄浑如潮水漫涨,然而却无比突然,仿佛瞬间,潮水便淹没了所有礁石。陈长生对此毫无准备,两根手指被猛地弹了起来!他吃惊地望向折袖,折袖的脸上依然没有什么表情,很是漠然,但有个细节变化——眼瞳里的光亮变得黯淡了很多。这是怎么回事?

第四章

先前在草屋外的园里,借着星光,他看到了荀梅鬓间多了很多白发,同情之余,又多了很多担忧。

75·踏雪荀梅

折袖经脉里传来的那道力量很强大，就像是一道洪水冲破了堵塞河道的石堆，呼啸而下，喷薄而出。陈长生能够想象到这道力量会给折袖带来怎样的伤害与痛苦。折袖脸上的表情却没有任何变化，说明他常年甚至无时无刻不在承受这种痛苦，甚至已经麻木，然而他的眼光却变得黯淡了起来。这说明哪怕已经习以为常，但仍没有办法无视其中的痛苦，这种痛苦看来真的很可怕。

陈长生沉默了片刻，再次把手指搭到折袖的脉关上，这一次更是缓缓地渡了一道真元进去——他有些拿不准自己的判断，折袖的经脉是不是问题这么严重，因为他无法想象一个人怎么可能承受着这样的痛苦还活了这么多年。

夜色下的草屋非常寂静，油灯没有点燃，他专注地观察着折袖的脸色，只能看到那双充满了倔强坚忍的眼睛。他认真地等待着，没有放过任何一瞬脉象的变化，然而当那一刻到来的时候，依然让他措手不及。

啪的一声轻响，陈长生的手指再次被震到空中。这一次在真元与神识的双重感知下，他对折袖经脉里的异动有了更准确的认识，脑海里隐约有了些画面，心情随之变得愈发沉重，两道眉毛不知不觉中紧紧地皱了起来。那道如汹涌潮水般的震动，到底是什么问题？

他收回右手，看着折袖，不知道该说些什么。

折袖的脸色依然一如平常，只是隔得近了，才能看到他的发间隐隐有些水渍，反射着草屋外的星光，点点发亮。初春微寒，意志如此强大的少年，哪怕天书陵崩于眼前也会面不改色，此时却流了这么多的汗，可以想象那种痛苦何其难以忍受。

折袖这时候开口了，看着陈长生说道："我没想到，你的真元居然这么弱。"

陈长生完全没想到，这种时候他最关心的不是自己的病，而是别人事情。

"是的，太弱了。"桌旁响起一道声音，来自那个陈长生和折袖快要忘记的男人。

那个男人把脏乱的头发别到耳后，目光从陈长生身上转到折袖处，道："心血来潮，居然还没死？"

陈长生沉默不语，他知道道藏上曾经记载过的这四个字，便是折袖的问题。

折袖的神情也没有什么变化，四年前，天机老人替他看病的时候，也是这样说的。

"我不会死。"他看着那个中年男人说道。少年缓慢的声音异常用力，就像石头与石头摩擦，又像剑锋切断骨头，非常肯定。

那个男人摇摇头，不再理会，从桌旁站起身来，走到床边直接倒下。陈长生本想对他说说借宿的事情，没想到下一刻，便听到床上响起了鼾声，自然无法再开口。

如雷般的鼻声响彻草屋，他不理解，那个男人白天做了些什么事情，居然会累成这样，示意折袖跟自己走出屋去，来到被疏散的篱笆围住的小院里，借着星光，看着折袖，欲言又止。

"天机阁都治不好，但你有可能治好我。"折袖看着他缓声说道，语气不算无礼，说的话却相当无理。

陈长生想说的话，被这句话全部挡了回来，只好沉默不语，望向远处如黑山般的天书陵，轻声感慨道："命运，果然都不公平。"

折袖说道："命运给了我强大的血脉天赋，附带难以忍受的痛苦与黯淡的前景，在我看来，这很公平。"

陈长生说道："但你不能做出选择，不能不要强大的血脉，不要这种痛苦，所以我还是认为不公平。"

折袖沉默了一会儿，说道："是的，从来就没有公平。"

可能是因为有极为相似的境遇，同病相怜，陈长生对折袖的观感发生了很大的变化，知道这个狼族少年看似冷漠的外表下隐藏着很多痛苦与不甘，不愿意他的心境继续这般寒冷下去，说道："但可以有相对的公平，比如我们进天书陵观碑，能悟出什么全看自己。"

"天书陵就是最不公平的。"折袖看着星光下的天书陵，面无表情地说道，"凭什么人类能够决定进入天书陵的规矩？凭什么魔族就不能看天书？"

陈长生没有想到，不知杀死过多少魔族的他，竟然会替魔族鸣不平，不禁怔住。

"我不是替魔族鸣不平，只是讲道理。"折袖说道，"天书陵里的这些石碑，其实和雪原里一块被啃剩的鹿腿没有任何区别。都是肉，所有人都想吃这块肉，都有贪欲，但只有强大的人才有资格分配这块肉。"

陈长生问道："所以你想更强？"

折袖说道："不，我要变强，不是想分肉，我只想吃肉。"

陈长生想了想，准备说些什么，这时，远处的夜色里忽然响起一声高过一声的呼喊："你在哪里？陈长生！你在哪里？"

听着那个声音，陈长生忍不住叹了口气，就连折袖的神情都有些变化——大朝试上，这个声音的主人给他留下的印象太过深刻。

"我在这里，三十六，我就在这里！"陈长生对着夜林喊道。

天书陵乃是圣地，非常神圣庄严，行走在其间的人都会敛声静气。平日陵园里非常安静，今夜却被两个少年的大呼小叫声惊扰，陈长生喊完之后才醒过神来，不禁觉得好生丢脸。

伴着一阵衣衫与草枝的摩擦声，唐三十六找了过来，一把推倒了六七尺宽的旧篱笆，来到陈长生身前，重重地拍了拍他的肩膀，余悸难消地说道："我真担心你脑子的问题还没有解决，直接出了天书陵，还好没有。"

陈长生有些无奈，说道："能不能不要喊的声音这么大？渔歌互答，那是离山剑宗的剑法。"

唐三十六理直气壮说道："这么大的地方，朝廷又没设个传音阵，那些碑侍又不是下人，不好使唤，除了喊，还能怎么找人？"

这话很有道理，陈长生竟无言以对。

便在这时，折袖面无表情地说道："所有人进天书陵之后，都只会想着抓紧时间观碑悟道，谁会像你一样不忘呼朋唤友？"

"噫，居然是你？"唐三十六这才注意到折袖，微微一怔后，热情上前，把臂问道："你终于来了，来要债的？"

折袖很不适应这种亲近的表示，向后退了一步，躲开他的手。

唐三十六的手很自然地收了回去，又重重拍了拍陈长生的肩头，说道："能解决就赶紧解决一下。"

陈长生揉了揉肩,心想如果不是在黑龙潭底莫名其妙地完美洗髓,今天还真要被拍坏,说道:"我会试试,但没信心。"

便在这时,那个男子从草屋里走了出来,缭乱的散发遮住他脸上的倦容。

陈长生行礼问道:"前辈您不再休息一会儿?"

那个男子看着唐三十六,说道:"太吵。"

"不好意思,我的朋友找了过来,他有些高兴。"陈长生抱歉说道,又对唐三十六介绍道,"这位前辈便是这间草屋的主人,我想着既然要在天书陵待上一个月,总不能风餐露宿,所以想要借宿……"他自顾自说着,直到此时才注意到唐三十六根本没有听自己说话,而是怔怔地看着那个男子。

那个男子把脏乱的头发绑到了后面,露出了脸,这也是陈长生和折袖第一次看见他的真容。只见此人容颜清俊,眉眼之间自有一抹寒意,却并不会让人觉得冷酷,反而给人一种干净的感觉,虽然明明并不如何干净。

唐三十六看着这个男子的脸,显得有些困惑,接着想起些什么,眼睛忽然变亮,惊愕地说道:"你……你是……你是荀梅!"

那个男子一怔,看着唐三十六沉默了很长时间,淡淡说道:"不错,我就是荀梅,没想到还有人记得我。"

听着荀梅二字,折袖微微挑眉,明显也想起了此人的来历,只有陈长生依然不知道。

"踏雪荀梅……怎么可能没有人记得前辈?"唐三十六看着这个名叫荀梅的中年男子,惊叹道:"传闻里说前辈自那年大朝试之后,便一直在天书陵里观碑悟道,没有想到竟然是真的。"

荀梅看着天书陵里隐隐能见的光点,微显惘然地说道:"原来大朝试已经结束,难怪今天多了这么多人。"

"是的,前辈,今天是今年这届大朝试三甲入天书陵的第一天。"

此时唐三十六想到一件事情,把陈长生扯到身前,得意地说道:"他是我的朋友陈长生,和前辈当年一样,拿了大朝试的首榜首名。"

"喔?你们是哪座学院的?"荀梅问道。

唐三十六说道:"国教学院。"

荀梅点头说道:"榕树下出人才,倒也正常。"

陈长生闻言微怔，心想一般人听着国教学院复兴，总会有些吃惊，怎么这位前辈……转念间，他才忽然想明白，这位前辈竟是根本不知道国教学院十几年前那场大劫，岂不是说此人已经在天书陵里观碑至少十几年，从来没有出去过？

唐三十六对他说道："荀梅前辈是三十七年前那届大朝试的首榜首名。"

陈长生很是吃惊，心想这岂不是说这位前辈在天书陵里已经停留了三十七年？

76·天凉王破

荀梅看着陈长生摇头说道："只是你真元如此弱，居然能拿到首榜首名？真是一代不如一代。"

所有人都知道，今年大朝试乃是大年，要比前些年的竞争激烈得多。听到此话，陈长生没什么反应，唐三十六却不依了。

"即便让天机阁来点评，今年大朝试也要比前辈那一年强些。"他说道。

荀梅的神情忽然变得有些寂寥，说道："我不知道今年有什么人参加，但我那年……有两个人没参加。"

唐三十六一怔，想起曾经与荀梅齐名的那两个名字，不得不承认这种说法是有道理的。如果那两人参加了那一届的大朝试，那么即便秋山君和徐有容来了，今年的大朝试也无法与那一年相提并论。

说完这句话后，荀梅的情绪明显有些波动，不再理会这三个少年，走到院间一块石头上坐下，看着天书陵开始发呆。陈长生看着这位前辈的背影，略生感慨。白天的时候，唐三十六对他说过，有些修道者会在天书陵里观碑很多年，没想到这么快就亲眼见到一个，只是此人在天书陵观碑三十七年，一步不出，必然有隐情。一念及此，他觉得这位前辈的身影愈发显得凄凉，不忍心再打扰他，伸手阻止想要继续发问的唐三十六。

唐三十六不解，问道："怎么了？"

陈长生看着他认真问道："吃了吗？"

唐三十六这才想起这件最重要的事情，觉得饥饿感如潮水一般袭来，捧腹虚弱说道："没。"

陈长生把他带进屋内，把吃剩的咸鱼端了出来，又用热茶泡了一碗剩饭，说道："青菜没了，将就着吃点。"

"这能吃吗？这能吃吗？什么叫将就啊？青菜没了，你让我用茶叶代替？那能是一个味儿吗？"唐三十六拿筷子挑出一片被泡至发黑的茶叶，恼火地说道。

陈长生没有理他，借着星光找到油灯，仔细地擦了擦后，点燃了灯绳，昏黄的灯光照亮了屋内。

桌旁也被照亮，唐三十六把头埋在碗里，不停地吃着，碗前已经多了好些鱼刺。看着这一幕，陈长生忍不住想到，如果让京都学院里那些爱慕唐三十六的少女们看到他的吃相，又会怎么想？

折袖自然不会看唐三十六吃饭，他看着屋外坐在石头上的荀梅，说道："没想到传闻是真的。"

陈长生说道："听唐三十六说，天书陵里应该还有不少这样的人。"

唐三十六忙中偷空，抬头说了一句话："但像荀梅这么出名的人可不多。"

折袖说道："很多人以为他早就死了……在天书陵里观碑三十几年，真是难以想象。"

唐三十六在陈长生目光的注视下，有些不习惯地从袖中取出手帕，仔细地擦了擦嘴，说道："他舍不得出去。"

折袖想着当年的那些故事，摇头说道："我倒觉得他是不敢出去。"

唐三十六怔了怔，摇头说道："如此说不妥，最多也就是不好意思出去。"

舍不得、不敢、不好意思，这都不是什么好听的词。陈长生有些讶异，心想那位叫荀梅的前辈既然是三十七年前大朝试的首榜首名，必然不凡，何至于得到这样的评价？

"荀梅前辈最出名的就是修行意志极坚毅，当年他七岁的时候，在云山先生门前雪地里站了三天三夜，才得以被收入门下。"唐三十六说道，"踏雪荀梅这四个字就是这么来的。"

陈长生问道："云山先生？"

"云山先生是茅秋雨院长的老师。"

唐三十六看着陈长生说道："你没算错，荀梅就是茅院长的小师弟。"

茅秋雨是当今大陆有数的强者，他的小师弟可以想象是什么层级的人物。而且小师弟里的小字本身就代表了某种意义——小师弟必然是关门弟子，而只有那些天赋极其优异的人，才会被一个宗派或者学院派系收为关门弟子。比如离山那位传奇的小师叔，又比如现在的七间。

"荀梅就是当年天道院最出色的学生，比庄换羽现如今在天道院里的地位不知高出多少。哎，我们是不是进天书陵把庄换羽喊过来？荀梅是他的天道院大前辈，看看他给荀梅磕头，真是极好的事情。话说回来，如果我不是进了国教学院，刚才岂不是也要磕头？真是极险的事情。"唐三十六大笑说道，却发现陈长生和折袖都没有接话的意思，不由说道，"像你们这般无趣的家伙，世间有一个便足够憋闷，怎么偏偏出了两个？怎么偏偏你们两个还遇在了一起？真是令人憋闷！"

陈长生不理他，对着折袖问道："荀梅为什么不敢出天书陵？"

折袖没有来得及说话，唐三十六抢着说道："这你算是问对人了，怎么说我也在天道院里待过半年时间，这段往事最是清楚不过。当年荀梅是天道院的骄傲，天赋很是惊人，但不幸的是，在同龄人当中，有人比他的天赋更好、更优秀。"

唐三十六的神情忽然变得严肃起来，说道："荀梅这一生最不幸的就是和天凉王破生活在同一个时代，从十二岁时开始，他们便经常在各种宗派聚会里遇见，切磋比试不下百次，而每次都是荀梅输，在某年的煮石大会上，荀梅竟是连输三场。"

虽经过一年的京都生活，陈长生还是有些孤陋寡闻，但他知道这个名字，因为这个名字实在是太过响亮。在秋山君之前，那是整个大陆最响亮的名字，直到现在为止，这个名字还在逍遥榜上，高高在上。

天凉郡的王破。

然后他注意到，唐三十六在提到这个名字时，神情非常凝重，很是警惕。他有些不理解，即便秋山君现在已经是点金榜的榜首，与王破这种成名已久的逍遥榜中人都还有很远的一段距离，怎么看，唐三十六也不可能与王破之间有任何问题。

"像荀梅这样天赋过人、意志坚毅，又肩负天道院重望的人，怎么可能甘心一辈子生活在王破的阴影之下？他进天书陵观碑悟道三十七年，始终不肯出去，就是想在这里悟到真正的天道之义，然后战胜王破。"唐三十六看了一眼屋外，说道，"现在想来，天凉王破已经成了他的心障，他一天不能确信自己能够战胜对方，便一天不会离开天书陵，不舍不敢不好意思……都是对的，因为他很清楚，当他走出天书陵的那一天，王破一定就在外面。"

陈长生起身走到门口，看着星光下那个落拓的中年男人，心情有些复杂。无法走出天书陵，是因为没有勇气面对陵外的世界或者那个人吗？他不这样认为，曾经骄傲的天道院少年，不可能缺少勇气，至少面对他的一生之敌王破时不会缺乏勇气，不然当年也不可能连战百余场，那么他究竟为什么不敢走出天书陵？

离开有时候便意味着永别，荀梅不敢离开天书陵是因为他害怕失去天书陵。从正值青春到落魄潦倒，整整三十七年的岁月，尽数付予此间。天书陵让他变得更强，而越是如此，他便越不敢离开。

如唐三十六白天说过的那样，对修道者来说，天书陵就像一壶美酒，越喝越醉，越醉越想喝，面对这样一壶美酒，究竟喝多少为宜，是长醉不愿醒，还是浅尝辄止，这是对每个人的考验。而对荀梅来说，因为那道来自天凉郡的阴影，这种选择更加艰难。

只是荀梅天赋过人，又在天书陵里观碑苦修三十七年，现在的实力境界该强到什么程度？他已经这般强大，却依然没有自信能够战胜天书陵外的对手，那么天凉王破又强到了什么程度？

可是，这终究是要解决的问题。唐三十六说，当他走出天书陵的那一天，王破一定就在外面，并不是说王破真的会在天书陵外等他，而是说他出了天书陵便必须去找王破，如此才能给自己的人生、给这三十七年的观碑生涯一个交待。

天书陵外的树林里生出一阵清风，卷起地面的草屑，拂动树上的青翠嫩叶，发出哗哗如雨的声音。只有一场清风，却起于两个方向，那些草屑嫩叶被卷至林间，渐旋而起，像倒起的瀑布，将夜空降下的星空切成无数碎片。

两袖清风茅秋雨，出现在场间，他望向一棵槐树下，神情复杂地说道："二十年前我曾经请你来京都劝他出来，但你没有来。"

槐树下站着一个人，看着还很年轻，眉间却有些霜意，衣衫洗得很干净，黑发也束得极紧，但不知为何，总给人一种寒酸的感觉。就像是一位曾经的少年公子因为家道中落，然后在客栈里做了三年时间的算账先生。

"他自己不想出来，那么谁都没办法劝他出来。"那人看着夜色里的天书陵说道。

茅秋雨说道："那为何今天你来了？"

那人说道:"不知道为什么,我觉得他今夜会出来,所以……我来等他。"

77·去陵南

篱笆被推倒了,夜风能更痛快地进出,草屋四周的温度变得更低些,和洒落庭院的星光相比,屋里那盏油灯显得格外黯淡。陈长生走到院子里,看着石上那个中年男子,想要说些什么,却又不知该说些什么。

荀梅当年便是天赋惊人的强者,如今在天书陵里观碑三十余载,一身修为不知增长到什么程度,自然知晓这几个少年来到了自己的身后,说道:"不是不敢,也没有什么不好意思,只是我知道现在还不如他,那么出去又有什么意义?"

折袖自幼被逐出部落,是在战斗中生存成长,虽然知道这个中年男子实力境界极高,依然无法接受这种态度,沉声说道:"没有打过,又怎么知道不如对方?把自己困在天书陵里,难道就有什么意义?"

荀梅的声音变得有些寂寥:"我在天书陵里已经三十七年,不与外界交流,放弃了少年时最爱的书画,吃饭只求填饱肚子,睡觉只求保暖,把所有的时间都用来观碑悟道、修行冥想,但我依然没有办法追上他,我也很想知道,活着的意义到底是什么。"

"你知道王破现在的境界水准?"唐三十六有些意外,说道,"我还以为山中不知岁月,你会问我们。"

"每年大朝试结束之后,天书陵都会来新人,隔一段时间,师兄也会派人来看看我。我对别的世事不怎么关心,不在乎谁当皇帝,但我很想知道王破的现状,所以我知道他的现状,每一年的现状。"荀梅站起身来,望向天书陵外的夜色和隐约可见的京都灯火,接着说道,"我进天书陵那一年,他是青云榜榜首,接着我知道他进了点金榜,排在第二。后来他进了逍遥榜,再次排到了肖张的前面,我想那一刻他应该很高兴才是。"

天凉王破,画甲肖张,那是比陈长生他们更早一个时代的名人,和如今的秋山君地位相仿,已然是当今大陆的真正强者。荀梅本来也应该和他们一样拥有赫赫之名,却因为在天书陵里观碑,从未出去,从而渐渐被大陆遗忘,至少陈长生这样的人就不知道。

"如果你不是一直留在天书陵里,逍遥榜上肯定有你的名字,而且极有可能会排进前五。"唐三十六看着他说道。

荀梅转过身来,看着三名少年说道:"前五……确实也已经很风光了,但终究不是第一,终究要排在他的后面不是吗?"

唐三十六有些无法理解这种心态,说道:"那难道继续留在天书陵里,被世人遗忘,你才能得到平静?"

"天书陵是可能,是我超越王破唯一的可能。"

荀梅眉间的那抹寒意越来越浓,却并不令人畏惧,只是显得愈发坚定:"只要我留在天书陵里,继续观碑悟道,总有一天,我能成功地走到天书陵顶,彻悟天道真义,到那一天,王破如何还能是我的对手?"

庭院里一片安静,不知道什么小动物从倒下的篱笆处钻了出去,发出沙沙的声音,似是在对这段话表示反对。

"前辈,您这三十七年看了多少块碑?"陈长生忽然问道。

听着这个问题,荀梅微微皱眉,低着头认真地想了想,然后说道:"最开始那一年,我用了三个月看懂了十七座碑,那年夏天下了好大一场暴雨,那之后速度就降了下来,到冬天的时候,又看了五六座?"

在天书陵里三十七年,这段岁月实在太过漫长,以至于最早的那些时间里的细节,他已经忘记了很多,需要很认真地回忆才能够想起来。他认真地回想着曾经的雪与雨,说道:"第二年好像看了四座碑,第三年是三座?有些记不清了。"他摇了摇头,望向陈长生说道,"真的记不清总数了。"

"但很明显,前辈您观碑的速度越来越慢。"陈长生犹豫片刻后说道,"恕我无礼,也许您记不清这三十七年一共看了几座碑,但您应该能记住,已经有多少年没能再读出一座碑上的碑文来。"

荀梅身体微震,脸色略带苍白,满是油污的旧衣随着夜风轻颤。

"只用三个月的时间,便能读出十七座石碑上的碑文,这种天赋悟性,实在是令人敬佩,非常了不起,相信如果那座石庐没有被太宗陛下毁掉,我们在上面应该能看到前辈您的名字,可是……"

唐三十六摇头说道:"既然以您的天赋悟性,只能走到这一步,为何还非要继续在这里煎熬呢?我记得很清楚,王破当年在天书陵只看了一年时间,看了三十一座石碑便离开。"

荀梅的眼睛忽然明亮起来,就像是急着表现自己的小孩子一般,连声说道:

"我虽然记不住一共读懂了多少座石碑，但我很肯定，绝对要超过三十一座！我比他看的石碑多！"

"那又如何呢？"唐三十六曾经是天道院的学生，看着这个落拓的中年男人，心里想要帮助对方，听着他的话不禁有些伤感，叹道，"以王破的天赋悟性，如果他也继续在天书陵里多留几年，肯定也能再多读几座石碑。可他为什么坚决地离开？就是因为他清楚自己的极限在哪里，继续留在这里，就算能再看几座石碑，与在天书陵里消磨的岁月也不成正比，那是一种浪费。"

荀梅听着这话有些生气，然而却发现自己不知道该怎样反驳，一时间不由怔住了，草屋前的庭院再次变得十分安静。

"你是说……我在天书陵里的这些年都是在浪费生命？"他摇了摇头，声音颤动说道："不！他的天赋与悟性都远胜于我，除了天书陵，还有什么能帮助我超过他？是的，现在他依然在我之上，可如果我在天书陵里都没办法超越在陵外的他，我离开天书陵又还能有什么希望？"

"天书陵里的石碑可以帮助我们修行，但在天书陵之外也有很多事情能够帮助我们修行，不然王破为何会变得如此强大？"一直没有怎么说话的折袖忽然开口说道。

荀梅紧蹙着眉头，说道："天书陵外能有什么比那些含着无上妙意的石碑更能帮助我们修行？"

"有很多。"折袖神情漠然说道，"战斗、风雨、天地自身，还有贫穷苦寒，最重要的是，天书陵外有生死。"

荀梅微微张嘴，很长时间都说不出话来。看着眼前这一幕，陈长生的心里多出很多感慨，折袖明明只是个少年，实力境界更是比荀梅差得太远，此时却像老师教育小孩子一样对荀梅说话——在雪原上艰难长大的狼崽子比起在天书陵里三十七年的修道者，对这个世界的认知更真实，也更准确。

"但……这是三十七年啊……"

荀梅转身望向夜色里的天书陵，神情有些惘然，自言自语道："那上面还有很多座石碑我看不懂，不知道怎么读，我真的很想知道。如果我能登上陵顶，读懂那些碑，掌握天道真义，便肯定能够胜过王破。要我这样离开，如何能够甘心呢？"

说完这句话，他苦笑着摇了摇头，向庭院外走去。

星光洒落在庭院里，也落在他的发上，不知道是不是光线的问题，陈长生总觉得看到了几绺白发，一时间，夜风仿佛又凉了几分。

"他要去哪里？"看着荀梅有些萧索的背影，略显踉跄的脚步，陈长生有些担心他是不是精神受了太大的刺激。

唐三十六有些怜悯地说道："应该是去天书陵看碑……三十七年来，也许每个夜晚他都是这样过的。"

星光很明亮，用来写字或者有些困难，但用来观碑还可以，而且天书陵里隐约有灯光，想来有很多观碑的人也在挑灯夜观。

"他不是去观碑。"折袖脸上的神情忽然发生了些变化，看着渐要消失在夜林里的荀梅，说道，"去观碑的那条路在陵北，他在往南面去。"

唐三十六怔了怔，说道："难道是气糊涂了，竟走错了路？"

陈长生有些后悔，道："前辈身在陵中，或者有些看不清，但情况不同，我们觉得正确的道理，对他来说不见得有道理。而且我们毕竟是晚辈，先前说的那些话是不是太过分了些？"

"错就是错，浪费生命就是浪费生命，和前辈后辈没关系。"折袖面无表情地说道。

"嗯……我想跟着去看看，希望不要出什么事。"陈长生向篱笆外走去，唐三十六也跟了上去，折袖看着倒在地上的篱笆发了会儿呆，也离开了草屋。

这间草屋在天书陵的西南方，过了林子向南走不远，便能听到陵南那数十道瀑布发出的轰鸣响声。夜色里，隐约可以看到荀梅的身影，三名少年跟着行走，穿过如春雨般的水沫，便来到了那片满是浅渠的石坪前。

星光洒落在石坪上，渠里的清水轻轻摇晃，画面很是美丽。荀梅踏过那些浅渠，踩出水花，打湿了衣裳，却浑然不顾，显得有些失魂落魄。他来到神道前，抬头望向天书陵顶，神情显得惘然。

三十七年，无数日夜，他只想去到那里，只可惜却始终去不得。虽然这条神道直通天书陵顶，他却没有办法走上去。因为那人一身盔甲，静坐在神道前的凉亭里。

78 · 闯神道

远处的天书陵隐隐有灯光，听得到瀑布的声音，但在陵南的神道周遭，很安静，没有任何灯光，只是星辉照耀着这里的山崖与直道、浅渠与石坪。只是那些星辉无法完全驱逐夜色，渠里的清水漆黑如墨。

荀梅把视线从陵顶收回，望向神道，然后逐渐下移，来到凉亭，直至最后，落在亭下那人的盔甲上。片刻后，他向凉亭走去，踏破渠里的清水，仿佛搅动墨汁，溅起的水花却是银色的。他要做什么？难道他要闯神道？陈长生、唐三十六和折袖看着这幕画面，心情变得紧张起来。

"前辈！"陈长生冲着荀梅喊道。

先前在草屋外的园里，借着星光，他看到了荀梅鬓间多了很多白发，同情之余，又多了很多担忧。荀梅停下脚步，转身望向站在石坪外的那三个少年。与陈长生三人想象的不同，荀梅的神情很平静，没有什么惘然，更不像一个失魂落魄的可怜人，他微笑着问道："年轻人，有什么事？"

陈长生看了眼凉亭，发现那位传奇神将仿佛依然在沉睡，稍一犹豫后问道："您要去做什么？"

"我要去登陵。"荀梅指着身后夜色里的天书陵说道。他没有回头，手指的方向却没有一点偏差，他的语气很寻常，就像在说自己要回家，给人的感觉是，这条神道他已经走过了千百遍。

是登陵还是登临，陈长生没有听清楚，但无论是哪个词，意思都相同，这让他和唐三十六、折袖都变得更加紧张。不知道是错觉，还是什么，陈长生总觉得在荀梅说出这句话后，夜空里的星海仿佛变亮了一瞬，落在天书陵南石坪浅渠上的星辉变得浓了一分，凉亭下覆盖着灰尘、看着很破旧的那件盔甲，也因此而亮了起来！更令他感到心悸的是，凉亭下的守陵人一直低着头，盔甲的阴影遮住了他的脸，但在星光变亮的那一瞬，头盔下方却有一阵清风徐起，带出了些许灰尘！

陈长生不敢再往那边看一眼，哪怕是余光，望着荀梅问道："为什么？"

如果荀梅能够战胜凉亭下的守陵人，通过神道直接登上天书陵顶，那么怎么会在天书陵里苦熬了整整三十七年？只怕早就已经来闯神道。既然他始终没有来，说明他自己很清楚根本没有什么胜算。

是的，荀梅就算境界再如何深厚，又如何能够过得了凉亭那一关？如果那人能够被轻易战胜，盔甲上如何会积了数百年的灰尘？哪怕荀梅曾经与王破、肖张齐名，又在天书陵里观碑三十七载，境界更加深不可测，可依然很难战胜凉亭下的那人。

大陆三十八神将，汗青居于首位，这位在亭下坐了数百年的强者，实力只在五圣人与八方风雨之下，逍遥榜中人固然境界高深莫测，但无论是天凉王破还是画甲肖张，也不敢说自己有资格挑战他。

听着陈长生的话，荀梅安静了一会儿，没有直接回答这个问题，而是认真说道："谢谢你们。"

道谢的时候，他的目光在三个少年的脸上拂过。

折袖自出生经脉与识海都有问题，无时无刻不要忍受心血来潮的痛苦，如果是一般人，只怕早就已经失去了活下去的勇气，但他没有，这种少年的勇气实在少见。陈长生炒青菜，煮饭蒸咸鱼，这种平静心境他很向往。唐三十六在天书陵这样神圣的地方大呼小叫，让他看到了久违的青春的热血。

荀梅没有说什么，但这便是他为什么要去登陵的答案。今夜遇到的这三个少年，用勇气、心志、青春，让他醒了过来。三十七年的天书陵观碑岁月，就是一场梦，梦醒之后，总要做些事情。

"你们让我醒了过来，我要去见真实，所以我要去登陵。"荀梅再次指向身后夜色里的天书陵，平静而坚定。

"如果您真的醒了……难道不应该是出天书陵去找王破一决高低？"唐三十六不解地问道。

荀梅闻言大笑起来，笑声回荡在石坪上，让渠里那些如墨般的清水都微微颤抖。过了一会儿，他看着三名少年平静地说道："我的敌人真的是王破吗？"

陈长生和折袖隐有所悟，唐三十六也渐渐皱了眉头。

"不，三十七年之后，我修道生涯的阴影，早就已经不再是他，而是它。"荀梅继续指着身后夜色里的天书陵，微笑说道。

陈长生三人闻言一怔，然后沉默。无数年前，天书化作流火，落在这片大陆上，开启民智，直至教会了人类修行。毫无疑问，这座天书陵对人类来说具有无法替代的作用与地位，但对无数修道者而言，这座天书陵在某种意义上也是他们最大的敌人。

那些石碑上难以理解的文字或者说图画，是他们必须翻越的高山，是他们必须战胜的对手，然而天书陵看着并不如何高险，实际上却将抵苍穹，单凭人力极难攀越，因此击溃了无数修道者的勇气与精神气魄。荀梅醒了过来，见到了真实，终于明白了自己的对手是谁。所以他没有选择离开天书陵去找王破，而是选择来闯神道。

天书陵外的那片树林里，非常安静，没有任何声音，陵南神道前的那番对话，按道理来说，根本传不到这里，但树林里的两个人，却明白了荀梅的心意。茅秋雨的双袖微微颤抖，很是动容。槐树下的那个男子双眉微挑，如倒八字一般，眼睛无比明亮，直欲夺人心神。

天书陵南，三个少年也明白了荀梅的心意，一时之间却依然难以接受——刚刚从一场长达三十七年的梦中醒来，回到真实的世界，知道了自己的对手是谁，然后去挑战，这自然是很有勇气的行为。只是如果失败，那将进入一场更漫长的噩梦里，这未免太惨烈了些。

陈长生与荀梅今日初见，话都没有说几句，按道理来说，不应该有任何感情，但不知道为什么，他总觉得此人给自己一种亲近的感觉。他很同情这个人，很想为他做些什么，不愿意他刚刚醒来就会死去，说道："请小心。"

荀梅笑了笑，不再多言，转身向凉亭走去，一路踏水而行，水花四溅，旧衫渐湿。来到凉亭前约百丈处，他停下了脚步。

天书陵南这片石坪是黑色的，凉亭前一大片地面却是白色的，与神道的颜色一样，浑然如一体。黑色石坪，白色神道，这里便是分界线，或者，也是生与死的分界线。凉亭下那人的脸被盔甲的阴影笼罩着，根本无法看清。忽然间，头盔的阴影里有灰尘飞舞而出，在星光下，看着就像是极微小的萤火虫。一道声音也随之从头盔下的阴影里传了出来。

那声音很低沉，很浑厚，浅渠里的水跳跃不安，似喜又似惧，天书陵南的山崖里，到处都是回响。仿佛那人沉睡了数百年，直至此时才醒过来。于是天书陵也醒了。

天书陵北面那些隐约可见的灯火，随着这道响彻山崖的声音，在微微摇晃，然后有些凌厉的破空之声响起，嗤嗤嗤嗤。

夜风微作，衣衫带风，苟寒食最快来到石坪边，紧接着，梁半湖、关飞白和七间也先后赶了过来。

"这是怎么回事？"关飞白向前踏了一步，看着场间一惊问道。

唐三十六说道："这都看不懂？有人要闯神道。"

"居然有人敢闯神道？是谁？"苟寒食猜到凉亭下应该便是传说中的守陵人，大陆第一神将汗青，那么此时与他对峙的那个落拓中年男子又是谁？

"苟梅。"陈长生说道。

"踏雪苟梅？"苟寒食微微挑眉，显得有些意外。

七间吃惊地说道："苟梅居然还活着？难道传闻是真的，他一直藏在天书陵里观碑？"

折袖在旁面无表情说道："同样的话，我们已经说过了。"

七间这才发现是折袖，小脸上顿时流露出愤恨的神情，握住了剑柄。折袖看都没有看他，只是看着神道之前。

"怎么就你们离山剑宗的四个人来了？刚才动静这么大，那些家伙难道没听到？"唐三十六有些不解地问道。

苟寒食说道："那些人在观碑，不舍得离开。"

如此深夜居然还在看那些石碑，陈长生真是难以理解，心想难道天书的诱惑真的有这么大？想着苟梅这样天资过人的人物，也被那些石碑困了整整三十七年，再望向夜色里的天书陵时，忽然感到了一种阴森。

"逾线者，死。"凉亭里传出一道声音。

这道声音起于那件破旧盔甲的阴影里，很是平淡，却带着一股沧桑，仿佛古老的城墙，表面上看着已经密布青苔，斑驳无比，甚至酥松剥落，但实际上依然无比坚固，再强大的攻击，也无法损害其丝毫。

苟梅站在那道无形的线前，看着凉亭说道："我不想退，总不能一直这么站下去，那么总要试着看能不能越过这道线。"

"数十年前，王破也是这么说的，但最终，他在这里站了一夜，也没有向前踏一步。"破旧的盔甲覆盖着凉亭下那位传奇神将的全身，他的声音只能通过盔甲才能传出来，显得有些低沉，又有一种奇怪的味道，像是锋利的刀刃，更像是伸出舌头舔了舔刀刃，微甜的铁腥与血腥味混在了一起。

79 · 战风雪

听着这话，石坪四周变得安静无比。众人明白，那必然是王破当初在天书陵里观碑一年，确认再留在这里是浪费生命，又同很多人一样不舍离去，于是他也尝试着想要走捷径。然而最终他只是在这道线前站了一夜，晨光起时，便转身离开。

天书陵外，茅秋雨望向槐树下那个男人。那个男人沉默不语。

荀梅沉默片刻，明白了汗青神将身为守陵人为什么要对自己说这句话："原来前辈您知道我是谁。"

亭下的盔甲依然纹丝不动，那道沧桑的声音从阴影里传出："我当然知道你是谁。数十年前，大陆修行界开始迎来最近的一场野花盛开，天惊王破、画甲肖张、不动如山、踏雪荀梅……你们的资质最好，最有前途，与魔族对抗的希望，本就在你们身上……你在天书陵里看石碑看了三十七年，我便看你看了三十七年，你真的不错，今夜既然破了心障，为何不离开，却偏要来一试歧路？"

"不，我的心障就在眼前，只是看到，并未破去，至于歧路，未必不是正道。"荀梅的目光掠过凉亭，再次落在天书陵上。

汗青的声音安静片刻后再次响起："王破是聪明人，你既然以他为目标，至少也要表现出相同的智慧。"

"不错，我这辈子就想超过他，现在看来，至少在这方面，他不如我。"荀梅说道。

汗青淡然说道："他不如你蠢？"

荀梅想了想，说道："他不如我笨。"

汗青沉默片刻，说道："有理。"

天书陵外的树林里，那个男人的手落在身前的槐树上，依然沉默。

"一百多年来，你是第一个闯神道的人。"天书陵南的凉亭里，汗青继续说道。

荀梅说道："我比较笨。"

蠢和笨这两个字的意思似乎相同，其实有很大的区别。

"笨人可能有福报。"

汗青说道："我这个守陵人，本身就是天书陵里的一部分，胜了我，你便可以上神道。"

荀梅神情平静，揖手为礼。这就是天书陵的规矩，也是应有之义，能够胜过大陆第一神将，必然是五圣人或八方风雨这种层级的强者，这种大人物要看天书，难道还要依足大周朝的规矩？只是陈长生总觉得，汗青神将这话是对坪外这些少年说的。荀梅看了眼脚下，石坪在那里结束，神道在那里开始，黑的尽头便是圣洁的白。然后他抬膝。

凉亭下，汗青依然没有抬头，容颜尽在盔甲阴影之中，声音也变得冷漠起来："荀梅，虽然你活着对人类来说更有意义，但我是守陵人，守的便是天书陵的规矩，所以我不会留手，你也可以尽情出手，不要有任何犹豫。"

三十七载长梦醒来，要去陵顶见一眼真实，荀梅哪里会犹豫，就像是没有听到这句话般，向前踏出一步。这一步，他走得很寻常，脚落在地面上，很随意，没有什么声音。凉亭前的声音，依然是水声，西面山崖里的瀑布落石声，以及坪上浅渠里的清水叮咚。荀梅的脚，越过了那道线。

夜色笼罩下的天书陵，忽然变得明亮了些。深夜时分，灯火微弱，能够把整座天书陵照亮的光源，只可能来自天空，来自那些繁星。

陈长生抬头望去，只见夜空里的繁星无比灿烂，他眯了眯眼睛。

其实，满天星辰并没有真的变亮，就算有，肉眼也不可能分辨出来，这纯粹是一种感觉，或者说是神识的感知。石坪旁的人们都有感应，却没有谁比陈长生的感应更清晰，因为没有谁比他的神识更宁静厚远。他甚至隐隐感知到，夜空里的无数颗星辰中，究竟是哪颗在此前变得明亮起来。

那颗星辰远在东南星域的深处，或者便是荀梅的命星。

向前踏出一步，去见真实，命星有所感应，骤然明亮，荀梅……究竟修到了什么境界？

陈长生想着在凌烟阁中静思时看到的那片星空，一种震撼感从心底生出。

明亮的星光，将天书陵的山野变成了银色的世界。荀梅站在凉亭前，先前在庭院里束起的发，不知何时重新披散，那些污垢竟似瞬间被星光洗去，长发飘柔，那几缕银白的发丝格外醒目。他站在神道与石坪之间，身体留在原地，明明没有向凉亭走去，但已经向凉亭走去，神道上清晰地出现了一个脚印！

神道由白石铺成，那脚印是湿的，自然无比清楚。荀梅踏水而来，他的鞋自然是湿的。看着这幕画面，陈长生睁大双眼，折袖也愣在原地，他们在西宁镇旧庙和苦寒雪原里长大，很少见到这种真正强者之间的战斗，无法理解，不知如何解释这些脚印。相对而言，离山剑宗四子和唐三十六则显得平静一些。

湿漉的脚印在神道地面不停出现，更像是个隐形的人正在行走。荀梅静静地看着凉亭下。没有用多长时间，脚印已经向凉亭方向延伸了十余丈。噌的一声厉响！凉亭下，夜风乍起。

285

汗青依然低着头，未曾拔剑，然而身畔鞘中的剑，却已然跃跃欲试，离鞘半寸。只是半寸，却已似完全出鞘。数道灰尘，从剑鞘的边缘处迸发而出，弥漫在凉亭间。随着这些剑尘的弥漫，一道极为强大的气息，从凉亭间生出，横亘于神道之上。这道气息，依然如铁，依然有血，肃严方正，如一道古旧的、染着无数军士血迹的城墙。没有人能看到这堵城墙，但所有人都知道，城墙就在这里，就在神道之上。

荀梅的脚步停了下来，过了很长时间，湿漉的脚印，没有在神道上再次出现。他的视线穿过凉亭和亭下那个强大的人，落在远处的天书陵上，就像是火绳触到了炭火，刺啦碎响里，便开始猛烈地燃烧。视线开始燃烧，目光开始燃烧，眼睛开始燃烧。

荀梅的眼睛变得无比明亮，就像是新生的星辰。他的身体缓慢地前倾。神道上再次出现一个湿漉的脚印。一剑为城，他便要把这堵城墙直接撞碎！神道上，水迹渐显，脚印继续，那就是他的路。他要走神道，走到凉亭下，直至走到天书陵顶。他一步一步地走着，脸色变得越来越苍白，越来越痛苦，但眼睛里却充满了喜悦。生命，就是要痛苦才真实。他要见的便是真实。

随着时间的流逝，神道上的足迹不停向前，快要接近凉亭。荀梅与凉亭之间依然隔着百余丈，但他已经能够看到，盔甲下那片幽暗里的那双眼睛！两道极其强大的气息，在天书陵南沉默地对抗着。浅渠里那些清水惊恐地翻滚着，然后逐渐向四方流去，柔顺无形的水，竟渐渐有了形状。甚至就连坚硬的黑色石坪地面，都开始变形，被那两道气息碾压得微微下陷，变成一道曲线。仿佛有个无比巨大沉重的、无形的石球，落在了地上！石屑迸飞，水渠边缘发出令人牙酸的扭曲声。

陈长生等人不停地向后退去，才避免了被波及，看着眼前破裂下陷的地面，再望向神道上那两人，眼中满是敬畏。两道气息的对峙，没有持续太长时间。荀梅盯着凉亭下，清啸一声！这一声清啸仿佛是戏台上的咿呀，一声为令，便有人在上方洒下纸片。那些纸片是假的雪，而此时，居然有真的雪落了下来！

不，那不是雪，而是星光！是被切割成屑的星光！星光成屑，簌簌落下，与雪没有任何分别。荀梅站在雪中，仿佛回到当年。那时他还是个少年，在先生门前站了三天三夜，直至积雪没膝。当年是哪一年？是三十七年前，还是更早的一年？将近五十年的苦修，三十七年观碑，他早已不是当年弱不禁风、被风雪冻至重病的孩童。

他已经是快要抵达从圣境的真正强者!

坪外观战的那些少年,直至此时,才知道荀梅的境界竟已经到了这种程度,不由震惊无语。到了此时,凉亭下的守陵人抬起了头。始终被盔甲笼罩着的幽暗,终于被照亮。那是一张苍老而漠然的脸。

一声断喝,无数灰尘,从盔甲的无数缝隙里迸散而出!他在神道前坐了数百年。这些灰尘便是数百年累积的。数百年前,人类与魔族的战争已经进入到了末期。他是王之策的最后一任神将。

他终于抬头,望向荀梅,目光便是最锋利的剑。而他的剑,也终于真正地离鞘而出!星光被切碎成屑,缓缓落下。汗青神将的剑,在风雪之中纵横,如金戈,如铁马。凉亭之前,已是雪原!

对荀梅来说,被切碎的星光,是当年先生门前的雪。对汗青来说,被切碎的星光,是当年战场上的雪。不同的雪,代表着不同的坚持,各有各的坚持。隔着百余丈的距离,荀梅看着那张苍老的容颜,仿佛就在眼前。

这场战斗,终于到了最后的时刻,到了要分出胜负的时刻,两名强者,都释放出了自己最恐怖的手段。在石坪外观战的那些少年们,再也无法支撑,哪怕一退再退,依然被这场暴烈的风雪吹得东倒西歪,随时可能倒下。

便在这时,荀寒食伸手握住了陈长生的左臂,陈长生会意过来,用力地抓住梁半湖的胳膊,彼此紧紧把臂而立,总算是稳住了身形。就像是风雪里那些看着并不如何坚韧的小树,紧紧地并作一排,努力地抵抗着大自然的威力。

在远处观战便已经如此辛苦,可以想见战局中的那两个正承受着什么。百战将军与寒门书生这场风雪之战,究竟谁胜谁负?

80 · 谢谢你,不客气

时间仿佛在这一刻停止了。碎如雪片的星屑,在天书陵前的夜空里悬浮着。荀梅与汗青静静地对视。一片雪花,从凉亭的檐上落下,落在汗青的盔甲上,迅速融化成水,紧接着,蒸发为汽。时间重新开始运行。

荀寒食神情微变,毫不犹豫地松开抓着陈长生的手,握住七间腰间铁尺剑的剑柄，闪电一般把剑抽了出来。陈长生的反应也极为迅速，当啷一声，从旁抽出唐三十六腰间的汶水剑。两把剑刺破少年们身前飘着的微雪，横挡于前。轰的一声巨响，在神道前响起！紧接着是无数声碎响，无数冰块裂开，再接着是呼啸的风雪声。

不知道过了多长时间，场间才重新变得安静。星屑不是真的雪，凉亭前的神道上，自然也没有积雪。荀梅在神道上留下了数十个足迹，最前方的那个脚印里，却积起了雪。那个脚印本来是湿的，带着浅渠里的清水，此时却被冻成了雪屑。那些足迹，从最前方开始，逐渐变成雪色。步步成雪，足迹也随之变得模糊。仿佛就像先前走在神道上的那个人，开始后退。那些脚印不停化成雪，不停消失，不停后退，直至退到那道线。荀梅的意志，退了回来，回到了他的身体里。他前倾的身体，如遭重击，变得挺直。轰！荀梅离开地面，向夜空后方掠去，黑发飘舞，其间隐着的几缕白发在星光下依然醒目。但更鲜艳的，却是他嘴里喷出来的那道鲜血。啪的一声，他重重地摔倒在那些扭曲的水渠上，溅起一大片水花。

看着这幕，陈长生不顾依然危险的气息余波，向着那边跑了过去，不知道为什么，他就是觉得荀梅很亲近。

石坪上的夜空与地面一样，到处都是裂缝，非常恐怖，只是数十丈距离，陈长生的衣衫便被切出了无数道极细密的口子，同时皮肤上也出现了很多道白色的痕迹。如果不是完美洗髓，他肯定会鲜血淋漓，可能都不能跑到荀梅的身前。

夜风渐静，雪屑尽数化为星辉，天书陵回复了安宁，苟寒食这才放下手中的铁尺剑。先前最后那刻，场间响起无数碎响，便是两位强者气息对撞产生的锋利气流，横扫四方的声音。如果不是苟寒食和陈长生见机极快，以剑势相抗，少年们肯定都会受伤。好在这场战斗虽然恐怖，但那些气息冲撞到了他们的身前只剩下了些余波，而铁尺剑是离山剑宗戒律堂的法剑，在百器榜上都有位置，并没有什么损伤。只是苟寒食的手背上出现了很多道细密的伤口，正在向外溢着血水。他把铁尺剑递给七间，也向场间跑去。

陈长生已经把荀梅从水渠里抱了出来，正在替他把脉。荀梅躺在地上，喷到衣服上的血水被渠水冲掉，也看不到什么伤口。苟寒食和陈长生一样，不知为何就觉得荀梅很亲近。先前荀梅闯神道时，都在默默替荀梅加油，自然不想他有事，问道："怎么样？"

陈长生把手指从荀梅的脉关处收回，沉默片刻后，摇了摇头。两个聚星上境，甚至可以说快要接近从圣境的强者之间的战斗，要比先前神道前的那些呈现出来的异象更可怕。荀梅的身体表面没有伤口，但实际上身体里的经脉都已经完全断裂，幽府已破，虽然识海未损，却没有活下去的可能。这和陈长生自己的身体情况完全不同。

荀寒食默然无语。唐三十六等人这时候也赶了过来。凉亭里，汗青神将低头，苍老的容颜再次被盔甲所覆盖，幽暗一片，除了依然在飞舞的灰尘，仿佛根本没有动过。没有人留意到，那处响起隐隐一声叹息。

"麻烦送我出陵。"荀梅看着少年们，虚弱地说道，"我在这里待了三十七年，实在是有些腻了，可不想最后还死在这里。"

虽然虚弱，但他的神情很平静，对修道者来说，求道而能得道，哪里会有什么不甘。

荀寒食想了想，问道："您……有什么想交待的吗？"

"我还有力气说遗言，不着急这一时。"荀梅艰难地笑了笑，然后看着他们，很认真地说道，"谢谢你们这些孩子。"这已经是他第二次郑重道谢。

折袖面无表情说道："我们没有做什么。"

荀梅看着他说道："我最终能知道自己为何而死，全因为你那句要清醒地死，怎么能不谢谢你？"

陈长生看着他欲言又止。

荀梅微笑说道："是不是想说借宿的事情？"

陈长生心想，您都要死了，我怎么会问这个？荀梅说道："就一间破屋子，你们想住就住吧，我在这里面待了三十七年，每年大朝试后，总会看到有些孩子风餐露宿好些天后才醒过神来，到处找住处……不过我喜欢清静，你们住便是，别的人就不要了。"

这句话隐隐有些别的意思，只是陈长生他们此时哪里会注意到这点。

荀寒食把荀梅抱了起来，搁到关飞白的背上，少年们送荀梅向天书陵外走去。不知道因为什么原因，那些碑侍始终没有出现。

来到天书陵正门，没有等唐三十六开口喊人，石门自行缓缓开启。地面微微颤抖，陵外的灯光也变得有些摇晃，守陵的军士已经在外等着了。荀梅示意关飞白把自己放下来，向天书陵外走去。

陈长生等人看着他的背影，心情异常复杂。这位曾经的天道院骄子，在天书陵里读碑三十七载，今夜终于可以出去了。只是，大概也只有今夜了吧。

荀梅自己却似乎没有什么感慨，很随意地走了出去。进天书陵，出天书陵，三十七年不过是石门一开一闭之间，生死也不过一开一闭之间。

天书陵外，有两个人一直在等荀梅。陈长生等人认得天道院院长茅秋雨，站在门内纷纷行礼。又有些好奇，另外那人是谁？如果换作平时，茅秋雨看见陈长生和荀寒食这些年轻人，肯定会劝勉数句，但此时他的眼中除了荀梅，哪里还可能有别人。他急走两步，上前扶住荀梅，嘴唇微抖，想要说些什么，却终究什么都没有说。

荀梅强行退后两步，行礼，然后声音微颤道："师兄，我让你失望了。"

茅秋雨听着这声师兄，老泪顿时纵横，说道："这是何苦来，这又是何苦来！"

见着师兄流泪，荀梅再也忍不住，眼眶潮湿说道："终究还是醒了过来，已算幸运。"然后他望向另外那人，说道，"真没想到，你会在陵外等着我。"

那人的情绪很复杂，说道："我总觉得你今天会出陵，却没想到，你会这样出陵。"

荀梅有些惭愧说道："这些年也让你失望了。"

那人神情骤肃，极不赞同地说道："何来失望一说？今夜一战，你化星为雪，已窥神圣大道，如果汗青神将不是守陵人，不是穿着那身盔甲，未必能胜过你。若以境界修为论，你已经超过了我。"

荀梅闻言一怔，有些不自信地说道："你是说，我已经超过了你？"

那人说道："你知道我从不说假话，即便是此时。"

荀梅愣了愣，说道："从十二岁开始，我和你交手一百二十七次，我从来没有赢过，没想到，最后却让我赢了一场。"说完这句话，他开心地笑了起来，极其开心，如天真的孩子，眉间那抹寒意也尽数消散不见。

听到此时，陈长生等人才知道那人是谁，不由好生吃惊。只见那人一身布衫洗得极为干净，眉与眼之间的距离却有些近，所以显得很是愁苦，难道他就是那人？

是的，这个明明已经握有槐院半数财富，却依然让人觉得无比穷酸的男人，便是当今世间最著名的强者之一——天凉王破。

王破看着荀梅，认真地说道："待将来，我修至从圣，代你登陵顶一观。"

荀梅笑着说道："那也是你，不是我，到最后了，你还要气我？"

王破说道："那最后应该说些什么？"

荀梅对这个问题明显也很感兴趣，好奇问道："你最想对我说什么？"

王破很认真地想了想，然后说道："谢谢你。"

他说谢谢的时候，神情非常真挚，没有丝毫虚假，也不是安慰。是的，没有当年那个惊才绝艳的天凉王破，荀梅何至于自困天书陵三十七载。没有那个坚毅不肯认输不停追赶的踏雪荀梅，又如何有现在的天凉王破？

荀梅静静看着他，说道："不客气。"

石门缓缓关闭。陈长生等人最后看到的画面，是荀梅在茅秋雨的怀里闭上了眼睛。

回到草屋里，少年们或坐在门槛上，或踩着篱笆，或看着天书陵，都沉默不语。荀寒食年龄最大，境界最高，按道理来说，他这时候应该说些什么，但没有。

大朝试获胜，进入天书陵，对年轻人来说，这是他们最应该意气风发的时候，谁承想第一夜便见着这样的事情。将来他们这些人中，谁会对谁说谢谢，又是谁会对谁说不客气？

81 · 于晨时观碑

庭院里一片安静，气氛很是压抑，打破这一切的是陈长生。他走到屋里，看着唐三十六吃剩下的小半碗茶泡饭，不知为何，忽然很是生气。如果是平常，他大概会自己去把碗洗了，再把桌子仔细地擦两遍，但他这时候没有心情，对众人说道："我要去睡觉。"说完这句话，他转身进了正屋，找到一床被褥，盖到了自己的脸上。

其余人还沉浸在那种复杂而感伤的情绪中，见他居然真的就去睡了，不禁有些讶异，关飞白微微挑眉，不悦说道："真是个冷血的家伙。"

荀寒食摇头示意他不要再说。

唐三十六冷笑说道："你丫就是一争强好胜的武夫，和凉亭下那个老家伙有甚区别？"

这时折袖忽然说道："血冷点比较好。"

众人闻言怔住，便是唐三十六也觉得这说法太过牵强。

"血冷点才不容易发烧，更不容易发疯。"折袖面无表情解释了一句，然后转身进了里屋，找到另外一床被褥，躺到床上开始睡觉。

唐三十六忽然想到一件事情，跟着向里屋里走去，说道："我说一共有几床被褥？你们不会都给用了吧？"

关飞白闻言，从门槛上跳了起来，对里面喊道："不管几床，我们这边至少得要两床！"

荀梅临死前把草屋留给了这些年轻人，那种郑重其事的感觉，就像这间草屋是他在人间最大的遗产一般。但实际上，这间草屋非常简陋寒酸，看着有三个房间，除了灶房，还有正房与里屋，但灶房不能住人，剩下的两个房间非常狭小，住七个人真的是有些拥挤。

陈长生、唐三十六和折袖住了条件相对好些的里屋。毕竟他们是先来的，而且荀梅把房间留给众人，绝大部分原因也是因为他们，所以离山剑宗四人没有提出什么异议，只是关飞白拼死拼活硬是抢了两床被褥。

荀梅只留下三床满是酸臭味道的被褥，被抢了两床，便只剩下一床。好在折袖从小在雪原里长大，对普通人来说春寒料峭的时节，对他来说像初夏一般惬意，根本不用盖被。唐三十六这个富家子竟是随身带着块裘皮，所以陈长生很幸运地不用与人大被同眠。

夜色渐深，陈长生依然睁着眼睛，没有睡着。一个在这张床上睡了三十七年的人，刚刚在他们的眼前死去，谁能睡得着？像他一样没有睡着的人，还有很多。

"值得吗？"唐三十六看着窗外夜空里的那些星星问道，情绪显得有些低落。

折袖闭着眼睛，没有睡着，也没有说话，因为在他看来，这是不需要考虑的问题。陈长生也没有说话，只是在被褥下方，握着那块黑石的手变得紧了些。昨夜在凌烟阁里，他懂得了一些事情，今夜在天书陵里，他遇到了一些事情，这些事情来得太多太突然，让十五岁的他措手不及，他其实要比唐三十六更加惘然。

看着星空，感知着那颗遥远的属于自己的小红星，他沉默地想着，如果想要改变自己的命运，首先要去改变那些与自己相联系的人的命运，让那些星辰变化。那么如何知道哪颗星辰对应着身边的哪个人？荀梅……他又是哪颗星辰？自己与他之间已经发生了联系，他的死亡会改变什么？还是说正是因为自己进入了天书陵，他的命运才会发生变化？自己要改变命运，真的会给身旁的人带来苦厄与死亡吗？那如果影响到的星辰是师兄的怎么办？是唐三十六的怎么办？是落落的怎么办？就算是徐有容，难道自己就能冷漠地看着她的星辰黯淡？就在他胡乱地想着的时候，唐三十六忽然爬起身来，把裘皮掀到了一旁，然后不停地扯着衣襟扇风。

"怎么了？"他问道。

"有些热。"唐三十六说道，"也不知道家里人是怎么准备的。"

陈长生笑了笑，没有说什么。

唐三十六忽然转头望着他，很严肃地说道："陈长生，我有句话要对你说。"

陈长生有些不解，问道："什么？"

唐三十六认真地说道："以后不管发生什么事情，我都不要对你说谢谢，你也不要对我说不客气。"

听着这话，陈长生默然无语，他知道，唐三十六是听到荀梅和王破最后那番对话，有所感触。

关飞白的嘲笑声从门外传来："为什么是你谢谢陈长生，他要对你说不客气？你就这么确定自己将来会变成王破，陈长生就一定不如你，只能扮演激励你前进的那个角色？不要忘记，他已经通幽了，你还差得远呢！"

唐三十六说完那几句话后，正在兄弟情义深重的情境之中，忽听着这话，不由老羞成怒，冲着屋外喊道："说得你比我强多少似的！"

关飞白冷笑说道："强不了多少，总之还是强。"

荀寒食喝道："不要吵了！"

陈长生说道："早些睡吧。"

屋里终于安静了下来，然而没有过多长时间，大家又听到了七间怯生生的声音。

"二师兄，我……我……好像饿了。"

一阵安静，然后笑声四起。七间的小脸涨得通红。陈长生注意到，折袖闭着眼睛，唇角却微微扬起。嬉笑怒骂几个来回，众人的情绪稍微平复了些，渐渐睡去。陈长生还醒着，静静望着窗外那片满是繁星的夜空。今夜荀梅说从他和折袖处学到了一些东西，其实他也学到了很多东西。折袖说，人生最重要的不是活着，而是清醒地活着或者死去。对他来说，最重要的便是顺心意地活着。他在西宁镇旧庙里，跟着师父读道藏、修道法，修的不是飞剑杀人、长生不老，而是顺心意。

向死而生，唯一有意义的，本来就只在生死之间，当然要清醒，当然要顺心意。也正因为他是真正地向死而生，所以前些年，他把"顺心意"三字修得极好，去神将府退婚、在青藤宴上现身，直至终于在大朝试里拿到首榜首名。然而当他真的走进凌烟阁，发现了那个秘密之后，数年来，第一次见到了生的希望，心意却反而受到了扰乱。

他对修行忽然失去了兴趣，在天书陵里当了一天的游客，都是因为心意乱了。好在他听到了折袖的答案，见到了荀梅走向天书陵。荀梅用了三十七年才醒过来，他只用了一夜时间，不得不说，这很幸运。

重新找回平静心境的陈长生，回到了自己所熟悉的生活轨迹里。虽然昨夜遇着那么多事，无论身体还是精神都有些疲惫，但清晨五时，他便睁开眼睛，醒了过来。

醒来后他没有起床，而是如往日一样用五息时间静意后，才爬起身来，套鞋穿衣。就在准备叠被的时候才想起，床上还有两个人。只见唐三十六紧紧地抱着那块裘皮，缩着身子，就像一个没有安全感的孩子。折袖则是平直地躺着，就像尊石俑。他摇了摇头，走到外屋，只见荀寒食和梁半湖、关飞白三人的身上横盖着一床被褥，七间睡在角落里，一个人盖着床被子，他忍不住又摇了摇头，心想离山剑宗掌门的关门弟子，果然待遇不同。

走到庭院里，去溪边打水，洗漱完毕后，他煮了一大锅白粥，又把昨天剩下的咸鱼蒸了。这时他走到窗边推开窗，想要把唐三十六喊起来，唐三十六在床上左右翻滚了两圈，骂了三句脏话，再不肯理他。

陈长生醒来后第三次摇头，无奈转身，却见折袖已经蹲在倒塌的篱笆边在刷牙，不由有些惊讶，笑着道："没想到。"

折袖蹲在地上，没有回头，含混地说道："没想到，我这个狼崽子居然也爱干净？"

这确实是陈长生心里的想法，便抱歉地说道："是我不对。"

折袖把手里那根不知道是柳枝还是什么树枝的东西扔掉，捧起微冷的清水洗了把脸，然后说道："没什么不对，在雪原上我确实不会天天洗脸，油污可以抵御寒风，但我每天至少会刷牙两次，而且不时会嚼些冰雪。"

陈长生请教道："这是为何？"

折袖说道："在雪原上，肉会被冻得很硬，有时候还要吃生肉，所以必须要有一口好牙，这样才能嚼得动。"

陈长生想了想，说道："很有道理。"

折袖说道："那些部落里活得最久的老人，往往就是牙齿最好的。"

陈长生注意到他的牙齿确实非常洁白结实。二人就着咸鱼，各自喝了三碗白粥，便离开草屋，穿过园外那一大片橘林，向天书陵走去。

二人一路上都没有人说话，气氛很是沉默。待快要走到天书陵下的正道上时，折袖忽然停下脚步，看着他说道："有些怪。"

陈长生怔了怔，问道："哪里怪了？"

折袖说道："我习惯了一个人。"

陈长生想了想，说道："那你先。"

折袖说道："我还要你帮我治病，当然应该是你先。除了刷牙，雪原上还有一个规矩，那就是不能得罪大夫。"

陈长生笑了起来，说道："这种事情不需要客气。"

折袖没有应话，而是直接伸出了一个拳头。

陈长生微惊，说道："难道这也需要打一架？"

折袖说道："划拳会不会？"

陈长生说道："我只会剪刀石头布。"

折袖沉默片刻后说道："我也只会这一个。"

用一块破布裹住如石般的拳头后，陈长生获得了胜利，先行离开，顺着天书陵下的正道向北而去，听着山林里不时传来的晨鸟振翅的声音，没有用多长时间便来到了天书陵正门，走上了那条唯一可以观碑的道路。

石碑皆在山间，这条观碑的路自然是山路，但并不如何陡峭，铺着很多石阶，走起来很是轻松。

295

此时才到清晨,朝阳在东方的地平线上探出了一个头,照亮了远处京都的建筑,大明宫里的甘露台和凌烟阁非常显眼。

微凉的晨风轻拂脸颊,晨光照亮前路,行走在清幽的山林里,听着晨鸟清亮的鸣叫,看着被树枝画花了脸的朝阳,陈长生的心情很是平静喜乐。比起别的人,他晚了一天时间,但他觉得无所谓。

是的,这确实是在浪费生命。就像他和折袖对话时曾经提过的那样,琴棋书画,欣赏风景,也都是浪费生命。但这种浪费生命的方法多么美好。有生命可以用来浪费多么美好。

清幽无人的山林里,陈长生一个人踏阶而上,不多时便看到了一座石碑。他走到碑前一看,只见碑面上满是刀刻斧凿的痕迹,没有任何文字,也没有任何成形的线条,明显是被人毁掉的。想起圣后娘娘当年的那道旨意,他知道这并不是自己要看的石碑,摇了摇头继续前行。

前行不远,他又看到了一座石碑。此处是一道山崖,崖前结着一座庐,石碑便在庐中。庐檐向四面展开,纵使山间风雨再大,也很难淋湿这座碑。陈长生走到庐前,望向那座石碑,心神微漾。这座石碑的形状,其实并不如何规整,厚薄甚至都不均匀,与世间常见的石碑比起来,更像是一个未完成品。石碑的表面很光滑,不知道被多少双手摸过。这就是天书碑——天书陵的第一座石碑。

陈长生强行控制住自己不去看碑面,望向碑庐的四周。庐外密林如障,石阶至此而尽,只有一片石坪。青林遮掩间,隐隐可以看到远处的檐角,或者是别的碑庐,然而,却没有路通向别处。看着这幕画面,陈长生若有所思。晨光洒落石坪,清风穿行林间,两只翠鸟鸣叫着向天空飞去。陈长生醒过神来,转身望向庐里那座石碑,下意识里背起双手,开始静观。当他的目光落到碑面上,心跳难以抑制地变快起来。

82·照晴碑

碑庐四周很安静,只有陈长生一个人。昨天的情形却完全不同,当时数十名考生围在这座碑庐前,场间显得有些拥挤,衣衫摩擦与走动的声音始终没有断绝过,甚至到了夜里,人们也没有离开,而是点起了庐前的灯笼。但毕竟天书陵在这片大陆上已经存在无数年头,很多宗派学院,都有人进天书陵看过石碑,早已总结出很多经验,在大朝试之前便做过交待。考生们在最初的激动之后,醒过神来,知道观碑不是一朝一夕之事,必须要好生保重身体。于是按照师门的吩咐,去陵下寻找休息的居所,此时人们应该都还在熟睡之中。

陈长生不知道这些过程,认真地看着石碑。石碑的碑面是黑色的,上面有无数道或粗或细或深或浅的线条,那些线条不知道是用什么锐物雕凿而成,转折之间颇为随意,布满了整个碑面,其间有无数次交汇,显得繁复莫名。

今天陈长生第一次看见传说中的天书碑,自然没有能力做出任何判断。之所以当目光落在碑面上,心跳便开始加快,不是因为一眼便看懂了什么,也不是因为看到这些线条而震撼,而是他发现自己看过这座天书碑上的痕迹,或者说碑文。

黑色石碑上的那些线条,在陈长生的眼里浮了起来,碑面右下方那道本来深陷石质里的刻痕,忽然间变成了一道隆起,附在其边缘的数十道细线,也随之离开了石面,给人一种飘浮的感觉。

陈长生知道这是错觉,这是神识与天书陵发生联系之后,对真实视界的一种干扰。小时候在西宁镇旧庙里读道藏的时候,他看过很多国教前辈对观碑的记载,所以对这种突如其来的变化,并未感到吃惊,而依然保持着绝对的冷静。所谓变化其实没有任何变化,那只是光影的改变,客观真实还在那里……朝阳已然全部跃出地平线,朝霞远看着天书陵,送来一片暖意,晨林里的寒意渐渐被驱散,天书碑的侧面被染红,很是美丽。看着石碑边缘的那抹红,陈长生闭上眼睛,静了一会儿,然后转身。他不再看碑,而是望向碑庐四周。林梢已经被尽数染红,仿佛将要燃烧,远处那些若隐若现的碑庐,更难确认方位。他从陵下走来,到了这第一座天书碑前,路便到了尽头,再没有路通往另外那些天书碑。都说天书陵只有一条路,这究竟是什么意思?

朝阳燃烧了林梢,红艳的光辉照亮了庐侧先前一片幽晦的山崖,这时他才看到,崖上刻着几行字。与难以理解的天书碑不同,那块崖间的文字很容易看懂:

"一江烟水照晴岚,两岸人家接画檐,淡荷丛一段秋光,卷香风十里珠帘。"

这首诗是两千年前的道门之主,初次入天书陵观碑时心有所感而写。天书陵的第一座碑,也从此有了自己的名字:照晴碑。

从来到碑庐前到离开，陈长生只看了不到一刻钟的时间，便转身离开，而且没有犹豫。离开照晴碑，顺着山道向下方走去，转过一处山坳的时候，他看到了折袖，从时间上算，折袖应该在这里已经站了一会儿。折袖微微挑眉，显然没有想到他这么快便要离开。

"我不喜欢热闹，不想和人挤在一起看碑。"陈长生给出一个没有什么说服力的解释，看着山下远处林里隐隐飘起的炊烟，提醒道，"大家都已经醒了，如果你想观碑的时候没人打扰，最好快些。"

折袖点点头，向山道上方走去。陈长生看着他的身影，犹豫了一会儿，说道："我觉得不用看太长时间，没有什么用处，而且可能有坏处。"

折袖没有理他。陈长生继续向山下走去，又在山道上遇到一个穿着白衣的中年男子。他认出中年男子便是昨日给众人讲解天书陵规矩的碑侍们中的一位。想着这些碑侍将青春与生命都奉献给了天书陵，众人都有些敬意，他也不例外，恭敬行礼。

那个中年男子没有还礼，甚至连头都没有点一下，却也没有离开，而是神情漠然看着他。

陈长生觉得有些不安，问道："前辈有什么吩咐？"

"你就是陈长生？"那个中年男子看着他问道，语气很冷漠。

陈长生怔了怔，没想到从不离开天书陵的人，居然会知道自己的名字，于是谨慎地回答道："正是。"

"你就是今年大朝试的首榜首名？"那个中年男子继续问道，这一次的语气不止冷漠，更带上了几分的严厉。

陈长生心里的不安越来越重，也越发不解，应道："不错。"

那个中年男子沉声道："从你登陵到离开，不过一刻时间，难道你在这么短的时间内就看懂了照晴碑？"

陈长生解释道："并不曾，我……"

不待他把话说完，那个中年男子寒声训道："我当然知道你不可能在这么短的时间里看懂照晴碑，难道你以为自己真有那般卓异的悟性？我说的就是你的态度！如此不端，何其愚蠢！在天书陵外，大朝试首榜首名或者有些分量，但你要弄清楚，这里是天书陵！这里是无数圣贤谦卑悟道的地方！我不知见过

298

多少大朝试的首榜首名,不要以为凭这个名头便能放肆!"

听着这番劈头盖脸的训话,陈长生怔住了,如果真是前辈对后辈的指点倒也罢了,可是很明显对方是想要羞辱自己。奇怪的是,对方既然是不能离开天书陵的碑侍,又为何对自己有如此多的敌意?

那个中年男子看着他,毫不掩饰自己的轻蔑与反感,说道:"我警告你,天书陵乃是圣地,就算你背景再大,也要心存敬畏,更不要想着把陵外浊世里的那些腌臜事带进来,这话你尽可以转告陵前来找你的那人!"

83 · 万种解碑法(上)

中年男子说完这句话便离开了。陈长生站在山道上,很是莫名其妙,自然也有些恼火。过了一阵,他才想起那人最后提到陵前有人来找自己。来到陵前,只见石门依然紧闭,想起昨夜荀梅从这里走出去的画面,正在有些感伤之时,忽听见有人在喊自己的名字。

他循着声音走到石门侧面,只见墙上有扇小窗,辛教士正在那面对自己招手。他有些吃惊,对着小窗行礼,问道:"您怎么来了?"

辛教士从石窗里递了些东西过来,说道:"主教大人要我来看看你。"

陈长生接过那些东西,说道:"行李都在车上,昨天没让我们带进来。"

辛教士说道:"这是天书陵的规矩,待检查完后就会给你们送进去,应该不会迟过今天。"

陈长生想起草屋里那几床酸臭难闻的被褥,试着问道:"能不能麻烦您给我们多送几床干净的被褥?"

辛教士怔了怔,说道:"这倒不难。"

"既然行李会归还我们,那就没什么需要的了。"

陈长生翻了翻辛教士送过来的东西,发现里面居然还有一袋煮熟的鸡蛋,忍不住好奇地问道:"在天书陵里的三餐都要自己解决?"

辛教士解释说道:"各学院宗派都有预备,每天都会送进来。至于那些民间的学子,朝廷会供应生活物资,就是质量要差些。国教学院现在百废待兴,你和唐三十六肯定没有准备,主教大人已经做了安排,不用担心。"

隔着小小的石窗对话,陈长生觉得有些怪异,感觉就像是探监一样。看着他脸上的神情,辛教士猜到他在想什么,说道:"天书陵是圣地,亦是大牢。"

陈长生微怔,想起荀梅的遭遇,说道:"很有道理,多谢您出言提醒。"

辛教士说道:"这么有道理的话,哪里是我能说得出来的,这是前代教宗大人的话,主教大人让我转告给你。"

陈长生说道:"明白。"

辛教士隔着石窗,看着他的眼睛说道:"总之你要记住,一个月后周园开启,你必须在那之前出来。"

对此,陈长生没有答复,而是把先前在山道上遇到那个盛气凌人碑侍的经过说了。

"这怎么可能?"辛教士皱着眉头,说道,"那些学院宗派为了弟子在天书陵里观碑行事方便,或者会想办法交结讨好这些碑侍,加上他们身份特殊,所以确实会有些清高傲人。但他们都是由国教供养,又怎么敢得罪你?"

陈长生没有理解这句话里的逻辑,不解地问道:"不敢得罪我?"

见他神情茫然的模样,辛教士微笑地说道:"现在整个大陆,都知道你是教宗大人和主教看中的人,得罪你,就是得罪国教。"

那个碑侍教训他的时候说过,就算他背景再大,在天书陵这种圣地也要心存敬畏。陈长生听完辛教士的话之后,再想到这句话,自然有了新的理解,暗自猜测是不是因为自己的国教背景,反而让这些天书陵的碑侍反感。

想着这些事情,他走回了草屋。屋里已经空无一人,少年们应该已经去天书陵观碑。黎明前煮好的那一大锅白粥全部被吃光,锅碗瓢盆都已经洗干净摆好,便是缸里的水也被添满。虽然没看见这些是谁做的,但不知为何,他很肯定是荀寒意的安排。

虽然会有新的被褥,陈长生还是把荀梅留下的三床被褥拆掉,认真仔细地洗了几遍,直到确认三十七年的汗酸味尽数被洗干净,才晾在了庭院里的绳上。然后他穿过橘园,来到远处的那片菜地里。现在是初春,正是青黄不接的时辰,菜地里没有什么新鲜蔬菜,能看到的绿色,都是葱蒜与韭。他取了几指长的小葱,又在地里挖了几块地薯,回到院子里准备中饭。

咕咕几声鸟鸣把他从忙碌中唤出来,他看到昨日留在天书陵外的行李被送到了庭院里。他走上前去,从中找到自己的包裹,取出笔墨纸砚,坐到门

300

槛上。他看着那些倒掉的篱笆与青林，手里拿着一支笔，身旁的石砚中墨已化好。

时间在流逝，太阳渐渐升高，光线落在庭院里的角度也随之发生着改变。篱笆很疏，而且摇摇欲坠，但其间还是有几根比较粗的木桩。随着光线的变化，那几根木桩在地面上的影子也随之发生着变化。橘园里那青树梢头的树枝也发生着变化。木桩变短，旁边的细竹片却变宽，青树枝头有些细枝快要消失在越来越明亮的阳光里，有些树枝却因为光影的对照显得越来越清楚。陈长生静静看着这幕画面，看着这些变化，意识再次回到清晨时分的碑庐前。当时朝阳初升，石碑表面的那些线条，随着红暖的霞光而发生着变化，仿佛要活过来一般，深刻的线条边缘被照亮，于是细了，浅显的线条却反而变宽了。石碑上那些繁复莫名的线条，便是碑文，无数年来承受无数风雨的那些碑文，不曾有任何变化，但何尝不是时刻都在发生变化？那些碑文里隐藏着的信息如果是确定的，为什么解碑者却会解出完全不同的意思？是的，一切都是因为这些变化。

陈长生把手里的笔在砚里蘸了些墨，翻开本子，开始在上面写写画画，他没有用文字记录下自己的所思所得，只是很严谨地按照眼前所见以及大致的推演，开始描绘照晴碑上的那些线条，笔端在纸上行走得格外沉重。不知过了多长时间，他停下笔来，竟是把照晴碑右下角重新在本子上画了一遍。然后他取出当初在客栈外买的天书碑拓本，找到照晴碑那页，开始与自己新画的做比较，发现二者之间有非常大的差别。和照晴碑上的碑文相比，他画在本子上的那些图案，明显更加生动，如果他的笔力再好些的话，或者可以如此形容——那些图案跃然纸上，仿佛要活过来一般。

树林里雾气尽散，篱笆上的竹片变得更干，庭院里的光线无比明亮，原来不知不觉间，竟是到了正午。陈长生揉了揉有些发酸的眼睛，闭着眼睛休息了一会儿，起身准备午饭，这时候才发现，竟是没有一个人回来。草屋四周一片安静，因为气温升高，便是树林里的鸟都懒得再鸣叫，他一个人站在门槛前，觉得好生孤单。

吃完饭后，他沿着庭院随意散步，回屋里床上闭着眼睛休息了一会儿，然后重新坐回门槛上，左手拿着本子，右手拿着笔，继续看着庭院四周的风景发呆。光线无时无刻不在随着时间变化，他就必须每时每刻地观察。

随着太阳逐渐西沉，落在庭院里的光线颜色渐渐浓了起来，篱笆上的木桩与竹片、树梢上不同方位的细树枝，也随之发生着变化。静静看了很长时间的陈长生，终于再次落笔，把整整一个下午观察到的变化，尽数寄于笔端。

傍晚时分，照晴碑上大部分的碑文，被他重新画在了纸上。他知道自己距离读懂这些碑文，已经不远了。

此时，借宿在草屋里的人们也陆续回到了庭院里。最先回来的是梁半湖。陈长生向他点头致意。他却仿佛没有看到，直接进到灶房里，盛了一大瓢清水饮尽，然后走回庭院里，踩在昨天傍晚被唐三十六推倒的那段篱笆上，看着西方渐要落山的太阳，面色似悲似喜。

七间随后也回到了庭院里，少年的神情有些浑浑噩噩，虽没忘记与陈长生行礼见过，进屋的时候，却险些一头撞在门上。过了一会儿，他从屋里走了出来，不知为何，低着头便开始围着庭院行走，嘴里念念有词，不知在说些什么。

84·万种解碑法（中）

一个人踩着破篱笆，看着远方的落日，一脸悲喜。一个人围着破茅屋疾走，口里急急如律令，浑身痴意。这画面看上去确实有些古怪，谁能想到，这两个少年便是著名的离山剑宗弟子、神国七律中人？陈长生一开始也有些吃惊，旋即他想到，梁半湖和七间应该是看完石碑之后，有所感悟，此时正在消化，所以没去打扰。

暮色越来越浓，回到草屋的人越来越多，苟寒食神情平静，看来解碑并没有对他的心神造成什么损耗，被他强行带回来的关飞白，则比梁半湖和七间还要夸张，像喝醉了酒一般，不停地喊着："我还能再撑会儿！我不想回来！"

陈长生问道："没事儿吧？"

"没事，只是神识消耗过多，碑文对识海的震荡太大。"

苟寒食为师弟的失态道歉，指尖轻点，让关飞白睡去，然后将他扔进了屋里。陈长生观碑的时候刻意没有动用神识，此时看着关飞白的模样，心想小心些果然有道理。唐三十六回来了，满脸倦容，什么话都懒得说，和陈长生挥挥手，便去了里屋睡觉。最后回来的是折袖，其时天色已然漆黑一片，繁星在空，映得他的脸色异常苍白，很明显也是神识消耗过剧。

没了落日，梁半湖清醒过来，七间也走累了，擦着汗走回庭院，记起先前做了些什么，不禁好生尴尬，小脸通红。

陈长生去灶房准备晚饭，苟寒食带着七间去帮手，没过多长时间，房间里便开始弥漫蒸饭的水汽香，还有别的香味。七间去喊关飞白和唐三十六起床吃饭，苟寒食和梁半湖则对着桌上的两盘腊肉沉默不语。

"怎么了？"陈长生问道。

煮好的腊肉被他切片后分成两盘，一盘用葱油炒，另一盘则是用糖渍着。

苟寒食说道："我……从来没有想过，腊肉也可以放糖。"

梁半湖脸上露出畏难的情绪，说道："能好吃吗？"

"我也就十岁前吃过两次，味道很好。"陈长生把筷子递给苟寒食。

苟寒食夹了一筷子糖渍腊肉，皱着眉头放进嘴里，咀嚼片刻后，眉头舒展开来。看着师兄的神情，梁半湖兴高采烈地夹了几片糖渍腊肉到自己的饭碗里，然后蹲到门槛外呼噜噜地吃了起来。

吃过晚饭后，七间去洗碗，关飞白坐在桌旁，脸色依然阴沉，对苟寒食把自己从天书碑前带走很是不满。

"不高兴？"苟寒食平静地问道。

关飞白神情骤凛，赶紧起身行礼，说道："师弟不敢。"

苟寒食摇头说道："你还是不愿意离开照晴碑。"

关飞白有些无奈地说道："那些境界修为远不如我的，还在碑前坚持，我明明可以再多看一会儿。"

苟寒食说道："天书碑是何物？读碑解碑岂能是一日之功，何必要争朝夕？"

关飞白有些苦恼地说道："周园一个月后便要开启，时间太紧张……王破当初用一年时间才解了三十一座碑，我现在的境界修为远不如他当年，只有一个月时间，我能解几座碑？师兄，我只能靠时间来争取。"

"周园虽好，又如何能及天书陵万一？临行前掌门交代过，无论发生何事，我们首先要做的事情，是在天书陵里参透那些石碑……掌门肯定知道师兄开启周园，那么说的应该便是这点。当然，修道全在个人，自己选择吧。"

苟寒食望向洗碗的七间和梁半湖，又看了眼里屋紧闭的门，说道："你们也都仔细想想。"

"你也听到了，就连离山剑宗的掌门也是这样想的。"陈长生看着脸色苍白的折袖摇了摇头。他从针匣里取出细针,手指轻轻摁住他肩胛骨的位置,缓慢而稳稳地将针尖扎了进去,指腹轻搓,揉捻看似随意却有某种节奏,并继续说道,"这才第一座碑,着什么急?"

折袖面无表情地说道:"就是因为这才是第一座碑,所以着急。"

陈长生将真元经由铜针渡进他的身体里,仔细地察看着他的经脉情况,说道:"这是什么道理?"

折袖看着窗外,说道:"天书陵前有块碑,上面曾经写着很多名字,后来被砍掉了。"

陈长生知道他说的那座碑,那座碑上曾经有一个类似于青云榜的榜单,按照观碑者的解碑速度进行排列。一百多年前,圣后娘娘代陛下登神道祭天之后,看到此碑,认为观碑乃窥天道,这等榜单对天道不敬,故而令人毁掉。

"那座碑上榜单虽然没了,但谁都不会忘记那些名字。"折袖说道,"有二十三人,只用了一天时间便解开了照晴碑,周独夫当年,更是只看了一眼碑面,便去了第二座碑。"

想着那些修道天赋强大到难以理解程度的传奇人物,陈长生只能沉默。

唐三十六把裘皮卷在怀里,侧卧在床上,看着陈长生给折袖治病,听到这话,不禁有些恼火:"你第一天解碑没能成功,所以觉得很丢脸。那我们这些已经看了两天的家伙算什么?"

折袖不能转头,静静看着窗外,说道:"白痴?"

唐三十六大怒,说道:"如果不是看你是个病人,我整死你。"

折袖面无表情地说道:"如果不是要陈长生给我治病,大朝试的时候我就整死你了。"

陈长生从他颈间抽出铜针,说道:"你与识海相连的主督脉夹层有些问题,所以每当识海隐潮涌动时,都会心血来潮,以往全靠强大的意志力撑着,可如果心神消耗过剧,一旦压制不住,经脉里的问题极有可能暴发,到时候谁能救你?"

折袖明白他是劝自己不要像今天这样观碑时间太长,太过专注,但没有接话。

陈长生说道:"你说过,比起变强,清醒地活着才是最重要的事情。"

折袖沉默片刻后说道:"是的,但在我生活的地方,如果不够强,也没办法活太久。"

就像苟寒食说的那样,修道在个人,这种事情陈长生也没有办法硬劝。他望向唐三十六问道："你今天解碑解得如何？"

唐三十六随意说道："把碑上的线条与自身经脉相对应，然后调动真元……从古至今，解照晴碑都是这样解的，还能有什么别的方法？"

关飞白带着讥讽意味的声音从门外传了进来："都已经几千年了，你们这些北人还是只知道用这种傻乎乎的办法，难怪有本事的人越来越少。天书碑的碑文怎么可能是真元运行的线路？那明明是神识感知的方法好吗！"

85·万种解碑法（下）

解碑，不是破解天书碑上的谜题，因为碑上那些复杂的线条或者图案，并不是问题，而是一些信息。解碑，就是要理解天书碑上的那些信息。那么，既然天书碑不是题目，那么很自然也不可能有什么标准答案。

就像星照百川一般，同样的星光落在不同的河流上，会有各自不同的美丽——天书碑的碑文不变，如何理解是观碑者自己的事情。

对天书碑的解读拥有最高权威的国教离宫派，解碑的方法偏重于固守其形，认为应该按图而行真元。南方教派即是圣女峰一系，解碑方法则偏重妙取其意，认为天书碑的碑文不应该刻板地理解，而应该用神识来参悟。第三种主流解碑方法，表面上是兼顾了南北两派的特点，实际上却无比坚定地认为天书碑上的那些碑文，明显都应该是剑意剑势以及剑招，这一派被称为术派。

唐三十六身为周人，理所当然认为离宫的解碑方法才是正统。关飞白是离山剑宗弟子，当然会认为只有神识解碑才是唯一的正道，听着唐三十六那句话的口气，哪里还忍得住，隔着门便嘲讽起来。唐三十六那性情，即便你不来撩拨我，我也要问候一番你家亲人，更何况被人如此嘲讽，脸色骤变，拍案而起，便是一连串脏话出唇而去。一时间，草屋里变得好生热闹，对战不休。

过了一会儿，唐三十六和关飞白终于累了，屋里变得安静了些，然后以门为线，里屋外屋出现其为相似的两个场面——外面关飞白、梁半湖和七间望向师兄苟寒食，里面唐三十六和折袖则是盯着陈长生沉默不语。

从青藤宴到大朝试，国教学院和离山剑宗一直敌对，像是陈长生与徐有容的婚约，还有连续数场比试，双方之间的恩怨数不胜数。折袖虽然是后来者，但他在大朝试对战里为了给陈长生开路，痛下狠手连续击败七间和关飞白，在

305

离山剑宗看来亦是相当可恨。在苟寒食和陈长生的控制下,这种对立情绪并没有失控,昨夜双方更是在同一个屋檐下睡了一觉,但这不代表恩怨已了。关飞白和唐三十六的论战或者说骂架发展到此时,已经难以为继,自然需要有人站出来一决胜负。被寄予重望的,当然还是通读道藏的苟寒食与陈长生。

一阵夜风拂来,木门吱呀一声缓缓开启,离山剑宗四子与国教学院三人互相看着彼此,一片死寂。

苟寒食忽然看着陈长生问道:"你觉得哪种解碑方法更可行?"他没有问哪种是对的,因为此事难言对错。

陈长生想了想,没有马上做出回答。

道藏里对很多种解碑流派都有阐述,至于这三种主流的解碑方法更是记述得非常详尽。他既然通读道藏,自然对这些解碑方法稔熟于心,只是不知道为什么,他今日解读那座照晴碑时,竟是刻意没有用这三种方法,而是走了一条有些怪异、必然艰难的新路。

"我认为……这三种方法都不见得是正确的。"陈长生给出一个所有人都没有想到的答案,而且他用了"正确"两个字,说明他认为此事有对错。

听到他的话后,草屋里的人们很是吃惊,包括唐三十六。

苟寒食微微皱眉,说道:"难道你持天书不可解观?"

大陆上流传着很多种解碑的方法,也有很多人甚至包括国教里的一些教士都认为天书不可解,所有试图解读天书碑文的行为都是荒谬可笑的,即便是身具大智慧之人,也只能理解那些碑文想要给人类看到的某些信息,根本不可能看到天道真义的全貌。

"不,我只是认为现在世间常见的这些解碑流派,都已经偏离了天书碑的原本意思。"陈长生用平实的语气说道,"无论守其形还是取其意或是仿其术,对天书碑文的解读,目的都是用在修道上。但事实上,最早看到天书碑的那些人类,或者说第一个读懂天书碑的那个人,并不会修行……所以我认为这三种解碑方法都不正确。"

草屋里变得更加安静,因为众人忽然发现陈长生的这种说法很有道理。苟寒食却摇了摇头,说道:"不会修行,自然解不出来修行方面的妙义,但我们会修行……就像一个不会识字的孩子,永远无法读出人类诗词歌赋里的美,但我们却能。按照你的说法,难道我们要把自己学会的知识尽数忘却,变成懵懂无知的孩童,才能明白到天书碑的本义?"

唐三十六有些不确信地说道:"怀赤子心,天真烂漫,如此才能近大道,道典上一直是这般说的……说不定真是这么回事?"

"弃圣绝智,不是让我们真的变成傻瓜。"七间清声应道。

苟寒食举手示意先不讨论这个问题,看着陈长生问道:"那你今日解碑用的什么方法?"

陈长生没有任何隐瞒,把自己观朝霞之前的石碑偶有所感的经过说了出来,同时也说了自己在庭院里观察到的那些景物变化:"碑文若是不可变的参悟对象,为何大家解读出来的信息完全不同?所以我认为碑文的意思,就应该在变化之中。"

苟寒食回想了片刻,说道:"七百年前,汝阳郡王陈子瞻入天书陵观碑,曾作文以记其事,似乎便是你这种看法?"

"是的。"陈长生说道,"汝阳郡王最后用一年时间参透了十七座石碑,在皇室当中,可以排进前十。"

苟寒食说道:"我认为此法依然不可行。"

陈长生认真问道:"为何?"

苟寒食说道:"因为前陵天书碑的碑文本就极繁,清风繁星烈日晦雪,光影变化更是难以计数,根本不可能进行整体观察,一个人的观察画面样本数量太少,即便不理这些,你要找到其间的变化,总要挑选一个对象,你怎么挑?"

陈长生沉默片刻后说道:"凭感觉。"

苟寒食不再说什么。草屋里再次变得安静起来。天书不可解,天书也可随意解,如果只是听上去,今夜众人说的解碑方法都有道理。不同的修道者用不同的解碑法,这种事情进行交流,没有任何意义。

七间犹豫了一会儿,问道:"你怎么会想到这种方法?……太离经叛道了。"

陈长生笑了笑,说道:"世间万种解碑法,我只问一句,好用吗?"

"有道理,就像你先前做的腊肉,管是糖渍还是葱炒或蒜苗炒,只需要问一句,好吃吗?"苟寒食微笑说道,然后笑意渐敛,看着他正色说道,"但我建议你不要告诉别人这一点。"

陈长生闻言一怔,然后才醒过神来。如果他还是那个从西宁镇来京都的乡下少年道士,那么不管他用什么方法解碑,都没有人理会,但他现在的身份已

307

经发生了很大变化，从某种意义上来说，他是被离宫选中的人，他的很多行为在世人看来，或者都代表着国教的意志。

一直没有说话的折袖忽然开口，看着离山剑宗四人面无表情地说道："那要看你们是什么想法。"

荀寒食笑了笑，没说什么，虽然他性情温和，但自有他的骄傲。众人不再讨论这件事情，开始洗漱准备睡觉。

陈长生收拾笔记的时候，忽然心头一动，走到外屋，把笔记递给荀寒食，说道："你帮我看看，这是我凭感觉挑选的一瞬画面。"

荀寒食有些意外，先前的辩论是一回事，把自己理解出来的碑文给别人看又是另一回事。他想了想，从怀里取出一本小册子，递了过去，说道："为进天书陵观碑，我这些年做了些准备，这小册子上面是我摘录的一些笔记。"

陈长生笑了笑，荀寒食也笑了笑，两个人的视线相对，忽然间安静下来，脸上的笑容渐渐消失，取而代之的是震惊的神情。在屋外洗漱完毕的少年们，回到屋中，看到的便是这样一幕画面。

"应该在屋子里。"荀寒食说道。

陈长生说道："不在被褥里，我白天拆的时候没看到什么笔记，纸片都没发现一张。"

唐三十六揉搓着湿漉漉的头发，不解地问道："在说什么呢？"

"荀梅的笔记。"陈长生和荀寒食异口同声说道。然后他们同时转身，在屋子里翻找起来。

86·薄册动人心

梁半湖和七间也很快反应过来，跟着陈长生和荀寒食开始找东西。草屋并不大，很短的时间内，便被众人翻了个遍，就连灶台和水缸都没有漏过，一时间，屋内到处都是灰尘在飞舞。

唐三十六却没有反应过来，还在想着陈长生先前说的那句话，追在他的身后不停地问："你把被子都拆了，那咱们待会儿盖什么？虽然说荀梅前辈留下的那些被子确实酸臭得难以忍受，但至少有的盖啊。我和你说，我今天晚上怎么都不会盖那个破皮子，那家伙热的……"

众人心想，汶水唐家的少爷果然自幼锦衣玉食，与众不同，在这种时候也只担心能不能睡得舒服，离山剑宗的弟子大多出身苦寒，本就不喜欢唐三十六平日的做派，这时候更是心生怒意，哪里会理他。

陈长生刚找完炕下，脸上满是灰土，听着身后唐三十六的碎碎念，有些无奈地停止动作，说道："新被褥稍后就会送过来，你少安毋躁。"

唐三十六这才稍微放心了些，好奇问道："你们这是在找什么呢？"

陈长生说道："不是才对你说过，荀梅前辈的笔记。"

"什么笔记？"唐三十六显然还没有反应过来。

"他解读天书碑的笔记。"陈长生走到屋外，看着篱笆，心想会不会藏在地里，如果真是那样，那可就不容易找到。

唐三十六这才明白为何众人的反应如此之大，赶紧卷起袖子，说道："这可是要紧东西，可得赶快找出来。"

草屋安静下来，只剩下翻箱倒柜的声音，还有敲击墙壁的声音，只是安静没有持续太长，唐三十六的声音再次令人头疼地响了起来："我说，如果真有笔记，那笔记归谁啊？"

关飞白正站在灶台上看挂着腊肉的梁后，闻言没好气地说道："谁先找到就归谁。"

唐三十六不依，说道："凭什么？明明是我们先住进来的。"

七间擦了擦脸上的汗珠，很认真地分说道："荀梅前辈昨夜在神道前重伤时说过，把这间草屋留给我们所有人。"

折袖面无表情说道："谁先找到就归谁。"

唐三十六眼珠一转，心想离山剑宗有四个人，而且看他们现在找得如此用心，只怕会被他们先找到，便定了主意。

"我们让一步，无论谁先找到，一起看便是。"

灰尘飞舞，庭院里的篱笆倒了更多，檐上的草被掀开，就连井边的地面都被掀开，整间草屋都快要被众人拆散，终于听到了一声惊喜的呼喊："找到了！"

众人大喜，循着声音赶回屋内，只见唐三十六的手里多了一本薄册。唐三十六的神情有些复杂，能够找到荀梅留下来的笔记自然很高兴，问题在于他自己事先已经提议，不管谁找到，众人都一起看……

"还不如让你们找到，或者我能更开心些。"他把那本薄册搁到桌上，带着悔意说道，"怎么就让我找到了呢？"

"在那儿找到的？"陈长生好奇地问道。

唐三十六指着身前的方桌，说道："就垫在桌脚下面，你们都没瞧见？"

一片安静，众人已经在灶房里的这个小方桌上吃了两顿饭，只是谁会想到，荀梅竟会把如此重要的一本笔记就这么垫在桌脚下面，所谓灯下黑或者便是这个道理。想着刚才险些把屋子都拆了，不禁觉得有些尴尬。

梁半湖看着唐三十六说道："没想到，你找东西有一套。"

唐三十六说道："汶水家中，老太爷牌房里的桌脚下垫着银票，我小时候就经常去偷，所以习惯性瞥了一眼，谁想到真的就在桌脚下。"

依然一片安静。包括陈长生在内的所有人都失去了和他说话的兴趣，本来就不是一个世界的人，真的很难愉快且通顺地进行交流啊。

灰尘渐敛，重新擦拭桌椅，收拾屋居，完事后，七人围在小方桌旁，借着油灯微暗的光线，怔怔地看着桌上。陈长生和荀寒食抬起头来，对视一眼，想起荀梅临死前特意嘱咐把这间草屋留给他们住，并且言明他喜欢清静，不想更多的人住进来，当时他们就觉得有些奇怪，现在才明白其间隐藏着这等深意。

荀梅在天书陵里观碑三十七年，留下来的最重要遗产，当然不应该是这间草屋，或那三床酸臭难闻的被褥，而是桌上那本薄薄的旧册。

荀寒食掀开那本薄册的第一页，便有六个脑袋探了过来。这本薄册是荀梅的笔记，上面记载着他观碑所悟，更多的则是他在解碑时的各种设想与尝试，密密麻麻的小字里，是整整三十七年的岁月。

荀梅在天书陵里三十七年，解了数十座天书碑，自然不可能把解读每座碑的过程都无一遗漏地记述下来，但就像所有观碑者一样，前陵的第一座石碑——照晴碑的意义格外不同，数十年前，他初见这座石碑时的感受，以及随后试图解碑时的方法选择和心理变化，都记载得非常清楚。

天书碑万古不变，观碑者却各不相同，前人解碑的方法，后人自然不可能拿来就用，不然离山剑宗的师门长辈们早就把自己当年的解碑手段教给荀寒食这些弟子，但是前人解碑的过程和宝贵的经验，可以为后来者提供思路，让他们少走弯路。荀梅观碑三十七年，除了一生不能出陵的碑侍、可以随意观看天书碑的五圣人及八方风雨，还有谁能比他观碑的经验更加丰富？这本薄册如果流传出去，必然会成为无数势力争夺的目标。

围桌而坐的少年们很清楚，这是何等珍贵的机缘，自然无比珍惜。他们盯着薄册上的那些文字，随着苟寒食的手指翻动，不停地思考，吸收其精华。

草屋里一片寂静。

不知道过了多长时间，苟寒食把薄册盖上。唐三十六正看得入神，起身惊道："这是怎么了？赶紧打开再看看。"

陈长生说道："时间还多，慢慢再看，总要有个消化的时间，而且我们现在连第一座碑都没有过，把这一段看完就够了。"

听到这话，唐三十六才安静坐下。

苟寒食看着身前的笔记，叹道："前辈果然是前辈。"

大家心里也有相同的感慨。笔记里写得清清楚楚，苟梅解开照晴碑，只用了两天时间，而更令他们感到震撼敬佩的是，最开始的那两天，苟梅只尝试了两种解碑方法，而在后来漫长的观碑岁月里，或者因为无聊或者因为后面的天书碑太难破解，他闲来无事时曾经再次解读照晴碑，最后竟是找到了七种解开照晴碑的方法。七种成功的解碑方法，这是什么概念？

折袖、关飞白等五人，因为白天的时候在天书陵里观碑时间太长，心神损耗太多，又要体会吸收苟梅笔记里的那些经验，已然各自沉沉睡去。陈长生和苟寒食因为观碑时间有限，而且已至通幽境，精神还不错，此时正站在庭院里看着夜空里的满天繁星。

"我想再去看看。"陈长生看着夜空里的那些星星，想着笔记上面苟梅所用的第六种方法，忽然生出一种冲动，想去看看星光下那些碑文的变化。

苟寒食说道："我正有此意。"

说走就走，二人穿过橘园，向天书陵走去，不多时便来到了陵前。陵间唯一的那条道路，在星光的照耀下仿佛玉带，很是美丽。

正要登陵，陈长生忽然停下脚步，望向苟寒食，问道："你已经看了两天碑，应该已经看懂了，不然不合道理。"

不是不合情理，是不合道理，因为从青藤宴到大朝试，他与苟寒食对战三场，很清楚对方是一个怎样的人。虽然大朝试的首榜首名是他，但他知道那只不过是因为自己比对方更不怕死，或者说更怕死而已，要论起真正的修为境界以及学识，自己比苟寒食还差不少。

下午的时候，陈长生便确定自己离解碑只差一步，在看到苟梅的笔记后更是坚定了这种想法，苟寒食已经看了两天，没有理由还悟不透那些碑文。

苟寒食沉默片刻后说道："我想等等师弟们。"

只要他愿意，他现在随时可以解开照晴碑，去往第二座天书碑，关于这一点，他不想隐瞒陈长生。

天书碑对修道者的吸引力究竟有多大，看看折袖苍白的脸，还有七间、梁半湖先前失魂落魄的模样便知道。为了等同门故意放缓解碑的速度？如果别人这样说，陈长生绝对不会相信，但他是苟寒食。陈长生不喜欢徐有容，对那份婚约也毫不看重，因为这些，陈长生对秋山君和离山剑宗也没有什么好感，但他是苟寒食。

苟寒食说道："还有一个原因就是我在等一个人，如果不出意外，过两天你应该就能看到他，到时候介绍你们认识。"

"你难道不好奇第二座天书碑的碑文是什么样的吗？"陈长生问道。

苟寒食说道："当然想知道，不过就像苟梅前辈在笔记里写的一样，不同的解碑法代表着不同的乐趣，多留两日无妨。"

继续登陵，不多时便来到照晴碑前，夜色中的碑庐很是幽清，林间的石坪上散坐着十几个人，陈长生和苟寒食的到来引起一片骚动，碑庐前两名年轻书生，脸色瞬间变冷，毫不掩饰自己的敌意。

87 · 夜里挑灯看碑（上）

夜色已深。

与昨天不同，没有那么多人还沉醉碑前，迟迟不肯离去，还留在天书碑前的人，神识强度相对不错，如此才能支撑到现在。陈长生放眼望去，看到了摘星学院的两名考生，圣女峰那位师姐还有那个叫叶小涟的小姑娘，还有数名在大朝试上见过但没有记住名字来历的考生，最显眼的则是离石碑最近的三名槐院书生，在夜色里，他们的素色长衫很是显眼。

随意看一眼，便能看出场间的问题——离碑庐越近的人，境界实力越强，不知道这是隐性的规则，还是已经发生过争执。

三名槐院书生离碑庐最近。钟会站在庐前，观碑沉默不语，他的两名同窗则是警惕地盯着陈长生。陈长生对此并不意外，在大朝试对战里，钟会败在落落手下，霍光更是被他打成重伤，无法继续坚持，槐院对国教学院的敌意，理所当然。

苟寒食和他是看了苟梅的笔记隐有所感，前来借着星光观碑，自然向碑庐走去，不料二人举步便再次引起四周的一片骚动，十余道目光随着他们的脚步而移动——他们要走到天书碑前，必然要占了槐院三人的位置。

那两名槐院书生没有让路，看着苟寒食和陈长生神情冷淡说道："先来后到。"

这话听上去似乎很有道理，碑庐外的人群里却响起一声冷笑："先前你们说你家师兄是大朝试首甲，所以要我们让路，那时候怎么不说先来后到？现在大朝试首名和第二名来了，你们难道就能不让？"

两名槐院书生闻言大怒。苟寒食和陈长生这才知晓先前场间发生过这些事情，对槐院书生们的行事很是不以为然，继续向前走去。走过那两名槐院书生时他们看都没有看对方一眼，直接来到碑庐最前方，站在了钟会的身后。那两名槐院书生更是恼怒，想要说些什么，想着先前人群里那人说的话，却根本无法分说，至于动手更是不敢。

钟会的视线从碑面上收回来，转身对苟寒食认真行了一礼，望向站在苟寒食身旁的陈长生时，眼光里却没有任何尊重。像他这样久负盛名的青年才俊，对陈长生的印象并不怎么好。哪怕陈长生在大朝试里通幽，境界已经超过了他们，他们依然认为陈长生只是幸运，或者是受到了国教里那些大人物的照拂。

"这两天一直没有看见过你，难道你对解碑这么有自信？还是说你发现自己的幸运已经用尽，干脆破罐子破摔？"钟会看着他神情淡漠地说道，"过往年间，大朝试的首榜首名，最迟五天时间也能解开这第一座天书碑，你是我们这一届的首榜首名，如果时间用得太久，只会让我们也跟着丢脸。希望你不要让我失望。"

陈长生正在看着星光下的石碑，心思都在那些繁复线条的变化之中，听着这话很是不解，于是很随意地问道："我们并不熟，就算我解不开这座天书碑，和你们又有什么关系，你又为什么要失望？"

钟会闻言怔住，深深地吸了口气，忍怒说道："好生牙尖嘴利。"

陈长生没有接话，直接走到他身旁，说道："麻烦让让。"

钟会现在站的地方是碑庐前视线最好的位置，离石碑最近，而且不会挡住星光，听着这话，他再也无法压抑住心头的怒意，握住了拳头。在所有人看来，陈长生的第一句话是明显的无视，第二句话是看似有礼的强硬，哪怕是先前出言讥嘲槐院书生的那人，也认为他是在羞辱对方。只有苟寒食看着陈长生的神情，猜到他并不是，就只是想请钟会让让。他摇了摇头，跟着陈长生向钟会身前走去。

长衫在夜风里轻颤，钟会已然愤怒到了极点，另外两名槐院同窗也同样如此，三人随时可能向陈长生出手，然而苟寒食站在了他们与陈长生之间，这让他们不得不冷静下来，想起了坐照境与通幽境之间的差别……他们不是苟寒食的对手，换句话说，他们也打不过陈长生。

打不过，愤怒便会没有任何力量。两名槐院书生依然愤愤不平，钟会则是强迫自己冷静下来，向后退了数步，给苟寒食和陈长生让开道路，看着陈长生背影不再说话，唇角微扬露出一丝冷笑——正如他先前所说，这两天陈长生很少在碑庐前出现，在他看来肯定是故作姿态，他根本不相信陈长生在天书陵里还有大朝试时的好运，难道你还能把这座碑看出花来？

星光落在照晴碑上，那些繁复的线条仿佛镀上了一层银，又像是有水银在里面缓慢流淌，一种难以言说的生动感觉，出现在陈长生的眼前。他没有调动神识，没有让经脉里的真元随那些线条而动，也没有试图从那些线条的走向里去悟出什么剑势，只是静静地看着、感知着、体会着。他再次确认自己清晨时看到的那些画面是真的，下午在庭院里凭神识空想出来的那些画面也是真实的，笑意渐渐浮现。

"有所得？"苟寒食看着他的神情变化，微惊问道。

陈长生点头，说道："我本有些犹疑，因为觉得太过简单，但笔记里有几句话提醒了我。"

苟寒食说道："你还是坚持用最原始的这种解法？"

陈长生说道："或者笨些，慢些，但最适合我。"

碑庐四周一片安静，所有人都在认真地听着，包括钟会在内。陈长生和苟寒食是世间公认的两个通读道藏的人，他们对解读天书碑的讨论，怎么可以错过，只是陈长生提到的笔记是什么？

"什么是最原始的解法？化线为数？"圣女峰那位师姐与苟寒食相熟，上前两步好奇问道。

苟寒食看了陈长生一眼。

"我们以为最原始的解法就是对真元神识和招数尽数不去想，不是化线为数，而是……"陈长生转身看着那个圣女峰的少女，认真解释道，正准备把自己的看法说出来，识..............天书的真义应该隐藏在碑文的变化中，

"荒谬至..................同时来到此间，脸上的神情异常冷漠。

钟会等三名槐........院的人，面露喜色，急急上前行礼："见过师叔。"

陈长生发现这中年男人正是清晨时对自己严厉训斥的那个碑侍，此时才知晓，原来此人竟是槐院的长辈。那个中年男人走到碑庐前，看着苟寒食和陈长生，厉声喝道："据说你们两个小辈通读道藏，没想到却是两个无知小儿，只会大放厥词！"

88·夜里挑灯看碑（中）

中年男人到场，一个槐院书生骄态复现，对着碑庐四周的人介绍道："我槐院师叔纪晋，奉道于天书陵，至今已有二十余载。"

听着这话，年轻的考生们很是吃惊，纷纷上前行礼，要知道纪晋乃是当年南方著名的才子，天赋优异，没想到竟是做了碑侍。

这名叫纪晋的槐院师叔，理都未理这些晚辈的行礼与请安，走到苟寒食与陈长生二人身前，尤其是盯着陈长生的目光异常冷淡。

"取其形而炼真元，取其意而动神识，取其势而拟剑招，世间唯有这三种解法才是正宗解法，其余的那些解法，无论看着如何稀奇古怪，均是以此为根基发展而来。你如果真敢尽数抛却不用，我倒很想知道，那你还有何种解法可用？过往年间，不知多少自恃聪慧过人之辈，总以为前人不过碌碌，自己可以轻易超越，那些人哪里明白，有了这种不切实际的想法，便已经走上了一条死路。"他盯着陈长生，声色俱厉地说道，"不要以为你拿了一个大朝试首榜首名，便有资格看低前代圣贤！天书陵里的大朝试首榜首名何其多也，又有谁敢像你

315

这般狂妄！尽早醒悟，不然你绝对会在这里撞得头破血流！"

碑庐四周一片寂静，只有此人寒冷而充满压迫感的话语不停响起，在圣女峰那位师姐以及摘星学院两名考生还有其余的年轻人们看来，纪晋前辈是极受修道者尊重的碑侍，对天书碑的了解远胜陵外之人，这番话虽然过于严厉，但确实有道理。陈长生和苟寒食虽说通读道藏、堪称学识渊博，但毕竟年轻，尤其是在天书碑领域经验尚浅，面对这番严厉而又言之有物的指责，除了虚心受教，还能做什么？

然而，随着时间的流逝，碑庐前的气氛越来越紧张。因为陈长生和苟寒食没有说话，但也很明显没有认错的意思。

教枢处的建筑并不起眼，被四周那数十株高大的红杉完全遮蔽，只是夜空无法遮蔽，于是数十级石阶被星光照亮，仿佛覆着一层雪。主教大人梅里砂站在窗前，看着白色的石阶，背在身后的右手轻轻捻动着一枝寒梅，现在明明是初春，不知为何却还有寒梅开着。

"娘娘心胸宽广，可怀天下，所以她可以不在乎国教学院，不在乎陈长生那个孩子会发展到哪一步……当然，最主要的还是因为娘娘太强大，就算那孩子连逢奇遇，在娘娘看来也不过是只蚂蚁罢了，想要捏死的时候随时都可以捏死。但还有很多人不像娘娘这般强大，自然也无法拥有相同的胸怀，所以他们会恐惧，会害怕当年的那些事情，比如国教学院会翻案。"说到这里，梅里砂苍老的脸上流露出一丝淡淡的嘲讽，"无论是天海家的人还是娘娘座前那些咬死过很多人的狗，随着教宗大人的表态，他们内心的恐惧越来越强烈，对国教学院和陈长生也自然越来越警惕，自然不会愿意看着他再继续散发光彩。自己不便出手，请动与他们交好多年的南人，倒也是正常之事，只是没想到纪晋这样的人物也愿意屈尊出手。"

白天辛教士在天书陵石门处与陈长生一番交谈后，他才发现情形有些蹊跷，查明情形后赶紧来汇报，先前一直站着，听着这话心头一震，脸上的横肉也轻轻颤抖起来，吃惊地问道："谁敢在天书陵里乱来？"

"天书陵观碑悟道，最重要的一环便是心境。那些人不需要出手对付陈长生，只需要坏其心境，便能影响到他的修行，要知道初次入天书陵观碑的经历，对一个人的修行来说，是不可替代也无法逆转的。"

梅里砂的眼睛渐渐眯了起来，神情冷漠地说道："就算不说长远，只说当下，陈长生的修行如果被影响，在天书陵里无法得到足够多的提升，就算一个月后进了周园，也不可能有任何收获，反而会非常危险。"

辛教士这才明白，天书陵里某些人对陈长生看似不起眼的敌意与嘲讽，竟隐藏着如此的凶险，他倒吸一口凉气，说道："我马上派人传话进去，请年光先生盯着纪晋和别的人。"

"年光啊……他也不见得喜欢陈长生。"梅里砂微皱眉头说道，"当年如果不是被国教学院逼迫得太狠，他这个宗祀所最优秀的学生，如何会甘心在天书陵里待一辈子？"

辛教士不安地问道："那怎么办？"

梅里砂说道："依然传话给年光，但我想，终究还是要陈长生自己解决这件事情，其实……我真的有些好奇，那孩子在凌烟阁里待了一天，做了一天的游客，又做了一天的饭，此时在天书碑前，能看出些什么呢？"

富丽堂皇的府邸里到处都是乐声与嬉笑声，这里不是天海家的正宅，而是天海胜雪自己的家，所以也没有什么长辈会理会。

明日，天海胜雪便要再次启程回拥雪关，京都里与他交好的王公子弟，都来到这里替他送行，酒宴上，难免会提及刚刚结束的大朝试，以及刚刚进入天书陵的那批年轻人。最开始的时候，那些王公子弟想着天海胜雪离奇退出大朝试，说得还有些小心翼翼，待酒过三巡，醉意渐重的人们再也控制不住，言谈间对陈长生甚至是离宫都颇多嘲笑与不耻。

天海胜雪不言不语，只是微笑听着，宴至半途，他向身旁宇文静宰相的儿子告了声罪，起身向后宅走去。在后宅里，有人在等他。那人比他年轻，身份血脉更加尊贵，但平时他绝对不会请那人来参加自己的酒宴，甚至尽可能地避免与对方见面。

"家里的这些人已经快要疯了，难道你以为我也是疯的？"天海胜雪看着陈留王微微皱眉说道，"你担心陈长生在天书陵里被打压，纯属多余，娘娘没有说话，教宗大人表了态，谁敢动他？他又没得罪周通。"

陈留王英俊的眉眼间满是忧虑，说道："你没说错，有人在天书陵里试图影响陈长生观碑，而周通真的在陵外等着他。"

89·夜里挑灯看碑（下）

先前天海胜雪说家里的这些人已经快要疯了，指的不是酒宴上那些大放厥词的王公子弟，而是那些人的父辈以及他自己的父辈——那些人请动南人，试图影响陈长生观碑悟道——天书陵对修道者而言太过重要，一步慢步步慢的道理，谁都明白。但他对此没有投注太多关心。因为在大朝试里，他已经通过落落殿下暗中压了一注筹码在陈长生的身上，也因为，虽然无人知晓陈长生为何得到教宗大人的看重，但这种看重必然有其道理，一个能在战里通幽的家伙，只要不从肉体上消灭他，那么几乎没有可能在精神层面上消灭他，这是天海胜雪的看法。然而听到陈留王的这句话，听到周通这个名字，他才知道自己依然低估了父辈们的行动力。

世人都说周通是圣后娘娘养的一条狗，但他不是一条普通的狗，而是有史以来最凶的一条狗，在国教以前的裁判处被清吏司兼管之后，他的权势堪称滔天，不知整死了多少大臣名将，要说依然心向旧皇族的那些大臣和国教里的老人们最恨的是谁，其实并不是圣后娘娘，而是他。数十年来不知有多少强者不惜搏却自己的性命也要暗杀此人，然而却没有一次成功，因为周通的身边始终都有数十名阴森恐怖的铁卫，更因为周通本人就是一个聚星境的修行强者。按道理来说，像这种境界的强者往往心性明静，视线不在俗世之内，更不会去做那些刑讯逼供杀人抄家的血污秽事，但周通却是个奇人，他的兴趣甚至说人生志向从来不在修行上，而在这些事情上。这样的一个人，不可能被天海家使动，他如果真的在天书陵外等着对陈长生动手，必然是圣后娘娘的意思。天海胜雪沉默想着，忽然觉得有些不对，心想以圣后娘娘的潇洒清旷气度，即便要对陈长生以及以陈长生为代表的那股逆流动手，也应该要等到他从周园归来之后才对。

一念及此，天海胜雪抬起头来，看着陈留王眉头微皱，心想你故意把周通动手的时间提前，究竟是想做什么？

大朝试的余波还未散尽，京都城里不知有多少势力都在注视着天书陵，街巷客栈与酒家里，也有无数民众在议论着此事，很好奇今年的考生在天书陵里的表现，尤其是陈长生。却没有人想到，在天书陵里，国教学院和离山剑宗的弟子们因为一些原因，竟住到了同一个屋檐下，陈长生和荀寒食竟是相携前来观碑。就像碑庐四周的考生们没有想到，纪晋前辈说完那番话后，陈长生和荀寒食没有任何虚心受教的表现，也没有认错。

碑庐在夜色里略显阴森，场间气氛略显压抑紧张，年轻的修道者们不知道该说些什么，钟会以及另外两名槐院书生脸上的怒意愈来愈浓，纪晋的神情始终寒冷如冰，就在这时，陈长生打破了场间的沉默，他看着纪晋，说了一句谁都没有想到的话：

"前辈，你错了。"

碑庐四周一片哗然。一个十五岁的少年竟然直指一个在天书陵里观碑早已超过十五年的碑侍，在解碑方面的认识是错的！哪怕他是今年大朝试的首榜首名，但正如先前所说，天书陵里每年会迎来一位大朝试首榜首名，在这里，他如何能与纪晋相比？

接下来发生的事情，更令观碑的人们感到震惊，因为荀寒食沉默片刻后，对纪晋也说了一句话："前辈，你确实错了。"

夜色已深，虽有星光落下，想要看清楚碑上那些繁复的线条，还是有些吃力，先前不知何时有人悄悄点燃了庐外树上挑着的一盏油灯，昏暗的灯光与星光混在一起，落在陈长生和荀寒食年轻的脸上，一片平静坚定。他们知道纪晋先前的说法其实很有道理，所谓万变不离其宗，世间常见的那些解碑流派，究其根源，总是跳不出取形、取意、取势这三种最主流最正宗的解碑方法，但是他们通读道藏，先前又刚看过荀梅的笔记，更加坚定了自己开创一条新路的信心。

"天书碑前，没有一定之法一定之规。"荀寒食看着围在四周的年轻考生们说道，"不错，现在我们能够瞬间想起来的那些解碑套路，都是三种主流解法的变形，但切不可以为，万种解碑法，都已经被前人想明白，如果这般想，我们如何能够超越前人？"在离山剑宗，他在同门师弟面前经常扮演师长的角色，很自然地说了这番话。

听着这番话，纪晋的脸色越来越沉郁，觉得这是晚辈强硬的挑衅，寒声说道："现在的晚辈，果然越来越嚣张，动不动便要超越前贤，就像那个只会画甲的疯子一样。只是不要忘记，狂妄如他，最终也不过是个走火入魔的下场！"

"修道只看贤愚，不分先后。"荀寒食看着他平静说道，"如果后人连超越前人的勇气都没有，如何能够一代更比一代强？"

纪晋收到师门传话,加上本身对陈长生极为鄙夷厌憎,所以才会从清晨到深夜,两次对陈长生出言打压羞辱,却没有想到苟寒食却来与自己辩难。槐院虽然在南方根深脉长,但终究比不上离山剑宗这个长生宗的第一山门,他不想和苟寒食对上,然而此时怒火中烧,又被那么多晚辈看着,哪里还顾得那些,厉声训斥道:"天书之道在碑文之间,你们入陵不过二日,又懂得什么道?又能修出什么道理?非要走歧途不成?"

陈长生说道:"万溪风光不同,终究同入大海。"

纪晋盯着他的眼睛,神情冷酷地说道:"听闻你在大朝试里一朝通幽,震动整座京都,想必你也自诩为一条淙淙清溪。但不要忘记,很多溪流看着水量极为充沛,最终出山不过数日便在荒原间干涸,你凭什么就能逃脱如此下场!"

言争至此,敌意已经变成毫不掩饰的针对,甚至是诅咒,碑庐四周的人们闻言失色,树枝上挑着的那盏油灯,仿佛也暗了数分。

陈长生听到这句话,忍不住摇头说道:"听闻前辈当年乃是南方著名才子,甘愿入天书陵奉道终生,更是令人敬佩。没想到前辈竟是这样的人,说不通道理便来危言恐吓,哪里有半点当年的风采。"他不是在与纪晋互嘲,而是心里真的这般想,言谈间的神情自然有些感慨失落,落在众人眼中,却是对纪晋更深的嘲讽。

纪晋闻言大怒,指着他喝道:"你要讲道理,我便来与你讲道理,从古至今,照晴碑无数解法里,有哪一条离了沧海正道?有谁能不取形、不取意、不取势便解开了这座碑?是周独夫还是太宗陛下?是前代圣女还是教宗大人,又或者是离山苏某人还是你国教学院那个院长?"他的语速越来越疾,提到那些赫赫有名的大人物时,更是像疾风暴雨一般,劈头盖脸地涌了过来,最后那两个名字是苟寒食和陈长生的师门长辈,尤其是最后提到国教学院那位院长时,更是隐隐有所指。

碑庐四周一片寂静,苟寒食和陈长生沉默不语,纪晋提到的这些传奇人物当年究竟如何解的天书碑,细节根本没有人知道,根据道藏和朝廷官方文件的记载,用的都是最传统,也就是最正统的解法。周独夫当年一眼解碑,事后与太宗闲聊时曾经提过,用的是形意俱备的高妙手段,但还是在这范围之内。

树枝上挑着的那盏油灯,被夜风轻轻拂动,光线不停摇晃,映入人们的眼中,仿佛有星辰闪耀。就在所有人都以为苟寒食和陈长生,面对这些铁一般的事实,只能无言以对时,陈长生再次说话了。

"一千一百六十一年前,太宗陛下从天凉郡来到京都观碑,当时还是郡府文书的魏国公随之入陵,太宗陛下用一天的时间,便看了三座石碑,魏国公却是直到两个月之后,才读懂了这座照晴碑。当然,谁都知道魏国公不会修行,按道理来说,他根本没有可能看懂天书碑才对。所以太宗陛下不曾嘲笑他,反而很奇怪他如何解的碑,问魏国公究竟在这座照晴碑上看到了些什么。魏国公说他没有看到真元的流动、神识痕迹,更没有看到什么剑招剑势……"

陈长生指着碑庐里那座沉默无言的石碑,述说着一个久远的、早已被人忘记的故事。所有人的目光,包括纪晋的目光都随之而去,落在了那座石碑的碑文之上,想知道魏国公当年究竟看到了什么,难道真有三种解法之外的可能?

"他看到的是一根根被强行扭曲的直线,他看到了那些曾经笔直的线条被外力强行扭曲之后的痛苦与无奈,他看到了那些变折里蕴藏着的直的力量。在他的眼里,照晴碑上的这些线条,与修行无关,更高于修行,这些线条是律,是规矩。"

碑庐前一片安静,只有陈长生的声音在回响:"魏国公以此解天书碑。"

90·往事知多少(上)

陈长生讲完了这个故事。片刻安静后,碑庐四周议论声起,人们望向纪晋的目光变得有些复杂。先前这位前辈厉声喝问,从古至今,照晴碑无数解法里,有哪一条离了沧海正道,如今看来,魏国公当年解天书碑的方法和玄门正宗的解法完全无涉,这该如何应?

纪晋此时也想起来了魏国公观碑的传说,脸色变得很难看——他没有办法否认这个传说的存在,史书上虽然没有记载,天书陵里却有实录,他身为碑侍曾经亲眼看过,魏国公正是解天书碑为律,所以其后才会终其一生守奉周律,苦谏君王,终成一代诤臣!只是他如何愿意被一个晚辈说服,沉声说道:"魏国公当年见碑文线条而明正律,依然是观其形而取其意,观其意而动神识!"

众人闻言微有骚动,几名站在后方的年轻考生摇了摇头,心想玄门正宗三种主流解碑法门里的形意二字,与这句话里的形意二字并不相同,魏国公终生不曾修行,只有胆识,哪里有什么神识,纪晋前辈此言未免太过强辞夺理。

321

见着人们的反应,纪晋更是恼怒,然而不待他再分说些什么,苟寒食的声音又响了起来。

"我也想起来了一个故事。这个故事记在《归元小述》中,不在道藏名录之内,我还是小时候读过一次。如果不是陈长生提到魏国公观碑,我大概很难想起来,那个故事里说的是首代道门之主,曾经问道于一位樵夫。"

众人怔住,道门之主居然会问道于樵夫?怎么己等从来没有听说过?

苟寒食继续说道:"其时天下纷争不断,道门尚未诞生,更不是国教,但初代道门之主已是极高境界的大强者,曾经数次入天书陵观碑,以求得悟天道真义,然而每次观碑虽有所得,想要登临陵顶,却还差着极远距离。某日,道门之主在抚碑望陵顶感慨修道生涯之有限,此生可能极难再进一步,不料却见着一位樵夫从陵上背着柴走了下来。道门之主震撼异常,心想自己无法登临陵顶,大陆与自己境界相仿的数位最强者亦不能够,为何这位樵夫明明不能修行,而且年老体衰,却能在天书陵里行走自如?"碑庐前再次安静,人们的心神都被这个从未听过的故事所吸引,心想莫非那樵夫才是真正的天道强者,甚至进入了传说中的大自由境?"道门之主诚恳求教,那位樵夫说道自己从祖辈开始便在这座山里砍柴为生,从未迷路,道门之主苦苦寻问,如何能够在陵间找到道路。樵夫犹豫很长时间后,将道门之主带至碑前,说道陵间道路尽在石碑之上,你照着行走便是……说完这句话后,樵夫便下山而去。"

苟寒食稍顿,说道:"道门之主在那座石碑之前苦苦思索了数十日夜,却始终无法在碑上线条里找出什么道路。某夜忽有所感,大笑三声,拂袖而飞,直落陵顶,就此得悟天道,开创道门,然而直至晚年归于星海之时,他依然念念不忘,为何那名樵夫能在天书碑上看到道路,自己却看不到……"

这个故事讲完了。碑庐四周一片沉寂。

纪晋脸色难看地说道:"且不说那樵夫在碑文里看到道路用的是什么方法,只说这故事记在《归元小述》中……《归元小述》为何书,既然不在道藏名录里,又如何能信?难道你混乱编造一个故事,就想证明我是错的?"

陈长生摇头说道:"《归元小述》乃是首代道门之主归星海前百日谈话的整理,之所以不在道藏名录里,那是因为一五七三年国教初立时,首代道门之主的后代曾经试图分裂道门,被定了大逆之罪,反溯其祖,故而不列道藏名录之中,但依然是正典,现在原本应该就在离宫里,随时可以查阅。"

苟寒食表示确实如此，与陈长生对视一眼，微微点头。都是通读道藏的年轻人，可以彼此回应，这种感觉真的很好。陈长生与离山剑宗有难以解开的麻烦甚至是恩怨，苟寒食对他却没有什么敌意，陈长生也看苟寒食越来越顺眼，很大程度便是因为这原因。

世人皆知苟寒食通读道藏，青藤宴一夜后，陈长生同样通读道藏的名声也传播极广。此时前者讲述，后者补充，更是说明原本在离宫里，随时可以查阅。在场的人们自然深信不疑，只有纪晋的脸色变得更加难看，甚至有些铁青起来。

"够了。"伴着一道冷冽的声音，一个身着白衫的碑侍来到场间。

这个碑侍鬓间满是白发，看着年岁颇长，有识得他的年轻考生惊呼道："年光先生！"

陈长生问了苟寒食才知晓，这位年光先生是宗祀所出身，自幼苦修，在修行界颇有名望，只是不知为何，在某年大朝试拿了次席后，进入天书陵便宣誓成了一名碑侍，再也没有出过天书陵。

年光看着苟寒食与陈长生面无表情地说道："无论魏国公还是樵夫，都不是修行者，而你们是修行者，观碑为的是问天道，而不在律法与真实道路。纪晋先生说的话，未尝没有道理。当然，你们若要坚持开创一条新路，也是有勇气的行为，并无不当。"

听到这句话，众人才知晓原来这位德高望重的前辈是来打圆场的。苟寒食和陈长生向年光先生行礼，没有再说什么。

年光又望向纪晋，微微皱眉，带着些怜惜与生气说道："当初你只用了数年时间，便解完了前陵十七座碑，都赞你心静如水，如今却是怎么了？就算师门供奉着咱们的修行，又怎能把时间浪费在这些陵外俗事之上？"

纪晋羞辱陈长生并不是完全因为陵外的请托，还因为他自己本身就有些情绪，见着年光亲自出面，他纵有不甘，也知道无法在言语上找回面子，于是漠然说道："国教看来真的很重视这个年轻人，居然能让与国教学院有怨的你出面。"

年光微微皱眉。纪晋望向陈长生和苟寒食，面无表情说道："言语之争终究无甚意义，说得天花乱坠，终究也有可能只是狗屁一堆。今年大朝试入陵四十四人，我倒要看看，究竟是谁先解开这座照晴碑，谁能解开更多座碑。"

苟寒食和陈长生今夜是来挑灯看碑的，本就不是来作口舌之争的，二人对谁能最先解读天书碑也不怎么感兴趣，没有回应纪晋这句带着明显轻蔑挑衅意味的话语。但他们不说话，不代表别的同伴都有这么好的脾气。

山道上传来一道清亮却又格外轻佻的声音："一百年前，圣后娘娘代先帝登神道祭天，见天书陵前石碑上刻着有史以来观碑悟道最快的那些人的名字，极为不喜，以为观天书碑本就是上窥天道，定先后、写榜单，庸俗不堪，故命周通大人亲自执斧，将那碑上刻着的名字尽数凿去。不想今夜天书陵中，竟然有人依然念念不忘当年这等俗举，大放厥词，难道是对娘娘当年的旨意不满？还是愚顽不堪，不知道此举是在亵渎天书陵？"

世人都知道这段往事。但说实话，那块碑上的排行榜虽然已经被毁掉，但在所有修行者的心里，那块石碑依然存在，没有人能忘记曾经高悬其上的那些名字，比如周独夫，比如教宗大人，比如王之策。纪晋先前所说，本就是很多人在意的事情，只是山道上行来的那人，根本不理会这些，把圣后娘娘的旨意高高举起，说得无比冠冕堂皇，竟是让人无言以对，更不要提出面驳斥，谁敢？

听着那道声音，陈长生摇了摇头，苟寒食也听了出来，笑容微涩。二人退到旁边，知道既然那个家伙到了，若要骂战，哪里还轮得到自己。纪晋不知来人是谁，脸色阴沉至极，仿佛要滴下水来，钟会等三名槐院书生亦是愤怒无比。

树枝上的油灯散发出的昏暗光线，随着那个年轻人到场，骤然间变得明亮起来。因为那个年轻人的腰带上镶着数十颗名贵的宝石，因为他腰畔的剑柄上也镶着颗宝石，不停闪闪发光，就像他那张英俊的脸庞一样。圣女峰那位师姐的眼睛都亮了起来。

唐三十六到了，看着脸色阴沉的纪晋挑眉说道："难道你觉得我说的没道理？那你要不要去大明宫问问圣后娘娘是怎么想的？"

年光微微皱眉，有些不悦地斥道："够了。"

这位德高望重的碑侍前辈，先前说了一句够了，苟寒食和陈长生便不再说话，唐三十六却不是这种人，反而双眉挑得更高了些，说道："您也不要想着和稀泥，也不要在我面前摆什么辈分，这里是天书陵，不能打架，那我怕你什么？"

年光闻言一滞。唐三十六再次望向纪晋，说道："同样，你不能打我，更不能杀我，我嘲笑你两句，你又能拿我怎样？要来对骂一场？我可不是陈长生那种闷葫芦，也不是苟寒食这种讲究风度的伪君子，说到骂人，你还真不是我的对手。如果你不甘心，等我明天观碑悟道的时候，你可以让你的徒子徒孙在我身边敲锣打鼓，看看能不能影响到我丝毫，你真当我没准备绒乎乎很舒服的耳塞吗？"

91·往事知多少（下）

这段话很糙，理也很糙，就像石头一样，却很结实，没办法反对，天书陵就是这样一个特殊的地方。如果你不去管辈分，不畏惧任何人，那么在这里你便不需要畏惧任何人，因为在天书碑前，所有人都是平等的。

纪晋气得浑身发抖，颤声说道："很好很好，你是哪家的弟子，竟敢……"

"想打听我的来历，然后让人在天书陵外收拾我？"唐三十六一脸不在乎地说道，"我是汶水唐家的独孙，槐院如果愿意得罪我家老太爷，那便请。"

没有人愿意得罪汶水唐家，就连圣后娘娘对那个孤耿的老头子也以怀柔为主，最多就是骂他几句食古不化、冥顽不灵。因为唐家有千秋底蕴，唐家有令人畏惧的机关术，最关键的是，唐家有钱，有很多钱。

纪晋这才知道唐三十六的身份，脸色铁青，袍袖急颤，却真没什么办法。当然，他也可以不顾天书陵里的规矩，直接出手把唐三十六教训一顿，可那样他便不能再继续留在天书陵中，因为碑侍的身份，更要受到极严厉的惩罚。

自从进入国教学院之后，唐三十六经常表现得很粗野，满口脏话，其实那只不过是少年人的一种逆反，也是对太过沉稳的陈长生做一些补充。像他这样的世家子弟，怎会缺少智慧，见好就收四字，他比谁都修炼得好。他来到碑庐前，未作停留，伸手拉着陈长生便往天书陵下走去，一路走一路碎碎念道："瞧你这点出息，连吵架都吵不过个人，真给我们国教学院丢脸。"

苟寒食苦笑着摇摇头，对年光先生行礼告辞，跟着两名少年向山下走去。碑庐四周的人们面面相觑，树上挂着的那盏油灯变得越来越暗，仿佛先前这里，什么事情都没有发生过一般。

从山道走出天书林，跳过正道旁的水渠，便进了橘园，夜色里的树林显得有些阴沉，好在今夜星光极盛，冲淡了些这种感觉。陈长生看着唐三十六那条闪闪发光的腰带，问道："怎么今夜如此珠光宝气？"

"宝气在汶水是骂人的话，以后请不要这样形容我。"唐三十六正色说，然后解释道，"半夜醒来发现你们两个人不在，所以出来寻你们，走得有些急，在包裹里随便抓了条腰带，哪里来得及看是什么风格。"

陈长生认真说道:"幸亏你没胡乱抓着那块袭皮出来,不然登场的时候会被人误认成一头熊。"

唐三十六喷喷两声,说道:"原来你会冷嘲热讽,先前怎么像只鹌鹑一样?还是说只会对自己人出招?"

陈长生摇了摇头,实在没办法再接下去,想着今日从清晨到夜里发生的事情,不解地问道:"为什么纪晋前辈如此行事?"

"以前人们认为主教大人等老人想借你重新复兴国教学院,大朝试之后才知道原来教宗大人也很看重你。忠于圣后娘娘的那些人自然开始紧张起来,南方教派向来不服离宫,被他们说动来打压你,是很正常的事情。"

唐三十六说到南方教派的时候,看了苟寒食一眼。苟寒食笑了笑,没有说什么。

陈长生想了想,说道:"或者有这方面的原因,但纪晋前辈的情绪明显不对。"

唐三十六说道:"那我就不知道了。"

"不是所有碑侍都能做到心如止水,就算最开始入天书陵的时候能够做到,随着时间流逝,修行进度停滞不前,有些碑侍难免会生出悔意。然而却囿于当年所发的血誓与天书陵的规矩,不敢离开,心理上确实很容易出现问题。"

苟寒食在旁说道:"而且在我看来,纪晋或者认为苟梅前辈极有可能成为碑侍,不料昨夜却做出了那等决然壮烈之举,魂归星海,也算是离了天书陵。这虽然与我们关系并不大,他却认为和我们有关,难免会把怨气发泄到你我身上。"

陈长生本想问,纪晋不想继续留在天书陵里做碑侍,那么苟梅前辈离开天书陵,不能成为碑侍,他应该高兴才是,为何会生出如此浓烈的怨恨意味,忽然间想明白,依然还是那些令人感慨的人性问题,忍不住摇了摇头。

唐三十六说道:"一直都有种说法,天书陵里的碑侍都有些变态,不招人喜欢,不过细想起来,这种规矩本身就很变态。"

陈长生说道:"确实有些不人道,真不明白他们是怎么想的。"

苟寒食说道:"天书碑对修道者的诱惑实在太大,而且碑侍在天书陵里地位特殊,每年新进陵的宗派弟子,可以得到他们的照顾。那位年光先生,很明显也是受了国教里哪些大人物的请托,先前才会出场替你缓颊一二。"

唐三十六说道:"应该是如此,但我信不过年光。"

陈长生想着先前他对那位德高望重的老前辈确实极不尊重,不解问道:"为何?"

唐三十六说道："年光先生是宗祀所出身，当年被国教学院里的那批天才打压得很是惨烈，他一怒之下才立下血誓成为碑侍。而你是国教学院复兴的希望，他怎么可能对你真心照拂？"

对陈长生来说，国教学院是衰破的旧园、冷清的废墟，根本无法想象这样的历史画面。

"国教学院当年很嚣张的好吗！"唐三十六看了苟寒食一眼，说道，"比现在的离山剑宗还要嚣张。"

苟寒食没有说话，他不认为离山剑宗嚣张，但对相近的意思表示了默认。

唐三十六沉默片刻，又说道："不过曾经无比嚣张的那些天才们，都已经死光了。"

听着这话，陈长生神情惘然，片刻后想起一事，望向苟寒食问道："天书陵里没有离山出身的碑侍？"

"以前曾经有过。"苟寒食说道，"后来师叔祖闯了一次天书陵，把那两位前辈臭骂了一番，带回了离山。"

陈长生很吃惊，心想居然有人敢无视天书陵的规矩，他说的师叔祖便是那位传说中的离山小师叔？

唐三十六神情不变，明显听过这段往事。

陈长生好奇地问道："那两位前辈现在呢？没有受到任何惩罚？"

苟寒食说道："那两位前辈都是我离山戒律堂的长老。"

唐三十六说道："听见没，谁的剑最快，谁就是规矩。"

陈长生更感兴趣的是，那位离山小师叔在天书陵里是怎么骂那两名同门的。

苟寒食说道："师叔祖说，不能把有限的生命浪费在无限的破事上。"

陈长生惊异道："破事？"

苟寒食说道："是的，师叔祖一直认为，修道是一件破事。"

陈长生沉默不语。想着那位传奇的离山小师叔，他忽然觉得肩上变得沉重了很多，星空仿佛被阴影所覆盖。

在天书陵里他们与离山剑宗共一片屋檐，但双方不可能真的化敌为友，苟寒食的平静温和不能代表什么，像关飞白和七间明显对国教学院存有敌意，因为秋山君这个名字，依然横亘在双方之间，看不到任何和解的希望。

到了草屋,走过篱笆的时候,苟寒食忽然对唐三十六说道:"我不是君子。"

陈长生微怔,唐三十六挑眉,摊手说道:"这可是你自己承认的。"

苟寒食平静而坚定地说道:"所以,我不可能是伪君子。"

唐三十六沉默片刻,说道:"然后?"

苟寒食微笑说道:"如果以后你再喊我伪君子,我会打你。"

第二日清晨五时,陈长生准时醒来,到灶房里煮了一大锅粥,吃了两碗,却没有去观碑,而是拿出了苟梅的笔记,借着晨光开始阅读。他右手则是拿着笔,在纸上不停地写写画画,却不知道是在写些什么,反正不是文字。

草屋里的少年们陆续起床,吃过粥后便向天书陵而去,苟寒食离开的时候和他打了个招呼。关飞白离开的时候说,不要以为你天天给我们做饭吃,我便会承你的情。七间有些紧张地说,我会承你的情,但是我不会和你成为朋友。陈长生笑着问为什么,七间说因为大师兄不会喜欢你。唐三十六明明已经醒了,却拖到最后才离开,迎着陈长生不解的眼光,他很严肃地回答道,绝对不是因为怕苟寒食打自己。

令陈长生有些意外的是,没过多长时间,唐三十六回到了草屋,脸色严峻,把他拖着便往外走。

"怎么了?"

"钟会……在破境。"

碑庐之前已经围满了人,黑压压的一片,陈长生粗略一看,便知道至少过了百人。其中四十余人是今年大朝试三甲的考生,五名身着白衣的碑侍站在外围,其余的数十人应该是以前的观碑者,一直留在天书陵里没有出去。前两天,这些以往的观碑者在不同的碑庐前各自修行,没有与今年的新人照面,此时竟是全部来到了照晴碑前,不想便知肯定有什么大事即将发生。

钟会盘膝坐在碑庐前的地面上,双眼紧闭,身周弥漫着一道雾气。

纪晋面无表情地站在他的身后,明显是在替他护法,只是不知为何,这位境界高深的槐院前辈,今日的脸色异常苍白,似乎消耗了极多真元。陈长生的眉头微挑,隐隐猜到某种可能。

碑庐前忽然响起汨汨的水声。这里没有瀑布,也没有清泉,这道声音来自钟会的身体。水声越来越响,仿佛将要沸腾。大朝试时,陈长生在洗尘楼里有过类似的经历，知道这正是破境通幽的前兆。他没有看钟会，而是望向了纪晋。一夜时间，钟会便要越过通幽的门槛，其中必有缘由，纪晋苍白的脸色，或者便是由此而来。

便在这时，纪晋也望向了他，眼神很是冷淡不屑。

92·第一个解碑者

在天书陵里观碑悟道，是修行者提升境界最快的途径，无数年来这一点早已得到了证明，不然也不会有大朝试三甲在任官、入教之前先进天书陵的规矩。在这座青林覆盖的山陵里，观碑者破境是很常见的事情，破境入聚星都偶尔会发生，更不要说破境通幽。

按道理来说，钟会就算一夜破境，也不至于引起如此大的动静。然而不仅是像苏墨虞、叶小涟这样的新入陵的观碑者，就连那些天书陵里的旧人，甚至人群外那数名前辈碑侍的神情都很认真——钟会如果成功，便是今年新入陵者里第一个破境的人，也因为，虽然有别的原因，但他只看了天书陵的第一座碑，境界实力便能得到如此大提升，说明他的悟性天赋着实非常优异。

陈长生没有与纪晋对视太长时间，望向碑庐前盘膝而坐的钟会，看着缭绕在他身周的雾气，听着他身体里响起的越来越急的沸水声，心想究竟发生了什么事情？昨夜钟会还没有找到解碑的方法，更不要说看到破境的可能，为何一夜时间过去，便发生了这么大的变化？

"昨夜钟会在碑前坐了一夜，听闻……纪晋前辈也守了他一夜。"苏墨虞从林畔走到他和唐三十六的身边说道。

陈长生微微蹙眉，想起荀梅前辈笔记里提到过的一件往事。二十余年前，曾经有位出身天道院的碑侍，用了某种方法帮助一名入陵观碑的天道院学生成功破境。他望向纪晋苍白的脸，心想难道昨夜此人竟是不惜耗损极大真元与心神，强行传功给了钟会？

"我也想到那种可能，只是……未免太浪费了些。"荀寒食走了过来，看着他的神情便知道他在想些什么，"纪晋前辈至少损耗了一半的真元，但钟会破境的状态只能维持半日时间，时辰到后，那些真元便要散于天地。"

陈长生说道："但有些感悟可以留下来，不同境界时，眼中的碑文自然不一样。"

苟寒食点头说道:"如果只是强求解碑的速度,这般做倒确实有些道理。"

碑庐前有些人注意到陈长生的到来,看着他与苟寒食交谈,神情微变。在旁人眼中,他们这番讨论过于平静甚至冷静,根本没有着急的感觉。有人则开始替他们急了起来。唐三十六和折袖静静地看着陈长生,关飞白三人静静地看着苟寒食,都没有说话,表达的意思却非常清楚——你们两个人得抓紧些了。

苏墨虞说道:"破境通幽后再成功解碑,如果钟会真做到了这一点,你们草屋七子难免会有些尴尬。"

陈长生怔了怔,不解地问道:"什么草屋七子?"

苏墨虞看着他们七人说道:"你们七人在今年考生中最受人瞩目,入得天书陵后便一直住在草屋里。有人总觉得你们刻意与众人分开,有人觉得你们清傲难以接近,不知道谁最开始这么叫,已经渐渐流传开了。"

唐三十六说道:"让他们嫉妒去。"

关飞白面无表情地说道:"不遭人嫉是庸才。"

二人对视一眼,忽然觉得不对劲,转过脸去,同声说道:"但我们可不是一路的。"

可笑的争执并没有改变碑庐四周的气氛,那些望向他们七人的目光依然情绪复杂。

陈长生清楚,纪晋用一夜时间,强行护持钟会破境,就是要让他比自己和苟寒食更快解碑。唐三十六昨夜引用的圣后娘娘的那些话,本质上没有任何意义。能成为今年考生当中第一个解碑的人,那就是最大的荣耀。

便在这时,碑庐前又有变化发生,纪晋来到钟会的面前,断喝一声令他醒来,将一颗药丸塞进他的嘴里,右手化掌而落拍在他的背上。

苟寒食神情微凛,说道:"槐院的济天丸?"

陈长生不知道济天丸是什么,但碑庐前的大多数人都知道,听到苟寒食的话后,不禁色变,心想槐院居然将如此珍贵的灵药用来助钟会破境,可以看出槐院对这名少年书生如何重视,而纪晋想要陈长生等人受挫的渴望又是多么强烈。

钟会服下那颗药丸,又得纪晋以真元相助化药,不过瞬间,脸色便变得通红一片,下一刻,脸色又回复如常,弥漫在他周身的那团雾气也随之变淡,然后如烟归山岫一般,缓缓地回到他的身体里!一道纯净至极的气息,在碑庐之间出现。

树梢上挂着的那盏油灯早已熄灭，此时忽然上下摇摆起来，不知何处来了一场清风，照晴碑四周的花草随之而偃。

钟会睁开眼睛，站起身来，缓缓转身，望向碑庐四周的人群，只见他的目光幽静一片，比起平日里不知添了多少深意。

一名槐院书生大喜说道："恭喜师兄破境！"

旧年入天书陵观碑的人群里也响起议论声，有人说道："槐院底蕴果然深厚，佩服佩服。"

钟会很平静，清俊的脸上没有任何狂喜的神情，也没有一丝骄容，他向着碑庐四周的人群揖手行礼，举止之间，意态从容。

有旧年观碑者赞道："虽有外力，终是自己的境界，观首碑而体悟破境，确实不俗。"

"多谢师叔成全。"钟会转身对着纪晋长揖及地，诚挚说道。

纪晋苍白的脸色上现出一丝潮红，轻捋短须不语，很是满意。正如人群议论的那样，如果钟会不是自身天赋悟性极佳，那么就算他损耗真元，也无法做到眼下这幕。

碑庐四周忽然安静下来。因为钟会望向了山道来处，陈长生和苟寒食正站在那里。

今年大朝试首榜三人里，陈长生居首，苟寒食次席，钟会则是排在第三。这个结果出来之后，有知晓对战细节的人，为苟寒食而感到遗憾，更多人震撼于陈长生不可思议地实力提升，却很少有人会提到钟会。就算偶尔提起，也只会带着几抹嘲讽意味，说此人运气真是极好。

钟会在大朝试里的运气确实很好，在对战抽签中，除了最后败给落落那一场，竟是没有遇到任何强敌，至于像关飞白、梁半湖、七间、庄换羽这些实力境界不弱于他的人，甚至明显比他更强的折袖，或者败在了彼此的手中，或者被苟寒食和陈长生击败，不然他很难进入最后的三甲。

当然，人们认为他无法与陈长生和苟寒食相提并论，最重要的原因还是境界差异，陈长生和苟寒食都是通幽境，他只是坐照后境，就算一步通幽，依然还差着最重要、最遥远的那步距离，他理所当然只能被无视。

而今天，他终于成功通幽。大朝试首榜三甲，至少在境界上已经平齐。碑庐前的人们，看到他望向陈长生和苟寒食，知道他一定有话要说。

"大朝试后，天机阁的青云榜和点金榜都不会改榜。因为大朝试三甲的考生都会进入天书陵，在这座山陵里，会有无数造化，也会有无数挫折，有的考生在大朝试里名次极后，入得天书陵后，却能如龙一般直上青天。有的考生在大朝试里表现极好，入得天书陵后，却只能枯坐庐前，对着这些石碑长吁短叹，空耗时日却无半点增益，曾经的位次不再有任何意义。一切只看现在，所以天机阁会在人们离开天书陵之后，再做改榜。"

钟会看着陈长生与苟寒食说道："入天书陵前，世人皆道我不如你二人，幸运的是，我终究觅到了自己的造化。昨夜你对我说，你能不能解碑与我无关，我与你不熟，为何失望。我想说的是，如果你再不跟上来，出天书陵后，你或者连成为我对手的资格都没有，那真的会很让我失望。"

陈长生沉默不语，苟寒食平静如常。

唐三十六冷嘲道："不就是破境通幽，他们两个早就已经通幽，说得这般傲气，不知道的人还以为你聚星成功了。"

这话确实极有道理，钟会即便破境通幽，也不过刚刚追上苟寒食与陈长生，哪有底气说出这样的话来。

钟会没有理唐三十六，最后看了陈长生一眼，说道："说不得，我要先走了一步了。"

那两名槐院书生闻言，隐约猜到了些什么，兴奋不已，大声说道："恭送师兄！"

纪晋依然轻捋短须不语，脸上的笑容却是越来越浓。即便是人群外围那几名碑侍，也都点了点头，以示赞许。

说完这句话后，钟会便向碑庐里走去，直到来到碑前，伸出右手，落在了石碑表面的那些线条上。一道清光出现，一阵清风徐来，梢头青叶簌簌作响。钟会的身影消失不见。

见着这幕画面，今年才进入天书陵观碑的新人们忍不住惊呼连连。以前便进入天书陵观碑的人则是对此视若无睹。是的，天书碑被解开了。今年入陵的大朝试考生里，第一个解读天书碑成功的人出现了。不是苟寒食，也不是陈长生，是槐院钟会。他此时应该已经站在了第二座碑庐的前面。

清风渐静，照晴碑前亦静，场间一片安静。人们再次望向苟寒食和陈长生，尤其是望向陈长生的那些目光里，更是复杂。

正如唐三十六和关飞白先前说的那样，很多人都在嫉妒所谓的草屋七子，当然最被嫉妒的对象，还是以往曾经寂寂无名，却在大朝试里突发光彩，甚至可能以后会迎娶徐有容的陈长生。看着他，谁不会暗中酸涩不甘？

这些人以往对他有多嫉妒，此时望向他的目光里便有多解气，满是刻意的同情与怜悯。

93·众妙之门

钟会解碑成功后便无踪而去，只留下站在山道上的陈长生。在人们眼中，陈长生此时的身影未免显得有些落寞，虽然他自己并没有这种感觉。人们看着他想到，天书陵的石碑果然是公平的，没有谁能永远幸运。

有人觉得这样还不够，还想在陈长生的伤口上撒把盐。碑庐前那个槐院书生望向他，冷笑地说道："师兄离开前那句话说得淡然，在我看来却是有些过于自谦。虽只是先走了一步，但这一步迈过去，相差何止千里？"

这句话是在嘲讽陈长生，却也带到了苟寒食，关飞白剑眉微挑，便要发作，不料还是没有抢过唐三十六。他看着那名槐院书生嘲弄说道："说不得先走一步？他准备走去哪儿？去投胎吗？这么着急。"

那名槐院书生闻言大怒，纪晋的脸色也瞬间阴沉起来，手指微僵，险些扯掉一根胡须。

年光先生和其余几名碑侍从人群外走过来，看着唐三十六沉声喝道："休得无礼！若再如此，谁也护不住你。"

唐三十六看着他冷笑道："昨天夜里便说过，打又不能打，你能拿我怎样？"

年光肃容道："我等碑侍，有维持观碑秩序之责，如果你再胡闹，我自会传书学院，提请国教把你逐出天书陵去！"

唐三十六像看白痴一样看着他，指着身旁的陈长生说道："真是一群看碑看糊涂的老家伙，你知道他是谁吗？皇宫之上，万众之前，教宗大人牵过他的手！早前京都无数人怀疑他是主教大人的私生子！提请国教？离宫会听你的，我把脑袋割了给你！"

年光闻言大怒，喝道："离宫若真如此护短，我定要让学院去问个道理！"

333

唐三十六亦怒，大声喝道："你们学院？你该去问问那些主教，宗祀所每年三分之一的钱是谁给的！你能在天书陵里混吃等死这么多年，全赖有我家供养！你不依国教吩咐护着陈长生，不依宗祀所的利益护着我，却要替南人出头，还来吓我，这又是哪里来的道理！"

年光气得浑身发抖，指着他想要训斥几句，最终却是怒拂双袖，就此离去。

碑庐四周一片安静，无论是今年入陵的新人，还是往年入陵的旧人，都怔怔地看着唐三十六，心想这到底是什么人啊。

因为钟会率先解碑，唐三十六的心情极为不好，看着众人喝道："看什么看！没见过这么有钱的人啊！"

"汶水唐家……真的这么有钱吗？"

关飞白三人对视无言，他们都是苦寒出身，离山剑宗的修行岁月又极为清苦，即便七间是备受宠爱的关门弟子，自幼被掌门养大，也没有过锦衣玉食的生活，实在是很难想象世间真有这种人。在金钱方面，离山的少年们真的很没见识。

"说起来，唐棠这么有钱，而且气焰向来很嚣张，为什么却不是特别让人讨厌？"七间有些不解问道。

关飞白想起当初在离宫，青曜十三司和圣女峰的少女们看着唐三十六那般狂热，或者便是道理，只是当着小师弟的面却不便说。此时，一名少年向他们走了过来，关飞白三人行礼见过，脸上露出笑容，明显与对方相熟，尤其是梁半湖，平日里非常木讷沉闷的他，居然主动迎上前去，还拍了拍那个少年的肩膀，显得很是亲热。

苟寒食向陈长生介绍道："这是我三师弟，梁笑晓。"

陈长生这才知道这位少年原来便是神国七律里的第三律梁笑晓。梁笑晓在青云榜里一直排在第三位，直至今年临时换榜才被落落挤到了第四。而陈长生知道他的名字，则是因为此人是去年大朝试的首榜首名。想到先前此人站在人群里，根本没有人注意到他，他越发觉得纪晋和钟会昨夜说得有道理，在天书陵这种群英云集的地方，大朝试首榜首名，确实难言特殊。

梁笑晓与陈长生见礼，神情淡漠，似乎不怎么喜欢说话。然后他望向苟寒食说道："师兄，前两日我在东亭碑前入定，所以没有来得及找你们。"

苟寒食说道："当然是观碑修行重要，既然来到天书陵，总有相见的时候。"

陈长生想起来，昨日苟寒食说过，会介绍某人给自己认识，现在想来，应该便是这名少年。

七间在旁听到东亭碑三字，吃惊说道："东亭碑，那是第六座碑了，三师兄你真了不起。"

梁笑晓微微点头，虽然他的名字里有个笑字，脸上却是半点笑容也没有，竟似比关飞白还要冷傲几分。

苟寒食看着他微笑说道："既然已经看到东亭碑，想必破境不是最近的事情。"

梁笑晓对苟寒食恭谨说道："半年前通幽，然后再无进步，很是惭愧，所以没有传书回去。"

梁半湖在旁憨厚笑道："可以了，可以了。"

苟寒食对陈长生说道："三师弟和五师弟是同胞兄弟。"

唐三十六的目光在梁笑晓和梁半湖脸上来回数次，不解地问道："老五怎么生得比老三还要老些？"

梁笑晓闻言转头，冷冷看了他一眼。唐三十六瞪了回去。

七间说道："三师兄，他就是这样的人，别理他便是。"

梁笑晓真的不再理唐三十六，转过身去。折袖看了七间一眼，眼神有些奇怪。七间感应到他的目光，像被蝎子蜇了一般，赶紧躲到了梁半湖的身后。苟寒食解释了两句，陈长生才知道，原来五律梁半湖是兄长，排名更高的梁笑晓反而是家中幼弟。然后他想起梁笑晓先前说半年前破境，这才明白原来此人竟已经通幽，如此说来，当他出天书陵后，就会离开青云榜，进入点金榜了？

"麻烦转告落落殿下，青云榜第四，我是不会做的。"梁笑晓看着陈长生神情漠然说道。然后不等陈长生有所反应，也不待唐三十六开口，他转身望向苟寒食正色说道："师兄，虽然我们与槐院都来自南方，但离山终究是离山，岂能落于人后？"

苟寒食说道："我自有分寸，你且静心观碑，只有一月时间便要出陵，当珍惜时光。"

此后，梁笑晓不再多言。正如他说的那样，虽然天书陵前那块石碑上的排行榜，早已被圣后娘娘派周通毁掉，但争强好胜或者说荣耀这种事情，根本没有可能从人心里被强行抹除，观碑悟道的快慢以及最终解读天书碑的数量，在

335

人们的心里依然有个无形的榜单。

今年没有出现第一天便解开照晴碑的绝世天才，也没有人能够在第二天解碑成功，但钟会在第三天清晨便成功解碑，已经算是相当不错。此时那些往年进入天书陵的观碑者，已经知道陈长生和苟寒食的身份，知道他们便是今年大朝试的首名与第二名，而且陵外的议论早已传到此间，二人通读道藏的名声极响，自然极为引人注意。二人到此时还没有办法解开第一座天书碑，难免引来了一些议论。

"王之策后，敢称通读道藏的便是这二人了，没想到今日居然被一名槐院书生比了下去。"

"传闻每多不实，什么通读道藏，年幼通幽，此时看来，只怕有些言过其实了。"

观碑者们去各自的碑前参悟，梁笑晓也已离去，照晴碑碑庐前人群渐散，山林渐静。陈长生走到碑庐前，看着那座黑色的石碑，沉默了很长时间，忽然问道："他是怎么就消失不见了呢？难道天书碑的后面是个小世界？"

唐三十六等人看他观碑不语，以为他在想什么重要的事情，哪里想到竟是在思考这个问题，不由无语。

苟寒食说道："据说天书碑是某个小世界的碎片，如今散落在真实的世界里，空间已然湮灭，这些碎片之间却能相通。这也可以理解为，一座碑就是一扇门，但这扇门无法通往别的地方，只能通往别的门，也就是别的天书碑，而且碑与碑之间的顺序永恒不变。"

陈长生说道："原来如此，难怪都说天书陵只有一条路，可是，天书碑怎么判断观碑者手里的钥匙是对的？"

道藏里没有记载如何从一座天书碑到下一座天书碑，那些曾经观碑悟道的前贤们在记录天书陵里的日子时，也没有提到过这些细节。因为在修道者看来，这些都是常识，根本没有必要讲述。

陈长生知道三千道藏里无数冷僻的知识，关于世界和修道的常识却有些欠缺，因为他是自学成才。

苟寒食说道："天书不能解，天书碑本身就有很多神奇或者难以理解的地方，对碑文的解读是否正确，这一点永远不能由修道者自己判断，观碑者或是旁观者都不行，只能由天书碑自己判断。"

"自己判断？"陈长生不解，重复了一遍。

荀寒食说道："观碑者与天书碑接触，若天书碑觉得你懂了，你便是真的懂了。"

陈长生想起道藏里那句关于天道的著名描述：玄之又玄，众妙之门。

天书碑如果是门，门后会有一个怎样的众妙世界呢？见他在碑前若有所思的模样，唐三十六等人继续无语。钟会已然解开了第一座天书碑，他感兴趣的却还是这些旁枝末节，难道他不着急吗？

"啊！"陈长生忽然想起来了一件事情，说道，"我得赶紧回去。"

唐三十六吃惊问道："什么事？"

陈长生有些着急，说道："你急急把我拖了出来，我都忘了灶上还烧着水，这要烧干了可怎么办？"

94·抱碑的少年们

看着山道上陈长生的匆匆身影，唐三十六有些莫明所以。折袖同样如此，惯常没有什么表情的脸上，多了些疑惑，默然想着，莫非陈长生是想逃避些什么？只是想想这一年来国教学院的风风雨雨，陈长生怎么也不像这样的人。

荀寒食收回望向山道下方的目光，不再想陈长生的打算，对七间等三位师弟说道："昨夜只让你们看了荀梅前辈笔记的一段，因为不想你们分神。看过笔记后，你们就应该知道，可以从很多角度解读天书碑，那么你们是怎么想的？"

关飞白略一思忖后说道："荀梅前辈笔记里，仅照晴碑便留下了十余种思路，仔细琢磨，其实极有道理。只是我离山剑宗地处天南，我还是习惯取碑意而动神识，再给我些时间，应该便能解读完这座碑。"

七间与梁半湖也是相似的说法，荀寒食却说道："如果你们什么时候能够把荀梅前辈笔记里的那些思路或者说经验尽数忘却，或者便可以解碑。"

说完这句话，他很自然地想起昨夜与陈长生的交谈，在他看来，陈长生分明很清楚这其中的道理，才会选择于变化之中寻真义的崭新思路。只是这种解碑的方法未免也太新了些，想要开创新路，真的不是那么容易。

关飞白等人听着他这句话，有些吃惊，静下心神后才隐约明白师兄的意思，走到碑庐前，各自寻着稍平些的地面坐下，看着檐下那座幽黑的石碑，开始静默不语。他们将荀梅笔记里的那些字句尽数落于碑上，然后渐渐驱出脑海。折袖与唐三十六对视一眼，跟着走了过去。数十名今年才进入天书陵观碑的大朝试三甲学子，也都盘膝坐在了碑庐前。只有荀寒食站在远处，看着远山平静无语，不知道在想些什么。

时间缓慢地流逝，碑庐前始终寂静无声，庐畔树上挂着的那盏油灯，不知何时被人收走了，重新变得轻松起来的树枝，在春风里轻轻摆荡，不时向碧空里微弹数分。偶尔有青叶从枝头掉落，随风飘至庐前。七间忽然睁开眼睛，拾起落在瘦削肩头的一片青叶，然后站起身来，犹豫片刻后，向碑庐里走了过去。

住在荀梅留下的草屋里的他们，是观碑学子们最关注的对象，不然也不会有草屋七子的称号。先前那阵寂静的时光里，不知有多少道目光不时落在他们的身上，见着七间似乎有解碑的意思，安静的庐前不禁微有骚动。

钟会是第一个解碑者，所有人都很想知道，谁会第二个解碑，绝大部分人都认为那个人会是荀寒食，因为陈长生不在场间。再往下数应该便是折袖，又或者是修道岁月相对更长些的关飞白和梁半湖，没有人想到，竟然会是年龄尚幼的七间。

七间走到照晴碑前，回头向碑庐外望了一眼，稚嫩的小脸全是不确信的神情。荀寒食站在远处一棵松树下，没有说话，脸上却露出了笑容。于是，七间也笑了起来，不确信的神情消失无踪，剩下的只有喜悦。他向着照晴碑再走一步，然后小心翼翼地伸出右手，放在了碑石的边缘上，没有触到碑面上任何线条。一阵清风自碑后崖下拂来，拂得七间脸畔的发丝轻轻飘扬，横掠过清稚秀美的眉眼，然后他便从原地消失。

碑庐前一片死寂，先前响起的那些议论声，就像七间瘦小的身影一般消失无踪，第二个通过照晴碑的人，就这么随意地出现了。人们还没有来得及从这种震撼里醒来，只见关飞白站起身来，向碑庐里走去。和七间相比，这位以冷傲著称的神国四律，才是真正的随意，哪怕他面对的是神圣的天书碑。

他的右手落在了照晴碑上，根本看都不看一眼手落在什么位置，就像是很随便地拍了拍栏杆，准备聊聊今天的天气。又是清风起，清光乍现，然后不见，他的身影也自消失不见。

令碑庐前那些还在苦苦思索碑文真义的人们感到无比震撼，甚至是有些无奈的是，梁半湖也站起身来，向碑庐里走了过去。这位神国七律里最低调也是

338

最沉默的农家子弟，先仔细地整理衣着，然后恭谨行礼，这才非常认真地把手放在了石碑上。没有任何停顿，没有任何间隔，离山剑宗的三名弟子，就这样先后解开了照晴碑，去往了第二座天书碑。

片刻沉默后，碑庐前响起数声叹息，叹息声里充满了羡慕，却又有些绝望。修道者的天赋，果然不同。离山剑宗，果然了得。和清晨钟会通过照晴碑相比，离山剑宗三人解碑，根本没有那么大的阵仗，也没有师门前辈在旁护法，更没有破境通幽。只是这样寻寻常常地站起身来，走进庐去，然后便从大家的眼前消失，这才叫真正的挥洒如意。

离山剑宗的四人，现在只剩下荀寒食还在原地，很多人望向他，觉得有些奇怪，他的境界修为以及学识，都要远远胜过他的三个师弟，为何他解碑的速度却要比三个师弟更慢，有些人猜到了些什么，看着荀寒食终于离开那棵松树向碑前走来，确定自己猜得没有错。

荀寒食走到照晴碑前，没有闭目静思，也没有看碑上的线条，依然看着远山，然后右手落下。清风再起，林中鸟儿振翅而飞，庐下已经没有了他的身影。至此，众人才明白，荀寒食早就已经解开了这座照晴碑，只是在等三位师弟。如此说来，只要他愿意，他岂不是可以很轻松地成为今年天书陵的第一个解碑者？人们回想清晨钟会成功解碑时，槐院诸人的那份激动与得意，不禁觉得那场面有些令人尴尬。此时还留在庐前的两名槐院少年书生，脸色真的变得尴尬了起来。

荀寒食能够解碑而不去，是因为要等同门，那么陈长生呢？人们很自然地联想到这个问题。他是不是像荀寒食一样，早就已经解开了这座天书碑？如果是这样，那么他在等谁？还是如钟会所说，他真的没有足够的天赋解碑？

议论声渐起，然后渐止。没有过多长时间，庄换羽来到了碑庐前，作为天道院今年最强的学生，很多人都认识他，只是不知道为什么，进入天书陵后，他便消失不见。没有人知道他去了哪里，在做什么，就连清晨钟会破境解碑的时候他都没有出现，此时看到他，人们不禁有些讶异。

庄换羽的衣衫上到处都是草屑树叶，竟似在山林里过了两夜一般，有些狼狈，但他的神情却极平静，眉宇间隐隐透着一股自信的意味。

唐三十六看着他说道："你没有去青林小筑？"

青藤六院本来就在京都，与天书陵极近，容易获得很多便利。天道院作为近些年来大周最风光的学院，自然会为观碑的本院学生做好安排。青林小筑便

339

是天道院在天书陵下的宿舍,其余的像宗祀所或者摘星学院,也都有类似的布置。

"我没有去青林小筑,因为我没有时间。"庄换羽掸了掸身上的灰尘与草屑,直接向碑庐里走去。

唐三十六看着他的背影说道:"就算你现在解碑成功,也只能排在第六,何必弄得这般辛苦?"

庄换羽的右手停在石碑上方,说道:"但至少在陈长生前面,不是吗?"说完这句话,他的右手落了下来。

没有过多长时间,苏墨虞站起身来,向碑庐里走去,成为今年第七个解碑成功的人。

看着一个又一个的人解碑成功,唐三十六这般骄傲的人哪里会不着急,尤其是苏墨虞在青云榜上的排名,现在已经在他之后,这更让他急迫。

然而下一刻,他便醒过神来,微微皱眉,闭上眼睛,不再去想这些事情,神游物外,不在碑上,有一会儿竟似要真的睡着了一般。当他醒来的时候,暮色已至,晚霞满天,天书陵里的春林正在燃烧。他站起身来,向碑庐里走去,路过折袖的时候,说道:"告诉陈长生,今天晚上不用等我吃饭了。"

走到石碑前,他开心地笑了起来,张开双臂给了这座冰凉的石碑一个大大的拥抱。

读懂天书碑,会获得难以用言语形容的一些感悟,那种感悟对修道者来说,要比龙髓更加美味,比星辰更加迷人,会有一种极大的满足。正所谓食髓知味,绝大多数人解开第一座天书碑,然后来到第二座天书碑前时,更会沉迷于其间,不知时光之渐逝。

唐三十六很清楚自己没有办法抵抗这种醉人的感觉,今夜肯定要伴着星光与第二座天书碑相拥而眠,所以才会让折袖带话给陈长生,不用等他吃饭。和他一样,钟会、庄换羽还有七间等人,都在第二座碑庐前忘记了"归去"这两个字是怎么写的。但世间总有些与众不同、天赋卓异却意志惊人的家伙,不会被任何外物所惑。

苟寒食伴着晚霞,回到了草屋里。闻着灶房里飘出来的蛋羹的香味,看着坐在门槛上看着落日发呆的陈长生,他问道:"你究竟在等什么?"

95 · 雁鸣（上）

陈长生揉了揉被晚霞灼得有些发酸的眼睛，从门槛上站起身来，说道："我没有等什么。"

苟寒食说道："虽说你想走的是一条前人没有走过的道路，用你自己的话说，那个方法有些笨，但你自己还说过，那个法子应该是可行的。那么按道理来说，你不可能到现在还无法读懂第一座天书碑，因为我知道你的领悟能力比很多人想象的还要强。"

作为世间敢称通读道藏的两个人，他和陈长生当然是对手，从青藤宴到大朝试，相争而前，但正因为是对手，所以才会真正了解。他看着陈长生从一个不会修行的普通少年，只用了数月时间，便在学宫里的那场雨中通幽，没有极强的领悟能力，如何能做到这一点？

陈长生想了想后说道："我觉得前夜和你讨论过的那个方法不对。"

苟寒食微微挑眉，问道："哪里不对？"

陈长生说道："哪里不对说不出来，如果按照观碑文变化的思路解下去，应该能够解开天书碑，可我感觉总有些怪，总觉得哪里差了些什么。如果在还没有想透彻的时候依然继续解读下去，我很难说服自己，因为我修的就是顺心意。"

苟寒食说道："难道你想重新再想一个解碑的方法？"

陈长生说道："有这种想法，但还没能下决心。"

苟寒食皱眉，心想半途改辙乃是观碑大忌，说道："你知道这是很危险的想法。"

陈长生明白他的意思，如果再这样犹豫下去，解开那些天书碑的希望会越来越小。他认真地想了很长时间，说道："如果真解不开，也就算了。"

"无论如何想，切不可想迁了。"苟寒食说完这句话，向屋里走去。

陈长生看着他的背影说道："鸡蛋羹还差些火候，你不要急着揭盖子。"

他这句话没有别的意思，苟寒食却品出了别意，心想也许他现在的等待是有道理的。

过了一会儿后，折袖也回到了草屋。住在草屋的七个人，现在就只剩下他和陈长生还没能解碑成功，看着与昨夜比起来冷清很多的庭院，他的脸上流露出几丝对自己的厌弃,对陈长生问道:"为何我始终不行?难道我的天赋有问题?"

陈长生心想,一个无门无派、完全自修的狼族少年,能在残酷的雪原里,令很多魔族闻风丧胆,能够稳稳胜过关飞白等青云榜上的少年高手,他的血脉天赋非但没有任何问题,反而是强大得有些不像话。

"与天赋无关。"

"那与什么有关?勤勉还是专注?"

"和那些都没关系,只是因为……"陈长生看着他认真说道,"你读书太少。"

折袖有些生气,他自幼在雪原里颠沛流离,哪有什么机会读书。

陈长生从怀里取出荀梅留下的笔记,递给他说道:"读书少也罢了,最麻烦的是,我观察过你,发现你真的很不喜欢读书。前辈留下的笔记,你只看过两遍,昨天晚上甚至看着看着还睡着了,这如何能行?"

折袖的脸色变得苍白起来,不是受伤后的苍白,而是恼怒,接过那本笔记,直接进了草屋。

第二天清晨五时,陈长生睁开眼睛,用五息时间静神,然后起床,发现唐三十六摊着手脚睡在一旁,鼾声如雷。他走出屋外,只见七间等人也在酣睡中,才知道昨天深夜不知何时,他们从天书陵里回来了。

洗漱完毕后,他像前两天一样开始烧水做饭,接着开始洒扫庭院,修理那些破落的篱笆,直到唐三十六等人吃完早饭,再去天书陵观碑,他也没有离开的意思,脸上根本看不到任何焦虑,甚至显得有些享受现在的生活。

人去院空,他坐回门槛上,翻开荀梅的笔记再次开始阅读,渐渐入神,收获也越来越多。

整整一天,除了做饭打扫,他都没有离开过门槛,自然也没有去看照晴碑一眼。

傍晚时分,唐三十六等人陆续回到草屋,吃过饭后,围在桌旁开始讨论第二座天书碑上的那些碑文,气氛非常热烈。

陈长生把折袖喊到里屋,从针匣里取出铜针,开始替他治病,现在还只是在确定经脉畸形的初步阶段,想要解决折磨了折袖十几年的那个问题,不是一时半会儿的事情。

过了很长时间,围桌论碑的他们才发现少了两个人。七间望向紧闭的屋门,清稚的小脸上露出不忍的神色。苟寒食皱着眉头,摇了摇头,现在连他都开始觉得奇怪。

不想刺激到里屋的二人,桌旁的讨论就此终止。

唐三十六忽然站起身来,推开屋门看着陈长生说道:"今天又有三个人过了。"

陈长生专注地捻动着指间的铜针,低声与折袖说着什么,没有理他。

时间一天一天地过去,今年大朝试的考生们进入天书陵,已经到了第七天。在第五天的时候,折袖终于通过了照晴碑,不知道是不是因为这几夜他一直在看书的缘故。

陈长生却还没能解碑成功,至此,他创下了一个新的纪录。以前,他在修行界曾经有过一个无比光辉灿烂的纪录,那就是最年轻的通幽者之一。

现在这个纪录,则不是那么光彩。历届大朝试的首榜首名里,解读第一座天书碑的时间,他用的最长,而且有可能更长。

转眼前,入陵的时间来到了第十天。清晨五时后,陈长生终于离开了草屋,来到了碑庐前,看着那座黑色的石碑沉默不语,不知道在想些什么。晨光渐盛,观碑者陆续进入天书陵,来到碑庐前,看着盘膝坐在树下的他,先是有些吃惊,然后生出更多情绪。

在那些人的眼光里,可以看到同情,可以看到怜悯,还有嘲弄以及幸灾乐祸。有些人远远地躲着他,走进碑庐里,有的人刻意擦着他的身边走过,脚步显得格外轻松,然后伴着那些缭绕庐檐的清风,消失于碑前。

草屋里的人们用完早饭后,也来了。看到这幕画面,关飞白皱了皱眉头,没有说什么,抚碑而去。

唐三十六站到他身前,问道:"要不要陪陪你?"

陈长生抬起头来,望向他认真地说道:"天书碑里,再短暂的时光都极为珍贵,你要珍惜才是。"

唐三十六很是无言,心想你这个家伙在天书陵里当了十天游客和伙夫,居然好意思说这样的话。

折袖没有说话,直接在陈长生的身旁坐下。陈长生也没有说话。晨风轻拂树梢,青叶落于檐上。

"谢谢,时间差不多了。"陈长生诚恳说道。

这里的差不多,不是说他看到了解碑的希望,而是说折袖陪他的时间。折袖站起身来,走进了碑庐。

第十二天的中午,春日有些灼人,陈长生坐在碑庐里,借檐遮光。

清风微动,两个年轻人出现在碑庐前。其中一人叫郭恩,乃是南方圣女峰下辖的慈涧寺高徒,前年大朝试的第三名;另一人叫木怒,是天道院在庄换羽之前最强的一名学生,已经在天书陵里观碑四年有余。这二人都曾经是青云榜上的天才少年,随着时间流逝,观碑日久,破境通幽,现在他们早已经进入了点金榜。南北教派向来不和,在天书陵外已有盛名的二人,最开始的时候势同水火,现在的关系却已经变得相当不错。

"你就是陈长生?"木怒看着他面无表情问道。

十几天前,钟会解碑成功的时候,他们两人在场,但陈长生不认识他们,只知道应该是往年的观碑者:"正是,两位有何指教?"

木怒唇角微微扯动,似笑非笑,没有回答。

郭恩看着陈长生摇了摇头,叹道:"师门来信,说今年大朝试出了个了不起的人物,现在看来,真的是夸大其词了。"

木怒说道:"不然,能以十五之龄通幽,确实了不起,只是初时修行如利刃破竹,其后凝滞如沙石难前,历史上这种人太多了。须知天书陵才是真正的考验,此人连照晴碑都过不去,只怕也是那类人,着实可叹可惜。"

他们明明看着陈长生,却是在自行说话,仿佛陈长生不存在一般,又或者他们根本不在乎陈长生怎么反应。陈长生沉默片刻,重新坐回石碑前。郭恩与木怒二人笑了笑,转身并肩向天书陵下走去,交谈却在继续。

"徐有容是什么样的人,怎么可能嫁给他。"

"这就是国教学院复兴的希望?真是可笑至极。"

不知道是不是有意的,他们说话的声音非常清楚,不停传进陈长生的耳中。接着,山道上传来一阵笑声。陈长生静静看着石碑,像是根本没有受到任何影响。

春意渐深。天空里有数百只雪雁,自遥远的地方归来。它们来自温暖的大西州,跨海而归,将要去往天柱峰,度过漫长的夏天。雁鸣声声,有些疲惫,依然清亮。碑庐四周的树林里,随之响起雀鸟们的鸣叫,仿佛是在嘲笑那些雪雁自找苦吃，愚笨不堪。

陈长生抬头望向碧空里那两道美丽的白线，想起当年在西宁镇后的山上骑鹤追着雪雁群玩耍的时光，笑了起来。

96 · 雁鸣（下）

忽然间，树林里的鸟鸣消失无踪，不知道是不是因为它们知道，有个比它们更聒噪的家伙，来到了场间。看着出现在碑庐前的唐三十六，陈长生有些奇怪，按照前些天的惯例，应该直到暮深，这个家伙才会舍得离开天书碑才是。

"你知道那两个人是谁吗？"唐三十六看着山道方向，微微挑眉问道。

"不知道来历，两个……"陈长生斟酌了一下措辞，说道，"不知所谓的人。"

唐三十六看他脸上神情，才发现他真是不在乎那两个人刻意的羞辱嘲笑，有些恼火地说道："就算是不知所谓的人，难道就能无所谓？"

陈长生说道："别说这些，你怎么出来了？"

唐三十六这才想起自己是来做什么的，盯着他的眼睛，略带几分傲意地说道："我看到了第三座碑。"

陈长生怔了怔，说道："那不是前天就发生了的事情？"

唐三十六明显不满意他的反应，提高声量说道："重要的是，我快要破境了。"

陈长生怔了怔，脸上露出开心的笑容，诚挚说道："是吗？那真好。"

唐三十六很是无奈，说道："我快要超过你了，明白吗？"

"我一直等着这一天。"陈长生满脸喜悦，从怀里取出一个药匣递到他身前，说道，"里面有如何服药的说明，破境通幽是大事，不敢大意，到哪一步该吃哪颗药，每次服药的剂量，一定不能弄错了，我晚上会请折袖帮忙盯着。"

匣子里是大朝试前落落请离宫教士炼制出来的丹药，用的是他和唐三十六在百草园里偷的名贵药草，还有落落让族人准备的珍稀药材，专门用来帮助坐照境修行者破境通幽，单从药力论，只怕不比槐院的济天丸差。

唐三十六拿着药匣很是无语，本想激励这个家伙一番，谈话的内容怎么最后变成了这样？忽然间，他想到，陈长生这般表现，莫不是真的已经放弃了解碑吧？一念及此，心情顿时变得沉重起来。

春意越来越清晰，从大西洲回到京都的雪雁群越来越多，今年大朝试三甲考生进入天书陵，已经过了二十天，在这段日子里，人们陆续解开了照晴碑，只有陈长生依然每天坐在碑庐前，和最初的热闹相比，现在的这座碑庐显得很是冷清。

苟寒食认为他的心境可能真的出现了什么问题，就连唐三十六和折袖都开始对他失去信心，一直在暗中关注他的碑侍对他也失去了兴趣，更不要说其余的观碑者，看着碑庐外他的身影时，脸上嘲弄的神情掩之不住。

天书陵里的情况，准确地传到京都里，陈长生依然未能解碑成功，带来了很多不同的反应。东御神将府里，徐夫人极为少见地向徐世绩发了脾气，说道那顿家宴本来就应该再等些日子。徐世绩则是沉默不语，摔了一个名贵的汝窑瓷杯。教枢处里的气氛变得有些压抑，梅里砂每天闭着眼睛半躺在满是梅花的房间里，仿佛在睡觉。但辛教士已经有数次清楚地听见老人家略带悔意的喃喃自语：是不是我们把他逼得太急了？

莫雨姑娘空闲的时候，还会去国教学院那幢小楼，在陈长生的床上躺会儿，只是被褥与枕头上那个干净少年的体息越来越淡，她的情绪也随之变得越来越烦躁，替娘娘批阅奏章的时候，着实不客气地把两位太守痛斥了一番。天海胜雪回了拥雪关，没有影响到这个当今大陆第一家族的情绪，京都数座府邸不断举办宴会，文人墨客如走狗一般穿行其间，家主及几位天海家的重要人物看着平静，实际上心情放松了很多。

陈长生无法解碑在京都里引起了无数议论，人们试图解释这种情况，却觉得怎么都说不通。天海家主在某次宴会上说出的一番话，最终成为了绝大多数人的共识："再如何璀璨的钻石，如此猛烈地燃烧过后，除了几缕煤烟，还能剩下些什么？要知道他去年可是整整燃烧了一年！"

从青藤宴到大朝试，来自西宁镇的少年给了这片大陆太多震惊甚至是奇迹，天书陵现在变成了横亘在他面前的一座高峰，再没有人认为少年可以继续创造奇迹，所有人都认为，他会像历史上那些陨落的天才一样，就此悄无声息。

只有一个人对陈长生依然有信心。学宫里那座大殿的顶层，落落站在栏畔，手搭凉棚，不喜欢这个世界里虚假的阳光，向着远处望去，却只能看见一成不变的完美，看不到真实世界里的天书陵，看不到正在陵里观碑的先生。

"先生向来不在意别人对自己抱有什么希望，他只为自己活。可如果你对他抱有希望,那么他什么时候让你失望过?"她转过身来望向金玉律,漂亮的小脸上全是信任与骄傲,"我不知道他为什么直到现在还没能解开第一座天书碑,但我很肯定,他不是解不开那座石碑,而是因为一些别的原因。如果他能成功,必然会再次让所有人都震惊无语。"

依然清晨五时醒来,静意睁眼,起床洗漱,煮饭洒扫,然后往天书陵去。一年之计在于春,一日之计在于晨,春晨乃是最美好的时光,只是略微有些寒冷。陈长生紧了紧衣领,在碑庐外坐下,他已经在这里坐了好些天,除了偶尔去檐下避避雨或是烈日,从来没有移动过位置,身下的青石上没有一点灰尘,甚至变得有些光滑。

荀梅留下的笔记,他从头到尾看了好些遍,早已烂熟于心。天书碑上的碑文,那些繁复的线条,早已深深刻在他的识海里,虽然没有足够的时间览尽那些碑文在四季里的变化,但每天的变化都已经被他掌握,所以他不需要再看什么,直接闭上了眼睛。

有脚步声响起,匆匆从远处走过,又有脚步声响起,从他身前慢慢走过。有压低声音的议论声在山道上响起,有刻意响亮的嘲讽的话语在他耳边响起,然后那些声音慢慢消失,只剩下安静以及林中的鸟鸣。

林中雀鸟的叫声忽然变得密集起来,然后高空上传来阵阵雁鸣,其中有声鸣叫格外清亮。

陈长生睁开眼睛,向湛蓝的天空里望去,只见东方飞来了一群雪雁,这已经不知道是第几批回到京都的雪雁。春日的天空里多出了这么多雪,真的很美丽,他心想,那声清亮的雁鸣,应该是只雏雁发出来的,或者它还是第一次做这么长的旅行。雪雁继续向远处飞去,可能会在京都停留数日,然后继续向西。

"只能这样了。"陈长生站起身来,有些遗憾地说了一句话,走进了碑庐。

看着那座冰冷的石碑,和碑上那些已经看到厌烦的线条,他摇了摇头,心想自己的资质天赋果然还是不够。

荀梅的笔记,给他以及草屋里其余少年的解碑,都带来了极大的好处。像关飞白等人解碑如此顺利,都是从那本笔记上接近了前贤的智慧,从而得到了某种启发。他收获的好处,则是多了很多参照物。

在笔记里,荀梅留下了很多种解碑的思路,仅仅照晴碑,便有十余种之多。

但在凌烟阁里找到的王之策笔记，第一句话就说到位置是相对的，所以陈长生想做的事情，不是按照那些思路去解碑，而是避开这些思路，另辟一条全新的道路。

通过观察碑文在天地间的自然变化，从而找到完全属于自己的答案，他想如此解碑。这种思路极有可能是正确的，但对他的要求来说，还相当不完备，或者说不够纯粹，依然是取意、取形、取势这三种最主流、最正宗的解碑法的变形，或者说这种解碑法依然没有完全摆脱这种固有思路的影响。他对此有些不满足，所以苦苦思索了二十余天时间，遗憾的是，依然没有能够成功。更重要的是，如他对苟寒食曾经说过的那样，他修的是顺心意，他总觉得这种解碑方法，甚至是过往无数强者圣人的那些解碑方法，都不对。他总觉得这座天书陵、这些石碑应该有更深层的意思，那才是他想看到的。确实很遗憾，他没有更多的时间了。

那声清亮的雁鸣让他清醒过来，时间过得真快，一晃距离周园开启便只剩下几天时间。进天书陵的第一天，苟寒食问过他，是想去周园，还是想在天书陵里多停留些时间，他说到时候再想，这几天他已经想明白了自己会怎么选择。

如果他不能逆天改命，或者修至神隐境界，那么他只剩下五年的寿命。

当然要去多一些地方，多看一些风景，多认识一些人。他想去周园，他要去周园，那么，他便必须开始解碑了。于是，他开始解碑。他抬起右手，指着石碑上某处，说道："这是个家字。"

此时天光清明，碑面那些繁复无比的线条里，有几根刻得稍浅些，被照得如同浮了出来一般，隐隐似乎是个字。然后他指向石碑另一个，说道："这是个江字。"紧接着，他未作任何停顿，望向石碑上方那团绝对没有任何人能从中看出文字的地方，说道："淡。""烟。""照。""檐。""秋。""丛。"……

他毫不停顿地说了二十八个字，那些都是碑上的字。最后一个字是光。

他的声音很清亮，就像先前那声雁鸣，对未知的世界，没有任何惧意，只有期待，满是信心。然后，有清风起。他从碑前消失。

97·一日看尽前陵碑

陈长生在石碑上看到的二十八个字，合起来便是一首诗。

"一江烟水照晴岚，两岸人家接画檐。淡荷丛一段秋光，卷香风十里珠帘。"

这首诗是两千年前,道门之主入天书陵观碑时写下的。天书陵里的第一座天书碑名为照晴,也正是由此而来。

陈长生用的解碑方法,是取碑文片段而自成其义。这种解碑方法其实很简单,很原始。无数年前,天书落在大陆上,依然懵懂的先民们,终于战胜了自己的畏怯,小心翼翼来到这座石碑前。第一个看懂这座石碑的那位先民,用的也是类似的方法,只不过他看到的可能是一幅简单的图画。那幅图画,可以是牛,可以是羊,也可以是龙。然后,有人在天书碑上看到了更复杂的图画,有数字,有更多的信息,于是,有了文字。这种方法也最干净,因为没有任何多余的杂念附于其上。先民们最开始的时候,肯定不会认为这些奇怪的石头上隐藏着什么谜团需要破解,不会认为那些线条里面有什么真元流动。就像他以前和苟寒食讨论过的那样。

两千年前的道门之主,在这座天书碑上看到的是一首诗,他以为那首诗是一道题目。其后无数年间,无数修道者,都曾经想从那首诗里寻找到真正的答案,却始终一无所获。陈长生今日也看到了这首诗,但并不意味他与两千年前的那位绝世强者,用的是完全相同的解碑方法。因为他不认为那首诗是题目,他认为那就是天书碑想说的话。

天光晦暗不同,线条或显或隐,无比繁复的线条,可以显现出无数个字。这些字可以组合成无数可能,可以是一首诗,也可以是一篇大赋。石碑无言,自成文章。他在这座石碑前坐了二十余日,不知看出了多少个字。他现在随时可以从那些线条里找到无数篇已然存在于人世间的诗词曲赋。但他很清醒地认识到,那些诗词曲赋本来就在天书碑的碑文里。观碑者只需要找到,看到,懂得,不需要别的多余的想法。世间万种解碑法,无论取意取形还是取势,都是对碑文信息的破解、学习、模仿。

但天书碑从来没有等着谁来破解、学习、模仿。天书碑一直在等着有人来理解。

陈长生试图证明这一点,最终天书陵证明他的理解是正确的。于是,他便解开了自己的第一座天书碑,然后看到了第二座天书碑。

郁郁葱葱的树林深处,庐中有碑,碑旁也刻着一首诗,乃某位大学者所题,诗名贯云石。第二座天书碑,便是贯云碑。

碑庐外围坐着二十余人，那些人看着庐下一座显得有些扁宽的石碑，有的人皱眉苦思，有的人喃喃自言自语。陈长生走到庐前，在人群里看到了一些熟悉的面孔。那个叫叶小涟的圣女峰小师妹听着脚步声抬头望去，见来人是他，不由怔住。

有人也发现了陈长生的到来，如她一般怔住。这些天来，天书陵观碑的人们早已经习惯，会在照晴碑庐外看到陈长生的身影，今日忽然看到他出现在贯云碑前，竟一时反应不过来。下一刻，众人才明白，原来陈长生终于解开了第一座天书碑。碑庐外的人群隐隐有些骚动，然后响起了些嘲讽的议论。

"到现在才能解开第一座碑，有什么好得意的？""不错。我一直以为自己明悟经义的资质不佳，如今看来，至少还是要比某人强些。"

陈长生没有得意。只不过他的出现，给碑庐外的人们带来了一种莫名的压力。就像本来一直成绩极好的学生，忽然间在某一科上落在了倒数第一名，那些后半段的学生们幸灾乐祸了好些天，忽然间发现，那名学生竟慢慢追了上来，如何能够不紧张？尤其是想着前些天对他的嘲笑，有些人难免有些慌。为了化解这种压力，把慌乱的情绪抹掉，那么，更加过分的嘲笑理所当然地出现了。

陈长生没有理会这些议论，继续向前走去，走进碑庐，来到那座贯云碑前，抬起右手。

碑庐外响起一片惊呼。

陈长生解开了照晴碑，这个消息像风一般，极其迅速地传出天书陵，传进京都各座府邸里，也传进了皇宫与离宫。

听到这个消息，有人终于松了口气，比如主教大人梅里砂，郡王府里响起陈留王愉快的笑声。莫雨握着笔正在蘸朱砂，听着下属的回报，微微怔住，然后说道："这时候才解开第一座碑，还能有什么前途？"

数名天道院学生在酒楼里聚宴，酒至酣处，自然难免说起天书陵解碑，正在嘲笑陈长生和国教学院的时候，收到了这个消息，席间顿时安静，片刻后，一名学生嘲笑说道："以这个速度，陈长生今年能不能看懂第二座天书碑还是问题，庄师兄前天便已经到了第三座碑前，如何能相提并论？"

另一名学生感叹说道："还是苟寒食可怕，能排进十年里的前三了吧？"

先前那名学生听到苟寒食的名字，沉默片刻后说道："如果他能保持现在的解碑速度，只怕要排进百年榜。"

便在这时，一名天道院同窗匆匆奔到楼上，满脸汗水都掩不住惊惶的神情，声音颤抖地说道："陈长生……刚刚解开了第二座碑。"

这数名天道院学生闻言大惊，急急站起身来，竟把桌上的酒菜撞翻了好几盘。他们看着那名同窗，不可思议地连声询问：

"什么！"

"这怎么可能！"

"他不是才解开第一座碑，怎么可能马上就解开了第二座？"

没有人回答他们的问题，酒楼里顿时变得一片死寂。

天书陵前陵十七座碑，第三座碑名为折桂。与贯云碑相比，这里的碑庐四周的人要少了很多。除了数名旧年的观碑者，参加过今年大朝试的只有圣女峰那位师姐、摘星学院一人、钟会和庄换羽，再就是草屋里的四个家伙。要知道天书碑越到后面越难解，他们入陵不过二十余日，便来到了第三座石碑前，已经可以说是非常了不起。

看到陈长生出现，人们很震惊，因为清晨的时候，他们明明还看着他在第一座碑庐外，这岂不是说，他只用了半日时间，便连续解开了两座碑？唐三十六直接从地面弹了起来，走到他身前瞪圆双眼说道："我说你这是怎么搞的？"看着有些恶形恶状，实际上他看着陈长生的眼神里全是惊喜。

折袖的脸上依然一片漠然，眼神却隐隐变得灼热起来，问道："总要有个道理。"

陈长生想了想，说道："天书，首先应该是书。"

听到这句话，碑庐外有些人若有所思，庄换羽则是冷哼一声。

陈长生对唐三十六说道："我先走了。"

"你这就要回去？也对，好好歇一下。"唐三十六说道。在他看来，陈长生用了半日时间便解开了两座天书碑，必然心神损耗极大，确实应该回草屋休息静神。

陈长生怔了怔，指着碑庐说道："我是说去那里。"

唐三十六呆住了，怔怔地看着他走到石碑前，伸手落下。看着这幕画面，庄换羽脸色骤变。坐在庐畔一直沉默不语的钟会，更是脸色变得苍白无比。

351

第四座天书碑，名为引江碑，这座碑刚好在一处断崖边，地势有些险要。这座碑庐前的人不少，去年进入大朝试三甲，从而进入天书陵观碑，然后一直没有离开的人，基本上都在这里。

七间坐在碑庐最外面，瘦弱的身体在崖畔被风吹着，总给人一种摇摇欲坠的感觉。陈长生有些意外，这个离山剑宗的小师弟居然比关飞白和梁半湖解碑的速度更快。当然，更意外的还是七间和场间的人们。

看到陈长生走到七间身旁坐下，人们的脸上露出震惊的神情。与前三座天书碑相比，引江碑上的碑文变得简单了些，更准确地说，应该是说碑面上那些线条依然繁复，但隐隐约约似乎已经有了某种规律。有规律，对观碑者而言不见得是好事，因为心神反而容易受到扰乱，或者是束缚。

陈长生与七间说了两句话后，把目光投向石碑，开始认真地观察。

"当年你我走到引江碑前，用了多少天？"离宫空旷的大殿里，回荡着圣堂大主教的声音。他看着那数十座前贤的雕像，神情有些惘然，眼中还残留着一些震惊。

同样是国教六巨头之一，另一位圣堂大主教没有回答这个问题，沉默片刻后说道："虽然前陵碑易解，但这未免也太快了些。"

或者在有些人看来，陈长生用了二十余天才走到了第四座天书碑前，但像他们这样的国教大人物，自然知道不应该这样算。从开始解碑到现在，陈长生只用了半天的时间，那么就是半天。

"修行一年至通幽，观碑半日见引江……不愧教宗大人看重的孩子。"

像这样的谈话，在京都各处发生着，如此方能化解陈长生带来的震惊。

当陈长生不再像前面那般，直接解碑而过，而是在引江碑前坐下的消息传来时，有很多人同时松了口气。那些人对陈长生并没有敌意，比如陈留王和辛教士，只不过他们觉得这一切太不真实，此时陈长生停下了前进的脚步，反而让他们觉得今天发生的事情有了实感。苟寒食这些日子在天书陵里的表现，已经震动了整座京都，陈长生今日的表现更是令人瞠目结舌，如果他还要继续，谁能顶得住？

然而就像常说的那样，现实往往比想象更加不可思议，没过多长时间，京都里的所有人都知道了一个消息——陈长生从崖畔站起来了。陈长生走进了碑庐。陈长生解开了引江碑。

紧接着,陈长生解开了第五座天书碑——鸡语碑。陈长生到了第六座天书碑前。这座碑叫东亭碑。

去年大朝试的首榜首名,神国三律梁笑晓,这数月时间,一直试图解开这座碑。当他看到陈长生的身影时,冷傲的神情顿时消失无踪,只剩下震惊与强烈的不解。陈长生向他点头致意,脚下却未作停留。

第七座天书碑前,只有苟寒食一个人。他正在望着远山,听到脚步声,回头才发现竟是陈长生来了,不由微微挑眉。陈长生走到苟寒食身旁。

苟寒食沉默片刻后说道:"了不起。"

陈长生不知该说些什么,所以没有说。看着他,苟寒食感慨渐生,说道:"我第一次觉得,你有可能成为师兄的对手。"他的师兄是秋山君,哪怕直到此时,他还是只认为陈长生有这种可能。

陈长生沉默片刻,说道:"解碑方法还是有问题,只是时间来不及了,只能先走走看。"

苟寒食叹道:"先走走看?如果让别人听见这四个字,除了羞恼,还能有什么情绪?"

陈长生看了眼石碑,说道:"我准备走了。"

苟寒食没有像唐三十六那样误会,看着他说道:"看来你决定要去周园。"

陈长生想了想,说道:"先走走看。"依然是这四个字。

天书陵对很多观碑者来说,想要向前一步,都难如登天。对今日的他来说,却仿佛只是随意走走。

第八座天书碑前有两个人。他见过这两个人,前些天,这两个人曾经专门去照晴碑庐前看过他,说过一些话。当天晚上,唐三十六便把这两个人的姓名来历告诉了他。看到陈长生,那两个人像看见了魔君一般,满脸震惊。陈长生向碑庐里走去,忽然停下脚步,转身望向他们问道:"你们就是郭恩和木怒?"

那天在碑庐前,他们曾经问过他:"你就是陈长生?"

陈长生毕竟不是卖包子的小姑娘,而是个正值青春的少年郎,怎么可能全无脾气。所以在离开之前,他也问了一句话。

在碑庐四周缭绕的清风里，郭恩与木怒的脸无比通红，一片潮热。

来到第十一座天书碑前，终于清静，庐外不远处有条清澈的小溪，水声淙淙很是好听。

以陈长生的修为境界，并不知道数名天书陵碑侍正在远处注视着自己。纪晋的脸色极为难看，那夜为了帮助钟会破境解碑，他的损耗极大，很难恢复。年光看着陈长生向溪边走去，沉默不语，心情极为复杂。国教吩咐他在天书陵里照拂陈长生，他没有做什么，因为无论之前还是今日，都用不着他做什么。

很多年前，他是宗祀所重点培养的学生，却被国教学院里的那帮天才们压制很难以呼吸，最后万念俱灰，才决意入天书陵为碑侍。今日看到陈长生连解十座天书碑，他很自然地想到当年国教学院的那些故人，按道理来说，他应该有些恼怒才对，但不知为何，他竟有些欣慰。就像十余年前，他知道国教学院里那些曾经压制得自己无法喘息的天才们尽数被杀死之后并没有觉得高兴，反而有些伤感。

一名碑侍说道："他是十年来最快的，甚至比王破和肖张当年都要快。"

年光沉默片刻后说道："不是都要快，而是快很多，快到惊世骇俗。"

陈长生走到溪畔，洗了把脸，觉得清爽了些，然后继续解碑。看着碑庐清风再起，碑侍们沉默无语。

天书陵里现在自然还有很多人比陈长生走得更远，不要说像荀梅那样的观碑者，传闻第七陵里都还有观碑数百年的修道者。但，陈长生只用了一天时间。

纪晋回想当年，自己来到第十一座碑时，用了整整七年时间，一时间不禁有些恍惚，对自己的修道生涯产生了前所未有的怀疑。此时他神识振荡不安，前些天损耗造成的伤势暗中发作，扶着身边一棵老树，摇晃欲倒，泫然欲泣。年光等人没有注意到他的异样，因为他们也还沉浸在震撼之中。

"因为他不姓周，否则我真要怀疑是不是那人的后代……"

晚霞满天，陈长生终于感到了一丝疲惫。他向远处望去，只见暮色中的京都无比壮丽。他静静地站了一会儿，然后转身，迎着夕阳，走进了碑庐。天书陵前陵一共只有十七座碑，这是最后一座。前有周独夫，今有陈长生。一日看尽前陵碑。

"十四年不修行，只读书，一年通幽。二十日不解碑，只静坐，一日看尽前陵碑。"

教宗大人知晓今日天书陵里发生的事情后，对陈长生做了这样两句点评。

随着某些国教大人物刻意的传扬，这两句话就像晚霞一般，迅速地在京都流传开来，震撼中的人们，再次望向南方那座天书陵，生出各种情感。

无数年来，一日看尽前陵碑，只有周独夫曾经做到过，今天陈长生也做到了，难道他会是第二个周独夫？然而已经有些人注意到了一些难以理解的地方，据天书陵里传出的消息，陈长生的境界气息并没有随着解碑而发生变化，依然还是通幽初境。要知道当年周独夫漫步天书陵间，眼落碑文，步踏庐间，境界气息无时无刻不变。就拿今年初入天书陵里的那些人来说，槐院钟会已然破境通幽，还有很多人如唐三十六也已经看到了破境的可能。按道理来说，陈长生看完十七座天书碑，理所当然应该有所参悟，就算没有当场破境，也应该有所提升才对。

辛教士搀扶着主教大人梅里砂来到了离宫，对着教宗大人参拜后，他提到了京都此时的议论，犹豫片刻后又说道："很多人都在怀疑，陈长生是不是用了什么取巧的法子，甚至是不是我们国教在天书陵里做了什么手脚。"

"参悟便是参悟，解碑永远是修道者自己的修行，谁也没有办法真的改变什么。"教宗大人拿着木勺，向青叶盆栽里浇着水，说道，"我不认为那孩子有机会追上当年的周独夫，毕竟那需要极大的魄力，而且与性情有关。他表现得如此出色，已经让我相当满意，甚至可以说相当意外。"

梅里砂说道："我现在最想知道他看到最后那座碑时是什么反应，是不是像我们今天被他折腾得这般意外与吃惊。"

教宗大人的木勺停在了青叶的上方，稍稍倾斜，似乎因为想到什么而有些出神，神奇的是，勺中的清水竟然没有淌落。

辛教士在一旁怔住，心中不解：天书前陵十七座碑，已经被陈长生尽数解开，怎么还有最后一座碑？

教宗大人摇了摇头，继续浇水，说道："就算看到，难道还能解开不成？"

梅里砂微笑说道:"那孩子已经带来了这么多惊奇,再多一桩,似乎也不难理解。"

甘露台在最浓郁的暮色里燃烧着,就像一只巨大的火把。圣后娘娘负着双手站在台边,看着天书陵的方向,冷漠的眉眼间出现一抹微讽的神情:"同样是一日看尽前陵碑,但周独夫当年是真的看懂了,陈长生他还差得远。"

现如今大陆还活着的人当中,她和教宗大人是极少数曾经与周独夫有过接触,甚至可以称得上熟悉的人,只有他们才知道那位大陆最强者究竟强大到了何等程度,所以他们根本不认为陈长生能够与那个人相提并论。

莫雨站在她的身后,一时没忍住,说道:"但一天时间就看了十七座碑,已经很了不起,至少比我当年强多了。"

圣后没有转身,看着天书陵,想着古往今来那些在天书陵里皓首观碑的修道者们,眉眼间的嘲讽神情变得越来越浓:"观碑究竟是为了什么?为什么有些人始终就想不明白,观碑从来都不应该是修道的目的,而是修道的手段。"

"娘娘当年毁榜,便是想教诲世人,不要误入歧途,只可惜,无人知晓娘娘的苦心。"莫雨轻声说道。

"不错,如果对境界道义没有任何帮助,就算把陵上的那些石碑全部读懂,又有什么用?当年我让周通去把陵下那块碑毁了,国教里好些老人痛哭流涕,说我不遵祖制。现在想来,真应该把这群老糊涂蛋全部杀了才是。"圣后淡然说道,"天书碑即便是圣物,也要为人所用,才有意义。陈长生解碑的速度确实比你快很多,但你当年可是在天书陵里聚星成功,他呢?就算他把所有天书碑全部看懂,对境界却没有任何增益,又有个屁用。"

同样的意思,在两句话里出现了两次,前一句针对世间所有修道者说,后一句则是直接指向了陈长生。

莫雨先是一惊,然后笑了起来,心想娘娘居然也会说粗话,看来陈长生在天书陵里的表现,还是让娘娘有所警惕。当然,她警惕的不是陈长生本人,而是他身后的国教。

莫雨没有隐藏自己的情绪,这也是这些年始终能够得到娘娘宠爱信任的根本原因。

她睁着大大的眼睛,好奇地问道:"那您看……陈长生有机会吗?"

圣后看着天书陵方向，沉默片刻后说道："他或者能够看到最后那座碑，只是……他太过沉稳，年纪轻轻，却一身令人不喜的酸腐味道，哪像周独夫当年，灿烂如朝阳，气势狂飙，呵天骂地，就要问个究竟。"

莫雨微微蹙眉，总觉得娘娘每次提到那名绝世强者时，情绪似乎都有些波动。

"修道，修的是心。性格决定命运，也会决定修道者能够走多远。"圣后做出了最后的判断，"陈长生……不行。"

解开第十七座碑，陈长生来到一片青青的草甸上。

暮色里，整座天书陵仿佛都在燃烧，这片草甸自然也不例外，无形的野火在草叶上传播滚动，画面极为美艳。

草甸下方的崖间传来轰鸣的水声，他这才知道，原来竟是到了天书陵西南麓的那道瀑布上方。

崖风卷着瀑布摔碎后溅起的水沫飘了上来，落在他的脸上，微湿微凉，洗去了疲惫。他想着今日解碑的过程，虽然有些不满足，但仍有些喜悦，觉得自己还行。

忽然间，他感觉到了些什么，眉间的喜色渐渐退去，显得有些困惑。他回首望去，只见草甸上方的白崖下，有一座碑庐。

前陵的十七座天书碑已然尽数解开，按照道藏上的记载，他现在应该出现在下一陵里。

但这里还是前陵。那座碑庐的形制，与照晴碑庐、引江碑庐，没有任何区别。

陈长生很吃惊，心想难道前陵还有一座天书碑？

天书前陵十七座碑，这是所有人都知道的事实，除非有人掩盖了这个事实。但谁能掩盖得住？陈长生忽然想起来，他在西宁镇读的道典里，以及世间流传的说法当中，其实最开始的时候，天书陵并没有什么前陵和后陵的说法。这种说法应该是在八百年前后出现的，这意味着什么？

站在燃烧的草甸里，他没有犹豫太长时间，抬步向那座碑庐走去。一路破开野草，就像是蹈火而行，又像是渔舟划开了万道粼光的河面。走到那座碑庐前，他停下脚步，向庐下望去，看到了完全没有想到的一幅画面，不由怔住了。

这座碑庐里没有天书碑。更准确地说，这座碑庐里曾经有过一座天书碑，但现在那座天书碑已经消失不见，只剩下了碑座，碑座上有道略微突出、约半掌宽的残石，这道残石只有浅浅一截，或者便是那座天书碑的残余？此时陈长生的身体变得十分僵硬，先前的喜悦与放松已被震撼所取代。

天书陵前陵居然有十八座天书碑，这已经让他足够震惊，然而更令他想不到的是，真正的最后一座碑，竟然是座断碑！他在碑庐前怔怔站了很长时间，才终于渐渐平静下来，压制住心中强烈的震撼与不安，走到了那座断碑之前，发现断碑只剩下很小的一截，上面没有任何文字与线条。如此说来，碑文应该都在断掉的碑上。

他伸手摸了摸断碑的截面，感觉着碑石的坚硬，看着那些不知历经多少年风雨却依然锋利的石碴，神情变得越来越惘然。

这座石碑，竟似是被一股强大的力量生生打断的！

太始元年，天书碑落于地面，碑底自然生根，与大地最深处相连。

三千道藏，无数民间故事里，从来没有听说过，天书碑可以被折断，可以被带出天书陵。

是何处来的力量打断了这座天书碑？

如果是人，那人是谁？

他是怎么做到的？

那块天书碑，被他带去了哪里？

陈长生望向庐外燃烧的四野，惘然四顾。

暮色渐深，便是夜色将至时，山风渐渐变凉。

他觉得有些寒冷。

先前的喜悦与满足早已不见，看到断碑后的震惊，也已经消失无踪。

他的神思已经变得有些麻木。

他的心中生出无限敬畏甚至是恐惧。

这就是真正的强大吗？

夜色笼罩着天书陵。

随着天边最后一抹晚霞消失，繁星再一次占据了天空与人们的视野。

陈长生站在碑庐外，抬头看着星空，一动不动。

他保持这个姿势已经很长时间。

与那抹阴影相伴多年，他毕竟不是普通的少年。

虽然还做不到在死亡之前谈笑风生，但用了这么长时间，无论多么强大的力量，都无法再影响到他的心神。他转身再次向碑庐里走去，站在了断碑之前。

99·应作如是观（上）

站在断碑前，陈长生却没有想断碑的事，也没有试图从中找到很多年前的那个故事，而是在想着自己的问题。他知道，不是所有的观碑者，都能看到自己身前的断碑。那么，他很想知道，看到这座断碑对自己来说意味着什么。就像京都有些人已经发现的那样，也就像圣后娘娘在甘露上对莫雨说的那样，他一日看尽前陵碑，确实是有些问题，那些碑文，他看到并且懂了，却没有试图从中获得更多的信息，于是自然也没有领悟到什么碑文之外的真义。他很容易读懂了天书碑，却似乎没有获得什么好处。但这不是问题，至少不是他现在思考和担心的问题。

他之所以不用取形、取意、取势这三种最常见也是最正统的解碑方法，除了一些比较深层次的原因，最直接的原因，便是因为他的经脉有问题，真元无法在断开的经脉里流动来回，所以再如何丰沛都没有意义，所以他必须找到一种新的方法。

看起来，他获得了极大的成功，成为继周独夫之后第二个一日看尽前陵碑的人，但他总觉得有些不对。就像在决定开始解碑之前，心里的那抹遗憾与无奈一样。他用的解碑方法很巧妙，但依然还是取意这种解碑法的变形。他本以为，在连续解开十七座天书碑后，自己应该不会再在乎这件事情，但此时看着这座断碑，他才明白，不完满便是不完满，你可以欺天欺地，欺君欺圣人，欺父欺母，欺师欺友，就是没有办法欺骗自己。

天书陵前陵本来就应该有十八座碑，如今少了一座。所以哪怕解开了十七座碑，依然还有残缺。这种残缺的感觉，落在心灵上，非常不舒服。就像他用的解碑法，确实很强大，但终究是一种妥协。为了去周园，他想尽快解开这些石碑，于是放弃了前面二十余日的苦苦求索。

一日看尽前陵碑，着实风光，但对他来说，何尝不是一种失败？因为他修的是顺心意，终究意难平。在断碑前站了很长时间，终究什么都没有想明白，陈长生向山下走去。

沿途那些碑庐，在夜色里非常幽静，没有一个人。伴着星光，没有用多长时间，他便走过了十七座碑庐，回到了照晴碑前。照晴碑的碑庐外到处都是人，黑压压的一片。原来，平时夜里那些碑庐前的观碑者，今夜都来到了这里。他们在等陈长生。看到他的身影出现在碑庐外，人群骚动不安起来。

唐三十六迎上前去，盯着他的眼睛，问道："十七座？"

陈长生点点头。

唐三十六开心地笑了起来，用力地拍了拍他的肩膀，对着众人大声重复道："十七座！"

议论声戛然而止，碑庐四周一片安静。人们看着陈长生，震撼无语。

叶小涟睁着眼睛，看着陈长生，觉得心情有些奇怪，这个世界上，难道真的有人能够和秋师兄相提并论？十七座天书碑，只怕秋师兄……也很难做到吧？她想着当日在离宫神道畔对陈长生的羞辱，不禁觉得好生丢脸，低下头去。

陈长生没有说什么，与唐三十六一道向山下走去。无数双目光落在他的身上，那些目光里满是羡慕的意味，甚至还有敬畏。任何人在这样的目光下，都会有些旷然沉醉。如果他就此离开，那些洒落在他身上的目光与星光，都会是荣耀。然而下一刻，他停下了脚步。唐三十六有些诧异地看了他一眼。陈长生站了一会儿，忽然转身向碑庐走去。

"怎么了？你在里面落了什么东西？"唐三十六看着他不解地问道。

陈长生没有说话，直接走到碑庐外的树林边，掀起衣衫的前襟，就这样坐了下来。就像前面二十余天那样，他还是坐在原来的地方，再次开始观碑。那块青石很干净，已经变光滑。

"你这是在做什么？"唐三十六走到他身前，吃惊地问道。

折袖和苟寒食等人也走了过来。

陈长生沉默片刻后说道："我觉得解碑的方法不对，打算重新再解一次。"

此言一出，碑庐四周一片哗然。人们很诧异，很震惊，很不解，很茫然。陈长生究竟要做什么？

苏墨虞问道："为什么？"

陈长生没有回答。

关飞白神情微寒问道："到底为什么？"

他还是没有回答。

荀寒食没有问，应该是隐约明白了。

庄换羽在远处嘲讽地说道："矫情。"

钟会没有说话，身旁一名槐院少年书生冷笑说道："装什么装？就算你了不起，何至于非要坐在这里羞辱大家？"

陈长生没有理会这些议论，对唐三十六等人说道："今天的晚饭，看来要你们自己做了。"

就像圣后娘娘说的那样，一日看尽前陵碑，只有周独夫真正地看懂了那些碑。除了天赋与悟性，最重要的是性情。周独夫狂傲嚣张，为了问个究竟，哪怕把天穹掀开又如何！陈长生哪有这样的气魄？然而她不知道，陈长生的性情虽然平稳，但非常在意顺心意。他想要问个究竟的渴望，或许表现出来得很淡然，实际上同样强烈，如野火一般。

当陈长生在照晴碑前再次坐下的消息传到京都后，所有人都傻了。圣后娘娘很长时间都没有说话。

有人想看看陈长生到底在弄什么玄虚，却被年光逐走，不让他们打扰。

唐三十六提着食盒，给他送来了晚饭。陈长生继续观碑。他看星光洒落，石碑如覆雪一般。他想起荀梅笔记里的一句话，又想起入天书陵之初，荀寒食说过的一句话。

天书碑是某个世界的碎片。

既然这些天书碑曾经是一体的，那么单独去解每一座碑，是不是错的？是不是应该，把这十七座碑联系在一起理解？他静静地看着庐下的照晴碑，却仿佛同时看着折桂碑、引江碑……十七座石碑，同时出现在他的眼前。

100 · 应作如是观（下）

千年之前，世间本没有前陵十七碑的说法，后来忽然出现，自然有其意义，陈长生现在要做的事情，便是找到这个意义。当然他也想过，这个意义极有可能随着那块遗失的天书碑消失，再也无法找到。但如果他现在明明已经知道自己解开天书碑的过程并不完满，却连试着寻找失去的那一部分的举动都没有，那么他的心意上的残缺将永远无法补足，这是他无法接受的。

照晴碑、贯云碑、折桂碑、引江碑、鸡语碑、东亭碑……前陵十七碑，同时出现在他的眼里。他的视野正中是照晴碑，其余十六座天书碑在四周，不停地移动，试图组合在一起。只是那些碑文是如此的玄妙复杂，那些线条是如此的繁复难解，线与线之间没有任何天然存在的线，痕迹与痕迹之间没有任何可以寻找到的痕迹，无论他如何组合，都看不到任何这些碑文原本一体的证据。他甚至有种感觉，就算那块断碑复原如初，然后让自己看到上面的碑文，依然无法将所有碑文拼起来。

数百年来，始终没有人发现前陵十七碑的玄机，或者已经说明他的尝试必然徒劳。他静静地坐在碑庐外，不知何时已经闭上了眼睛，十七座天书碑依然在他的识海里不停快速移动组合，没有一刻停止，这让他的神识消耗得越来越快，脸色越来越苍白。

天书陵外的世界同样安静，京都里的万家灯火已然熄灭大半，只有那些王公贵族的府邸以及皇宫、离宫这两处最重要的地方还灯火通明。陈长生决意重解前陵碑的消息，让很多人无比吃惊，即使嘲弄，也让有些人彻夜难眠。

时间缓慢而坚定地流逝，夜空里灿烂的繁星渐渐隐去，黎明前的黑暗过后，晨光重临大地，不知不觉间，陈长生已经在碑庐前坐了整整一夜，天书陵里以及天书陵外有很多人也等了他整整一夜。

晨光熹微，观碑者陆续从山道上行来，看着坐在树前闭目不语的陈长生，神情各异，或者佩服，或者嘲弄，或者有一种难以言明的解脱感。昨夜情形特异，年光可以将所有的观碑者逐走，但总不能一直这样做。于是林间渐渐变得热闹起来。有人看着陈长生摇摇头便去了自己的碑前，有的人则是专门留在碑庐周围，就想看看陈长生最后能悟出些什么。他们幸灾乐祸地想着，陈长生昨日解尽前陵碑，明明可以潇洒离去，却偏要再次留下，极有可能搬起石头砸了自己的脚。

草屋里的人们也来到了碑庐前。唐三十六端着一锅稀饭。这位含着金匙出生的汶水贵公子显然没有做过任何家务，粥水一路泼洒，鞋上都淋着不少，看着有些狼狈不堪。折袖提着小菜与馒头，七间则是拿着碗筷。

陈长生睁开眼睛，接过粥食，向七间道了声谢，然后开始吃饭。两碗稀粥，就着白腐乳吃了一个馒头，他觉得有了七分饱，便停下了筷子。

362

唐三十六看着他略显苍白的脸，担心说道："不多吃些怎么顶得住？"

陈长生说道："吃得太饱容易犯困。"

唐三十六皱眉说道："虽然不明白你究竟想解出些什么玩意儿，但既然你坚持，我知道也没办法劝，可难道你真准备不眠不休？"

苟寒食在旁没有说话，他知道陈长生为什么如此着急，因为离周园开启的日子已经越来越近了。

折袖把湿毛巾递到陈长生身前。毛巾是用溪水打湿的，很是冰凉，陈长生用力地搓了搓脸，觉得精神恢复了些许，对众人说道："你们不用管我。"

说完这句话，他再次闭上了眼睛。虽然他闭着眼，但苟寒食等人都知道，他还是在观碑，或者不会太伤眼，但这种观碑法，实在是太过伤神。

晨鸟迎着朝阳飞走，去晒翅羽间的湿意，碑庐前重新恢复安静，人们似乎都离开了。陈长生盘膝闭目，坐在庐前继续解碑。时间继续流淌，悄无声息间，便来到了正午，然后来到了傍晚，暮色很浓。

今天的京都，就像天书陵一样安静，离宫里的大主教们根本没有心情理会下属的报告，朝廷里的大臣们根本没有心思处理政务。莫雨批阅奏章的速度严重下降。圣后娘娘带着黑羊在大明宫里漫步，不知在想些什么。教宗大人一天里给那盆青叶浇了七次水。

不知道、不懂得的人，只把陈长生的举动视为哗众取宠，或是某种谈资。知道当年周独夫解碑、懂得天书陵内情的人，则在紧张地等待着某件事情的发生，或者无法发生。至少到现在为止，那件事情还没有发生。

十七座天书碑，在陈长生的视野或者说识海里重新组合了无数次，虽然不能说穷尽变化，但他已经尽了最大的努力，损耗了无数心神。遗憾的是，依然没能找到他想找到的东西，世界对他来说依然残缺。

忽然间，他的脑海里闪过一抹光亮。他不再试图把这十七座天书碑组合在一起，更准确地说，他不再试图把十七座天书碑在同一个平面上组合在一起，而是让十七座天书碑在他的识海里排成了一条直线。

在他身前的是照晴碑，贯云碑在照晴碑的后面，再后面是折桂碑，依次排列成一条直线。

然后他对自己说，只要碑文。于是十七座石碑的碑体消失不见，只剩下碑面上那些繁复至极的线条。

十七层碑文，由近及远，在他的身前飘浮着。视线穿过照晴碑的碑文，可以看到后面十六座碑的碑文。这些碑文叠加在一起，组成了一个陈长生从来没有见过的崭新的，甚至无法想象的图案。他看着这个图案，心神震动。

前陵十七碑，越到后面看似越简单，越有规律。线条的叠加，也就意味着规律的叠加，他要找的东西是不是隐藏在里面？然而照晴碑上的线条，本来就已经极为繁复难解，后面那些碑的线条相对简单些，依然复杂难解。如此叠加起来组成的图案，更是复杂了无数倍，凭借人类的精神力，永远无法解开，甚至只要试图去解，便会出问题。

陈长生看了一眼，神识微动，便难受到了极点，识海振荡不安，胸口一阵剧痛。一口鲜血被他喷了出来，湿了衣衫。

始终一片安静、仿佛无人的碑庐四周，响起一阵惊呼。只是似乎担心影响到陈长生，所以那些人强行把惊呼声压得极低。陈长生闭着双眼，看不到碑庐外的情形，心神也尽在那幅无限复杂的图案上，没有注意到这些。只是看了一眼，他便知道这幅图案非人力可以解。他在心里无声说道：简单些。这三个字不是对那幅图说的，而是对自己说的。在修道者的识海里，你如何看待世界，世界便会变成你想要看到的模样。他强行收敛心神，凭借着远远超过年龄的沉稳心境与当初连圣后娘娘都动容的宁柔神识，再次望向那幅图案。

他不再试图去整理、计算那些线条，只是简单地去看，于是那幅图案也变得简单了些。

在那幅图案里，他看到了无数如稚童涂鸦般的简单图案，看到了无数文字，看到了无数诗词歌赋，看到无数水墨丹青，看到了离宫美轮美奂的建筑，看到了国教学院的大榕树，看到了高山流云，也看到了三千道藏。这个世界所有的存在，都在这幅图里。可是依然不够，因为还是太多，太复杂。陈长生默默对自己说道：再简单些。

他忘记了自己从小苦读才能记住的三千道藏，忘记看过的诗词歌赋，忘记自己曾经去过离宫，忘记自己曾经爬上过那棵大榕树，和落落并肩对着落日下的京都一脸满足，忘记自己学过的所有文字，忘记了所有的所有……

这种忘记当然不是真的忘记，只是一种精神方面的自我隔离。只有这样，他才能问自己一个问题。如果自己是个不识字的孩童,看到图上的这些线条,会想到什么?是痕迹。是水流的痕迹。是云动的痕迹。是雁群飞过,在青天之上留下的痕迹。凡走过,必留下痕迹……不,那是文章家虚妄而微酸的自我安慰。雪雁飞过青天,根本留不下任何痕迹,所谓的雪线,其实只是眼中的残影。这些线条指向、说明的对象究竟是什么?雪线指向和说明的对象,是线最前端的那些雪雁。这些线条指向和说明的对象,是线头。如果没有线头,那便是线条相交处。简单些。陈长生盯着那幅无比复杂的图案,再次对自己说道。

十七座碑叠加在他的眼前。碑体最先消失。现在消失的是线条。越来越多的线条,在他的眼前缓慢地消失,不停地消失。越来越多的空白,在他的眼前缓慢地出现,不停地出现。

十七座碑消失了,碑上的线条也消失了,新的图案产生了。

——那是无数个孤立的点。陈长生很确定自己没有看过这幅图案。但不知道为什么,他觉得有些眼熟。

101 · 初见真实

十七座碑,成千上万道线条,无数个点,没有任何规律,看上去就像是墨如雨落白纸上,谁都不可能看过的图案。那么为什么会觉得眼熟?陈长生默默地想着,总觉得这幅图给自己的感觉,就像是经常见到,但却从来不曾真的仔细看过,然而究竟这是什么呢?

碑文已经简化成了无数个点,识海里那张无形的纸上只有无数个点,怎么看都只有点。点、点、点点……繁星点点?

即便还在自观,他都仿佛察觉到自己的唇变得有些干。因为紧张。前陵天书碑组成的这幅图……有可能是星空吗?

下一刻,他对自己的推测生出强烈的不自信与怀疑。因为他此时眼前的点数量太多,甚至要比夜空里的星辰数量还要多。如果说,前陵的天书陵真的与星空之间有某种联系,那么反而是星空要比碑上的图案更加单调。按照最简单的逻辑去推论,没道理用一个更复杂的图案去描述更简单的事物。更重要的原因是,如果前陵天书碑真的是在描述星空,再没有办法进行简化。除非,这些天书碑描绘的是很多片星空。

可是，世间只有一片星空。

陈长生沉默了很长时间，然后把思绪向前倒推了片刻，一些线条缓慢地重新在那些点之间显现。如果那些线条用来描述点的运行轨迹，图案上看似无数的点，实际上是一些点在不同时刻的位置，那么一切都可以迎刃而解。是的，应该是这样。

可现在他又面临了另外一个问题，那个问题是如此的难以解决，甚至让局面变得更加险峻。

因为，星辰是不会移动的！

星辰的明暗或者会有极细微的变化，但它在夜空里的位置永恒不变，这是无数年来早已得到证明的事实，大陆无数观星台，绘制出来的星图基本上没有任何区别，观察的重点也完全集中于明暗之间。

从来没有人敢质疑这种观点，因为这是无数人无数年亲眼看到的真实，就像太阳永远从西边落下，就像月亮永远在极遥远的地方，只能被魔鬼看见，就像水永远往低处流淌，这是真理，永远不可能被推翻。

在凌烟阁里看到王之策的笔记时，陈长生对改变星辰的位置从而逆天改命一事有极大的不理解与质疑，便是来源于此。即便在其后的幻境里，他亲眼看到那颗紫微帝星让周遭的几颗星星位置微移，他依然不相信，因为那是幻境，不是亲眼看到的真实。

只是……荀梅笔记里曾经提过数次，观碑见真实，但他在天书陵里观碑数十年始终未曾见到。最后为了登陵顶见真实，甚至付出了生命的代价，那么他究竟要见什么真实？什么才是真实？亲眼看见的，就是真实吗？

陈长生不再自观。他睁开眼睛，望向那座真实存在的石碑。

夜已深，碑庐还有很多人。与陈长生先前以为的不同，唐三十六、折袖、荀寒食等人，一直没有离开。他们一直在这里注视着陈长生解碑的过程，从清晨到日暮，直至此时夜深星现。暮时，他们看见陈长生喷了一口血，很是担心。

然后，他们看见陈长生握紧了双拳，挑起了眉头，仿佛发现了些什么，显得有些激动。现在，他们终于看见陈长生睁开眼睛，醒了过来。

唐三十六松了口气，准备上前，下一刻却停下了脚步。因为他发现陈长生并没有看到自己。陈长生还是在看碑，还是在解碑，神情专注得令人心悸，令人不忍打扰。这座碑，陈长生已经看了二十几天。

晨光与晚霞，微雨与晴空，不同环境里，这座碑的碑文变化，尽数在他心间。他也曾在星光下看过这座碑，没有发现任何异常的地方。今夜星光依然灿烂，与前些天似乎无甚区别。但，他的眼睛却忽然亮了起来。

那抹亮光，来自石碑左下角一道很细的、很不引人注意的线条。这道线条并没有什么特异之处，只是位置与角度刚好合适，把夜空里落下来的星光，反射到了他的眼里。所以他的眼睛亮了。

二十余日的专注观察与思索，已经让他快要接近真实。今夜的这抹亮光，终于让他想明白了一切。如果石碑上的线条随着自然光而或显或隐，可以变成无数文字或图画。那么星辰的明暗变化又是从何而来？那是因为，星辰在动。只是，如果星辰的位置可以移动，为什么从来没有人观察到？

十七座天书碑，再次出现在他的眼中。那些碑文叠加在一起，最后一座碑上的线条，与第一座碑上的线条，有很多地方都连在了一起。至少在他的眼中如此。可事实上，那些线条之间，还隔着很长的一段距离。之所以他眼中所见如此，那是因为他的视线与碑面是垂直的。碑面便是星空。人们站在地面上仰望星空，因为星辰与地面的相对距离太过遥远，可以认为，观星时的视线永远垂直于星辰所在的平面。那么当星辰向前，或者向后移动的时候，站在地面上的人自然无法观察到，只是有时候能够观察到变暗或者变亮。是的，就是这样。

陈长生把视线从石碑上收回，然后才发现碑庐四周有很多人。

唐三十六看着他，有些担心地说道："没事吧？"

陈长生看着他说道："位置是相对的。"

这是他在凌烟阁里翻开王之策笔记时，看到的第一句话，直到此时他才明白那是什么意思。

唐三十六不明白他为什么没头没脑来了这么一句，问道："然后？"

陈长生想了想，指着天书陵上空的满天繁星，说道："你知道吗？星星是可以动的。"

碑庐四周一片安静，鸦雀无声。所有人认为陈长生观碑时间太长，心神损耗过剧，现在神智有些不清。但不知道为什么，看着他说话时认真的表情，人们隐约不安，总觉得有些可怕的事情要发生。

纪晋对着他厉声呵斥道："你在说什么疯话！"

"可是，它们真的在动啊。"陈长生平静说道，语气和神情无比确定。

因为这就是真实。这才是真实。

102 · 今夜星光灿烂

碑庐外一片哗然。陈长生的话是在试图推翻人们从来没有怀疑过的一个真理，问题是星辰怎么可能移动？这实在是太荒谬了，根本没有人相信，苟寒食也只是挑了挑眉头。人们心里某一刻曾经出现的不安消失得无影无踪，开始嘲笑起来。

对于人们的反应，陈长生并不意外。他知道自己绝对不是第一个发现星辰可以移动的人，至少留下那本笔记的王之策肯定早就有了这方面的想法。那为什么无论道藏还是日常的讨论中从来没有这方面的内容？因为这件事情无法证明。修道者定命星神识看到的一切不能成为证据，除非能够飞到无比高远的星空里去，并且把看到的一切画面都让地面上的人看到。

陈长生没有办法证明星辰可以移动，所以"发现"二字其实并不准确，这只是他通过前陵十七座天书碑推测出来的结果，也可以说是他观碑所悟——推测无法说服世人，但却能说服他自己，因为这符合他的美学和对这个世界的根本看法。

至少在当前，他自己能够相信星辰可以移动这就足够了，至于别的人能不能相信，他并不在乎。他抬头望向那片繁星灿烂的夜空，不再说话。

夜空里的星辰看似万古不动，实际上无时无刻不在移动，或者前进或者后退，与地面之间的距离时而变长时而变短，星星与星星之间的距离以及角度也在不断改变，只是地面上的观察者距离这片星空实在太过遥远，很难察觉到那些角度之间的细微变化。

如果前陵十七座天书碑描述的是无数星星的位置以及它们移动的轨迹，那么如何把这些画面与真实的星空对照起来？他低头闭眼，继续在识海里观察那些碑文。

十七座天书碑在他的眼前排列成一道直线，碑文在空间里重叠相连，无数线条相会变成无数点，他用意识将那些画面重新拆解，然后组合，渐渐的，那些点顺着那些线条移动了起来，缓慢而平顺，依循着一种难以言说的规律。

那些图案就是星图，无数张不同时刻的星图，在他的眼前一一掠过。无比繁多的星星以时间为轴，在他的眼前不停移动。

星辰在夜空里行走，留下的痕迹，刻在石碑上，便是前陵天书碑的碑文。从地面望过去，星辰的前进后退，永远都在固定的位置，那么这些变化的星图，必然是从别的角度观察所得。时间缓慢地流走，实际上已经翻过了无数万年。来到了最后一张星图。按道理来说，这张星图应该描述的便是此时真实夜空里星辰的位置。但不知道为什么，这张星图里星辰的位置却和真实的星空截然不同——在最后时刻忽然发现结果和预想中的不一样，很多人的精神会受到极大冲击，甚至可能开始怀疑先前的所思所想，但陈长生的心意一旦确定，便再也不会摇摆。

他看着最后那张星图，安静了很长时间，然后举起右手，轻轻地拨了拨那张星图的边缘。

星图是真实的映照，所以不可能是平面的，而是一个立方体。随着陈长生手指轻拨，悄无声息地，那张星图缓慢地旋转，侧面变成了正面。

那又是一幅新的图案，上面依然有无数颗星星，却比先前多了些肃穆恒定的意味。陈长生睁开眼睛，再次抬头望向夜色里。那里有一片灿烂的星空。他识海里那张最新的星图，落在了真实的星空上，与东南一隅的那片星域完美地重合在一起。

没有一颗星星的位置有所偏差，所有的星星都在那张星图上找到了自己的位置。

这种感觉很美，很令人震撼。陈长生很长时间都没有说话。然后他想到了更多的事情。王之策曾经在凌烟阁的那本笔记里，对这片星空提出过一个问题。在历史的长河里，无数前贤都曾经提出过类似的疑问。

如果人类的命运真的隐藏在这片星空里，星辰的位置永恒不变不移，命运自然无法改变，那么人活在世上究竟为什么还要奋斗和努力？

在人类的认识里，星空永远是那样的肃穆，那样的完美，就像天道命运一般，不容窥视，高高在上。今夜，陈长生认识到肃穆并不代表着僵化，真正的完美并不是永远不变。因为星辰是可以移动的，位置是可以改变的，自己的命星与别的星星之间的距离以及角度自然也在改变。如果说那些联系便是命运的痕迹，那么，岂不是说命运可以改变？

王之策在笔记最后力透纸背写了四个字：没有命运。是的，根本没有确定的命运！轰的一声巨响，在陈长生的识海里炸开！他破解了困扰自己数年之久、难以释怀的苦恼。他破解了自己的天书碑。他从十七座天书碑里参悟到的精神力量，开始影响客观的实质！

　　遥遥晚空，点点星光，息息相关！在他的识海里，那些碑文叠加形成的星图上，所有的点都亮了起来！几乎同时，天书陵上的夜空里，那些星星仿佛也明亮了数分！而在更加遥远的星海深处，哪怕是从圣境强者的神识都无法感知到的近乎彼岸的地方，一颗红色的星星开始释放无穷的光辉！

　　那是真正的星辉，是肉眼无法看到的星辉，与可以看到的星光一道，洒落在天书陵上。

　　碑庐四周的人们很是吃惊，不知道发生了什么事情。下一刻，他们震撼无比地发现，陈长生从碑庐前消失了！

　　如一道清风，如一缕星光，悄然无声，来去无碍。陈长生从照晴碑前消失，下一刻，便来到了贯云碑前。在贯云碑前，停留刹那，他的身影再次消失，又出现在折桂碑前。紧接着，他出现在引江碑前、鸡语碑前、东亭碑前。只是瞬间，他在前陵十七座天书碑前出现，然后消失，最后来到那座断碑之前！他依然闭着双眼，物我两忘，根本不知道发生了什么事情。

　　今夜，天有异象。夜空里的繁星，用肉眼观察，似乎没有变亮，但很多人知道那些星星变亮了，稍晚些时间后，就连普通民众也都发现了这个令人惊奇的事实。一颗星星微微变亮，不容易被看到，但如果东南星域里千万颗星星同时微微变亮，那会是怎样的画面？

　　星光照亮了天书陵，也照亮了整座京都。深夜时分的街巷，仿佛回到了白昼。甘露台离夜空最近，更是被照耀得纤毫毕现，铜台边缘那些夜明珠，被衬得有些黯淡。圣后娘娘站在高台边缘，看着浩瀚的星空，神情有些意外，甚至有些凝重。她没有想到以陈长生的性情，居然会再次坐回碑庐前解碑，她没有想到，陈长生居然真的能够像那个人当年一样，解开前陵的这些碑，引来无数星光，但直至此时，她依然不相信陈长生能够做到那人当年做到的事情。

　　因为今时已非往日，天书陵也已经不是那时的天书陵。

星空从窗外洒落桌上，被烛光照得微微发黄的奏折，变得白了数分，上面的字迹也变得清晰了数分。莫雨微微挑眉，望着窗外，震惊地想着，难道他真的看懂了那些天书碑？

南城苦雨巷里，有一处官衙，官衙门面很朴素，在人们的眼中却显得格外阴森，因为这里是大周清吏司。

今夜，衙门里的阴森意味被皎洁的星光驱散了数分。周通走到院子里，伸手放下帽前的黑纱，遮住有些耀眼的星光，微微皱眉，有些不喜。陈留王对天海胜雪说的不确，他根本没有在天书陵外等陈长生。即便陈长生拿了大朝试的首榜首名，在他的眼中，依然是个不起眼的小人物。然而此时，看着满天星光，他终于有了些不一样的想法。或者说，这满天星光让他不得不开始正视那个少年了。

星光满人间，照亮屋宇与庭院，自然也照亮了北新桥的井。井底的泥土前两日被重新挖开，一缕星光有些凄惨而倔强地透进了地底那片黑暗的世界里。星光照亮了小姑娘眉心那粒红痣，却无法驱散她眉间的冷漠。

落落站在学宫殿顶的栏畔，忽然抬头望向穹顶。这里的夜空是假的，星辰永恒不变，却没有生气。她感觉到了一些什么，陈长生应该正在做很了不起的事情。她对金玉律说道："我要出去。"

金玉律沉默片刻后说道："您帮不了他。"

"先生不需要我帮。"落落满是信心说道，"我要去国教学院等他，替他庆贺。"

星光照亮了天书陵，也照亮了京都。离宫沐浴在圣洁的星光里。数千名教士与各学院的学生来到广场和神道上，对着满天繁星拜祷不停，神情虔诚无比。

在最深处的那座殿内，教宗大人看着殿上漏下的星光照亮了盆中的青叶，苍老的脸上露出慈爱的笑容。

主教大人梅里砂，望着殿外如雪般的星光，感慨地说道："仿佛当年。"

教宗大人知道他说的是王之策当年悟道破境时的情形，那一夜，整座京都都亮了起来。

今夜，当年画面又重现。这样的画面，已经有数百年没有出现过了。

梅里砂忽然微微皱眉，不解地问道："这是在聚星？"

教宗大人说道："不，他还是通幽境。"

梅里砂问道："那星空为何如此明亮？"

教宗大人想了想，有些犹豫地说道："或者，他是在用聚星的手段继续通幽？"

103·神秘的黑石，完美的星空

连教宗大人这样的圣人，都无法确定陈长生现在的情形，那是因为陈长生的修行从开始就与众不同，走的是一条没有人走过的道路。他已经多次违背了修行的常识或者说规则，颇多离奇不可信之处。在他还没有洗髓成功的时候，就已经开始坐照自观，从而险些身死、魂归星空，当他得到黑龙的帮助，度过这道险关之后，又在大朝试里面临绝境，于秋雨之中一朝通幽，原来他以为自己在引星光洗髓的时候，实际上一直是在通幽。

他始终在用超出自己真实境界的法门修行。就像是一个婴儿，在还没有学会走路的时候，就已经开始试图奔跑；还没有牙牙学语却开始背诵道藏；连剑都没有力气举起来的时候，已经开始试图学习如何战斗。这肯定是非常凶险的事情，事实上也是如此，如果不是连逢奇遇，他早就已经死了。

星光洒落在天书陵上，将那片草甸照耀得如雪白的毡子。陈长生坐在那截断碑前，紧闭着双眼，识海与星空互相辉映，天地与自身不停融合。夜空里的无数颗星俯瞰着他，俯瞰着通幽境的他提前开始聚星。

他散发出来的气息不停上涨，不停地向四周的天地里探去，就像断碑的断茬如剑一般刺向夜空，无法看见的星辉伴着那些明亮的星光落在檐上，落在碑上，落在他的身体上，不停地涌进他的身体，带起一道道微寒的夜风。如果他能够冲破这道关隘，前途自然不可限量。

随着微寒的夜风，很多人来到了天书陵外。国教六巨头来了，梅里砂站在最前面。天海家的家主来了。金玕律来了。茅秋雨来了。莫雨也来了。他们没有进陵，凭借着强大的神识，沉默地注视着断碑前发生的事情。

陈长生距离突破那道关隘，还有一线距离。但没有人知道，他到底能不能突破成功，就算成功，又能够突破到什么程度。在他的身体里，幽府的门已经缓缓开启，包裹着灵山的无数清澈的水，正在不停地流动着。水势越来越急，生出了很多个旋涡，带着山道上的落叶到处飘舞，不停拍打着门前那道石阶，虽悄然无声，却惊心动魄。

幽府在灵山中，灵山则在星辉化成的湖水里。涌入他身体的星辉越来越多，那片湖水越来越恣意，渐要变成汪洋一般。随时有可能决堤，虽然这片悬在空中的湖，没有湖堤。无数光线在湖水里折射往复，随着湖水的波动，渐趋凝纯，渐渐相聚，变成了闪耀的光点，仿佛星辰一般。

夜空里的繁星，出现在陈长生的意识里，然后出现在湖水里，每颗星星的位置，都不差分毫。

只是这片星空总给人一种不够完整的感觉，似乎哪里差了些什么。

这片星空是前陵十七座天书碑。但前陵原本有十八座碑。最后那座碑断了，碑文自然也不复存在。陈长生没有看到那些碑文，他心灵上的那片星图自然也就少了一块。如果这片星空无法填满，那么，一切休提。

离宫广场上，教宗大人看着天书陵的方向，伸手承着自夜空而落下的星光，沉默片刻后说道："如果那块碑还在就好了。"

甘露台上，圣后娘娘看着夜空，神情漠然地想着，少了那些碑，今日天书陵如何还是往年的天书陵？

很多年前，周独夫一日看尽十八碑，后来因为一些原因，不想别人如他一样，所以他带走了一块碑。从那天开始，才有了前陵十七碑的说法。

很多年来，陈长生是最接近完全解读前陵碑的那个人。问题在于，他没有办法看到那座失落的碑，那么他极有可能永远只能无限地接近真实，却无法触碰到真实。

看着湖水里渐渐成形的星空，陈长生本能地察觉到，这片星空是残缺的。他知道缺少的，便是断碑的碑文。他沉默思索，不得其解，神游万里，不见其碑。渐渐的，他的心神变得越来越混乱，直至有些浑浑噩噩。就在此时，他腰畔那柄短剑剧烈地颤抖起来！

一块黑石出现在荒原上。荒原上覆盖着雪，那些雪亦是星辉。陈长生此时

373

已然物我两忘，不知道外界发生了什么事情，也不知道自己身体里的变化。那片清澈的湖，在天空里吸收着无数光线，凝聚着无数道光线，无比透亮。如果从湖水的上方望下去，这片湖水，就像一个很大的玻璃珠。弧形的水面极为光滑，可以放大景物。湖水下方那块黑石，被放大了无数倍。

在凌烟阁里，陈长生触到这块黑石的时候，有过一次神游物外的体验，他知道这块黑石决非凡物，甚至有可能是逆天改命的关键。他曾经进行过仔细的观察，却始终没有在黑石上找到任何特别的地方。

那块黑石不大，可以一手握住，温润光滑，表面连丝最细的裂纹都没有。

这时他睁开眼睛，一定会非常吃惊。原来只有放大无数倍，才能看到黑石上原来有无数道极细的纹路。那些纹路非常复杂，繁如水痕，没有任何的规则，绝对不可能是人工雕刻而成。如果仔细望去，或者可以发现那些线条，就像是天书碑上的碑文！

黑石忽然变得明亮起来，就像在凌烟阁时那样。黑石表面那些细密的线条，也随之明亮起来。投影到湖水中，变成明亮的光线。然后，这些光线就像别的天书碑碑文一般，不断凝聚收缩，变成无数个光点。

每个光点都是一颗星星，无数个光点合在一处便是一小片星空。残缺的星空，就这样被补满了。

嗡的一声！陈长生识海剧震。湖水里的无数颗星星，同时大放光明，最后凝聚成一道极粗的光柱，落在了幽府的大门上！

前些天在洗尘楼里，他的幽府之门被推开半扇，今夜在星辉光柱的冲击下终于完全开启！

104 · 火树银花不夜天

洒落天书陵的星光与此时向陈长生幽府里灌涌的星光互相辉映。星光落在他的身上和断碑上，如雪一般，他的神识顺风雪而遁，不知去了何处。星光也落在别处，比如照晴碑上，碑面上的那些线条越来明亮，不时闪耀，仿佛有水银在里面流动。

不见照晴碑，却能见碑文，无知无觉间，陈长生的真元像那些水银在碑文上流动一般，在经脉里开始流动，那些本有些枯萎的河流溪涧，随着真元的滋润，逐渐变得生机盎然起来，最终，那些清水向着断崖下方的深渊里坠落，看似与以往相同，隐约间却似乎多出了某种希望。

深渊再如何深不见底，只要水流永远不竭地倾泻而下，那么想必总有一天会被填满吧？

星光也落在第二座天书碑上，线条显现而明暗不定，仿佛神识飘于虚空之间，难测其方位。陈长生的神识随之而动，去了万里之外的某条江畔，倏然再归引江碑前，来回之间，一种难以言说的规则已经烙印在他的心灵里。

星光落在前陵十七座天书碑上，无数前贤曾经发现的无数种解碑的方法，如雪一般落下，如叶一般飘零，在他识海里一一呈现，然后开始在身体里发挥作用。他的经脉得到了前所未有的滋润，他的神识得到了前所未有的滋养，他的气息在不断提升。

时间缓慢地流逝，他在断碑前闭着眼睛，等待着那一刻的到来。

星光照亮京都，甘露台依然在燃烧，只是散发的光线是寒冷的，仿佛是冰焰一般。圣后娘娘站在美丽到难以形容的冰焰之中，看着天书陵方向沉默不语，那块碑早就已经不在天书陵里，为什么陈长生却还能把那片星空填满？

天书陵笼罩在雪般的星光里，碑庐四周一片安静，苟寒食、庄换羽、唐三十六等年轻的观碑者，看着碑面上那些在线条里流动的水银，神情各异，他们并不能确定今夜究竟发生了什么，只知道这件事情肯定与陈长生有关。

苟寒食忽然抬头，望向东南隅那片繁复的星域，片刻后抬步向碑庐里走去。折袖紧随其后向碑庐里走了过去。随后，唐三十六、七间等人未作犹豫，也随之进了碑庐，然后消失，去往属于自己的天书碑前。

他们不知今夜天书陵为何会亮若白昼，但知道很多年前王之策破境时京都的异象。他们清晰地察觉到，今夜的星光要比平日浓郁很多，即便是他们自己的命星，都要比往常要活跃很多，仿佛在等待着自己。对于修道者来说，怎能错过这样的机会，尤其是他们当中的绝大多数人，在观碑二十余日之后，都已经到了破境的关键时刻，必须抓住所有的机会与天时。

就在苟寒食等人走进碑庐，在照晴碑前消失之后没有多久，山陵里忽然响起一声极为清亮的长啸！这声清啸，来自东亭碑前。

神国三律梁笑晓站在碑庐前，神情如平日一般冷傲，只是微微颤抖的右手，暴露了他此时内心的激动，数月前破境后，他的境界一直停滞不前，连带着观碑也停了下来，而今夜，他借着这片星光，竟一举突破到了通幽中境！另一座碑庐前。

唐三十六从怀中取出陈长生前些天交给他的药匣，从匣中取出药丸，递给身旁的折袖，然后把剩下的药丸尽数吞进了腹中，闭上双眼。

折袖看了他一眼，依样吞进腹内。苟寒食看了二人一眼，把离山剑宗准备好的药物，分给关飞白和梁半湖，不再停留，去往下一座碑庐，将剩下的药丸交给七间，这才施施然离开。

这里是第三座天书碑，折桂碑。

现在尚是春日，山间没有桂花，看不到那些碎金，也闻不到唐三十六最厌憎的香腻的桂花香。

但此时不知为何，折桂碑庐四周，忽然生出一股极浓郁的花香。不知道是不是碑庐外这些天赋惊人的少年们，正在摧动真元运化药丸所散发出来的香气。

啪啪啪啪。一阵极细碎却有些惊心动魄的声音，从折袖的身体里响起！那些声音，仿佛是他所有骨头都被打碎了一般。紧接着，有水沸的声音从他的身体里响起。接下来，越来越多的水沸声在碑庐四周响起，盘膝坐在庐外闭目破境的少年们，身体渐被白色的雾气所包裹。

沸腾，那是星辉真元燃烧的声音，那些灵山幽府被不停轻推的声音！不知过了多长时间，唐三十六睁开了眼睛。他眼神里平日里常见的戏谑意味早已不见，只剩下肃然与平静，幽静无比。在他的黑眸最深处，仿佛还有星辉燃烧的余光。这证明他的幽府已经开启。

唐三十六通幽！

关飞白随后睁开了双眼，轻吐一口浊气，有热雾自唇角飘散。

梁半湖睁开双眼，望向碑庐四周，脸上露出一丝憨喜，显得极为安乐。

离山剑宗二子通幽！紧接着，苏墨虚通幽！圣女峰那位师姐通幽！摘星学院的学生通幽！槐院两名少年书生通幽！折桂碑庐外，不停通幽！引江碑前，七间通幽！天书前陵，人人通幽！

星光落在天书陵上，如雪一般。有人破境通幽之时，碑庐外气机受扰，那些雪般的星光，会微有折散，如花一般散开，分外美丽。

唐三十六站在折桂碑前，轻轻搓着手指，闻着那股香腻的花香，忽然觉得桂花香并不是那么令人难以忍受。星光落在他的身上，如水一般溅射开来，向夜空里散去。不远处，梁半湖与关飞白站立的地方，也有星光溅射向夜空而去。折桂碑庐外，十余道星光溅射，人影站在其间。相同的画面，还出现在天书前陵的很多座碑庐前。

夜色下的天书陵，树木森茂，即便被星光笼罩，也有些幽暗。此时的山陵间，数十道星光溅射，银花处处，美不胜收。唐三十六望向折袖。雪白的星光把他的脸照得更加苍白，偶现潮红，正是心血来潮的征兆。他的真元被陈长生用铜针控制着，先前又吃了很多药物，异常凶险。这也是为什么和别的观碑者比起来，他迟迟没能通幽的原因之一。另一个原因，自然是因为他妖异的天赋血脉。忽然间，碑庐前只听到数道凄厉的风声。檐上出现数道深刻的刀痕。

折袖的手指前端，探出锋利至极的爪甲，泛着金属一般的光泽。他的脸上生出很多灰色的毛发，眼睛变得无比艳红，给人一种血腥的感觉。忽然间，一道强大的气息从他的身体里迸发而出。他仰起头，发出了一声号叫！嗷！

这声凄厉的号叫里，充满了不甘与愤怒，充满了轻蔑与骄傲。

他的这声厉号，是对夜空里的满天星辰，更是对着北方极远处那团明亮在说：我赢了！

在天书陵里，星光落在破境通幽的少年们身上，溅射而离，仿佛火树银花，很是美丽。

如果从陵外望过去，却更像是整座天书陵正在不停地放着烟花。画面依然美丽，却更加震撼人心。

天书陵神道最前方有座凉亭。凉亭四周到处都是浅渠，渠里流淌着清水。今夜这些清澈的渠水，先是落了薄薄的一层雪霜，然后被山陵里的无数烟花照亮。凉亭下，那件满是灰尘的盔甲，也被烟花照亮。带着锈迹的头盔上，明亮一闪一现。盔甲里的人醒了过来。一道沧桑至极的声音，从头盔里传出，显得有些沉闷。

"果然到了野花盛开的季节了。"作为大陆第一神将，老人离开与魔族战争的最前线，守陵数百年，守的便是人类的将来，当他看到今夜天书陵上的烟火后，自然欣慰，然后在心里默默感谢了两个人：一个人叫苟梅，一个人叫陈长生。

那些在天书陵外的大人物们，是来看陈长生的，根本没有想到会看到如此震撼人心的画面。

一夜之间，数十名观碑者集体通幽！这样的画面，在历史上从来没有出现过。

陵外的园林里一片静寂，偶尔会响起几声长叹。烟花渐静，星辉渐暗，天书陵渐渐回复寻常。国教、朝廷以及各学院宗派的大人物们，破例进入了天书陵，在陵下等待。

今夜破境的年轻修道者太多，有人破境通幽，有人进入了通幽中境，还有人聚星成功！对人类来说，毫无疑问，这是一个丰收的夜晚。他们必须亲自处理后续的事情，绝不允许在这种时候出现任何问题。

陈长生醒了过来，发现自己盘膝坐在断碑前，看了眼天色，想了想，确认还是五时。

正是黎明之前。他站起身来，顺着草甸走到崖边。崖下的瀑布依然发着惊心动魄的声音。

他没有出汗，没有疲惫的感觉，没有酸痛，仿佛什么事情都没有发生过。但他知道，已经发生了很多事情。

黎明前最是黑暗，星光不足以照亮远处的京都。但在他眼中，京都是这样的清楚，每条街巷，甚至是国教学院里的大榕树仿佛都在身前。

晨光渐渐来临，一线一线地隐没星空。但他知道那些星辰都还在头顶。他能够清楚地感知到自己的那颗命星。这是他第一次在白昼的时候，感知到自己的命星。

朝阳跃出了地平线。红暖的光线，落在他的脸上。不知道为什么，说不清为什么。他并不知道昨夜天书陵发生了那般壮观的画面。他不知道自己成了有史以来最年轻的通幽上境。但他就是觉得很感动。

105 · 出　陵

面对着红色的朝阳，陈长生摊开双手，做了一件违背修行规律的举动。事后回想起来，他也不知道当时为什么自己要这样做。就像那份毫无来由的感动一般。他想做，于是便做了——他摊开双手，在正由灰暗向碧蓝过度的天空里寻找到命星，然后开始引星光。

这是他第一次在白昼里尝试引星光洗髓。或者，这也是无数年来，第一次有普通的修行者试图在白昼里引星光洗髓。可能是因为幸运，他没有死，也没有被烧成灰烬，反而清晰地感觉到，幽府之门完全开启后，自己引星光的速度要比以前快了数百倍。

是的，他的经脉依然有很多断裂的地方，尤其是最重要的七道经脉的中段，万丈悬崖依然存在，但在那些断成无数截的经脉里，尤其是在幽府四周的脏腑里，星辉化作的真元却是前所未有的充沛，甚至似乎把经脉的伤势也修补好了些。这难道便是天书碑的神奇之处？他转身望向庐下那座断碑默然想着。

此时他站在崖畔，两处隔得有些远，看不真切，但他觉得自己看到了那座遗失的石碑，而且不是眼花。至此，陈长生真正地解开了前陵的所有天书碑，做到了周独夫当年做到的事情。

如果他继续前行，应该会进入别的山陵，看到那些更神奇的天书碑。但他看了看天色，没有继续，就此离去。

清晨的天书陵很安静，昨夜的烟花盛景已然不再，十七座碑庐前没有人，通往陵下的山道上也没有人。很多人都在沉睡，没有醒来，或者要到很多天后才能醒来。

破境，从来都不是那么简单的事情。不是所有人都能像陈长生这般，看似随意便迈过了那道门槛，连疲惫都没有感受到一丝。当然，对有些人来说，破境也并不是太困难的事情，比如苟寒食。

苟寒食站在山道尽头，静静地等着他。陈长生走到他身前，揖手为礼，看着他眼中的淡淡荧光，知道他的境界也得到了提升。从青藤宴到大朝试再到天书陵，他们两个人的境界，终于完全一致，都到了通幽上境。

陈长生向他告别，说道："我要走了。"

苟寒食说道："离周园开启还有数日，时间应该够。"

陈长生说道："在京都里，还有些事情需要处理准备。"

苟寒食沉默了一会儿，说道："我不准备去周园，路上多保重。"

陈长生有些不解，问道："你留在这里做什么？"

"至少要把前陵的十七座碑看完。"荀寒食微笑说道。

陈长生诚恳说道:"祝你顺利。"

荀寒食看着他说道:"这届大朝试的所有考生,都应该感谢你。"

陈长生不解,荀寒食把昨夜发生的事情讲了一遍。他想了想后说道:"不用谢,我只是做了自己想做的。"

荀寒食知道他不是在谦虚,因为他确实只是想自己解碑。至于那片照亮京都和天书陵的星光,并不以他的意志为转移。

二人并肩向草屋走去。越过刚刚修好没两大的篱笆,陈长生走进屋里开始收拾行李,看着鼾声如雷的唐三十六摇了摇头,却发现折袖不在屋里,不禁有些纳闷。

扎着行李走出门外,他对荀寒食说道:"麻烦你帮我照顾一下唐棠。"

荀寒食说道:"没问题,只是你要清楚,出了天书陵,我们依然会是对手。"

陈长生说道:"明白。"

荀寒食又道:"三师弟和小师弟会去周园,到时候在里面,你帮着照顾一下。"

陈长生有些不解,说道:"你才说过,我们是对手。"

荀寒食说道:"对手不代表不能彼此照顾。"

陈长生想了想,说道:"有道理……但我真不认为自己有能力照顾他们。"

梁笑晓和七间名列神国七律,是离山剑宗剑法惊人的弟子,陈长生现在虽然是通幽上境,真元很充沛,但因为经脉的缘故,能够使用的真元数量依然很少。如果真的生死相搏,他不见得能够战胜对方,更不要说照顾。

荀寒食笑了笑,说道:"我看重的是你在别的方面的能力。"

离开草屋,来到天书陵石门前,荀寒食一路相送。

地面微微颤抖,石门缓缓开启。对修道者来说,天书陵是至高且唯一的圣地,无论是谁,在离开天书陵的时候,想必都会有些不舍,或者是更复杂的心情。陈长生的神情却很平静,就这样随意地走出了石门,都没有回头看一眼。

荀寒食和闻讯而来的碑侍们,看到这一幕,不禁觉得有些奇怪。就像很多人曾经说过的那样,陈长生面对任何事物都表现得太过沉稳平静,完全不像一个十五岁的少年。

那是因为,他很珍惜时间,而且找到了自己的道路,自然要更加珍惜。而且他相信自己肯定有一天能够进入从圣境,到那天他会再次回到天书陵,无论闯神道,还是走旧路,都没问题,何必现在依依不舍。如果没有那一天,那数年后他便会回到星空之上,再如何不舍又有什么意义?

观碑二十余日,尤其是从前天开始,不眠不休地观碑,最终让他成功突破到了通幽上境。除此之外,还有一个非常重要的收获,那就是他懂得了王之策在笔记上写下的最后那句话——没有命运。

星辰既然是可以移动的,自然没有固定不变的命运。或者,他的师父计道人让他进凌烟阁找到王之策的笔记,是想让他学会太祖皇帝和太宗皇帝逆改命运的秘法,只是计道人没有想到,他在天书陵里参悟到的这些,会让他走上另外一条道路。

他前所未有地坚信,自己能够改变自己的命运,而不需要通过改命他人的命运从而改变自己的命运。

他要在二十岁之前,进入神隐的境界。是的,此前世上没有人做到过。但谁说他就一定不能做到呢?

树林里,茅秋雨和摘星学院的院长,看着陈长生的身影,情绪有些复杂。

摘星学院院长说道:"他应该是有史以来最年轻的通幽上境?"

茅秋雨点点头,说道:"比莫雨还要早两年。"

大朝试后,陈长生成为最年轻的通幽境之一。天书陵观碑后,他成为最年轻的通幽上境,没有之一。以此观之,他似乎真的很擅长把很多看似不可能的事情变成可能。

走进清幽的晨林,看到站在树下的少年,陈长生不由一怔。有人竟比他更早离开了天书陵。

106 · 春眠不觉晓

树下的少年是折袖。陈长生看着他苍白的脸、唇角的血渍,不解地问道:"你怎么在这里?"

折袖面无表情地说道:"我和你一起去周园。"

陈长生有些意想不到,安静了一会儿说道:"可能会有危险。"

折袖依然面无表情地说:"所以我要和你一起去周园。"

陈长生问道:"为什么?"

"唐棠已经出了钱。"折袖说,"所以我会跟着你,保证你的安全。"

陈长生心中一震："你准备给我当保镖？"

"是的。"折袖顿了顿，继续说道，"当然，如果周园里太凶险，事后要加钱。"

陈长生直到现在，依然不是很适应这名狼族少年的思维模式，摊手无奈地说道："可我不需要保镖。"

折袖看了他一眼，说道："你现在虽然已经是通幽上境，但如果我们两个人被关进同一片森林，最后活下来的肯定是我。其实，大朝试对战的时候如果不是有那么多限制，不方便太狠，苟寒食就算能胜过我，也杀不死我，最后他还是会被我杀死。"

听着这话，陈长生有些不自在，因为他知道折袖的话是对的。

折袖接下来的话，终于让他下了决心："而且你还要替我治病。"

陈长生想了想，说道："那么……一起走吧。"

折袖很自然地伸手从他肩上取下行囊，向林外走去。

陈长生赶紧跟了上去，不安地说道："保镖倒也罢了，怎么能让你做这种累活。"

折袖依然面无表情，没有理他。

陈长生说道："那我可不会给你加钱。"

折袖停下脚步，想了想后说道："这算赠送。"

他们都不怎么喜欢说话，在同龄的少年里显得很沉默。二人一路无话，走出树林。金玉律驾着马车，在桥那头等着他们。

车轮碾压着坚硬的青石板路，发出喀喀的声音，国教学院崭新的院门被人猛地从里面推开。轩辕破从里面跑了出来，魁梧的身躯像小山一般，震得地面不停颤动，石阶的缝隙里烟尘四溅。陈长生和折袖从车里走了下来。

轩辕破憨厚地笑着说："这么早就出来了，看来观碑没观出个所以然？"

折袖微微皱眉，看了陈长生一眼。

陈长生有些不好意思，解释道："他就是有口无心，倒不是故意要嘲弄谁。"

"我又不是唐三十六。"轩辕破有些不高兴，然后才注意到折袖的存在，一连串地问道，"居然是你？难道你讨债居然讨到天书陵里去了？我说你至于这般着急吗？我国教学院什么时候欠钱不给过？"

金玉律在旁一脸严肃地问道："什么时候给我发钱？门房也要养家的。"

三名少年望向他，没有说话。金玉律有些尴尬，赶紧解释："我知道了，我不适合'幽默'这两个字，那你们继续。"

"折袖不是来要债的。"陈长生对轩辕破说道，却不知该如何解释折袖的身份，想了想后又说，"他就是来国教学院看看。"

狼族少年折袖，在妖域里的名气非常大，轩辕破知道他不是来要钱的，自然回到了妖族少年的心理状态中，看着折袖满脸倾慕地说："听部落里的老人们说，你三岁的时候就可以猎杀魔蛇？"

折袖没有理他。轩辕破跟着他向国教学院里走去，继续问道："听说你七岁的时候，就杀过魔族？"

折袖依然不理他。

轩辕破热情不减，说道："看样子你不准备马上回雪原，要不然你干脆进我们国教学院好了。"

折袖停下了脚步。陈长生也停下了脚步，望向他。

折袖想了想，看着轩辕破说道："跟你这头狗熊在一起，我怕自己会变笨。"

同为妖族，他自然看得出来轩辕破的内在本质是什么。

轩辕破的神情顿时变得严肃起来，认真地说道："把前面一个字去掉，不然我会生气的。"

折袖说道："好的，狗熊。"

轩辕破大怒，嚷道："你这人怎么跟唐三十六一样讨厌！"

陈长生回到小楼，简单洗漱后，便上了床开始睡觉。昨夜他一直没有休息，很是疲惫，此时心神已经平静下来，不再激荡，只剩下满足与温暖。这一觉他睡得非常香甜，以至于有人来到房间都没有发觉。

莫雨坐在床边，看着少年干净清秀的眉眼，微微挑眉，不知道说了几句什么，闻着房间里重新变得真切起来的气息与味道，她的心情不知为何变得好了很多。她把陈长生的被褥掀起一角，就这样钻了进去。很快她便睡着了，即便在睡梦里，也笑得眉眼如花。此情此景，如果让皇宫里的那些太监或是朝中的大臣们看到，一定会认为是自己眼花了。

窗外淅淅沥沥落了场春雨，莫雨睁开眼睛醒了过来。她慵懒地伸展着腰肢，一转身便看见陈长生正贴着自己的腰臀在熟睡，不免害羞起来，秀美的脸庞上现出两抹红晕，急急起身离开，消失在窗外的春雨里。

没有过多长时间，房门被推开，落落走了进来。看着熟睡中的陈长生，她高兴地奔了过来，正准备扑到床上，却闻到了一道淡淡的脂粉味道。

她蹙着细细的眉尖，凑到床上陈长生的脖颈处，嗅了嗅，顿时生起气来，忍不住地跺了跺脚，鬓间那些像珍珠般的雨滴，簌簌落下。她看着窗外的春雨，恨恨地骂道："莫雨，你这个不要脸的女人！"

把窗户关上，把温柔的春雨与风尽数挡在外面，小楼便自成一统，她觉得再也不会有不要脸的女人来骚扰自家先生。她搬着凳子走到床边，笑眯眯地看着陈长生的脸，就这么静静地看着，觉得好生满足。

过了一会儿，陈长生醒了过来，感觉左臂被紧紧地抱着，听着平缓而放松的气息，不用睁眼，便知道是谁来了。睁开眼睛看，果然是落落坐在床边。听到声音，睫毛微微颤动，落落醒了过来，又迷迷糊糊地揉了揉眼睛，见陈长生正看着自己，才清醒过来，有些微羞，更是开心，脆声喊道："先生。"

"乖。"陈长生摸了摸她的小脸。

二人离开小楼，去藏书馆里坐了一会儿，等轩辕破和折袖过来，说了说天书陵里的经过。中午的时候，金玉律做好了饭食，用过饭后，两人又在国教学院里逛了逛，春雨如粉，不用打伞，只是爬到大榕树上的时候，脚下有些滑。

看着细雨中的京都，落落沉默了一会儿，转身望向他问道："先生，您要去周园？"

在国教学院里相处这么长时间，她可以说是世间最了解陈长生的人，很清楚如果不是必须离开天书陵，像先生这样珍惜时间与机遇的人，绝对不会轻易地离开天书陵，离开那些天书碑。

陈长生说道："是的。"

落落睁大眼睛，不解地问道："为什么呢？"

不等陈长生回答，她低下头，看着榕树下的池塘里被雨丝惊出的圈圈涟漪，轻声说道："是因为师娘也要去周园吗？"

陈长生怔了怔才明白她口中的师娘指的是徐有容。虽然他从来没有想过要娶徐有容，落落如此称呼还是让他觉得有些尴尬，说道："和她有什么关系？只有通幽境才能进周园，她虽然天赋惊人，却一直没有破境通幽。"

昨夜天书陵被星光照耀了一夜，数十人破境通幽，如此看来，徐有容这个青云榜榜首就相形失色了。

"师娘她前些天已经通幽了。"落落不知想明白了些什么，重新回复平时那样天真活泼的模样，开心地笑着说道，"她的身体里流淌着的可是真凤的血脉，那么骄傲的人，就算不在意被师父你超过去，又怎么可能被那些庸人抢在前面？"

陈长生一怔，用了些时间才消化掉这个突如其来的消息。他最先想到的却是，青云榜应该马上换榜了。

"恭喜你。"他望向落落笑着说道。

落落咕哝道："这有什么好高兴的。"

徐有容破境通幽，自然离开青云榜。昨夜那么多人破境通幽，如果出了天书陵，也要离开青云榜。现在的青云榜榜首，含金量变得差了很多。

陈长生伸手替她听了听脉，说道："妖族与人族的血脉差别有些大，尤其是你们白帝一氏，天赋血脉太过霸道强大，即便坐照境的你，也可以战胜很多通幽境的对手。不要太过在意，只是你要通幽，难度就有些大了。"

想及此，他不禁有些好奇，昨夜折袖究竟是如何破境通幽的，在那个过程里禁受了些什么。

落落忽然看着他认真地说道："先生，去了周园之后，见着师娘了，你可不能心软。"

陈长生这才想起来，先前她说过徐有容会去周园。

白鹤传书已经过去了好些年，他对徐有容没有什么感情，也不如何在意，甚至曾经的反感与厌恶都还没有完全消解，但想着真的可能遇到她，不知为何却有些莫名的紧张，只是不明白落落为何会这样说。

107 · 拜见教宗大人

陈长生看着落落不解地问道："心软是什么意思？"

落落看着他叹了口气，说道："徐有容是圣女峰传人，深受娘娘的宠爱，甚至福荫其父，而大朝试后，所有人都知道先生您是教宗大人选择的人，在当前局势下，你和她理所当然是对手。"

陈长生依然不明白，心想离开天书陵的时候，苟寒食还说过，对手不见得不能彼此照顾，何来心软一说？

落落继续说道："周园里无论有没有周独夫的传承，或是别的神兵功法，最终落在谁的手里，还是要看谁下手更快，实力更强。"

陈长生心想如果唐三十六在场，或者会回一句难道不是有德者居之。想着那家伙的神态，忍不住笑了起来。

落落小脸肃然，说道："先生，您认真些好吗？我这不是在说笑话。"

陈长生赶紧道歉，问道："难道在周园里面可以彼此抢夺？"

落落说道："只要不闹出人命，谁都没话可说，所以说不能心软。"

陈长生沉默了一会儿，接着问道："然后？"

"先生你很念旧情，而且遇着女孩子便有些手足无措。"落落看着他认真地说道，"师娘与你有旧，生得又那般漂亮，我就担心在周园里，你遇见她后，她根本不需要做什么，只要柔声说句话，你便会完全听她的。"

陈长生心想自己连徐有容长什么模样都不知道，而且哪里有什么旧情，有些不甘地应道："你形容的那等男子如此令人恼火，怎会是我？"

落落心想自己当初不过是随便撒了撒娇，你便拿我没有任何办法，这时候倒是嘴硬。只是想着师道尊严，她没有直接戳穿陈长生并不坚固的防备，语重心长地说道："反正你要记住了，越是漂亮的小姑娘越会骗人。"

陈长生看着她笑着说道："你这个漂亮的小姑娘怎么从来没有骗过我？"

落落先是一怔，然后咯咯笑了起来，捶了他一下，开心地说道："先生，你和唐棠在一起待久了，倒是越来越会说话了。"她看着很开心，其实有些心虚，心想如果让先生知道自己和他其实是同岁，会不会认为一直在骗他？

就在这时，落落眼珠一转，很快转开话题，做出一副委屈的模样，说道："先生，我也想要通幽。"

陈长生立即回道："先前不是说过，很多通幽境不见得打得过你，比如我。"

落落想着他马上又要远行，短时间内再也听不到这样温暖的安慰，竟真的委屈起来，说道："问题是不能通幽，就不能和先生你一起去周园。"

陈长生想了想，又说："就算你通幽了，难道圣后娘娘和教宗大人就能允许你去周园冒险？金长史也不会肯啊。"

落落叹道："先生，这话可真不像安慰。"

陈长生有些惭愧，说道："我确实不擅长这个。"

"先生，如果不是为了去见师娘，那你为什么要去周园呢？"落落忽然认真问道。她知道陈长生是个很珍惜时间的人，但向来讲究心意自然，离开天书陵去周园,这个选择怎么看都透着股急迫的味道。

陈长生沉默了一会儿,伸手摸了摸她的脑袋,没有给出解释。落落也没有再问。

春雨如线,被湖风吹得四处飘摇,落在他们的脸上身上,微有湿意,却不狼狈。陈长生伸手,把她眼前的一缕湿发拨到一旁。落落看着他笑了笑。陈长生也笑了笑。

落落说道:"先生,一会儿和我一起回离宫,教宗大人要见你。"

陈长生脸上的笑意顿时没了。

傍晚时分,一辆马车驶出百花巷,来到了离宫之前。落落在十余名妖族强者和国教教士的保护下,沿着宗祀所和离宫附院外的那条神道,继续坐着马车向清贤殿去。陈长生则是在两名主教的引领下,顺着从未踏足过的一条神道,向着离宫正殿而去。

残阳如血,却没有什么金戈铁马的意味,只是庄肃。在神道上行走的教士与学者们,认出了他的身份,纷纷避让在旁。时至今日,整个大陆都已经知道,这位去年在京都闹得沸沸扬扬的国教学院新生,是教宗大人选择的人。当然,他本身就是名人。徐有容的未婚夫、大朝试首榜首名,无论哪个名头,都有资格迎来万众瞩目。更不要说就在不久之前,他在天书陵里一日观尽前陵碑,昨夜更是让整座京都沐浴在星光之中。

数百道目光看着神道上的陈长生,那些目光里的情绪很复杂——震撼、佩服、羡慕,甚至有敬畏。

是的,现在的他,终于有资格让人感到敬畏了。不在于境界与实力,而在于他展现出来的天赋与背景。陈长生此时的心情也很复杂。从大朝试颁榜开始,他就知道一定会有被教宗大人召见的那一天。只不过没有想到,这一天到来得如此快,刚出天书陵,便来到离宫,这让他有些准备不足。他有些紧张地想着,稍后应该问哪些问题才能确保得到答案,才不会被教杖打死。

在无数双目光里行走,这让神道显得很漫长,他先前有些不适应,现在却很感谢,因为这让他有足够的时间去组织那些问题。再长的神道总有走完的时候。一道道门被推开,暮色越来越深,离宫也越来越深,直至来到那座恢宏无比的主殿。

站在数十座前代圣者与骑士的雕像之间，感受着那种庄严的光明味道，陈长生震撼无语。只是还没有来得及体味更多，他便被带到了主殿侧方的一座偏殿里。这里的殿檐向前延展的距离比普通殿宇要长很多，于是天光被遮蔽很多，不要说现在是夜色将至的暮时，想来就算是正午时分，也应该很清幽。

那两名主教于悄无声息间退走，只留下陈长生一个人站在石阶前。这座教殿里没有别的人，所以他一眼便看到了教宗大人。

教宗大人没有戴冕，也没有执杖，穿着一身麻袍，正在给一盆青叶浇水。

这位瘦高的老人无法用权高位重来形容，因为他早已经超越了权势这种俗世的境界。

108 · 继承者

教宗是圣人，只要他说一句话，便会有千万国教信徒，为之赴死。陈长生不知道教宗大人对自己说的第一句话是什么，他于紧张之中听到了三个字："来……来……来。"

教宗大人对他招手说道，示意他走进殿来。就像是农夫唤鸡雏，又像是祖父逗幼孙。陈长生愣了愣，然后顺着石阶走进殿去，站到了教宗大人的身侧。教宗大人就在他的眼前，这个事实让他无比紧张。虽然来到京都后，见过很多大人物，其中有些人甚至已经是传奇，但他依然难以控制自己的情绪。毕竟，这位瘦高的老人是教宗。

教宗大人一面给青叶盆栽浇水，一面指着一把椅子，说道："坐。"他的声音很温和，神态很随意。

陈长生坐进椅中，如坐针毡，觉得浑身不舒服，却偏生不敢动一下。

"随意些。"教宗看着他的模样，笑了起来，说道，"我知道你心里有很多疑问，为了节约一些时间，我先讲，如果还有什么不明白，或者想要问的，你可以直接问我。方便回答的，我自然会答你。"

说完这句话，他的手离开了木瓢，又微笑着继续说道："我先讲，加随后的回答，大概二百息时间，想来你还能忍得住。"

陈长生知道教宗大人说的是自己此时的坐姿很别扭，不禁有些窘迫，恭谨地点了点头。

没有任何开场白,也没有任何铺垫,教宗大人开始了自己的讲述。

"你的老师叫计道人,他还有个身份,是曾经的国教学院院长,也就是我的师兄。不用这样看着我,我很确信,他只有这两个身份,因为最有可能的第三个身份,在前段时间已经被我和娘娘排除了。换句话说,你是我的师侄。离宫外一直有说法,说天海牙儿是我的传人,其实不确,我并没有真正的传人,所以再换句话说,你就是我们这一门唯一的传人,那么我当然要照看着你。

"我和你的师父有仇,有大仇,我曾经杀过他一次,没想到他活了下来,我现在年龄这么大了,也懒得再去杀他。再说他犯了错,不代表你也有错,更不应该由你来承担责任。他同意你进京退婚,没有刻意隐瞒计道人这个名字,也就是没有想过要瞒住我们,甚至我想他就是要我照看你。但你进国教学院,确实只是巧合。让你进桐宫,其实是我让莫雨带你去的。为什么我能使动她?因为我是教宗。

"在桐宫里留一夜,可以避避青藤宴上的风雨,有教枢处看着,在大朝试里进入三甲也不是太困难的事。但我没有想到你会结识落落殿下,更变成了她的老师。我没有想到一潭死水的国教学院居然被你弄出如此大的动静。我没有想到你能够从桐宫里离开,在青藤宴上直面离山剑宗的风雨,在大朝试上居然能够破境通幽,真的拿到大朝试的首榜首名。"

说到这里,教宗大人停顿了片刻,看着他怜爱地说道:"我最没有想到也最应该想到的是,你既然是我们这一门唯一的传人,又哪里需要我的照看,需要我的安排?不错,你这个孩子真的很不错。"

殿里一片安静。从教宗大人开口说第一句话开始,陈长生的嘴就因为震惊而张开,然后再也没有合拢过。

国教学院一直颇受教枢处的照顾,最开始的时候,包括他在内的很多人,都以为这是国教旧派势力对教宗大人和圣后娘娘无声的抗议,以及某种带有象征意义的宣告,直到大朝试对战时,洗尘楼落了数场秋雨,教宗大人亲自替他戴上桂冠的那一刻,人们才知道,原来这不是国教内部的事情,而是国教向圣后娘娘以及大周朝廷做的一次宣告。

从那时候起,陈长生有过很多猜测,为什么教宗大人会对自己如此看重。他很确定,这种看重肯定与师父有关系,可是无论他怎么想都想不到,西宁镇旧庙里那个极不起眼的中年道人,竟然会是教宗大人的师兄,就是那位十余年前被变作废墟的国教学院的最后一任院长！

"有什么想问的，就开始问吧。"教宗大人从桌上拿起一块手帕擦了擦手，随意说道。

在这场谈话开始前，按照陈长生的想象，像教宗大人这样的大人物，说话必然是云山雾罩，言语晦涩深奥，隐藏着无数深意需要被认真仔细琢磨，才能悟出真相。谁曾想教宗大人竟是如此简单利落地把真相说了出来，明月清风好不爽快，在神道上想的那些问题竟全部得到了解答。他不知道还有什么要问的，直到想起教宗大人这番话里的几个细节，才神情认真地说道："您说我师父犯了错，什么错？"

教宗大人说道："当年他违背国教大光明会的决议，支持陈氏皇族对抗圣后，把整座国教学院甚至更多人都带进了那道深渊。"

大周子民支持陈氏皇族，这是理所当然的事情，何错之有？陈长生毫不犹豫地说道："这不是错。"

"当时，只有圣后登上皇位才能稳定朝政，不然大周必然分裂。战火连绵，魔族必将趁势南侵，无论一个选择的出发点和目的是否正确，在我们这些老人看来，只要影响到人类对抗魔族大局，那就是错。"教宗大人看着他平静而不容质疑地说道，"距离当年的战争已经过去了数百年，像你这般大的孩子，已经很少有人亲眼见过魔族，更无法想象当年大陆的惨烈景象。历史若能倒退，你也会认为我们当初的决定是正确的。"

陈长生年纪小，但从来都不是一个容易被说服的人，直接问道："那么现在呢？您与圣后娘娘渐行渐远，难道就不怕影响对抗魔族的大局？"

"我与圣后相识数百年，我知道她是一个什么样的人，所以由她统治大周朝，我没有任何意见，问题在于，没有人能够永生不老，整个大陆都必须考虑她之后的人类世界究竟如何自安。"教宗大人不知想到什么，神情变得有些感慨，缓声说道，"如果天海家再出第二个圣后，就此替了陈氏皇族又何妨？问题在于，天海家不可能再出第二个圣后，那么陈氏皇族始终都必须归位才是。"

陈长生听着这段话，沉默了很长时间，问道："就算如此，我还是不理解，为何师父他能猜到您会改变主意。"

"你师父同意你来京都退婚，就是想通过你的存在告诉我他还活着，同时提醒我，你是我们这一门唯一的传人。"

教宗大人重复了一遍先前说过的话，说道，"无论我会不会改变主意，我都必须照看你，不然岂不是要断了传承？你师父是世间最了解我的人，所以关于这一方面，你师父想得比谁都明白。"

陈长生的神情有些茫然，直到此时他依然无法把西宁镇旧庙里那个中年道人与那位著名的国教学院院长联系起来。他心中产生一个疑问，教宗大人说照看自己是因为要延续他们这一门的传承，可他是天道院出身，师父则是国教学院出身，怎么就成了同门？他们这一门究竟是哪一门？他把这个问题提了出来。

"天道院、宗祀所、国教学院、青曜十三司、离宫附院……除了摘星，京都青藤六院就是国教培养下一代的地方，而当年修国教正统的人只有我和你的师父，所谓传承，自然指的就是国教的传承。"教宗大人看着他平静地说道，"当年你师父险些让国教断了传承，如今你就有责任把这个传承重新接续起来。"

听到这句话，陈长生的脸色瞬间苍白，很长时间都说不出话。这并不代表他的心理素质太差，主要是这个消息太过惊人。国教唯一的继承者？无论是谁，骤然间知道自己有可能成为下一代教宗，都会震撼得无法言语，就算是最疯狂的画甲肖张，也不可能例外。更不要说陈长生只不过是个十五岁的少年。

殿里一片安静，木瓢在空中悬浮着，微微倾斜，向盆中不停倾注着水。水线如银，盆中的青叶微颤，上面有几颗晶莹的水珠。不知道过了多长时间，他从震惊里醒过神来，望向教宗大人，问道："这应该不会是最近就需要我考虑的事情吧？"他的声音很干涩沙哑，有些难听，明显是紧张所致。

"我与梅里砂还曾经担心给你的压力会不会太大，你在成熟之前就有可能崩溃，现在看来却是多虑了。"教宗大人静静地看着他，双眼宁和深幽，仿佛能够看穿一切。陈长生觉得自己身体与心灵上的所有秘密都无所遁形，这种感觉让他很不舒服。好在下一刻，教宗大人移开视线，伸手到空中握住了那把水瓢。

两百息的时间已到，瓢中水尽，问答环节结束。陈长生到了离开的时候，但他不想离开，先前他发现自己没有问题可问，这时候却想起，还有很多自己想要知道的事情。比如天书陵，比如周园，比如星辰，比如……国教。

109 · 少年院长

最开始以为没有什么可问的，后来发现还有无数问题得不到答案，面对着教宗大人仿佛能够看透世间一切事物的双眼，陈长生沉默了很长时间。他虽然年纪小，但不代表不懂事，知道有些问题自己不能提，比如西宁镇，比如师兄，比如国教，那么只能问些可以问的事情。

比如周园。

教宗大人听到他的问题后微微一笑，说道："周园里有些很重要的东西，你必须要确保拿到，因为此行你代表的是离宫。"

陈长生直接问道："谁会和我争？"

这话听上去有些嚣张，实际上很实在，在大周朝里，谁敢与离宫争锋？其实他的心里已经有了答案，只是需要得到确认。

教宗大人说道："国教分为南北两派，你既然代表离宫去周园，那么敢与你争、必与你争的自然是南人。"

教宗大人没有对他明说在周园里必须要找到的重要东西是什么，只说当陈长生看到那种东西的时候，就会知道那是他要找的。其实陈长生已经猜到了那是什么，只是教宗因为某些原因没有言明，他自然也不便主动提起。想起下午在大榕树上落落说过的那些话，他知道自己在周园里的对手，大概便是圣女峰、长生宗、槐院的那些通幽境强者。还有那个女子。

"徐有容确定会进周园？"他问道。

教宗大人似乎知晓他的心情，微笑说道："就在你进天书陵的那天，南方传来消息，徐有容在某座小镇上破境通幽，更是直入上境。也就是说她现在的境界和你完全相同，你和她若在周园相遇，一定极有意思。"

陈长生默然，心想境界如果相同，那自己是绝对打不过她了。因为这个事实，他沉默了很长时间，才继续问道："秋山君呢？按照世间传闻，他对徐有容深情款款，照拂有加，如果徐有容进周园，他应该会跟着才是。"

他尽可能地让自己的语气显得平静如常，但毕竟是个十五岁的少年，语气难免怪异，尤其是在说出"深情款款"四字时。

教宗大人闻着殿里飘着的淡淡酸涩味道，笑意更浓，说道："所以我说这件事情很有意思，秋山君十日前聚星成功，他没办法进周园，所以无论你和徐有容在周园里做些什么，他都没有办法打扰。"

这话里有种与教宗大人身份完全不相符的促狭甚至是讨嫌，陈长生怔了怔后才醒过神来。

忽然间，他明白了教宗大人这句话的重点，脸上流露出震惊的神情。

"秋山君……聚星成功了？"

"之前与魔族强者抢夺周园钥匙的时候，他身受重伤，反而由此引来了一番造化，以此为契机，成功破境。"

陈长生沉默无语，如果没有记错，秋山君现在应该还不满二十岁，还没有参加过大朝试，没有进过天书陵，然而，他已经聚星。徐有容比自己小三天，也还没有进天书陵观碑悟道，便已经成了真正的通幽上境。他默然地想着，这才是真正的天才吧。

他修的是顺心意，讲究心境恬静，而且他对徐有容确实没有任何情意，可是不知为何，每每提到她以及秋山君时，总会有些别扭。更令他不舒服的是，哪怕他已经创造了那么多奇迹，秋山君却始终要稳稳压过自己一线：他大朝试里拿了首榜首名，秋山君拿到了周园的钥匙；他进天书陵里观碑进了洞幽直境，秋山君不用看天书碑便聚星成功。国族大事与自家修身小事，需要外物与不需要外物，怎么看都是后者为强。

"我认为你比秋山君强。"教宗大人似乎知道他在想什么，微笑地说道，"别人就算不这样认为，也不敢说你比秋山君弱。"

陈长生摇头说道："我不如他。"

教宗大人平静地说道："你比他小四岁。"

陈长生怔了怔，然后开心地笑了起来。

教宗大人继续说道："至于徐有容……她毕竟是徐世绩的女儿。"

陈长生默然，徐世绩既然是圣后娘娘的狗，徐有容自然要站在圣后娘娘与南人一方，换句话说，要站在国教的对面。他想到一个非常可怕的问题："圣后娘娘知道我的来历？"

教宗大人点点头，说道："莫雨早就派人去西宁镇查证你的来历，这件事情终究不可能一直瞒下去，大朝试后我便与圣后言明。"

陈长生沉默片刻后问道："娘娘会不会……"

"不会。"教宗大人看着他微笑着说道，"如果娘娘不想撕裂，那就不会至少表面上不会对你动手，因为这等于把我的离宫完全推向她的敌人。没有谁想面临这样的局面，哪怕她是天海圣后。周园里的事物自然重要，但不要忘记，真正的敌人始终还在北方。今次周园的钥匙落在了我们的手中，但魔族肯定不会甘心就这样放弃,如果黑袍还活着,他一定会做些事情。无论在周园里还是出了周园,只要未返京都,你都要足够谨慎小心。"

"多谢圣人指点。"陈长生说道。

教宗大人说道:"还要喊我圣人吗?"

陈长生有些不习惯地说道:"是的,师叔。"

教宗大人满意地笑了笑。在谈话结束之前,陈长生提出了一个要求。刚才教宗大人说过,当初青藤宴最后一夜,是他让莫雨把陈长生带进桐宫,那么他应该很清楚那片寒潭下面有什么。

"我想见见那条黑龙。"陈长生看着教宗大人很诚恳地说道。

教宗大人没有想到,他向自己提出的唯一请求竟是这个,微笑问道:"听起来你似乎与那条黑龙见过面?"

陈长生便把与潭底那条黑龙的见面说了说,但略了很多细节,也没有说曾经在那处坐照、险些自燃而死的经历。只说曾经答应过黑龙,如果黑龙愿意放自己离开,自己会找时间去看他,这便是所谓承诺。

"虽然那是一条恶龙,但承诺就是承诺。"教宗大人似乎很满意他重诺的行为,说道,"王之策当年把它骗囚在潭底,确实有失厚道。"

陈长生问道:"那我怎么见它?"

"北新桥的井,已经开了。"

说着,教宗大人从怀里取出一块木牌递给了他。陈长生接过那块牌子,只见牌子上用阳文写着四个字:国教学院。

"这是……"陈长生看着那块木牌,有些不明白。

教宗大人微笑说道:"这是国教学院的院牌。"

陈长生依然不明白。

教宗大人说道:"只有国教学院院长才有资格拿着这块牌子。"

陈长生还是不明白,或者说隐约明白了,却无法相信。

教宗大人看着他微笑地说道:"第一次正式见面,我这个做师叔的,总要给个见面礼,只挖开北新桥的井怎么看也太小气,这个牌子怎么样?"

陈长生不知道这块牌子怎么样,不知道是用什么材质制成的,又有多少年的历史,只知道这块牌子忽然变得非常沉重。

"从西宁来到京都,误打误撞进入国教学院,现在想来,这何尝不是一种预示，国教学院是在你师父手里覆灭的，就应该在你的手中重获新生。"教宗大人看着他感慨地说道。

陈长生这才知道，从接过这块牌子的那一刻开始，他就成为国教学院最新一任的院长，只是……国教学院院长是什么身份？虽然说这十余年里，国教学院衰破如墓园，但毕竟是京都青藤六院之一，以往更是与天道院并肩的、最古老的学院。而下午的时候他才听落落说过，上月折冲殿的圣堂大主教病逝，天道院院长茅秋雨晋升国教六巨头之列……他不过是个十五岁的少年，居然就要做国教学院的院长？他忽然觉得手里的这块院牌不止沉重，更变得烫手起来……

出殿不远，听到道旁传来咳嗽声，陈长生望去，只见是教枢处的主教大人梅里砂，赶紧上前行礼。

梅里砂看着他笑了笑，示意一道走，缓声说道："现在什么都清楚了？"

陈长生沉默片刻后说道："差不多都清楚了。"

梅里砂望向夜空里的繁星，沉默片刻后说道："你知道我很老了吧？"

陈长生还没有来得及接话，梅里砂继续淡然说道："现在的国教，只有我与教宗大人最老，老是件很好的事情，可以有很多经历，看到很多事情。但老也不好，因为会记住太多事情，这样活着有些辛苦。"

"国教当年的那些事情，我到现在都还能很清晰地记住。不过有些奇怪的是，十余年前国教学院发生的事情，我却有些忘记了。"梅里砂咳了两声，继续说道，"我和你师父关系很好，其实最先发现你身份的人是我，我当时并不明确教宗大人的意思，所以隔了一段时间才让他知晓。当然，你师父的谨慎也可以理解。"

陈长生直到现在还是无法完全理解其中的关系，所以沉默。夜色下的离宫很是安静，在殿与殿之间的石道间行走，远处神道旁的辉煌灯火隐约可见。

有个问题，他在教宗大人面前没有敢直接问，这时候，终于压抑不住心中的担心，不安地说道："我有些担心师父……"

"莫雨早就派人去了西宁镇，但你不用担心，当年大周朝所有强者围攻国教学院，娘娘和教宗大人亲自出手，你师父都能活下来，何况现在。"

陈长生看着老人家眯着的双眼，认真地说道："感谢您这一年来的照顾。"

梅里砂眯着眼睛，像老狐狸一般笑着："京都居，其实很容易，因为在这里想死是件非常不容易的事情。这里生活着的人们都有旧，都很念旧。"

陈长生认真地体会着这句话所指。

梅里砂望向他，说道："但出了京都便不再如此，尤其是我大周境外，尽是险恶风雨，只能自己照顾自己。"

陈长生想着教宗大人先前说的话，有些不安地说道："黑袍……难道真的还活着？魔族对周园开启会安排什么阴谋？"

梅里砂说道："周园钥匙既然在人类手里，魔族再如何不甘，也没办法掌握先机，所以不需要太担心。相反，你不要忘记我大周有些人智谋当然远远不及黑袍，但心狠手辣、无耻卑鄙之处却要远胜之，这种人你要警惕。"

陈长生知道他说的是周通。

来到正殿前的神道旁，梅里砂停下脚步，说道："就送你到这里了。"

陈长生恭敬行礼，说道："从周园回来后，晚辈再来看您。"

梅里砂摇头说道："太低。"

陈长生微怔，不解这两个字是什么意思。

"你躬身太低。"梅里砂看着他微笑说道，"你现在是国教学院的院长，有资格受你全礼的只有教宗和圣后，除此之外，你不需要向任何人行礼。"

陈长生这才想起自己的身份已经变了，教枢处大主教，现在与他也不过是平级。

幽静的离宫深处，忽然响起悠远明亮的钟声。钟声代表着的不是归家的讯号，而是一封极正式的国教诏书。这份诏书里的内容，以比夜风更快的速度传遍诸殿，向大陆各郡各国而去。

"从今天开始，你不需要再低头。"梅里砂看着他微笑说道，然后转身离开。

陈长生站在神道旁，有些恍惚，没有丝毫真实的感觉。两位主教在神道上等着送他出宫。如果说先前送他入宫的时候，这两位主教表现得沉稳有礼，现在则是恭谨有加。国教的位序非常清晰严整，离宫里的阶层分野向来森严。他现在不是国教学院的新生，而是国教学院的院长，自然会享受到不一样的敬畏目光。

高悬的明灯照亮了笔直的神道。陈长生在两位主教的护送下，顺着神道向宫外走去。一路遇着的教士纷纷向神道两旁避让。先前入离宫里，也遇着相似的场面。只不过那时候教士避让后，只需要以目光相送，这时候却不能如此，因为曾经的礼在此时便是无礼，他们需要向陈长生行礼。

少年所过之处，数百名教士纷纷拜见，神情谦卑，声音此起彼伏："见过陈院长。"

"拜见陈院长。"

"陈院长好。"

110 · 眉心上的一颗朱砂痣（上）

梅里砂走回殿内，对教宗大人说道："你们聊了些什么？"

教宗大人想了想，说道："什么都聊了，但……好像又什么都没有聊到。"说完这句话，他摇了摇头，说道，"那孩子问了些问题，都是与他自己无关的事情。我本以为会听到的问题一个都没有听到，他没有问国教，没有问星辰，没有问天书碑，也没有问所谓心意。"

整个大陆，解读天书碑方面最权威的，便是这位身着麻袍的老者，即便是南方教派的圣女也不能逾越他。陈长生在天书陵观碑有所悟，也有很多疑问，但今日在离宫里却一字未提。

"还是缺少信任。"梅里砂缓声说道。

"那孩子虽然话不多，但并不愚笨，忽然遇着这么大的事情，哪里便能全盘信了。"教宗大人不以为意，微笑说道，"以后他自然会清楚，我们做的一切都是为了他好。"

听到这句话，梅里砂沉默了一会儿，说道："以前我很忧虑他成熟得太慢，现在看来，他的成长比所有人想象的都要快，是不是应该控制一下？"

教宗大人没有说话。

走出离宫，陈长生觉得腰有些酸。先前在神道上数百名教士依次向他行礼，他虽然只是微微欠身回礼，还是有些辛苦。

从万众瞩目回到一人独处，他竟有些不适应，转身望向夜色里的离宫，看着那些沉默无言的石柱，他也自沉默无言。他在这座宫殿里享受了无尽的风光，但不知为何，心中竟隐隐不安，甚至有些畏惧。他早就猜到自己的师父不是普通人，却没有想到竟是这样的不普通，而且过去这一年他的心神尽在修行与大朝试上，根本没有空闲去想，结果今夜所有的真相在离宫里一朝展开，震撼得他身体无比寒冷。

就像教宗大人和梅里砂在他走后的那番对话，他在离宫里确实有很多话没有说，很多问题没有问，比如他没有提到自己还有一位师兄，如果说国教正统需要一个继承者，师兄才应该是继承者。他也没有提到自己身体的特殊情况。教宗大人的双眼深若沧海，仿佛什么都可以看透，或者知道他的所有事情，比如西宁镇旧庙里有两个少年道士，比如他在天书陵观碑参悟到的那些知识，比如他身体里的经脉都是断裂的，但他没有说。

教宗大人和梅里砂都说西宁镇不会有事，但这怎么可能？圣后娘娘一定会派人追杀师父和余人师兄，不知道师父和师兄能不能成功地逃走，而且十余年前，国教学院就是被教宗大人和圣后娘娘覆灭的。当时教宗大人亲自出手，为什么现在又对自己照拂有加，就是那些理由？就因为年岁渐长，开始怀旧？这样的理由真的很难让人相信，他没有办法完全信任教宗大人，虽然教宗大人看上去是那样慈爱，那样值得信任。

像绕口令一样的词语在他的脑海里不停来回，信任还是不信任，为什么以及为什么，让他的神情变得有些惘然，恍惚间想着，如果教宗大人说的话都是真的，那么从今夜开始，自己的人生似乎就要迎来完全不一样的一段了。

从西宁镇到京都，从旧庙到国教学院，被动或者主动，他头顶的最大一片阴影，就是圣后娘娘。圣后娘娘本身就是从圣境的绝世强者，依靠三十余名神将掌握着大周百万大军，又有宇文静、周通、莫雨以及天海等家族的效忠，更有普通民众的敬畏爱戴，毫无疑问，她是这个大陆最强大的人类。

如果是别的人，处于陈长生的境地，早就自杀了。但就像教宗大人说过的那样，即便是圣后娘娘，也不愿意与国教正面冲突，因为这个世界上，唯一有能力与她分庭抗礼的，就是国教。国教乃是大周立国之教，拥有无数虔诚的信徒与千万名教士，所以才有这种底气与自信。

而他，现在是国教的继承人。就像梅里砂在神道上说的那样，他可以不再向任何人低头。只是幸福来得太过突然，如何能相信？依然还是要回到信任和原因，这是为什么？

这些事情太复杂，陈长生虽说通读道藏，哪怕是最玄奥难懂的经文都能倒背如流，却很不擅长这些。因为这些都是人心。

他想找个人商量一下，然而唐三十六还在天书陵里，就算在场，肯定也是他说什么而唐三十六便会反着说。落落的身份地位太过特殊敏感，就算不理会这些，陈长生怎么说，她肯定是言听计从，哪里可能有商有量？京都如此之大，竟找不到一个人说说今夜发生的事情，这让他感觉到孤单。

夜色深沉，离宫里的灯火依旧明亮，陈长生转过身来，望向幽静的街巷，右手落在腰间的短剑剑柄上。他体内真气微转，气息渐宁。隐约间，仿佛有呛啷之声响起，剑却并未出鞘，只有剑势。钟山风雨剑里的起剑势。借着剑势，耶识步起，于微凉的风里，他的身影骤然消失，虚晃数下之后，遁进夜色之中，不知去了何处。

片刻后，幽静的街巷四处，陆续走出数人，这些人的眼中还残留着震撼的神色。他们对视一眼，知道彼此来历，也没有打招呼，各自散去。陈长生离开时所用的手段，看似简单，其实极不简单。这些京都各大势力派来监视他的人，竟没有一方能够跟住他的踪迹。现在的陈长生，终于初入强者之境。

离宫响起钟声，向整个大陆宣告陈长生就任新的国教学院院长，这个消息再一次震惊了所有人。从皇宫到天海家再到东御神将府，很多人都因为这个消息无法入睡，不停分析着这究竟代表着什么？

作为被议论揣测的对象，陈长生这时候却在京都南城一片繁华的夜市里闲逛。他先去街头那家著名的曲元烤羊坊订了一只烤全羊，然后在街边的摊位上开始不停采买。

半个时辰后，他出现在北新桥外的一棵树下。

春夜已深，气温不像前些日子那般冷，草上没有多少露珠。远方的皇城上，角楼里的灯光洒落地面，把树上新生的嫩芽照得格外翠绿，看着就像是新茶一般。这里离宫墙很近，戒备森严，尤其是城墙上那几只负责夜间监察的夜鸦更是双眼如夜明珠一般明亮。

陈长生把身体隐藏在大树的阴影下，静静感知着四周的环境。当一队巡逻的禁军远去，当皇城东南角那只夜鸦按照时间规律扭头望向左侧时，他突然间动了，只听得一声极低的闷响，树下震起两团烟尘，留下两个清晰的脚印，他已经消失无踪。

片刻后，烟尘渐渐飘落，恰好把那两个脚印掩住。在这之前，他的身体在夜空里划出一道残影，来到那口废井的上空。从那棵树下跳到井中，他只用了一步。

当时他只来得及想到，教宗大人如果是在说谎，自己肯定会摔得极其狼狈，那么这也算是对信任的一种考验?

嗖的一声。他准确无比地落进了废井里,连衣衫都没有与井壁发生任何摩擦。这种准度确实骇人听闻。废井的井底确实被再次挖开了。陈长生从井底直接落进那个如深渊般的地底空间之中。

无尽的漆黑瞬间包围了他,只能看到上方那缕极淡的星光,只能听到耳畔越来越厉的风啸。

不知下落了多长时间,四周的空气忽然间变得黏稠起来,他下落的速度也自然变慢。最终,他像片叶子般飘落到地面上,脚下发出啪的一声碎响,应该是踩碎了一块冰。来这里,他已经有数次经验,并不惊慌,取出夜明珠,向四周照去。随着夜明珠的光线照耀,地底空间穹顶的数千颗夜明珠缓缓亮了起来,漆黑的世界变成了白昼。

咯吱咯吱的声音响起,那是空间扭曲的声音。陈长生抬头望去,只见那条如山般巨大的黑龙,缓缓地飘了过来。黑龙的身躯实在太过庞大,随着它的移动,地底空间里的寒冽风声变得越来越凄厉。黑龙在他身前停下,如宫殿般的巨大龙首,占满了他全部的视野。

陈长生开心地笑了起来,摆手说道:"吱吱,我来看你了。"

黑龙的眼神很是漠然,龙须轻摆。随着这个动作,无数雪霜从它身上落下,被风一吹,洒得他满身满脸都是。

陈长生伸手把霜雪抹掉,好不狼狈。他看见黑龙眼神里的促狭意味,才知道它是在捉弄自己,又或者是惩罚自己这么久没有来。然后,他看见了黑龙两眼之间的那道伤口。和黑龙巨大的头颅相比,这道伤口很细小。但在陈长生看来,这道伤口却很狰狞恐怖。他记得很清楚,以前黑龙的眉间没有这道伤口。

"是谁做的?"他的神情前所未有地认真。

即便黑龙被缚囚于大周皇宫地底,也不是被随便凌辱折磨的对象。能在它眉间留下如此一道恐怖的伤口,可以想象那个人是多么的强大。但陈长生不管这些,他只想着要去替黑龙讨个公道。因为他这时候很生气。

111·眉心上的一颗朱砂痣(下)

陈长生真的很生气。大朝试之前他忽然成功洗髓,甚至是完美洗髓,虽然整个过程都处于昏迷的状态，不知道究竟发生了些什么事情，但他知道肯定与黑龙有关。现在他还活着，能够拿到大朝试的首榜首名继而在天书陵里观碑悟化、星光动京都，所有的一切都来自于黑龙的赐予。

黑龙对他来说，是要比救命恩人更重要的存在，此时看着黑龙眉间那道仿佛还在流血的伤口，看着伤口深处隐约可见的白骨，可以想见它承受着怎样的痛楚，陈长生如何能不动容！

是的，传说中黑龙是一条恶龙，教宗大人先前在离宫也是这般说的，但就算它曾经在京都行过滔天的罪恶，被王之策骗囚于地底数百年也不足够赎其罪行，可怎么能再被如此折磨？

黑龙静静飘浮在空中，听着陈长生愤怒的质问声，双眸里的情绪非常平静，没有痛楚，没有恐惧，没有随他的情绪而愤怒，更没有什么感动，只是一片冷漠，毫无表情。在它淡漠的目光注视下，陈长生觉得自己就像个白痴，他不明白这是为什么，觉得好生尴尬，心想难道自己误会了什么？

过了很长时间，他觉得有必要打破沉默，有些犹豫地问道："……那天之后，这是我第一次来见你，你没事吧？"

黑龙没有回答，也没有做出任何反应。正如先前所说，陈长生虽然不清楚那日在地底空间第一次坐照时发生了些什么，但知道肯定是得到了黑龙的帮助，才能逃过那场劫难。

"我也不知道该怎么感谢你，只好带了些平日里你喜欢吃的东西。"他把在曲元烤羊坊订的那只烤全羊取了出来，搁在黑龙前的地面上，扑鼻的香味伴着热浪瞬间播散开来，只是迅速又被地底的寒意冻凝。

"你先抓紧时间吃羊，别的不着急。"他看着羊腿上渐渐凝结的油脂，提醒道。

然后他继续往外取东西，烤鸡、烧鹿尾、烧鹅、酸菜肥牛火锅、木桶水豆腐、火凤果……没用多长时间，地面上便摆满了密密麻麻数十样食物。

黑龙的眼眸里闪过一道明亮，但依然没有动作，也没有说话。陈长生觉得有些异样。前几次来地空间时，黑龙除了教他龙语，基本上也很少与他交谈，不知道是因为不屑还是因为龙啸太费力的缘故，但总不像今天这般安静。

"怎么了？我这么长时间没来看你，你生气了？"他看着黑龙解释说道，"那天我醒来就在国教学院，不知道是谁把我送回去的。发现洗髓成功后，我就想来找你，但不知道是谁把井填了……我想可能就是送我回国教学院的那个人，再之后我要准备大朝试，这些天又一直在天书陵里看天书碑，实在是没有时间过来。"

其实他不需要解释这么多。但他还是解释了。他的眼神非常干净，神情非常认真。不知道是不是因为这个原因，黑龙的龙须轻轻飘了起来，在夜明珠洒落的光辉里挥舞两下，表示自己稍后会享用他的供奉。

陈长生终于安下心来，开始和黑龙聊天。

"真的要谢谢你，不然我怎么都不可能拿到大朝试的首榜首名。"他把大朝试的经过仔仔细细地讲了一遍，还讲到大朝试颁榜时，教宗大人亲自给自己戴上荆刺花环。他没有提凌烟阁里发生的事情，但天书陵里的那些风景与碑庐里的那些故事，可以讲得很清楚很细致。

"我看过很多碑文拓片，但在进天书陵之前，其实一直有某种幻想，总想着会不会最难懂的那座天书碑是用龙语写的。"陈长生看着黑龙笑着说道，"我小时候就读过龙语，又被你教了一些，如果碑文真是龙语，我看起来自然要比别人方便。"

黑龙看着他的眼神里满是嘲弄与轻蔑。他有些不好意思，嘿嘿笑了两声，说道："直到进天书陵后看到那些碑文，我才知道自己想多了。"

这本是有些窘迫的事情，但他笑得很开心。笑声渐渐平息，他看着黑龙认真说了一句话，说这句话的时候，他的神情极为严肃，甚至显得有些凝重。

"在天书陵观碑二十余日，最后一天我看尽前陵十七碑，最后发现了一个秘密……星辰是可以移动的。"

先前在离宫里面对教宗大人，他都没有说这件事情。然而黑龙很对他的信任有些不屑一顾，甚至因为他的严肃及凝重感到好笑，龙眸里的嘲弄与轻蔑神情更加浓烈。陈长生怔住，过了一会儿才反应过来。

龙是世间飞得最高的生物，可以破云，可以去九天之上，像玄霜巨龙这种最顶阶的龙中王族，传闻中成年后更是可以在星河里自由飞翔。就算黑龙没有在星空里自由飞行过，但他怎么可能不知道星辰是可以移动的？

在他看来是完全推翻常识，甚至是违背真理的全新发现，对于黑龙来说则是最普通的事情。他如此严肃凝重地告诉黑龙星辰是可以移动的，就像是无比慎重地告诉游鱼水底是安静的，告诉飞鸟云原来就是水雾……

"我好像又想多了。"他看着黑龙有些无奈地说道，又有些茫然，"如此说来，应该很多人都知道才是，可是为什么始终都没有人提到过呢？"

黑龙还是没有理他。陈长生只好不去想这些事情，而是去想那些值得开心的事情。他高兴地说："你知道吗，我现在是通幽上境了。"

在他想来，黑龙至少已经有数百岁，自然是老得不能再老的前辈——在前辈的帮助爱护下取得了一些成绩，当然要及时禀告。黑龙看了他两眼，轻蔑嘲弄神情依旧。

陈长生自顾自继续说道："先前我去了离宫，才知道……原来教宗大人是我的师叔，嗯，他说我是他们这一门唯一的传人，所以将来国教要由我来继承。虽然我觉得这很荒唐，但又觉得教宗大人是认真的。"

听到这段话，黑龙眼神里的轻蔑嘲弄神情终于消失了，哪怕它是最高贵强大的龙族，面对国教的继承者也要表示出相应的尊敬。

"当然，事实上……"陈长生想了想，转而说起别的事情，"我要出趟远门，去周园，可能又要很长时间不能来见你。嗯……我的未婚妻，就是徐有容，也应该会去周园，我想如果能遇着她，就把婚书退给她，这是她父亲的要求。

"我知道她不想嫁给我，但我把婚书退还给她，她也不见得高兴。她的丫鬟霜儿曾经去国教学院找过我，我猜得到她的意思，她想借这纸婚书，借我这个未婚夫的名义做假夫妻，以便专心修道。

"这件事情看上去对我没有什么坏处，但我不喜欢这样，所以我不喜欢这样的她。所以我会直接和她解除婚约。"

陈长生把心里最重要的这个决定说了出来，顿时觉得轻松了很多，站起身来向黑龙告辞："从周园回来后，我再来看你。"

黑龙看着他沉默不语，眼神微明，似乎想说些什么，但最终什么都没有说，不知道是不是想让他再多留会儿时间。

从地底空间里离开，出来的地方依然是那片冷清的废宫，那片似乎很少有人靠近的池塘。陈长生已经有了经验，走到池塘边，取出毛巾把湿漉的身体擦干，然后换了身干净的衣裳。做完这一切，他才发现旁边的花丛里有双幽黑的眼眸一直盯着自己，不由抚胸一惊，笑着摇头说道："幸亏是被你看到。"

黑羊缓步从花丛里走了出来，神情淡漠傲然，意思很清楚：就你那小样儿有什么值得看的？陈长生赶紧跟了上去。

黑羊的颈间没有钥匙，那把钥匙一直在他的手里，它只负责带路。穿过重

403

重深宫,避开那些侍卫太监,来到满是青藤的皇城秘门前,陈长生拿出钥匙打开门锁,走了进去。他回头望向夜色里的皇宫,默然想着,究竟是谁在一直帮助自己,是那位中年妇人吗?还是教宗大人?

在地底空间里,很多从来没有对任何人说的话,他都对着黑龙说了出来,但他没有提到余人师兄,也没有提到与西宁镇旧庙有关的半个字。因为教宗大人已经承认了,是刻意让自己见到这条黑龙的,那么这意味着什么?小心谨慎一些总没有错。

陈长生回到了国教学院。夜明珠的光渐渐变得黯淡起来。寒冷的空气里一道法力渐渐消失,那是类似于障眼法一般的神通。如山脉般飘浮在空中的黑龙急剧缩小,伴着点点光屑散开,最终消失。

黑龙还在寒冷的地底,它哪里都不能回,家也不能回,已经数百年。它当然不叫吱吱,它的龙族名字特别长,如果用人类的言语来描写,可能需要数十页纸。而且很多年没有同类呼唤过它,所以它都有些忘了。

一个穿着黑衣的小姑娘跪坐在地面上。地面上满是冰雪,她的神情也冷漠得如冰雪。她的眼为竖瞳,妖魅如夜,眉间一道红线,仿佛一颗朱砂痣。看着面前那只满是凝脂的烤全羊,她微微皱眉,有些不喜。她开口,说的是人类的语言:"这个白痴,是想撑死我吗?"

因为当日眉心那道血,她至今没有恢复,无法变回龙形,一整只烤全羊对一个小姑娘来说,确实只能看,没法吃。然后她看见了用油纸包好的红烧鸡翅膀。她拿起一块放进嘴里,细细咂着,眉开眼笑,如花儿一般。红烧鸡翅膀,她最爱吃。陈长生还给她带来了一些好的云雾青茶。她冲了一杯,捧在小手里缓缓喝着。不知为何,她的神情显得有些悲伤。便在这时,一道声音在地底空间里响起。

"好茶。"听到这个声音,小姑娘神情一变,有些厌憎,更多的是恐惧。

第五章

河畔的森林一片幽静,这时候忽然显得有些阴森起来。这边发生的事情,终于惊动了对岸的那些人。

112 · 不一样的灵魂

寒风骤静,夜明珠骤亮。圣后娘娘出现在她的身前,瞥了眼她脚踝间的那两道铁链,说道:"茶不错,人如何?"

小姑娘警惕地盯着她,没有说话。

圣后娘娘看着她说道:"宁肯舍了眉心间的真龙之血也要帮陈长生,你想做的事情难道真以为能瞒得过谁?"

小姑娘放下茶杯,神情漠然地说道:"我不知道你想说什么。"

圣后娘娘平静地说道:"无论你是想让他去帮你取什么,还是帮你传话回龙族,或者想办法破了王之策的囚阵,但都不可能。因为他年纪太小,想要满足你的要求,至少还要过两百多年。"

小姑娘直到此时才知晓,原来自己所有的安排都在这个恐怖的女人掌控之中,神情愈发冷淡,说道:"那又如何?"

"陈长生在你面前说过很多话,你既然听过,便应该知道,他很难活过二十岁,所以你的计划成功性基本等于零。"圣后娘娘转而说道,"如果你帮我做件事情,我十年之后就放你出来。"

小姑娘竖瞳一缩,更显妖异,说道:"什么事情?"

圣后娘娘负手望向上方那道幽暗难见的光线,沉默片刻后说道:"帮我弄清楚陈长生究竟是什么人。"

小姑娘怔住,有些不理解自己听到的话。陈长生不就是陈长生,他还能是什么人?

"我要知道他究竟多大,身体里的病是怎么回事,计道人为什么会收养他,教宗和他在离宫里说的那些话有几分是真,几分是假。"圣后娘娘收回目光,静静地看着小姑娘,一道难以形容的恐怖威压,瞬间笼罩无比旷大的地下空间,地面上的雪霜渐成粉末。

小姑娘的声音微微颤抖起来,说道:"我怎么能知道这些?"

"因为他很信任你,这非常重要。"圣后娘娘看着她说道。

小姑娘像是要解释些什么,急声辩道:"我都不知道他为什么信任我!"

圣后娘娘平静地说道:"或者是因为第一次遇到你的时候,他已经说了太多,所以现在他不在意把所有事情都告诉你。"

小姑娘沉默片刻,说道:"这没道理。"

圣后娘娘静静地看着她说道:"还有一个最重要的原因。"

小姑娘不解,问道:"什么原因?"

圣后娘娘淡然说道:"你不是人。"

小姑娘眉头紧蹙,有些不悦。

"如果……魔君和教宗在我面前,你说我会相信谁的话呢?"圣后娘娘看着她问道,神情似笑非笑。

小姑娘很是不解。最大的敌人和最可靠的伙伴,这需要考虑吗?

圣后娘娘没有给她考虑的时间,说道:"如何?"

小姑娘望向油纸包里的鸡骨头和杯中的残茶,眨了眨眼睛,说道:"好,我答应你。你放了我,我会跟着他,把他所有行踪都报告给你。"她伸手到身后,把铁链拉了出来,看着圣后娘娘,认真地说道,"您得先帮我把这个东西弄断,谢谢啊。"

圣后看着她说道:"何至于如此麻烦。"

说完这句话,她走到了小姑娘的身前,举起右手,伸向眉心,似想要去轻抚那道血线。

小姑娘的竖瞳骤缩,感觉到极大的危险。先前那刻她眼中一闪而过的狡黠早已消失不见,只剩下恐惧不安。她的黑发飘了起来,在空中嗤嗤作响。她的唇微微张开,将要怒啸。然而这些她都没办法做,甚至连躲开圣后的手掌都做不到。

圣后的右手看似很随意地落下,却像是天地相合,避无可避。啪的一声轻响,圣后的右手落在了她的眉心,覆在了那道血线上。小姑娘的身体剧烈地颤抖起来,脸色苍白,竖瞳渐涣,显得极为痛苦。片刻后,圣后缓缓收回手掌。随着她的动作，一道黑色的龙影从小姑娘眉心的血线里被抽了出来！那道黑色龙影长约半尺，手指般粗细，拼命地挣扎着，却根本无法脱离圣后的手掌，一寸一寸地离开了小姑娘的眉心。

这道黑色龙影若实若虚，仿佛有生命，却又明显不是某种生物。那不是黑龙的缩影，而是龙魂，圣后竟是活生生地把龙魂从黑龙的身体里抽了出来！

小姑娘眉心间的那道血线变得越来越殷红，表面渐渐凝出一颗饱满的血珠，仿佛真的变成了一颗朱砂痣。随着龙影被抽出，小姑娘变得异常疲惫，虚弱地瘫软在地面上。

圣后娘娘从腰间取下一方玉如意。世人皆知，圣后娘娘有两件饰物从不离身。她的鬓间有枝乌木簪，顶端一点嫣红，似饮尽鲜血，尾部有处破损，已经极为陈旧，却从未换过，因为那是百器榜第三的又一簪。还有一件饰物，便是她常年系在腰间的如意，只是以往从来没有人知道这块如意有何妙用，竟能与乌木簪一般。

下一刻，圣后娘娘把黑龙的魂魄灌进了如意，这个看似简单甚至像是江湖术士的动作，实际上是世间最顶级的大神通！

玉如意顿时活了过来，变成了一只小黑龙。那只小黑龙在圣后的手掌里静静躺着，看似很虚弱，但它的眼神很强烈，无尽的怨毒，盯着圣后的眼睛。

"你是龙族，血脉先天凝练，离魂夺魄，只要时间不长，对你没有任何损害。再说如果不是你自行舍了真龙之血，即便是我也没有办法夺了你三缕龙魂里的一缕，所以要怨恨，你似乎应该先怨恨自己。"圣后看着掌心里的小黑龙，慢慢说道，"离魂不能归，最终是怎样酷烈的下场，你应该很清楚，所以此去周园，你好自为之。"

春夜如日间一般明媚，星光下的青树甚至显得更加生机勃勃，圣后离开井畔，在北新桥处浓郁的春意里随意行走，意甚闲适。

不远处有辆车，随着她走近，拉车的那只黑犀牛谦卑或者更准确地说应该是敬畏万分地屈膝跪下，同时跪下的还有一个脸色苍白的中年男人。

历史的长河还在流淌，有些人还没有死，他们的名字还没有消失，但就已经注定会成为这条长河里最难以忘记的风景。比如周通，现在就可以确认，他肯定会是数万年来最出名的酷吏以及奸臣，无论是以刑囚手段的残酷还是罗织罪名杀死的大臣数量来论，他都毫无疑问能排在首位。

在官员以及普通民众的印象里，周通是个很神秘的人，除了像大朝试这样重要的场合，他一般都待在南城那个幽静阴森的清吏司衙门里，偶尔出行也会有无数强者随行护卫，极少见人，即便在朝堂上与同僚相见或是审问犯人的时候，他也习惯性地戴着一副黑色的面纱。一般而言，只有女子尤其是美貌的女子才会戴黑色面纱，周通的这个怪癖为他惹来了很多嘲笑，很多人认为这位酷吏是手段太过毒辣，行事太过无耻，觉得无颜见家乡父老，无颜见天地，所以常年遮着容颜。当然这种嘲笑或者说诅咒只会在暗中流行，绝对不会传到他的耳中。

人们大概想不到，周通只是一个容颜普通的中年人，只不过因为常年待在大狱，也因为常年戴着那张黑色面纱，所以脸色苍白。

"陛下，我不知道该如何处理陈长生。"周通低声说道，"考虑到与离宫之间的关系，无法用刑。"

圣后娘娘笑了笑，没有说什么。整个大陆都知道，周通大人是圣后娘娘最忠诚也是最疯狂的一条狗，在很多人想来，那必然是极听话的一条狗。

但事实并非如此，因为周通很了解狗。主人让狗不叫狗就不叫，这并不叫听话。相反，主人让狗不叫，狗依然听着门外的动静便狂吠不止，主人即便当着客人的面会骂你几句，作势要打你，但其实心里依然高兴，觉得你乖。

这种不听话才是真正的听话。

周通很清楚自己什么时候该叫，什么时候该沉默，什么时候该扑上前去撕咬，又是什么时候该把陛下的敌人咽喉直接咬断。圣后娘娘对他一直很满意，哪怕他做了那么多恶事，已经成为大周朝正统盛世里无法抹掉的污点，她都从来没有想过把这条狗扔进锅里烹熟，再让那些深受其害的人吃掉。因为她很满意这条忠犬不会像徐世绩那样养不熟，况且她连史书上的评价都不在乎，哪里会在意世人的议论？

"你觉得朕很想从陈长生处知道些什么？"圣后娘娘淡然问道。

说来很奇怪，哪怕当朝执政后，她也很少以朕自称，只有在周通面前如此。大臣们也习惯称她为圣后娘娘，只有周通坚持称她为陛下。

周通问道："陛下既然让他活到现在，那么是想让他说些什么？"

圣后娘娘沉默片刻后说道："我确实想知道一些事情。"

周通低声说道:"不能用刑,或者……用死?"

圣后娘娘闻言大笑,朗声说道:"我曾经问过莫雨一个问题,现在这个问题也可以问你了。"

周通说道:"请陛下示下。"

圣后娘娘说道:"你相信世上真的有人不怕死吗?"

周通很认真地思考了很长时间,说道:"不信。"

圣后娘娘微笑说道:"我以前也不信,但后来发现有人真的不怕死。"不等周通说话,她又接着说道,"人不畏死,奈何以死畏之?"

周通苦思不得其解,问道:"陈长生为何能不畏死?"

"因为他是真人,是真心人,是真性情人。"圣后娘娘负手望向国教学院方向,还有个原因没有说明——那少年一直在与死亡相伴。她默然想着,如此真情真性且不怕死,如果陈长生能够活过二十岁,会不会真的成为第二个周独夫?

113·杂物间的大老鼠

离开北新桥,黑犀牛拉着那辆车去了橘园。清吏司的下属叩开了橘园的大门。正准备休息的莫雨看着站在堂间的周通,微微蹙眉说道:"你不用参加朝会,我可得早起。"

周通看着墙上那幅传世的名画,说道:"先前我与陛下在北新桥。"这句话说的无头无尾,很是突然。

莫雨的神情却变得凝重起来:"你想说什么?"

"我想说,我很害怕。"周通平静地说道,苍白的脸上哪里有半分惧意,但不知为何,有阵法护持的橘园建筑本应温暖如春,现在又是春意,却忽然间寒冷了数分。

莫雨盯着他的眼睛,发现他的惨白的眼仁里布满了血丝,显得有些恐怖,问道:"你究竟害怕什么?"

周通看着她吃吃笑了起来,说道:"你难道不害怕?"

莫雨面无表情地说道:"我没时间陪大人您发疯。"

周通敛了笑容,面无表情地说道:"整个大陆都知道人类世界现在面临的最大问题是什么,那就是我大周的皇位。陛下就算想把皇位交还给陈氏皇族,也始终无法下定决心,因为天海家到时候一定会被满门抄斩。虽然都说天海家不等于陛下,但陛下终究姓天海,她怎么忍心看到这种结局?"

莫雨蹙眉说道:"你也说了,整个大陆都知道这件事情。"

周通说道:"所以陛下一直在犹豫,天海家认为她的犹豫是机会,在陈留王和诸郡里的那些王爷看来,这份犹豫是死亡的阴影。而之所以陛下会一直犹豫,还有一个原因,是离宫始终没有明确表态。"

莫雨沉默片刻后说道:"你究竟想说什么?"

周通面无表情地说道:"我想说的是,教宗大人今夜终于正式表态,他不同意,国教不同意,那么陛下还会不会继续犹豫?"

莫雨没有接话。

大朝试后,很多人都知道了陈长生的师门来历,那是教宗大人亲口承认的——陈长生的师父正是前任国教学院院长,最坚定的保皇派,十余年前与皇族联手试图推翻圣后娘娘的统治。而今夜,教宗大人让陈长生当了国教学院的院长。这个决定表露的态度非常明确。如果圣后娘娘坚持让天海家继承国祚,教宗大人和离宫再也不会像当年那样站在她的一边,而会变成当年的国教学院。

莫雨问道:"你觉得……娘娘已经下定决心?"

周通沉默片刻后说道:"陛下可以主动退位,换取天海家的存续。"

"荒唐!"莫雨怒道,"娘娘怎么能退位?而且皇族的承诺如果可信,娘娘何至于犹豫这么多年?"

"如果是教宗大人作保呢?"周通盯着她的眼睛说道,"你觉得就算是陈留王登上皇位,难道就敢无视国教?"

莫雨闻言微怔,沉默了很长时间,说道:"如果真这样……"她忽然笑了起来,说道,"也是好事啊。"

"大周皇位平稳传承,对人类世界来说当然是好事。天海家如果能够保住存续,就算不像当前那般风光,也算不错。"周通看着莫雨似笑非笑地继续说道,"但对我们二人来说,好在何处?"

莫雨平静地说道:"娘娘自然会对我们有所安排。"

周通说道:"说句大不敬的话,陛下总有乘槎游星海的那一日,若真到了那一日,你我如何自处?"

莫雨沉默不语。周通盯着她的眼睛进一步说道:"你听教宗大人的话做了很多事，娘娘为什么不怪你？因为娘娘很清楚你心里的不安，就像我先前说的害怕一样……离宫里的人们从来都不喜欢你我，所以你想缓和与那边之间的关系。"

莫雨迎着他的目光平静地说道："那又如何？真到了那天，你肯定没办法再继续活下去，让你死的人太多，而我……只要活着，别的都无所谓。"

周通看着她似笑非笑地说道："是吗？到时候无论陈家谁当皇帝，你或者死，或者成为他的女人，你真的愿意？那我也就无所谓了。"

莫雨神情一变，烦躁地喝道："你究竟想怎么办？"

周通说道："首先，我们至少要保证陛下不这么快下决定。"

莫雨若有所思地说道："你想打破娘娘与教宗大人之间的默契？"

周通说道："不敢，我只想让教宗大人的表态失去效用。"

莫雨摇头说道："你不能杀他，娘娘也绝对不会同意，因为他对大周有功，至少现在不行。"

周通面无表情说道："功臣良将，我杀的多了。"

莫雨盯着他的眼睛说道："但他立的是大功。"

由坐照境至通幽境，是修道路上最难的三道关隘之一，因为那是修道者第一次经历生死的考验，稍有不慎，轻则走火入魔、神志不清，重则当场身死。由于死亡的比例太高，以至于无数年来，竟有很多修道者明明看到了通幽境的门槛，却不敢向那边迈一步。陈长生在天书陵里解开前陵十七碑，引发星光异象，间接帮助了数十名观碑者破境。只是一夜时间，人类世界便多了如此多的通幽境年轻修道者，青藤诸院加上槐院离山圣女峰，每年加起来也不可能有这么多弟子通幽。而将来这些人里又有多少人能够聚星，成为真正的强者？就像苟寒食说的那样，所有人都应该感谢陈长生，各学院宗派应该感谢，大周以及整个人类世界都应该感谢他。今夜教宗大人直接任命他为国教学院院长，国教内部竟是没有任何反对的声音，想必明日国教外部也没有人敢反对，便是因为所有人都清楚，这是酬其功劳。

周通沉默了很长时间，忽然说道："陛下刚才说他是真人。"

莫雨闻言一惊，没有想到娘娘对陈长生的评价竟是如此之高。

"有功，不能杀，真人，杀不得，但总得做些事情吧。"周通摇了摇头，向橘园外走去，不停咕哝着，就像个碎嘴的老婆婆。

莫雨看着他的背影，有些不安。国教学院的小楼里，那床温暖的被褥真的很好闻。她不希望以后闻不到。

被褥再如何温暖，也无法让陈长生多停留片刻。清晨五时，他准时醒来，睁眼，洗漱，然后和轩辕破一起去了天书陵。负责看守天书陵的军士，应该还不知道国教的最新任命，一应如常。陆续有人从天书陵里走出来，有旧年的观碑者，更多的是今年大朝试的三甲考生，这些人都和陈长生一样，准备去周园。看着站在石门外的陈长生，人们像那些军士一样，并不知道他已经成了国教学院的院长，但都极认真地与他见礼，哪怕有些人脸上的神情有些不自然。

苟寒食送七间和梁笑晓出来，陈长生这才知道，唐三十六依然处于破境后的神游状态之中，只好转身离开，虽说有些遗憾。

当天夜里，折袖扎完针后去藏书馆冥想，陈长生和轩辕破一道开始收拾厨房——唐三十六一时半会儿不会离开天书陵，他们也可能要在周园里停留够百日时间。厨房长时间无人用，有很多东西需要清理收好。

"我又去不了，真是没用。"轩辕破背对着他，坐在盆边刷锅，闷声闷气地说道。

周园只有通幽境的修行者才能进入。陈长生看着妖族少年魁梧的背影，想起去年在夜市上看到他时的情形，安慰说道："没事，只是需要些时间。"

是的，轩辕破的血脉天赋其实很优异，不然当初也不会成为摘星学院的重点培养对象。只不过在青藤宴第一夜上，他被天海牙儿伤得太重，整只右臂完全废掉。虽然在陈长生的治疗下渐渐复原，但需要重新修炼，不过只要有足够的时间，他必然会恢复如初。再加上陈长生对妖族经脉修行人类功法的研究，他肯定会迎来一次极为强劲有力的暴发。

紧接着，陈长生很自然地想起天海牙儿，那个曾经令很多人都感到紧张的小怪物，忍不住摇了摇头，总是没有办法驱散那种厌恶感。这时厨房角落里忽然响起窸窸窣窣的声音，然后响起数声吱吱的叫声。那声音很微弱，如果不是轩辕破和陈长生都是修道者，只怕还听不真切。

"噫？我前天才清过一次，居然又有老鼠？"轩辕破站起身来，把湿手在衣服上擦了擦，从灶台里随便抽出一根烧焦一半的粗柴，向角落里走了过去。角落的杂物堆里，隐约有个东西微微动着。

"挺大啊！"轩辕破瞪圆了眼睛，握紧了烧焦的粗柴，用足全身气力砸了下去。

陈长生心想何至于这般用力，只怕大老鼠被打死，地面也得打出好几道裂缝……忽然间他觉得有些不对劲，觉得先前那声音有些熟，他张嘴伸手想要阻止轩辕破的动作，却哪里还来得及。

啪的一声闷响，杂物尽数被砸成粉末，烧焦的粗柴前半部分骤然间失踪，恐怖的力量撞击之下，到处都是灰尘飞舞。烟尘渐敛，轩辕破盯着那个还在地上弹动的黑色的细长生物，很是吃惊，大声说道："这是什么玩意儿？居然还没死！"

那条黑色的生物飞了起来，来到了轩辕破的眼前。轩辕破觉得应该是蛇，或者是无肢壁虎。但……它怎么能飞？啪的一声脆响，那只黑色生物甩动尾巴，在他的脸上抽了记耳光。

轩辕破愣住了，看着眼前的生物，嘴巴越张越大，舌头越来越笨，惊慌失措地喊道："龙……龙……龙……龙……龙！"然后，他直接昏死了过去。

114·同　行

轩辕破发现眼前居然是一条真龙的时候，确实很受惊吓，但这并不足以把他吓昏，真正让他昏死过去的原因，是黑龙暴怒之下释放了一些龙威。这对于身为妖族的轩辕破来说，根本无法抵御这种古老而恐怖的气息。

一阵风起，金玉律出现在场间，衣衫在空中发出轻微的振鸣声，警惕地望向四周。他在门房里感到了那道恐怖的气息，以最快的速度赶了过来，离宫任命陈长生为国教学院的院长，难道真的引来了一位绝世强者？然而当他来到厨房后，却什么发现都没有，只看到昏倒在地上的轩辕破，沉声问道："怎么了？"

"没事。"陈长生说道，"刚才给他疏通经脉的时候，真元有些逆冲，歇会儿就好。"

金玉律微微皱眉，觉得他的神情有些不自然，但确实没有感知到那道恐怖的气息，查看了一番便离去。

陈长生以手抚胸，松了口气，蹲下来把轩辕破弄醒。轩辕破满脸惊恐，望向四周，脸色苍白。在青藤宴上，面对凶名在外的天海牙儿，这个妖族少年可以展现出过人的胆魄和勇气，但刚才那一幕，已经超出了他的想象。对于妖族而言，龙威具有先天的、碾压般的恐怖。

"你有没有看到……一条……黑龙？"轩辕破的声音颤抖得非常厉害。

陈长生本想说他眼花了，但知道这无法说服对方，沉默片刻后说道："那是来找我的，你不要说出去。"

轩辕破指着他，嘴唇不停地哆嗦，根本说不出话来，过了很长时间，才终于憋出了一句："我的妈呀！你到底是什么人啊？"

很多人都想知道，陈长生到底是什么人，他根本想不到这一点。因为在他看来这本来就不是一个问题，他就是一个来自西宁镇旧庙的少年道士，他的师父计道人或者有很多秘密，但不代表他也有很多秘密。当然，他现在有了一个秘密，那就是这条黑龙。

回到小楼里，他把短剑搁到陈物架上，转身走到桌旁，看着那条小小的黑龙，用了很长时间，也无法说服自己这不是幻觉，直到鼓起勇气，伸手摸了摸黑龙的身体，指尖传回来的冰凉感觉，才最终证明这一切都是真的。

小黑龙明显很不喜欢他的触碰，啪的一声，把他的手掌打开。

"这……到底是怎么回事？"陈长生紧张地问道。

小黑龙没有说话，飞到桌旁，在砚台里蘸了些残墨，用自己的身体当作笔，在纸上写了些话。

这个画面很可爱，但陈长生这时候哪里顾得上这些。他拿起那张纸一看，才知道，原来这是一种名为离魄的秘法。这种秘法可以让龙族的魂魄暂时脱离庞大的本体，变成别的模样，源自于龙族最初的人形变化，只不过更加玄妙困难。但用这种方法，龙魂不能离开龙躯太远，时间也有限制，而且必须要回到本来的身躯，不然会逐渐虚化。

而且处于这种状态下的龙族非常弱小，不及本初力量的万分之一，甚至需要人的保护。看着眼前这条小小的黑龙，陈长生怎样也无法把它与地底空间那条如山脉般的玄霜巨龙联系在一起。

"你昨天才学会这种秘法，今天就要跟我出京都逛逛？"他看着小黑龙，无比震惊地说道，"还要我负责保护你的安全？"

小黑龙飘到他的眼前，点了点头。陈长生捂额无语，半晌后艰难地说道："我要去周园，不知道会遇到什么麻烦，万一出事怎么办？"

小黑龙不说话，只是静静地看着他。陈长生的眼光与它的目光相接，注意

415

到小黑龙眸中的神情看似漠然，深处却隐着一抹炙热。

他这才想到，这条黑龙已经在京都地底被囚禁了数百年，还是第一次来到地面。虽然不是真的离开，但终究是离开。而它离开地底，第一时间就来找他。他想了很长时间，说道："好的，吱吱。"

听到他的话，小黑龙的眼神依旧冷漠高贵，却吱吱叫了两声。陈长生知道，这是它的笑声，也笑了起来。

观碑者们陆续离开天书陵，加上各学院宗派的通幽境修行者以及师长，共计百余人在离宫石柱前集结，准备踏上前往周园的旅程。有更多的修行者已经从大陆各地提前出发，或者已经提前到了。一辆由天马拉着的辇车沿着神道缓缓地驶了出来，车里应该是位国教的大人物，负责此次的周园之行。

陈长生看着那辆辇车，猜想着那位大人物究竟是谁，为何教宗大人和主教大人都没有派人告诉自己。

他看着辇车，有很多人在看着他，因为他现在也已经是国教的大人物。陈长生没有这种自觉，当宗祀所的主教带着此次前往周园的三名宗祀所学生前来拜见的时候，他愣了很长时间才反应过来。紧接着，天道院和离宫附院的师生也纷纷前来见礼，自然不是所有人都心甘情愿对一个十五岁的少年行礼，但他现在的身份地位摆在这里，此处又恰是在离宫之前，作为国教体系里的一员，没有谁敢在这方面有任何缺失。

对于这些事情，陈长生没有什么经验，只能一一回礼，还好记得主教大人那夜说的话，现在除了教宗大人和圣后娘娘之外，没有谁当得起他的全礼。他不用低头，只是动作难免有些僵硬，显得格外拘谨，哪有大人物的气度。

折袖面无表情地站在他的身边，没有说话，因为他也不擅长这些，帮不了他。梁笑晓和七间，还有十余名参加今年大朝试的南方考生，站在对面沉默地看着。

前往周园的队伍离开京都的时候，离宫深处响起悠扬的钟声。更早些时候，有红雁自远方飞来。今年的青云榜，正式换榜了。在青云榜首数年时间的徐有容，终于不在榜单之中。落落成了新的青云榜首，梁笑晓和七间也离开了青云榜。天机阁同时更新了点金榜，秋山君绝无意外的还在榜首。榜单上，出现了梁笑晓和七间，还有很多在天书陵里观碑入通幽的年轻修行者。

令人意想不到的是，徐有容不在点金榜内，陈长生也不在。苟寒食和唐三十六等还停留在天书陵里的修行者，按照往年惯例，天机阁不会提前做出评判，可是陈长生已经出了天书陵，徐有容也一直在世间，为何他们没有入榜？

115 · 黄纸伞

天机阁每次颁榜都会附加简短的点评，此次换榜，天机阁大概已经想到会引来世间很多议论，在最后对徐有容和陈长生二人未入点金榜也做出了解释，表明这是因为天机老人非常期待二人的周园之行。由此，整个大陆都知道了陈长生和徐有容要进周园。

从去年青藤宴开始，陈长生和徐有容的婚约传遍了整个世界，这个故事里充满了各种恩怨情仇、青梅竹马、逆袭与等待，纷纷扰扰，难以道尽。现在，故事的男女主角终于要在周园里相遇了，这自然引来了无数人的关注。

作为这个故事的另外一个主角，秋山君没有出现，但他的师弟在场。梁笑晓看着陈长生的目光愈发冷淡。因为在天书陵的那些时光，七间对陈长生的观感有所改变，此时听着议论声，小脸上也露出了愤愤不平之色。

"就算他在周园里再有奇遇，难道还能在点金榜上夺了魁首？难道就能与秋山君相提并论？"

"为何不能。虽说秋山君已然聚星成功，但不要忘记，秋山君要比他大四岁。"

这些议论里并没有提到陈长生的名字，但所有人都知道说的就是他。叶小涟跟着师姐站在人群中，看着前方的陈长生的背影，不像当初那般眼中只有厌憎与愤怒，只是有些好奇。

陈长生感受到四周投来的目光，尤其是那些南人的神情明显有些不善，感觉压力很大，又很是惘然。在世人眼中，他与徐有容可能是青梅竹马，可能爱恨相交，却只有他自己清楚这一切都不是真的，他不知道徐有容长什么模样，相信徐有容对他也没有任何印象。

行出京都南门，队伍稍作停歇。辛教士从最前面那辆由天马拉着的车里走了下来，来到陈长生身前。

陈长生有些意外，问道："难道是主教大人带队？"

辛教士摇头说道："老大人最近身体有些不好。"

陈长生看着最前面那辆车辇，好奇问道："那车中是哪位国教的大人物？"

辛教士看着他笑着说道:"我正是来请您登车。"

陈长生怔住,半晌后才醒过神来,有些不敢确认地说道:"你是说……此次往周园,由我带队?"

辛教士正色地说道:"是的,教宗大人把事情都交付给您了。"

陈长生想着先前宗祀所和天道院的那些教士、老师前来请安问礼的场面,心里默默地说道:难道自己是最后一个知道的。

离开京都,来到汶水城,十余辆车辇陆续通过城门。这些车辇的辕上都有离宫的徽记,前数日城中的教殿便收到了消息,做了安排,城门守军哪里敢做盘查,早早便把城门打开,官道两侧更是挤满了闻讯前来围观的民众。

"谁是陈长生?"

"神国七律来了几个?"

"徐凤凰直接从南溪斋走,不会在队伍里吧?"

"陈长生在哪辆车里?会不会是第一辆?哟,你瞧瞧那天马的翅膀雪白的……和咱家的床纱差不多。"

民众们热情地议论着,对着队伍里的那些车辇指指点点,那匹骏美神奇的白色天马自然是所有人目光的焦点。当人们知道陈长生就在第一辆车辇时,更是向前方涌了过去,街道上顿时变得嘈杂混乱起来,甚至不断听到有人大声喊着他的名字。

一个来自西宁镇的少年道士,通读道藏,拿了大朝试的首榜首名,在天书陵里一日观尽前陵十七碑,成为国教学院的院长。无论从哪个角度来看,这都是一段传奇,他就是传奇。

无数双目光落在那辆车上,灼热无比,仿佛要把窗纱都燎破。虽然有大朝试后在京都游街的经验,陈长生还是有些不习惯这种待遇,只觉得脸面滚烫无比。

倒是坐在他对面的折袖,依然面无表情,丝毫不受车外传来的声音与那些炙热目光的影响。

前往周园的队伍直接去了汶水城的教殿,自有辛教士带着下属教士去打理一应具体事务。陈长生这个国教学院的院长,名义是此行的带队者,又哪里需要去做这些事情,换句话来说,他和房门上贴着的门神意义相仿。

教殿已经提前准备好了房间,各学院宗派的修行者分批入住。离山剑宗最近这些年名头太过响亮，七间和梁笑晓住进了东院，圣女峰的两个少女住在他们隔壁，陈长生自然住得最好，汶水城的主教热情地把他请进了主殿，折袖也老实不客气地跟着。

简单清洗整理过后，还未来得及休息，便有教士来报，说有人前来拜访陈院长。

陈长生怔了怔，猜到来人是谁，赶紧换了身干净衣裳，走到殿前。一个管事模样的男人站在殿前，只见此人衣着朴素，腰间系着的一块玉玦却绝非凡物。

见着陈长生，那个管事拜倒见礼，显得极为恭敬。

见着这个场面，汶水城当地的教士们很是吃惊。

汶水唐家向来倨傲，即便是天海家和秋山家也不怎么瞧得起，这位大管事平日里连主教大人的面子都很少给，为何此时表现得如此谦卑？要知道国教学院院长只是个虚职，位秩只在国教内部起作用，就算陈长生与唐家那位独孙交好，也不至于有这般大的面子。

陈长生对那位唐家管事抱歉地说道："按道理，我这个做晚辈的，怎么也应该去拜访一下老太爷。只是此行周园时间急迫，而且教宗大人让我负责带队，所以不便离开，还请管事代我向老太爷请安。"说完这句话，他取出在京都时已经备好的一个小匣子递了过去。

这匣子里是药。当初他和唐三十六在百草园里偷了无数药草奇果，再加上落落送过来的那些人类世界极少见到的红河特产，由离宫教士炼制成了好些丹药。除了破境通幽的时候服用了些，还剩下很多，用来帮助修行效果不显，但用来强身健体，延年益寿则是最好不过。那名管事接过小匣子，连声致谢，然后也从怀中取出一个小匣子，神情谦恭双手奉上，说是唐老太爷给陈院长的见面礼，便告辞而去。

回到主殿幽静的房间里，陈长生把那个匣子搁到桌上打开，只见匣子里是一个圆形的金属球。这个金属球约拳头大小，显得极为沉重，表面非常光滑，却有一些如鳞片般的线条，将这个金属球分割成了三个部分。

折袖走到桌畔看了一眼，神情有变，然后沉默了很长时间。

陈长生看着他问道："怎么了？看你很吃惊的样子。"

折袖看着他说道："你究竟和唐三十六是什么关系？"

陈长生不解说道："我和他就是朋友。"是的，唐三十六是他进京都后认识的第一个朋友。

"如果只是朋友，唐家怎么会把这个宝贝送给你？"折袖面无表情地说道。

陈长生伸手从匣中取出那个看似寻常无奇的金属球，仔细地打量着，没有看出任何特殊的地方："这是什么东西？"

折袖走到他身前，看着那颗金属球，向来没有什么情绪波动的眼中，也多了些异样的表情。

人类世界各国的城防阵法，都是由唐家设计制造。最好的兵器军械也是由唐家设计制造，大陆三十八神将的盔甲也全部是由唐家设计制造，就连红河围绕着的白帝城，据说都是由唐家先祖亲自设计督造的。

这个在汶水畔传承千世的家族，有钱到连圣后娘娘都有些忌惮，无法下手。汶水唐家的宝贝，当然不是普通的宝贝。

折袖说道："百器榜上的那些神器，至少有十七样出自唐家。现在唐家依然能制造出一些非凡的兵器，虽然因为那些珍稀的矿石已然枯竭，无法及得上当年百器榜上的那些神兵，但在设计精巧方面犹有过之。百器榜上的神器现在大多都被那些宗派学院藏着，就像霜余神枪一直被供奉在大周皇宫中一样，当世强者最想得到的当然就是唐家生产的兵器，所以哪怕是肖张这么疯癫的家伙，也不敢得罪唐家。"

陈长生忽然觉得掌中的那颗金属球变得沉重起来。

折袖继续说道："如果我没有看错，你手里的这个金属球应该就是黄纸伞。"

陈长生一怔，重复道："黄纸伞？"他隐约记得好像在哪里听过这个名字。

"不错，当年离山剑宗那位苏小师叔，向唐家订制了一个法器，唐家把他的原初设计进行了一些修改，最后用了三十年时间才制造成功。那个法器就是你现在手里拿着的金属球，名字就叫作黄纸伞。"

"苟寒食他们常提到的那位师叔祖？……既然是那位传奇强者订制的法器，为什么现在还在唐家？"

"因为最后那位苏小师叔没有来取。"

"为什么？"

"因为……他出不起钱。"

房间里一片安静。陈长生觉得掌心里的金属球又沉重了数分，声音都变得紧了起来:"这东西……很贵?"

折袖说道:"黄纸伞是唐老太爷亲自取的名字。"

陈长生噫了声,表示不明白这是什么意思。

"黄纸就是纸钱。"折袖看着他说道。

陈长生想明白了,纸钱与世间流通的银票不同,面额可以随便写。如果把纸钱上的数目变成真实的,那该是多少钱?世间除了唐家,还有人能拿出这么多钱来吗?难怪那位传奇的离山小师叔,明明亲自设计了这个法器,最后却不得不忍痛放弃。这把黄纸伞,令世间所有人囊中羞涩。现在却落在了他的手中。

116 · 周园外有风雨来(上)

"虽然从来没有人亲眼见过黄纸伞,但因为这件事情,这把伞非常出名,天机阁里有人甚至说过,如果哪天真的重修百器榜,在当代的著名兵器与法器当中,这把伞应该最有资格入榜。"折袖看着他继续说道,"不要说你和唐三十六只是朋友……就算因为你现在是国教学院的院长,唐三十六是国教学院的学生,唐家为了巴结你,也用不着拿出这把伞来,更何况……唐家向来只收买人,不巴结人。"

陈长生想着在天书陵里唐三十六发飙时说的那些话,知道这话不错。无论天道院还是宗祀所,每年的经费都有三分之一由汶水唐家提供,那位老太爷确实不需要对国教学院特殊看待,哪怕他最疼爱的孙子现在是国教学院的学生。但这时候他想的是别的事情。

"如果那位离山小师叔看见他投注无限心血的法器,出现在我这样一个晚辈的手里,会不会不高兴?"

"如果是你,你会不高兴吗?"

"当然会。"

"所以,他也当然会。"

"那他……会不会来抢,甚至杀人夺宝?"

"不要把前辈高人都想的这般下作,再说了,先前那些教士谁敢想到,唐老太爷送你的见面礼是黄纸伞?只要唐家不说,你不说,谁知道?"

"你知道。"

"……"

"好吧,但既然是很强大的法器,将来总有用的时候。"

"用的时候再说。"

"我就担心将来用的那一天,会不会刺激到离山剑宗?"

"青藤宴、大朝试、与徐有容的婚约……你刺激他们还少吗?"

"说来也是。那么接下来的问题是,这把……黄纸伞怎么用?"

折袖想了想,对他说道:"你试着把真元灌进去试试。"

这是法器最常见的施展方法。陈长生依言而行,释出一道真元,缓慢地度进那颗金属球里。一种很奇妙的感觉,随着真元进入金属球,反馈到他的识海之中。他在那颗金属球里,感觉到了无数起伏如丘陵般的面。用眼睛看着,金属球的表面是绝对光滑的,那么这些起伏,应该是在球面内侧。他的真元顺着那些起伏的面缓慢地向前行走,终于来到了最中心的某个点。一道亮光在那处闪起,仿佛雷电,又仿佛是一颗星辰诞生。殿内拂起一阵清风,他掌心的金属球微微颤动起来,金属球表面那道仿佛鳞片般的线条向两边裂开。伴着一阵细碎的机簧声与轻微的金属撞击声,裂开的金属球不断发生着变化,不停地重新组合。数道薄膜般的金属伞面出现。紧接着是伞骨,再然后是伞柄。没有过多长时间,一把伞便出现在陈长生的手中。这把伞从伞面到伞柄,全部由金属制成,明亮无比,仿佛刚从炉中取出的银块。

清风继续在殿内缭绕着。

紧接着,令陈长生和折袖感到不安的事情发生了。那些明亮的金属面,遇着清风,便开始发生变化,有的地方不断变黑,有的地方不断变暗,不过数息时间,原本明亮无比的伞面,便变得斑驳无比,看上去就像是用了很多年的普通油纸伞,蒙着厚厚的灰尘,看着极脏。

"这是怎么了?"陈长生紧张地问道。他注意到就连自己握着的伞柄,此时也已经变得黑旧无比,仿佛是木头一般。

"先不要慌。"看着这把金属伞的变化,折袖先是有些吃惊,然后眼神却显得越发灼热。他伸手对陈长生说道,"把你的剑给我用用。"

陈长生看了眼腰畔的短剑,摇了摇头,心想既然是唐老太爷送自己的宝贝,可不能一下就划烂了。

"就算是秋山君的龙鳞剑,也不见得能攻破这把黄纸伞。"折袖看着他面无表情地说道，没有继续坚持，举起右手说道，"你把伞握紧，我准备全力一击。"

陈长生赶紧双手握住伞柄，刚做好动作，便看到折袖挥拳砸了过来。在天书陵观碑破境入通幽，现在的折袖要比大朝试对战的时候更加强大。只见数道笔直的线条撕破空气，直接从伞下袭向陈长生的脸。陈长生在某一瞬间，隐约看到了线条前端锋利的爪。他甚至有种感觉，折袖是真的很想杀死自己。但这时候，就算再做什么都已经来不及，他只有紧紧地握着伞柄。刺啦！伞柄微颤，他眼前的空中出现五道清晰的划痕，然后那些划痕渐渐消失。

他隐约能够感知到，折袖指间的恐怖力量，尽数被伞面边缘垂下的某种气息波动吸收消弭，然后不知道是用何种方法，通过何种渠道，传进了伞下的地面里，以至于他连力量的余波都没有感受到分毫。

果然不愧是离山小师叔都买不起的法器。这把黄纸伞的防御能力，实在是太强了。折袖看着消失在伞面边缘垂直平面里的爪痕，沉默了片刻。

陈长生看着他问道："就这样？"

折袖神情漠然地说道："这样还不够？"

陈长生说道："这把伞如此出名……我本以为会表现得非常了不起。"

折袖说道："单论防御，这把伞可以承受聚星境强者的一击，已经很了不起。"

陈长生心想你就算血脉天赋异常，不能等同于普通的通幽境，但把自己的攻击等同于聚星境的强者，会不会过分了些？

想是这样想的，说自然不会说出来。他想了想后说道："你说这把伞是不是应该还有别的什么效用？"

折袖说道："我不知道。"

陈长生说道："或者，我应该去问问唐老太爷？"

这把伞此时已经变得非常普通，就像一把脏旧的普通伞。

折袖看着他手中的伞，沉默片刻后说道："很明显，这把伞自制作成功以后，今天是第一次被撑开，我想……唐老太爷都不见得清楚这把伞的所有功能，如果你想弄明白，大概只能去问那位离山小师叔。"

陈长生不再多说，心意微动将真元从伞柄上收了回来，只听得数声碎响，黄纸伞在空中留下数道残影，极其迅速地收拢回来，最终变回他掌心的一颗金属球，只是球面已经不再光滑明亮，看着就像一颗刚从沙里挖出来的鹅卵石。

423

离汶水城，往西北去，便是秦岭。秦岭延脉千余里，东北麓有大河贯穿，两岸沃土不断，正是天凉郡。

陈长生一行人要去的地方，离天凉郡郡城还有很远的一段距离，但现在，天凉郡城里的世家早已经派出无数强者，把这里围了起来。因为今年，周园便在此间的汉秋城。

周园是个小世界，每十年开启一次，每次出现的地方各不相同，有时候在江南，有时候在东山，有时候在雪原，有时候在京都周边，有时候在雪老城外，还有两次甚至在大陆与大西洲之间的汪洋大海上。

来自京都的车队，抵达汉秋城的时候，已是傍晚，距离周园正式开启，只剩下一夜的时间。

从大陆各地赶来的通幽境修行者，加上他们的师门长辈，至少数百人，都在汉秋城里等待着。

最后的一夜，对很多人来说，都显得格外漫长，有很多年轻强者，不耐在客栈里久候，早已出城，来到了那片树林外。

树林后远处可见白了头的雪峰，在暮色里燃烧，并没有别的事物。那些年轻强者们，看着那片暮色低声地议着什么，但没有人敢靠近树林。因为那片树林外，有数座草庐，庐下坐着几位大人物。坐于庐中，震慑宵小，这便是坐镇。

今年坐镇周园的有一位国教圣堂大主教，两位大周神将，长生宗一位长老。但真正让那些年轻强者们不敢靠近的人，在最前方那座草庐里。那是一个中年男人，长发披肩，气态潇洒，顾盼间冷漠至极。从汉秋城里出来的修行者，远远对着那座草庐行礼，很是恭敬，那中年男人却是理都不理。

对此没有任何人有意见。因为那个中年男人是绝世宗宗主，也是天凉朱家的家主。天凉郡第一世家，理所当然是大周皇族陈氏。但陈氏皇族现在居于京都，当王破所在的王家衰败之后，朱家便成了天凉郡实际上的第一世家。当然，他在修行界的身份更为惊世骇俗。因为他就是八方风雨里的朱洛。月下独酌，朱洛。

五圣人、八方风雨，逍遥榜中人，都是大陆真正的巅峰强者。与五圣人相比，八方风雨没有那么大的俗世权力，但从修行境界而论，并不稍弱。

这位强者被世人尊为月下独酌，不是因为他好酒，而是因为三百年前，他曾远赴极北雪原，在雪老城外，亲眼观月而成一诗，于诗成之后，展露从圣境界，一举斩杀第二魔将，震惊世间！

绝世宗修的就是绝情灭性。他在雪老城月下写的那首诗里有一句——独酌不相亲。谁都知道，这位大陆强者的脾气不怎么好。所以，没有人敢靠近那座草庐。

就连天马仿佛也感觉到那座草庐里传来的恐怖威压与冷漠意味，低头表示臣服。陈长生轻抚它的羽翅安慰，望向草庐里那个瘦削而霸道无比的身躯，沉默不语。有人注意到这行人车辕上的离宫徽记，猜到了他们的来历，安静的场间微有骚动，隐隐听见有人低声在问谁是陈长生。黄昏时分，景物暗淡，雪白的天马很是醒目，很多人望了过来，心想难道这个看似普通的少年便是那人？

这时，一道冷淡的声音在草庐下响起：“你就是陈长生？”

117·周园外有风雨来（中）

你就是陈长生？他就是陈长生？谁是陈长生？从青藤宴后，准确地说，从与徐有容的婚约传遍整个大陆之后，这便是陈长生听到的最多三句话。随着时间的推移，这种情况没有得到任何好转，反而随着他的名声出现的越来越多，以至于有些时候他自己都快弄不明白，究竟自己是谁。

人类的好奇心与猫没有太大差别，圣后娘娘也没办法堵住天下人的悠悠之口，从最开始听到那些议论，看到那些目光时的紧张拘谨到微有抵触，直到现在，陈长生已经沉默麻木，不过此时无法照旧例处理，因为问出这句话的人是月下独酌朱洛，是离宫都必须礼遇有加的前辈高人。他往前方走出数步，对着远处林外那座草庐躬身行礼，端庄有序。

安静的晚林外，微有骚动，无数双目光投了过来，落在了他的身上。陈长生神情平静，却哪里能真的平静，想着入汶水城时的场景，想着一路上某些人的刻意逢迎或刻意冷眼，很是无奈，莫名想着做名人真不是什么幸福的事情，也不知徐有容这些年又是怎么过的？

与京都、汶水城的骚动热闹相比，晚林外的人群很快便安静下来，因为此时是朱洛在向陈长生问话，谁敢打扰？

八方风雨是人类世界最顶尖的强者，单以实力境界论并不在五圣人之下。周园开启之事虽然重要，但由朱洛一人坐镇足矣，有这位世间至强者之一看着，除非魔君或黑袍亲至，不然根本不会出任何问题。

朱洛没有望向陈长生，而是看着林后的雪山高峰，披散在肩上的长发与远处的雪峰一道燃烧着，给人一种格外狂野的感觉。

"梅里砂老糊涂了？居然让你这么一个小孩子做国教学院的院长。"

听着这句话，林外变得愈发安静，很多人望向陈长生，目光里充满了各种各样的情绪，有同情怜悯，自然也有嘲讽与幸灾乐祸。

虽然有那夜召唤天书陵星光的功绩，但陈长生毕竟才十五岁，如此年龄便做了国教学院的院长，一时间不知惹来世间多少议论与责难，只不过没有谁敢在公开场合下对教宗大人的决定提出质疑。

朱洛虽是八方风雨，也不便在大庭广众之下挑战教宗大人的意志，所以他说的是梅里砂，当然谁都知道他真正想说的是谁。梅里砂是教枢处大主教，国教六巨头之一，与朱洛的身份地位刚好相仿，朱洛语带嘲讽说上两句，谈不上挑衅国教，也不是欺凌弱小。

辛教士走到陈长生身边，轻声说了几句话。陈长生这才知晓，朱洛作为天凉郡第二世家的家主，自数百年前起，便与起于天凉郡的陈氏皇族相近相亲。因为圣后当朝执政、镇压皇族，这位绝世强者向来与京都关系恶劣，与离宫也极为冷淡，反而与梅里砂代表的国教旧势力非常亲近，与梅里砂更是老友。按道理来说，他应该对陈长生照拂有加才是。为何这位绝世强者会出言为难自己？

陈长生很认真地想了想，才明白朱洛嘲讽的是主教大人，并不是自己，无论年龄还是辈分实力，在朱洛眼里，他当然就是个小孩子。

在世人眼中，国教学院早已衰败，陈长生做这个院长，也只是徒有其名，没见百花巷深处那座学院现在只有三两个学生？但对于朱洛这种前辈高人来说，国教学院的意义却远非如此，想当年国教学院在那位院长的领导下真可谓是无限风光，即便是最近数年的离山剑宗也无法比拟。想着这样一座学院居然让陈长生这样一个少年做了院长，朱洛自然会有些感慨或者说不舒服。像他这样的大人物，自然也想不到，自己随口一句话，会给陈长生带来多大的压力，会给那些看客带来怎样的期待。

晚林外一片安静，人们看着陈长生，想知道他会怎么回答朱洛的质疑，或嘲弄或怜悯，担心他的人极少。就在这时，陈长生想起在大朝试颁榜时，教宗大人对自己说过的那句话——低头，方能承其冠。于是他微微躬身，然后低头。他向草庐下的朱洛再行一礼，没有说话，转身走回马车。

这是什么？这是无视？场间再次发生微微的骚动，心想陈长生这下只怕要把朱洛得罪惨了，世人皆知，在大陆所有的巅峰强者里，朱洛的性情最是冷厉，他会怎样教训陈长生？

出乎所有人的意料，朱洛并未生气，也没有再说什么，用两根手指拾起酒囊凑到唇边长饮一口，然后望着山上渐显的星辰沉默不语。

他那句话是对离宫说的，是对梅里砂说的，也是对教宗大人说的，是要清晰地表达自己的不满意，却唯独不是对陈长生说的。陈长生自然不需要回答。不回答，便是最好的回答。

辛教士擦了擦额头的汗水，看着陈长生低声说道："进城歇息？"

陈长生摇摇头，说道："不进汉秋城，就在车上等着吧。"

看似漫长的一夜，波澜不惊地过去，随着晨光的到来，陆续有人从官道上不停前来，更多的人则是从汉秋城里赶到场间。

梅里砂在数十位教士的拱卫下来到场间。陈长生才知道原来今年主持周园开启一事的是他老人家，只是不知道他是什么时候来的，为何没有与自己一行人同道而行，别的宗派学院的修道者看着这位主教大人，反应各不相同，有人想着昨夜朱洛说的那句话，不禁望向草庐下。

浓春的微风在草庐里外穿行，带着轻薄的衣袂，朱洛闭着眼睛，半倚在栏畔，仿佛已经醉死了过去，不愿醒来。

梅里砂看着那边，笑着摇了摇头，然后示意入园仪式开始。

每隔十年，周园开启一次，开园时间为百日，百日之后，所有人都必须出来，不然会被周园里变化的空间乱流直接撕成碎片。这是很多年前，已经被证明了数次的铁律。周园里可能有周独夫的传承，也有很多当年曾经败在他手下的强者的传承，这也是已经被证明了的事实。

进入周园可以说是探险，也可以说是试炼，人类世界为此定下的规矩非常简单，无论是谁在周园里拾到什么宝物或者功法，只要能够成功地带出周园，那么便归属于那个修行者所在的宗派或学院，在周园里可以彼此抢夺，除了严禁杀死竞争对手，不限制使用任何手段。

当年曾经有人质疑过，这样的规则会不会太过残酷血腥，受圣人所托制订规则的天机阁解释道，如果不能在周园里直面惨淡的遭遇及淋漓的鲜血，将来面对冷酷嗜杀的魔族强者，终究也是死，那么何必浪费资源？人类想要在这片大陆上存续下去，便必须对承载将来重任的年轻人们狠心一些。

讲解规则的教士向入园的修行者们进行着严肃的警告，更多的教士则是在向登记在册的入园者分发事物，装在布袋里的是两个东西，一个是负责计算时间的流水瓶，还有一个是灰线引。

有些人不理解为什么需要专门的流水瓶计时，就算周园里的日星无法计算真实世界里的日期，但身为通幽境修道者，总不可能把日子还数错。至于灰线引的作用则很清楚，如果有人在周园里遇到无法克服的危险，或者是觉得自己的收获已经满足，或者不敢再继续深入探险，只需要点燃这根灰线引，便会被直接传送到周园的园门处。

朱洛在周园外守着——人类世界里没有月亮，他只能在星空下独酌，但无论他喝的再如何烂醉，只要人们看到他的那一刻，便安全了。

陈长生听着教士讲解着规则，接过辛教士帮忙递过来的布袋，心思却在别的地方，视线在林外的人群间来回移动，心里有些紧张。

圣女峰的那位师姐和他一道从京都来到汉秋城，同行的还是叶小涟，此时她们二人和数名女子站在一处，应该是圣女峰的同门。他很认真看了看，却没有发现有人长得像她——他没有见过她，但听说她生得极为美丽，那么应该只需要看一眼便能认出来。徐有容到底来了没有？如果来了，这时候是在哪里呢？

晨光渐盛，雾却没有散开的征兆，树林与山峰之间，雾气反而变得越来越浓，朝阳的光线在其间折射散开，变成各种各样奇怪的线条。

忽然人群里响起一声惊呼。人们望向那片云雾里，只见其间隐隐出现一座小桥，桥下是流水，看见转廊，转角便是一株旧梅，幽静美丽，一方园林。就是周园吗？雾中的这片静园仿佛是虚假的，却又是真实存在的。如海市蜃楼一般。

周园出现的那一刹那，朱洛便睁开了眼睛。他望向山林后雾里的静园，眼中涌出复杂的情感，想起了很多事情。他的手落在了栏上，轻拍不断。

梅里砂也睁开了眼睛，缓声说道："去吧，莫要贪而忘时。"

118·周园外有风雨来（下）

梅里砂说这句话的时候，看着准备进入周园的数百名修行者，这些修行者全部拥有通幽境界，在普遍意义上已经算是强者，年岁都不是太大，可以说这数百名通幽境的修行者，便是人类世界的将来。

陈长生便在这数百人中，他知道主教大人这句话是对自己说的，微微点头表示明白，便随着人群向树林里走去。

清晨的树林非常清幽安静，或者是因为远处雾里周园隐现的缘故，连一声鸟鸣都听不到，只有人们踩在林中旧叶上的簌簌声。没有走多长时间，数百名修行者便来到了雾浓处，那座在雾中若隐若现的静园变得更加清楚，仿佛就在眼前，却似乎还在天边。

很多修行者已经清晰地感觉到，这片云雾里充盈着浓郁的元气，那是与星辉类似更像是晶石里拥有的某种能量，修行者无法直接吸收，但也有极大好处，在静神宁意方面有很大的帮助。

但云雾深处则蕴藏着极大的凶险，有些目力好的修行者，甚至看到了在那座如真似幻的静园外，雾里隐隐有极短促的闪电不停亮起，然后消失。

主持周园开启的国教教士以及各宗派学院的师长前辈，都留在了雾外，没有向前再进一步，或者雾里的那些闪电，对超过通幽境的修行者会生出某种感应，会带来某些极恐怖的后果。

这里已经是周园的外园。

数百名修行者以南北教派为分野而立，还有数十名没有归属的散修以及荒野之地的巫门修行者。雾林里却很是安静，没有人说话。所有人都在等待着周园开启。

周园每十年会在大陆出现一次，每次会开启整整百日，但并不见得每次都能被人发现，过去的数十年里便没有被发现过一次。

今年周园会出现在汉秋城外，也不是人类先发现的，而是魔族那位神秘莫测的军师黑袍做出的确认。极幸运的是，黑袍一位下属在京都国教学院里尝试刺杀落落失败，因为贪恋生存而没有当场自杀，被薛醒川生擒，最后周通用举世无双的逼供手段，竟找到了一个黑袍深植在人类社会里的谍报组织，继而通过这条线索，发现了周园开启地点及时间的消息。

要控制周园，开启地点并不是最重要的事情，最重要的是掌握周园的钥匙，在那段不为世人知晓的时间里，魔族派出了数位通幽上境强者，在周园尚未飘临汉秋城之前，意图先行抢到钥匙，已经收到相关信息的人类世界，表面上佯作不知，实际上也派了人悄然潜入周园外园。因为要瞒过魔族的眼睛，要于悄无声息之间抢得先手，所以只去了一个人。

这个重要的决定是由五圣人集体做出的，他们派去的是秋山君——无论是人类还是魔族还是妖族，在通幽境的阶段，离山大师兄是无敌的。

秋山君看似惊险，实际上毫无意外地成功了，他为之付出了重伤的代价，不过也以此为契机，成为了世间最年轻的聚星境强者。

世间已经开始承认陈长生有资格与秋山君进行正面的比较，然而陈长生拿到首榜首名的大朝试一年一次，秋山君拿到周园的钥匙却是十年一次的大事，不提聚星与通幽之间的差距，更重要的是，秋山君是在与魔族战斗中获得的荣耀，陈长生在大朝试上的表现再如何惊世骇俗，毕竟是人类世界自身的事情，二者的意义完全不同。如果不是前些天陈长生在天书陵一日观尽前陵碑，又继任了国教学院的院长，只怕他的形象会更黯淡些。在等待着周园开启的这段短暂时光里，很多人默默望向陈长生。

陈长生没有注意到这些，他还在想着徐有容的事情，确认徐有容不在这数百人中，不知为何觉得轻松了很多。按照道典上的记载，往年也有些修行者会稍晚数日才进入周园，徐有容大概也会这样，只是她为什么要刻意晚些？是不想迎接人群炙热的爱慕眼光，还是不想看见自己？

再就是，周园会怎么开启？秋山君拿到的周园钥匙，应该是交给了离山，但今天来到周园的前辈强者当中只有长生宗的一位长老，并没有离山的人。

陈长生站在人群的最前方，看着雾里的那些闪电与空间撕裂形成的湍流，看着那座时近时远的静园，心里想着这些事情。便在这时，一道彩虹落了下来。

这道彩虹不知起于何处，从高空落下，贯穿浓雾，落于众人的眼前。浓雾里的那些闪电与空间撕裂形成的湍流，在与这道彩虹接触的瞬间，纷纷融解散化，就此消失不见。雾也随之变得淡了很多，雾后的景致变得清楚了些。

小桥流水，转廊花树之前，隐隐有道粉墙显现。粉墙之间，也就是在数百名修行者的身前，出现了一道圆形的拱门。拱门上的匾额里写着两个字：通幽。

拱门后是一条青石砌成的石径，上面覆着浅浅的青苔，向前方弯曲延伸至雾深处，那里有飞檐相连，有更多的风景。站在林间，无法一眼览尽所有的风景。风景尽在墙后。曲径通幽处，谁人曾把周园顾。雾渐散，景渐实，水汽渐凝，淅淅沥沥间，落下一场雨来。春风拂雨，打湿了陈长生的脸庞。他在原地静静站了一会儿，向那道名为通幽的拱门后走去。数百名修行者，随着他走进了周园。

春雨，同样在林外落下。淅淅沥沥，如丝如线。数名穿着白服的女子，在微雨里，从汉秋城方向行来。在林前，国教教士确认了她们青曜十三司中人的身份。

南方某地有瘟疫，她们领了教宗大人的旨意，带着朝廷医官在那处治病救人，所以来得晚了些。看着向林中走去的数名女子，朱洛露出一丝了然的神色。其中一名女子穿着青曜十三司特有的白色祭服，容颜还算清秀，气质寻常。感受到朱洛的目光，那女子平静施了一礼，然后继续向前。朱洛笑了笑，没有说什么。

119·雨至，所以撑伞

那道开启周园的彩虹，起于万里之外的离山。长生宗由十余山宗组成，离山剑宗最强，最硬，专事杀伐，不在群山之中，而在最北，仿佛剑锋的最前端，直刺北方。

清晨的离山主峰被云雾围绕着，山腰处向四面望去，尽是平坦的云层，仿佛是浮在云海里的一座孤岛。那道彩虹，是从离山主峰最高处的一处洞府里射出来的。石阶两侧，数百株古松肃静侍立，小松宫盘膝坐在石阶最上方，另有三名戒律堂长老执剑，守在洞府外。看着这等阵势，在石道下方的离山弟子们忍不住议论起来。

"那道光华便是周园的钥匙？"

"那钥匙究竟是什么？居然能够生成一道彩虹，居然能够隔着万里开启周园？大师兄不会有事吧？"

"能有什么事？难道魔族还敢来我离山夺宝不成？"

"不错，掌门在洞府里替大师兄护法，四位长老剑阵相守，再加上我离山万剑大阵，就算魔君亲至，又能如何？"

"也不知道三师兄和七师兄现在进了周园没有。说起来，我真的很好奇周园里有什么，如果我能进去看看就好了。"

"那你得抓紧时间修行，不然总在坐照中境停滞不前，一辈子也别想进周园，更别想着追上那几位师兄。"

"七位师兄都是耀眼无比的天才，我们哪里及得上？"

"说起来，那个叫陈长生的少年难道真的通幽上境了？"

"谁知道呢？北人行事向来荒诞不堪，言语也每多浮夸，国教学院虽然已经衰败，居然让这样一个小孩子当院长，真是荒唐至极。"

"师弟慎言，那是教宗大人的安排。"

"本来就荒唐不堪，还不能说？长老平日议论时不也这样说的？"

"那个叫陈长生的少年，能在短短一年之内便修行到如此境界，必然有了不起的地方，不然二师兄也不会在信里对他评价如此之高。"

"那又如何？难道那个家伙还能和大师兄相提并论？大师兄如果没有聚星成功，进周园，我就不信陈长生还能抢得到什么，也不知道徐师姐到底是怎么想的，真龙在前，难道就看不出谁更强更好？"

最近这数月时间，离山剑宗外门弟子们的讨论只要说到在京都游学的数位师兄或是大师兄的那段著名情事，便会很自然地提到陈长生的名字，然后进入鄙薄、慎言、再鄙薄的无聊循环之中。

然而下一刻，所有的议论声戛然而止。一道清晰的震动传遍了整座离山主峰。幅度并不大，四周的云海依然平静，身处山间的人们却是脸色瞬间很是惶恐不安，因为这样的情况以前从来没有发生过。

云海外围有清光乍现，无数挟着恐怖威势的剑影穿梭于云层之中，时而如朝阳跃升，时而如瀑布入涧般消失，密密麻麻难以计数的剑影，在空中发出凄厉的鸣啸，就像是海中那些成群的箭鱼在疯狂地寻找食物。这便是传说中著名的离山万剑大阵。

片刻时光过后，万剑大阵并没有发现敌人的踪迹，自行按照阵法归位，重新隐藏进了山峰里的无数剑穴之中。

离山弟子们惊慌地抬头向峰顶望去，只见那道彩虹依然如前，却感觉里面似乎多了些东西，或者说里面的缕缕光线变得有些紊乱。

盘膝坐在石阶最上方的小松宫长老霍然睁开双眼，望向远方彩虹落处，厉声喝道："出了何事？"

三名戒律堂长老神情更是凝重，转身望向彩虹起处的洞府。一声极为悠长的清啸，从洞府里迸将出来！变得有些紊乱的彩虹光线，随着这声清啸，极快地重新稳定。小松宫等离山长老的神色却没有放松。居然需要掌门大人用真剑长啸压制，究竟发生了什么事情？下一刻，离山掌门平静而充满威严感的声音响了起来："传书离宫，汉秋城有变，或者魔族有异动。"

离汉秋城数万里之外的地方有一片雪原，有很多雪，到处都是雪。虽然现在是春天，这里的雪依然落得很大，像孔雀的尾翎一样，如果雪停了或者小些，大概能看到远处那座唯一能与大周京都并列的雄伟魔城。

一个浑身罩在黑袍里的魔族男子，孤单地行走在风雪里，他背对着那座著名的雪老城走了很远，直到风雪完全掩盖了那座城市的轮廓，才停了下来。他望向遥远的南方，唇角露出一丝迷人的笑容。

从行走速度和微佝的身躯来看，这个魔族男子应该很老了——要知道魔族向来以无比强大的身躯和近乎完美的运动能力著称——当他望向南方的时候，黑袍微微掀起，能够看到他的脸色很苍白，皮肤下泛着一股令人厌憎且恐惧、有太多死亡意味的青色，但他唇角的笑容依然还是那般迷人。因为他的英俊已经超过了语言的范畴，甚至能够战胜死神。

他在风雪中坐了下来，取出一块黑色的方盘。这块黑色的方盘不知道是用什么材质做成的，仿佛本身就有某种热度，雪片落在上面瞬间融化，然后蒸发成水汽。水汽便是云雾。黑色的方盘被云雾笼罩，魔族男子的脸也被云雾笼罩，看不真切，只有那双明亮至极的眼睛，无法被遮掩。

云雾之中的黑盘上，出现了很多景物，与真实的景物相比，黑盘上的景物自然缩小了无数倍，隐约可以看见数道山川，一片草原，还有数片园林。那些园林与雪老城里的华美风格完全不同，更像是人类世界南方的园林。

魔族男子闭眼静思良久，然后抬头再次望向南方。天空里有无数风雪，按道理来说，什么都看不到。但他看到了一道彩虹。他的表情稍有变化，感慨地说道："数十年未见，依然如故。"

说完这句话，魔族男子再次平静下来，神情漠然，伸手向空中一揽。魔族有水中捞月的谚语。他现在的行为与这个谚语很像，有些荒唐无稽。然而当他收回手时，指间竟出现了一絮彩虹。他在天空里，把那道通往周园的彩虹撷了一丝！

下一刻，他把那絮彩虹轻轻地放在了黑色方盘的东北位置上。黑色方盘上的云雾，遇着那絮彩虹，骤然虚化，露出一条通道。

离汉秋城数千里之外的地方有一片茶陵，有很多茶，到处都是茶。既然是春天，这里的茶树自然生得极好，像孔雀的羽毛一样，如果风吹过或者太阳晒得久了，便能闻到扑鼻的阵阵茶香。

清晨的茶陵深处有雾缭绕，雾间隐约有条道路，通往一片青翠的山野，一个抱着琴的老者和一个十来岁的小姑娘，顺着那条道路向雾中走去。小姑娘一脸稚气，眉眼如画，不知为何却让人觉得不寒而栗。

抱琴的老者与小姑娘消失在云雾中，前方隐约还有数道人影，其后不久，一对男女也走进了茶陵，看神态应该是对夫妇。他们面容憨厚老实，丈夫挑着担子，女人拎着铁锅，如果说是在道旁卖饭食的，这锅未免也太大了些。

没有人知道，这片茶陵里的云雾遮掩着怎样的真相。没有人知道，那条通往雾深处的道路，去往的地方叫作周园。因为无论是谁都想不到，周园，居然还能开出第二个门。

风雪如怒。那名魔族男子强行打开周园，明显也耗损了极大的心力，脸色变得更加苍白，充满死寂意味的青色则变得更浓了。他看着黑色方盘默默祷念，盘上的那些景物越发清晰，甚至能够看到数百名刚刚走进周园的人类修行者。

在数百名人类修行者里，他很轻易地找到了自己的目标，伸出手指，在七间和折袖的头顶打了个响指，点燃两道命火，然后将命火搁进两盏青铜壶中，任其悬浮在风雪之中，寒风怒雪也无法将那两团命火吹熄。

魔族男子静静看着黑色方盘，又寻找了片刻，目光落在刚刚走进周园的数名穿着青曜十三司白色祭服的女子身上。

第三只青铜壶，飘浮在了风雪中。最后，他望向了陈长生。他看着陈长生的身影，沉默了很长时间，然后笑了笑。他把七间、折袖和一名青曜十三司少女的位置，传给了自己的那些下属，那些刚刚从茶陵进入周园的人们。

"我认为你应该要继续活着，至少要活到二十岁，我不会让你轻易地去死，我会一直看着你。"他看着陈长生说道，一身黑袍在风雪里是那样的醒目。

周园的拱门上写着"通幽"二字，这也代表了此间的规则。只有通幽境的修行者，才能够进到这里，才不会被这个小世界以规则湮灭。

数百名修行者依次通过拱门来到这片幽静的园林里，然后各自散去，国教一系的修行者离开前大多都会专程前来向陈长生告辞，而南方诸宗派学院的人们，则只会对梁笑晓说一声。没过多长时间，园林便再次变得幽静起来。

陈长生站在小桥上，看着桥下的流水，忽然觉得有种不适应。

折袖站在他的身后，说道："这不是应该伤春悲秋的时候，你也不应该是个伤春悲秋的人。"

陈长生笑了笑，也准备离开，然而就在这个时候，他忽然觉得有种诡异的感觉，似乎有谁在窥视着自己。他向园林四周望去，没有见到任何人，但那种感觉依然存在。他修的是顺心意，所以没急着离开，而是在桥上站了很长时间。忽然间，周园里下起了微雨，桥上水痕点点，水面涟漪圈圈。他望向天空，沉默片刻，从怀里取出一把伞撑开。那把伞看着有些破旧，又有些沉重——正是黄纸伞。

就在撑开伞的那一瞬间，那种感觉消失了。他望向折袖，说道："走吧。"

120·小小苏

折袖走上前来，看着他手中的黄纸伞，问道："怎么了？"

陈长生不知该怎么解释，想了想后说道："心血来潮？"

折袖沉默了一会儿，说道："那是病。"

陈长生笑了起来，说道："这病我应该能治。"

二人走下石桥，撑着黄纸伞，消失在了烟雨里。

片刻后，那数名后至周园的青曜十三司的女子也来到了石桥上。其中一名少女容颜清秀、气质很普通，就像是修行宗派里常见的普通弟子。那少女站在桥头，抬头望向天空里落下的雨丝，便变得有些不寻常。一名年龄稍大些的青曜十三司女子，看着这名少女的侧脸，眼中流露出敬畏的神情。

又一名女子看着那少女鼓起勇气问道："师姐，您就这么不想见他？"

那名少女平静说道："见或不见，并无两样，那么何必相见，我最不喜欢麻烦了。"

离汉秋城数万里之外的风雪之中，浑身笼罩在黑袍里的魔族男子，看着黑色方盘，眉头微皱。

就在先前那刻，陈长生的身影消失不见，紧接着，折袖也消失不见。他并不知道陈长生撑开了汶水唐老太爷相赠的那柄伞，默然想着，这究竟是怎么回事。

当今世间，再没有人比他更了解周园，也没有谁比他的谋划更深远，他自认为可以完美地操控周园的局面，如果这张黑色方盘是棋盘，周园里的那些人都是他的棋子，此时却忽然发现，有棋子从棋盘上消失了，这让他很意外。

悬浮在风雪里的三只青铜壶，点燃了折袖等三人的命火，已经被他与潜入周园的那些下属相连，但他还没有来得及处理陈长生，只能等着陈长生再次现出踪迹，也不知道周园里的那场微雨何时才会停歇。

风雪忽然停了。不是普通的停，而是真正的停。风静无声，孔雀尾翎般的雪片，静止地悬浮在空中，散布在魔族男子四周的天地里。

魔族男子抬起头来，望向雪片深处某个地方，神情依旧漠然，双眼微眯，显得细长而秀气，却是那般的死气沉沉。

一道清晰的剑痕，在那处缓缓显现，仿佛要把雪空切开。这是从何处来的一剑，居然能够止住魔域的风雪？

"为了谋害一些后辈，便暴露了本门的功法，难道你不觉得付出的代价太大了些？"一道声音在雪空里响起，这声音很清冽，又透着股散漫的味道，"说实话，我们这些人查了数百年，直到今天才知道，原来魔族军师居然是个烛阴巫。"

魔族男子微微一笑，没有说什么。原来他便是传说中最神秘、最可怕的魔族军师黑袍。

难怪他一身黑袍，在风雪之中如此醒目。那么这道清冽声音的主人又是谁？

面对深不可测的魔族军师黑袍，那人竟没有丝毫惧意，甚至显得有些满不在乎。伴着恐怖的空间撕裂声，雪空里的那道剑痕缓缓扩张，有个人从里面走了出来。

走过剑痕，那人仿佛被镀了一层锋芒，衣衫四周与眉眼之间，尽是明亮的光泽。直到那人在雪地上走了数步，那道锋芒才渐渐敛去。

那是一个人类男子，不知多大年龄，如果只看眉眼间的散漫神态，似乎还是年轻人，但看他眼瞳里的宁静深意，却仿佛已经修行千年。

那男子负手站在雪地上，腰间系着柄剑，轻轻摆荡，显得很随意，所以很潇洒。

"要做成一些事情,总需要付出一些代价。"黑袍看着那名男子平静说道,"苏离,你在世间流浪了数百年,难道还没有想明白这个道理?"

姓苏,并且让魔族军师黑袍有兴趣与之交谈,世间只有一个人——离山小师叔,苏离。

对于人类世界而言,魔族军师黑袍是最大的噩梦,在某种程度上,甚至比魔君更恐怖。那么离山小师叔苏离,便是最离奇的传说,最恣意的一片汪洋。

因为周园,他们相遇,那么稍后谁能离开?

苏离对黑袍的话不感兴趣。从数百年前开始,他对掌门师兄、圣女、教宗、太宗陛下那些大人物玄妙至极的谈话便非常不感兴趣。他的兴趣在于剑,在于旅途,在于流云与星空。他直接问道:"你派了多少下属潜进周园?烛阴巫还有族人为你所用?"

黑袍挥了挥手,黑色方盘上云雾再起,湮灭了周园里的景物与人踪。他望向苏离,眯着眼睛,微笑说道:"怎么,担心你女儿?"

听着这句话,苏离也眯着眼睛笑了起来。黑袍眯眼的时候,眼睛细长而秀气,但却满是死意,很是可怕。苏离眯眼的时候,笑眯眯的仿佛发自内心的高兴,此时却仿佛是剑上夺目的锋芒。他感慨地说道:"不愧是传说中的黑袍,确实很可怕,你居然连这件事情都知道。"

黑袍平静说道:"这个世界上我不知道的事情很少。"

苏离笑容渐敛,神情认真地问道:"那你知不知道,我发起疯来的时候,有多可怕?"

黑袍笑得更加真实,说道:"当年你第一次发疯的时候,离山的万剑大阵险些就被你毁了。你第二次发疯的时候,长生宗一夜死了十七位长老,直到现在都还无法推选出一位宗主,六圣人就这样少了一位。你们人类都说画甲肖张是个疯子,却哪里知道,他连你的一根脚指头都及不上。只不过你发疯的时候做的那些事,疯狂到没有人敢提而已。"

苏离认真地解释道:"第二件事情和我没关系,至少我是不会承认的。"

黑袍笑了笑,没有说什么。

苏离说道:"既然你知道我发起疯来很可怕,为什么还要这样做?"

黑袍敛了笑容，看着他非常认真地说道："这说明，我有信心掌握所有的事情。"

苏离挑眉说道："我最无法理解的事情是，你凭什么掌握周园！有时候，我甚至怀疑你会不会是王之策大人。"

黑袍平静地说道："数百年来，你一直在世间游历，想必就是在找我，想问个究竟？"

苏离静静看着他，右手落在剑柄上，说道："直到现在，我依然不知道你是谁，但既然好不容易才找到你，我就不想再放过你。"

魔族军师黑袍，毫无疑问是人类世界最诡秘最可怕的敌人。当年如果不是他，或许太宗陛下麾下的联军，早已经攻克了雪老城，魔族已经成为历史里的名词。

数百年来，人类世界的强者最想做的事情，便是找到黑袍，然后杀死黑袍。

问题在于，直到现在，依然没人知道黑袍的真实身份，更不要说找到他的踪迹。今日，黑袍在天空里撷了一丝彩虹，为周园开了一道门，惊动了离山，从而让正在北地游历的苏离，找到了他。

"找到我并不重要，重要的是杀死我，问题在于，你杀得了我吗？"黑袍看着苏离说道，"我动周园，泄出一丝踪迹，被你所趁。但你有没有想过，这也有可能是对你的一场伏击，就像先前说过的那样，你找了我数百年都没有找到，那么，如果我不是想让你找到我，你又怎么可能找到我？"

苏离的眼睛眯得更加厉害，笑意盈然，锋芒渐起。

黑袍仿佛并无察觉，淡然地说道："最初我让那个耶识族人去京都刺杀妖族的小公主，就是为了让你们人类先找到周园。为了取信于你们，我甚至把陛下的天罗都借了过来。当然，秋山君那个小家伙在外园的表现，有些超出我的想象，我原本准备的一些手段，无法落在实处，只好动用备选的方案。"

苏离问他："你要在园内杀人？"

黑袍说道："不错。"

苏离说道："如果你真有这等手段，为何这数百年来，一直没在周园里动手？"

黑袍看着他微微一笑："因为你十几年前才有一个视若珍宝的女儿，因为你女儿今年才能进周园。我就是要让你知道，我有能力伤害到你的女儿，所以你才会一定来找我，这样，我才能把你杀死。"

苏离恍然道："原来最终还是为了杀死我？"

黑袍说道："费了这么多心思布局，总要拿到足够的好处。"

苏离有些尴尬地说道："我不是圣人，也不掌一方风雨，对人类来说，我并不重要。"

"你这不是谦虚，而是在嘲笑我的眼光。"黑袍摇头，正色道，"所谓五圣人，八方风雨，在我眼中都不足惧，因为他们已然老朽，不思进取。但你不同，你不为世俗所羁，孤身一人，敢杀能杀好杀善杀甚至不惜滥杀，我族要战胜人类，像你这样的人必须死去。"

苏离沉默了很长时间，似乎苦恼地说道："为什么我觉得这话听着很开心？"

黑袍笑了笑，没有说什么，拿起黑色方盘轻轻一抖，只见云雾收敛，一切似乎如前。

苏离的面容一冷，问："你把周园关了？"

黑袍说道："这是周先生的世界，我虽然有所了解，却也无法完全关闭，但暂时关几天还是能做到的。"

苏离微微挑眉，问道："你究竟想做什么？"

黑袍说道："我说过，费这么多心思布局，总要拿到足够的好处，除了你，我还想杀很多人。"

苏离声音一震，说道："只有通幽境才能进周园，就算你早有谋划，但潜进去的下属再强也有限，几个魔崽子就想打赢数百人？魔族得天道眷顾，天生便能修行，身躯堪称完美，但为何始终打不赢我们人类？因为我们就是靠人多，欺负你们魔少！"

"那你有没有想过，为何你们人类始终无法战胜我们？因为你们人类越多，便越容易内讧，除了食腐豺，我在这片大陆上还真没见过像你们人类这样喜欢自相残杀的种族。当然，我也从来没有想过，在周园开一道侧门，便能埋葬数百个通幽境人类修行者，我只是要杀死几个人而已，这并不困难。"

苏离问道："你想杀谁？"

黑袍微笑说道："折袖太像当年的你，所以是一定要杀的。包括你女儿在内的两个小姑娘，也是一定要死的。那个国教学院的少年院长叫陈长生？就这四个人吧。我很遗憾苟寒食没有进周园，不然差不多齐了。为什么要杀这四个人？因为他们是人类的将来，而你是人类的现在。周园重现，助我毁掉人类的

439

现在与将来，想来它的主人如果知道这件事情，也会很欣慰才是。"

苏离沉默片刻，然后问道："秋山君呢？"

"真龙血脉，不满二十便聚星成功……确实是真正的天才。"黑袍看着他微笑说道，"可惜你那个晚辈是个情痴，当他知道，开启周园等于是给那四人开启了通往深渊的大门，当他知道徐有容是因他而死，他便必定会追悔终生。对付这等情痴，不杀他要比杀了他更残忍。"

苏离说道："王破、肖张、梁王孙。"

这三个名字，都在逍遥榜上。他说出来，是疑问，也是挑战。

黑袍想了想，说道："就像你说的那样，人类这么能生，我总需要多些耐心。慢慢来吧，慢慢杀吧，我想，总有一天能杀干净。"

说完这句话，他咳嗽了起来，英俊的脸庞变得愈发苍白，皮肤下的青色也越发沉重，显得格外妖异，唇角甚至溢出了一道鲜血。苏离的身影也微微摇晃了起来，眼神显得黯淡。

直至此时，静止的雪空里，才出现了数百道纵横交错的剑痕。有些剑痕深入雪中数里，甚至仿佛要把天空破开。但终究未能破开，因为在雪空之外，还有飘舞的大雪。原来谈话的同时，这两个世间最强者，一直在战斗。

随着黑袍的咳嗽声，静止的雪空逐渐松动，雪片重新落下。数道如山般的身影，在雪原四周缓缓显现，威压恐怖至极。数位魔族大将出现在场间！

一道阴影从远处的雪老城里生出，遮蔽半片天空，落在了雪原之上。苏离怔了怔，转身望向南方，眯着双眼，神情微怅，仿佛有所感慨。然后，他暴喝道："快来人啊！"

121 · 逆流而上（上）

离山的万剑大阵再次启动，朝阳之下的万道剑光，如流金一般。

白鹤一声清鸣，离开了圣女峰。京都皇宫里的甘露台上，没有圣后娘娘的身影。

离宫里的钟声，全无预兆地响了起来，虽然不显急促，却连绵不绝，仿佛永远不会停歇。

汉秋城外的草庐下，朱洛猛地睁开眼睛，只有无限警惕与震惊，哪里能看到半分醉意。

车厢里，梅里砂也睁开了双眼，略显浑浊的双眼里闪过一丝莫名的神色。

他们不知道遥远的北方，雪老城外正在发生什么事情，也还暂时不知道离山的震动，听不到离宫的钟声，但就在先前那一刻，他们感知到了一个极为意外震惊的事情——周园重新关闭了！

树林里一片嘈乱，长生宗的长老、国教教士、诸学院宗派的师长，纷纷涌到那片不散的云雾之前。

雾中的闪电依然如蛇般狰狞，清晨时分被彩虹打开的那条通道，不知何时已经消失不见，重新被雾气占据。彩虹犹在，但在不停地移动位置，无法准确地辟开道路，只能让雾气不停翻滚。

朱洛和梅里砂站在最前方，神情严肃看着眼前的画面，以他们的眼力，能够看到那条通幽曲径在雾中若隐若现，确认通道并没有完全消失，只是受到了某种干扰，暂时无法通行。

"小世界自有其运行的规则，除了拥有者，谁都无法改变。"梅里砂缓声说道，"除非周独夫复生，否则没有人能提前关闭周园。想必过些天，园门应该会重新开启。"

说是这样说，林间的气氛却没有办法变得轻松起来。是谁在影响周园开启的进程？他想做些什么？朱洛和梅里砂想都不用想，便知道肯定是魔族做的手脚。他们甚至直接想到了那个人的名字——黑袍。

梅里砂想到的事情更多些，脸上的忧色越来越浓。周园的门何时重新开启？在这些天里，园里会发生什么事情？那些人会面临什么？他们之间会发生什么？有谁能够控制住局面？

朱洛忽然说道："她进去了。"

梅里砂沉默了一会儿，说道："得看他。"

周园里的人并不知道外面发生了什么事情。

陈长生和折袖撑着伞，行走在微雨中。离开小桥流水的静园，便来到青色满眼的山陵间。站在一处崖前，看着脚下被雨水打湿的森林，还有远处沐浴在阳光下的草原，陈长生只觉心神一片开阔。

周园，哪里只是一方园林，这里是一个真正的小世界。周独夫，果然不愧

441

是千年以来大陆的最强者,他留下的这个小世界,要比教宗大人的青叶世界还要大很多倍。

顺着山道来到森林里,再走出森林,二人来到一条河前,往远处望去,只见那片草原还在阳光下闪闪发亮,距离没有拉近些许。陈长生拿出流水瓶看了看,发现走到这里花了半个时辰的时间,与默数的时间作对照,确认时间的流速没有变快或者变慢。

"听说在那片草原深处,一月方是园外一日,用来修行最好不过。"折袖说道,"不过已经有百余年,没有入园者能够走到草原最深处,没有人知道周独夫的传承是不是在那里,只知道那片草原里隐藏着很多凶险,有些特别凶猛的妖兽。"

陈长生在道典里也读过相关的记载,听到"妖兽"二字,下意识地看了折袖一眼。狼族少年自幼生活在雪原上,最擅长的应该便是猎兽。

"能在那片草原里繁衍生息的妖兽,不是通幽境能够对抗的。"折袖面无表情说道,"所以你不要想得太多。"

看着远方那片草原,陈长生没有办法不去想,用手摸了摸剑柄。河畔的水声有些大,或者是在他的识海里,总之,折袖没有听到微弱的两声吱吱声。

"我们去哪里?"折袖问道。

周园里一共有五片区域,除了远方那片看似平静实际上非常凶险的草原,其余四片区域,数百年来已经基本上被人族修行者和魔族探察完毕,很多当年曾经叱咤风云的大陆强者的遗物被寻获,重续传承,也有很多法器重见天日。数百年过去了,谁也不知道周园里还有什么,但各宗派学院都有共识,现在想要在这里面获得一些法器或传承,必然要比前代修行者付出更多的努力,冒更多险。

陈长生想了想,说道:"你有没有什么地方想去看看?"

在天书陵观碑的时候,他便已经想好了进周园后要做些什么。他想看些风景,寻些遗迹,在那夜之后,旅行的目的地稍微做了些修正,但草原肯定是最后才会去。

折袖说道:"我想去剑池。"然后他补充说道,"如果真有剑池的话。"

陈长生说道:"剑池只是传说,从来没有人看见过……数百年来,那么多前辈修行者,都没有找到,我不认为我们也能找到。"

"没有剑。"折袖看着他认真说道。

陈长生沉默想了一会儿,确实如此,数百年来,周园开启多次,进园探险的修行者们,发现过很多法器、珍宝以及最珍贵的传承,却唯独没有发现过剑,无论是松涛如怒的山峦里,还是碧波如镜的大湖畔,都没有剑。

当年那么多大陆强者败在周独夫手中,他们的剑去了哪里?剑池的传说,确实很有几分道理。

"就算我们运气好真的找到剑池,那些剑肯定都断了,灵气全无,还不如去山崖间的洞窟里找找,说不定能遇着件趁手的法器。"

"我没有剑。"折袖看着他认真说道,"如果可以,我想找把剑用,而且,我不喜欢法器。"

陈长生这才想起来折袖一直都是徒手作战,想了想后说道:"我记得前人笔记里说过,顺着这条河流往上游去,十余里处右手方有道山涧,有人曾经在涧下拾到只剑鞘。如果周园里真的有剑池,那么应该在那附近。"

雨不知何时停了。陈长生收好伞,和折袖逆流而上。未行多时,忽听着前方河岸上传来数声凄厉的剑鸣。

绕过滩石,只见一个少女靠着棵树坐着,左肩上满是鲜血,此人正是那位与陈长生从京都一道过来的圣女峰师姐。那个叫叶小涟的小姑娘横剑守在她的身前,小脸上满是愤怒。

122 · 逆流而上(下)

哐啷一声,河畔剑光骤敛,一道飞剑归鞘。陈长生和折袖望过去,只见出手的是个中年修行者,一身麻衣,双眼湛然有神,身旁还有个年轻道人,应该是此人的同伴。

进入周园的数百名修行者,都已经进入通幽境,大多是各学院宗派的中坚力量,像这样能够一眼瞧出年岁的人不多,在陈长生想来,如果不是散修,那么便应该出身于一些小的宗派。

他想的不错,这个中年修行者名叫伏千松,乃是天南一个叫作清虚观的修行者,甚至是清虚观的观主。一身修为已然通幽中境,放在离宫或者长生宗这种地方,或者并不特殊,但在寻常宗派里已经算是了不得的高手。那个年轻人则是他的大弟子,刚刚进入通幽境。

看着陈长生和折袖忽然出现,那个清虚观的年轻道人顿时紧张起来,右手微微颤抖，似乎随时准备召出飞剑。

那个中年修行者在第一时间认出了陈长生的身份，举手将弟子拦下，然后向陈长生揖手，说道："见过陈院长。"

清虚观这个不为人知的小宗派属于国教体系，按照周园里的规矩，这个中年修行者对圣女峰的弟子动手，毫无心理障碍，此时面对陈长生却变得恭谨起来。因为他毕竟还要在周园外生活，哪里敢对陈长生无礼。

听完这个中年修行者的自我介绍，陈长生才明白发生了什么事情。看着对方手中那块残缺的法器，心想都说周园里的宝贝与传承已经被发现得差不多了，为什么圣女峰的这两位少女却能如此轻而易举地找到？

"那是我慈涧寺前辈八十年前便在周园里找到的法器，只不过当时离开的匆忙，不及带走，所以藏在了河畔树下。"叶小涟看着那个中年修行者愤怒地说道，"这本就是我家的东西，你居然偷袭强抢，要不要脸？"

中年修行者神情有些尴尬，他今年五十余岁，入通幽境多年，对两个刚入通幽境不久的少女居然还要用出偷袭的手段，传出去难免有些不好听。

清虚观作为国教的旁支，并不怕南人事后报复，哪怕是传说中的圣女峰。因为周园的规矩是圣人们定的，既然已经撕破脸，当然要尽早让对方退出周园，但陈长生和折袖出现，他只好把剑收了回来。

八十年前慈涧寺的前辈道姑，进入周园探秘，找到了一样残缺的法器，却因为某种原因没有带走，而是藏在树下，出园后把这个秘密告诉了后代弟子，让他们进入周园后去取出来，可以想象得到，这久远的故事后面肯定还隐藏着很多秘密，颇令人感慨。

陈长生望向那名负伤的圣女峰少女，问道："童师姐，你没事吧？"

和长生宗相仿，圣女峰也辖着很多宗派山门，比如叶小涟便是慈涧寺的，小姑娘修道天赋颇佳，或者明年便能进入南溪斋。南溪斋并没有世人传说的内门外门之分，只不过徐有容是指定的下一代南方圣女才会有些特殊，按入门位序来说，徐有容应该称这位童姓少女为师姐，陈长生不知为何很自然地也称她为师姐，从天书陵一直叫到了此间。

那位童师姐在叶小涟的搀扶下站起身来，捂着左肩的手指间溢着鲜血，脸色有些苍白，摇头说道："应该无碍。"

在天书陵里，她能够在一个月时间里观碑参悟破境通幽，修道天赋可以说是非常出色，叶小涟居然也能破境通幽，则是运气真的很好。但真正重要的原因，还是陈长生那夜引来的星光。

今年大朝试的考生们都很清楚这一点，所以像摘星学院、离宫附院、宗祀所的那些弟子，对陈长生羡嫉之余有几分真心感激，而像她们这两名圣女峰女弟子和南方其余宗派的弟子，对陈长生的态度则要复杂得多。

没有南人喜欢陈长生，但必须承他的情。叶小涟只是个小女孩，想事情幼稚得多，也直接得多，当初在神道上羞辱陈长生，其后态度渐渐改变，在天书陵那夜之后，便只剩下敬畏与感激。此时看着陈长生的背影，她觉得心情安定了很多，仿佛找到了靠山。她扶着师姐站在陈长生身后，盯着那对清虚观的师徒。

中年修行者自然不在意她眼中的愤怒，只在意陈长生的态度，他相信以自己通幽中境的修为，陈长生再如何天赋过人，就算他身边那个气息冷漠的少年可能便是传说中的狼崽子，也不可能胜过自己。但作为国教旁系一员，他怎能不忌惮陈长生的离宫背景。

趁着陈长生还没有来得及说些什么，他当机立断说道："周园极大，我师徒二人还要多番寻找，陈院长，这便告辞了。"

那名童师姐望向陈长生，带着歉意说道："周园取宝，各凭本领，我本无颜请陈师兄相帮，只是那件法器，乃是寺中一位前辈心爱之物，此行之前专程托人带话，请我们帮她拿回去，还请……"话至此处便止，因为她觉得这番请托有些不合常情。

陈长生确实不知道应该怎么做。那对清虚观师徒偷袭夺物，自然算不上光彩，但周园规则便是如此，而且对方乃是国教一属，对自己丝毫不缺礼数。相反，他虽与徐有容有婚约，但与圣女峰之间没有任何关联，南北本就殊途，难道他还能帮南人对北人动手？

这是他第一次遇到这种麻烦的选择题。只觉得，当年替周园定下这些规则的圣人，真是令人讨厌。便在这时，一道肃杀至极的剑意，从远处的山林里传了过来。那个中年修行者神情微变，对陈长生揖手为礼，便准备带着弟子离开。

童师姐轻叹一声，没有再说什么。叶小涟却睁大眼睛看着陈长生，似乎不明白为什么他就这样让人走了，心想你是圣女峰的女婿啊。却浑然没有想到，自己这般想，已是让陈长生取代了秋山君在她心中曾经仿佛不可取代的地位。

陈长生看着向河对岸涉水而去的那对师徒，终于做出了决定。然而就在这时，树叶微摇，庄换羽出现在河滩上。他看着陈长生，神情冷漠，没有说话，意思却很清楚。他想看看陈长生究竟会怎么做。

123·青烟传警讯

一路上，庄换羽一直在自己的马车里，很少露面，不知道是不是在刻意避着陈长生。陈长生对此人并不在意，甚至都不知道他也离开了天书陵，来到汉秋城，直至进入了周园。但他很清楚，庄换羽此时为何会出现，而且看着自己。

他是国教学院的院长，无论是离宫的态度，还是入园之前主教大人的交代，北方教派的修行者理应以他为首，处理事情当然要公允。问题在于，此时此刻，怎样的处理才算得上是公允？

他向前走了一步，却被折袖拦在了身后。庄换羽眼中现出嘲弄的意味。折袖的脸上依然没有任何表情，缓慢地说道："这件事情用不着你管。"

这话不是说陈长生不能管，而是说有人会管。

先前那道来自远方林中的肃杀剑意，并不属于庄换羽，另有其人。那对清虚观的师徒很清楚这一点，所以才会急着离开。

便在这时，那道肃杀剑意来到了河滩上，直接破开岸上的树林，强横至极地斩至那个清虚观观主的身前。清虚观观主神情骤然，一声厉喝，双手执剑横于胸前。只听得一声极清脆的撞击声响起。

河滩上气浪狂喷，水面哗哗而乱，露出河底的鹅卵石。直到此时，众人才看清楚从林里飞出来的那道剑。那道剑眼看着要被清虚观观主的剑格住，却陡然间大放光华，威力陡然再升，仿佛要把整道河斩开一般！轰的一声巨响，河里流淌着的水尽数被震得飞了起来，无数鹅卵石骨碌碌到处乱滚，河滩上更是烟尘四起。

清虚观观主一声闷哼，胸口如遭重击，双膝微屈，如断线的纸鸢般向河的那头飞去，双脚在地上拖出两道清晰的痕迹。直至退出十余丈，他才停了下来，脸色苍白至极，胸口出现了一道清晰的剑痕，唇角也是血溢不止。

震到天空里的河水，便在此时落了下来，哗哗作响，清虚观观主浑身湿透，看着好生狼狈。

那个年轻道人急急向河对面跑了过去。

"好霸道的山鬼分岩。"陈长生看着这一情景，在心里默默想着。当初在青藤宴上，七间对唐三十六曾经用过这一记离山剑招，但其时七间尚未通幽，因此与此人使出来的山鬼分岩，完全是两种概念。他和折袖转身向树林里望去，只见梁笑晓和七间从里面走了出来。

"你想往哪里走？"河水重新开始流淌，水声却遮不住梁笑晓冷漠的声音。

对岸，清虚观师徒相互搀扶着，正准备离开。同是通幽中境，离山的剑法要比清虚观的剑法强太多，一个寂寂无名的清虚观观主，又如何能与神国七律相提并论？除了认输别无他法。

听着这声音，清虚观观主转身望了过来，苍白的脸上流露出愤怒的表情，说道："你想怎样？"

梁笑晓面无表情说道："把东西留下。"

清虚观观主一咬牙，把手里那块残缺的法器扔了过来。

梁笑晓依然没有让他们离开的意思，继续说道："然后过来赔罪。"

清虚观观主喝道："休要欺人太甚！莫要仗着离山势大，便如此过分。"

说这句话的时候，他看着陈长生。周园规则便是如此，圣女峰那对师姐妹打不过他，法器自然归他，他打不过梁笑晓，自然留不住法器，所以他自问也没有什么需要向南人赔罪的地方。

梁笑晓仿佛不知道他的意思，接住法器，毫不犹豫便给了那位圣女峰的童师姐。

南方大陆，胜在有长生宗与圣女峰守望相助，如此才能在大周与国教的威势之下，保持了这么多年的相对独立，两大宗的弟子平日里也互以师兄妹相称，说是同门也不为过。

梁笑晓握着剑，继续向河对岸行去。

陈长生说道："他受的伤很重，无力再战。"

这句话里没有说行了的意思，但就是行了、够了的意思。梁笑晓停下脚步，转身望向陈长生，眼神微寒。离山剑宗与国教学院有无数难解的纠葛，梁笑晓又不像苟寒食等人与陈长生有同檐共食的经历，在他的眼中，陈长生此人本就极其讨厌。

折袖依然站在陈长生的身前，面无表情。虽然他现在是通幽初境，比梁笑晓要整整差了一个层次，但他的脸上没有任何惧意，连紧张都看不到。

就像在天书陵外的树林里，他曾经对陈长生说过的那样，当初在大朝试对战时如果能生死相搏，他连荀寒食都不惧，更何况梁笑晓在神国七律里只排在第三。这就是见惯生死、杀过无数魔族所培养出来的底气。

七间看着折袖，蹙了蹙眉，走到梁笑晓身边。

梁笑晓看着陈长生嘲讽道："先前你不说话，这时候来装公道？"

陈长生想了想，没有解释自己先前准备做什么。圣女峰那位童师姐不想双方因为自己而冲突起来，柔声劝解了两句。梁笑晓没有说话，脸上的嘲弄神情却越来越浓。

"从天书陵开始，你对我似乎一直都有敌意。"陈长生看着他认真问道，"我不明白这是为什么。"

梁笑晓仿佛听到了一个极其愚蠢的问题："我是离山剑宗弟子，对你有敌意，不是很应该的吗？"

陈长生想了想，指着树下的庄换羽说道："那他是天道院的学生，为何对我也一直有敌意？"

梁笑晓说道："或者你应该考虑一下，当整个世界都对你抱有敌意的时候，是不是自己做错了什么？"

陈长生沉默了一会儿，说道："我认真考虑过这个问题，发现也有可能是这个世界错了。"

七间轻轻扯了扯梁笑晓的衣袖。梁笑晓神情漠然，不再多言。

陈长生摇了摇头，蹚水过河，来到那对清虚观师徒的身边。

看着那名清虚观观主胸口严重的剑伤，他说道："伤势太重，你们得离开了。"

那个年轻道士心想刚刚进周园不到半日，什么都没有获得便要离开，脸上顿时流露出不甘的神情。

陈长生说道："先前你师父也说过，这就是周园的规则。"

年轻道士看着他，愤愤不平地说道："你是国教大人物，为什么不帮我们？"

陈长生没有接话，继续替清虚观观主搭脉，低着头说道："必须抓紧时间。"

清虚观观主有些虚弱地点点头，他与徒弟的阅历见识自不一样，知道先前虽然陈长生没有出手相助，但如果不是他在场，自己绝对会被那两名离山剑宗的少年强者伤得更重。他从腰间取出入园前拿到的灰线引，颤颤巍巍地点燃。

淡渺的青烟，从燃烧的线端升起，缓缓飘到河水上空，然后渐渐消失在周园的天空里。

陈长生隐约能够感觉到，这道青烟融入天空之中，将周园与真实世界隔绝开来的空间壁开始做出反应。按道理来说，空间法门是至高的妙境，一根灰线燃烧，断不足以将一个人运至数十里之外的周园园门，那么这些灰线引利用的应该是周园世界的自身规则，甚至极有可能本身就是很多年前周园自身的产物。

河水缓缓地流淌着，湿漉的滩岸重新变干。

年轻的道士虽然心有不甘，却没有别的办法，他知道，师父离开之后，自己肯定也要跟着离开周园，不然以自己的境界和剑术，根本没办法与园里的这些强者对抗。

时间缓慢地流逝，清虚观观主手中的灰线渐渐烧尽。河水依然流淌，水草依然飘浮不定。什么事情都没有发生。清虚观观主依然躺在河滩上。

陈长生有些吃惊，不解问道："难道灰线引失效了？"

折袖微微挑眉，望向那个年轻道士。那个年轻道士怔了怔，才反应过来，从腰间取出自己的灰线引点燃，因为紧张，手有些哆嗦。

片刻后，年轻道士的灰线引也燃烧完毕，但依然没有发生任何变化。他捏着烧剩下来的线头，脸色变得苍白。清虚观观主的脸色更加苍白。

梁笑晓的那记山鬼分岩太过霸道，只是两式相交，他的胸口便多出了一道恐怖的剑伤，这时候鲜血还在不停地向外溢流，如果不能及时地回到园门，出去请国教的教士治疗，只怕真的会有生命危险。

"这到底是怎么回事？"那个年轻道士慌乱问道，双眼向四周望去。

河畔的森林一片幽静，这时候忽然显得有些阴森起来。这边发生的事情，终于惊动了对岸的那些人。七间和梁笑晓和圣女峰那对师姐妹走了过来，庄换羽也走了过来。

"不会出什么问题吧？我师父……师父他怎么办？他还在流血，不会死吧？"年轻道士看着陈长生，满脸的不安与期盼。

梁笑晓看着清虚观观主胸上的剑伤，微微皱眉。进入周园的通幽境修行者，都是人类与魔族对抗的希望，圣人们怎么可能看着他们随意死去。当年给入周园定下的规则，之所以看上去有些残酷冷血，正是因为无论战斗如何惨烈、人心如何险恶，到了最后关头，总能用灰线引直接离开周园。而现在灰线引却失

449

效了。

陈长生取出针匣，先替那名清虚观观主简单地止了血，然后站起身来，望向溪河下流的远方。

124 · 两地医（上）

溪河下游是丘陵，蜿蜒而去，隐约可见远处那片原野，一切与先前他们来时仿佛没有任何变化，但陈长生知道这个世界肯定出了些问题。就在他看着这个世界沉默不语的时候，庄换羽准备离开。

"最好不要自己一个人离开。"陈长生转过身来，看着他认真说道，"灰线引失效，应该是出了事，还是先查清楚为好，不然我担心会出问题。"

庄换羽停下脚步，微微挑眉说道："周园开启只有百日，在里面的每一刻都是珍贵的，难道你要我因为这种小事耽搁时间？"

陈长生说道："你先前观战就已经花了时间，何必在乎再多花一点。"

"好吧。"庄换羽看着他说道，"如果真出了什么问题，当然是要去园门处查看，我们在的地方距离园门至少有数十里的距离，谁去？"

正如他先前所说，周园里的每一刻时间，对入园的修行者来说都是无比珍贵的。由众人所在的河畔去园门，一去一回，哪怕耗费真元急掠，也至少需要半个时辰的时间，谁会愿意为了这种事情，浪费这么多时间？

七间看着有些意动，准备说些什么，梁笑晓却在旁摇了摇头。他想着师门交付的重任，只好沉默不语。

河畔很是安静，无人应声，庄换羽看着陈长生略带讥讽地说道："你看，根本没有人愿意去，既然是你提的主意，何不如你去？"

陈长生没有直接回答他的话，望向身受重伤的清虚观观主。

七间明白了他的意思，说道："我来看吧。"

然后他望向梁笑晓，低声说了几句什么，态度很坚决。

"好。我想你们可以在林子里找，但最好不要走远。"陈长生很清楚，这些宗派弟子进入周园，就像圣女峰那位师姐一样，大多都带着师门的任务。

说完这句话，他便向溪河下方走去，折袖没有说话，跟在他的身后。

到溪河下方转弯处，确认河畔的人看不到自己，陈长生对折袖说道："我进林去一趟,你在这里等会儿我。"

折袖不知道他要去做什么,也不想打探他的秘密,神情漠然地点了点头。

进入幽静的密林,向山上攀爬了一段,陈长生停下脚步,望向远方那片在阳光下燃烧的草原,和那道伸向草原深处的山陵,右手握住了腰间短剑的剑柄,低声说道:"帮我个忙去园门处看看?"

黑龙不知何时落在他的肩头上,望着远方那道山陵,龙眸里泛起一道异光,感觉有些困惑,总觉得那里有什么东西在吸引自己。

"我有一种预感,只怕园门关了,无法和外界联系,所以我去你去都一样,只是路上要小心些,不要被人看到。"陈长生转头,望着肩上的黑龙,认真地拜托道。

黑龙收回望向那道山陵的目光,看着他吱吱了两声。

陈长生有些苦恼地说道:"我有的东西你都看不上眼,这把剑是我师兄送给我的,可不能给你。"

黑龙冷漠地看着他,那意思很清楚,你什么代价都不付,居然也敢请我办事。

陈长生想了想,说道:"这样吧,我答应你一个要求……你知道的,我现在是国教学院的院长,以后可能会弄到很多奇珍异宝。"

黑龙的竖瞳微微眯起,似乎很满意这个答案。

林间清风骤起,伴着一道刺耳的空气撕裂声,黑龙化作一道虚影,瞬间破空而去。

没有过多长时间,陈长生从山林里走了出来,看着折袖神情凝重说道:"园门关闭了。"

折袖微微挑眉,没有说什么,也没有问他怎么在这么短的时间内便知道了园门的情况。

回到先前那片河滩,其余的几个人对陈长生如此快便确认消息则有很多疑问,庄换羽漠然的眉眼间微显嘲讽,梁笑晓直接问道:"你说关了就关了?"

陈长生也不解释,说道:"你如果信就信。"

不待梁笑晓和庄换羽继续发问,他蹲下来继续替那位清虚观的观主疗伤。

七间说道:"我信。"

梁笑晓看着他微微皱眉,似乎有些不解小师弟为何对陈长生这个离山剑宗

451

的对手如此信任。

"二师兄说了，如果在周园里遇着什么事情，陈长生是最可以信任的人。"七间说道。

离开天书陵的时候，苟寒食曾经请他代为照顾离山的弟子，当时他以为这只是客气随意说说，没有想到苟寒食竟是真的这样想，不知为何，他忽然觉得虽然双肩沉重了，心里却变得轻松了很多，那种感觉很舒服。

确认清虚观观主的伤势不会太快恶化，他站起身来，请折袖准备治疗的用具，向梁笑晓等人说道："我确认过，周园自身的规则没有受到破坏，只是受了某种外部力量的干扰，百日之内园门应该会重新开启，只是不知道什么时候开。"

梁笑晓问道："有什么力量能干扰到这个小世界？"

七间想了想，说道："或者是力量足够强大，或者是使出这种力量的人对周园非常了解。"

陈长生点头说道："我认为是后者。"

叶小涟睁着眼睛，好奇地问道："会是谁呢？"

陈长生等人对视一眼，没有说话。有数百名人类修行者进入了周园，想要动手脚的，当然是人类的敌人。人类的敌人，就是魔族。

"必须要小心些。"七间望向溪河下方的原野，忧心地说道，"必须想办法赶紧通知其他的人。"

他们并不确定或者说根本没有想到，会有魔族潜入周园，但既然周园有变，灰线引失效，为了避免人类修行者动手夺宝的时候下手太狠，造成无法挽回的损失，那么就必须尽快把周园关闭的消息传播开来。

只是周园实在太过辽阔，数百名人类修行者看着数量不少，散落在其间，更显得非常稀疏。而且既然大家的目的都是进周园寻宝，很多人想必会潜踪匿迹，在这种情况下，偶尔相遇的情况都很少会发生。他们这些人之所以会在河畔相遇，是因为他们都有想法，关于剑池的想法——无论国教学院还是离山剑宗或者天道院，大概都留下了关于剑池踪迹的一些记载，所以他们才会逆流而上，来到这里，对于这一点，他们彼此心知肚明。至于清虚观的这对师徒，则是从入园开始，便一直盯着圣女峰的这对师姐妹，从某种程度上来说，也真是老谋深算了。

周园世界辽阔，由三道山脉分割成三个大区域，那片著名而从来无人敢于深入的草原位于正中，山脉丘陵的边缘，也就是周园的边缘有数座园林，那些园林传闻都是周独夫当年的住所，起居之处藏宝的可能性最大，所以一般修行者入园，大多会首先在这些地方搜寻一番。

梁笑晓对七间说道："要去那些地方太远，太耗时间。"

他的话没有说尽，七间明白意思，其实在场的人也大概都明白了意思。看来，离山剑宗对剑池的相关消息非常确信，或者说在这数十年里，离山长辈们分析出了一些东西，梁笑晓和七间当然急着离开。

在天书陵里，陈长生时常替折袖诊治，对那个匣子，折袖非常熟悉，没用多长时间，便把需要的东西准备好了。陈长生没有理会离山剑宗这对师兄弟想些什么，接过那些事物，蹲到地上开始正式给清虚观观主治伤。铜针入体，清虚观观主的血已经止了，他这时候要做的是缝合伤口。

叶小涟在旁看了一眼，脸色忍不住苍白起来。就连清虚观那名年轻道士扶着师父的手都有些颤抖。作为修行者，无论是门内的切磋还是行走世间的战斗，当然都见过血，但却很少见到，一根金属针在人类的肉上穿来扎去的情景。

将清虚观观主胸口那道剑伤缝好，再用干净的布块包扎完毕，陈长生并没有结束治疗，而是开始用铜针清通他胸腹间被梁笑晓剑意伤及的经脉。圣女峰南溪斋以及京都的青曜十三司，乃是修行世界里最擅长治疗的门派，千年以来，人类与魔族的惨烈战争里，总能看到穿着白色祭服的女子的身影，她们在这场战争里扮演了极其重要的角色。她没有想到，今日在周园里居然能看到如此精湛的医术，而且陈长生明显没有修过国教的圣光术。

河畔一片安静，只有流水发出的淙淙声以及清虚观观主偶尔发出的闷哼声。所有人都看着陈长生，不敢打扰。庄换羽不喜欢这种场面，微微挑眉，对梁笑晓点了点头，便向上游的树林里走去。

陈长生用余光看到了他的身影，没有再次劝阻。

没有过多长时间，他确认清虚观观主的伤情应无大碍，站起身来，看着七间说道："我也要走了。我得想办法去找到别的人，就像你担心的那样，他们还不见得知道周园关闭的事情，一旦争执起来，下手肯定不留后路，狠辣无比，那会出大问题的，说不定会死人。"

梁笑晓觉得他这番话是针对自己，却不明白陈长生只是就事论事。

七间有些为难，说道："我们也有必须离开的原因。"

"明白。"陈长生望向圣女峰那对师姐妹,说道,"能不能麻烦你们在这里暂时照看一下他们?我大概中夜之前赶回来。"

童师姐微微一怔,没想到他居然提出这样的请求,想了想应了下来。先前被偷袭,现在却要照顾对方,如果她不是圣女峰的弟子,还真无法接受。陈长生感激地笑了笑,便和折袖再次往溪河下游走去。

阳光明媚,森林里的阴森意味被驱散了很多。

在周园东南,有片园林依山而建,传闻中,这片园林乃是周独夫中年之后,喜静却悦于鸟鸣,故而修建,名为畔山林语。畔山林语并不是周园入口处那片园林,但与园门最近。

园门处那片园林,因为每次进园的修行者,首先都会经过那里,所以早已被翻检了无数遍,后来的修行者,想要捡漏都没有什么可能。所以今年的修行者入园后,有很多人首先来到的便是畔山林语。

山间鸟语如乐,园间流水无声,转廊飞檐,粉墙扇窗,按照人类修行界定下的铁律,周园里除了法器与传承,其余原有陈设一律不准擅动,所以哪怕隔了数百年,这里依然保留着当年的七分清幽九分贵气。只是在这片园林深处的某个房间里,此时却只有惊恐与不安,清幽和贵气早已被血腥味冲得不知去了何处。

十余名修行者围着场间,脸色非常难看。一名修行者倒在地上,腹部被一柄剑贯穿,割开了一道约五指宽的口子,他的左手捂在上面,却止不住血水不停地流淌,甚至可以看到肠子被挤了出来,人已然奄奄一息,而他的右手握着的灰线引早已燃烧完毕,只留下了些灰。

另一名修行者脸色苍白,不停地说道:"我不是故意的,我以为那招栖桐,最多也就是让他受伤,哪里想到,他那一刻真气凝滞,剑竟是没有抬起来,我真不是故意的,而且……这灰线引烧了没用啊!"

那名受伤的修行者,腹部被贯穿,血流水止,眼看着就要死去。围在四周的修行者的脸色变得越来越难看。最令他们感到不安的是,为什么灰线引会失去了效果?难道自己这些人,真的只能眼睁睁看着这人去死?

就在这时,数名身着白色祭服的女子来到了畔山林语,园中响起惊喜的喊声与请安声。

有一名女子没有进屋,她站在廊桥之上,望向远处渐向草原坠下的那轮太阳,沉默不语,似乎发现了什么。

125 · 两地医（中）

阳光落在少女的脸上,清秀但谈不上美丽的容颜,顿时变得明媚了几分。她静静地看着远方的太阳,想着今日入园后遇到的这些事情,心里大概有了数儿。

便在这时,一名青曜十三司的白衣少女急急走了过来,来到她身后,低声说道:"那人受的伤太重,师姐……"

少女点了点头,示意她先去,自己随后便来。那名青曜十三司的少女走回屋里,不顾那个伤者同门的反对,将所有人都赶了出去。这时,那名少女才走进屋中。两名青曜十三司女子正在替那名伤者治疗,只是那人受的伤实太重,离宫里常见的治疗法门,很难起作用,无论她们如何努力,依然无法止住那人腹中创口继续流血。

见她到来,青曜十三司的女子们顿时松了口气,赶紧让开位置。少女走到那个伤者身前,看了两眼,举起右手放在了伤者腹部上方的空中。只见一道淡淡的青光从她的掌心落下,就像流水一般,却比流水更加轻柔,不停地落到伤者的身体上。那个伤者的伤口正在不停流溢的鲜血,忽然间就停了。紧接着,少女掌心落下的光束变了颜色,从令人心生愉悦清新之感的青色,变成了圣洁庄严的乳白色。洁白的光线照耀着伤者的腹部,那道吓人的创口,竟以肉眼可见的速度渐渐愈合!

"周园……出了问题,我怀疑园门已经关闭,稍后你们让那些修行者里选一个速度最快的去园门看看。"那名少女站起身来,对众女说道,"我走后,你们点燃两道烟花,相信山野溪涧的人们应该能看到。"

无论是圣女峰还是青曜十三司,在战场上向来以烟花为讯,对修行者和人类军队来说,这两道烟花便是希望。此时虽然是在周园里,相信那些在对战里受伤却又无法通过灰线引出园的修行者,看到这两道烟花后,应该会想办法来畔山林语。

青曜十三司一位年龄略大些的女子,看着她担心地说道:"师姐,你要去做什么?"

"我要去做些事情。"少女平静说道，然后转身离开。

看着消失在园林深处的少女背影，青曜十三司的数名女子默然无语。片刻后，才有人想起来先前看到的那幕神奇情景。

一名少女敬慕地说道："那是圣光术吧，真没想到师姐年龄不大，居然把圣光术修到了这种境界，要我看，老师也不见得能做到。"

"后面才是圣光术，最开始应该是圣女峰的自然光。"那个年龄略大些的女子微笑着说道，"师姐她先在咱们学院学习，然后去圣女峰修行，身兼南北之长，自然不凡。"

夜色渐渐来临，周园变得清凉，尤其是山麓之中，更是有些寒意。青曜十三司的白色祭服有些厚，能够挡风御寒，少女看似随意地在山野间行走，实际上是在寻找先前入园的修行者。

她和陈长生、七间的看法一样，再强大的力量也不可能真正改变周园这个小世界的规则，园门关闭应该只是暂时的，问题在于，周园忽然关闭，会给里面的数百个修行者带来很多危险。那些危险来自于人类修行者内部，也来自于别的地方。

在前面那座山崖前，她遇到了一个摘星学院的学生，那学生不是与人争斗受伤，而是施展身法时真元运行出了问题，从崖上摔了下来。洗髓后的身体也没能顶住那段高度带来的冲击力，骨折了好些处，如果不是遇到她，或者真的只能等死。

夜渐渐地深了，山林变得阴森起来，远处隐约可以见到篝火散发出来的光线，看来已有不少修行者发现了异样。他们不在乎会引来什么竞争者，只想尽可能地找到同伴。此时周园里任何人，都可以成为他们的同伴。

少女向最近处的那团篝火走去，白色祭服在夜色里微微飘动。

夜色下的周园，最醒目的便是那些点点篝火，只是有些篝火或者因为距离太远，很难被看见。

陈长生和折袖走出山林。他看着不远处一座丘陵上的篝火，说道："先从近处开始，不要着急。"

折袖没有说话，作为狼族的后代，他最不缺乏的就是耐心。

陈长生很快想到这点,有些不好意思,此时又想到一件事情,问道:"周园里应该还遗落着不少法器,你就这么跟着我,不觉得很吃亏?"

折袖说道:"你呢?难道你不在乎吃亏?"

陈长生说道:"一想到离山剑宗可能有剑池的确切位置,梁笑晓和七间这时候正在往那边去,甚至庄换羽也可能找到,当然……还是会有些在乎。但今夜肯定会有很多人受伤,甚至要死,我总不能放着不管。"

折袖看着他的眼睛,认真地问道:"为什么不能放着不管?"

对在残酷雪原里长大的狼族少年来说,任何仁慈都是致命的弱点,他是真的不理解人类和有的妖族为什么不能放着不管。

"有些妇人之仁?"陈长生想了想,说道,"就是有些不忍心。"

折袖沉默了一会儿,说道:"强者的责任,是让自己变得更强,这样才能保护更多的弱者。"

陈长生老实说道:"可能我没有什么强者的自觉。再说了,既然离宫让我领着这些人,我总要承担些责任,而且好像这里面也只有我会治病。"

折袖没有再说什么。陈长生问道:"你还没有回答我最开始的问题。"

折袖说道:"唐棠出过钱,我就是你的保镖。"

陈长生想着那个还在天书陵里的朋友,想着那把黄纸伞,感慨地说道:"有钱真好。"

折袖又说道:"而且我总觉得,跟着你,我不会吃亏。"

说话的时候,二人没有减慢速度,没有过多长时间,便来到了那座丘陵之上,看到了篝火,也看到了篝火旁的人。

看衣饰,应该是两个南方的修行者,不知道因为什么事情,彼此出剑争斗,结果两败俱伤,身上各有数道伤口。

令陈长生感到有些意外的是,这两个南方修行者正在酣睡,身上的伤口已然愈合,如果不是衣服上的斑驳血迹,竟看不出来受了伤。他走到那两个南方修行者身前,伸手搭了搭脉,又掀开眼帘仔细地观察了一番,最后掀起他们的衣裳,看了看伤口的情况。

二人的伤口虽然谈不上平滑如初,但明显已无大碍,而此时的沉睡应该是闻了宁神香的效果,这样有助于恢复。

"是青曜十三司的师姐,给他们用了断念香。"陈长生站起身来,对折袖说道,

457

"有人帮着四处救人，我们应该能轻松一些了。"

折袖却摇了摇头，说道："不是青曜十三司。"

陈长生一愣，心想自己通读道藏，对青曜十三司的手段非常了解，这两个南方修行者的伤能复原得如此之快，伤口边缘还残留着些许神圣气息，明明就是国教的圣光术，为何折袖会说不是青曜十三司？

国教圣光术极难修行，像他此时看到的这种境界的圣光术，就算是离宫里，也只有十余位主教能够施展，所以他认为给这两个南方修行者救治的人应该年龄颇大，是位师姐，甚至更大的可能是位女教授，只不过入园之时，自己没有留意罢了。

"愈合伤口用的确实是圣光术，但这宁神香的味道不对。这不是青曜十三司的断念香，而是圣女峰炼成最少的无垢尘。"折袖看着他面无表情地说道，"前一种香我都闻过很多次，后一种我闻过一次，再不会忘，所以不会认错。"

陈长生这才想起来，他在北方雪原里猎杀魔族，也经常替大周军方执行一些极危险的任务，不知在生死边缘徘徊过多少次，要说起对青曜十三司和圣女峰这两大疗伤圣地的了解，还真没有多少人比他更强。

"既会圣光术，身边又带着无垢尘……这是谁呢？"他想，能够兼通南北教派之长，想来应该是位很了不起的前辈，只是这样的前辈难道还停留在通幽境？

折袖静静地看着他，不说话。

陈长生问道："你盯着我看什么？"

折袖看着他的眼睛，问道："你是真不知道还是在装傻？"

陈长生怔了怔，忽然明白了。他进周园的一个很重要的原因，便是要去见那个少女，然后把婚书亲手退给她。只不过入园之后发生了这么多事，以至于他竟然暂时忘了退婚的初衷，忘记了她也在周园里。

兼通南北教派之长，能在通幽境便把圣光术修到这种境界，还随身带着珍贵的无垢尘，这些年来，大陆好像就她一个人。

他看着折袖有些无措地说道："不会吧？"

折袖看着他面无表情地说道："就会。"

陈长生不再说什么，望向夜色里的山野，想着先前她也曾经站在这里，站在相同的一座篝火旁，不知为何，觉得心情有些怪异。

"走？"折袖问道。

陈长生忽然转身走到那两个南方修行者的身边，取出铜针开始治疗。折袖有些不解，心想既然徐有容都已经治过了，你何必还多此一举？

126 · 两地医（下）

"用圣光术止血生肌，再用无垢尘宁神静意，这就够了吗？这两个人经脉里还有那么多湍乱的真元团，如果不想办法疏理干净，这一觉睡醒，只怕修为要降低三成。有些人以为学了些法门，便可以治病救人，实在不妥。"陈长生一面运针如风，一面自言自语。

折袖居高临下地看着他，说道："你可以把这句话里的有些人三个字换成她。"

陈长生做完事，站起身来，看着他很认真地解释道："我可不是在和她比什么。"

折袖很认真地说道："我不信。"

陈长生觉得脸有些热，不再说话，准备把这两个南方修行者推醒，让他们去河畔与别的人会合。在这时，他看到了篝火旁的地面上被画了些东西，仔细辨认，才看出是个路线图，还有简单的一行字。

字写得还不错，他在心里默默说道。

"她让他们去畔山林语，看来有很多人在那里聚集。"

折袖看着他问道："我们要不要去？"

陈长生未做思考，直接说道："不要。"

折袖问道："为什么？"

"我还有事情要做，还有很多人等着我去治伤。"陈长生站起身来，沉默了很长时间，有些不好意思地说道，"我还没做好准备。"

白色祭服在夜色里格外醒目，如果是在民间的街巷中，或者会很吓人，但在修行者的眼中，这身白色祭服就像青曜十三司和圣女峰带着特殊印记的烟花一样，代表着活下去的希望与痛苦的终点。

一路行来，少女已经听到了两次满是惊喜、伴着热泪的呼喊声，所以当她看到草坡下那个篝火堆旁的修行者表现得如此平静，一时间竟有些不适应。片刻后她才明白这是为什么，原来那个修行者正在冥想当中。她走到近前，发现这个修行者的伤口已经被包扎好了，从受伤的角度和包扎的方法来看，应该不是自己做的救治。她本准备转身离开，但似乎想起了什么，又再次蹲了下来，伸手把那些包扎的布条解开，观察了一下里面的伤口。

这个修行者的伤口应该是被宗祀所的某种法器击打出来的，伤口四周的肌肤上还残留着一些被俗称为星屑的宗祀所法器残留物。但伤口里的星屑被那位治伤的人清洗得极为干净，伤口也处理得极好，竟是用某种线缝在了一处。少女心想那个治伤的人胆子真的很大，道藏和药典里虽然都有相关记载，但已经好些年没有人这样做过了。

外伤应该没有问题，她更关心的是经脉里的问题，被法器所伤和被剑所伤是两个概念，剑伤其躯，器伤其质，修行界的法器不像剑那般锋芒毕露，杀伤力主要就是体现在对修行者腑脏尤其是经脉的伤害方面。

这个修行者被治好外伤后，一直在冥想，说不定就连识海都出了问题。她的手指搭在修行者的脉关上，缓缓度入一道精纯至极的真元。受到这道真元的激应，那个修行者从冥想的状态中醒来，看着近在咫尺的这个少女，吓了一跳，下意识里便要出手。

被圣人们定下残酷规则的周园，确实是人类修行者用来磨砺心志、提升战斗能力的好地方。

那个少女却是理都未理，说道："不要动，不要说，闭眼。"

那个修行者不认识她，至少不认识此时的她，不知为何，听着她如清泉般的声音，却觉得无比信任。他依言放松，重新闭上了眼睛。

片刻后，少女站起身来。她没有再做停留，在夜色里向远方去。篝火把她的影子拉得很长。

那个修行者再次醒来，看着她的背影，不免惘然。先前那惊鸿一瞥，他看到了一张清秀但很普通、很容易被人忘记的容颜。为何此时，他看着这少女的背影，却觉得美得有些惊心动魄。

少女此时的心情也不平静。那个修行者的经脉非常畅通，宗祀所法器留下的那些震荡与堵塞，竟是尽数被人化解。在周园的数百名修行者里，谁最擅长医术？谁最擅长这种手段？谁在通幽境能对修行者的经脉做这般细微的修正？她和陈长生不同，立刻想到了此人是谁。

"还是有些用处的。"她在心里默默地想着。

听着水声,她来到了溪河畔,看着篝火,发现有两人是自己认识的。看到她,那两个少女很是惊讶。叶小涟的眼中流露出敬畏的神情,童师姐安心微笑。什么都可以改变,只有眼神无法改变,所以同门很快认出了她的身份。

她摇了摇头,叶小涟和童师姐会意,没有说什么。她走到清虚观观主身边,解开他的绷带,看了两眼,双眉缓缓挑起:"他治的?"她望向童师姐。

童师姐与她同在南溪斋修行,自然知道她与陈长生之间的那些事情,一时间不知道她问话的意思。

"本觉得还有些用处,谁知道治得这么乱七八糟。只把外面的剑伤治了,里面还在流血,他就不管了吗?"不知道为什么,少女越想越是生气。

清虚观观主此时很是虚弱,根本不知道发生了什么事情。他的弟子更是糊涂,只是看着那两个圣女峰弟子的态度,知道来人肯定得罪不起。

少女伸出右手,隔空轻拂他的胸腹,只见一道圣洁的光线,从她的掌心落下。清虚观再如何偏僻,只是国教旁系,但观主又怎么会识不得圣光术!他顿时动容,越发确认这位少女是国教了不起的大人物,急着要起身拜见。

少女微微蹙眉,直接把他打昏了过去。清虚观观主的弟子,讷讷然站在一旁,根本不敢说话,更不知此时该做些什么。

跟着计道人学了些医术,便以为能治尽天下人。也不想想,修行者和普通人是一回事吗?剑伤与风寒又是一回事吗?

少女恼火地想着这些事情,望向童师姐问道:"他什么时候回来?"

童师姐算了算时间,离陈长生说好的时间已经不远,说道:"应该快了。"

少女怔了怔,起身向夜色里走去。

童师姐问道:"你不等他?"

少女没有回答这句话,悄然而逝,惊起林中几只夜鸟。

127 · 琴声呜咽一人死

看着少女消失在夜林里,叶小涟侧着头想了一会儿,压抑不住心头的疑问,轻声问道:"徐师姐到底喜欢谁啊?"

童师姐看着她笑着问道:"如果是你,你怎么选?"

"如果是以前,我当然选秋山师兄,但现在……"叶小涟很认真地想着,忽然间不知为何心中好难过。

陈长生并不知道,自己的存在对一个小姑娘的人生观和爱情观带来了怎样的冲击,他和折袖还在夜色里的山林间行走,寻找着那些在战斗中受伤的修行者,替他们治伤。在这个过程里,他没有表现出来什么特殊的地方,但折袖还是发现了,当遇到被徐有容治过的伤者,陈长生停留的时间明显要长些,治疗时明显要用心很多。同样,那个少女也在夜色里行走寻找,替人治伤,同样不知为何,见着被陈长生治过的伤者,她反而显得格外不放心,要停留更长的时间。

夜色里的周园很是安静,夜穹里没有繁星,地面上的点点篝火却冲淡了其间的单调,少年和少女在地面的繁星间来回行走,不知是刻意相避还是命运的安排,遇见了很多被对方治过的伤者,两个人却没有相遇。

他们在不同的地方,做着不同的事情,他们没有见到对方,但知道对方是谁。伤者腿上缠着的绷带、经脉里残留的真元、伤口边缘的神圣气息,仿佛就是书信或者是更简单的字条,传达着某种信息,告诉彼此做了些什么,隐隐较着劲儿,赌着气。

中夜时分,陈长生依照承诺回到了溪河畔,看着沉睡中的清溪观观主,确认她曾经来过,沉默了片刻,不禁生出些佩服。那些内腑的伤势,他没有办法处理,只能让伤者挺着,然后慢慢养,确实不如她的手段有效。今夜他已经治了二十余位伤者,她治的伤者应该也不会少,甚至可能更多一些。无论国教的圣光术还是圣女峰的那些手段,都极为耗损真元,她这样不惜体力地连续治疗,还能顶得住吗?

人类修行者进入周园夺宝,依照圣人定下的规则,无所不用其极,所以哪怕只是第一天,便已经发生了很多场战斗。残酷的战斗带来惨烈的后果,灰线引失效,让那些伤势显得更加可怕,幸亏陈长生和她,还有青曜十三司的数位女子,连续救治了数十人,至少到现在为止还没有死人。没有死亡的情形发生,修行者之间的气氛还算平静,不然仇怨不可解,尤其是在南北对峙的大背景下,谁都不知道会不会发生混乱。

进入周园后的第一个夜晚,就在紧张而沉默的气氛里慢慢过去。

晨光熹微，照耀着草原与那座深入其间的山脉。周园的清晨与外间的清晨别无两样，朝阳与落日也并无两样，伸入草原的山脉，在红暖的光芒下，就像一头巨龙骄傲地仰着头颅。这里便是传说中的暮峪。

在暮峪峰顶，一位老者对着朝阳正在拉琴，琴声呜咽，仿佛是在凭吊什么。在弹琴老者的侧后方，一个十来岁的小姑娘，正抱着双膝，对着新生的朝阳发呆。她是真的发呆，淡漠的眉眼间没有任何情绪，看着有些令人怜惜。然而有些神奇的是，朝阳的光线再柔和，再刺眼，她却睁着眼睛这样看着，不要说刺痛发酸的反应，就连眨都不眨。

"陈长生的医术精湛，徐有容更不用说，而且他们的反应太及时，昨夜周园竟没有乱起来。"弹琴老者走到她的身前，和声细语地说道，"大人，小狼和陈长生正在一起，先把他们杀了吧。"

老者这句话说得轻描淡写，仿佛他想把陈长生和折袖一道杀死，便一定能杀死一般。

只有通幽境才能进周园，如此说来，这位老者再如何强，也不过是通幽巅峰境。而陈长生已经是通幽上境，折袖虽然是通幽初境，但奇异的血脉天赋和在雪原里磨砺出来的战斗能力，绝对远非于此，他的信心究竟从何而来？

那个小姑娘依然抱着双膝，盯着红暖的朝阳发呆，没有回答弹琴老者的话。没有回答便是不认可，沉默从来不代表默认，大人做事，向来很直接。弹琴老者很明白这一点，劝谏道："在军师的计划里，昨夜周园人类修行者内乱，我们趁乱杀人。如果周园未乱，便应依序行事。"

小姑娘神情漠然，目光甚至显得有些呆滞，盯着朝阳说道："我要杀她。"

弹琴老者知道大人说的她是谁，大人以千金之躯入周园犯险，就是想要杀死那个人类少女。他继续劝谏道："徐有容不是普通人……"他险些说出这个小姑娘最忌讳听到的那四个字，不禁有些后怕，定了定神后，才继续说道，"……就算昨夜她连续施展圣光术，耗损了很多真元，依然不好杀。按军师的安排，我们应该先把其余的人杀了，然后合力杀徐，如此才不会有意外。"

听着军师二字，小姑娘沉默了一会儿，但半晌后还是摇了摇头，重复说道："我要杀她。"

她要杀徐有容，她想杀徐有容，她只想杀徐有容，其余的那些人类修行者，在她眼里都是废物，哪里值得她看一眼。

伴着水声醒来，陈长生觉得身体一阵酸痛，昨夜在夜色里，来回救人，至少奔走了数百里的路程，即便他的身躯无比强悍，也有些撑不住了。最主要的还是精神上的疲惫感，如潮水般不停地袭来，实在有些难以负荷。

晨光已然大作，居然早已过了五时。陈长生起身，走到河边捧起冷寒的清水洗了把脸，稍微清醒了些，接过折袖递过来的干粮开始沉默地进食。

昨夜陆续有受伤或者落单的修行者，按照他的话，来到河畔汇集，此时那些人陆续醒来，场间顿时变得有些热闹。

陈长生吃完干粮，喝了些清水，又坐了一会儿，消散一下身体与心理上的双重疲惫，这才站起身来。

童师姐肩上的剑伤，昨夜被他治过，现在已经基本好了。清虚观观主的精神也恢复了些，虽然还不能自行走路，生命应该没有什么问题。其余的那些修行者受的伤或重或轻，但都还好，休息了一夜之后，应该可以撑得住回到园门那片园林里。

陈长生走到童师姐身前，低声说了一下今日的安排。童师姐点了点头。陈长生欲言又止，终究还是没能忍住，问道："她……昨夜过来有没有说我什么？或者给我留什么话？"

童师姐想着她昨夜在溪河畔那番带着恼意的自言自语，忍不住笑了起来，说道："没有特意留话。"

不知为何，陈长生有些放松，又有些失望。便在这时，河畔的林里忽然传出一声惊呼。陈长生和折袖还有十余名修行者，闻声掠去，很快便赶到了惊呼响起的地方。只见一名天赐宗的高手，脸色惨白站在林间，在他的脚下，一个中年男子脸色死青，已然没有了呼吸。

死了。有人死了。"这是怎么回事？难道费宗主他没有撑住？"

"难道昨夜有人进过这片树林，趁着费宗主受伤的时候下了毒手？"

林中响起众人愤怒又有些慌乱的议论声。作为行走世间的修行者，在场的人不说见惯生死，至少死亡不会带来太大的精神冲击，但周园关闭已经在所有人的心上蒙了一层阴影，更何况死的这个中年男子是天赐宗的宗主。天赐宗是个不知名的南派小宗，但宗主的身份在这里，而且，昨夜这位姓费的宗主受伤并不重，以他通幽中境的修为，应该能很轻松地撑过去，怎么却这样悄无声息

464

地死了？

陈长生走到死去的费宗主身前蹲下，接过折袖递过来的手套戴上，掀开死者的眼睛，又看了看鼻腔与口腔，用铜针刺入颈后，取出来抬到阳光下观察了片刻，神情渐渐变得凝重起来，说道："是毒。"

听到他的话，众人顿时变得更加紧张，是谁用的毒？那人居然能瞒过这么多人，悄悄进入林中毒死费宗主。这岂不是意味着，只要那人愿意，随时可以毒死在场的任何一个人？最重要的是那人为什么要毒死费宗主？

"肯定是巫门的人。"一个南方修行者恨恨地说道，"昨天入园的时候，我看见了几个巫师，也不知道离宫和圣女峰是怎么想的，居然让这些喜欢用巫术和毒物的怪物们也进了周园。"

陈长生摇了摇头，说道："虽然用的确实是草毒，但毒素不像是南边的植物。"

"那你说是谁下的毒？"那个天赐宗的高手，因为伤心而愤怒无比，竟不顾陈长生的身份，盯着他大声呵斥起来，"昨夜师兄说不用你诊治，你非要治，还让我们来这里，结果他却死了，谁知道是不是你在治伤的时候动了手脚！"

听到这番话，林间忽然安静下来。

128·于潭中知剑意

林中之所以忽然变得如此安静，不是因为那个天赐宗的高手一语点破了众人心中的猜疑。

没有人认为陈长生会借着治伤的机会暗中下毒，因为这没有任何道理。谁都知道，陈长生深得教宗大人的宠爱、教枢处的支持，小小年纪便令世间震撼地成为国教学院院长，怎么看都是前途无量。与这前途相比，周园里的任何利益，都不可能驱使他做出这种事情来。

安静是因为人们很想知道，面对着这样无理的指责，陈长生会做出怎样的反应。

陈长生没有任何反应，那个天赐宗高手微红的眼眶，因为悲痛而近乎扭曲的容颜，都在他的眼中。他和折袖转身向林外走去，童师姐和叶小涟迎了过来，脸上都有忧色。

陈长生把林中的情况解释了几句，便和折袖离开了溪畔，再次走进周园这片辽阔的世界里。

他们离开后没有多长时间,童师姐和另外两位名望在外的修行者,带着修行者们,彼此搀扶着,向园门处那片园林走去,队伍中间多了一副担架,那个死去的费宗主闭着眼睛躺在上面,溪畔不时响起几声哭声。

站在山崖间一块巨石上,看着河畔向下游走去的队伍,陈长生放下心来。
"你这样处理有问题。"折袖面无表情说道,"当队伍里面出现分歧的时候,无论用任何手段,都应该压制下去,想要生存,服从是最重要的事情。"
陈长生没有说话,转身进入了茂密的森林里。

寻找与救治不断进行,越来越多的人类修行者被集中起来,分别集中在三片园林之中,而且彼此之间也取得了联系。然而,周园一日不能开启,难道众人便要始终停留在这些看似美丽但没有任何宝藏的园林之中?

在接下来的两天里,更可怕的事情发生了,陆续又有数名修行者离奇死去——依然是中毒。但无论是同行的人,还是事后查看,都无法找到原因。随着时间的推移,人们承受的压力越来越大,有的人可能会崩溃,有的人可能会麻木,更多的修行者极有可能再次离开这三座园林,深入周园世界里去寻找那些对修行者来说无比珍贵的法器与传承。因为在他们看来,和别的人待在一起反而更加危险。

是的,很多修行者已经开始怀疑所有这一切都是魔族的阴谋,但直到此时此刻,依然没有人相信魔族能潜入周园。要知道园门处有月下独酌朱洛坐镇,有主教大人梅里砂带着国教一干教士审核身份,就算是最神秘的魔族军师黑袍,都不可能有能力混进来。

既然周园里没有魔族,那么危险当然来自于人类本身,在彼此的中间。

陈长生把脚伸进微凉的溪水里,发出一声舒服的轻叹。两天之内奔掠近千里,对他来说,也是非常辛苦,衣服上满是灰尘,眉眼间尽是疲惫。

与他相比,折袖则要显得强悍很多,似乎这个狼族少年根本不知道累是什么。

陈长生看着溪水深处的几只小白鱼,说道:"我还是不相信会有内奸。"

折袖说道："已经有四个人被毒死，既然我们确定周园里没有魔族，那么下毒的人肯定就是内奸。"

这是非常简单而清晰的推论，但陈长生还是很难接受。人类与妖族联盟对抗魔族，这场战争是场灭族之战，双方都极少会出现叛变者。

"虽然战争一直在雪原边缘继续，但对大陆绝大多数生命来说，已经很多年没有战争，很多生命早就忘记了魔族的恐怖，忘记了这是场灭族之战。"折袖神情漠然地说道，"在雪原里，我曾经见过很多次给魔族做向导的鹿人，周园里的人类修行者当中有被魔族收买的内奸也不足为奇。"

陈长生沉默片刻后说道："我一直不想承认有内奸存在，是因为现在大家都已经开始怀疑彼此，我认为这种不信任更加危险。"

折袖承认，玩弄人心向来就是魔族最可怕的地方。魔族根本不需要进周园，只需要断绝园里与园外的联系，再让内奸在其中煽风点火，做些险恶的事情，那么人类修行者之间便会乱起来。这种情况在历史上发生过很多次。

陈长生继续说道："这数百名通幽境修行者，是人类的将来，里面有很多优秀而强大的人。魔族能够收买的内奸，数量不可能太多，所以只要这数百名修行者不要彼此猜疑、警惕，甚至对峙，只要人心不散，魔族便什么都做不成。"

折袖面无表情说道："如果能够做到这点，你们人类早就一统大陆了。"

陈长生沉默无语。根据这两天，尤其今天在畔山林语里的观察，他可以确认的是，数百名修行者的人心已经散了。他是离宫赋予重任的领队，那么国教北派的修行者他就有责任看顾，苟寒食的器重，则让他的责任感变得更重。

可是，人心散了，队伍还怎么带？

"只要停留在园林里，应该无事，被毒死的人，都是死在山野里，所以先不要管这些人，得抓紧时间把其余的人找到。"陈长生把脚从溪水里抽出，湿答答地站在石上，望向天际下隐约可见的另两道山麓。

已经数过，此时被找到然后聚集在园林里的修行者，距离入园的总人数，还差着一百余人。

"有些人是不想被你找到，那你怎么找？"折袖面无表情地说，"像梁笑晓和七间、庄换羽，还有那些通幽上境的各宗派强者，一个都没有见着。"

陈长生抖了抖脚，穿上鞋，把头发重新束紧，说道："就算魔族真的买通了一些奸细，也不敢对这些人下手。"

折袖说道："但他们肯定在暗中窥视着。"

陈长生想着苟寒食在天书陵里的请托，说道："我们去剑池看看。"

就算没能与七间和梁笑晓会合，如果能找到剑池，也很不错。在辛苦奔波了两天两夜之后，他觉得有资格为自己考虑一下了。

陈长生和折袖离开溪畔，向山林里走去。他们会替别的修行者考虑那些隐藏在山野里的危险，却似乎根本没有担心过自己的安全。

因为他们都是少年人，虽然表面看不到什么热血，自信却从不欠缺，一起踏上征程，当然无惧。

就在他们穿山越岭的另一边，那个穿着白色祭服的少女，也在行走。她单身一人，依然无惧，神情平静，不知何时，肩上多了一张弓。

来到最先抵达的那条溪河，走的依然是老路，逆流而上。经过前日清虚观观主与圣女峰童师姐战斗的地方，陈长生和折袖看都没有看一眼河滩上残留的乌色血渍，沉默着继续前行，很长时间里都没有说话。他们两个人都不擅言谈，也不怎么喜欢说话，这两天在周园里的交谈，已经算是交流频繁。

幽静的森林里，偶尔响起鸟鸣，那是被他们的脚步声惊醒的生灵。

陈长生在道藏里看到过记载，很多年前，有人在这片森林里找到过一柄古剑的剑鞘。梁笑晓和七间，还有庄换羽都是消失在这条溪河的上游，更是坚定了他的判断。如果周园里真的有剑池，剑池便应该在这个方向。离山剑宗想要找到传说中的剑池，这是太过自然的事情。

陈长生和折袖这时候并不知道，都说从来没有人在周园里看到过一柄剑，这个说法是错的。

很多年前，离山那位姓苏的小师叔，曾经在这里找到过一柄剑，并且带出了周园。只不过，不知道因为什么原因，这件事情没有流传开来。

这条溪河的水量并不是太充沛，尤其是往上游去，路过几条支流之后，更是水势变缓，清浅如镜。但这条溪河很长，他们二人从清晨开始行走，直到日上中天，才终于走到尽头。如很多溪河一般，这条溪河的尽头，也是一片山崖，崖上倾泻着一条如银练般的瀑布。

瀑布下是一座幽潭，水落入潭，不停发出低沉的轰鸣声。

折袖抬头眯眼，望向瀑布上方，只见炽烈的阳光下，崖畔那层浅浅的水，仿佛琉璃一般透明，于是确认这里已经是山巅。

"我上去看看。"说完这句话，不待陈长生反应，他便向山崖里急掠而去。尚在途中，他的身体忽然低了下来，嗖的一声，化作一道灰影，便跳到了十余丈高的崖壁上。噌噌噌，在崖壁间不停快速奔掠，竟只用了瞬间，便去到了崖上。

陈长生在下面看着，隐约能够看到他趋纵之间，双手散出了寒光。折袖的身影消失在瀑布上方，应该是去真正的山水起处查看。

陈长生收回视线，望向瀑布下的水潭，心头颤动。此地已是峰顶，青山出泉，水量也不可能太大，他和折袖看到的情景也如此。

瀑布很细，水量很小，为何下方这座水潭，却如此之深？他走到潭边，向水里望去，只见一片幽暗，根本看不到底。他静神宁意，缓缓释出神识，向潭底探去。神识潜入不知多远，忽然间，他觉得眼睛刺痛，仿佛被片细叶刮了一下。他闭上眼睛，开始流泪。

那是一道剑意。虽然缥缈难以捉摸，但他很确认，那就是一道剑意。

129 · 那边是湖

站在潭畔，陈长生沉默了很长时间，眼睛里的那道剑意始终缠绵不去，酸痛难退，让他不停流泪。此时的他，看上去就像一个对着潭影顾盼自怜的白痴少年。

潭水深处的那道剑意，让他很震撼，很吃惊，也有些惘然。难道这片看上去寻常无奇的瀑布与水潭，便是传说中的剑池？不然潭水深处怎么能有剑意传来？可是，如果真是这样，为何数百年来始终没有人发现？要知道这道剑意虽然缥缈难以捉摸，但却是那样的清晰。来自潭水深处的那道剑意，其实极其淡渺，难以感知，就算是通幽境巅峰的修行者，也无法捕捉到它存在的痕迹。所以无数年来，这道剑意始终都没有被人发现过，直到某年某月的某一天，一位天赋异禀、与剑天生亲近的修行者，站在潭畔，被这道剑意触着眼目，惊着心神，才就此揭开了剑池传说的第一层幕布。那个人便是离山小师叔苏离。

陈长生为什么能够感知到这道剑意？因为他的身心皆净，神识之强虽不敢说举世无双，但静柔稳实之处绝非普通修行者能够比拟。当初在国教学院藏书阁里定命星的那一夜，即便是在甘露台上的圣后娘娘也为之沉默不语。所以他

469

成为了数百年来进入周园修行者中,第二个感知到潭水深处这道剑意的人。

只是这道剑意来自何处?陈长生控制着神识不停地向潭水深处潜去,却发现这池潭水有些古怪,深处仿佛有某种实质般的压力,竟阻止了神识的继续向前。

站在潭畔,他轻抚剑柄,看着不知何时又趴在自己肩上的小黑龙,说道:"要不然……"

黑龙看着他,眼眸里全是冷漠和嘲讽的神情,意思很清楚,我又不是你的下属,凭什么帮你做这么多事?

陈长生忍不住说道:"你怎么和折袖一样,做什么事都不忘了要好处。"

黑龙闻言大怒,细尾轻摆,便准备回去,心想何其大胆,居然敢把自己和一头破狼相提并论。

"好吧好吧,我再答应你一个要求。"陈长生很是无奈地说道。

黑龙这才满意,细尾再摆,化作一道黑色的细影,嗖的一声,便消失在了冷寒的潭水中。

片刻后,黑龙破水而出,带出一道水花,在灿烂的阳光下仿佛碎裂的晶石。

陈长生抬起右臂,让它停在了小臂上。溪水从小黑龙的鳞片上淌落,打湿了他的袖子,有些凉,感觉有些怪。

通过黑龙的信息传送,陈长生知道,原来这片水潭底部有个洞穴,应该是通往山崖后面的某个地方。只是这片寒潭确实有些古怪,越到下面压力越大,而且是不符合真实世界的巨大威压。黑龙现在是离魂附体的状态,不及真实力量的百分之一,所以它也没有办法通过那个洞穴。

黑龙能够找到那个洞穴,已经算是相当不容易,换作通幽境的人类修行者,基本上没有可能。陈长生站在潭边,感知着那道依然淡渺的剑意,思考很长时间,然后抬头望向瀑布上方,计算着距离,心里有了一个主意。

他让黑龙自去歇息,独自走到瀑布边,开始向山崖上方攀爬。动作虽不像折袖那般狂放肆意,但很稳定,很准确,展现了极强悍的力量。

穿过瀑布的水星,来到崖上,他取出手巾把脸上的水沫擦净,发现眼前是一片清澈的水池,池底是黄色的石头,水面一直平铺向前,应该会在数百丈外的另一面山崖处落下。中间隐约有水面起伏,应该是山泉起处,景色看着很是美丽。

折袖此时束了在远处的探察,走了回来,摇了摇头,示意没有什么发现。

"潭水深处有个洞穴，应该是通向山里某个地方，我怀疑……剑池就在里面。"陈长生站在瀑布的边缘，指着脚下已经变成拳头大小的水潭说。

折袖走到他身旁，向下方的水潭看了眼，说道："我对此表示怀疑。"

陈长生说道："那你说那边会是什么？"

折袖说道："故事中，遇着绝境，忽然寻着通道，进入新世界的第一个画面往往是美女出浴。"

"你想多了。"陈长生很是无语，转而说道，"倒是水潭有些古怪，应该没办法潜下去，得想办法。"

折袖又看了眼下方那个遥远的水潭，说道："看起来，你已经想到了方法。"

"从这里跳下去，借着落势，说不定可以直接落到那个洞穴的位置。"陈长生没有说，借着黑龙的帮助，他已经知道洞穴离潭面的距离，经过大致计算，应该没有问题。

折袖又看了眼水潭，回头问道："是要搏命吗？"

这座山崖太高，即便是他，都觉得没什么把握，也许刚一探头就会被潭水直接拍昏过去。

陈长生说道："我应该撑得住，不知道你行不行？"

折袖不知道自己浴过黑龙的真龙之血，但他知道自己的身体强度甚至胜过完美洗髓的修行者，所以并不担心。

折袖的血脉天赋特殊，洗髓非常成功，而且自幼在雪原里残酷战斗，真可以说是筋骨若石。但对这个高度他还没有太多信心，禁不住问道："如果梁笑晓和七间是从这座水潭到了那边，那他们是怎么过去的？"

陈长生还真没想过这个问题，挠了挠头，说道："也许离山剑宗有什么奇怪的方法？"

"那庄换羽呢？"折袖继续问着。

陈长生一怔，说道："天道院也有秘法？"

折袖看着他面无表情地说道："以你现在国教里的身份地位，天道院有剑池相关的线索，茅秋雨会不告诉你？"

陈长生被他问得无话可说，甚至有些急了，问道："反正我能过去，你就说你行不行吧？"

作为男人，虽然是还没有完全成年的男人，也不可能说出"不行"二字。

471

折袖冷冷地说道："那边见。"说完，他走到瀑布边，毫不停顿地跳了下去。

山崖间，他的身影快速下降，瀑布被击碎，泻玉数缕。陈长生看到这一情景，不由怔住了，他默默想着，这么干脆实在是让人有些措手不及啊。

只听得轰的一声！潭面上溅起极大的水花，水花中间，潭面深陷向下，变成一条通道，折袖在里面继续向下。

陈长生摇了摇头，解下外衣收好，确认时间差不多了，也向崖下跳了下去。

山风拂面而至，被拍碎；水花扑面而至，被拍碎；呼啸的声音来不及灌入耳中，便被甩到了身后。他的速度越来越快，不过瞬间，便见寒潭已然近在眼前。没有声音响起，只有并不清晰的撞击感，以及脸部颈部传来的微麻感。过了片刻，他才感受到四周潭水的压力以及湿意。

借着山崖的高度带来的落势，他的身体自行向下，冲破潭水深处一层又一层的力量障碍。

潭水的压力越来越大，与深度相比，大得有些难以想象，但还在他能够承受的范围之内。

直到此时，他才睁开眼睛，看到了前方，或者说深处的折袖的身影。

折袖在轻轻摆动小腿，看来应该没有什么事。然后他看到折袖的更前方，隐约出现了一点光亮。没过多长时间，他和折袖先后来到那点光亮处，并没有发现黑龙所说的洞穴。但此时，他们已经没有别的想法，只能借着残余的落势，继续向下游去，直至落势渐尽，他们开始用手划水。不知道游了多长时间，忽然间，他们觉得身周传来的潭水压力正在渐渐变小。然后他们发现那片光亮正在逐渐变大，越来越大，渐渐要占据整个视野。直至此时，他们才感知到真正的变化。

他们不再往下游，而是在往上游。

水声哗啦，他们终于游了出来，但依然是在水中。他们破水而出。

这里是一面平湖，湖面极大，四周的山林郁郁葱葱，岸边的石头里生长着不知名的花。他们这是在湖水的中心。原来那片水潭的深处，竟然是一座湖。最神奇的是，湖与潭底部相连，上下却是颠倒的，天地易位！

陈长生和折袖很是吃惊。紧接着，他们看到了另外一种景观，更加吃惊，以至于张着嘴，竟完全说不出话来。

这片湖水的中间，有块岩石，就在他们的眼前。岩石上坐着一个女子。那女子容颜媚丽，应该也是刚刚从湖水里出来，浑身湿透，轻柔的衣衫紧紧地贴在身体上，曲线毕露，成熟而诱人的身躯展露无遗。这个美媚至极的女子，正在梳着湿漉的黑发。她的动作很柔软，她的身体很柔软，她的眉眼很柔软，她的眼波很柔软。她像刚熟透的果子，像南方巫族祭拜的山精，像京都壁画里的美人。对少年来说，她正在最诱人的时节，这是最诱人的画面。陈长生想着先前折袖说过的那番话，一时间竟不知所措。

130 · 比湖水更绿的绿

看似过去很长时间，其实只是瞬间。陈长生和折袖二人破湖水而出，看着湖心岩石上梳发的出浴女子，竟有些傻乎乎的。

但在那个女子眼中看来，湖面上忽然多出两个脑袋，自然是无比恐怖的情景。伴着一声惊声尖叫，那个女子惊慌失措，从石上落进了水中，被湖水呛着，时浮时沉，媚丽的脸上满是惊恐的神情。

湖水缭绕着她身上的轻薄衣衫，隐约可以看到里面如玉般的颜色。陈长生来不及细想，挥动手臂，向她落水的地方游了过去。

折袖没说什么，跟在了他的身后。游到女子落水的地方，陈长生向湖下潜去，这时候自然不能闭眼，只见清澈的湖水里，那女子身上衣衫轻飘，随着她不停的挣扎，衣衫很是凌乱，能够看到颈间的白皙，甚至隐隐能看到更诱人的地方。

陈长生没有任何反应，伸手便把她抓住。那女子陡然遇到救助，本能中便缠了过来，像抱树的小熊般，紧紧地抱住了他。陈长生清楚地感觉到，自己的脸埋进了一片柔软的肌体，腰则被两条极为紧实的大腿夹住。

这个姿势很销魂，哪怕是如此紧急的时候。如果是普通人，只怕根本没办法救人，自己都会跟着沉下去。可陈长生不会，他的右拳已经握紧，随时准备落下，不知道是准备把这慌乱的女子砸晕，还是想做些别的什么。他抱着那女子向湖面游去，那女子稍微清醒了些，惧意稍退，也知道陈长生没有恶意，是来救自己的，因为害羞调整了一下姿势。她双臂环着他的颈，侧着脸。二人的脸便贴在了一起。

纵使是在寒凉的湖水里，陈长生也能感觉到她唇间吐出的温暖气息，能够感受到她身体散发出来的热息。

折袖游在陈长生的身后，面无表情地盯着那个女子，先前出湖一瞬间，他便看清楚，这女子腰带上的徽记，应该是东方某个隐世宗派的弟子。但这不能说明什么，他盯着她的眼睛，不知道究竟想要看到什么。

终于离开了湖水，来到了湖面，那个女子揽着陈长生的脖颈，看着后方的折袖，眼神不再慌乱。紧接着，折袖在她的眼眸深处，看到了一抹笑意。

姑娘，你因何发笑？折袖想问她，但没有问，也来不及问。

那女子的双臂揽着陈长生的颈，手指很自然地抵着他的耳垂下方。那里有最重要的血管，也有直通识海的经脉。只要那里被刺断，便是教宗大人亲至，也无法把他救回来。

无声无息间，那女子的指尖生出一抹妖魅的绿意。青绿色的湖水，也无法掩住那抹绿意。湖畔的青色山林，在这抹绿之前，顿时失去所有颜色。那女子的指尖，轻轻地刺了进去。

没有任何事情发生。女子指尖的那抹绿，没能刺进陈长生的颈间。

陈长生仿佛没有任何察觉，游到湖心那块岩石，似乎准备上去。那个女子眼波微转，似有些诧异，有些震惊，手指微微用力，再次刺下。依然，没有任何事情发生。

那个女子的心里生起无数震惊，因为她怎么也想不明白，这究竟是怎么回事？

她指尖藏着的那抹绿，是世间最锋利的法器之一，只要没有聚星成功，哪怕是完美洗髓的修行者，一刺之下，也必然肌肤破损。而那抹绿本身，蕴藏着世间最可怕的毒素，即便是最强大的妖兽，一旦感染这种毒素，也无法支撑太长时间。

可是怎么却刺不进陈长生的皮肤？便在这时，陈长生终于回头了。他与那个女子隔得极近，甚至能闻到彼此的呼吸声，能看到彼此眼瞳里的自己。他的眼睛很明亮。明亮得令人心慌。那个女子看着他的眼睛，看着这双明亮如镜的眼睛，极为罕见地心慌起来。

在雪老城里，她把无数魔将玩弄于掌心之间，遇着何等样的变故，也都不会心慌。但她这时候很心慌。陈长生的眼神很平静，没有任何嘲讽。她却觉得他在嘲讽自己，那双眼睛全部是奚落的意味。她很生气，很不甘，于是眼波流转，顿时变得楚楚可怜起来。

秀丽的容颜，委屈的神情，柔软的身躯，加上天生的魅惑魔功法，合在一起，那便是无比强大的诱惑。哪怕是再心如铁石的男子，想来也会生出怜惜，至少不会马上下杀手，更何况是个十五岁的少年。

只要争取到片刻转还的时机，那么便还有机会，她是这样想的。可惜的是，世事向来无法尽如人意，也不能尽随魔意。

陈长生根本没有任何反应，就像没有看到她的脸，没有受到丝毫魔功影响。他紧抱着她的双臂，坚若铁条。那女子微微色变，一声厉啸从红唇里迸发而出，身上的衣衫如蛛网般裂开，一道极强大的气息陡然出现！

如果换作人类修行者的境界，她释放出来的气息至少是通幽上境！和陈长生相同，而真元数量更是丰沛十余倍！陈长生的身体剧烈地颤抖起来，但他没有松手。他紧紧地抱着她，破湖而出，跳向湛蓝的天空！

这一跳便是数十丈高！然后向湖心那座岩石落下。在这极短暂的过程里，他用了耶识步的一道身法，让下落之势变得更加急剧。

他抱着她，就像石头一般，砸向了那块岩石。轰的一声巨响！湖心那块坚硬的岩石，骤然间迸裂，至少有三分之一的石面垮塌，落进了湖水里。如此巨大的力量，陈长生再也无法锁紧双手，重新震飞到湖水里。那个女子更是凄惨，堪称完美的魔躯，在巨大无比的撞击之下，不知骨折了几处，脸色苍白，唇角溢出两道鲜血。

便在此时，又有一片阴影袭来。来的是折袖。刷刷刷数声厉响，湖心岩上的空中暴出几抹亮光。然后响起饱含愤怒与痛苦的喊声。

那个女子境界再高，真元再强，被陈长生砸得识海震荡，猝不及防之下，未能封住折袖的袭击。

那几抹亮光来自折袖的指间。他的手指前端，探出极锋利的、泛着金属色的爪，在那个女子赤裸的身躯上留下数道极深刻的血痕。

折袖行走世间，猎杀魔族，从来都不需要兵器，他的兵器就是他的双手。他比谁都清楚，魔族身躯防御最薄弱的地方在哪里。

湖心岩上劲气溅射，那女子怒啸一声，左手翻卷而出，将折袖逼下岩石，然而在一瞬间，她的尾指被折袖的爪锋削断了一截！

此时，陈长生又来了！青绿色的湖水，骤然间变得红火一片，仿佛落日降临此间。暮时的晚云，笼罩着湖心岩。

汶水三剑之夕阳挂！借着剑势，陈长生瞬间从湖水里掠至岩石上，双脚落地，剑势凝实，哐啷一声，短剑离鞘而出！

这是他腰间的短剑，第一次真正出鞘！嚓的一声脆响！晚霞满天，湖心岩一片红暖。

那个女子运起魔功，右手距离陈长生的咽喉还有半尺距离，便再也无法前进。因为她的右手断了，向着天空飞去！

那个女子惨呼一声，身形骤虚，踏着湖水，向后急急倒掠，几个起伏便来到了岸边的沙滩上。

谁曾想到，折袖早已从水面上提前到来。只见水花四溅，折袖挥臂而出，亮光一闪，那女子脚踝上多了一道血线，倒在了沙地上。

陈长生的剑破空而至，那女子极为艰难地侧身避开，却被折袖翻身骑在了身上。

折袖的指尖抵着他的咽喉，前端的锋利爪尖，已经刺破了她喉间一块极不容易找到的软骨。只要他微微用力，那女子的颈便会被刺穿。那个女子眼瞳微缩，不敢再动。直至此时，她的那只断手才落到了湖中。她倒掠时带出的那条血线，也才落在了湖中。

清澈的湖水，被血染得更加绿意深幽。沙滩上的点点血痕，看上去就像是青苔。她的血，竟是绿色的。

陈长生从湖里走了上来，拾起短剑，走到二人的身边。那个女子不着寸缕，被折袖骑在身下，似乎很香艳，其实不然，因为折袖的指尖，还插在她的咽喉里。看着女子断腕间淌出的绿色的血，陈长生微怔，他不记得在国教学院里看到的那个耶识族人的血是什么颜色的。

这不是他第一次战斗，但是他第一次看到如此惨烈的、真正与生死相关的战斗。

他见过血，但很少见过如此血腥的场面。他毕竟还是个少年，看着这一场面，有些不适应，所以沉默不语。折袖很适应，所以很平静。

那个女子的脸色苍白，神情柔弱，配上媚丽的容颜，很惹人怜惜。折袖的脸上却一点表情都没有。女子确认这两个人类少年不是自己能魅惑的，终于放弃，望向湛蓝的天空，胸脯微微起伏，美丽的脸颊苍白一片。

湖面上的晚霞早已消失，日头还在中天，湖风拂来，有些清凉，岸上的树林微微晃动，生起波涛无数。

131·你挑着担、我提着锅的一对夫妇

那女子的衣衫早已在对战中碎落于湖水里，浑身赤裸，如绸缎般的肌肤上满是水珠，清凉的湖风吹过，细细的微粒在那些水珠下栗起，配着那起伏柔媚的曲线，极其诱人。

这场暗杀开始得太快，结束得更快，其间的转折更是快到令人惊异，仿佛从一开始，陈长生和折袖便知道了所有的事情，于是随后发生的事情显得那般理所当然。只是，这一切究竟是为什么呢？为什么这两个人类少年能够识破自己这个局？为什么孔雀翎无法刺破陈长生的皮肤？为什么这两年少年下手如此狠辣冷漠，甚至比自己还要狠？

狼爪依然深在喉骨中，她无法转头，只能转动眼眸，从近在咫尺的折袖的脸望向一旁陈长生的脸，眼中的惘然越发浓重。明明就是两个眉眼间稚气尚未全退的少年，为何会拥有超越年龄的成熟，甚至是狡诈？

她无法发声，自然也没有办法把这些疑问说出口，只能通过眼神有所表示。作为胜利者一方，看到这种眼神，往往会用很平缓的语气做一番事后的了解与解释，这是胜利者的权利与荣耀。但陈长生和折袖什么都没有说，注视着湖岸四周，依然警惕——他们都不擅长解释，而且解释本来就没有任何意义，更何况，这场对战并没有结束。

"你坐在湖心梳头的画面确实很美丽，但谁都知道有问题。最关键的是，我们没有掌握到，陈院长因为不知名的原因，身体强度竟比完美洗髓还要强大。孔雀翎可以刺穿普通聚星境强者的肌肤，却不能刺穿他的颈，从那一刻开始，就注定了你的失败。"

湖畔林中传来一道声音，那声音很稳定，给人一种很亲切的感觉，就像是一位邻家的大姐姐，在给街坊们解释这锅红烧肉是怎么做出来的。

折袖闻言，脸色骤变，盯着树林边缘，插在那个女子咽喉的右手指节随时准备发力把她杀死，显得有些紧张。

他的紧张来自于这道声音的主人，更来自于那道声音提到了"孔雀翎"三字，让他瞬间想到了一个人。

陈长生知道折袖对危险有某种天生的敏感，对魔族更是非常了解，很自然地跟着紧张起来。

"他们两人出湖之后，陈院长不知道用什么方法，说服了那个狼崽子，让你动手，然后趁你不备反击，从而掌握先机，把自己最擅长的速度与力量发挥得淋漓尽致。折袖则是潜在后方，伺机准备出手……要知道，狼这种生物最擅长的便是隐忍，然后一击致命。你想要伏杀他们二人，其实却是被他们二人伏杀。

"为什么那把剑如此之快，能直接把你的手砍断了？因为附在上面的真元太雄浑。你的魔媚功能法无法奏效，他能不受魅惑，是因为他有千卷道藏守心。至于那个狼崽子，他的眼里向来只有敌人，没有男人和女人的分别。"那个声音继续说着，充满了真诚的赞美意味，"你的境界实力在他们之上，却被他们处处压制……真是很了不起的孩子，竟连我都有些心生畏惧，不愧是军师大人要求必杀的人类将来。如果让他们继续成长下去，数十年之后，雪老城还有谁是他们的对手？"

簌簌草响叶落，说话的那个女子从树林里走了出来，但她不是一个人，身旁还有一个中年男子。

那女子容颜端庄，神情温和，身着布衣，手里提着一个极大的铁锅，缓缓走来，言语不停，真的就像一位邻家的大姐姐，哪怕是再谨慎小心的人，也很难对这种人心生恶感，或者太过警惕。

那个中年男子面相极为平庸，看着极为老实，始终一言不发。他肩上挑着担子，那扁担不知道是用什么材质制成，弯到极其夸张的程度居然也没有断裂，同时也证明了他担子里的东西有多沉重。

看着这对男女，折袖的眼瞳骤缩，双脚蹬地，极其迅速地站起身来，躲在了陈长生的身后。整个过程里，他的指爪依然深深地插在那个赤裸女子的咽喉里。他不是要把陈长生拿来做盾牌，而是要阻止对方暴起抢人。这说明，即便他只要一动便能杀死那个女子，但面对着这对男女，他依然没有信心，担心对方把人抢走。

陈长生看着那个中年男子头顶的两只角，握着剑柄的手有些潮湿。除了皇族，所有魔族在成年后，都会生出一双魔角，而魔角会随着年龄和实力的增长而变长。这个中年男子的魔角居然如此之长，那么，此人究竟有多强？

"自我介绍一下，我们是夫妇。"那个妇人看着陈长生温和一笑，轻声细语

478

说道,"我叫刘婉儿,宝瓶座,善隐忍,有耐心,行事善良细心。他是我的爱人,叫腾小明,青牛座,性子有些慢,往好了说叫沉稳,成天就喜欢在家里待着,实在是没什么出息。"

说着没有什么出息,仿佛是埋怨,但她看着中年男子的目光里却充满了爱意与敬慕。那个中年男子憨厚地笑了笑,没有说话。

陈长生警惕地盯着这对夫妇,嘴唇稍稍一动,用极微弱的声音问身后的折袖:"什么宝瓶青牛?"

他的声音虽然小,却尽数落在那个叫刘婉儿的魔族妇人耳中。

折袖脸色有些苍白,说道:"星域之间联系,便成图座,魔族相信每个人分属不同星域,命运和性格会受到限制。"刘婉儿微笑着说,"物以稀为贵,我们能够看到的星星很少,所以世俗文化里,反而对星域寄予更多神秘的含义,这方面我一直觉得你们人类的表现有些欠妥,你们总恨不得这个世界没有圣月一般。"

陈长生心想如果不是通读道藏,自己大概也会和大陆上的绝大多数人类一样,不知道在魔族生活的雪原尽头,有圣月的存在。

刘婉儿的视线掠过他的肩头,落在了折袖的脸上,笑意渐敛,厉声问道:"你就是那个狼崽子?"

陈长生余光注意到,折袖的脸色有变,不禁有些诧异,心想这对夫妇究竟是什么人,竟让他有此反应?

"二十三魔将,二十四魔将……"折袖的声音有些干涩,"你们怎么能进周园?"

在魔族里,有一对很出名的夫妇,夫妻二人都是魔将大人,实力霸道至极,而且在传闻里极为残忍。

此二人正是他们面前这对夫妇。折袖这些年杀的魔族很多,但绝大多数时候,他只是游走于雪原,隐匿多日后,袭杀那些魔族的落单军人。魔将,不是他能够战胜的对象。哪怕是实力突发猛进、破境通幽后的他,依然不指望能够战胜这对夫妇。他不明白,如此强大的一对魔将夫妇,怎么能够进入周园?

陈长生没有想到眼前这对夫妇竟然都是魔将。这对夫妇布衣草鞋,一人挑担,一人提锅,怎么看都像是一对贩卖食物的小夫妻,哪里有丝毫魔族大将的风范?

这时候,他忽然注意到,那个中年男子挑着的担子里,放着一个人——那是一个年轻的女子，外衣已被除掉，穿着一身白色的亵衣，但很是密实，没有露出任何不该露的地方。女子很美丽，紧紧闭着双眼，睫毛不眨，像是已经昏迷。

陈长生这时想起，被自己和折袖重伤的那个女子在湖心石上梳头时，穿的是东方某隐世宗派的衣裙……这个昏迷在挑担里的美丽女子，应该便是那个东方隐世宗派的女弟子。

湖光山色本来清丽无比，那对夫妇看着很温和甚至憨厚，然而随着他们的出现，整个世界都仿佛变得阴森起来，尤其是蜷缩在挑担里那个昏迷女子和被折袖穿喉的赤裸女子，此刻更是给这里增添了诡异的色彩。

魔族受到上天眷顾，身体堪称完美，极少生病，经脉也是完美的，可以修行各种法门手段。他们和人类不同，修行时吸收的不是星光，而是更凝纯的某种能量，在同等境界里，魔族先天比人类更强。更何况他们面对的这对魔将夫妇，在境界方面都应该能碾压他们。

"喊人。"折袖在他身后低声说道。

陈长生明白他的意思，他们从瀑布上跳下，是为了寻找剑池，同时也是因为知道梁笑晓、七间以及庄换羽有可能在这里面。

二对二，他们肯定必败无疑，如果这时候梁笑晓三人能够及时出现，或者还有胜机。

只是该怎么喊？难道要对着静寂无声的湖水山林大声喊快来人？正在他犹豫的时候，折袖的手从肩后伸了过来，给了一个物件。

那是大周军方最常用的穿云箭，需要双手施放。

陈长生接过穿云箭，微微用力，嗖的一声响，一道烟花在湛蓝的天空里散开，极为响亮的声音向着四面八方传播而去。

132 · 魔吃着人、人吃着龙的天理

一支穿云箭。然后，湖畔重新回复安静。那个叫刘婉儿的魔族妇人，看着被折袖刺在指间的那个赤裸女子，叹息说道："大人，虽说你一意孤行，轻敌被伤，但我们总不能看着你就这么死。"

她望向陈长生，温和的笑容重新在脸上浮现，诚恳地说道："小朋友，你看，我们换人如何？"

随着她的声音，那个叫腾小明的魔族中年男子缓缓转身，把原本在后面的挑担挪到了前面。

陈长生和折袖清楚地看到，那个昏迷的人类女子的脸上，隐约还有些泪痕。

折袖面无表情，以他的习惯，从来不会在战场上做任何无意义的事情，更不会把自己置身于危险当中。无论此时他指尖插着的这个魔族美女是何身份，但只要她先前用的是孔雀翎，那么便有资格成为他们的护身符。至于那个昏迷中的人类女子，或者是东方哪个隐世宗派的女弟子，与他又有什么关系？

陈长生也不会做任何无意义的事情，但他和折袖的想法区别在于，他认为，应该让那个人类女子活着。只是他更清楚，无论是战斗，还是与魔族打交道，自己远没有折袖有经验，所以他保持着沉默，不去干扰折袖的决断。

"换了人，你们就可以杀死我们。"折袖看着那对魔族夫妇说道。

刘婉儿看着他非常认真地说道："其实你是一定要死在周园里的，但我会以祖辈的名义发誓，只要同意换人，我会给你们半个时辰的时间先行离开，如违此誓，天诛地灭。"

折袖依然神情不变："魔族的誓言和人类的誓言一样，都是狗屎。"

刘婉儿平静地说道："如何才能让你相信？"

折袖说道："首先，你要让我们相信，被我们制住的这个女人有让你们尊重誓言的资格。"

刘婉儿看了一眼自己的丈夫，然后说道："她是南客大人……"

"我不信。"折袖不等她把话说完，直接打断道，"如果她是南客，我和陈长生就算准备得再充分，刚才在湖里也就死了。"

话是这般说，心里也确实如此肯定，但他还有些不解，因为先前他已经查过怀里这个赤裸女子的头发，确认没有魔角——如此强大骄傲以至于面对他和陈长生还敢轻敌的魔族女子，又没有魔角，除了传说中的南客，还能是谁呢？

陈长生不知道南客是谁，他发现提到这个名字时，那对魔将夫妇的神情很恭谨，而身后折袖的呼吸变得有些乱。

"周园里那些人类修行者，看来是被你们毒死的？"折袖看着刘婉儿手里拎着的大铁锅和腾小明肩上的挑担，忽然问道。

刘婉儿没有直接回答他的问题，而是看着他温和又恳切地说道："从你们进周园的那一刻开始，我们就一直知道你们的位置，我们要杀的，也就是你们。

杀死你们之后，我们就会离开。如果你想少死些人，不妨配合一下。"

配合？怎么配合？配合你来杀我？真是荒唐！陈长生怔了怔，问道："你们潜入周园，要杀多少人？只是我们两个？"

刘婉儿回道："军师大人说，你们是人类的将来，所以必须死。除了你们两人之外，还有些目标，只是不便告知。"

陈长生说道："神国七律来了两个……梁笑晓和七间，你们肯定要杀的。"

刘婉儿微笑着回道："有理。"

陈长生继续说道："虽说有些通幽上境的前辈也入了周园，但他们年岁已大，破境希望反而不大。"

刘婉儿点头说道："不错，这些老朽无能之辈，军师大人哪里会理会。"

通幽上境，在修行界里，无论怎么看都应该算是高手，哪怕修到此境的年月用得久些，何至于就被称为老朽无能？一听此话，陈长生立即问道："既然目标集中在年轻人，今年参加大朝试的考生肯定是你们的重点……庄换羽？"

钟会和苏墨虞留在了天书陵，此时他只想到庄换羽的名字。

"庄换羽是谁？"刘婉儿蹙着眉尖，望向身旁的丈夫。

腾小明老实应道："天道院茅秋雨的学生，还不错。"

刘婉儿笑着摇了摇头，望向陈长生说道："我都记不住的名字，军师大人怎么可能记得住。"

陈长生又说："能被传说中的黑袍大人记住……我不知道应该感到荣幸还是害怕。"

刘婉儿微微一笑说道："军师大人要杀落落殿下，结果被你从中破坏，他又怎能忘记你？"

一时间，陈长生沉默无语。

"我们还是赶紧把人换了吧。"刘婉儿看着他劝道，"多半个时辰逃离，至少能多活半个时辰，如果我们在追你们的路上，遇着离山那两个小孩，说不定你们还能活更长时间。"

"如果……她真的是南客。"折袖看了眼怀里奄奄一息的魔族美人，面无表情地说，"那不管你们担子里的女子是谁，又有什么资格换南客？"

刘婉儿说道："你们应该也猜到了，这个小姑娘是东方那个隐世宗派的弟子，要论起辈分来，和教宗是同辈，难道不够资格？"

陈长生没有说话，折袖立即回道："我不信教，教宗与我无关，换人，我只管公不公平。"

刘婉儿脸色一变厉声说道："公平？有道理……你们把她的衣服都撕了，这小姑娘自然也不能带着衣服给你们。"

话音落处，也不见她如何动作，只听得嗤嗤一阵声响，挑担里那个昏迷中的美丽女子身上的亵衣如蝴蝶般裂开，飞舞到空中。

只是瞬间，那个女子便身无寸缕，露出青春白嫩的身体，仿佛是只白色的小羊。

陈长生略微侧身，不去直视。折袖则盯着刘婉儿没有任何反应。相同点在于，他们都很冷静，没有丝毫慌乱。

刘婉儿依然微笑着，神情温和，心里却有些讶异，片刻后缓声说道："只是没了衣裳……依然还是不公平。"

此时，陈长生忽然想到一件事情，准备出言阻止，却没有来得及。只见一道艳丽至极的刀光，在湖畔出现。一道鲜红的血水飙洒而出！担子里那个美丽女子的右手，齐腕而断！啪的一声，断手落在地上。

腾小明缓步蹲下拾起，对刘婉儿说道："晚上煮来吃还是炸着吃？"

这是这个魔将今日说的第二句话。说这句话的时候，他的神情依旧憨厚老实，仿佛在说一件很寻常的事情。

刘小婉想了想，慢声说道："还是白水煮，比较香。"

见状，陈长生的脸色苍白，身体僵硬起来。折袖依然平静，他知道传闻里，这对以憨厚老实朴素著称的魔将夫妇做过许多残忍的事。而且在雪原上，他也吃过某些不能吃的肉。

刘小婉微笑着说道："你们看，现在是不是公平了？"

陈长生和折袖砍断了那个魔族美女的一只手。现在这对魔将夫妇砍断了那个人类美女的一只手。

陈长生看着她，沉默了一会儿，然后非常认真地说道："能不能不吃人肉？"

刘小婉怔住了。她看着陈长生问道："你们吃肉吗？"

陈长生说道："吃。"

她说道："鸡鸭何辜？"

折袖忽然插话："弱肉强食。"

刘小婉微笑着："我们比你们人类强，为何不能把你们当食物？"

陈长生说道："我们都有智慧，能言语，可以交流。"

刘小婉看着他的眼睛，非常认真地说道："但你们人类曾经吃过龙。"

陈长生默然，他确实不知道有人曾经吃过龙。便在这时，他感觉到短剑的剑柄有些微微颤抖。

"我是人，所以我要劝你不要吃人肉。"陈长生沉默了一会儿，说道，"就像如果我是龙，当然也要阻止人类吃龙肉。"

"所以终究还是立场问题。"刘小婉微笑说道。

陈长生摇头说道："我不会吃能说话的龙，哪怕有再多好处……我想，吃龙的那个人，或者不能算是人……至少在我看来。"

听着这话，刘小婉沉默了一会儿，叹道："那人，确实已经不是人了。"

就在与这看似如家庭妇女般的二十三魔将对话时，陈长生和折袖对了一下眼神。

然后，陈长生向后退了一步。两名少年并肩。再然后，陈长生右手握着短剑，挪到了腰后。一道极细的黑影，从他的虎口间生了出来。

FIGHTER of The DESTINY